MILLENNIUM · II

FLICKAN SOM LEKTE MED ELDEN

玩火的女孩

〔瑞典〕斯蒂格·拉森 著
颜湘如 译

人民文学出版社
PEOPLE'S LITERATURE PUBLISHING HOUSE

著作权合同登记号　图字 01-2017-2961

Stieg Larsson
FLICKAN SOM LEKTE MED ELDEN

图书在版编目(CIP)数据

玩火的女孩/(瑞典)斯蒂格·拉森著；颜湘如译.
—北京：人民文学出版社，2017
(千禧年四部曲)
ISBN 978-7-02-012620-0

Ⅰ.①玩…　Ⅱ.①斯…　②颜…　Ⅲ.①长篇小说-瑞典-现代　Ⅳ.①I532.45

中国版本图书馆 CIP 数据核字(2017)第 070390 号

责任编辑　叶显林　邱小群　刘佳俊
封面设计　董红红　汪佳诗

出版发行　人民文学出版社
社　　址　北京市朝内大街 166 号
邮政编码　100705
网　　址　http://www.rw-cn.com

印　　制　上海盛通时代印刷有限公司
经　　销　全国新华书店等

开　　本　890 毫米×1240 毫米　1/32
印　　张　16
字　　数　441 千字
版　　次　2010 年 8 月北京第 1 版
印　　次　2018 年 1 月第 1 次印刷

书　　号　978-7-02-012620-0
定　　价　59.00 元

如有印装质量问题，请与本社图书销售中心调换。电话：010-65233595

目录

楔子

她被人用皮绳绑在一张铁架床上，仰躺着。绳带横勒住胸腔，双手被铐在床边。

她早已放弃挣脱。虽然清醒，却闭着眼睛。如果睁眼，她会发现自己身处黑暗中，只有门上方渗入一丝微弱亮光。嘴里好像有口臭，真希望能刷刷牙。

她竖耳倾听，若有脚步声就表示他来了。不知道时间已经多晚，但感觉得到已经太晚，他不会来看她了。这时床忽然震动了一下，她不由得睁开眼睛，似乎是大楼某个角落里的某架机器启动了。几秒钟过后，她却又不敢肯定那是否是自己的幻想。

她在脑中又记下一天。

这是被囚禁的第四十三天。

她鼻子发痒，于是转过头靠在枕头上摩擦。身上流着汗，房里又闷又热。她穿着一件简单的睡衣，却整个挤成一团压在身子底下。如果略微移动臀部，可以用拇指和食指捏住一边的睡衣，一次往下拉个几公分。另一边她也依样画葫芦。但后腰部下方仍有一处不平整的皱褶。床垫有凹凸不平的硬块。被隔离大大提升了她的感官灵敏度，否则她是不会注意到的。皮绳绑得并不紧，她可以变换姿势侧躺，但还是不舒服，因为如此一来得有一只手始终被压在身侧，整只手臂会渐渐失去知觉。

她并不害怕，却感觉到一股巨大的、郁积的愤怒。

她同时也为一些不快的想象感到苦恼，不知自己会有何下场。真痛恨这种无助感。无论多么努力想集中精神在其他地方，以便打发时间并转移对自己处境的注意力，恐惧仍一点一滴地渗出，仿佛一大片毒气盘桓在身旁，随时可能侵入毛孔毒害她。她发现阻止恐惧接近的最有效方法，就是幻想一些能带给她力量的事物。于是她闭上眼睛，想象汽油的味道。

他坐在车内，车窗摇下来。她跑向车子，从窗口掷入汽油，点燃火柴。仅一转眼，火焰蹿起，他挣扎着扭动身子，发出恐惧痛苦的尖叫。她可以闻到肉体的焦味，以及座椅上塑胶与椅垫化成碳的刺鼻恶臭。

她想必打了个盹，所以没听到脚步声，但门开启时她十分清醒。门口的灯光刺得她睁不开眼。

他到底还是来了。

他很高大。不知道多大年纪，但有一头红棕色乱发和稀疏的山羊胡，戴着黑框眼镜。身上还有须后水的味道。

她讨厌他的味道。

他站在床尾，注视着她好一会儿。

她讨厌他的沉默。

从门口的灯光只能看见他的身影。这时他开口说话了。他的声音深沉、清晰，像个学究似的强调着每一个字。

她讨厌他的声音。

他说今天是她的生日，祝她生日快乐。口气中没有不友善或讽刺，不带任何情绪。她心想他应该带着微笑。

她讨厌他。

他靠上前来，走到床头边，将湿湿的手背贴在她的额头上，手指沿着发际抚摸而下，很可能是想表达善意。这是他送给她的生日礼物。

她讨厌他的触摸。

她看见他的嘴巴在动，但她隔绝了他的声音，不想听，不想回答。她听见他提高声量，似乎因为她毫无反应而动怒了。他提到互相信任，几分钟后闭口不语。她无视他的凝视。于是他耸耸肩，开始调整她的皮绳。他将她胸前的绳带微微拉紧，然后弯身俯视着她。

她猛然扭向左侧，远离他，行动尽可能地出其不意，皮绳也绷到极点。她将膝盖往自己下巴的方向抬，使劲踢他的头，由于是瞄准他的喉结，于是脚尖碰到他下颌底下的某个部位。只可惜他早有准备，侧开了身子，因此只是轻撞一下。她试图再踢一次，但已经踢不到。

她双腿一软，落在床上。

床单垂到地板上。她的睡衣也撩到臀部上面。

他动也不动地站了好久，一言不发。然后绕到床尾，把脚绑得更紧。她试着抬高双腿，但他抓住她一边脚踝，用另一只手压下她的膝盖，再用皮绳绑住脚。接着走到床的另一边，将另一只脚束缚住。

此时她已彻底无助。

他拾起地上的床单为她盖上，静静地看了她两分钟。在黑暗中，她可以感觉到他的兴奋，尽管他并未显现出来。他肯定勃起了，毫无疑问。她知道他想伸手摸她。

他随后转身离去，顺手将门带上。她听见闩门的声音，其实根本多此一举，因为她完全无法脱离这张床。

她躺了几分钟，瞪着门上方那细细的一线光亮。接着她动一动，试着感觉皮绳的松紧。膝盖可以稍微往上抬，但皮绳和绑脚绳马上就绷紧了。她全身放松，乖乖躺着，眼神放空。

她等候着，心里想到汽油罐和火柴。

她看见他全身淋满汽油，并确实感觉到自己手里有一盒火柴，摇一摇，有空隆空隆的声音。她打开盒子，挑了一根火柴。他似乎说了什么，但她堵住耳朵不去细听。火柴擦过时，她看见他脸上的表情，听见硫黄的摩擦声，仿佛一阵拖长的雷鸣。她看见火柴迸出火焰。

她露出一抹残酷的微笑，硬起心肠下定决心。

今天是她十三岁生日。

第一部

不规则方程式

十二月十六日至二十日

方程式根据其未知数的最高次方（指数值）来分类。指数若为一，便是一次方程式。若为二，便是二次方程式，依此类推。一次以上方程式中的未知数，可能会有多个数值，这些值称为根。

一次方程式（线性方程式）

$3x - 9 = 0$（根：$x = 3$）

第一章

十二月十六日星期四至十二月十七日星期五

莉丝·莎兰德将太阳镜拉到鼻尖上，透过遮阳帽檐底下的细缝窥视。她看见三十二号房的女房客从饭店侧门出来，朝泳池边一张白绿条纹的躺椅走去，目光盯着地面，行进的步伐似乎有点不稳。

莎兰德只远远地见过她。她猜想这名女子约莫三十五岁，但外表看起来却可能介于二十五至五十岁之间，一头及肩棕发，鹅蛋脸，从身材看更活脱是邮购内衣目录中的模特儿。她穿着黑色比基尼和凉鞋，戴着紫色镜片的太阳镜，说话操南美口音。她将黄色遮阳帽丢在躺椅旁边，向艾拉·卡麦克酒吧的酒保打了个手势。

莎兰德把书放下来摆在腿上，啜一口冰咖啡，然后伸手拿一包香烟。她没有转头，目光移向天边的地平线，却只能透过一群棕榈树和饭店前的杜鹃看见加勒比海的一角。有一艘游艇正往北驶向圣卢西亚或多米尼加。更远处，隐约可见一艘灰色货轮往南朝圭亚那方向前进。一阵微风吹来，使得上午的热度尚可忍受，但她感觉到一滴汗水流进眉毛。莎兰德不喜欢晒太阳，这几天总是尽可能地躲在阴凉下，即便此时也是坐在露台的遮阳篷底下，但仍黝黑得像颗胡桃。她穿着卡其短裤和一件黑色上衣。

酒吧的喇叭流泻出奇怪的钢鼓音乐，她聆听着，虽然分辨不出史凡–英瓦斯[1]和尼克·凯夫[2]的差别，但钢鼓就是令她着迷。能用油桶演奏已经够不可思议了，竟然还能奏出举世无双的音乐，实在叫人难以置信。她觉得那些声音仿佛具有魔力。

她莫名地烦躁起来，又看看那名女子，她正从侍者手中接过一杯

1　一九五六年组成的瑞典流行摇滚乐团。

2　二十世纪七十年代末期澳大利亚的朋克独立地下乐团领导者。

橘子色的饮料。

这不关莎兰德的事，但她实在不明白这女子为何不走。自从这对男女来了以后，连续四个晚上，莎兰德都听到隔壁房间上演着声音模糊的恐怖片，有哭声和低沉、激动的声音，偶尔还有很明显的巴掌声。打人的男子——莎兰德猜测应该是她的丈夫——有一头深色直发，古板的中分发型，似乎是到格林纳达来做生意。至于是什么生意，莎兰德一无所知，只是他每天早上都会穿西装打领带，提着公文包出现在饭店酒吧，喝完咖啡后便到外头拦出租车。

傍晚时分，他会回到饭店，或是游泳或是和妻子坐在泳池畔。两人一块吃晚餐，表面上看起来平静无波、十分恩爱。女子或许多喝了几杯，但酒醉后的她并不惹人厌。

每晚正当莎兰德拿着一本关于数学奥秘的书上床时，隔壁房间的骚动就开始了。那听来不像是严重的施暴，就莎兰德隔着墙壁所听到的感觉，他们的争吵是反反复复、沉闷不已。前一天晚上，她忍不住好奇跑到阳台上去，从隔壁敞开的落地窗听那对男女在吵些什么。男子在房里来回踱步了一个多小时，唠唠叨叨地说自己值个屁，配不上她，并一再强调她肯定觉得他是个骗子。不会，她会回答，她没有这么想，然后试图安抚他。他变得更激动，似乎抓住她不停摇晃。最后她只得说出他想要的答案……没错，你是个骗子。他一听立刻以此为借口痛斥她，骂她臭婊子。若有人用这个字眼骂莎兰德，她一定会采取反击措施。虽然对象不是她，她却也思考良久，不知该不该采取某些行动。

莎兰德惊诧地听着这怨毒的争吵声，它却在一记听似掌掴声中戛然而止了。当时她正打算到饭店走廊上去踢隔壁房门，房里却忽然安静下来。

此刻她仔细打量池边的女子，可以看到她肩膀上有轻微淤青，臀部有一处擦伤，此外却无其他伤痕。

几个月前，莎兰德在罗马的达芬奇机场捡到一本《大众科学》杂志，里面有篇文章让她对球面天文学这个晦涩主题产生莫名的迷恋，甚至冲动地前往罗马的大学书店，买了几本相关的重要著作。然而，为了能够理解球面天文学，她必须埋首于更高深的数学奥秘中。最近这几个月的旅程当中，她也去了其他大学书店寻找更多书籍。

她的研究毫无章法可言，也没有任何确切目标，至少在她逛进迈阿密大学书店，买下帕诺博士所写的《数学次元》(哈佛大学出版社，一九九九年出版）之前是如此。她随即南下佛罗里达礁岛群，开始游历加勒比海诸岛。

她去了瓜德罗普（度过极其郁闷的两夜)、多米尼加（轻松有趣，五夜)、巴巴多斯（在一家美国旅馆度过一夜，深感不受欢迎）和圣卢西亚（九夜)。本想多待几天，却和一个笨蛋小混混交恶，后者时常出没于她下榻的僻静旅馆的酒吧，最后她忍无可忍，拿起一块砖头砸他的头，然后付清账款离开旅馆，搭上渡轮前往格林纳达的首都圣乔治。在买船票前，她从未听说过这个国家。

十一月某天上午十点，她在一场热带暴风雨中登陆格林纳达。从《加勒比海旅行家》杂志中，她得知格林纳达又名“香料岛”，也是全世界最主要的肉豆蔻产地之一。岛上居民十二万人，但另有二十万名格林纳达人住在美国、加拿大或英国，这多少暗示了他们家乡就业市场的情形。地形多山，中央有一座休眠火山，名为“大湖”。

格林纳达是英国昔日众多小殖民地之一。一七九五年，一名有法国血统的黑人农场主朱利安·费东受法国大革命启发，带头造反。政府派军队前来，无数暴民若非遭射杀、吊死便是成了残疾。殖民政府最感震惊的是，就连所谓“小白人阶级”的贫穷白人，也加入费东的叛乱行动，根本不管种族分界。叛乱被镇压了下来，但始终没有抓到费东，他逃入大湖的山区，成了罗宾汉之类的传奇人物。

约莫两百年后，一位名叫莫里斯·毕修普的律师于一九七九年发动一场新的革命，旅游指南说他是受到古巴与尼加拉瓜等独裁政权的煽动。但是莎兰德遇见身兼教师、图书管理员与浸信会牧师等职的菲利普·坎伯尔后，对此事却有了不同的看法。她到格林纳达的最初几天投宿在坎伯尔的宾馆，听闻的重点是：毕修普是个受爱戴的群众领导人，他所罢黜的则是一个疯狂的独裁者，一个迷恋不明飞行物甚至还在任内将微薄的国家预算拨出一部分去追踪飞碟的疯子。毕修普游说议员支持经济民主，并为该国创立两性平等法。后来他在一九八三年遇刺身亡。

继该事件后又有一百多人遭到屠杀，其中包括外交部长、妇女事务部长与数名资深工会领袖。接着美国便入侵该国，奠定了民主制度。然而这对格林纳达而言，却意味着失业率从百分之六上升到接近百分之五十，可卡因交易也再次成为最大的收入来源。坎伯尔听了莎兰德旅游指南中的描述，惊愕地连连摇头，并提醒她入夜后应该尽量避免接触哪些人或接近哪些地区。

对于类似的忠告，莎兰德通常是听而不闻，但却因为爱上格兰安西海滩而免于接触到格林纳达的犯罪分子。这座海滩就在圣乔治南边，人口稀少，绵延数里，她可以在这里散步好几小时，无需和任何人说话，甚至连个人影也见不到。她搬到“礁岛群”——格兰安西少数几间美国饭店之一——待了七个星期，除了在海滩上散步、吃一种名叫“抬下巴”的水果之外，几乎无所事事；这水果让她想起瑞典的醋栗，她觉得很美味。

此时是淡季，礁岛群饭店的入住率几乎还不到三成。只有一个问题，那就是隔壁房间隐隐约约的暴力不仅扰乱她的平静，也使她无法专心研究数学。

麦可·布隆维斯特按了莎兰德位于伦达路公寓的门铃。他并不期望她会开门，但已经习惯大约每星期会上这儿来看看有无任何改变。他掀起信箱盖，里面依旧是成堆的垃圾邮件。由于时间已晚，光线太暗，看不出自从上次来过之后，邮件数量又增加多少。

他在楼梯顶端站立片刻才失望地转身离开。不慌不忙地回到自己位于贝尔曼路的住处后，他煮了一点咖啡、翻翻晚报，接着才看电视上的夜间新闻报道。不知道莎兰德的行踪让他又气恼又沮丧，内心感觉到一股不安的情绪翻腾，也自问不下千次：究竟发生了什么事？

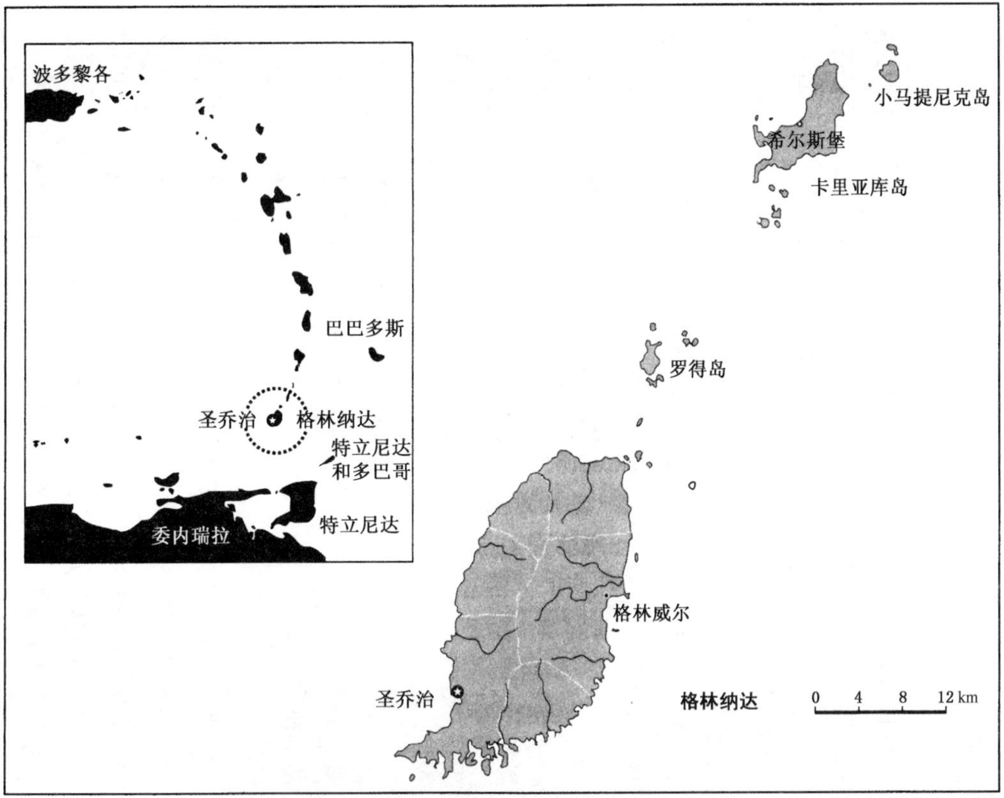
波多黎各
巴巴多斯
圣乔治
格林纳达
特立尼达
和多巴哥
委内瑞拉
特立尼达
小马提尼克岛
希尔斯堡
卡里亚库岛
罗得岛
格林威尔
圣乔治
格林纳达
0 4 8 12 km

他曾邀请莎兰德到沙港小屋过圣诞假期。他们一起散步许久，平静地讨论着两人过去一年所卷入的戏剧化事件所带来的影响。布隆维斯特事后回想起来，认为自己当时提早经历了中年危机。他因为诽谤而被判入监服刑两个月，记者的职业生涯进入低潮，创办的杂志《千禧年》多少受到拖累，他也辞去了发行人的职位。但就在此时一切有了转机。他接受企业家亨利·范耶尔委托代写传记，并认为这是一种报酬丰厚得荒谬的治疗形式，不料竟演变成一段追捕连环杀人犯的可怕过程。

在追捕的过程中，布隆维斯特认识了莎兰德。他下意识摸摸绳结在他左耳后方留下的淡淡疤痕。莎兰德不止帮助他追踪到凶手，还救了他一命。

她屡屡展现出惊人的特异才能，例如过目不忘的本领与不可思议的电脑技能。布隆维斯特自认为几近于电脑白痴，而莎兰德对电脑的掌控却有如与魔鬼签了契约。他后来才发现她是世界级的黑客，而且在一个致力研究最高层级电脑犯罪——但并不只是打击犯罪——的特定国际团体中，她还是个传奇人物。网友们只知道她叫“黄蜂”。

正因为她能够轻易侵入他人电脑，取得了资料，才使他在专业上遭受的羞辱得以转变成后来的“温纳斯壮事件”。直到一年后，这则独家报道仍是国际刑警调查经济犯罪的研究对象，而布隆维斯特也仍继续受邀上谈话性电视节目。

一年之前，他对于这则新闻报道深感满意——无论就复仇或名誉重建而言。但满足感很快便减弱了。才短短几星期，他已经对记者与经济警察重复提出的问题感到厌倦无比。“很抱歉，但我不能透露消息来源。”当英语报《阿塞拜疆时报》某位记者大老远来到斯德哥尔摩，又问了相同问题时，布隆维斯特忍无可忍了。他将访谈次数砍到最低，最近几个月也只通融一次，是TV4电视台“SHE”节目的女记者说动了他，而且完全是因为调查显然已经进入新的阶段。

布隆维斯特之所以配合TV4的女记者，还有另一个因素。她是第一个大肆报道这则新闻的记者，《千禧年》杂志若非通过她晚上的节目发表新闻稿，恐怕也无法如此轰动。直到后来，布隆维斯特才知道为了播出这则报道，她费了九牛二虎之力才说服主编。电视台里有莫大的阻力，不让《千禧年》“那个小丑”有任何出风头的机会，即使到了播出的当口，她都还不敢确定公司的律师团会放行。有几位比她资深的同事都不赞成，还告诉她如果判断错误，她的事业就完了。她始终坚持自己的立场，结果这则报道成了年度最佳新闻。

第一周的新闻都由她自己播报，毕竟她是唯一深入研究过这个主题的记者，但约莫在圣诞节前不久，布隆维斯特发现该新闻中所有新的发展全都转由男性记者播报。过年前后，布隆维斯特听到传闻说她遭受排挤，借口是处理如此重大新闻，理应交由经验丰富的财经记者，而不是随便一个来自哥特兰或贝里斯拉根这种乡下地方的小女生。当 TV4 再次来电，布隆维斯特便坦白表示，除非由她提问，否则他不接受访谈。沉寂了几天之后，TV4 的男士们终于投降。

布隆维斯特对温纳斯壮事件逐渐失去兴趣之际，莎兰德也刚好从他的生活中消失。他还是无法理解发生了什么事。

他们在圣诞节过后两天分手，接下来整个星期都没有见面。三十号那一天，他打电话给她，没有人接。

元旦前一天，他去了她的公寓两趟，按了门铃。第一次屋内亮着灯，但她没有应门。第二次屋内没有亮灯。元旦他又打电话给她，仍然无人接听，只收到电话公司的信息说该用户无法接听。

接下来的几天当中，他见过她两次。由于电话联络不上，他便在一月初到她的公寓去，坐在前门旁边的阶梯等候。他带了一本书，固执地等了四小时，她终于在晚上快十一点时从大门走进来，抱着一个棕色箱子，一见到他便猛地停下脚步。

“嗨，莉丝。”他合上书，招呼道。

她面无表情地看着他，眼神中毫无热情甚至友情。接着从他身旁走过，将钥匙插入门孔。

“你不请我喝杯咖啡吗？”他问道。

她转身低声说道：“滚开！我再也不想看到你。”

说完砰的一声关上门，他听见她从里面将门锁上，不禁感到迷惑。

三天后，他从斯鲁森搭地铁到中央车站，当列车在旧城区停下时，他从车窗看见她就站在不到两码远的月台上。瞥见她时，车门正好关上。她凝视着他五秒钟，目光直穿而过，就好像他是个透明人，当车子开始移动，她也掉头走出他的视线。

这样的暗示再明显不过，她不想和他有任何牵扯。她坚决地将他从自己的生命中剔除，就像删除电脑里的档案，毫无解释。手机号码改了，也不回电子邮件。

布隆维斯特叹了口气，关上电视，走到窗边，凝望外头的市政府。

也许不应该时常到她的公寓去。布隆维斯特的态度向来是：只要女方明白表示不想再有牵扯，他就会走自己的路。在他看来，若不尊重这样的信息就等于不尊重女方。

布隆维斯特和莎兰德曾经发生过关系。是她采取主动，而且持续了半年。如果她决定就这样结束——和开始一样地突如其来——布隆维斯特也没有意见，反正是她做的决定。如果他算是前男友的话，他可以轻而易举地扮演好这个角色，只不过莎兰德对他的决绝实在令人惊讶。

他并不是爱她——他们几乎是截然不同的两个人——但却很喜欢她，也很想念她，尽管有时候她确实令人着恼。他原以为他们是互相喜爱。总之，他觉得自己像个笨蛋。

他在窗前站了许久。

最后终于下定决心。既然莎兰德如此蔑视他，就连在地铁站相遇也不肯打个招呼，那么他们的情谊显然已经结束，伤害已无法弥补。他不会再试着联络她了。

莎兰德看了看手表，这才发现尽管静静地坐在阴凉下，仍流了满身汗。时间是上午十点半。她背下一个长达三行的数学公式，合上她正在看的《数学次元》，然后拿起桌上的钥匙和香烟。

她的房间在四楼，也是饭店的顶楼。她脱掉衣服，走进淋浴间。

连接天花板的墙壁上有一只二十厘米长的绿色蜥蜴瞪着她看，莎兰德也瞪了回去，但并未出声嘘走它。这岛上到处都是蜥蜴，会从敞开的窗户的百叶窗、门缝底下或浴室的通风孔爬进来。她喜欢这种不吵人的伴。水近乎冰凉，她冲了五分钟让自己凉快些。

回到房间后，她赤身面对挂在衣橱门上的镜子，吃惊地检视自己的身体。她依然只有四十二公斤重、一百五十四公分高，这点她无能为力。四肢细瘦如洋娃娃，手掌小小的，臀部也几乎没有肉。

但现在她有胸部了。

她长这么大，胸部始终扁平，像是没有发育。她自认为看起来很可笑，赤身裸体时也总是感到扭捏。

如今，一眨眼间，她突然有了胸部。当然不是一对巨乳——这也不是她想要的，否则在她干瘦的身上出现这种胸部应该很可笑——而是两个大小中等、浑圆结实的乳房。隆胸手术很成功，比例也适当，但她的外观与自信却产生天壤之别。

她在热那亚市郊一家诊所待了五星期，进行隆胸手术，造就出新的胸部。那间诊所与所里的医师绝对是全欧洲名气最响亮的。她的医师名叫亚莉珊卓拉·佩里尼，是个冷静理智得令人着迷的女性；她告诉莎兰德说她胸部发育不全的情形异常，因此隆胸可视为医疗行为。

手术后的复原十分疼痛，但胸部的外观与触感都非常自然，到现在已经几乎看不到疤痕。对自己的决定，她一刻也未曾后悔，甚至感到满意。即便已过了六个月，每当赤裸着上身经过镜子前面，她还是会忍不住停下来，并很庆幸能改善自己的生活品质。

在热那亚诊所住院那段时间，她也将身上九处刺青除去了一处，就是脖子右侧那只二点五厘米长的黄蜂。她很喜欢自己的刺青，尤其是右边肩胛骨上的那条龙。不过黄蜂太显眼，让人很容易记得她或指认她。莎兰德可不希望被人记得或指认。刺青以激光方式清除，现在用食指触摸脖子还能感觉到微微凸起。近看可以发现原本刺青的地方比其他晒黑的肌肤略白一些，但若是很快一瞥，什么也看不出来。她在热那亚总共花了十九万克朗[1]。

她负担得起。

她穿上内裤，戴上胸罩，不再对着镜子做白日梦。离开热那亚的诊所两天后，她走进内衣店，这是她二十五年来第一次买内衣，因为以前从来不需要。从此以后，她变成二十六岁了，现在戴上胸罩的她确实心满意足。

她穿上牛仔裤和黑色T恤，衣服上有句标语写着："这可是个合理警告。"找到凉鞋和遮阳帽后，她将一只黑袋子甩上肩头。

经过大厅时，她听见一阵细语声，原来是一小群房客聚在柜台前。于是她放慢脚步，竖起耳朵。

"到底有多危险？"一名黑人女性操欧洲口音大声地问。莎兰德认出她是十天前抵达的一个伦敦住宿团的团员。

弗瑞迪·麦班一脸忧虑。他是柜台经理，头发已渐花白，每次见到莎兰德总会露出友善的微笑。他告诉他们说所有房客都会收到指示，只要完全遵照指示行事，就不用担心。接着他又去应付一连串的质问。

莎兰德皱起眉头走到酒吧，看见艾拉·卡麦克站在吧台后面。

"那是怎么回事？"她用拇指指向大厅柜台。

"玛蒂达恐怕会来。"

"玛蒂达？"

"就是几星期前在巴西外海形成的飓风，昨天直接扫过帕拉马里博，苏里南的首都。谁也不确定她接下来的行进方向，很可能会往北朝美国前进。但如果继续沿着海岸往西走，那么特立尼达和格林纳达便会遭殃。所以风可能会有点大。"

"我以为飓风季节已经过了。"

"是过了没错，通常是九月和十月。但现在很难说，因为气候变

---

1 在二〇〇四年十二月，十瑞典克朗相当于一点一欧元、零点八英镑或一点六美元。

化、温室效应等等的，很麻烦。”

“好吧。不过玛蒂达什么时候会来？”

“就快了。”

“我应该做些什么吗？”

“莉丝，飓风可不是闹着玩的。七十年代有一个飓风在格林纳达造成重大灾情。我当时十一岁，住在大湖山区通往格林维尔的一座城镇，我永远忘不了那天晚上的情景。”

“嗯。”

“不过你不用担心。星期六就留在饭店附近。把你不想弄丢的东西打包好，比如你老是不离身的那台电脑，万一接到指示要躲进避风地窖，就能马上带着走。就是这样了。”

“好。”

“你要喝点什么吗？”

“不用了，谢谢。”

莎兰德没说再见便走了。艾拉微微一笑，也不计较。她花了几个星期的时间才终于习惯了这个怪女孩的特立独行，也才了解她并非傲慢，只是与众不同。不过她付钱喝东西从来不啰唆，通常都十分清醒，少与人交际，也从未惹过麻烦。

充满想象力的彩绘迷你巴士是格林纳达的主要交通工具，但乘车没有固定的时间表，也没有其他可依循的章法。接驳车只跑白天，入夜后若没有自己的车，便几乎动弹不得。

莎兰德在通往圣乔治的路上只等了几分钟，便有一辆巴士靠站。司机是拉斯达[1]信徒，车上音响正大声播放着《女人，不要哭泣》。她充耳不闻，付了钱，挤到一个头发灰白、身躯庞大的女人和两个穿着学校制服的男孩中间。

1　一九三〇年代源自牙买加的一个政治宗教运动，尊埃塞俄比亚前皇帝海尔·塞拉西一世为救世主，相信黑人终能得到救赎。

圣乔治所在之处是一个 U 形海湾，形成了内港卡里内吉。海港周围环绕着陡峭山丘，山上散布着房舍与老旧的殖民建筑，鲁伯特堡垒则远远地高踞在一座悬崖顶端。

圣乔治是个紧密而扎实的市镇，街道狭窄，并有许多巷弄。房屋沿着山边往上盖，除了市区北部边缘一个板球场兼竞赛跑道之外，几乎找不到一块平坦土地。

她在港口下车，走过一道短短的陡坡，来到位于坡顶的麦金泰电器行。格林纳达出售的产品，几乎全都从美国或英国进口，所以售价要比其他地方贵上一倍，但至少店里有冷气。

她为她那台苹果牌强力笔记本（G4 钛本，十七吋屏幕）订购的备用电池终于到了。在迈阿密时，她买了一台配备有折叠式键盘的 PDA 掌上电脑，可以用来收发电子邮件，放在背包里携带容易，省得还要拖着强力笔记本到处跑，但用 PDA 的屏幕来代替十七吋屏幕实在太简陋。原来的电池已经退化，只用半小时就得充电，若想坐在池畔的露台上，简直麻烦透顶。而且格林纳达的电力供应也还有很大的进步空间，在此地的几星期当中，便经历过两次长时间停电。她用黄蜂企业的信用卡付款，将电池塞进背包后，再度回到正午的热气中。

她去了一趟巴克莱银行，提了三百美元，然后到市场买了一把红萝卜、六个芒果和一瓶一点五公升的矿泉水。现在袋子重了许多，等她回到港口时已经又饿又渴。起先她想去“肉豆蔻”，却见餐厅门口已有排成长龙的等候队伍，便又继续走到位于港口另一头、较安静的“龟甲”。她坐在露天座上，点了一盘炸乌贼配薯条和一瓶当地产的加勒比啤酒，接着随手拿起被丢在一旁的报纸《格林纳达之声》，浏览了两分钟。其中只有一篇颇具戏剧性的文章值得一看，除了警告玛蒂达飓风可能来袭，还附了一张房屋毁损的照片，提醒民众上次飓风侵袭本岛时所造成的灾害。

她折起报纸，刚喝下一大口啤酒，忽然看见住在三十二号房的男人从酒吧走到露天座来，一手提着棕色公文包，另一手拿了一大杯可口可乐。他的视线从她身上扫过但没认出她，之后便坐在露天座另一端的长椅上，凝望远方的海水。

莎兰德发现他的神魂似乎完全出窍，动也不动地坐了七分钟，然后才举起杯子喝了三大口，接着放下杯子，又继续凝视大海。过了一会儿，她打开袋子，拿出《数学次元》。

莎兰德这辈子都深爱着解题与猜谜。九岁那年，母亲送给她一个魔术方块。她的能力受到考验，但受挫的时间几乎不到四十分钟，她便理解其中的运作模式。从此以后，解魔术方块对她来说再也不是难题。她也从未错过每天报纸上的智力测验——给你五个怪异的图形，你得解出第六个图形为何。她总能一眼便看出答案。

上小学后，学了加减法，乘除与几何则是自然的延伸。她能够加总餐厅的账单、开列发票，还能依发射的角度与速度计算出炮弹的轨道。很简单。但在读到《大众科学》里那篇文章之前，她从不曾对数学感兴趣，甚至没想过乘法表也是数学。那只是某天她在学校里只花一个下午就背出来的东西，却始终不明白为何老师要一再地叨念一整年。

后来很突然地，她感觉到在这些理论与公式背后，必定存在着不可改变的逻辑，这个念头引领她来到大学书店的数学区。但一直到开始读《数学次元》，她眼前才展开一个全新的世界。数学其实就是一个有着无数变化的逻辑谜题——是可以解答的谜。其要领并不在于解答算数问题——五乘以五永远都是二十五——而是在于了解各种规则的组合，进而能够解答任何一个数学问题。

严格说来，《数学次元》并非教科书，而是一本厚达一千两百页、讲述数学历史的大部头书籍，内容从古希腊时期一直延伸到近代人为了了解球面天文学所作的努力。它被视为数学“圣经”，就如同丢番图[1]的《算术》在治学严谨的数学家眼中的崇高地位（不论过去或现

1　丢番图（Diophantus，约 246—330），希腊数学家，因为引用符号来代表数，所以被世人称为代数之父。

在）。当她在格兰安西海滩饭店的露台上首次翻开《数学次元》时，便被诱入一个数字的魔法世界。写这本书的作者很懂得利用一些奇闻逸事与惊人的问题寓教于乐。从阿基米德到今日加州喷射推进实验室的数学，她都能理解，并吸收了他们解题的方法。

毕达哥拉斯于公元前五世纪整理出的公式（$x^2+y^2=z^2$），让她顿悟了。在那一刻，莎兰德才了解到自己在中学时期某堂课——这是她所上过极少数的课程之一——背下来的内容意义为何。*在直角三角形中，两条直角边的平方和等于斜边的平方。*此外，欧几里得于公元前三百年左右的发现也令她十分着迷：*完全数恒等于两数相乘，其中一数为二的次方数，另一数为二的下一个次方数减一的差。*这比毕达哥拉斯的公式更精密，她可以看到无穷的组合。

$6=2^1\times(2^2-1)$

$28=2^2\times(2^3-1)$

$496=2^4\times(2^5-1)$

$8128=2^6\times(2^7-1)$

她可以无止境地推算下去，而且找不到任何能推翻这个法则的数字。这种逻辑正好投合莎兰德对于“绝对”的感觉。她继续研读阿基米德、牛顿、马丁·加德纳能等十多位一流数学家的理论，完全沉醉于纯粹的愉悦中。

接着来到探讨皮埃尔·德·费马的章节，他所提出的数学谜题“费马最后定理”让她震惊了七星期。但这点时间不算什么，因为将近四百年来数学家们都被费马逼疯了，一直到一九九三年才终于有个名叫安德鲁·怀尔斯的英国人成功解开谜底。

费马定理是个有趣、简单的课题。

皮埃尔·德·费马，一六〇一年出生于法国西南部的博蒙-德洛马涅。他甚至称不上数学家，而只是个热爱数学并将它当成嗜好的公务员，但却是公认有史以来最杰出的自学数学家之一。他和莎兰德一样，很喜欢解各种难题与谜题。而最令他感到有趣的则是设计问题却不提供解答，让其他数学家伤脑筋。哲学家笛卡儿给费马取了许多难听的绰号，而他的英国同僚约翰·华里斯则称他“那个该死的法国人”。

一六二一年，出版了丢番图《算术》的拉丁文译本，里面完整编辑了毕达哥拉斯、欧几里得与其他古代数学家所提出的数论。费马便是在研究毕达哥拉斯的公式时，忽然灵光乍现发明了这个不朽的问题。他将毕达哥拉斯的方程式稍作变化，将（$x^2 + y^2 = z^2$）式中的平方改为立方（$x^3 + y^3 = z^3$）。

问题是新的方程式似乎没有任何整数的答案。因此费马只是在理论上动了点手脚，却将一个具有无数完美解答的公式变成一条毫无出路的死胡同。他的定理正是如此——费马声称在无限的数字宇宙中，没有任何一个整数的立方可以等于两个整数的立方和，而且只要数字的次方数大于二——也就是除了毕氏方程式之外，皆可适用。

其他数学家很快便同意这个说法。经过测试，他们可以自己证明找不到任何数字得以推翻费马定理。只不过问题在于即使计算到世界末日，他们也永远无法检验完所有存在的数字——数字毕竟是无限的——因此数学家们并不能百分之百确定下一个数字也不能推翻费马的定理。在数学领域中，任何主张都必须以数学方式证明，以有效而精确的公式表达。数学家站上讲台后，必须能够说出：“结果是如此，因为……”

费马出于习惯，对同僚们提出了惹人厌的考验。这位天才在他《算术》那本书的书页空白处写下问题，并以几行字作结：“Cuius rei demonstrationem mirabilem sane detexi hanc marginis exiquitas non caperet.”这几行字在数学史上永垂不朽：“对此命题我有非常精辟的证明法，但空白处太小写不下。”

假如他的用意是为了将同侪逼疯，那么他成功了。自一六三七年以后，几乎每个有自尊心的数学家都会花时间，有时是花大量时间，试图找出费马的证明。一代代的数学家都未能破解，直到最后怀尔斯终于提出众所期盼的证明。在此之前，他已经苦思这个谜二十五年，最后十年更是投注了几乎所有时间。

莎兰德感到茫然。

她其实对答案并不感兴趣，重点在于解答过程。若有人将谜题摆在她面前，她就解题。在她了解推理原则之前，解开数字之谜需要花很长时间，但总能在翻看答案前作出正确解答。

所以她读到费马定理时，便拿出纸来开始涂写数字。但找不到证明法。

她不屑于看解答，因此跳过了提供怀尔斯解答法的章节，继续将《数学次元》看完，也确信书中提出的其他问题对她而言并无超高难度。接下来她日复一日地重新研究费马的谜题，心情也日益急躁，很好奇费马的“精辟证明”到底是什么。她从一条死巷走到另一条。

三十二号房的男人起身走向出口时，她抬头看了一下。他在那儿坐了两小时又十分钟。

艾拉将杯子放在吧台上。她早已察觉那种插着可笑阳伞的粉红色蹩脚饮料，不合莎兰德的口味。她总是点同样的饮料——兰姆可乐。平常她点的无非是拿铁、兰姆可乐，或是加勒比啤酒，只有一晚例外，那天她有点奇怪，喝得烂醉，艾拉只得叫服务生搀她回房。她照例坐在吧台的最右端，打开一本书，里头看上去充满密密麻麻的数字，在艾拉看来，她这种年纪的女孩会选读这种书真是有趣。

她也注意到莎兰德似乎一点也不想被人搭讪。极少数几个落单男子曾献过殷勤，却都遭到和善但坚定的拒绝，其中有一次还不是非常和善。遭到无礼打发的男人叫克利斯·麦凯伦，是当地一名流氓，很可能会对人大打出手。因此当他烦了莎兰德一整晚，最后不小心绊一跤跌进泳池时，艾拉也不太为他操心。值得赞赏的是，麦凯伦并未记恨。第二天晚上他又来了，非常清醒，并说想请莎兰德喝一杯啤酒，她略一犹豫后接受了。从那时起，每当他们在酒吧相遇，彼此总会礼貌地打招呼。

“一切都好吗？”

莎兰德点点头，端起杯子。“玛蒂达有什么消息吗？”

“还在往我们这边来，这个周末可能会很惨。”

“什么时候会知道？”

“老实说，得等她过境后才会知道。她可能朝格林纳达直扑而来，却在最后一刻转向北方。”

这时她们听到一阵笑声，稍嫌大声了点，转头一看原来是三十二号房的女子，她丈夫显然说了什么有趣的话。

“他们是谁？”

“Dr. 福布斯吗？他们是从得克萨斯州奥斯丁来的美国人。”艾拉说到“美国人”时，口气有点嫌恶。

“看得出来他们是美国人，不过他们来这里做什么？他是医生？”

“不，不是医生，是博士。他是为了圣玛利亚基金会来的。”

“那是什么？”

“他们为有天赋的儿童提供教育资助。他是个德高望重的人，正在和教育部商讨一个企划案，打算在圣乔治创立一所高中。”

“这个德高望重的人会打老婆。”莎兰德说。

艾拉瞄了莎兰德一眼，走到吧台另一头为几个当地顾客倒酒。

莎兰德待了十分钟，一直埋首于《数学次元》中。她早在进入发育期之前便知道自己有过目不忘的本事，也因此和同学们迥然不同。这点她从未向任何人透露——除了一时脆弱向布隆维斯特吐露之外。《数学次元》的内容她已经记得滚瓜烂熟，之所以抱着书到处跑，主要是因为它象征着与费马的实质连结，此书仿佛成了某种护身符。

但今晚她却无法集中精神在费马或他的定理上，脑海中只看见福布斯博士在卡里内吉呆坐不动，凝望着远方海面的某一点。

她知道事情不太对劲，至于为什么知道，她也说不上来。

最后她合上书本，回到房间，打开笔记本电脑。上网不需要花脑筋。饭店没有宽频，不过她有内建的数据机，可以连接上她的松下手机，之后便能收发电子邮件。她打了一个信息给〈Plague_xyz_666@

hotmail.com〉：

> 这里没宽频。需要关于圣玛利亚基金会某个福布斯博士与他妻子的资料，住在得州奥斯丁。只要有人找到资料，给五百美金。黄蜂

她附上自己的PGP公钥，并以“瘟疫”的PGP钥匙加密后传送出去。她看看时钟，七点半刚过。

她关闭电脑、锁上房门后，沿着海滩走了四百码，经过通往圣乔治的道路，来到“椰子”后面一间简陋小屋前，敲了敲门。乔治·布兰现年十六岁，是个学生，志愿是要当律师或医师，又或者是太空人。他和莎兰德一样干瘦，只比她高一点。

莎兰德是在搬到格兰安西的第二天，在海滩上认识他的。当时她坐在几棵棕榈树下，看一群孩童在水边踢足球。正当她沉迷于《数学次元》时，这个男孩来到离她几码外的沙地上坐下，显然没有注意到她在那里。她静静地观察他——一个瘦削的黑人男孩，穿着凉鞋、黑色牛仔裤和白衬衫。

他也打开一本书，埋首其中。他和莎兰德一样，看的是数学书籍《基本概要4》，并开始在一本练习簿中涂写起来。五分钟后，莎兰德轻咳一声，他吓得跳起来，连忙为自己打扰对方而道歉，就在他转身离去前，莎兰德开口问他是否正在演算复杂的公式。

是代数。不到一分钟，她便指出他计算当中的一个错误。半小时后，他们一块完成了他的作业。一小时后，就把他教科书的下一章全部看完，她还像家教老师一样向他解释算术运算背后的要诀。他看着她，眼神中充满敬畏。过了两小时，他说出母亲住在多伦多，父亲住在岛上另一头的格林维尔，而他自己则住在海滩过去一点的一间小屋。他在家里排行老幺，上面有三个姐姐。

莎兰德发现有他作伴异常轻松，这种情形十分罕见。她几乎不曾为了闲聊而与陌生人攀谈，不是因为害羞，而是因为对她而言，谈话

有一种简单的功能：药房要怎么去？或是房间住一晚多少钱？谈话还有一种职业的功能。还在米尔顿安保公司替德拉根·阿曼斯基担任调查员时，若非为了探查真相，她从不想多说话。

另一方面，她不喜欢谈论私事，因为到最后总会演变成打探她视为隐私的领域。你几岁？——你猜。你喜欢小甜甜布兰妮吗？——谁？你觉得卡尔·拉森[1]的画怎么样？——我从来没想过。你是同性恋吗？——滚开。

这男孩有点笨拙又害羞，但很有礼貌，他试着想让谈话内容有深度，却无意与她竞争或刺探她的生活。他似乎和她一样，很孤单。对于格兰安西海滩上降临了一位数学女神，他好像毫无疑惑地便接受了，也很高兴她愿意和自己作伴。太阳沉下地平线后，他们起身，一同走向她下榻的饭店，他指了指自己那间简陋的学生宿舍，并怯怯地问能不能请她来喝杯茶。

小屋里有一张胡乱拼凑成的桌子、两张椅子、一张床和一个木头衣橱。屋内只有一盏桌灯照明，电线连到"椰子"。另外有个简单的炉子。他请她吃用塑胶盘盛的米饭配蔬菜，甚至大胆地请她抽当地的禁烟，她也接受了。

莎兰德实在无法不注意到，她的存在让他过于震撼以至于不知该如何对待她。她一时心血来潮，决定让他来引诱她，不料过程却变得拐弯抹角、拖拖拉拉，他当然明白女方的暗示，却不知道如何反应。最后她终于失去耐性，粗鲁地将他推倒在床上，脱去自己的衬衫和牛仔裤。

这是她在意大利动手术后，第一次在别人面前赤裸身体。离开诊所时，她感到恐慌，过了好长一段时间才相信没有人在盯着她看。通常她根本不管别人怎么看她，至于现在为什么觉得紧张，她也不去多想。

对于她的全新自我而言，年轻的布兰可以说是最佳的开始。最后

1 卡尔·拉森（Carl Larsson，1853—1919），瑞典画家和室内设计师。

（经过几番鼓励），他好不容易解开她的胸罩，接着立刻关灯之后才开始脱自己的衣服。莎兰德看得出来他害臊，随即又将灯打开。当他开始笨手笨脚地摸她时，她很仔细地观察他的反应。过了好些时候，见他确实以为这胸部是真的，她才放松心情。但话说回来，他不太可能有太多比较的机会。

莎兰德事先并未计划在格林纳达找一个青少年情人，这只是一时冲动，当天深夜离开时，她也没想到自己会再回来。但第二天他们在海滩上相遇，她发现有这个笨拙的男孩陪伴挺舒服的。她在格林纳达住了七个星期，布兰成为她生活中不可或缺的一部分。白天他们不会碰面，但日落前会在海滩上共度几个小时，晚上则在他的小屋里独处。

她发现他们两人走在一起，看上去就像两个青少年。甜蜜的十六岁。

男孩显然觉得生活变得有趣得多，因为遇见一个会教他数学与情欲的女人。

他打开门，露出欢喜的笑容。

“你想要有人作伴吗？”她问道。

凌晨两点刚过，莎兰德离开了小屋。她觉得身体里面暖洋洋的，因此没有走上回礁岛群饭店的路，而是沿着海滩散步。她一个人走在黑暗中，知道布兰就在身后一百码处。

他总会这么做。她从未在他那里待上一整夜，而他则经常坚称女人家不应该独自走夜路回饭店，并坚持自己有义务陪她回去，尤其她又经常待到很晚。莎兰德会静静听着他的反对，然后以一句坚定的“不用”结束谈话。*我想去哪里就去哪里，想什么时候去就什么时候去。不用，我不需要人护送。*第一次发现他跟在自己身后时，她确实很生气。但现在却觉得他想保护她的心意很体贴，因此便假装不知道他在后面，也不知道他一见她走进饭店大门就会掉头回去。

她好奇地想：如果她遭受攻击，他会怎么做？

她会使用放在背包外侧口袋的铁锤，这是先前在麦金泰五金电器行买的。有一把好的铁锤，应该就能应付大多数的人身攻击了，莎兰德心想。

这天是满月，天空星光灿烂。莎兰德抬起头，认出了地平线附近的狮子座 α 星。差不多快到饭店露台时，她忽然停下来，因为隐约瞥见饭店下方的水边有个人影。这是她头一次在入夜后看见海滩上有人。那人约在一百码外，但莎兰德立刻便知道月光下的人是谁。

正是三十二号房那位德高望重的福布斯博士。

她快走三步躲进树影中，转过头时，布兰也不见了。水边的人影缓缓地来回踱步，一面抽着香烟，偶尔会停下来弯下腰，仿佛在检视沙地。这出默剧持续了二十分钟后，他才转身快步走向临海滩一侧的饭店入口，然后消失不见。

莎兰德等了几分钟，才走下去到福布斯博士刚才所在之处。她慢慢地绕了半圈，查看沙滩，却只看到小石子和一些贝壳。数分钟后她放弃搜索，走回饭店房间。

她趴在阳台栏杆上，从隔壁房间的落地窗往里看。四下静悄悄的，晚间的争吵显然已经结束。片刻过后，她从背包里拿出几张纸，用来卷布兰给她的大麻，然后坐在阳台的椅子上，边抽烟边凝视加勒比海黑沉沉的海水思忖着。

她有如进入高度警戒状态的雷达。

第二章

十二月十七日星期五

尼斯·艾瑞克·毕尔曼律师放下手中的咖啡杯，透过赫敦咖啡馆的窗子看着史都尔广场上的人潮。行人一一从他眼前经过，川流不息，他却一个也没看进眼里。

他在想着莉丝·莎兰德。他经常会想到莎兰德。

每次想到她总是怒火中烧。

莎兰德毁了他，他绝对忘不了。她取得掌控权，羞辱他、虐待他，还在他身上留下无法磨灭的记号。就在性器上方，面积约莫一本书大小。她将他铐在床上，向他施虐，在他身上刺了“我是一只有性虐待狂的猪，我是变态，我是强暴犯”等大字。

斯德哥尔摩地方法院将莎兰德裁定为法定失能，并指派他为监护人，使得她免不了要依赖他。第一次见面后，毕尔曼便对她抱有幻想。他也说不清楚，但似乎是受她诱惑所致。

他，一个五十五岁的律师，做这样的事理应受到谴责，无论用什么标准都无法为自己辩护。这点他当然心知肚明。但是自从两年前的十二月，第一眼见到莎兰德，他便抗拒不了她。法律、最基本的道德观、他身为监护人的责任，一切都已不重要。

她是个奇怪的女孩——已经完全长大成人，外表却很容易让人误以为她还是个孩子。他控制着她的生活，她凡事都得听他的。

即使她有意提出抗议，也会因为有一次不良记录，让她的可信度大打折扣。何况他也不是强暴纯真少女——从档案可知她性经验丰富，甚至堪称性生活糜烂。有一份社工报告中还提到，莎兰德十七岁时可能曾经从事过性交易。另外，曾经有位巡警看到一个年纪较大的醉汉和一个年轻女孩同坐在丹托伦登公园的长凳上，便上前盘查，女孩拒绝回答问题，男子则因为醉得太厉害，根本无法提供清楚信息。

在毕尔曼眼中，结论很简单：莎兰德是社会最底层的妓女。零风险。就算她胆敢向监护局检举，也不会有人相信她对他的指控。

她是最理想的玩物——成熟、性关系混乱、社会适应不良，而且得由他摆布。

这是他第一次占自己当事人的便宜。在此之前，他从没想过对任何有业务往来的人示爱。若想满足性需求，总是召妓解决。他向来谨慎低调，出手也大方，问题是妓女没有真感情，纯粹只是假装。他只是付钱给女人，让她呻吟、送秋波：她扮演着自己该扮演的角色，却虚假得有如街头卖艺。

婚后多年来，他也曾试图掌控妻子，但她只是配合演出，那也是假的。

莎兰德成了最佳的解决之道。她无力抵抗。她没有家人，没有朋友，是真正的受害者，此时不下手更待何时。有机可乘，盗贼自来。

不料她竟突如其来地毁了他。他做梦也想不到她具有这种反击的力量与决心。她羞辱他、虐待他，几乎将他彻底毁灭。

从那以后将近两年的时间，毕尔曼的生活起了巨大变化。自从那天晚上莎兰德进入他的公寓后，他便麻木了，几乎无法清晰地思考或果断地行动。他将自己封闭起来，不接电话，甚至无法与固定的当事人保持联系。两星期后，他仍继续请病假。处理事务所信件、取消所有会议、尽力安抚气急败坏的当事人等等，便全权交给秘书。

每天，他都得面对身上的刺青，最后终于将浴室门上的镜子取下。

夏初时分，他回到事务所上班，大多数当事人都转给了同事，只保留一些由他负责处理业务上的法律信件但无需参与开会的公司客户。如今，真正有往来的当事人就只剩下莎兰德——他每个月都要写一份详细的收支表和报告交给监护局。他完完全全按她的吩咐行事：报告内容没有一件属实，并清楚显示她不再需要监护人。每份报告都让他想起她的存在，痛苦万分，但别无选择。

夏秋两季，毕尔曼都在无助而愤怒的情绪中苦思。到了十二月，才振作起精神到法国度假，也趁机前往马赛郊区一间美容整形诊所，询问有关去除刺青的效果。

医师为他检视腹部时，难掩惊讶神色，最后提出一项建议。他说，虽然可以用激光治疗，但刺青面积太广、针也刺得太深，唯一可行的做法恐怕也只有进行一连串皮肤移植手术。那不仅昂贵也很费时。

过去两年间，毕尔曼只见过莎兰德一次。

在攻击他进而掌控他生活的那天晚上，她拿走了他办公室与住处的备份钥匙。她说过，她会看着他，会在他最意想不到的时候突然现身。一段时间后，他几乎开始认为那只是威胁的空话，但仍不敢换锁。她的警告非常清楚——只要一发现他又和女人上床，就会将他强暴她的那卷九十分钟录影带公之于世。

一年前一月的某天，他忽然莫名其妙在凌晨三点惊醒。打开床头灯后，赫然看见她站在床尾，吓得差点狂叫出来。她就像幽灵般乍然出现，脸色苍白、面无表情，手里拿着电击棒。

“早安，毕尔曼大律师。”她说道，“很抱歉这么早吵醒你。”

天哪，她以前来过吗？在我睡觉的时候？

看不出她是否故弄玄虚，毕尔曼清清喉咙，正打算说话，却被她一个手势制止。

“我叫醒你只有一个原因。不久我将会离开很长一段时间，你还是要每个月写报告，但副本不要用邮寄的，而是传到这个热邮信箱给我。”

她说着从夹克外套掏出一张折叠的纸，丢到床上。

“如果监护局想和我联系，或是临时发生什么事需要我出席，就写电子邮件到这个信箱。明白了吗？”

他点点头：“我明白……”

“别说话，我不想听到你的声音。”

他咬牙忍耐着。先前他一直不敢找她，因为她曾威胁过，如果他这么做就要把录影带送交相关单位。因此他思考了好几个月，万一她主动联系时该说些什么。其实他根本无法为自己辩护，只能试着打动她人性的一面。他会试图说服她——只要她给他开口的机会——说他当时是一时丧失理智，说他真的很后悔，希望能加以弥补。只要能说服她，只要能多少降低一点威胁的危险性，就算跪倒在地他也愿意。

“我有话要说，”他用可怜兮兮的声音说道，“我想求你原谅……”

莎兰德静静地听完他的恳求，然后将一只脚跷到床尾，鄙夷地瞪着他。

“你听好了，毕尔曼：你是个变态，我没有理由原谅你。但只要你洁身自爱，在法院撤销我的失能宣告那天，我就会放你自由。”

她一直等到他垂下双眼。*她非要我卑躬屈膝不可。*

“我一年前说的话还是有效。你不照做，录影带就会送到警局里。只要你不依照我的吩咐联系我，我就公布录影带。我若死于意外，录影带会曝光。你要敢再碰我一次，我就杀了你。”

他相信她的话。

“还有一件事。我放你自由之后，你爱怎么做都行。但在那之前，你不许再踏进马赛那家诊所。你开始治疗，我就再替你文一次身，而且这次会刺在额头。”

这妖女到底怎么会知道诊所的事？

一转眼她人不见了，隐约可以听见她转动前门钥匙的咔嗒声，刚刚仿佛是幽灵来访。

在那一刻，他开始痛恨莎兰德，强烈的程度有如炽铁在脑中燃烧的热焰，也让他从此一心只想毁灭她。他幻想着杀死她，随意地想象她趴在自己脚边求饶的景象。但他不会饶恕她。他会两手勒住她的脖子，掐到她喘不过气来，还要挖出她的眼球和心脏，要让她从此从地球表面消失。

矛盾的是就在这同一刻，他觉得自己的身心好像又开始运作起来，也发现自己内心情绪有一种惊人的平衡。他满脑子都是那个女人，清醒的每一刻都想着她。但他也开始恢复理智思考。如果要想办法毁灭她，就得理清自己的思绪。他的人生出现了新的目标。

他不再幻想她的死亡，而是开始着手计划。

在赫敦咖啡馆里，布隆维斯特端着两杯热腾腾的拿铁走到总编辑爱莉卡·贝叶的桌边，中途还从毕尔曼律师背后不到两码处经过。但他和爱莉卡都没听说过毕尔曼，自然也都不知道他人在现场。

爱莉卡皱起眉头将烟灰缸推到一旁，腾出空间放咖啡。布隆维斯特将夹克披在椅背上，一手拉过烟灰缸，点了根烟。爱莉卡讨厌烟味，狠狠地瞪他一眼。他便转头往另一边吐烟。

“我还以为你戒烟了。”

“暂时重拾恶习。”

“我以后不再和有烟味的男人上床了。”她甜甜一笑，说道。

“没关系，还有很多女孩不像你这么特别。”布隆维斯特也微笑以对。

爱莉卡翻了个白眼。“说吧，有什么问题？我和小夏约好二十分钟后在剧院碰面。”小夏就是夏萝妲·罗森柏，一位童年友人。

“那个实习女生让我很困扰。”布隆维斯特说，“我不介意她是你某位女性朋友的女儿，但她还要在编辑部待八个星期，我恐怕忍耐不了那么久。”

“我注意到她瞄你的饥渴眼神。当然了，希望你行为像个绅士。”

“爱莉卡，那女孩才十七岁，智商更只有十岁，说不定还是我高估了。”

“她只是对你印象很深刻，或许也带一点英雄崇拜吧。”

“昨晚十点半，她来按我楼下大门的电铃，说是带了一瓶酒想上来。”

“糟了。”爱莉卡说。

“是糟了没错。要是我再年轻二十岁，也许会毫不犹豫，但现在的我都要满四十五岁了。”

“别提醒我。我们可是同年。”

温纳斯壮事件让布隆维斯特有了一点名气。过去一年来，他受邀到许多完全意想不到的地方、聚会与活动场合。有各式各样的人会送他飞吻，而他们以前甚至不曾握过手。其中多半不是媒体人——媒体人他全都认识，而且若非与他交好便是交恶——而是所谓的文化界人士，现在这些二流名人都想和他装熟。如今，众人纷纷争相邀请布隆维斯特当午宴或私人晚宴的来宾。“听起来很吸引人，只可惜我已经有约”便成为他例行的答复。

他的明星地位有一个缺点，就是谣言接二连三地传出。有个熟识的朋友便关心地提及他所听到的传闻，说有人看见布隆维斯特出现在某家勒戒诊所。其实从青少年时期至今，布隆维斯特总共只吸过六根大麻烟，以及十五年前和荷兰某摇滚乐团的女歌手尝试过一次可卡因。至于酒精方面，他也只曾在私人晚宴或聚会上喝得烂醉。在酒吧里，通常顶多只会喝一大杯烈啤酒，此外他也喜欢酒精浓度中等的啤酒。而家中酒柜里有伏特加和几瓶单一纯麦威士忌，全是别人送的，他享用的次数简直少得可怜。

布隆维斯特目前单身，偶尔风流的事实，无论在朋友圈内或圈外都是众所周知，这也招来了更多流言。他长期以来与爱莉卡的外遇关系，经常是人们臆测讨论的话题。最近则传出他勾搭的女人不计其数，并且利用新的名人身份进过斯德哥尔摩的夜店。某位名不见经传的记者甚至还曾鼓励他寻求协助，治疗他的性成瘾症。

布隆维斯特确实有许多短暂的男女关系。他知道自己还算好看，却从来不自认为是万人迷。只是时常有人说他有一种让女人感兴趣的特质，爱莉卡也说过他会同时散发出自信与安全感，能让女人感到自在安心。和他发生关系并非受到胁迫也不复杂，却能享受到性爱的刺激。依布隆维斯特的说法，那是理所当然的。

布隆维斯特与他熟识且喜爱的女性最能保持良好关系，因此早在二十年前，当爱莉卡还是年轻女记者时两人便发展出恋情，并非偶然。

然而，目前的名声让女人对他兴趣大增的情形，已经到了怪异的地步。最令人惊讶的则是，年轻女性会在意想不到的情况下，突然对他示爱。

不过穿着迷你裙、身材火辣的少女不会让布隆维斯特感到兴奋。从年轻时候起，他的女性友人多半都比他年纪大（有时还大上许多），经验也较丰富。随着时间过去，年龄差异也慢慢拉近。莎兰德确实让他踏岔了一步。

这正是他急着要和爱莉卡见面商量的原因。

《千禧年》雇用了一个新闻学校毕业生当实习生，算是送一个人情给爱莉卡的某位友人。这没什么大不了，反正每年都会雇用几个实习生。布隆维斯特向女孩礼貌地打了声招呼后，很快便发现她对新闻业几乎毫无兴趣，只是“想上电视”，根据布隆维斯特的猜测，目前在《千禧年》工作也算是跨出了一大步。

她会把握每个能与他密切接触的机会，他虽然假装没有察觉她的大胆示好，却反而促使她加倍努力。这种情形的确变得很累人。

爱莉卡听了放声大笑。“我的老天，真没想到你竟然在公司被性骚扰！”

“爱莉卡，这是个累赘。我绝对不想伤害她或让她尴尬，但她几乎和一头发情的母马没两样。我担心她接下来不知道还会搞出什么花样。”

“她迷恋你，只是太年轻，不知道如何表达。”

“你错了。怎么表达，她清楚得很。她的分寸有点扭曲了，看我不上钩，她还会生气。我可不需要新一波的谣言，把我搞得像个淫乱好色、想要猎取性交对象的摇滚明星。”

“好啦，不过先让我弄清楚问题重点。昨晚她只是去按你家门铃而已吗？”

“还带了一瓶酒。她说去朋友家参加派对，刚好就在附近，还试图假装她出现在我们大楼，纯粹是巧合。”

“你怎么说？”

“我当然没让她进来。我说她来得不是时候，我有朋友在。”

“她有什么反应？”

“她很沮丧，不过还是离开了。”

“那么你要我怎么做？”

“让她别再烦我。我打算星期一好好跟她谈谈，不是她停手就是我把她踢出去。”

爱莉卡思索片刻。“让我跟她谈吧。她想找的是朋友，不是情人。”

“我不知道她想找什么，不过……”

“麦可，她的情形我也经历过。我来跟她谈。”

凡是过去一年内看过电视或读过晚报的人，都听说过麦可·布隆维斯特，毕尔曼也不例外，但在赫敦咖啡馆却并未认出他来，而他也全然不知道莎兰德和《千禧年》之间的关系。

何况，他太专注于自己的思绪，根本无暇留意周遭情形。

自从心智麻痹的状态解除后，他便不断绕着同一个难题打转。

莎兰德手上有一卷遭受他性侵犯的录影带，是她用隐藏式摄影机录下的，还逼他看过。丝毫没有空间能让他作出有利的辩解。万一录影带被送到监护局，或甚至落入媒体手中——但愿不会发生这种事——他的事业、自由和人生就完了。他知道加重强奸、剥削弱势者、伤害与加重伤害，会有什么样的刑罚，恐怕至少得入狱六年。若遇上满腔热血的检察官，也许还会以某一段录影带内容为由，将他依杀人未遂罪起诉。

他只不过是在强暴过程中，兴奋地用枕头压住她的脸使她窒息。此时的他是真心希望自己当时没有松手。

他们不会相信她从头到尾都在玩花样。她用那双小女生般的可爱眼眸勾引他，用一个有如十二岁少女的身躯诱惑他，是她煽惑他强暴她。他们绝对不会明白她其实是在演戏。她早已计划好……

他要做的第一件事就是取得录影带，并想办法确认没有其他拷贝。这是问题的关键。

他敢百分之百肯定，像莎兰德这种妖女这些年来一定会树敌。也许有人曾经或正在试图找她麻烦，但不同于这些人的是，毕尔曼律师有一个绝对优势，他有渠道可以取得她所有的医疗记录、社会福利报告与精神病学评鉴。瑞典只有极少数人知道她的秘密，毕尔曼便是其中之一。

他答应担任她的监护人之后，监护局复制给他的个人资料只有十五页，主要内容包括她成年生活的描述、一份由法院指定的精神科医师所写的评估摘要、地方法院让她接受监护的判决，以及她前一年的银行账户明细。

他一再反复地阅读这份资料，然后开始有系统地搜集关于莎兰德生活的资讯。

身为律师，他极善于从公家机关的记录中撷取情报。而身为她的监护人，则可以深入有关她医疗记录的层层机密。与莎兰德有关的文件，只要他想要就拿得到。

然而他还是花了几个月时间，才从最早的小学报告、社工报告、警方报告到地方法院的副本，一点一滴地拼凑出她的一生。他曾和耶斯伯·罗德曼（也就是在莎兰德十八岁生日时建议她入院治疗的精神科医师）讨论过她的状况。罗德曼给了他该案例的摘要。每个人都提供了帮助。社会福利部一位女士甚至赞赏他如此用心地了解莎兰德生活的每一面。

另外，他还在监护局档案室一个积满灰尘的箱子里，找到两本堪称资料金矿的笔记本。内容是由毕尔曼的前任、监护律师霍雷尔·潘格兰整理的，他显然比任何人都了解莎兰德。潘格兰每年都会尽责地呈交一份报告给监护局，但毕尔曼猜想莎兰德很可能并不知道潘格兰自己也另外做了详细记录。自从潘格兰两年前中风后，笔记本便进了监护局，至今似乎还没有人读过里面的内容。

这是正本。没有迹象显示曾经有人拷贝过。太好了。

潘格兰对莎兰德的描述和从社会福利部报告中推论的结果截然不同，因为他一直密切注意着她一路的辛苦转变，从桀骜不驯的青少年、成熟女子到米尔顿安保的雇员——这是潘格兰通过关系替她找到的工作。毕尔曼从笔记当中得知，莎兰德绝不是迟钝的打杂小妹，专门负责复印和煮咖啡，而是有真正的工作，确实在为米尔顿首席执行官阿曼斯基执行调查任务。潘格兰与阿曼斯基显然彼此熟识，偶尔会交换关于他们所保护的女孩的消息。

莎兰德这辈子似乎只有两个朋友，而且这两人都自认为是她的保护者。如今潘格兰已经出局。阿曼斯基还在，可能会是个威胁。毕尔曼决定避开阿曼斯基。

笔记本解释了许多。毕尔曼因此明白了莎兰德何以对他了如指掌，虽然怎么也想不通她如何知道他上了法国的美容整形诊所，但关于她的谜团大多已经解开。她利用探查别人的生活来谋生。他立刻对自己的调查行动产生新的警惕，既然莎兰德能进入他的住处，若在家里放置任何与她相关的资料恐怕不妥。于是他将所有文件资料整理好，收进一个纸箱，带到他位于史塔勒荷曼附近的避暑小屋，后来他在此独思的时间愈来愈长。

莎兰德的资料他看得愈多，愈深信她精神有问题。一想起她是如何将他铐在床上，他便不由得打起寒战。当时毕尔曼完全受她控制，如果将来让她找到正当理由，他毫不怀疑她会言出必行地杀死他。

她缺乏社会抑制，这是某份报告下的结论。那么他还能作出更进一步或两步的结论：*她是一个病态、凶残、不正常的王八蛋。一颗拔去保险栓的手榴弹。一个婊子。*

潘格兰提供了最后一把关键之钥。有几次他记录了他与莎兰德之间的谈话内容，非常私密，像写日记一样。*一个老疯子。*在其中两段谈话中，他用了“当‘天大恶行’发生后”的字眼，这用语应该是直接借用莎兰德的说法，却不清楚影射什么事件。

毕尔曼写下了“天大恶行”几个字。在寄养家庭那几年？某次遭受攻击？答案应该就在他手边这些资料当中。

他翻开莎兰德十八岁时的精神病学评鉴报告又读了一遍，这已是第五或第六遍。他的理解当中一定遗漏了些什么。

他有她小学的笔记节录，有一份表明莎兰德的母亲无法照顾她的宣誓书，还有她十几岁时住过的几个寄养家庭的报告。

她十二岁时发生了某件事，逼得她发疯。

她的传记中还有其他缺漏。

令他大感意外的是莎兰德有一个双胞胎姐妹，在他先前取得的资料中从未提及。天哪，竟然还有一个。不过他怎么也找不到关于另一个姐妹的下落。

父亲不详，至于母亲为何无法照顾她，也未多作解释。毕尔曼猜想她大概是病了，使得接下来的整个过程就这么开始，包括在儿童精神病院度过的那段时期。不过现在可以肯定莎兰德十二三岁时，发生了某件事。天大恶行。是某种创伤。但“天大恶行”有可能是什么？潘格兰的笔记里无迹可循。

最后他终于发现精神病学评鉴报告中提到的一份附件不见了——是一九九一年三月十二日的一份警方报告。从他在社会福利部档案室拷贝的副本可以看出，有人手写在边缘空白处。当他要求调阅报告，却被告知文件盖有“奉殿下令列为绝密”的章，但他可以向相关的政府部门提出申请。

毕尔曼陷入了困境。事实上，有关一个十二岁小女孩的警方报告被列为机密并不令人意外，或许有各种保护隐私权的原因。但他是莎兰德的监护人，有权调阅任何与她相关的文件。取得这样的报告，为何还得向政府部门提出申请？

但他还是递出了申请书。两个月后接获通知，申请遭到驳回。一份将近十四年前、有关一个如此年轻的女孩的警方报告，究竟有什么不得了的内容，竟被列为绝密？它又可能对瑞典政府造成什么威胁？

他再度翻看潘格兰的笔记，试图从中理出“天大恶行”可能象征的含义，但找不到线索。一定是潘格兰与受监护人口头上讨论过，却始终没有写下来。提到“天大恶行”的地方，是在第二本笔记的末尾，或许潘格兰根本来不及在中风前，对这一连串显然十分重要的事件作出自己的结论。

潘格兰从莎兰德十三岁生日那天起担任她的受托人，又从她满十八岁起变成她的监护人，因此“天大恶行”发生不久，莎兰德被送往儿童精神病院后，他便涉入了。一切来龙去脉他可能都很清楚。

毕尔曼又重新翻阅监护局的档案，这回要找的是由社会福利部为潘格兰拟定的详细任务内容。乍看之下，颇令人失望：只有两页背景资料。莎兰德的母亲无法养育女儿，两个孩子被迫分开，卡米拉·莎兰德通过社会福利部被安置在一个寄养家庭，莉丝·莎兰德则被关入圣史蒂芬儿童精神病院。没有提到替代方案。

为什么？只有一段神秘的陈述说明：“有鉴于一九九一年三月十二日的事件，社会福利部决定……”接着又再次提到那份列为绝密的警方报告，不过这里有负责写报告的警员姓名。

毕尔曼震惊地看着这个名字。那是他熟悉的名字。他确实非常熟悉，而这个发现也让整件事有了全新的转变。他还是花了两个月才取得报告，而且用的方法相当特别。报告共有四十七页 A4 大小的纸张，另有十二页左右的附注，是六年期间陆续补充的。最后是照片和名字。

老天哪……不可能。

还有另一个人也有理由和他一样痛恨莎兰德。

他有一个盟友了，但却是他最想不到、最不可能的一个人。

一个黑影落在赫敦咖啡馆的桌上，惊醒了正在发呆的毕尔曼。他抬起头，看见一个金发……巨人，只能这么形容。他畏缩几秒钟后，才恢复镇定。

那人俯视着他，身高不止两米一，身材也出奇的壮硕。毋庸置疑，是个健美先生，身上看不到一丁点的肥肉，给人非常惊人的印象。两侧的金发理平了，只剩头顶一撮短短的乱发；有一张鹅蛋形的脸，柔和得怪异，几乎像个孩子；不过那双冰蓝色的眼珠却一点也不温和。他穿着半长的黑色皮夹克、蓝色衬衫、黑色裤子，打了黑色领带。毕尔曼最后才注意到他的手。如果他的其他部位是特大号，这双手就是超大号。

“毕尔曼律师吗？”

他略带欧洲口音，不过声音很尖，毕尔曼几乎忍俊不禁，好不容易才保持适当表情点点头。

“我们收到你的信了。”

“你是谁？我想见的是……”

这时，拥有超大号双手的男人已经坐到毕尔曼对面，并打断他的话。

“你只能见我。说说你想要什么。”

毕尔曼迟疑了一下。任由一个陌生人摆布的感觉，实在很不舒服，但不得不如此。他提醒自己，对莎兰德怀恨在心的不止他一人，现在得募集盟友。于是他低声说明自己的计划。

第三章

十二月十七日星期五至十二月十八日星期六

莎兰德七点醒来、淋浴后，到楼下柜台找麦班，问他有没有海滩车可以租用一整天。十分钟后她付了订金，调整好座位与后视镜，发动测试一下，最后检查油箱里有没有油。她走进酒吧，点了一杯拿铁和奶酪三明治当早餐，还买了一瓶矿泉水随身带着。吃早餐时，她就在一张餐巾纸上涂涂写写，思考费马的（$x^3+y^3=z^3$）难题。

八点刚过，福布斯博士来到酒吧，脸上刚刚刮过胡子，身穿黑色西装、白色衬衫，打着蓝色领带。他点了蛋、面包、柳橙汁和黑咖啡。八点半，他起身走到外头等出租车。

莎兰德跟在后面，保持着适当距离。福布斯在卡里内吉起点的“海景画”下方下车，然后沿着海边溜达。她从他身旁驶过，将车停在港口滨海步道的中央附近，耐心地等他经过才又重新展开跟踪。

到了下午一点，莎兰德已经满身大汗，双脚肿胀。这四个小时内，她就在圣乔治的街道间上上下下地走，虽然脚步悠闲，却一刻也没停过。陡坡开始对她的肌肉产生影响。当她喝完最后一滴矿泉水时，不禁对福布斯的体力感到讶异，心里正想着放弃计划，他却忽然转向，朝“龟甲”走去。她等了十分钟，随后也走进餐厅，坐在露天座上。他们俩都坐在和前一天相同的位子上，而他也同样一边喝着可口可乐，一边凝视港口。

福布斯是格林纳达极少数穿西装打领带的人之一。他似乎并不觉得热。

三点，他付了钱离开餐厅，打断了莎兰德的思绪。他不慌不忙地沿着卡里内吉走，接着跳上一班前往格兰安西的迷你巴士。

莎兰德将车停在礁岛群饭店外五分钟后，他才下巴士。她回到房间，泡了个冷水澡。整个身子在浴缸里伸展开时，眉头却紧皱着。

这辛苦的一天——脚到现在都还发疼——给了她一个明确的信息。福布斯每天早上全副武装、提着公文包离开饭店，但一整天却只是无所事事地耗时间。无论他在格林纳达做什么，总之绝对不是筹划兴建新学校，但他却想让人觉得他是为了公事来到岛上。

那么何苦如此大费周章呢？

在这方面，他唯一想有所隐瞒的人应该就是他的妻子，她可能以为丈夫在白天里忙得不可开交。但为什么呢？难道是交易没谈成，他过于心高气傲不肯承认？或者这次来到岛上根本是另有目的，在等某样东西、某个人吗？

莎兰德收到四封电子邮件。第一封是瘟疫寄的，就在她写给他之后的一小时。邮件加密，还问了个问题：“你真的还活着吗？”瘟疫不太喜欢写那种闲话家常、感性的信，就这一点而言，莎兰德也一样。

另外两封是在凌晨两点左右发送。一封来自瘟疫，仍以加密处理，告诉她有个名叫毕波的网友——似乎住在得州——马上就接受她的调查要求。瘟疫附上了毕波的信箱账号和 PGP 钥匙。几分钟后，毕波用一个热邮信箱账号发信给她，信上只说会在二十四小时内送出关于福布斯夫妻的资料。

第四封还是来自毕波，在当天傍晚送出。信中有一个加密的银行账号和一个 FTP 地址。莎兰德打开网址，发现一个三百九十 KB 大小的压缩文档，便在解压后储存。那是一个资料夹，里面包含四张低解析度的照片和五个 Word 文档。

有两张是福布斯博士的独照，一张是福布斯与妻子在某出舞台剧首演时的合照，第四张则是福布斯站在一个教会的布道坛上。

第一个文档包含七页的内容，是毕波的报告。第二个文档有八十四页，是从网络上下载的内容。接下来两个文档是扫描《奥斯丁美国政治家》剪报的 OCR 文件，而最后一个档案则是介绍福布斯博士所属的南奥斯丁长老教会。

莎兰德除了熟记《利未记》之外——前一年她碰巧有机会研读

《圣经》中有关惩罚的章节——对于宗教历史的认识，恐怕连皮毛都说不上，只是约略知道犹太教、基督教长老教会与天主教教堂之间的差异，却又不知道犹太教的聚会场所称为会堂。有一度她很担心自己得钻研神学细节，但转念一想，福布斯博士属于哪种宗教组织关她屁事。

李察·福布斯博士，亦即李察·福布斯牧师，现年四十二岁。南奥斯丁教会的首页显示教会中有七名职员，名单上第一人是丹肯·柯雷格牧师，照片中的他身材魁梧，一头蓬松灰发，灰白的大胡子梳理得很整齐。

福布斯排名第三，负责教育事项，名字旁边还括弧注明“圣玛利来基金会”。

莎兰德读了该教会的宗旨简介。

“我们将会以祈祷与感恩来服务南奥斯丁的民众，为他们提供美国长老教会所护卫的安定、神学与充满希望的观念。作为基督的仆人，我们为人们提供一个必要的避难所，并让他们能够借由祈祷与洗礼来赎罪。让我们因上帝的爱充满喜乐。我们的责任是移除人与人之间的屏障，消弭阻碍，让人们得以了解上帝爱的信息。”

简介底下有教会的银行账号，以及恳求民众将对上帝的爱化为行动的声明。

从毕波简明的生平介绍中，莎兰德得知福布斯出生于内华达州派恩布拉夫，曾经做过农夫、商人、学校行政人员、新墨西哥州某家报社的驻地记者、某个基督教摇滚乐团的经理，之后在三十一岁时进入南奥斯丁教会。他是合格的会计师，也读过考古学。毕波没能找出他在哪里获得博士学位。

福布斯在教会里认识了杰拉尔丁·奈特，农场主威廉·奈特的独生女，也是南奥斯丁教会的信徒。两人在一九九七年结婚，之后福布斯在教会中便开始福星高照。他成了圣玛利亚基金会的主导人，目标是“将上帝的基金投注于教育计划，帮助有需要的人”。

福布斯曾两次被捕。一九八七年二十五岁那年，因为一起车祸被控加重伤害，但法院判他无罪。莎兰德从媒体报道的片段看来，他确实是无辜的。一九九五年，他被控侵吞由他管理的基督教摇滚乐团的钱。那次也获判无罪。

在奥斯丁，他成了有名的公众人物，也是该市教育局的一员。他是民主党员，十分热心公益，还会募款资助清寒学童的教育。南奥斯丁教会帮助的对象以西语家庭为主。

二〇〇一年，福布斯在圣玛利亚基金会负责的财务工作，被质疑有违法操作。根据某报报道，福布斯涉嫌在投资基金中放入过多基金会资产，不符法令规定。教会出面反驳这项指控，在这场论战中，柯雷格牧师更以坚决的态度支持福布斯。他没有被起诉，稽核结果也无任何不妥。

莎兰德仔细研究毕波对福布斯本身财务状况所作的摘要。他年收入六万美元，算是高薪，但他本身却无资产。他们财务状况稳定多亏了杰拉尔丁。她父亲于二〇〇二年去世，女儿独自继承了至少四千万美元的遗产。他们夫妻俩没有小孩。

因此福布斯得仰赖妻子。莎兰德心想，对一个习惯殴打妻子的人而言，这似乎是不利的处境。

她登录网络，发了一个加密信息给毕波，感谢他的报告并将五百美元转入他的账户。

她走到阳台趴在栏杆上。太阳快下山了，一阵微风吹得防波堤沿岸的棕榈树梢窸窣作响。格林纳达已经开始感受到玛蒂达外围环流的影响。莎兰德依照艾拉的建议，将电脑、《数学次元》、盥洗用品包和一套换洗的衣服装进肩背包，放在床边地板上，然后到楼下酒吧，点了一道鱼和一瓶加勒比啤酒当晚餐。

唯一值得一提的是，福布斯博士换上了浅色的网球衫、短裤和球鞋，来到酒吧向艾拉询问玛蒂达的动向，但似乎并不特别担心。他用金链子将十字架挂在脖子上，看起来精力充沛，甚至相当迷人。

在圣乔治闲晃了一天毫无所获，莎兰德已经精疲力竭。晚餐后她出去散散心，但风势变得猛烈，气温也骤降，因此九点前便回房间爬上了床。窗户被风吹得咣当咣当响，她本想再看一会儿书，却几乎马上就睡死了。

轰然一声巨响将她惊醒，看看手表：十一点十五分。她踉跄着下床，打开阳台的落地窗，却被强风吹得倒退一步。她紧拉落地窗侧柱，小心地踏出阳台，四下观望。

吊在泳池边的几盏灯摇来晃去，在花园里上演着精彩的影子戏。有几名房客站在围墙旁边，透过墙上的洞望向海滩，还有些人聚集在酒吧附近。北方可以看到圣乔治的灯光。天上乌云密布，但没有下雨。黑暗中看不见大海，但汹涌的波涛声比平日大了许多。气温降得更低了。自从来到加勒比海，她头一次冷得发抖。

她站在阳台上，忽然听见有人大声敲门，便用被单裹住身子去开门。只见麦班一脸忧色。

“很抱歉打扰了你，不过暴风雨好像要来了。”

“玛蒂达？”

“玛蒂达。”麦班说，“今晚稍早已经到达多巴哥外围，我们接获消息说灾情严重。”

莎兰德搜索着她的地理学与气象学知识库。特立尼达和多巴哥位于格林纳达东南方两百公里。一个热带风暴的半径可能大到一百公里，暴风眼可能以三十至四十公里的时速移动。也就是说玛蒂达随时都可能来到格林纳达门前。一切只看它前进的方向了。

“不会立即有危险，”麦班说，“但不能掉以轻心。我要你把重要物品装进袋子里，然后到楼下大厅来。饭店会供应咖啡和三明治。”

莎兰德洗了把脸让自己清醒过来，然后穿上牛仔裤、鞋子和法兰绒衬衫，背起背包。离开房间前，她去打开浴室的门和灯。绿蜥蜴不在那里，想必爬到下面某个洞里去了。真聪明。

进到酒吧，她依然坐在老位子上，看着艾拉指挥员工并用热水瓶装热饮料。过了一会儿，她走到莎兰德这边来。

“嗨，你好像刚睡醒。”

“我是睡了一下。现在怎么样了？”

“还在等。外海有个大风暴，我们收到特立尼达送来的飓风警报。如果风力增强，玛蒂达又往这个方向来，我们就得进地窖。你能不能帮个忙？”

“你要我做什么？”

“大厅有一百六十条毯子要搬下去，还有很多东西要收进来。”

莎兰德帮忙搬毯子下楼，还将泳池畔的花瓶、桌子、躺椅与非固定物品拿进来。当艾拉满意地说这样就可以了后，莎兰德走向面对海滩的墙洞，并往黑漆漆的外头跨出几步。海浪发出慑人的澎湃声，迎面而来的风力道过于凶猛，她得两手环抱才能站得直。墙边的棕榈树摇摆不定。

她回到室内，点了一杯拿铁坐在吧台。已经过了午夜。房客与员工间的气氛充满焦虑，大伙压低声音交谈，偶尔望向地平线，等待着。礁岛群饭店共有三十二名房客和十名员工。莎兰德发现杰拉尔丁坐在柜台旁的一张桌边，神色紧张地啜饮着饮料。她丈夫却不见人影。

莎兰德喝了咖啡，又再次开始思考费马定理时，麦班走出办公室，站在大厅中央。

“请各位注意！我刚接到消息，有一个飓风级风暴刚刚侵袭小马提尼克岛，所以现在要请所有人马上进地窖去。”

麦班阻挡了诸多提问，带领着房客从柜台后面的阶梯下到地窖。小马提尼克是格林纳达的一个小岛，距离南方的本岛仅数海里远。莎兰德瞄了艾拉一眼，见她走向麦班，立刻竖耳倾听。

“情况有多糟？”

“无法得知，电话不通了。”麦班低声说。

莎兰德走下地窖，将袋子放在角落的一条毯子上，略一思索后，又逆着人潮回到大厅。她找到艾拉，询问需不需要帮忙。艾拉摇摇头，显得有些忧心忡忡。

“玛蒂达是个泼妇。我们只能等着瞧了。”

莎兰德看着一群人匆匆忙忙冲进饭店，共有五个大人和十个左右的小孩。麦班也收留他们，带他们到地窖的阶梯去。

莎兰德顿时心生恐惧。

“我想现在应该每个人都进入自家的地窖了吧。”她故作镇定地说。

艾拉看着那家人走下阶梯。

“很不幸，我们这是格兰安西少数几个地窖之一。待会儿很可能还会有更多人来避难。”

莎兰德以锐利的目光看着她。

“那其他人怎么办？”

“你是说没有地窖的人？”她露出苦笑，“就在自己家里抱成一团，或是找间棚屋避一避。他们只能相信上帝。”

莎兰德二话不说，立刻转身跑过大厅，冲出大门。

乔治·布兰。

她听见艾拉在背后喊她，但没有停下来解释。

他住的破屋子，大风一吹就会倒。

来到通往圣乔治的道路时，她脚步踉踉跄跄，身体被强风撕扯着，这时她开始小跑步。强劲的逆风让她几乎连站都站不稳，但她仍顽强地前进。到小屋只有四百码，却花了将近十分钟。一路过来，一个人也没看见。

忽然间竟下起雨来，好像从消防水管喷洒出的冰水。就在同一时刻，她转进小屋的方向，看见他那盏煤油灯在窗内不停摇晃，发出亮光。转瞬间她已全身湿透，视线几乎只能看到两码远。她使劲地敲门。布兰开门后瞪大了双眼。

“你在这里做什么？”为了压过风声，他扯着嗓门喊。

“走吧，你得跟我去饭店，那里有地窖。”

男孩似乎受到惊吓。门被风吹得砰一声关上，他花了几秒钟才又强行打开。莎兰德抓住他的T恤，把他往外拖。她抹去脸上的雨水，握紧他的手开始往前跑。他也跟着跑。

他们走海滩小径，这比弯进内陆的大路短了大约一百码。走到半路，莎兰德才发现也许不该走这条路，因为海滩上毫无遮蔽。风雨猛烈地打在他们身上，中途有几次不得不停下来。沙和树枝在空中翻飞，风声呼号十分吓人。经过一段仿佛漫无止境的时间后，莎兰德终于看见饭店的围墙，于是加快脚步。正当他们来到大门前，安全无虞之际，她转头看向海滩，蓦地停了下来。

在暴风雨中，她看见大约五十码外的海滩上有两个人影。布兰拉住她的手臂，想将她拖进门内。但她挣开布兰的手，扶在墙边试图看清海边的情景。有那么一两秒，人影消失在雨中，但忽然间一记闪电照亮整片天空。

她已经知道那是福布斯夫妻俩。他们所在之处，正是前一夜她看见福布斯来回踱步的地方。

当第二记闪电打下来时，福布斯似乎拖着不断挣扎的妻子。

所有的拼图都到位了。财务上的依赖、在奥斯丁违法敛财的指控、他的不安踱步与在“龟甲”静坐不动的时刻。

他计划谋杀她。四千万的赌注。暴风雨是他的掩护。这是他的机会。

莎兰德转身将布兰推进门内，自己则四下张望，发现夜间警卫常坐的那张摇摇晃晃的木椅，没有在风暴来临前被清理掉。她拿起椅子使尽所有力气往墙上一砸，然后抓起一根椅脚作为防身之用，便直奔海滩而去，布兰吓得不断在她身后尖叫呼喊。

她几乎就要被凶猛的阵风吹倒，却仍咬紧牙根，在风雨中一步步奋力前进。就在即将来到那对夫妻所在处时，又一道闪电照亮海滩，她看见杰拉尔丁跪倒在海边，福布斯注视着她，一只手臂高高举起，手里似乎握着像铁管的东西。她看见他的手臂划成弧形，往他妻子头上砸落。杰拉尔丁不再挣扎。

福布斯始终没看到莎兰德到来。

她用椅脚打中他的后脑勺，他随即趴倒下去。

莎兰德俯身抓住杰拉尔丁，不顾大雨的鞭打，将她的身子翻转过来，手上立刻沾满鲜血。杰拉尔丁的头皮有一道伤口。她重得跟铅块一样，莎兰德无助地环顾四周，不知该如何才能将她拖到饭店墙边。这时布兰出现了，不知大吼些什么，在暴风雨中莎兰德听不清。

她瞄向福布斯，只见他背向着自己，但手脚已将身子撑起。她抓起杰拉尔丁的左手臂绕过自己的脖子，并示意布兰负责另一只手，两人开始费力地撑扶着她沿着海滩往上走。

走到一半，莎兰德觉得已经精疲力竭，体内好像一点力气也不剩。忽然有一只手按住她的肩膀，她的心漏跳了一拍，连忙放开杰拉尔丁，一转身便踢向福布斯的胯下。他痛得跪了下去。莎兰德紧接着又踢他的脸。她看到布兰惊恐的表情，花了半秒钟安抚之后，重新拉起杰拉尔丁往前拖行。

几秒钟后她转过头去，发现福布斯蹒跚地跟在十步之后，只不过在强风中摇摇摆摆像喝醉酒似的。

又是一道雷电劈空而下，莎兰德瞪大了眼睛。

一股恐惧感令她无法动弹。

福布斯身后，一百码的外海处，她看见了上帝的手指。

在瞬间电光中凝结的影像，一道深黑色的气柱高高耸起，随后消失无踪。

玛蒂达。

不可能。

飓风——没错。

龙卷风——不可能。

格林纳达这一带没有龙卷风。

一场怪异风暴出现在不可能有龙卷风的地区。

龙卷风不可能发生在海面上。

这在科学上说不通。

这是一种独特现象。

它是来带我走的。

布兰也看见龙卷风了。他们互相大喊着要对方快一点，却又听不清彼此的话。

再有二十码就到墙边了。十码。莎兰德绊了一跤，跪倒下去。五码。到了墙门，她再次回头看，正好瞥见福布斯仿佛被一只无形的手拖曳入海，消失不见。她和布兰拖着他们的包袱进入墙门，踉跄走过后院，莎兰德听见暴风雨中有窗户破碎的爆裂声，还有金属板扭曲时的尖锐咻咻声。一块板子就从她鼻尖凌空飞过，下一秒钟则是背上一阵疼痛，像是被硬物击中。到了大厅后，风势才变小。

莎兰德拦下布兰，抓住他的衣领，并将他的头拉过来，在他耳边大喊。

“我们在海滩上发现她，没看见她丈夫，懂吗？”

他点点头。

他们抬着杰拉尔丁走下地窖阶梯后，莎兰德用脚踢门。麦班打开门，先是瞪着他们，之后才把他们拉进去，将门关上。

暴风雨原本令人难以忍受的呼号声，瞬间转弱变成背景里吱吱嘎嘎、隆隆低徊的声响。莎兰德深吸了一口气。

艾拉用马克杯倒了一点咖啡。莎兰德几乎已经累垮，甚至无法抬起手去接。她全身无力地坐在地板上，背靠着墙壁。不知是谁替她和男孩裹上毯子。她浑身湿透，膝盖下方被割了一道很深的伤口，血流不止。牛仔裤裂开了十公分长，她却丝毫记不得是何时发生的。她麻木地看着麦班和两名房客照料杰拉尔丁，在她头上缠绷带。还依稀听到这里一句、那里一句，知道这里头有个医生，也发现地窖挤满了人，除了饭店房客，还有外人来此避难。

片刻过后，麦班走到莎兰德面前蹲下。

“她不会有生命危险。”

莎兰德一语不发。

“发生了什么事？”

“我们在墙外的海滩发现她。”

“我数过地窖里的房客，少了三个人，就是你和福布斯夫妻。艾拉说暴风雨刚到的时候，你发疯似的跑出去。”

“我去找我朋友布兰。”莎兰德朝友人点了点头，“他住在大路过去那边的一间小屋，现在八成已经被吹倒了。”

"你这么做很勇敢，但也太愚蠢。"麦班觑了布兰一眼说道，"你们俩有谁看到她丈夫吗？"

"没有。"莎兰德不疾不徐地说。布兰瞄她一眼，也摇摇头。

艾拉偏斜着头，眼神锐利地注视莎兰德，莎兰德则面无表情地回看她。

杰拉尔丁在凌晨三点左右恢复意识，那时莎兰德已经头倚着布兰的肩膀，睡着了。

很神奇地，格林纳达安然度过了那一夜。破晓时分，麦班让房客们离开地窖，风暴已然平息，代之而来的却是莎兰德生平未见的豪雨。

礁岛群饭店将需要大大整修一番，饭店本身和海岸沿线都饱受蹂躏。泳池旁艾拉的酒吧整个都没了，还有一个露台遭到破坏。饭店正面的窗户全被吹落，某个外延部分的屋顶折成两段，大厅更是满地碎片，惨不忍睹。

莎兰德带着布兰一路摇摇晃晃地上楼回房，并在空空的窗框挂上一条毯子挡雨。布兰直盯着她看。

"说我们没看到她丈夫，就不用多作解释。"他还没开口问，莎兰德便说。

他点了点头。她匆匆脱掉衣服丢在地板上，拍拍身旁的床沿。布兰又点点头，也脱了衣服爬到她身边躺下。他们几乎一倒头就睡着了。

当她中午醒来，阳光已射穿云层缝隙。她身上每块肌肉都疼痛不已，膝盖更肿得几乎无法弯曲。她溜下床去冲澡，那只绿蜥蜴又回到墙上。她穿上短裤和上衣，一拐一拐地走出房间，没有叫醒布兰。

艾拉还在忙，虽然看起来疲惫万分，却已将大厅的酒吧准备好，运转起来了。莎兰德点了咖啡和三明治，从大门旁边爆裂的窗户看到一辆警车。就在咖啡送来的时候，麦班从柜台旁边的办公室走出来，后面跟着一个穿制服的警员。麦班看见她，对警察说了几句话，便一同走到莎兰德的桌边。

“这位是佛格森警员，他想问你几个问题。”

莎兰德礼貌地向他打招呼。这位佛格森警员显然也度过漫长的一夜。他拿出记事本和笔，写下莎兰德的名字。

“莎兰德小姐，我听说昨晚飓风侵袭时，你和一位朋友发现了李察·福布斯太太。”

莎兰德点点头。

“你们是在哪里发现她的？”

“就在围墙大门下方的海滩上。”莎兰德说，“我们差点被她绊倒。”

佛格森将她的话记下。

“她有没有说什么？”

莎兰德摇摇头。

“她昏迷了？”

莎兰德理所当然地点点头。

“她头上有一个很深的伤口。”

莎兰德又点头。

“你不知道她怎么受伤的吗？”

莎兰德摇头。佛格森见她不回答，气恼地嘟哝了几句。

“那时候有一大堆东西飞来飞去，”她很帮忙地说，“我的头也差点被一块木板砸到。”

“你的脚受伤了？”佛格森指着她的绷带问，“怎么回事？”

“我一直到进了地窖才发现，也不知道怎么回事。”

“当时有个年轻人和你在一起。”

“乔治·布兰。”

“他住在哪里？”

“在‘椰子’后面的一间小屋，就在去机场的路上。我是说如果小屋还在的话。”

莎兰德没有附带说，布兰这时正睡在她楼上房间的床上。

“你们有没有看见她丈夫，李察·福布斯？”

莎兰德摇摇头。

佛格森警员似乎想不出其他问题，便合上记事本。

“谢谢你，莎兰德小姐。我得写一份死亡报告。”

“那个女的死了？”

“你说福布斯太太？没有，她人在圣乔治医院。她显然得感谢你和你的朋友救了她一命，不过她丈夫死了，两小时前在机场的停车场发现他的尸体。”

南边六百码。

“他被砸得很惨。”佛格森说。

“太不幸了。”莎兰德没有显出特别震惊的表情。

麦班和佛格森警员走了以后，艾拉来到莎兰德桌旁坐下，还端来两杯兰姆酒。莎兰德露出狐疑的眼神。

“昨天折腾了一夜，你需要恢复一下体力。我买单。全部的早餐都由我买单。”

她们二人对望着，然后碰杯说了一句“干杯”。

接下来有好长一段时间，在加勒比海和全美国的气象研究中心都以玛蒂达作为科学研究与讨论的重点。在这个区域，像玛蒂达这种规模的龙卷风几乎是绝无仅有。渐渐地，专家们一致认为，是因为极其罕见的气象锋面聚集而形成一种“假龙卷风”——也就是其实不是龙卷风，只是看似。

莎兰德并不在意理论上的说法。她知道自己看到什么，也决定以后绝不再挡玛蒂达任何同类的路。

昨晚，岛上许多人都受了伤。只有一人死亡。

永远也不会有人知道，福布斯究竟被什么迷了心窍，竟在强力飓风最猛烈的时候跑出去，也许只是单纯的无知吧，这似乎是美国游客的通病。杰拉尔丁无法作任何解释，因为严重的脑震荡，对于当晚的情形只剩片段记忆。

另一方面，她还为自己成为寡妇而悲伤不已。

第二部

来自俄罗斯的爱

一月十日至三月二十三日

方程式通常会包含一个或数个所谓的未知数，常以 x、y、z 等表示。未知数的值若能使方程式的等号成立，便称满足该方程式，也就是方程式的解。

例如：

$$3x + 4 = 6x - 2 \quad (x = 2)$$

第四章

一月十日星期一至一月十一日星期二

莎兰德在中午降落斯德哥尔摩的阿兰达机场。扣掉飞行时间，她在巴巴多斯的格兰特里·亚当斯机场待了九个小时，因为有位乘客貌似阿拉伯人，在他被带走接受讯问，并解除可能遭到恐怖攻击的威胁之前，英国航空拒绝让飞机起飞。等她抵达伦敦的盖特维克时，已经错过转往瑞典的班机，只得等候一夜，重新安排航班。

莎兰德觉得自己很像一串在太阳底下晒了太久的香蕉。她全部的行李只有一只随身袋，里面放了笔记本电脑、《数学次元》和一套换洗衣物。在海关处，她通过无须申报的绿色门，到机场外搭乘接驳巴士时，欢迎她回家的却是一阵冰冷的雨夹雪。

她犹豫了一下。长这么大，她一直都得选择最便宜的选项，到现在还没能适应自己拥有三十多亿克朗的事实，那是她利用网络手法结合老派却有效的诈欺术盗取来的钱。又湿又冷地待了一会儿之后，她心想去他的守则，便招手拦出租车，把伦达路的住址给了司机之后，随即在后座入睡。

直到出租车停在伦达路上，司机摇醒她时，她才发现给的是旧地址，便说自己改变心意了，请他继续开到约特坡路。她用美元给了司机一大笔小费，下车时却踩到排水沟里的积水，不禁咒骂了一声。她穿着牛仔裤、T 恤和一件薄夹克，脚上穿着凉鞋和短棉袜，小心翼翼地走到 7-eleven 买了一些洗发精、牙膏、肥皂、克菲尔发酵乳、牛奶、奶酪、鸡蛋、面包、冷冻肉桂卷、咖啡、立顿茶包、一罐腌渍菜、苹果、一大包比利牌厚皮比萨和一包万宝路淡烟，最后用信用卡结账。

再回到街上时，她一时不知该往哪走。可以沿史瓦登街往上走，也可以顺着贺钱斯街往斯鲁森方向去。走贺钱斯街的缺点是，得经过

《千禧年》办公室大楼门口，恐怕会撞见布隆维斯特。最后她决定不刻意避开他，便朝着斯鲁森走下去——虽然这样走会远一点——然后从贺钱斯街右转上摩塞巴克广场，再横穿广场，经过梭德拉剧院前面的“姐妹”雕像，接着爬上坡的阶梯到菲斯卡街。她停下来抬头看着公寓大楼沉思，总觉得这里不太像“家”。

她四下看了看。这是位于索德马尔姆岛中央一个偏僻的地点，没有直达的运输工具，正合她意，而且很容易观察在这附近走动的人。夏季显然很多人喜欢到这里散步，但冬天里只有办正事的人才会出现。此时几乎一个人也见不到——当然更不会有她认识的人，或任何可以合理地预期会认识她的人。莎兰德将购物袋放在泥泞的地上，掏出钥匙。搭着电梯直达顶楼后，她打开了门牌上写着“V·库拉”的门。

莎兰德获得一笔巨款，因而下半辈子（或是在三十多亿克朗应该可以维持的时间内）不愁吃穿之后，首先做的事之一就是找公寓。房地产市场对她来说是新的经验，以前花钱顶多只是买一些临时要用的物品，不是付现就是分期付款。而其中最大的支出就是各式电脑和那台川崎摩托车。摩托车花了七千克朗，相当便宜；但零件的花费几乎一样多，而且还花了几个月将整辆车拆解重整。她原本想要一辆车，但为了谨慎起见还是没买，因为不知道该如何分配预算。

她知道，买公寓又是不同的买卖。一开始她先上《每日新闻》电子报看分类广告，这本身就是门学问。她看到的信息是：

> 一卧＋客／餐厅，地点佳，近梭德拉站，两百七十万克朗或最高出价者。管理费每个月五千五百一十元。
>
> 三房＋厨，公园景观，赫加里，两百九十万克朗。
>
> 二又二分之一房，四十七平方米，浴室翻新，一九九八年新装管道。哥特兰街。一百八十万克朗。管理费每月两千两百元。

她随意拨了几个电话，却根本不知道要问什么，不久自觉太过愚蠢便连试都不试了。不过她在一月第一个星期天出门，去看了两间开放参观的公寓，一间远在雷莫斯霍姆的温德拉佳路，另一间在霍恩斯杜尔附近的海伦堡街上。雷莫斯霍姆那间是个明亮的四房公寓，位于大楼内，可以看到长岛和埃辛根。住在这里她应该会满意。海伦堡街上那间脏乱不堪，而且只能看到隔壁的建筑物。

问题是她无法决定要住在哪一区、要什么样的公寓，又或是关于新家应该提出哪些问题。伦达路那间四十九平方米的公寓是她童年的住所，从来没想过要换，而且通过当时的受托人潘格兰律师的协助，她也在满十八岁时获得了公寓的所有权。她一屁股坐到工作室兼客厅里那张凹凸不平的沙发上，开始沉思。

伦达路公寓面向一个院子，屋内空间狭窄，一点也不舒服。从卧室窗口看到的是一面山形墙外观的防火墙，从厨房看到的则是邻街建筑的背面和地下储藏室的入口。从客厅可以看见一盏街灯和一棵桦树的少许枝丫。

新家的第一要件就是得有景观。

她这里没有阳台，总是很羡慕较高楼层的富有邻居，可以在暖天里坐在自家遮阳篷底下喝冰凉啤酒。因此第二个条件就是要有阳台。

公寓该是什么样子呢？她想到布隆维斯特的家——位于贝尔曼路，改装过的顶楼公寓，六十五平方米，开放式空间，可以看到市政府和斯鲁森水闸。她曾经很喜欢那里。她想要一个舒适、家具不多、容易整理的公寓，这是第三个条件。

多年来她的居住空间始终狭小。厨房仅仅十平方米，只够摆一张小餐桌和两张椅子；客厅二十平方米，卧室十二平方米。因此新家的第四个条件是要有很多空间还要有衣橱。她希望能有正式的工作室和一个能让整个人好好舒展的大卧房。

这里的浴室是个没有窗户的小空间，地面铺着方形水泥板，有个用起来不舒服的简单淋浴间，而墙上的塑胶壁纸则是无论如何都洗不干净。她希望有瓷砖和一个大浴缸。希望洗衣机就在家里，而不是在地下室某处。希望浴室气味清香，希望能打开窗户。

接下来她上网研究房屋中介提供的选择。第二天，她起了个大早去找诺贝尔房屋，有人说这是斯德哥尔摩信誉最好的中介公司。她穿着黑色旧牛仔裤、靴子和黑色皮夹克，站在一个柜台前，面对着一名年约三十五岁的金发女子，她刚刚登录诺贝尔房屋网站，正在上传公寓照片。最后终于有个矮矮胖胖、头上红发稀疏的中年男子走过来。她问他现在有什么样的公寓出售，他惊讶地看了看她之后，用长辈的口吻说道："我说小女孩，你父母亲知道你打算搬出去吗？"

莎兰德冷冷地瞪着他，直到他不再咯咯地笑。

"我要找一间公寓。"她说。

那男子清清喉咙，求救似的瞄向正在打电脑的同事。

"好的。请问你想找什么样的公寓？"

"我想要的公寓在索德，有阳台，看得到水景，至少四个房间，一间有窗户的浴室和一间储藏室。还要有一个可以上锁的空间，让我停放摩托车。"

打电脑的女子这才抬起头来，盯着莎兰德。

"摩托车？"头发稀疏的男子问道。

莎兰德点点头。

"能请问……你尊姓大名吗？"

莎兰德说出姓名后，也反问他的名字，他说他叫约钦·培森。

"重点是，在斯德哥尔摩买一栋共管式公寓相当昂贵……"

方才莎兰德只问他有什么样的公寓出售。

"请问你从事哪一类的工作？"

莎兰德想了想。按理说她是自由职业者，实际上她只替阿曼斯基和米尔顿安保工作，但过去这一年却又不太像是这么回事。她已经三个月没替他做任何事了。

"目前我没有特别的工作。"她回答。

"那么……我想你还在学习啰？"

“不，我不是学生。”

培森走出柜台，十分亲切地搂着莎兰德的肩膀，送她来到门口。

“这个嘛，莎兰德小姐，我们很欢迎你过几年后再回来，但你得多带点钱来，光是小猪存钱罐是不够的。老实说，你一个星期的零用钱恐怕买不起房子。”他无恶意地捏捏她的脸颊，“所以呢，以后再来吧，我们会试着帮你找一间小套房。”

莎兰德在诺贝尔房屋外面的街上呆站了几分钟，心不在焉地想着：如果有个瓶装汽油弹从展示窗飞进去，不知道这位小培森先生会作何感想？接着她便回家，打开她的强力笔记本电脑。

她只花了十分钟就侵入诺贝尔房屋的内部电脑系统，刚才柜台后面那个女职员开始上传照片前输入密码时，正巧被她看见。接着她又花了三分钟发现，女职员用的电脑原来也是公司的网络服务器——你还能愚蠢到什么地步呀？——再三分钟便侵入他们网络系统上全部十四台电脑。过了大约两小时，她已经看完培森的资料，并发现过去两年来，他有七十五万克朗左右的秘密收入没有向国税局申报。

她下载了所有必要的资料，用位于美国某服务器的匿名电子邮件账号发了封电子邮件给税务机关，然后便将培森先生抛诸脑后。

接下来的一天时间里，她继续浏览诺贝尔房屋的待售房屋资料。最贵的一间是位于玛丽弗雷德郊外的小豪宅，但她不想住在那里。纯粹为了赌一口气的她，选择了第二高价位的房子——一间大公寓，就在摩塞巴克广场旁。

她详细检视了照片与平面图，最后认定这绝对符合她的条件。前屋主曾是艾波比集团的总裁，因为领取了几十亿克朗的黄金降落伞补偿金而备受批评与争议，如今已淡出社交圈。

当天晚上她打电话给杰瑞米·麦米伦，也就是直布罗陀的麦米伦-马克斯律师事务所的合伙人。他们以前便打过交道；麦米伦设立了几家邮政信箱公司，以其名下的账户管理莎兰德一年前从贪腐的资本家汉斯-艾瑞克·温纳斯壮那里盗取来的财富，收取的手续费连律师自己都觉得丰厚。

这回她再次雇用麦米伦，指示他以黄蜂企业的名义，和诺贝尔房屋商谈购买位于摩塞巴克广场附近、菲斯卡街上那间公寓的事宜。花了四天时间，最后商定的价格让她惊讶地双眉高扬，其中包括麦米伦百分之五的律师费。周末之前，她便带着两箱衣物和床组、一个床垫和一些厨房用具搬进新居。她睡了三个星期的床垫，在这期间一面搜寻整形手术的诊所、处理一些未解决的公务细节（包括夜访某位名叫毕尔曼的律师），并事先付清旧公寓的租金，以及电费与其他每月开销。

随后便订了前往意大利诊所的行程。治疗完毕出院后，她坐在罗马一间饭店房间里，想着接下来该怎么办。本该回到瑞典展开新生活，但却有各种因素让她一想到斯德哥尔摩就难以承受。

她没有真正的职业，继续待在米尔顿安保也看不见未来。这不是阿曼斯基的错，他大概会希望她做全职，变成公司里一个有效率的小螺丝钉。但已经二十五岁的她缺乏学历，她实在不想到了五十岁，还在卖命调查企业界的骗子。这是有趣的嗜好，但不能做一辈子。

让她犹豫着不肯回斯德哥尔摩的另一个原因，是那个男人——布隆维斯特。在斯德哥尔摩，她和小侦探布隆维斯特可能会不期而遇，此时此刻这是她最不希望发生的事。他伤害了她。她知道他不是有意的，也一直表现得很不错，怪只怪她自己“爱上”了他。最后这句话用在“大贱人莉丝·莎兰德”身上还真是矛盾。

布隆维斯特以风流出了名。她顶多只是个有趣的消遣，在需要的时候、在没有更好的选择的时候，他一时怜悯的对象。但他很快地又转向更有意思的伴侣。她不禁咒骂自己不该卸下心防，让他闯进自己的生活。

再度恢复理智后，她已切断和他之间的所有联系。要做到并不容易，但她硬是铁了心。最后一次见到他时，她站在旧城区地铁站的月台上，而他正搭着地铁要进市区。她凝视着他整整一分钟，最后确定自己对他已毫无留恋，否则那种感觉将会让她失血至死。去你妈的。

车门关闭那一瞬间，他看见她了，还用搜索的目光看着她直到列车启动，她也同时掉头走开。

她不明白他为何如此固执地试图保持联系，好像在负责什么该死的社会福利计划似的。见他如此摸不着头绪，更令她气恼，每当见到他发来的电子邮件，就得强迫自己看也不看就删除。

斯德哥尔摩一点也不吸引她。除了米尔顿安保的兼差工作、几个被抛弃的性伴侣和昔日摇滚团体“邪恶手指”的女成员之外，她在自己家乡几乎一个人也不认识。

如今她唯一还带有些许敬意的人就是阿曼斯基。她对他的感觉很难界定。每当发现自己被他吸引，总不免略感吃惊。要不是他已经结婚多年，又那么老、那么保守，她或许会考虑向他示爱。

于是她拿出日记翻到地图的部分。她从未去过澳大利亚或非洲，虽然在书上读到过，却从未见过金字塔或吴哥窟，从未搭过行驶于香港的九龙与维多利亚之间的天星小轮，也从未到加勒比海浮潜或坐在泰国的沙滩上。除了几次因业务需要，在波罗的海诸国和邻近的北欧国家，当然还有苏黎世和伦敦短暂停留过之外，她几乎不曾离开过瑞典，或者更正确一点，是几乎不曾离开斯德哥尔摩。

过去她根本负担不起。

她站在罗马的饭店房间窗口俯视加里波底路。这座城市仿佛一堆废墟。这时候她作出了决定，便披上夹克，到楼下大厅询问附近有没有旅行社。她买了一张单程机票前往特拉维夫，接下来几天穿梭在耶路撒冷的旧城区，并造访阿克萨清真寺与哭墙。她看见街角有一些荷枪的士兵，心生疑虑，随即飞往曼谷，继续旅行直到年底。

只有一件事她非做不可，就是前往直布罗陀，还去了两次。第一次是为了深入调查她选择为她管钱的人，第二次则是看他是否做得称职。

经过如此漫长的时间后，打开菲斯卡街的自家门锁，感觉很奇怪。

她将购买的东西和肩背包放在门厅，按下四位数密码解除安保，然后脱掉湿透的衣服丢在门厅地板上，赤裸着身子走进厨房，插上电冰箱插头，将食物放好之后，才进浴室冲了十分钟澡。晚餐吃了一块用微波炉加热的比利牌厚皮比萨和一个切片的苹果。然后打开一个搬家用的箱子，找到一个枕头、几条床单和一条毯子，由于已经封箱一年，有点怪味。最后将放在厨房隔壁房间里的床垫铺设好。

她头一沾枕不到十秒钟便入睡，而且一睡便是十二个小时。起床后她启动了咖啡机，身上裹着一条毯子，也没开灯就坐在靠窗座位上抽烟，一面看着王室狩猎场和盐湖令人目眩神迷的灯光。

莎兰德回家后第二天的行程排得满满的。早上七点，她便锁上公寓的门，离开楼层前还先打开楼梯间一扇气窗，将备份钥匙系在她事先绑在墙面排水管夹钳上的一条细铜线上。经验告诉她随时都得准备一把备份钥匙，有备无患。

外头的空气冰冷。莎兰德穿着一件薄薄的破牛仔裤，其中一个后侧口袋下方裂了一道缝，还能看见里头的蓝色内裤。身上穿着 T 恤和保暖的高领羊毛衫，但羊毛衫领口的接缝已经开始磨损。另外她也找到那件肩膀处有铆钉、但已磨损的皮夹克，并决定找个裁缝师补一补口袋内几乎已不存在的衬里。她脚上穿的是厚袜与靴子。整体而言，相当舒适暖和。

她沿着圣保罗街走到辛肯斯达姆，再到伦达路上的旧住处。首先查看川崎摩托车是否仍安然停在地下室。她拍拍摩托车坐垫后才上楼，进门时还得推开门后成堆的垃圾邮件。

先前她不知道该如何处置这间公寓，因此一年前离开瑞典时，最简单的做法就是设定自动转账付清定期账单。公寓里还有家具，是她长时间从垃圾处理站和大型废弃物当中辛苦搜集来的，另外还有几个有缺口的马克杯、两台旧电脑和大量纸张。但没有一样有价值。

她从厨房拿出一个黑色垃圾袋，花五分钟挑拣邮件，绝大多数都直接扔进了塑胶袋。有她的几封信，主要是银行账户明细和米尔顿安保的税单。接受监护的好处之一，就是根本无须自己处理报税事宜，而由于平常无须作这类的联系，因此一出现便格外醒目。除此之外，一整年下来只累积了三封私人信件。

第一封来自一名叫格里塔·莫兰德的律师，她是莎兰德母亲的遗嘱执行者。信上说母亲的产业已处理完毕，莎兰德与妹妹卡米拉各继承了九千三百一十二克朗。该笔金额已经存入莎兰德小姐的银行户头，麻烦她确认一下。莎兰德将信塞进夹克的内侧口袋。

第二封是阿普湾疗养院院长麦卡尔森好意来信提醒，已将她母亲的私人物品整理装箱，请她与疗养院联络，看要如何处置这些东西。信末并强调，年底前若未接获莎兰德或她妹妹（他们没有她的地址）的消息，由于院中空间宝贵，他们只能将物品丢弃。她发现这封信是六月寄的，便拿出手机打电话。箱子还在。她为了自己没能早点答复表达歉意，并答应隔天就去领取。

最后一封信是布隆维斯特写的。她思索片刻后决定不拆信，直接丢进袋子。

她将还想留下的各种物品与小东西装入另一个箱子，搭出租车回到摩塞巴克。接下来她化了妆、戴上眼镜和一顶及肩的金色假发，并将一本伊琳·奈瑟持有的挪威护照放进袋子。她照着镜子打量自己，觉得奈瑟和莎兰德有些相似，但仍是截然不同的人。

在约特路上的伊甸咖啡馆草草吃了一个布里奶酪三明治、喝了一杯拿铁当午餐后，她走到环城大道上的租车中心，用奈瑟的名义租了一辆尼桑，开到孔根斯库瓦的宜家家居总店，在里头逛了三小时，将需要的商品型号记了下来。她很快作了几个决定。

她买了两个茶色椅套的卡兰达沙发、五把波昂扶手椅、两张上了透明漆的圆形桦木茶几、一张斯万斯波咖啡桌和几张拉克备用小桌。她向储物部门订了两个伊娃系统储物柜组合和两个邦得书柜、一个电视架和一个马吉克附门储物组合。最后又挑了一个帕克思纳克思三门衣橱和两张小型马尔姆书桌。

她花了许多时间选床，最后选定汉尼斯床框附带床垫与床头柜。

为了保险起见，还买了一张利勒哈默尔的床准备放在客房。虽然不打算邀请任何人来过夜，但既然有客房，陈设布置一下也无妨。

新公寓的浴室里已经有一个药品柜、浴巾收纳柜，还有前屋主留下的洗衣机。如今只需再买一个便宜的洗衣篮。

不过她真正需要的其实是厨房家具，稍加考虑后，决定买一张罗斯福斯餐桌——除了以坚固的山毛榉木制成，还有强化玻璃桌面。另外又买了四把彩色餐椅。

还有工作室也需要家具，她看了一些不可思议的“电脑工作站”，有设计巧妙的层架用来陈列电脑主机与键盘，但最后仍摇摇头，只订了一张普通的佳兰特书桌和一个大型资料柜，书桌是桦木贴皮，桌面倾斜、四角浑圆。她还花了不少时间挑选办公椅——她肯定会长时间坐在上头——结果选了最贵的一张，勒克山款式。

她穿越了整个卖场，买齐了床单、枕头套、毛巾、羽绒被、毯子、枕头、第一套不锈钢餐具、一些陶器、锅碗、砧板、三块大地毯、几盏工作台灯，以及大量的文具——档案夹、资料盒、字纸篓、储物箱等等。

付款用的是黄蜂企业的信用卡，并出示奈瑟的证件。同时她也付费请他们送货并组装。总共花费了九万多一点克朗。

她在下午五点以前回到索德，还有时间到阿克索森家电行，很快地买了一台十九寸的电视和一台收音机。最后赶在霍恩斯路上某家店关门前，溜进去买了一台吸尘器。在玛利亚哈伦市场，她又买了拖把、洗碗精、水桶、清洁剂、洗手皂、牙刷和一大包卫生纸。

她很疲倦，但血拼以后很满意。先把所有东西塞进租来的尼桑，然后整个人瘫在霍恩斯路的爪哇咖啡馆。她向邻桌借来一份晚报，得知目前仍由社会民主党主政，而她不在的这段时间，瑞典似乎并未发生什么大事。

她在八点以前到家，趁着天黑将东西卸下车再搬上库拉的公寓，全部先堆在门厅，接着却花了将近半小时找停车位。忙完后，她在足以容纳三个大人的按摩浴缸里放水泡澡，有一度忽然想起布隆维斯特。在当天上午看到他的来信前，已经好几个月没想到他了，不知道他现在是否在家，那个叫爱莉卡的女人又是否在他那里。

过了片刻，她深吸一口气，面朝下将头埋入水中。她双手放在胸前，用力地捏自己的乳头，还憋气憋了好长时间直到胸口开始隐隐作痛。

布隆维斯特到的时候，总编辑爱莉卡看看时钟，他迟到了将近十五分钟。这是每个月第二个星期二上午十点整，例行召开的企划会议，除了提出下一期暂定计划的梗概之外，也会先决定接下来几个月的杂志内容。

布隆维斯特为自己的迟到道歉，喃喃作了解释，但没有人听到，也没有人至少打声招呼。在场的除了爱莉卡，还有编辑秘书玛琳·艾瑞森、合伙人兼美术指导克里斯特·毛姆、采访记者莫妮卡·尼尔森，以及兼职的罗塔·卡林姆和亨利·柯特兹。布隆维斯特一眼就发现实习生不在，但爱莉卡办公室的小会议桌旁却多了一张新面孔。她会让外人参与《千禧年》的企划会议，此事极不寻常。

“这位是达格·史文森，”爱莉卡介绍道，“自由作家。我们要向他买一篇文章。”

布隆维斯特与他握手致意。达格金发蓝眼，理了个小平头，还有三天没刮的胡茬。年约三十，身材好得令人眼红。

“我们每年通常会有一两期的主题特刊，”爱莉卡接着刚才的话题说道，“我希望能在五月号用这个故事。印刷厂已经预约好四月二十七日，所以有整整三个月可以撰文。”

“那么主题是什么？”布隆维斯特一面从保温瓶倒出咖啡，一面大声问道。

“上个星期，达格带了篇故事大纲来找我，所以今天我才请他来一起开会。接下来由你说明好吗，达格？”爱莉卡问道。

“非法交易。”达格说，“我指的是性交易。在这个案子里，主要是来自波罗的海诸国与东欧的女孩。请容我从头说起，我正在写一本有关这个主题的书，所以才会找上《千禧年》——因为你们现在也有出版书籍的业务。”

每个人似乎都觉得好笑。千禧年出版社至今只出版过一本书，就是布隆维斯特一年前写的关于亿万富翁温纳斯壮的金融帝国的巨著。目前该书在瑞典已经六次印刷，并已翻译成挪威文、德文和英文，不久法文版也即将上市。由于这个故事已经家喻户晓，并在每份报纸上曝光过，因此书的销售量十分惊人。

“我们的书籍出版事业做得并不大。”布隆维斯特谨慎地说。

就连达格都忍不住微微一笑。“我明白。但你们确实有能力出书。”

“还有许多更大的公司可以出书。”布隆维斯特说，“制度健全的公司。”

“那是当然。”爱莉卡说道，“但我们早在一年前就开始讨论，也许能在正规运作之外，针对特定的消费群兼营出版业。我们曾在两次董事会上提出这个想法，大家都抱持乐观态度。我们考虑的出版量很小——每年三或四本——内容则是各种题材的报道，换句话说就是典型的新闻出版品。而这本书将是个好的开始。”

“非法交易。”布隆维斯特说，“说给我们听听。”

“关于非法交易的题材，我已经到处打探了四年。我是通过女朋友才开始追踪这个主题，她名叫米亚·约翰森，是犯罪学家，也是研究两性议题的学者，之前曾在犯罪防治中心工作，写过一篇有关性交易的报告。”

“我认识她。”玛琳忽然说道，“两年前她发表一篇报告，比较男女在法院受到的待遇差异，当时我采访过她。”

达格笑了笑。“那的确造成了轰动。不过她已经研究调查非法交易五六年了，我们也是因此才认识。当时我正在写有关网络性交易的报道，听说她对此有一些了解。她确实如此。长话短说：我们两人开始合作，我是记者，她是研究员。过程中我们也开始约会，一年前就住在一起了。她正在写博士论文，今年就要答辩。”

“这么说她在写博士论文，而你……”

“我将她的论文改写成大众版，同时加入我自己的调查结果。另外还有一个较短的版本，就是我向爱莉卡提出大纲的那篇文章。”

“不错，你们分工合作。故事内容呢？”

“我们的政府制定了很严苛的性交易法，我们的警察理应负责让人民守法，而法院理应将性罪犯判刑——之所以称呼这些男人、这些嫖客为性罪犯，是因为买春已是违法行为——还有我们的媒体会针对这类主题写一些愤愤不平的文章，等等。同时，瑞典是人均从俄罗斯与波罗的海诸国引进最多娼妓的国家之一。”

“你可以证实吗？”

“这不是秘密，甚至不是新闻。新闻是，我们见到了十来个女孩并采访她们，其中大多数是十五到二十岁。她们被从东欧的贫困社会诱骗到瑞典来，以为能找到工作，不料竟落入寡廉鲜耻的性交易黑手党的魔爪。那些女孩所经历的事，就连电影里都不能上演。”

“好。”

“这可以说是米亚的论文重点，但不是书的重点。”

所有人都聚精会神地听着。

“米亚访问女孩，而我则列出供应者与基本顾客。”

布隆维斯特面露微笑。他从未见过达格，但立刻便感觉到他是自己喜欢的记者类型——能够一标中的。对布隆维斯特而言，跑新闻的金科玉律就是凡事总有必须负责的人。也就是坏人。

“你发现了有趣的事实吗？”

“例如，我可以提出证据证明司法部某位参与草拟性交易法的官员，至少曾经剥削两名通过性交易黑手党中介前来瑞典的女孩，其中一个才十五岁。”

“哇！”

“这个故事我断断续续追了三年。书里面会有嫖客的个案研究。有三名警察，其中有一个是秘密警察，还有一个是刑警。另外有五名律师、一名检察官、一名法官，以及三名记者，其中一个写过关于性交易的文章。在私底下，他对一个来自塔林的十几岁少女充满强暴幻想——这个案例就不是你情我愿的性爱游戏了。我还在考虑要不要指名道姓。我有无懈可击的证据。”

布隆维斯特吹了一声口哨。“既然我又成了发行人，我想仔仔细细地把证据资料看过一遍。”他说，“上一次我太草率，没有查证来源，结果蹲了三个月的牢。”

“如果你们想刊登这则故事，你想要的资料我都能提供。不过卖这则故事给《千禧年》，我有个条件。”

“达格希望我们连带出书。”爱莉卡说。

“没错。我希望它像炸弹一样爆开来，而现在《千禧年》是国内最值得信赖也最敢直言的杂志。我想没有其他任何出版社敢出这种书。”

“也就是说不出书就没有文章了？”布隆维斯特问道。

“我觉得听起来真的不错。”玛琳说道。柯特兹也喃喃地附议。

“文章和书是两回事。”爱莉卡说，“杂志方面，麦可是发行人，要负责内容。至于书的出版，内容由作者负责。”

“我知道。”达格说道，“我无所谓。书出版之后，米亚会向警方检举我所提到的每个人。”

“那会惹出天大的风波。”柯特兹说。

“那还只是故事的一半。”达格说道，“我也分析了一些利用性交易赚钱的网络。我说的是组织犯罪。”

“有谁涉入呢？”

“这正是最可悲的地方。性交易黑手党是一群不知名的下流胚子，开始调查之初，我并不知道会有何发现，但我们——或至少是我——多少觉得这个‘黑手党’是属于社会高层的一群人。这个印象很可能是从一些美国黑社会电影来的。你所写的温纳斯壮的故事，”达格转向布隆维斯特说道，“也显示事实正是如此。不过温纳斯壮可以说是个例外。我发现的这伙人根本是冷血、有性虐待狂倾向、几乎不会读写的废物，说到组织与策略思考更是低能。他们和飞车党或某些更有组织的团体有所关联，但基本上运作性交易的全是一群混蛋。”

“这些在你的文章里都说得很清楚。”爱莉卡说道，“我们为了打击性交易，每年在法案、警力和司法体系上面花费数百万克朗的税金……结果他们连一群笨蛋都搞不定。”

“这对人权是莫大伤害，目前牵涉到的女孩都属于社会低下阶层，不是法律制度在乎的对象。她们不会投票，除了谈买卖所需的词汇外，对瑞典话几乎一窍不通。所有与性交易有关的犯罪事实，百分之九十九点九九没有报警，报警处理的也几乎不曾被起诉。这肯定是瑞典犯罪世界中最大的一座冰山。如果他们处理银行抢劫案也如此无动于衷，结果会如何？真叫人不敢想象。不幸的是我得到一个结论：若非刑事司法体系不愿插手，这些交易活动根本一天也无法存活。来自塔林与里加的少女受攻击，不是需优先处理的事项。妓女就是妓女。那是制度运作的一部分。”

“而且无人不知。”莫妮卡说。

“那么你们觉得如何？”爱莉卡问道。

“我喜欢。”布隆维斯特回答，“刊登这则故事会惹来麻烦，这也正是当初成立《千禧年》的目的所在。”

“这也是我还继续留在杂志社工作的原因。发行人偶尔总得跳崖一次。”莫妮卡说。

大伙听了都笑起来，除了布隆维斯特之外。

“他是唯一一个疯狂到足以胜任发行人职务的人。”爱莉卡说道，“这篇会刊在五月号，你的书也会同时出版。”

“书写好了吗？”布隆维斯特问。

“还没。大纲都完成了，但内容只写了一半。如果你们同意出书，并先预付我一笔钱，我就可以全力开工。调查工作几乎都已结束，如今只需再补充一些细节——其实只是再查证已知的东西——以及当面质问我打算揭发的嫖客。”

“我们的做法会和温纳斯壮那本书完全一样。版面设计一星期，”克里斯特点着头说，“印刷两星期。三、四月进行对质，最后总结成十五页的专文。原稿会在四月十五号以前整理好，那么就有时间查证所有来源。”

“合约要怎么订呢？”

“我拟过一份出书合约，但恐怕还得再和我们的律师谈谈。”爱莉卡皱皱眉头，“不过我建议签一份二月到五月的短期合约。我们不会多付钱。”

“我可以接受。我只需要一份基本工资。”

“另外出书部分，扣除费用后的盈余大概是五五分，你觉得如何？”

“好极了。”达格说。

“工作分配。”爱莉卡说，“玛琳，这份主题特刊我要你负责企划，下个月起这就是你的第一要务，你要和达格合作编辑。罗塔，这么一来从三月到五月，你就得担任临时编辑秘书，而且要做全职。时间许可的话，玛琳或麦可会支持你。”

玛琳点头答应。

“麦可，我要你担任本书的编辑。”爱莉卡随即看着达格，“也许你看不出来，麦可其实是个很棒的编辑，也很会作调查。他会用放大镜仔细检视你书中的每字每句，绝不会放过任何细节。你希望我们出版你的书，我感到很荣幸，但我们《千禧年》有特殊的问题。外面有一两个对手巴不得看到我们垮台，如果我们冒着招惹麻烦的风险出这样的书，就得有百分之百的正确率，不能有丝毫闪失。”

“我也不希望出任何差错。”

“很好。但是你能忍受整个春天，都有人在你背后盯着，并从各方面提出批评吗？”

达格露出苦笑，看着布隆维斯特。“放马过来吧！”

“如果要做主题专刊，就需要更多文章。麦可，我要你写有关性交易的财政状况。每年的交易金额有多少？谁能从中获利，钱又到哪去了？能不能找到证据证明有一部分钱进到国库去？莫妮卡，我要你查一查一般性侵害的情形。去找妇女的庇护所、研究人员、医生和社会福利人员谈谈。你们两个和达格要负责撰写辅文。柯特兹，你去访问米亚，这件事不能由达格自己做。人物特写：她是谁、在研究什么、得到哪些结论？我还要你去找出警察报告，作个案分析。克里斯特，照片。我还不知道要怎么呈现，想一想。”

“这恐怕是最简单的主题了。卖弄点艺术，没问题。”

“我想补充一点。”达格说道，“警界有少数人做得非常尽心尽力。也许可以访问其中几个。”

“你有名字吗？”柯特兹问。

“还有电话呢！”达格说。

“好极了。”爱莉卡说道，“五月号的主题是性交易。我们要点出非法性交易是违反人权的犯罪行为，我们必须揭发这些罪犯，并像对待全世界任何地方的战争罪犯、暗杀部队或施虐者一样地对待他们。现在，开工吧！”

第五章

一月十二日星期三至一月十四日星期五

莎兰德驾着租来的尼桑转进阿普湾的车道，这是十八个月来第一次造访疗养院，感觉有点不熟悉，甚至于陌生。打十五岁起，她每年都会来疗养院两次，探望自从“天大恶行”发生后便住进这儿来的母亲。母亲在阿普湾住了十年，后来也在最后一次致命的脑溢血后在此过世，享年仅四十三岁。

阿格妮塔·苏菲亚·莎兰德一生最后的十四年间，不时会有轻微的脑溢血发作，因而无法照顾自己，有时甚至连女儿也认不得。

一想起母亲，莎兰德便会陷入一种如黑夜般晦暗的无助情绪中。十几岁时，她曾幻想着母亲会好起来，她们也将能够建立某种关系。那是她内心的想法，脑子里却明白这种事永远不可能发生。

她母亲又瘦又小，但外表绝不像莎兰德如此病态。事实上，母亲相当美丽，身材也很曼妙，就和她妹妹卡米拉一样。

莎兰德并不愿想起妹妹。

对莎兰德而言，她们姐妹俩的天差地别是人生的一个小玩笑。她们是双胞胎，出生时间相差不到二十分钟。

莉丝先出生。卡米拉则生得美丽。

她们的差异实在太大，简直不太可能是出自同一个娘胎。若非基因出了差错，莉丝也会和妹妹同样艳丽动人。也很可能同样疯狂。

从小卡米拉就很外向、有人缘，在学校表现也很杰出；而莉丝则是冷漠而内向，对老师的提问几乎从不作答。卡米拉成绩非常好，莉丝则一向很差。小学时期，卡米拉便已经和姐姐保持距离，甚至连上学也不走同一条路。老师和同学们发现，这两个女孩从不打交道，从不坐在一起。自八岁开始，她们便就读同年级的不同班。十二岁时发生了“天大恶行”，她们被分送到不同的寄养家庭。十七岁生日过后，她们便不曾再见面，而那次碰面的结果是莉丝眼睛淤青，卡米拉嘴唇肿胀。莉丝不知道卡米拉现在住在哪里，也没有试图打听过。

在莉丝眼中，卡米拉是个不真诚、堕落且掌控欲望很强的人，但被社会宣布为失能的却是莉丝。

她拉上皮夹克拉链后，冒雨走向大门口，中途在一张长凳旁停下来，环目四顾。十八个月前，她正是在此处见母亲最后一面。当时她正要到北部帮助布隆维斯特追踪一名连续杀人犯，临时起意来了疗养院一趟。母亲一直显得焦躁不安，而且似乎不认得莎兰德，只是紧抓着女儿的手，用一种困惑的眼神望着她。莎兰德急着要离开，挣脱之后拥抱了母亲一下，便骑着摩托车走了。

阿普湾的院长阿格尼斯·麦卡尔森热情地迎接她，并带她到储藏室，找到了纸箱。莎兰德抱起箱子，只有两三公斤重，就遗物而言并不多。

“我感觉你总有一天会回来。”麦卡尔森说道。

“我出国去了。”莎兰德说。

她谢过院长为她保留了箱子，然后抱着箱子回到车上，随即开车离去。

中午刚过不久，莎兰德便回到摩塞巴克。她将母亲的箱子原封不动地放在门厅一个柜子里，便又离开公寓。

她打开前门时，一辆警车缓缓驶过。莎兰德小心地观察警察在自己住处外的动静，见他们并未留意她，便也将他们抛到脑后。

她到 H&M 和卡帕百货公司，给自己添置新衣。她挑了各式各样的基本服饰，有长裤、牛仔裤、上衣和袜子。虽然对昂贵的设计师服装不感兴趣，但能够不假思索，一口气买下六七条牛仔裤，她确实很高兴。这一趟最奢侈的花费是在泰芙缇专柜，买下的内衣裤足以放满一整个抽屉。在这里挑的也是基本款式，但难为情地找了半小时后，她又选了认为很性感甚至于色情的一套，以前她做梦也没想过要买这种内衣裤。当天晚上她试着穿上后，自觉愚蠢无比。她照着镜子只看到一个瘦弱、文身的女孩，穿着怪异可笑的内衣裤。脱下后，随手便扔进垃圾桶。

此外，她还买了几双冬天的鞋子、两双轻便的室内鞋，以及一双高跟的黑色靴子，让自己看起来长高几厘米。她还找到一件很不错的冬装夹克，是棕色麂皮材质。

她煮了咖啡、做了一个三明治，然后将租来的车开回环城大道附近的车厂。走路回到家以后，她在窗边坐了一整晚，没有开灯，只是望着盐湖的水。

米亚切了奶酪蛋糕，每一块上面还装饰着一球覆盆子冰淇淋，先端给爱莉卡和布隆维斯特，接着才放下给达格和自己的盘子。玛琳坚持不肯吃甜点，只用花卉图案的旧式瓷杯喝黑咖啡。

“这是我祖母的一套瓷器。”米亚看见玛琳在检视杯子，便说道。

“她担心得要命，生怕打破杯子。”达格说，“只有非常重要的客人来访，她才会拿出来用。”

米亚微笑道：“我小时候和祖母同住过几年，这套瓷器可以说是她唯一留下的东西。”

“真的很美。”玛琳说，“我的厨房百分之百都是宜家家居的东西。”

布隆维斯特根本不在乎什么花卉咖啡杯，倒是带着评估的眼光瞥向盛放蛋糕的盘子，一面考虑是否该将皮带放宽一格。爱莉卡显然与他有同感。

“我的天哪，我应该也要拒绝甜点才对。”她悔恨地瞄了玛琳一眼，却仍坚定地拿起汤匙。

这应该是个单纯的工作聚餐，一方面巩固已经达成协议的合作方案，一方面继续讨论主题专刊的企划。达格提议到他的住处随便吃点东西，米亚做了一道糖醋鸡，却是布隆维斯特从未尝过的美味。用餐时，他们喝光了两瓶香醇的西班牙红酒，吃甜点时，达格又问有没有人想来一杯爱尔兰塔拉莫尔威士忌，只有爱莉卡愚蠢地婉拒了。达格随后取出酒杯。

这是位于安斯基德的一间一房公寓。男女主人已经交往数年，却直到一年前才大胆决定同居。

他们在下午六点左右碰面，到了八点半上甜点时，冠冕堂皇的聚餐原因连提都还没提。不过布隆维斯特确实发现自己很喜欢这对主人，和他们在一起十分愉快。

最后爱莉卡终于将话题导向他们前来讨论的主题。米亚将论文打印出来，放在爱莉卡面前，令人讶异的是题目相当有讽刺意味："来自俄罗斯的爱"，很明显是向伊恩·弗莱明[1]的经典小说致意。副标题则是"非法交易、组织犯罪与社会的反应"。

"你们必须认清我的论文与达格正在写的书之间的差异。"她说，"达格的书是一种论证，针对的是从非法交易中获利的人。而我的论文是统计、田野调查、法律条文，以及社会与法院如何对待受害者的研究。"

"你是说那些女孩。"

"通常是介于十五到二十岁之间的少女，劳工阶级，受教育程度低，家庭生活多半不稳定，许多人甚至在童年时期便受到某种虐待。她们来到瑞典的原因之一，就是听信了一堆谎言。"

"性交易商人的谎言。"

"在这方面，我的论文有一种性别的观点。研究人员很少能以如此清楚的性别界线来界定角色。女孩——受害者；男孩——组织者。这是唯一一种以性别角色本身为犯罪前提的犯罪形式，不过少数女人独立作业并从性交易中获利则是例外。这也是社会接受度最高，又或者是社会最疏于防范的一种犯罪形式。"

"可是瑞典确实有非常严苛的非法交易与性交易法。"爱莉卡说道，"难道不是吗？"

---

1 伊恩·弗莱明(Ian Fleming，1908—1964)，英国知名小说家，代表作为詹姆士·庞德系列小说。"来自俄罗斯的爱"即为他第五本小说的书名。中译本书名为《俄罗斯情书》。

“别说笑了。每年有数百个女孩——这显然没有公开的数据——被送到瑞典来卖春，也就是说让她们的身体受到有规律的强暴。当非法交易法实施后，在法庭上做了几次测试。第一次是二〇〇三年四月，被告是那个动过变性手术的疯狂老鸨。最后当然是无罪释放。”

“我以为她被判刑了。”

“她被判刑是因为开妓院，但非法交易的指控，被判无罪。重点是，受害的女孩们同时也是指控她的证人，后来消失回到波罗的海诸国。国际刑警组织试图追踪她们的下落，但经过几个月的努力后，认为是找不到了。”

“她们怎么样了？”

“没事。电视节目‘透视内幕’去了塔林进行后续追踪。记者才花了一下午就找到其中两人，她们和父母同住。第三个女孩则搬到意大利去了。”

“换句话说，塔林的警察效率不高。”

“在那之后，确实有几个被判刑的案例，但每个被判刑的人若非因其他罪行被捕，就是笨到家了，无法不被逮捕。法律纯粹只是用来装饰门面，并未被执行。现在的问题是，”达格说道，“罪行除了加重强奸外，通常还连带伤害、加重伤害并可能致死，有时候还有违法监禁。许多穿着迷你裙、化着浓妆被带到郊区别墅的女孩，每天就过着这样的生活。重点是像这样的女孩别无选择，要是不出去和那些龌龊老头性交，就可能被皮条客虐待折磨。这些女孩跑不掉，因为她们不会说这里的语言、不懂法律，也不知道能跑到哪儿去。她们不能回家，因为护照被拿走了，那个妓院老鸨案中的女孩，则是被锁在一间公寓里。”

“听起来像奴役集中营。那些女孩到底有没有赚到钱？”

“有啊。”米亚说，“她们通常要工作几个月后才能获准回家，而且可以拿到两万至三万克朗，这在俄罗斯是一笔不小的金额。不幸的是她们经常会染上酒瘾或毒瘾，照这样的生活方式，钱很快就会花光。这个系统因此得以生生不息，因为过不了多久她们又会回来，而且可以说是自动回到虐待者身边。”

“这一行每年的营业额有多少？”布隆维斯特问道。

米亚瞄了达格一眼，思索片刻后才回答。

“很难提出正确的答案。我们反复计算过，但这些当然多半是估计数字。”

“跟我们说个大概吧。”

“好，例如我们知道那个因为拉皮条被起诉却被判无罪的老鸨，在两年内从东欧带进三十五名女子，待的时间从几个星期到几个月不等。审判过程中发现，她们在这两年期间赚进了两百万克朗。我算了一下，一个女孩一个月大约可以赚六万克朗。假设其中约有一万五千是费用——交通、服装、食宿等等，她们的生活并不享受，可能得和一群女孩挤在卖淫集团提供的公寓里——剩下的四万五千克朗，集团拿走两万到三万，首领塞一半——就说一万五吧——到自己口袋，剩余的再由手下的司机、打手等等平分。女孩的酬劳是一万到一万二克朗。”

“每个月？”

“假设一个集团有两三个女孩为他们卖命，每个月大约可以赚进十五万。一个集团成员约有两三人，他们便以此为生。强制性交的进账状况大致如此。”

“总共大概有多少人呢……根据你的推测。”

“随时都有一百名左右卖淫的女孩，多少称得上是非法交易的受害者。也就是说在瑞典每个月的总收入在六百万克朗左右，每年约为七千万。这只包括因非法交易受害的女孩。”

“听起来像是蝇头小利。”

“的确是蝇头小利。但为了赚这么一点小钱，却得有一百名左右的女孩被强暴。一想到这个，我都快气疯了。”

“你这个研究人员好像不怎么客观哦！不过有多少烂人靠这些女孩生活？”

“我估计大概有三百人。”

“听起来似乎不是无法克服的问题。”爱莉卡说。

“我们通过了法案，媒体也大惊小怪地报道，却几乎没有人确实找这些东欧女孩谈过，对她们的生活也毫无概念。”

“那是怎么办到的？我是说实际操作。要毫不引人注意地将一个十六岁女孩从塔林带过来，应该非常困难。她们到了以后，又怎么运作呢？”布隆维斯特问。

“我一开始调查的时候，本以为有个非常完善的组织，利用某种专业黑手党的手法，将女孩们神不知鬼不觉地诱拐过边界。”

“结果不是吗？”玛琳问道。

“业务方面有组织，但我得到的结论是：里面其实有许多小规模、毫无组织的集团。什么阿玛尼西装、跑车就别提了——其中有一半俄国人或波罗的海人，一半瑞典人。集团首脑大概都是四十岁，受教育程度很低，一辈子问题不断，对女人完全抱持石器时代的想法。集团内的阶级顺序分明，手下通常都很怕他。他很暴力，经常处于精神恍惚状态，只要有人不听话就会被打个半死。”

莎兰德在宜家家居买的家具，在三天后的早上九点半送达。两个极其魁梧的人和一头金发、操着浓浓挪威口音的奈瑟握手致意后，立刻开始搬运箱子，由于电梯太小，来来回回跑了好几趟，接着组装桌子、柜子和床，花了一整天的时间。奈瑟还到索德哈拉纳市场外带一些希腊餐点，让他们当午餐。

宜家家居的人在下午四五点左右离开。莎兰德脱掉假发，在公寓里晃来晃去，不知道自己会不会喜欢这个新家。餐桌看起来太高雅，不像真的。厨房旁边的房间有分别通往门厅和厨房的门，是她的新客厅，摆了摩登的沙发，窗边还有扶手椅环绕着一张咖啡桌。卧室她很满意，并坐在汉尼斯床架上试试床垫的软硬。

她坐到工作室的书桌前，欣赏盐湖的景致。对，这样的摆设很好。我可以在这里做事。

不过要做什么事，她也不知道。

莎兰德利用晚上接下来的时间整理物品。她铺了床，将毛巾、床单和枕头套放进专用的橱柜，打开袋子拿出新衣，挂进衣橱。尽管买了那么多东西，却只填满一小部分的空间。她将台灯放到合适位置，碗盘、陶瓷器与餐具也分别收进厨房的柜子和抽屉。

她不满意地看着空空的墙壁，心想得去买几张海报或画。又或是挂毯。摆一盆花也不错。

随后她打开从伦达路搬来的纸箱，将书放到架上，而早该扔掉的杂志、剪报和旧调查报告则放进工作室的抽屉。旧 T 恤和破了洞的袜子顺手丢弃，毫无不舍。忽然间她发现一个假阳具，还放在原来的包装盒内。她面露苦笑。那是米莉安[1]送给她的许多荒诞生日礼物之一，她根本已经忘了自己有这个东西，也从未试用过。现在她决定弥补自己的疏忽，便将假阳具放到床头柜上。

她顿时变得严肃起来。*米莉安*。内心不由得一阵愧疚。她和米莉安的稳定关系持续了一年，后来为了布隆维斯特，她没作任何解释便抛下她，没有说再见，也没有告知出国的打算。她也没有向阿曼斯基道别，或是向"邪恶手指"的女团员们透露任何事。她们一定以为她死了，否则就是根本忘了她——她从来不是团体中的核心人物。

就在此刻她忽然想到自己也没有向格林纳达的布兰道别，不知道他会不会在海滩上寻找她。她想起布隆维斯特说过，友情奠基于尊重与信任。*我不断地消费我的朋友*。她心想不知米莉安还在不在，应不应该试着去联络她。

从傍晚一直到将近深夜，她都在工作室里整理文件、装设电脑、上网。她迅速地查看了一下投资情形，发现自己比一年前更富有了。

她例行性地检查毕尔曼的电脑，信件中并未发现任何足以怀疑他不循规蹈矩的地方。他的工作与私生活似乎都缩小到半停滞状态，不仅鲜少使用电子邮件，上网也多半在浏览色情网站。

直到凌晨两点，她才离线，进到卧室，将衣服脱下披在椅背上，

---

1 即《龙文身的女孩》一书中的"咪咪"。

然后在浴室照了好久的镜子，检视自己瘦巴巴又不对称的脸和那对新的乳房。还有背上的刺青——很美，是一条红、绿、黑交错的蟠龙。在外旅行的这一年来，她让头发留到肩膀长度，但离开格林纳达前夕，却拿了把剪刀剪了，现在仍是横七竖八的。

她感觉到自己的人生已经产生某种非常重大的改变，或者正在改变。也许是手上有了数十亿克朗，不用再锱铢必较。也许是迟到的成人世界正急着挤进她的生活。也许是因为母亲去世，让她了解到童年已经结束。

在热那亚的诊所做隆胸手术时，必须取下一个乳环。后来她除下嘴唇的唇环，在格林纳达岛上又除去左侧的阴唇环——阴唇擦伤了，而现在的她也无法想象自己当初怎么会在这个地方穿洞。

她打了个呵欠，取下已经穿了七年的舌钉，放在洗脸槽旁边架上的一个碗钵里，嘴里顿时觉得空空的。现在除了耳环之外，她身上只剩下两个地方穿洞：一个是左眉的眉环，一个肚脐饰环。

最后她终于钻进新的羽绒被里。新买的床非常大，感觉仿佛躺在足球场边缘。她拉起被子把自己裹起来，沉思良久。

第六章

一月二十三日星期日至一月二十九日星期六

莎兰德来到斯鲁森附近、米尔顿安保所在的办公大楼，从地下室搭电梯直达七楼，也就是米尔顿所占三层楼当中的顶楼。她用几年前盗制的卡片锁打开电梯门。走进未亮灯的走廊时，很自然地瞄了一下手表。星期日，凌晨三点十分。夜间警卫会坐在五楼的警报中心，离电梯很远，她几乎可以肯定这层楼除了她不会有别人。

她的惊讶一如往常，安保公司对自己的安保系统竟会犯下如此低级的错误。

过去一年间，七楼的改变并不大。她先去看了自己原来的办公室，那是阿曼斯基安置她的一个小隔间，就在走廊上一面玻璃墙后面。门没锁。除了有人在门内放了一个装废纸的纸箱外，其他完全没变：办公桌、办公椅、垃圾桶、一个（空）书架和一台过时的东芝笔记本电脑，硬盘小得可怜。

莎兰德看不出任何迹象显示阿曼斯基已将办公室腾给他人使用，虽觉得是好预兆，却也知道没有多大意义。这样的空间几乎没有任何用处。

莎兰德关上门，走过整条走廊，确认没有夜猫子待在任何办公室里，来到咖啡机旁稍作停顿，接了一杯卡布奇诺，然后用盗制的卡片锁打开阿曼斯基办公室的门。

里头也一如往常，整洁得叫人生气。她先很快巡视一圈，检查了书架后，才坐在桌前打开他的电脑。

她从夹克内侧口袋取出一片光盘，放进硬盘，接着启动一个名叫 Asphyxia 1.3 的程序。这是她自己写的，唯一的功能只是将阿曼斯基电脑中的网页浏览器 IE 升级为较新版本。过程约五分钟。

更新完毕，她取出光盘，以新版的 IE 重新启动电脑。这个程序无论外观或实际运作都和原始版本一模一样，只不过稍微大一点点、速度也大约慢个百万分之一秒。所有的安装都和原来一样，包括安装日期在内，因此不会留下新文档的痕迹。

她打了一个服务器在荷兰的 FTP 位址，出现一个指令画面。按下“复制”，名称打上“阿曼斯基／米保”，再按“完成”，电脑立刻开始将阿曼斯基的硬盘复制到荷兰的服务器。画面上有个时钟显示整个过程需要三十四分钟。

传输进行之际，她从书架上一个罐子里拿出阿曼斯基办公桌的备份钥匙，利用接下来的三十分钟翻阅阿曼斯基放在右手边最上层抽屉的资料，以得知他目前最重要的工作内容。当传输完毕电脑铃响后，她依照原来的顺序将资料放回。

然后，她关上电脑和桌灯，随手带走已喝空的咖啡杯。她依原路离开米尔顿安保，时间是凌晨四点十二分。

她走路回家后，坐在电脑前面，登入荷兰的服务器，启动复制的 Asphyxia 1.3 程序。这时出现一个视窗，询问硬盘名称。总共有四十个不同选项，她一一往下拉。其中有“尼斯毕尔曼”的硬盘，她通常每隔一个月就会去看一看。看到“麦可布隆／笔记本电脑”和“麦可布隆／办公室”时，她停顿了一下，这些图标都已经一年多没点进去了，有些犹豫该不该删除。后来决定原则上还是应该保留——既然都已经费工夫入侵一台电脑，就这样删除不免愚蠢，何况也许有一天整个程序得从头来过。另外一个名为“温纳斯壮”、许久未曾开启的图标也是一样。那个人已经死了。最后建立的“阿曼斯基／米保”的图标，在清单的最底下。

她原本可以早一点复制他的硬盘，不过一直没有这么做，因为当时在米尔顿工作，轻易便可取得阿曼斯基想对其他人隐瞒的资讯。她侵入他的电脑并无恶意，只是想知道公司现在接了哪些案子，想了解一下情况。她点了一下，一个名为“阿曼斯基硬盘”的新档案夹立即开启。她测试看能不能进入硬盘，并检查是否所有的资料都在。

她看了阿曼斯基的报告、财务报表和电子邮件，直到早上七点才终于爬上床，睡到中午十二点半。

一月最后一个星期五，《千禧年》举行年度大会，出席的有公司会计、一名会计师与四名合伙人：爱莉卡（百分之三十）、布隆维斯特（百分之二十）、克里斯特（百分之二十）与海莉·范耶尔（百分之三十）。玛琳则以杂志社工会主席的身份代表其他员工前来开会，工会成员包括玛琳、罗塔、柯特兹、莫妮卡与行销主任桑尼·马格努森。这是玛琳第一次参加董事会议。

他们从四点开始，开了一小时的会，大多时间都在讨论财务报表与稽核结果。很明显可以看出《千禧年》基础稳固，与两年前陷入危机的情形不可同日而语。根据会计报表，公司获利两百一十万克朗，其中大约有一百万来自布隆维斯特所写有关温纳斯壮事件的书。

众人也同意爱莉卡的提议，将其中一百万另设基金，以便将来应急之用；提拨二十五万作资本投资，例如购买新电脑与其他设备，以及编辑室的修缮费用等等；另外拿出三十万作为加薪之用，还可以和柯特兹签订全职合约。剩余部分，每位股东可分得五万克朗的红利，并将十万克朗平均分给四名员工，不分专任或兼职。桑尼没有分到奖金。根据合约，他可以从卖出的广告中抽取佣金，累积下来他可是所有员工当中收入最高的。这些提案全都无异议通过。

布隆维斯特提议删减自由稿件的预算，以便增加一名兼职记者。他心里想到的是达格。如此一来，他可以《千禧年》为自由撰稿的基地，将来若是进展顺利，便可聘为全职人员。但爱莉卡表示反对，原因是倘若没有大量自由稿件，杂志社不可能存活。海莉也支持她的看法；克里斯特则是弃权。最后决定不碰自由稿件的预算，但可以研究一下能否调整其他费用。大家都希望达格加入团队，至少当个兼职的撰稿人。

接下来简短讨论了未来的管理与发展计划。爱莉卡再次当选下一年度的董事长，随后便宣布散会。

玛琳自始至终未置一词。她和同事们能得到两万五千克朗的分红，已经超过月薪，她感到很满意。

年度大会结束后，爱莉卡召开合伙人会议。因此其他人离开会议室后，爱莉卡、布隆维斯特、克里斯特和海莉继续留下。爱莉卡宣布开会。“议程上只有一个事项。”她说，“海莉，根据亨利和我们的协议，他的共有权有效期是两年，如今期限就快到了，我们得决定你——或者应该说亨利——在《千禧年》中的股权变动。”

“我们都知道我叔叔之所以投资，是在非常不寻常情况下的冲动之举。”海莉说道，“如今那个情况已经解除，你有何提议？”

克里斯特气恼地皱起眉头。他是这里头唯一对那个不寻常情况一无所知的人，布隆维斯特和爱莉卡不得不瞒着他。爱莉卡只告诉他，说是布隆维斯特无论如何都不愿谈及的私事，但布隆维斯特的沉默很明显与赫德史塔及海莉有关。他无须知道所有细节，一样能作出决定，而且出于对布隆维斯特的尊重，也没有将问题闹大。

“我们三人讨论过，也作出了决定。”爱莉卡直视着海莉的眼睛，说道，“但在解释我们的主张之前，我们想听听你的想法。”

海莉朝三人依次瞥了一眼，最后视线停留在布隆维斯特脸上，却解读不出任何信息。

“如果你们想收购我们家族的股份，加上利息大约需要三百万。你们付得起吗？”她口气温和地说。

“可以。”布隆维斯特面带微笑地回答。

他为亨利完成任务后，这个上了年纪的企业巨子付给了他五百万克朗。具有讽刺意味的是，任务的一部分便是找出他侄孙女海莉的下落。

“那么就由你们决定吧。”海莉说，“协议上载明了到今天你们便可以不再让范耶尔家族持有股份。我绝不会像亨利一样，签订这么随便的契约。”

“如果必要的话，我们可以买回你们的股份，”爱莉卡说道，“但真正的问题是你想怎么做。你是一家——其实应该是两家——大规模企业的总裁，你喝杯咖啡谈定一笔生意的金额，可能就是我们一年的预算。你为什么愿意把时间花在《千禧年》这种边缘事业上？”

海莉平静地看着这位董事长，许久没有开口。然后转向布隆维斯特，回答道：“自从我出生那天起，就一直拥有些什么。而我整天忙着经营的公司，阴谋内幕比一本四百页的罗曼史小说还多。我第一次参与你们的董事会，只是为了履行我不能忽视的义务。但你们知道吗？过去这十八个月来，我发现在这个董事会上获得的乐趣，比其他全部的董事会加起来都还要多。”

布隆维斯特听了若有所思。接着海莉转向克里斯特。

“你们《千禧年》所面对的问题不大，可以解决。经营公司当然想赚钱，这点不言而喻。可是你们所有人都有另一个目的，你们都想完成些什么。”

说到这里，她啜了一口水，然后定定地看着爱莉卡。

“至于究竟是什么，我还不太清楚。目标相当模糊。你们不是政治团体，也不是有特殊目的的团体，只需为自己负责。但你们却直指社会的弊病，而且不在乎与公众人物开战。你们常常想要改变情势，真正发挥作用。你们全都假装愤世嫉俗、否定一切存在的意义，但其实却是以本身的道德观在操控杂志社的方向，而且有几次我发现，那是一种相当特别的道德观。我不知道该如何形容，也许只能说《千禧年》具有灵魂吧。这是唯一让我因身为其中一分子而感到自豪的董事会。”

她接着沉默了好久，爱莉卡忍不住笑了。

“说得很不错，不过你还是没有回答我的问题。”

“我几乎未曾参与过如此古怪、荒谬的事，不过我很喜欢和你们在一起，感觉十分愉快。如果你们希望我继续待下来，我很乐意。”

“那好。”克里斯特说，“我们反复讨论之后一致同意，我们要买回你的股份。”

海莉睁大了双眼。“你们想踢掉我？”

“当初签约时，我们是引颈就戮，别无选择。从一开始，我们就不断数着日子，要从你叔叔手上买回股份。”

爱莉卡翻开一份文件夹，将几张纸摊在桌上，连同一张金额分毫不差的支票推到海莉面前。她看过文件后，不发一语便签了字。

“好了。”爱莉卡说道，“事情倒也简单。对于亨利为《千禧年》所做的一切，我要郑重表达感激之意，希望你能代为传达。”

“我会的。”海莉口气平淡，丝毫不带一点情绪。其实她不但觉得受伤也深感失望，没想到他们让她说出想留下来的话之后，还是决定踢她走。

“现在，我想看看你对另一份完全不同的合约有没有兴趣。”爱莉卡说着拿出另一份文件，推到桌面。

“我们不知道你个人有没有兴趣当《千禧年》的合伙人。价钱就和你刚刚收到的支票金额一样。契约里没有期限或额外条款，你将和我们其他人一样，是承担相同责任的正式合伙人。”

海莉诧异地挑起眉毛。“为什么还要拐这个弯？”

“这是迟早要做的事。”克里斯特说道，“我们原本也可以每年续约，或是直到董事们起争议再把你赶出去。不过这总是一份迟早要解除的合约。”

海莉手撑着下巴，目光锐利地审视他。然后看着布隆维斯特，再看看爱莉卡。

“我们和亨利签约是因为财务碰上困难，”爱莉卡说道，“现在和你签约，却是因为我们想这么做。和旧合约不同的是，以后要把你赶出去就没那么容易了。”

“这对我们来说有非常大的差异。”布隆维斯特低声说道，这也是他在这番讨论当中说的唯一一句话。

“其实我们认为你不只是以范耶尔这个姓氏提供经济上的支援，也为《千禧年》增加了些什么。”爱莉卡说，“你聪明、敏感，又能提出建设性的解决之道。直到目前为止你一直很低调，几乎像客人似的每一季拜访我们一次，但你对这个董事会而言却象征着前所未有的安定与方向。你有生意头脑。你曾经问过能不能信任我，而我对你也有同样的疑虑，如今我们都得到答案了。我喜欢你也信任你，我们都一样。我们不希望你借由某种复杂而混乱的法律形式成为我们的一员。我们希望你是合伙人，是真正的伙伴。”

海莉拿起合约，看了五分钟，最后抬起头来。

“你们三人都同意了？”她问道。

三人一齐点头。海莉于是拿笔签了字。

《千禧年》的合伙人们一块儿到塔瓦斯街上的“萨米尔之锅”吃晚餐。这是个安静的聚餐，有美酒与羔羊肉古斯古斯[1]相配，庆祝新伙伴的加入。谈话气氛很轻松，海莉却明显惶惑不安。她觉得有点像第一次约会般不自在：明明有什么事要发生，但谁也不知道究竟会是什么。

海莉七点半就要离开。她抱歉地说自己得回饭店，早点上床。爱莉卡要回家，丈夫还在等她，便陪她走了一段路，在斯鲁森分手。布隆维斯特和克里斯特又待了片刻，直到克里斯特开口告退，说他也得回家了。

海莉搭出租车到喜来登，直接回九楼的房间，更衣沐浴并换上饭店的浴袍后，坐在窗边望向骑士岛。她从袋中拿出一包登喜路。她每天只抽三四根烟，因此自认为是不抽烟的人，偶尔来一根也毫无罪恶感。

九点，有人敲门，开门一看是布隆维斯特，便让他进来。

“你这坏蛋。”她说。

他微微一笑，并在她脸颊上亲了一下。

“我真以为你们要把我踢出去。”

“就算是，我们也绝不会用那种方法。你知道我们为什么要重订合约吗？”

“当然，非常合理。”

---

1 以小麦粉制成的粗粒状北非食物，亦称为“北非小米”。

布隆维斯特掀开她的浴袍，一手放在她的胸部，轻轻抚摸。

“你这坏蛋。”她又说了一遍。

莎兰德在一道门前停下来，门牌上写着“吴”。方才从街上看到灯光，现在又听到里面传出音乐，可见米莉安·吴仍住在圣艾瑞克广场附近通特波街上的套房。现在是星期五晚上，莎兰德原本希望米莉安会出门去玩，住处会一片漆黑。如今有待找出答案的问题，就只剩米莉安还想不想和她有任何瓜葛，她是否还是孤家寡人。

她按了门铃。

米莉安开门后，讶异得双眉高耸，接着靠在门框边，手按着臀部。

“莎兰德。我以为你是死了还是怎样。”

“没死。”

“你想做什么？”

“这个问题有很多答案。”

米莉安朝楼梯间张望一下，才再次盯着莎兰德。

“说一个来听听。”

“我只是想看看你是不是还一个人，今晚想不想有个伴。”

米莉安似乎愣了几秒钟，随后放声大笑。

“无声无息消失一年半以后，还敢来按我家门铃问我想不想上床，这种人我只认识一个。”

“你要我离开吗？”

米莉安止住笑声，安静了几秒。

“莉丝……天哪，你是认真的！”

莎兰德等着。

最后米莉安叹了口气，将门打开。

“进来吧，我至少可以请你喝杯咖啡。”

莎兰德随她进屋，门厅的小桌边摆了两张凳子，她挑一张坐下。屋内面积二十四平方米：有一间拥挤的房间和一个外厅。厨房其实只是门厅角落一个可以煮东西的地方，米莉安还从浴室接了一条水管到洗碗槽来。

米莉安的母亲是香港人，父亲来自波登。莎兰德知道她的父母住在巴黎，她自己在斯德哥尔摩念社会学，还有一个姐姐在美国念人类学。米莉安那头剪短的乌黑头发和略带亚洲特色的五官，显然是遗传自母亲，而父亲则给了她一双湛蓝的眼睛。至于她的大嘴和雀斑却与父母都不像。

米莉安三十一岁，喜欢穿皮衣、光顾有表演艺术的俱乐部——有时候自己也会上场表演。莎兰德自从十六岁起，便不曾进过俱乐部。

米莉安除了上课外，每星期会有一天在斯维亚路旁某条街上的“化装舞衣时尚店”打工。上“化装舞衣”来的顾客都是渴望找些类似橡胶制的护士服或黑色皮制巫婆装的服饰，店内包办衣服的设计与制作。这间店是米莉安和几名女友合开的，对于每个月付几千克朗的学生贷款不无小补。莎兰德是在几年前的“同志光荣游行日”庆祝活动中，一个奇怪的表演节目上第一次看到米莉安，当天稍晚又在啤酒摊巧遇。米莉安穿着一件奇特的柠檬黄色塑胶洋装，露的比包起来的多。莎兰德丝毫不觉得那套衣服引人遐想，只是因为喝得太多，忽然想勾搭一个穿得像柠檬的女孩。令莎兰德大感惊讶的是，那颗柠檬看了她一眼就大笑起来，毫不扭捏地吻她之后说：“你正是我要的人。”于是她们回到莎兰德的住处，一整晚做爱。

“我就是这样。”莎兰德说，“逃离所有事物和所有人。我应该要说声再见的。”

“我以为你出事了。你还在这里的最后几个月，我们也不常联络。”

“我很忙。”

“你实在太神秘了，从来不谈自己的事。我甚至不知道你在哪里工作，或者当你不接手机的时候该找谁问。”

“我现在没有工作，而且你也和我一样，想要有性爱却不特别想要稳定的关系。或者其实你想要？”

“你说得没错。”米莉安过了好一会儿才说。

“我也是这样。我从不作任何承诺。”

“你变了。”米莉安说。

“变得不多。”

“你看起来年纪比较大、比较成熟，穿着也不一样了，还在胸罩里塞了东西。”

莎兰德没有多说。米莉安看过她裸体，当然会注意到这个改变。最后她垂下双眼，喃喃地说：“我去装了假奶。”

“你说什么？”

莎兰德抬起头，提高声量，却没发现口气中带着挑衅。

“我去意大利找了间诊所，做了隆胸手术，所以才会失踪。后来我一直在旅行。现在回来了。”

“你在开玩笑吗？”

莎兰德面无表情地看着米莉安。

“我真笨，你是从来不开玩笑的，史巴克小姐[1]。”

“我不会道歉，我只是实话实说。如果你要我离开，就直说吧。”

米莉安听了大笑。“拜托，我都还没看到成果如何，当然不会放你走。”

“我一直都很喜欢和你做爱，米莉安。你从不在乎我做什么工作，而我忙的时候，你就会找别人。”

米莉安早在中学初期便发现自己是同性恋。十七岁那年，经过几次摸索尝试后，终于在参加瑞典“同性恋、双性恋与跨性别”人权联盟在哥德堡举办的一次聚会时，领悟到性爱的奥秘。从那之后，她再也没有考虑过其他的生活形态。二十三岁时，曾有一次试图与男人发生关系，她机械化地做了所有该做的事，却不感到愉悦。此外她也属于那些少数中的少数，对于婚姻、忠诚以及在家度过舒适夜晚都不感

1 《星际迷航》中的主角之一，有外星人血统，个性严谨，凡事讲究逻辑。

兴趣。

“我已经回家几个星期了。我得知道是不是需要另外再去找人，或者你对我还有兴趣。”

米莉安弯下身，轻轻啄了一下她的嘴唇。

“今晚我本来打算念书。”

她解开莎兰德上衣的扣子。

“不过管他的……”

她又吻了她，并继续解扣子。

“我非得看看这个不可。”

再吻一下。“欢迎回来。”

海莉在凌晨两点左右入睡，布隆维斯特则醒着聆听她的呼吸。过了一会儿，他起身偷偷从她手提袋里拿了根登喜路，然后坐在床边的椅子上看着她。

他事先并未打算成为海莉的情夫，甚至想都没想过。在赫德史塔待了那段时间后，他一心只想和整个范耶尔家族的人离得远远的。平常和海莉只会在董事会上碰面，而且总是保持距离。他们知道彼此的秘密，但除了海莉在《千禧年》董事会中扮演的角色之外，他们的交易已经结束。

前一年圣灵降临节的假日期间，布隆维斯特到沙港的小屋去——这是几个月来第一次回去——希望能安安静静度个假，坐在门廊上看他的侦探小说。星期五下午，他去报摊买香烟的途中意外遇见了海莉。她显然也觉得有必要脱离赫德史塔，便订了沙港的饭店，来这里过周末。她小时候离开后便未曾再回来过。十六岁离开瑞典，再回到家乡已经五十三岁。是布隆维斯特找到她的。

两人惊讶地打招呼后，海莉陷入尴尬的沉默。布隆维斯特知道她的故事，而她也很清楚他为了隐瞒范耶尔家族骇人的秘密，违反了自己的行事原则，而且有一部分原因是为了她。

布隆维斯特邀请她到小屋。他煮了咖啡，他们便坐在外面的门廊上，聊了几个小时。自从海莉回国后，这是他们头一次详谈。

布隆维斯特忍不住问道："马丁地下室的东西，你怎么处理？"

"你真的想知道？"

"是的。"

"我亲自清除了，把能烧的都烧掉，屋子也拆了。我没法住在那里，也没法出售让别人住在那里。它带给我的所有联想都是邪恶的。我打算盖另一栋屋子来取代它，一间小屋。"

"你拆掉屋子，别人岂不讶异？那么豪华又现代化的房子。"

她微笑道："迪奇·弗洛德编造说屋子的地基太潮湿，改建的话太昂贵，干脆拆除。"弗洛德是他们家族的律师。

"弗洛德过得好吗？"

"他就快七十岁了。我让他很忙。"

他们一块吃午餐，布隆维斯特发现海莉正在向他倾诉她生命中最私密的细节。他问她为什么这么做，她想了一想，说这世上再也没有其他人能让她如此敞开胸怀。何况对于自己早在四十年前曾照顾过的小孩，也很难不敞开胸怀。

她这一生与三个男人发生过关系。最先是她的父亲，接着是她哥哥。她杀了父亲，逃离了哥哥，好不容易存活下来之后，认识了另一个男人，和他共同创造了新的人生。

"他充满温柔和爱，诚实且值得信赖。和他在一起我很幸福。我们共度了二十年快乐的时光后，他生病了。"

"你一直没有再婚？为什么？"

她耸耸肩。"我在澳大利亚有两个小孩，还要经营很大的农牧事业，不可能有空去度浪漫周末。而且我一点也不怀念性爱。"他们静默了片刻。"很晚了，我该回饭店了。"

布隆维斯特没有起身送客的意思。

"你想引诱我？"

"是的。"他回答。

他站起来拉起她的手，牵着她进入小屋，爬上卧室夹层。她忽然阻止了他。“我不太知道该怎么做。这毕竟不是我每天都会做的事。”

他们整个周末都在一起，后来便每三个月在杂志社开完董事会后共度一晚。这样的关系无法持久。她夜以继日地工作，常常出差，而且每隔一个月就得回澳大利亚，但她还是很珍惜偶尔与布隆维斯特的幽会。

两小时后，米莉安起身煮咖啡，莎兰德则赤裸着大汗淋漓的身子躺在被褥上头，一面抽烟一面透过房门看着米莉安。她很羡慕米莉安的身材，肌肉结实，轻易便能让人留下深刻印象。她每星期有三天晚上会上健身房，其中一天练泰拳或是什么狗屁空手道之类的，才能造就她这么棒的身形。

她就是迷人，不像模特儿那么美，但确实相当诱人。她喜欢煽惑、挑逗人，每当打扮起来参加宴会，任何人看到她都会产生兴趣。莎兰德不明白米莉安怎么会喜欢像她这种呆瓜，但心里还是很高兴。和米莉安做爱让莎兰德彻底释放开来，她轻松地享受这过程，予取予求也全力回报。

米莉安回来后将两只马克杯放在床边的凳子上，接着爬上床，翻身轻咬莎兰德的乳头。

“它们没问题。”她说。

莎兰德没有做声，只是看着米莉安的胸部。米莉安的胸部也不大，但在她身上看起来再自然不过。

“莉丝，要我老实说的话，你真的美呆了。”

“别傻了。我的胸部根本没什么差别，只不过现在至少有点胸部了。”

“你对自己的身材还真想不开。”

“你自己像白痴一样在健身，还说这种话。”

“我像白痴一样健身是因为我喜欢健身。很刺激，几乎跟做爱一样美妙。你应该试试看。”

“我偶尔会打拳击。”

"鬼扯……你打拳击顶多一个月一次，而且是因为想痛扁那些不知死活的家伙获得快感。那和健身的感觉不一样。"

莎兰德耸耸肩，不置可否。米莉安随即跨坐在她身上。

"莉丝，你太在乎你的身体了。你现在也应该知道，我喜欢和你上床不是因为你的外表，而是因为你的表现方式。我觉得你性感得要命。"

"你也是。所以我才会再回来。"

"不是因为爱？"米莉安假装伤心地说。

莎兰德摇摇头。

"你现在在和谁交往吗？"

米莉安略一迟疑，才点点头。

"应该有，算是有，可能有。总之有点复杂。"

"我不是在刺探。"

"我知道，但告诉你无所谓。是大学里的人，比我大一点，已经结婚二十年，但丈夫经常出门，所以他不在家时我们就混在一起。她没有出柜。我们是从去年秋天开始的，现在变得有点无聊。不过她真的非常迷人。另外，当然也还会和本来那群人出去。"

"我只是想知道以后还能不能再来看你。"

"我是很希望能再见到你。"

"即使我又消失六个月也一样？"

"只要保持联络就好。我想知道你是死是活，无论如何我都会记得你的生日。"

"没有附带条件？"

米莉安叹了口气微笑道："你知道吗？我想我可以和你这种人同居。当我想一个人的时候，你就不会管我。"

莎兰德没有答腔。

"只不过你不是真正的同志。你很可能是双性恋，但最重要的是你有性欲——你喜欢性爱，而且不在乎性别。你是个不确定的混乱因子。"

“我不知道自己是什么。”莎兰德说，“但我现在人在斯德哥尔摩，人际关系很差。事实上，在这里我一个人也不认得。自从我回家以后，你是第一个和我说话的人。”

米莉安表情认真地打量她。

“你真的想认识人吗？你是我所认识与人最有隔阂、最难亲近的人。不过你的胸部的确很迷人。”她伸出手指，拉扯她乳头下方的肌肤。“很适合你，不会太大也不会太小。”

莎兰德松了口气，验收的结果令人满意。

“而且感觉很真。”

她使尽全力地捏那对乳房，莎兰德几乎喘不过气来。她们彼此互望。接着米莉安俯身给莎兰德一个深吻，莎兰德予以回应，并以双手环抱住米莉安。咖啡就在一旁放凉了。

第七章

一月二十九日星期六至二月十三日星期日

星期六上午十一点左右，有一辆车驶进耶尔纳与凡格赫拉之间的硫磺湖——社区里总共不到十五栋建筑——停在最后一栋建筑前面，距离村子中心大约一百五十米。那是一栋就要倒塌的工业建筑，一度是印刷工厂，但如今大门口挂了一块招牌标示着“硫磺湖摩托车俱乐部”。放眼望去，看不到其他车辆，然而驾驶员下车前，仍小心地四下张望一番。此人身材高大，一头金发。外面空气很冷。他戴上棕色皮手套，从行李箱里拿出一个黑色运动提袋。

他并不担心被发觉。车子停在旧印刷厂旁边，要想不被看见是不可能的事。如果警方或任何公家单位想要监视这栋建筑，相关人员就得进行伪装、准备望远镜——还得架设在田野的另一头。如此一来，村民们难免会议论，而且其中有三间屋子的主人是硫磺湖摩托车俱乐部会员。

话说回来，他也不想进入那栋建筑。警方曾扫荡过几次俱乐部，谁也不知道里面有没有装上窃听器。也就是说，在俱乐部里面的谈话内容多半不离车子、女人和啤酒，偶尔也会说说哪只股票可以投资。

于是那人等着卡尔马纽斯·蓝汀来到外面的院子。这个绰号叫马哥的蓝汀是俱乐部会长，今年才三十六岁，长得高高瘦瘦，但多年下来却累积了一个相当可观的啤酒肚。他将暗金色头发绑成马尾，身穿黑色牛仔裤、靴子和厚重的冬天夹克。他有五项前科，其中两项是毒品轻罪，一次收受赃物，一次偷车兼醉酒驾驶。第五项罪名最严重，让他入狱一年：那是几年前，他在斯德哥尔摩一家酒吧发狂而犯下重伤害罪。

蓝汀和高大的来客握手后，一起慢慢走到院子的围篱边。

“几个月不见了。”蓝汀说道。

那人说："有个交易。三千零六十克的甲基安非他命。"

"条件和上次一样吗？"

"五五分账。"

蓝汀从胸前口袋里掏出一包烟。他喜欢和这个巨人做买卖。甲安的市价可以卖到每克一百六十至两百三十克朗之间，视供应量而定。那么三千零六十克差不多值六十万克朗。硫磺湖摩托车俱乐部会将三公斤分装成每包两百五十克装，销售给认识的毒贩。在这个阶段，每克价格会下跌到一百二十至一百三十克朗。

对硫磺湖摩托车俱乐部而言，这是非常吸引人的交易。不同于其他供应商的是，做这个买卖从来没有订金或定价之类的无聊玩意儿。金发巨人供货，要求拿百分之五十，收入的比例完全合理。他们多少都知道一公斤甲安能卖多少钱。至于确实的金额就要看蓝汀能成功地将毒品稀释到什么程度，总之可能有数千的差异，但成交之后巨人大约可以拿到十九万克朗。

这几年来他们已经买卖过无数次，总是用同样的方法。蓝汀知道巨人若是自己负责销售，获利可以加倍，他也知道这个人为何宁可选择较低的获利；因为这样他便可以隐藏于幕后，让硫磺湖摩托车俱乐部承担所有风险，收入虽然较少却也较有保障。另外还有一点与他打过交道的其他供应商不同，他与巨人之间的关系建立在稳固的商业原则、信用与善意之上。不动口角、不说废话，也不恫吓威胁。

有一回，武器买卖的交货不如预期，巨人也吞下了将近十万克朗的损失。蓝汀知道在这一行里，没有人能承担这样的损失。当他不得不老实告诉巨人时，心里真是吓坏了。蓝汀详细解释交易失败的原因，以及犯罪防治中心某位警员如何前来讯问韦姆兰的一名亚利安兄弟会成员。不过巨人倒不显得特别惊讶，甚至还表达同情之意。什么屁事都可能发生。整个交货计划只得全部取消。

蓝汀并非没有头脑。他明白利润少一点、风险小一点才是好买卖。

他并没有想过要欺骗巨人。那是大忌。只要诚实做账，巨人和他的伙伴们便不在意少赚一点。假如他要诈，这个金发巨人将会找上门来，蓝汀相信到时候自己肯定没命。

“什么时候可以交货？”

巨人将运动提袋丢在地上。

“已经带来了。”

蓝汀没有打开袋子确认，反而伸出手示意成交，接下来他会做他该做的。

“还有一件事。”巨人说。

“什么事？”

“我们想借助你做一件特别的事。”

“说来听听。”

他从夹克暗袋里掏出一个信封，递给蓝汀。蓝汀打开后，拿出一张护照相片和一张 A4 大小的纸，上头写了个人资料。他扬眉表示不解。

“这女孩名叫莉丝·莎兰德，住在斯德哥尔摩，索德马尔姆的伦达路上。”

“好。”

“她目前很可能不在国内，但迟早会出现。”

“知道。”

“我老板想和她好好谈谈，你得送活人过来。送到英根附近那个仓库。事后还要有人处理善后，必须让她消失得不留痕迹。”

“应该没问题。我们怎么知道她回家了？”

“我会告诉你。”

“代价呢？”

“完成整件事的话，一万如何？其实很简单。开车到斯德哥尔摩，找到她，把她带到我这里来。”

他们再次握手成交。

第二趟来到伦达路，莎兰德砰地跌坐到布满硬块的沙发上沉思。

她必须作出一些决定，其中之一便是应不应该再留下这间公寓。

她点了根烟，把烟吐向天花板，烟灰弹进一个空的可乐罐。

实在没有理由喜爱这间公寓。四岁时和母亲、妹妹一起搬进来，母亲睡在客厅，她和卡米拉共用狭小的卧室。十二岁时，“天大恶行”发生，她被送进儿童精神病院，十五岁开始，被送到一连串寄养家庭里。她的受托人潘格兰将这间公寓租了出去，等她满十八岁，需要一个住的地方时，又负责将公寓归还给她。

她这一生中，这间公寓几乎像是一个定点。虽然现在已不需要，她却不想卖掉，否则就表示会有陌生人闯入她的空间。

后勤方面的问题是她的邮件——如果会收到邮件的话——都会寄到伦达路来，若将公寓脱手，就得再找一个地址。莎兰德不想被正式记录在所有的资料库内，在这方面，她几近于偏执。她没有理由相信公家单位，或者应该说相信其他任何人。

她往外看着后院的防火墙，这辈子她都是这样看着那面墙。她忽然很庆幸自己决定离开这间公寓。在这里她从未感到安全。每当转进伦达路，接近楼下大门时，无论是否清醒，她总会敏锐地留意周遭环境，留意停放的车辆与路过的行人。她很确定在外头某个角落有人想伤害她，而且最可能趁她进出公寓时发动攻击。

一直没有人行动，但并不表示可以就此松懈。在所有公家记录与资料库中，都有伦达路的地址，而过去这么多年来，她始终无法改善自己的安全措施，只能提高警觉。如今情况变了，她不希望任何人知道摩塞巴克的新地址。直觉告诉她，要尽可能地保持低调。

但这样并不能解决处理旧公寓的问题。她思忖了好一会儿，拿出手机打给米莉安。

“喂，是我。”

“嗨，莉丝。这次才过一星期就联络了呀？”

“我在伦达路。”

“喔。”

“我在想，你愿不愿意接收这间公寓？”

“什么意思？”

“你住的地方像鸽子笼。”

“我喜欢我的鸽子笼。你要搬家吗？”

“这里现在没人住。”

米莉安似乎在电话另一头沉吟。

“莉丝，我负担不起。”

“这是住房协会公寓，而且全都付清了。房租一个月一千四百八十，肯定比你那个鸽子笼便宜。而且房租已经预付了一年。”

“可是你没想过把它卖了吗？肯定值不少钱的。”

“大概一百五十万，如果房产广告可以相信的话。”

“我付不起。”

“我不卖。你今晚就可以搬进来，想住多久就住多久，一年内不必付一毛钱。我不能把它租出去，但我可以把你当成室友列入合约，那么住房协会就不会找你麻烦。”

“可是莉丝——你这是在向我求婚吗？”米莉安笑着说。

“我现在不用这间公寓，但也不想卖掉。”

“小姐，你是说我可以免费住在那里？你是说真的？”

“真的。”

“多久？”

“多久都可以。有没有兴趣？”

“当然有。可以免费住在索德区中心的公寓，这种好事可不是每天都有。”

“有一个条件。”

“我想也是。”

“你想住多久都行，但我在名义上还是房客，我的邮件会寄到那里去。你只要帮我收信，再告诉我有什么重要的事就行了。”

“莉丝，你真是超级怪物。那你要住哪里？”

“这个以后再说。”莎兰德回答。

她们说好当天下午晚一点碰面，让米莉安好好看一看公寓。莎兰德心情好多了。她走到霍恩斯路的瑞典商业银行，拿了号码牌在一旁等着。

她出示证件，解释说自己前一阵子出国，现在想知道账户里的余额。金额是八万两千六百七十克朗。该账户已经闲置一年多，去年秋天曾存入一笔九千三百一十二克朗的款项。那是母亲留给她的。

莎兰德领出九千三百克朗，想将钱花在会让母亲高兴的地方。她走到罗森伦德街上的邮局，以匿名方式将钱捐给斯德哥尔摩某家妇女庇护中心。

爱莉卡关上电脑、伸伸懒腰，此时已是星期五晚上八点，她花了整整九个小时，为《千禧年》三月号做最后的润稿。由于玛琳全力投入达格的主题专刊，大部分的编辑工作只得由她亲自负责。柯特兹和罗塔也会帮忙，但他们擅长于撰文与查资料，对于编辑工作并不娴熟。

她十分疲倦、腰酸背痛，但对于这一天和大致上的生活都很满意。会计图表显示营运稳定，外稿若不能准时交也不至于迟得离谱，员工们工作愉快。都已经一年多了，温纳斯壮事件仍旧让他们肾上腺素分泌旺盛，亢奋不已。

试着按摩一下脖子之后，爱莉卡觉得自己需要冲个澡，便想利用办公室的淋浴设备，却又懒得动，只是把脚跷到桌上。再过三个月就要满四十五岁了，曾一度令她如此向往的未来已经开始成为过去，眼角和嘴边已经出现许多小细纹，但她知道自己的外表还过得去。尽管每星期上两次健身房，但出海远航时，要爬上桅杆却愈来愈吃力，偏偏每次都得由她来爬——因为丈夫有严重恐高症。

爱莉卡回想自己这四十五年的岁月，尽管起起伏伏，但大致堪称成功。她有钱、有地位、有一个让她十分快乐的家，还有一份自己喜欢的工作。她有个温柔、爱她的丈夫，结婚十五年了，她仍爱着他。另外还有一个懂得取悦人、仿佛精力源源不绝的情夫，也许无法满足她的灵魂，却能在她需要的时候满足她的肉体。

想到布隆维斯特她不禁微微一笑，不知道他何时才肯招认自己和海莉上床了。他们两人对彼此的关系一字未吐，但爱莉卡可不是三岁小孩。在某次八月份的董事会上，她便注意到他们之间交换的眼神。当晚她纯粹出于一份执拗，试着打了两人的手机，都关机。这当然不是无懈可击的证据，不过后来几次董事会议的当天晚上，总是联络不上布隆维斯特。每当看着海莉吃过晚餐后，总以同样借口说要早点上床而提早离开，实在觉得好笑。爱莉卡没有去刺探，也没有嫉妒。但话说回来，若有适当时机，她一定会取笑他们。

她从未干涉过布隆维斯特与其他女人的情事，只是希望他和海莉的关系不会给董事会带来问题。不过她并不真的担心。布隆维斯特总有各种方法能跟人好聚好散，曾与他有过牵扯的女人多半都仍与他保持友好关系。

能成为布隆维斯特的朋友兼红粉知己，爱莉卡非常开心。有时候他很愚蠢，有时候却又洞察力敏锐，简直有如先知。不过他始终不明白她对丈夫的爱，始终不能理解她为何对葛雷格·贝克曼如此着迷。他热情、慷慨、能令人振奋，最重要的是她最痛恨的一些男人特质，他多半都没有。贝克曼是她想要一起终老的人。本来想替他生个小孩，但一直没机会，如今已经太迟。总之，在人生伴侣的选择上，她想象不出还有比他更好、更安定的人——一个可以让她全心全意信赖，而且每当她需要的时候总能随时陪在身旁的人。

布隆维斯特则是截然不同。他这个人的特质极其多变，有时仿佛具有多重人格。在专业方面他很固执，对于手边工作的专注程度更是近乎病态。他抓到一个故事，就会勇往直前做到接近完美，然后再处理其余琐碎部分。处于巅峰状态的他光芒四射，但即使不是处于巅峰状态，他也总是比一般人杰出许多。他似乎有种与生俱来的直觉，能判断哪个故事有不可告人的秘密，哪个故事又会变得平淡枯燥。和他共事，她从未后悔过。

成为他的情妇，她也从未后悔过。

这世上只有一人明白爱莉卡对布隆维斯特的热烈情欲，那就是她丈夫，而他之所以能明白，则是因为她敢和他讨论自己的需求。那无关忠诚度，而是关乎欲望。与布隆维斯特做爱所能获得的高潮快感，其他男人都无法给予，包括她丈夫在内。

性爱对她而言很重要。她在十四岁时失去童贞，青少年时期多数时间都在寻求性爱方面的满足，却屡屡受挫。从和同学亲密爱抚、和老师发展畸恋，到电话性爱和恋物癖，她什么都尝试过，只要是能激发性爱欲望的事，也多半都试验过。她玩过绑缚，加入过极端夜总会，也参加过他们所安排的那种为社会所不容的派对。有几次她试着和其他女人做爱，却很失望，只能坦承这不合她的口味，女人带给她的兴奋感丝毫比不上一个男人，或两个男人。她曾和贝克曼一起和另一个知名的男性艺廊经营者探索过三人性爱，进而发现她的伴侣有强烈的双性恋倾向，而她自己在感觉到两个男人同时爱抚她、满足她的时候，也几乎兴奋得无法动弹，就如同她看着丈夫被另一个男人爱抚时，那种难以言喻的欢快感。夫妻俩反复和几个固定的伴侣体验这种刺激，每次都很成功。

因此倒也不是因为她和丈夫的性生活无趣或令人不满意，只是布隆维斯特给了她完全不同的体验。

他很高明。正因为他实在太好了，她觉得自己有贝克曼这个丈夫，又有布隆维斯特这个有求必应的情夫，可说已达到最理想的平衡状态。他们两人少了谁都不行，她也不打算在他们之间作抉择。

她丈夫明白的就是这一点：即使发挥再大的想象力，在按摩浴缸中做出再不可思议的姿势，他仍无法满足她的需求。

爱莉卡对于和布隆维斯特之间的关系最感到满意的，就是他毫无控制她的欲望。他没有一丁点嫉妒的心。而二十年前他们开始交往时，她自己虽然吃过几次醋，后来也发现对他根本无须吃醋。他们的关系建立在友情之上，对于朋友他无比忠贞。这样的关系可以经得起最严酷的考验。

但令她困扰的是，太多认识的人仍对他们俩之间的关系窃窃私语，而且总是背着她。

布隆维斯特是男人，大可以一张床睡过一张床也不会有人大惊小怪。而她是女人，有一个情夫，并得到丈夫默许——再加上她也对这个情夫忠心耿耿二十年——结果就成了餐桌上最有趣的话题。

她想了一下，拿起电话打给丈夫。

“亲爱的，你在做什么？”

“写东西。”

贝克曼不只是艺术家，主要还是艺术史教授，并写了几本书。他经常参与公开辩论，也担任几家大规模建筑事务所的顾问。过去这一年，他在写一本有关建筑物的艺术装潢与其影响的书，书中探讨为何人们在某些建筑物内可以获得成功，在其他建筑物则不然。这书已经开始发展成对功能主义建筑的攻击，爱莉卡猜想恐怕会引起骚动。

“写得怎么样了？”

“不错，很顺。你呢？”

“我刚做完最新一期，星期四就要送印刷厂了。”

“做得好。”

“我累死了。”

“你好像有心事？”

“你今天晚上有什么计划吗？如果我不回家，你会不会非常失望？”

“替我跟布隆维斯特打声招呼，顺便告诉他，他在违背上帝旨意。”贝克曼说。

“他可能会很高兴。”

“好，那就告诉他说你是个欲望不止的女巫，最后他会未老先衰。”

“这个他知道。”

“那么我就只能自杀了。我要继续写到昏死过去为止。好好玩吧。”

布隆维斯特正在安斯基德，达格和米亚的住处，讨论有关达格稿子的一些细节，差不多就要告一段落。她问他今晚有没有事，想不想替腰酸背痛的人按摩一下。

“你有钥匙。”他说，“别客气，就当自己家。”

“我会的。大约一个小时后见。”

她花了十分钟走到贝尔曼路，沐浴更衣又煮了浓缩咖啡后爬上床去，充满期待地等候着。

能令她获得最大满足感的应该就是和丈夫与布隆维斯特玩三人性爱，但这永远不可能实现。布隆维斯特是个十足的异性恋，她甚至喜欢取笑他有恐同症。他对男人毫无兴趣。这世上的事显然无法十全十美。

金发巨人烦躁地皱起眉头，都已经以十五公里的时速开了一小时，这林间小道的路况实在太差，有一度他认定自己走错了路。正当天色开始转暗，路终于变得开阔，小屋也出现在眼前。他停下车，关闭引擎，四下环顾。大约还要走五十码。

这一带是史塔勒荷曼地区，距离城镇玛丽弗雷德不远。林间小屋是样式简单的五十年代建筑。透过一排树，可以看到结了冰的梅拉伦湖。

他无法想象怎会有人在空暇时间，到如此偏僻的地方来。关上车门后，他顿时感到不安。这座森林有一种威胁感，像是要将他团团包围。他觉得有人在看着他。正起步往小屋走，忽然听到窸窣声，他立刻停下脚步。

他凝视林间，光线昏暗、悄然无声，没有风。他站了两分钟，全身神经紧绷，随后从眼角余光瞄到树林里有个人影在静静地、慢慢地移动。当目光对准后，那人影便静止不动地站在三十码外的林子里，注视着他。

他隐约感到惊慌，试图看清细节，却只看到阴暗、瘦削的一张脸。似乎是个侏儒，身高不到他的一半，身上穿的好像是松枝和青苔做成的短上衣。是森林小矮人？森林精灵？

他屏住呼吸，寒毛直竖。

接着他眨了六下眼睛，摇摇头，再定神一看，那东西往右边移动了大约十码。那里没有人。他知道那是自己的幻想，但却能清清楚楚地看到树木之间的影像。那东西倏地动了，靠得更近，仿佛忽左忽右、绕着半圈准备要攻击他。

金发巨人连忙走向小屋，敲门声似乎大了些。听到里面的人声后，内心的慌乱才平息下来。他转头去看。什么也没有。

但直到门打开，他才吐出气来。毕尔曼礼貌地招呼他，请他进屋。

米莉安将装着莎兰德物品的最后一个垃圾袋拖到地下室的回收间，重新爬上楼后气喘吁吁。公寓里干净得有如病房，还有肥皂、油漆和莎兰德刚煮好的咖啡味道。她正坐在凳子上，若有所思地看着空荡荡的房间，原来的窗帘、地毯、冰箱上的折价券，以及平常堆在门厅的垃圾，全都像变魔术般消失了。真没想到此时的公寓看起来这么大。

米莉安和莎兰德无论对服饰、家具或智能激发方面的品位都不同。不对，应该说米莉安对于自己住处的外观、摆设的家具以及该穿什么样的衣服，都有品位与明确的想法。但米莉安发现，莎兰德毫无品位可言。

在她像个房屋中介般严格检视过伦达路的公寓后，她们作了讨论，米莉安认为大部分东西都得扔掉，尤其是客厅那张恶心的土棕色沙发。有没有莎兰德想留下的东西呢？没有。于是两星期下来，米莉安花了几个长长的白天加上每天晚上几个小时，丢弃旧家具、清理橱柜、刷洗地板和浴缸，并重新油漆厨房、客厅、卧室和门厅的墙壁。她还给客厅的拼花地板涂上透明漆。

莎兰德对这类工作没兴趣，不过她来了几次，看着忙碌的米莉安看得入迷。最后，公寓几乎全清空了，只留下一张实木餐桌、两张坚固的凳子和客厅里一组牢靠的架子。餐桌已经破损不堪，米莉安打算用砂纸磨一磨，重新修整磨光；凳子则是顶楼某住户大扫除时，莎兰德前去突袭的战利品；至于架子，米莉安认为可以重新上漆。

“除非你改变心意，不然我这星期就要搬进来了。”

“我不需要这间公寓。”

“不过这间公寓很棒。当然还有更大更好的公寓，但我的意思是它就在索德正中心，租金又便宜。你不把它卖掉，损失可大了，莉丝。”

“我的钱够用。”

米莉安不再多说，但不太知道该如何解读莎兰德敷衍的回应。

“你现在住在哪里？”

莎兰德没有回答。

“可以让人去找你吗？”

“现在不行。”

莎兰德打开肩背包，拿出一些纸张交给米莉安。

“我和住房协会签了协议书。最简单的做法就是把你登记为室友，说我要把一半公寓卖给你。价格是一克朗。你得在合约上签名。”

米莉安拿出笔签了字，并补上她的生日。

“就这样吗？”

“就这样。”

“莉丝，我老觉得你有点奇怪。你明不明白你刚刚把一半公寓给了我？能拥有这间公寓我很高兴，但我不希望最后你忽然后悔，或是伤了我们之间的感情。”

“永远不会伤感情的。我要你住在这里，我觉得很好。”

“可是完全不求回报吗？你真是疯了。”

“你会替我处理信件，我们说好了。”

“我平均每星期只要花四秒钟就够了。你打不打算偶尔过来做爱？”

莎兰德直盯着米莉安看，沉默了好一会儿。

“我很想这么做，不过这不包括在合约里。只要你不想，随时可以拒绝。”

米莉安叹了口气。“我已经开始享受被包养的乐趣了。你看，有人给我一间公寓，替我付房租，偶尔还会过来跟我玩玩床上角力游戏。”

两人静坐片刻后，米莉安毅然起身走进客厅，关掉直接固定在天花板上的灯泡。

“过来。”

莎兰德随后跟去。

“我从未在刚油漆好、连一件家具都没有的公寓地板上做爱。我看过马龙·白兰度的一部电影，是有关巴黎一对夫妻，里头就有这样的场景。”

莎兰德瞄了瞄地板。

“我想玩一玩。你准备好了吗？”米莉安问道。

“我几乎随时都准备着。”

“今晚我要当个掌控的淫妇，一切都得听我的。脱掉衣服。”

莎兰德撇嘴一笑。她将衣服脱下，至少花了十秒钟。

“面朝下，趴在地板上。”

莎兰德照着米莉安的话做。拼花地板很凉，皮肤立刻起了鸡皮疙瘩。米莉安用莎兰德那件印着“你有权保持缄默”的T恤，将她双手反绑。

莎兰德忍不住想起两年前，恶心变态狂毕尔曼就是这样绑她。

相似之处仅只于此。

和米莉安在一起，莎兰德只有情欲的期望。当米莉安将她翻转过来，扳开她的双腿时，她并未抗拒。莎兰德在昏暗的室内看着她脱掉自己的T恤，对她柔软的胸部深感着迷。接着米莉安用自己的T恤蒙住莎兰德的双眼。她可以听见衣服窸窸窣窣的声音，几秒钟后，便感觉到米莉安的舌头舔着她的小腹，手指伸入她双股之间。她已经许久没有如此兴奋。她紧闭着被蒙住的眼睛，顺从米莉安的带领。

第八章

二月十四日星期一至二月十九日星期六

阿曼斯基听到有人轻敲门框，抬起头来，看见莎兰德站在门口，手里端着两杯用咖啡机冲泡的咖啡。他放下笔，推开报告。

“嗨。”她开口道。

“嗨。”

“这是礼貌性的拜访。可以进来吗？”

阿曼斯基合眼片刻，然后指指访客椅。他瞄了一眼时钟，傍晚六点半。莎兰德递给他一杯咖啡后坐了下来。他们彼此端详良久。

“一年多了。”阿曼斯基说。

莎兰德点点头。

“你生气吗？”

“我应该生气吗？”

“我没有道别。”

阿曼斯基撅着嘴。他很震惊，但同时也松了口气，至少莎兰德没有死。他蓦然感到一股强烈的气恼与无力感。

“我不知道该说什么。”他说，“你没有义务告诉我你现在在做什么。有什么事吗？”

他的声音比他自己预期的还要冷漠。

“我也不知道。主要只是想打个招呼。”

“你需要工作吗？我不会再雇用你了。”

她摇摇头。

“你在其他地方工作？”

她又摇头，嘴里似乎想说些什么。阿曼斯基等着。

“我一直在旅行。”她终于说了，“最近刚回来。”

阿曼斯基打量着她。她变了，无论是穿着或仪态，都流露出一种新的……成熟。而且胸罩里还塞了东西。

“你变了。你上哪儿去了？”

“到处跑……”她说，但一见到他恼怒的神色，便又补充道，“我去了意大利，然后又继续跑到中东，从曼谷再转到香港。在澳大利亚和新西兰待了一阵子，又在太平洋各个岛屿跑来跑去。在塔希提岛住了一个月以后，又到美国各地游历，最后几个月是在加勒比海度过的。我也不知道自己为什么不告而别。”

“我告诉你为什么：因为你根本不管别人死活。”阿曼斯基说得很实际。

莎兰德咬咬下嘴唇。“通常都是别人不管我的死活。”

“胡说八道！”阿曼斯基说，“你的态度有问题，有人想和你做朋友，你却当他们是狗屎。就这么简单。”

沉寂片刻。

“你要我离开吗？”

“随你高兴。你向来如此。不过如果你现在离开，以后就永远别再让我看到你。”

莎兰德忽然害怕起来。一个她尊敬的人即将抛弃她，她不知道该说什么。

“潘格兰中风两年了，你没有去看过他一次。”阿曼斯基毫不留情地继续说。

莎兰德不敢置信地瞪着阿曼斯基。“潘格兰还活着？”

“你连他是死是活都不知道。”

“医生说他……”

“医生说了很多。”阿曼斯基打断她，“他情况很不好，无法和任何人沟通，但去年复原了不少。说话不是太清楚，得仔细听才能明白他在说什么。很多事情都需要人协助，不过可以自己上厕所。关心他的人都会去看看他、陪陪他。”

莎兰德哑然地呆坐着。两年前，是她发现潘格兰中风的。她叫了救护车，医生们都摇头说诊断并不乐观。她在医院里陪护了一星期，直到有个医生告诉她潘格兰已陷入昏迷，苏醒的几率微乎其微。她于是起身，头也不回地离开医院，其后显然也未再查问后续情形。

她皱起眉头。在那同时她也被迫接受毕尔曼，而且在他身上花费不少精力。但包括阿曼斯基在内，没有人告诉她潘格兰还活着，说他情况已经好转。她从未想过这个可能性。

她眼中充满泪水。这辈子她从未如此深地感觉自己是个自私的烂人，也从未如此愤怒自责。她不禁低下头来。

他们一语不发地对坐着，最后阿曼斯基先开口说道："你还好吗？"

莎兰德耸耸肩。

"你怎么维持生活？有工作吗？"

"没有，我不知道自己想做什么，不过我有点钱，所以还过得去。"

阿曼斯基以怀疑的眼神细细打量她。

"我只是过来打个招呼……并不是想找工作。我不知道……如果哪天你需要我，也许我可以帮忙，不过得要我有兴趣才行。"

"你大概不想跟我说去年在赫德史塔发生了什么事吧？"

莎兰德没有回答。

"肯定发生了什么事。你回到这儿来借用监视器材之后，马丁·范耶尔就开车去撞卡车，还有人恐吓你。他妹妹也死而复生。说得婉转一点，这可是轰动一时。"

"我答应过不说的。"

"你也不想告诉我你在温纳斯壮事件中扮演的角色吗？"

"我帮小侦探布隆维斯特作调查。"她的声音忽然变得冷静许多，"如此而已。我不想牵扯进去。"

"布隆维斯特在到处找你，还每个月打电话来问我有没有你的消息。"

莎兰德沉默不语，但阿曼斯基发现她的嘴唇已紧闭成一条直线。

“我倒不是喜欢他，”阿曼斯基说道，“但不管怎么说，他也关心你。去年秋天我见过他一面，他也不想谈赫德史塔。”

莎兰德不想再谈论布隆维斯特。“我只是过来打招呼，告诉你我回来了。我不知道会不会待下来。这是我的手机和新的电子信箱，如果你需要联络我的话。”

她交给阿曼斯基一张纸，然后站起身来。走到门边时，他喊住她。

“等一下。你打算做什么？”

“我要去看潘格兰。”

“很好，但我是说……你打算做什么工作？”

“不知道。”

“你总得赚钱吧？”

“我说过了，我可以过得去。”

阿曼斯基往后躺靠在椅子上。他从来不懂得如何解读她的话。

“你不告而别我实在很生气，几乎就要下定决心永远不再相信你。”他做了个鬼脸，“你太不可靠，不过的确是个很厉害的调查员。我接下来可能有个工作很适合你。”

她摇了摇头，却又走回他的桌边。

“我不想跟你讨工作。我是说我不需要工作，真的。我现在经济独立了。”

阿曼斯基皱着眉头说：“好，你经济独立了，天晓得这是什么意思，总之我相信你。但如果你需要工作……”

“阿曼斯基，你是我回来以后第二个找的人。我不需要你的工作。不过这几年来，你一直是少数几个我尊敬的人之一。”

“每个人都得赚钱维生。”

“对不起，但我已经对私人调查没兴趣。如果碰到真正有趣的问题，再告诉我。”

“什么样的问题？”

“你完全搞不清楚状况的那种。如果你解决不了，或不知道该怎么办的话。要我替你工作，你就得想点特别的。也许是行动方面的。”

“行动方面？你？可是你随时都可能消失得无影无踪。”

“我一旦答应做的事，从来不会逃跑。”

阿曼斯基无助地看着她。所谓“行动”是他们的术语，也就是现场作业，包含范围极广，可能是贴身保镖，也可能是艺术展的监视任务。他的行动人员都是自信、可靠的老手，其中多数具有警察背景，而且百分之九十是男性。莎兰德和他为米尔顿安保的行动小组人员所订制的一切标准，都恰恰相反。

“这个嘛……”阿曼斯基还在犹豫，她却已消失在门外。他摇摇头。真是个怪人。怪透了。

不到一秒钟，莎兰德又回到门口。

“对了……你派了两个人保护那个女演员克莉丝汀·卢瑟弗一个月，因为有个疯子写恐吓信给她。你觉得那是熟人干的，因为写信的人知道很多关于她的小事。”

阿曼斯基瞪着莎兰德，全身仿佛触了电。她又来了。一个她根本不可能知道的案子，她却抛出了相关情报。

“所以呢？”

“那是假的。信是她和她男朋友写的，作为宣传伎俩。过几天她又会收到一封信，然后在下星期泄漏给媒体。他们很可能会指控米尔顿泄漏消息。现在就把她的案子推掉吧。”

阿曼斯基还没来得及开口，她已经不见了，他只能呆望着空空的门口。这件案子她不可能知道任何细节，米尔顿里面一定有她的眼线。但除了他本身，只有四五个人知道这件事——就是行动组长和对恐吓案进行报告的极少数人……而且他们都是可靠的专业人员。阿曼斯基摸摸下巴。

他低头看着桌子。卢瑟弗的案卷锁在里头，办公室有警报器。他又瞄了一眼时钟，心想技术部门的主管哈利·法兰森应该已经下班，于是打开电子信箱，发了一封邮件给法兰森，请他第二天早上到他办公室来安装监视器。

莎兰德直接回到摩塞巴克的家中。她很匆忙，因为感觉很紧急。

她打电话到索德的医院，转接了几次之后终于打听到潘格兰的下落。过去十四个月来，他一直住在厄斯塔的一家康复中心。她忽然想到阿普湾。她打电话过去，院方说他在睡觉，但欢迎她第二天去探望他。

莎兰德整个晚上都在客厅里走来走去，心情十分恶劣。她早早便上床，而且几乎一上床便睡着。早上七点起床、淋浴，到 7-eleven 吃早餐。八点，走到环城大道上的租车中心。*我得弄一部自己的车。*她又租了几星期前开到阿普湾的那辆尼桑。

将车停在康复之家附近时，她感到说不出的紧张，但仍鼓起勇气走进去，来到服务柜台。

柜台的女服务员看了她的证件后，解释说潘格兰正在健身房进行治疗，要到十一点以后才有空，请莎兰德到等候室稍坐或是晚一点再回来。她回去坐在车里，一边等一边抽烟。到了十一点，她回到柜台，服务人员请她去餐厅，从右手边的走廊直走下去，然后左转。

她走到门口停下来，从半满的餐厅里面认出了潘格兰。他面向着她，但正聚精会神地看着盘子。他用奇怪的姿势抓着叉子，非常专注地想把食物送到嘴边。大约每三次会失手一次，食物便从叉子上掉落。

他好像缩水了，大概老了一百岁，脸似乎不能动，看起来很奇怪。他坐在轮椅上。直到此刻莎兰德才真正认知到他还活着，阿曼斯基并没有说谎。

潘格兰第三次试着叉起一口奶酪通心粉，一面暗暗诅咒。无法正常走路，他无可奈何，有许多事情力不从心，他也认了。但他实在痛恨自己无法正常吃东西，有时还会像婴儿一样流口水。

他完全清楚该怎么做：以正确的角度放低叉子、往前推、举起来，然后送进口中。问题在于协调性。他的手有自己的灵魂。当他指示它举起来时，它就会慢慢地滑到盘子旁边。即使好不容易将它带向嘴边，它也常常在最后一刻改变方向，落在他的脸颊或下巴上。

不过康复的效果仍逐渐显现。六个月前，手抖得十分厉害，根本连一汤匙也送不进口里。如今用餐也许依旧耗时，但至少已能自己进食，他还要继续努力，直到能够再次随心所欲地控制四肢。

当他放下叉子准备再叉一口时，忽然从后面伸出一只手，轻轻地取走叉子。他看着叉子叉起一些通心粉，高举起来，心想这只像玩偶般细瘦的手很面熟，转过头恰巧与莎兰德四目交接。她的目光充满期待，似乎很焦虑。

潘格兰注视着她的脸好一会儿，心忽然狂跳起来，然后张开嘴吃下食物。

她一口一口地喂他。平常潘格兰很讨厌被喂食，但他了解莎兰德的需求。她喂他不是因为他是个无助的包袱，而是以一种谦卑的姿态——对她来说这是极其罕见的情形。她叉起适当的分量，等着他咀嚼完毕。他指了指那杯插着吸管的牛奶，她便端起来喂他喝。

等他吞下最后一口，她放下叉子，对他投以询问的眼光。他摇摇头。整顿餐用完，他们没有交谈一字一句。

潘格兰背靠在轮椅上，深深吸了口气。莎兰德拿起餐巾，替他抹嘴。他觉得自己好像美国某部电影中正在接受各方角头致意的黑社会老大。他想象着她会如何亲他的手，也不禁对自己的荒谬幻想感到好笑。

“你想在这里能弄到一杯咖啡吗？”她问道。

他回答得口齿不清，嘴唇和舌头无法正确地发音。

“必租……纠录宾。”*备餐桌在角落旁边。*她猜出来了。

“你要来一杯吗？和以前一样，加牛奶不加糖吗？”

他打了个“是”的手势。她拿走他的餐盘，不一会儿便端着两杯咖啡回来。他发现她喝黑咖啡，这倒是不寻常，后来见她将他喝牛奶用的吸管放在咖啡杯里，不由得微微一笑。潘格兰有千言万语想跟她说，却一个音节也发不出来。不过他们的目光一次又一次，不断地相遇。莎兰德显得非常内疚。最后她终于打破沉默。

“我以为你死了。”她说，“如果知道你还活着，我绝对不会……我老早就会来看你了。请原谅我。”

他低下头，嘴唇扭了一下，浅浅地一笑。

“我离开的时候，你陷入昏迷，医生跟我说你会死。他们说你会在几天内死去，我就走了。对不起。”

他抬起手放在她的小拳头上。她转而紧紧握住他的手。

“以斯租了。”你失踪了。

“阿曼斯基告诉你的？”

他点点头。

“我去旅行了，我需要离开一下。我没有跟任何人道别，就这样走了。你担心吗？”

他缓缓地摇摇头。

“你根本不需要担心我。”

“我粗不按心以，以一上欧不意有事。阿门西恩按心。”我从不担心你，你一向都不会有事。但阿曼斯基很担心。

她又露出撇嘴的招牌笑容，潘格兰这才放下心。他仔细地瞧着眼前这个女人，和记忆中的她作比较。她变了。变得整齐、洁净，穿着相当讲究，唇环拿掉了……嗯……脖子上的黄蜂刺青也不见了。看起来长大了。他笑了，这是几个星期来的第一次，听起来像一阵咳嗽。

莎兰德也展开笑颜，内心顿时充满一股许久未曾感受到的暖意。

“你租迪恩袄。”你做得很好。他用一只手比着她的衣服。她点点头。

“我现在很不错。”

“新机物人袄吗？”新监护人好吗？

潘格兰发现莎兰德的脸一沉，瘪起了嘴，直视着他。

“他还好……我可以应付得来。”

潘格兰挑眉表示询问。莎兰德却环顾餐厅，转移话题。

“你来这里多久了？”

潘格兰虽然中风，目前说话与动作的协调都仍有困难，但心智却十分健全，他的雷达立刻侦测到莎兰德的声调不对劲。认识她这么多年来，他发现她从未对他正面撒谎，但也不是全然坦白。她不说实话的方式就是转移他的注意力。她和新的监护人之间显然有问题，对此潘格兰并不讶异。

他深感懊悔。有多少次他想过打电话给毕尔曼——即使不是朋友，毕竟也是同行——问问莎兰德的近况，后来却又忘了？在他仍有权限的时候，为什么不对法院裁定她失能提出异议？他知道为什么——是因为他的私心，他想继续和她保持联系。他没有女儿，便把这个冥顽不灵的小孩当成女儿来疼，并且希望有借口维持这段关系。何况，那根本太困难了。现在的他连踉踉跄跄走到厕所、拉开裤子拉链，都很费力。他觉得是自己失信于莎兰德。*不过她总会活下去……她是我所认识的能力最强的人。*

“地乌。”

“我不明白。”

“地乌瓦意。”

“地方法院？什么意思？”

“气销以……西勒……西么……”

潘格兰涨红了脸，由于发不出音来，整个脸纠结在一起。莎兰德把手搭在他的手臂上，轻轻一按。

“潘格兰……别担心我。我有计划，很快就要处理我的失能宣告。这已经不是你需要担心的事，不过我可能还是需要你帮忙。可以吗？必要的时候你能当我的律师吗？”

他摇了摇头。

“袄哦。”*老了*。他用指节敲着轮椅扶手。“笨袄都。”*笨老头*。

“对，你要是这种态度就是个笨老头。我需要一个法律顾问，我要你来当。你也许不能出庭，但却能在适当的时机给我建议。好吗？”

他又摇头，然后才点头。

“估租？”

“我不懂。”

“以现租斯么？不斯阿门西？”你现在在做什么？不是阿曼斯基？

莎兰德沉吟不语，盘算着该如何解释自己的情况。太复杂了。

“我已经不替阿曼斯基工作了。我不用为了赚钱替他工作，我有自己的钱，过得很好。”

潘格兰的眉头再度纠结在一起。

“从今天开始，我会常常来看你。我会把一切都告诉你……不过不要太紧张。现在我有其他的事要做。”

她弯身将一个袋子提到桌上，从里面拿出一个棋盘。

“我已经整整两年没机会痛宰你了。”

他不再坚持。她不知想搞什么鬼，又不肯谈。他确信自己对她的事将产生重大疑虑，但也对她有足够信心，知道她想做的事或许游走在法律边缘，却绝不是违背天理的罪行。潘格兰和大多数认识她的人不同，他相信莎兰德是个真正有道德的人。问题是她的道德观不一定与司法体系一致。

她替他把棋子排好后，他认出这是自己的棋盘，不禁大吃一惊。一定是他生病后，她进公寓偷走的。当做纪念吗？她给他白棋。顿时他高兴得像个孩子。

莎兰德陪了潘格兰两小时，打败了他三次，正当两人为了棋赛争执不下时，却被一名护士给打断，说他下午的物理治疗时间到了。莎兰德收拾好棋子，折起棋盘。

“你能告诉我他在做什么样的物理治疗吗？”她问护士。

“是肌力与协调性的训练。我们在慢慢进步，对不对？”

潘格兰板着脸点点头。

“你已经可以走几步路。到了夏天，就可以自己到公园散步了。这是你女儿吗？”

莎兰德和潘格兰对望一眼。

“昂以。”养女。

“你能来看他真好。”你这段时间都躲到哪儿去了？莎兰德对这明显的暗示故作不解。她俯身亲亲潘格兰的脸颊。

“我星期五再来。”

潘格兰费力地从轮椅上站起来。她陪他走到电梯，等电梯门一关，立刻到柜台要求见主治医生。柜台人员请她去找一位A·席瓦南丹医师，办公室在走廊另一头。她自我介绍，说她是潘格兰的养女。

“我想知道他现在的状况，以及将来会有什么发展。”

席瓦南丹医师翻开潘格兰的记录簿，读了前几页。他的皮肤因出过天花而留下痘瘢，还留了一道稀薄的山羊胡，莎兰德看了觉得很可笑。他终于看完抬起头来。出乎她意料的是，他说话带着芬兰腔。

“我的记录里面，潘格兰先生没有女儿也没有养女。事实上，他最亲近的人好像是一个八十六岁的表亲，住在耶姆特兰。”

“他从我十三岁起就开始照顾我，直到他中风为止。当时我二十四岁。”

她伸手从夹克内袋掏出一支笔，丢在医师面前的桌上。

“我名叫莉丝·莎兰德。把我的名字写在他的记录簿上，在这世上我是他最亲近的人。”

“也许是吧。”席瓦南丹医师口气坚定地回答，“但假如你是他最亲近的人，你可是拖了好久才让我们知道。据我所知，只有一个人偶尔会来看他，虽然和他没有亲戚关系，但是万一他情况恶化或过世，我们得通知这个人。”

“应该是德拉根·阿曼斯基。”

席瓦南丹医师扬起眉头。

“没错，你认识他？”

“你可以打电话给他，确认我的身份。”

“不必了，我相信你。听说你坐在那里和潘格兰先生下了两小时的棋。不过没有他的许可，我不能和你讨论他的病情。”

“那个老顽固永远不会许可的。其实，现在是错觉让他感到痛苦，他认为不应该让自己的病痛成为我的包袱，认为他还对我有责任。事情是这样的：这两年来我以为他死了，昨天才发现他还活着。如果我早知道他……说来复杂，我只想知道他的诊断结果以及将来会不会复原。”

席瓦南丹医师拿起笔，工整地将莎兰德的名字写入潘格兰的记录簿，并询问她的社会保险号码与电话号码。

“好了，现在你正式成为他的养女了。也许这并不完全符合规定，但是，自从去年圣诞节阿曼斯基先生来过之后，你是第一个来看他的人……今天你也看到了，应该看得出来他有协调和说话的问题。他之前中风。”

“我知道，是我发现后叫救护车的。”

“喔，那么你应该知道他在加护病房待了三个月。他昏迷了很久，昏迷这么久的病人多半都醒不过来，但他的确醒来了，显然还不准备死去。首先他被安置在完全无法自理的慢性病患护理病房，本以为全无希望，不料他竟出现进步迹象，并在九个月前搬到这里进行康复。”

“他恢复行动和语言能力的几率有多大？”

席瓦南丹医师双手一摊。“你有更厉害的水晶球吗？老实说我也不知道。他有可能今晚便死于脑溢血，也可能再过二十年正常的生活，我无法得知。可以说全看上帝的旨意了。”

“如果还能活二十年呢？”

“他的康复过程很辛苦，一直到最近几个月才终于看到进步。六个月前，他必须有人协助才能进食。一个月前，几乎还不能离开椅子，部分是因为躺了太久肌肉萎缩。现在已经能自己走一小段路了。”

“还会更好吗？”

“会，甚至会好很多。跨越第一道门槛是最难的，但现在每天都能看到进展。他已经失去将近两年的生命，再过几个月就到夏天了，希望他能到公园散步。”

“那说话呢？”

“他的问题是语言中枢和行动能力都受损，丧失这些能力已经很长一段时间，他一直被迫学习如何控制身体、重新说话。他不一定记得该使用哪些字，有些字甚至得重新学过，但毕竟不像小孩牙牙学语——他知道字词的意义，只是发不出音来。再给他几个月，你就会看出他的说话能力比今天进步多少。行动的能力也一样。九个月前，他还左右不分，在电梯里也分不清上下。”

莎兰德沉思了一下，发现自己挺喜欢这个有着印度人长相和芬兰口音的席瓦南丹医师。

“‘A’是什么的缩写？”她问道。

他颇感兴味地看她一眼。“安德斯。”

“安德斯？”

“我在斯里兰卡出生，三个月大的时候被一对住在土尔库的夫妻收养。”

“那好，安德斯，我能帮上什么忙？”

“来看他，给他脑力的刺激。”

“我可以每天来。”

“我倒不希望你每天来。如果他喜欢你，最好让他期待你的造访，而不是感到厌烦。”

“有没有什么特殊护理能让他进步得更快？不管多少钱我都愿意付。”

他对莎兰德笑了笑。“特殊护理恐怕只有我们这里有了。我当然希望能有多一点资源，希望预算削减不会影响我们，但我向你保证他在这里受到非常完善的照顾。”

“如果不需要担心预算削减，你还能为他提供什么？”

“像潘格兰这种病患，最理想的当然就是给他一个全天候的个人运动教练。但是在瑞典早就已经没有这种资源。”

“聘请一个。”

“你说什么？”

“替他聘请一个个人教练，尽可能找到最好的。请你明天第一件事就做这个。还有在技术设备方面，一定要满足他所有的需求。我会负责在周末以前让你们有资金去付钱。”

“小姐，你在捉弄我吗？”

莎兰德用她严厉、坚定的眼神瞥向席瓦南丹医师。

米亚踩下刹车，将她的菲亚特停在旧城区地铁站外的路旁。达格打开车门后，滑进副驾驶座，探身亲亲她的脸颊。她将车驶离，跟在一辆巴士后面。

“哈啰。”她说话时仍紧盯着其他车辆，“怎么一脸严肃，发生什么事了吗？”

达格叹着气系上安全带。

“也没什么，只是书稿出了点问题。”

“什么问题？”

“再过一个月就要交稿了。我们计划质问二十二个对象，我才做了九个。那个秘密警察毕约克有点麻烦。这混蛋请了长期病假，家里电话也不接。”

“人在医院吗？”

“不知道。你有没有跟国安局打听消息的经验？他们甚至不会承认他是他们的人。”

“他父母那边呢？”

“都死了，他没结婚，有个兄弟住在西班牙。我实在不知道该怎么找到他。”

米亚驶过斯鲁森进入通往尼奈斯路的隧道时，瞥了身旁伴侣一眼。

“最糟的情况就是舍弃毕约克那一部分。我们打算揭发的每个人，在曝光之前都得有机会发表意见，这点布隆维斯特很坚持。”

“可是放弃一个和妓女鬼混的秘密警察代表太可惜了。你打算怎么做？”

“当然是找到他了。你还好吧？紧张吗？”

他小心地戳了戳她一侧的身体。

“那倒不会。下个月我得作论文答辩，然后就能成为地地道道的博士，我觉得自己冷静得不得了。”

“这个主题你都能倒背如流了，何必紧张？”

“看看你后面。”

达格转头看见后座有一个打开的箱子。

“米亚——印出来了！”他高兴地拿起一本装订好的论文。

来自俄罗斯的爱：

非法交易、组织犯罪与社会的反应

研究生：米亚·约翰森

“不是说下星期才出来吗？真是的……回家以后要开瓶酒。恭喜啦，博士！”

他又探身亲了她一下。

“冷静点，我还要三个星期才是博士。还有，我开车的时候，你的手安分一点。”

达格笑了起来，随后又变得严肃。

“对了，说件扫兴的事……大约一年前你访问过一个叫伊莉娜·P的女孩。”

“伊莉娜·P，二十二岁，来自圣彼得堡。第一次来这里是在一九九九年，后来来回了几趟。她怎么了？”

“今天我碰见古布朗森，就是负责调查南泰利耶妓院的警察。你上星期有没有看到报道？他们在那边的运河里发现一具女性浮尸，还上了晚报的头条。就是伊莉娜。”

“天哪，太可怕了！”

他们静静地驶过斯坎斯库尔。

“我论文里面提到她。”米亚先开口道，“我给她取了假名叫‘塔玛拉’。”

达格将《来自俄罗斯的爱》翻到访谈部分，迅速地翻阅后找到了“塔玛拉”。米亚经过古尔玛广场和巨蛋体育馆时，他专注地读着。

“她是被一个你称为安东的人带到这里来的。”

“我不能用真名。口试时可能会受到批评，但我不能说出女孩们的姓名，否则她们真的会有生命危险。很明显，我也不能透露嫖客的身份，因为他们可能会猜出我找哪些女孩谈过。所以所有的个案研究，我都用假名。”

“安东是谁？”

“他的名字很可能是札拉。一直无法套问出他的身份，但我想他应该是波兰人或南斯拉夫人，而且这不是真名。我和伊莉娜聊过四五次，却直到最后一次碰面，她才告诉我他的名字。当时她正试图让生活回归正轨，脱离这个行业，不过她肯定非常怕他。”

“我在想……大约一个星期前我碰巧看到札拉这个名字。”

“在哪里？”

“我在和桑斯壮对质——一个当记者的嫖客。混账到家的家伙。”

“怎么说？”

“他其实不是真的记者，只是替各种公司写广告稿。他对强暴有很多变态的幻想，还会施加在那女孩身上……”

“我知道，我亲自跟她谈过。”

“那你知道公共卫生协会发行了一本关于性病的手册，内容是他写的吗？”

“不知道。”

“我上个星期去质问他。当我摊出所有证据，问他为什么利用东欧的雏妓来满足自己的强暴幻想，他整个人失控到不行。后来我才慢慢问出个所以然来。”

“所以呢？”

“桑斯壮不只是顾客，还替性交易黑手党跑腿。他跟我说了几个他知道的名字，其中也包括这个札拉。关于这个人他没特别说什么，不过这不是个常见的名字。”

米亚瞄了他一眼。

“你知道他是谁吗？”达格问道。

“不知道。我一直无法确认他的身份，这只是个偶尔冒出来的名字。女孩们似乎都很怕他，谁也不愿意多说什么。”

第九章

三月六日星期日至三月十一日星期五

席瓦南丹医师正要走进餐厅，一眼瞥见潘格兰和莎兰德，便立刻停下脚步。他们正埋首棋局。现在她每星期来一次，通常是星期日。每次都下午三点左右到，然后和潘格兰对弈几个小时，直到晚上八点左右他该上床了，她才离开。医师发现她对待他并不像一般人对待病人——两人似乎不时地争吵，而她也不在意潘格兰侍候她、替她端咖啡。

这个自称是潘格兰养女的奇特女孩，席瓦南丹医师摸不透她的心思。她外貌相当奇特，对周遭的一切似乎都抱持怀疑，好像毫无幽默感，也无法与人正常对话。他问她从事什么工作时，她总会顾左右而言他。

在第一次来访的几天后，她带了一叠有关某非营利基金会的文件来，并宣称该基金会创立的唯一目的，就是协助护理中心为潘格兰做康复工作。该基金会董事长是直布罗陀的一名律师。另外还有一名律师，地址也在直布罗陀，还有一个户名为雨果·史文森、地址在斯德哥尔摩的账户。基金会必须最高筹得两百五十万克朗，供席瓦南丹医师运用，但唯一用途是给予病患潘格兰一切可能的照顾与设备，让他得以痊愈。席瓦南丹只需向会计师申请必要资金即可。

这样的安排即使不是独一无二却也十分罕见。席瓦南丹唯恐这其中有任何违反职业道德的情形，因而苦思数日，最后确定没有问题，便聘请约翰娜·卡洛琳娜·欧斯卡森担任潘格兰的个人助理兼教练。她今年三十九岁，是合格的物理治疗师，拥有心理学学位和丰富的康复经验。出乎席瓦南丹意料的是，她的雇用合约一签订，基金会便提早将她第一个月的薪水支付给医院。在此之前，他还隐约担心这可能是某种恶作剧。

不到一个月的时间，潘格兰的协调性与整体状况都有了显著进步，从他每星期接受的测试便能看出。至于这些进步有多少归功于教练、多少归功于莎兰德，席瓦南丹也说不准。毫无疑问的是，潘格兰非常努力，而且总像个孩子似的热切盼望她的到来，就连屡战屡败的棋局似乎也让他乐在其中。

有一回，席瓦南丹医师陪他们一块下棋。潘格兰下白棋，以西西里防御开局相当正确，而且每走一步总是思考再三。无论中风之后身体多么不便，他脑力的敏锐度绝对毫无问题。

莎兰德坐在那里看一本有关电波望远镜在无重力状态中的频率测量的书。她在屁股下面垫了一块软垫，以便与桌面保持适当高度。潘格兰走了一步，她便抬头瞄一眼——显然并未研究棋局——便也走了一步，接着又继续看书。潘格兰在走了二十七步之后认输。莎兰德抬起头，皱着眉头检视棋盘约十五秒钟。

“不对，”她说，“你有机会能让我无子可动。”

潘格兰叹了口气，花了五分钟研究棋盘。最后眯起眼睛瞪着莎兰德。

“证明给我看。”

她将棋盘掉转过来，改走他的棋。走到第三十九步时，硬是让对方无子可动。

“我的老天！”席瓦南丹惊呼。

“她就是这样。千万别跟她赌钱。”潘格兰说。

席瓦南丹自己也是从小下棋，十几岁时在土尔库参加过校内竞赛得了第二，自认为是个有实力的业余好手。他看得出来，莎兰德是个神奇的棋手。她显然从未代表任何俱乐部参赛，而且当他提到这场比赛有点像拉斯卡那场经典赛时，她竟露出不解的表情。她从未听说过以马内利·拉斯卡[1]。他不免好奇她这才能是否与生俱来，如果是的

1 以马内利·拉斯卡（Emanuel Lasker, 1868—1941），德国籍犹太裔世界棋王，二十五岁那年为了争取世界冠军头衔，前往美国挑战当时已五十八岁的世界冠军史坦尼兹，两人也是年纪悬殊之战。

话，那么她是否还有其他可能令心理学家感兴趣的才能呢？

不过席瓦南丹什么也没说。他看得出来他的病人自从来到厄斯塔至今，情况从未这么好过。

毕尔曼回到家已经是晚上。在史塔勒荷曼外围的避暑小屋过了整整四星期，结果却令他沮丧。除了巨人已告知说对交易有兴趣，要他付十万克朗之外，情况根本毫无改变。

邮件堆在门垫上，他捡起来全放到餐桌上。对于工作和与外界相关的一切，他愈来愈不感兴趣，一直等到更晚才看信，而且是心不在焉随便翻翻。

有一封瑞典商业银行寄来的信，是莎兰德从储蓄账户提领九千三百克朗的明细单。

她回来了。

他走进工作室，将银行信件放在桌上，用充满恨意的目光注视着它达一分多钟，一面凝神细想。他不得不找出电话号码，然后拿起话筒，拨了一个使用预付卡的手机号码。电话那头传来金发巨人略带口音的声音。

“喂？”

“我是尼斯·毕尔曼。”

“做什么？”

“她回瑞典了。”

另一头沉默了片刻。

“好。别再打这个电话了。”

“可是……”

“你很快就会接到通知。”

接着电话就挂断了，毕尔曼气恼不已，暗暗诅咒。他走到酒柜前，给自己倒了三份肯塔基波旁威士忌，两口便干了。*我得少喝点酒*，他心想。接着又倒了一份，然后端着酒杯回到书桌旁，再次望着商业银行寄来的明细单。

米莉安正在替莎兰德按摩颈背。她已经用力揉捏了二十分钟，而莎兰德则是尽情享受，偶尔发出一声舒畅的呻吟。让米莉安按摩是非常美妙的经验，她觉得自己就像一只只想舒服地打呼、挥舞爪子的猫咪。

当米莉安拍拍她的背说可以了时，她几乎忍不住要失望叹息。莎兰德又躺了好一会儿，期望米莉安能继续，不料却听到她拿起酒杯的声音，便只好翻过身来。

“谢谢你。”她说。

“你在电脑前面坐了一整天，难怪会背痛。”

“我只是肌肉拉伤。”

她们赤身躺在伦达路公寓里米莉安的床上喝着红酒，自觉像傻瓜。自从莎兰德与米莉安复交后，好像怎么黏她都嫌不够。现在已经养成一个坏习惯，每天打电话给她——太频繁了。她看着米莉安，暗自提醒自己：可别再和任何人太亲密，否则最后可能有人会受伤。

米莉安把身子探出床沿，打开床头柜的抽屉，拿出一个用花卉包装纸包起来，还打了个金色蝴蝶结的扁平小包裹，丢到莎兰德的大腿上。

“这是什么？”

“你的生日礼物。”

“我的生日还有一个多月呢。”

“本来是去年要送你的，但是找不到你。”

“要现在打开吗？”

“随便你。”

她放下酒杯，摇摇包裹，小心地打开。里面是一个美丽的香烟盒，盖子是蓝黑相间的珐琅材质，有几个小小的中国字作为装饰。

“你真的应该戒烟。”米莉安说，“不过如果不戒的话，至少能有个漂亮的盒子装烟。”

“谢谢。”莎兰德说，“你是唯一送过我生日礼物的人。这些字是什么意思？”

“我哪知道，我又不懂中文。只是刚好在跳蚤市场看到。”

“很漂亮。”

“没什么价值的便宜货，可是看起来好像专为你做的。家里没酒了。要不要出去喝杯啤酒？”

“也就是说我们得下床穿衣服啰？”

“应该是吧。如果不能偶尔上上酒吧，住在索德还有什么意思？”

莎兰德叹了口气。

“走吧。”米莉安拨弄着莎兰德的肚脐环说道，“待会可以再回来。”

莎兰德又叹了口气，但已经一脚踩到地上拿内裤了。

达格窝在《千禧年》办公室的角落他被分配到的桌子前，工作到很晚，却听到一阵钥匙开门声。他看看时钟，发现已经九点多。布隆维斯特看见还有人在加班，似乎也吃了一惊。

“加班哪，麦可。我正在仔细修改书的内容，一时忘了时间。你怎么来了？”

“只是顺便来拿一份忘了带走的资料。一切还顺利吧？”

“当然……嗯，其实没有……为了找国安局的毕约克，我已经花了三个星期，他好像从人间蒸发一样，说不定是被敌方的秘密组织绑架了。”

布隆维斯特拉过一张椅子，坐下思索了一会儿。

“你有没有试过中奖的老把戏？”

“是什么？”

“想一个名字，写一封信说他赢得一个具有导航系统的手机之类的。要把它打印出来，看起来比较正式，然后寄到他的地址——像这种情形就寄到他的邮政信箱。他已经赢得一部手机，全新的诺基亚。除此之外，还有二十名幸运儿可以有机会赢得十万克朗，而他正是其中之一，只要他参与各种商品的市场调查即可。过程将由专业人员进行访谈，约需一小时。然后……就这样。”

达格看着布隆维斯特，目瞪口呆。“你是说真的？”

“有何不可？反正其他方法你都试过了，而且就算是国安局的情报人员应该也明白，二十分之一的机会赢得十万克朗是很难得的。”

达格不禁大笑。“你真是疯了。这样做合法吗？”

“送出一部手机有什么不合法的？”

“你真是有病。”

布隆维斯特本打算回家，而且平时也很少上酒吧，但他喜欢有达格作伴。

“你想不想去喝杯啤酒？”他问。

达格又看看时钟。

“好啊。”他说，“十分乐意。很快地喝一杯。我先留个话给米亚，她和朋友们出去，本来说好回家时顺便来接我。”

他们去了磨坊酒吧，主要因为那里舒服而且很近。达格一面写信给国安局的毕约克，一面咯咯地笑，布隆维斯特看着这个如此容易被逗笑的同事，有点不敢置信。他们很幸运，刚好有张靠近门边的桌子，两人各点了一大杯烈啤酒，便开始边喝啤酒边讨论达格的书。

布隆维斯特没有看见莎兰德和米莉安站在吧台边。莎兰德后退一步，让米莉安隔在她和布隆维斯特之间，再越过米莉安的肩膀看他。

打从回来以后她都还没有上过酒吧，没想到——运气这么好——一来就碰上他。*王八蛋小侦探布隆维斯特。*一年多来，第一次见到他。

“怎么了？”米莉安问道。

“没什么。”

她们继续聊天。或者应该说，米莉安继续说着几年前，她在伦敦遇见一个女同志的事情。她当时正在参观画廊，当米莉安试图去和她攀谈时，情况变得愈来愈有趣。莎兰德偶尔会点点头，但一如往常并未听到重点。

布隆维斯特变化不大，她心想。他看起来好得近乎荒谬：容易亲近、态度轻松，但表情凝重。他正仔细听着同伴说话，偶尔点一点头。似乎是严肃的话题。

莎兰德看了看布隆维斯特的朋友。留着金发小平头的男人，比布隆维斯特年轻几岁，正说得很投入。她不知道他是谁。

忽然间，一大群人走到布隆维斯特的桌旁和他握手。有个女人拍拍布隆维斯特的脸颊，不知说了什么，惹得大伙全笑了。布隆维斯特似乎有点害羞，但也笑了。

莎兰德怒目而视。

“你没有在听我说。”米莉安说。

“我有啊。”

“上酒吧真不该找你来。我放弃了。要不要回家去做爱？”

“等一下。”莎兰德说。

她略微向米莉安靠近，一手放在她的臀部上。米莉安低头看着同伴。

“我想吻你。”

“不要。”

“你怕别人以为你是同志？”

“我现在不想引起注意。”

“那就回家吧。”

“还不行，再等一下。”

她们并未等太久。二十分钟后，和布隆维斯特一起来的男人接到一通电话，他们便干了啤酒，一齐起身。

“你瞧，”米莉安说，“那边那个人是麦可·布隆维斯特。经过温纳斯壮事件后，他比摇滚明星还红。”

“不会吧。”

“你完全不知道那件事吗？差不多就在你出国那阵子。”

“我听说了。”

莎兰德又等了五分钟才看着米莉安。

“你刚才说想吻我。”

米莉安惊讶地看着她。“我只是开玩笑。”

莎兰德踮起脚尖，将米莉安的脸往下拉，给了她深深的一吻。两人分开后，周围响起一片掌声。

“你是个疯子，你知道吗？”米莉安说。

莎兰德直到早上七点才回到家，拉起T恤的领口闻了闻，想要冲个澡，又想管他呢，便将衣服丢在地板上，直接上床睡觉。一直睡到下午四点才起床，到索德哈拉纳市场去吃“早餐”。

她想到布隆维斯特，也想到自己突然和他同处一室时的反应。他的存在让她感到生气，但她也发现现在看到他已不再那么痛苦。他已经转化为地平线上的一个小光点，她生命中的一个小烦恼。生命中还有更严重的骚动。

不过她真希望自己有勇气走上前去打招呼，或者打断他的腿也行，她不确定自己想要怎么做。

总之，她很好奇他在忙什么。下午她买了一些东西，七点左右回家后，打开了笔记本，启动Asphyxia 1.3。名为“麦可布隆／笔记本电脑”的图标仍在荷兰的服务器上。她点了两下，打开布隆维斯特硬盘的拷贝。自一年多前离开瑞典后，这是她第一次进入他的电脑。令她高兴的是，他还没有升级到最新的MacOS，否则Asphyxia会出现错误，侵入也会结束。她知道必须重写程序，以免受到电脑升级的影响。

从上次进入至今，硬盘容量约莫增加了六点九GB，其中大部分是PDF文档与Quark文档。文件所占的空间不大，但尽管图像已经压缩，点阵图仍很占空间。重新回到发行人的职位后，他显然将每一期《千禧年》都存档了。

她将硬盘里的文档依日期排列，时间最早的置顶，发现过去几个月，布隆维斯特在一个名为“达格·史文森”的文件夹上花了许多时间，那显然是一本书的企划。随后她打开布隆维斯特的电子邮件，仔细地浏览信件中的寄件者栏。

有一个寄件者让莎兰德吓了一跳。一月二十六日，布隆维斯特竟然收到贱人海莉·范耶尔的信。她打开邮件，内容只有简短几行，是关于在《千禧年》办公室举行的一个年度大会，最后一句则说她和上次一样订了同一间饭店。

莎兰德咀嚼着这句话的含意，最后耸了耸肩，开始下载布隆维斯特的邮件和达格的书稿，书名为《吸血鬼》，副标题是“社会对卖淫业的支持”。另外她还发现一份名为“来自俄罗斯的爱”的论文副本，作者是一个名叫米亚·约翰森的女子。

她中断连线，到厨房煮点咖啡，然后抱着笔记本电脑坐到客厅的新沙发上，打开米莉安送的香烟盒，点了一根万宝路淡烟。接下来整个晚上都在阅读。

九点，看完了米亚的论文，她咬咬下唇。

十点半，看完达格的书。《千禧年》很快又要上头版了。

十一点半，她正看着布隆维斯特的最后一封电子邮件，忽然挺直了身子、瞪大双眼。

背上一股寒意直蹿而上。

是达格写给布隆维斯特的信。

达格附带提到他对一个名叫札拉的东欧帮派分子有一些想法，尚未定案，也许让他自成一章——但也承认距离交稿期限时间不多了。布隆维斯特还没有回信。

札拉。

莎兰德动也不动地坐着，直到屏幕保护程序启动。

达格将笔记本放到一旁，搔搔头，眼睛直盯着那一页最上方的两个字。

札拉。

他沉思三分钟，不断地在名字周围画圈，然后到小厨房倒了杯咖啡。这个时候该回家睡觉了，但他发现自己很喜欢夜里在《千禧年》的办公室工作，此时的大楼安安静静。

所有资料都在掌控中，但自从开始这项企划以来，他头一次觉得可能遗漏某项重要细节而感到不安。

札拉。

在此之前，他一直迫不及待想尽早把书写完、出版，现在却希望能有多一点时间。

他想到古布朗森警探让他看的验尸报告。伊莉娜的尸体在南泰利耶运河被发现，脸和胸部有多处重伤，死因是颈部骨折，但有另外两处伤势也被认为可能致命。她有六根肋骨断裂，刺穿了左肺，脾脏也破裂。这些伤很难解释。根据验尸官推测，可能是以布包裹木棍当作武器。凶手为何以布包裹凶器无法理解，但从伤势看来并非一般的强暴伤害。

这起凶杀案始终未破，古布朗森也说破案的希望十分渺茫。

米亚过去两年间搜集的资料当中，札拉这个名字出现过四次，但从来不是中心人物，总是带着怪异的谜样色彩。无人知道他是谁，甚至无人能提出他存在的证明。有些女孩提过，他的名字常被用作恐吓，对那些不听话的人来说是个可怕的警告。达格花了整个星期寻找关于札拉更具体的资讯，询问警方、记者，以及最近找到的与性交易者有接触的消息来源。

他也联络了记者桑斯壮——他绝对打算在书中揭露的人。桑斯壮百般恳求达格放他一马，甚至提出贿赂。达格不会改变心意，但仍以自己的优势向桑斯壮施压，要他透露关于札拉的信息。

桑斯壮声称自己从未见过札拉，只通过电话。没有，他没有电话号码。不行，他不能说出谁是负责联系的中间人。尽管贪腐邪恶的一面可能被披露，他对札拉的恐惧却更甚于此。他担心自己的生命安全。为什么？

第十章

三月十四日星期一至三月二十日星期日

往返厄斯塔的行程既耗时又费力。到了三月中旬，莎兰德便决定买辆车。但首先得先找到停车位，这比买车本身的问题更大。

摩塞巴克公寓大楼底下有个车位，但她不希望任何人从车子得知她住在菲斯卡街。另一方面，几年前她为伦达路那间住房协会公寓申请车位，列入了候补名单。于是她打电话去问自己现在是候补第几位，对方告诉她是第一位，不仅如此，到了月底便会空出一个位置。太美了。她连忙打电话给米莉安，请她立刻和协会签约。第二天，她便开始找车。

她的钱够多，想买劳斯莱斯或法拉利都不成问题，只不过她对一切奢华物品都丝毫不感兴趣，反而去纳卡找了两家车商，最后看中一辆车龄四年的酒红色本田车。她花了一小时检查包括引擎在内的所有细节，把业务员都给惹毛了。她依照原则砍了几千克朗并付现。

随后她将车开到伦达路，敲开米莉安的门之后，将钥匙交给她。当然了，只要事先说一声，米莉安也可以用车。由于车位要到月底才会空出来，车子便先停在路边。

米莉安正要出门约会看电影，这个女友莎兰德从未听说过。由于她浓妆艳抹、穿着劲爆，脖子上还戴了个像狗项圈的东西，莎兰德猜测对方应该是米莉安的情人之一。米莉安问她想不想一起去，她回答说不用了。她可不想和米莉安的某位长腿妹妹来个三人行，那些女友肯定性感妖艳至极，却会让她自觉像个白痴。反正莎兰德也刚好有事要进城，她们便一起搭地铁到干草市场站才分手。

莎兰德到斯维亚路上的“开关”店，在店家打烊前两分钟买了她要的东西。她买的是激光打印机的碳粉盒，并请店员将盒子拆掉，以便放进她自己的软背包。

走出店家时，她又饥又渴，便走到史都尔广场，挑了一家从没去过甚至没听说过的赫敦咖啡馆。她一眼就认出毕尔曼的背影，因此进门后立刻转身，站在面向人行道的大窗边，伸长脖子，从服务柜台后方观察她的监护人。

见到毕尔曼并未在莎兰德心中激发强烈情绪，没有愤怒、没有怨恨、没有恐惧。对她来说，没有他存在的世界必然会更好，但他之所以活着，纯粹是因为她觉得这样对她比较有利。她看向毕尔曼对面的人，看见他起身，不禁双眼圆瞪。嗒嗒。

那人高大得离奇，至少有两米高，体格不错。其实应该说体格非常好。他有一张柔和的脸和一头金色短发，但整体说来令人印象极为深刻。

莎兰德看见他弯身对毕尔曼低声说了几句话，后者点点头，并和他握手。莎兰德发现毕尔曼很快便缩手了。

你是个什么样的人，和毕尔曼又有什么关系？

莎兰德快速走下街道，站在一家香烟店的遮阳篷底下。她看着报纸橱窗，金发男子走出赫敦咖啡馆，看也没看便左转，从莎兰德后方不到半米处走过。她等他再往前走了几步，才随后跟去。

没有走很久。那人直接从毕耶亚尔路走下地铁站，在闸门口买了票。他在南下的月台上等候——刚好和莎兰德同方向——搭上往诺斯堡方向的车，在斯鲁森下车，转搭绿线往法格斯塔方向，然后又在斯坎斯库尔下车。他从地铁站走到约特路上的布隆柏咖啡馆。

莎兰德停在外面，打量着金发巨人来见的人。嗒嗒。莎兰德立刻看出这其中有不祥之兆。那人就年纪而言身材太胖，有一张窄窄的、不可靠的脸，头发整个往后扎成马尾，还留着老鼠般的髭须。他穿着麂皮夹克、黑色牛仔裤和一双古巴跟的靴子，右手背上有个刺青——但莎兰德看不清图案——手腕上戴了条金链，抽着好彩头香烟。他目光呆滞，神情恍惚，像是常吸毒的样子。莎兰德也注意到他在夹克底下还穿了一件皮背心，由此可知此人是飞车党人。

巨人没有点东西，似乎在下什么指令。穿鹿皮夹克的人仔细听着，但并未交谈。莎兰德提醒自己得赶紧买一个枪型定向麦克风。

五分钟后，巨人离开了布隆柏咖啡馆。莎兰德后退几步，不过他根本没往她这边看。他走了四十码来到通往万圣街的阶梯，坐上一辆白色沃尔沃。就在他开到下一个转角准备转弯时，莎兰德记下了车牌号码。

莎兰德匆匆赶回布隆柏，但桌子已经空了。她来来回回搜寻街道，却找不到绑马尾的男人。突然，她瞥见他正在对街，正要推开麦当劳的门。

她只得跟着进入餐厅，又看见他和另一个男人同坐，那人将背心穿在鹿皮夹克外面，上面印着：硫磺湖 M.C.（摩托车俱乐部）。标志图案是一个摩托车轮，设计得仿佛以一把斧头作装饰的克尔特十字架。

她在约特路上略站片刻后往北走去，内心的警戒系统铃声大作。

莎兰德顺道去 7-eleven 买了一个星期的食物：一包超大包装的比利牌厚皮比萨、三份冷冻焗烤鱼肉、三块培根派、一公斤苹果、两条面包、半公斤奶酪、牛奶、咖啡、一条万宝路淡烟和晚报。她沿着史瓦登街走到摩塞巴克，四下看看之后才按大楼门口的密码。她用微波炉加热一块培根派，拿起牛奶纸盒直接就喝。她按下咖啡机，然后启动电脑，点进 Asphyxia 1.3，登入毕尔曼的硬盘镜像备份并利用接下来的半小时浏览他的电脑内容。

毫无值得注意之处。他似乎很少写电子邮件，信箱中只有十二三封与朋友往来的私人信件，没有一封与她有关。

有一个最近建立的文件夹，里面全是色情照片，他显然仍对以性虐待的方式羞辱女人感兴趣。严格说来，这并不违反她不许他与女人有任何牵扯的规定。

她又打开一个文件夹，里面存放的是毕尔曼担任她的监护人的相关文件，她仔细地阅读每个月的报告，和他发送到她某个热邮信箱的副本全都相符。

一切正常。

或许有一个小差异……当她打开每个月报告的 Word 文档时，可以看出他通常是在月初写的，编辑每份报告约花四个小时，然后按时在每个月二十日寄给监护局。现在已是三月中，他却尚未开始写这个月的报告。偷懒吗？出去玩得太晚？忙其他的事？想玩什么把戏？莎兰德皱起了眉头。

她关上电脑，坐到窗边，打开香烟盒点了根烟，望向漆黑的窗外。她一直没有认真追踪他。他简直像只鳗鱼一样滑溜。

她是真的担心。先是王八蛋布隆维斯特，接着是札拉这个名字，现在又是王八蛋讨厌鬼毕尔曼，再加上一个和一群有犯罪记录的飞车党有瓜葛、孔武有力的肌肉男。就在短短几天内，莎兰德试图为自己建立的井然有序的生活中，已经出现一些不平静的涟漪。

第二天凌晨两点半，莎兰德来到欧登广场附近的乌普兰路，将钥匙插入毕尔曼居住的大楼大门。她来到他家门外站定，小心地推开信箱盖，将她在伦敦梅菲尔区的“反间谍”店中买来、敏感度极高的麦克风推送进去。她从未听说过艾伯·卡尔森，不过他就是在这间店买了那著名的窃听器材，导致瑞典司法部部长在八十年代末仓促辞职下台。莎兰德戴上耳机，调整音量。

她可以听见冰箱低声隆隆作响，至少有两个时钟发出尖锐的滴答声，其中之一是客厅前门左侧墙上的钟。她调高音量，屏住气息，听见公寓里各种咿咿呀呀、咯噔咯噔的声音，但没有人活动的迹象。过了一分钟，她才注意到一些很细微的声音，也才分辨出那是沉重、有规律的呼吸声。

毕尔曼在睡觉。

她抽出麦克风，塞进皮夹克的内袋。穿了暗色牛仔裤和皱纹胶底运动鞋的她，悄然无声地将钥匙插入钥匙孔，先将门推开一点点，等到从口袋拿出电击棒后才整个打开。她只带了这个，因为对付毕尔曼应该不需要更强力的武器。

她随手带上门，蹑手蹑脚地走到他卧房门外的走廊。看到台灯的亮光，她停下脚步，从她站的地方能听见他打呼的声音。她溜进卧室，见台灯立在窗边。怎么了，毕尔曼？怕黑吗？

她站在床边，注视了几分钟。他变老了，也显得邋遢，房里散发出不注意卫生的男人的味道。

她一点也不同情他，甚至有一刻眼中还闪过一丝无情的恨意。她发现床头柜上有个杯子，凑近闻了闻。是威士忌。

不一会儿她走出卧室，很快地巡视一下厨房，没有不寻常之处，便继续走过客厅，停在毕尔曼工作室门口。她从夹克口袋掏出一把捏碎的薄脆饼干，细心地放在黑暗中的拼花地板上，若有人企图越过客厅跟踪她，踩在碎片上的吱嘎声可让她有所提防。

她在毕尔曼的书桌前坐下，电击棒摆在面前，然后有系统地搜索抽屉、阅读所有处理毕尔曼私人账户的信件。她发现他在平衡收支方面变得比较草率、散漫。

最下方的抽屉上了锁。莎兰德蹙起眉头。一年前来此时，所有的抽屉都没有上锁。她眼神不集中地回想着抽屉内的物品，有一台相机、一个望远镜头、一台奥林巴斯袖珍型录音机、一本皮面装订的相簿，还有一个小盒子装了一条项链、一些珠宝和一枚刻着“蒂妲与雅各·毕尔曼，一九五一年四月二十三日”的金戒指。莎兰德知道那是他父母亲的名字，两人都已去世。这应该是婚戒，如今成了遗物。

也就是说他将自己认为贵重的物品上锁了。

她看了看书桌背后的卷门柜，拿出两个存放他为她所写的监护报告的文件夹，各花了十五分钟看完。莎兰德是个给人好感又诚实的女孩。四个月前他写道，她看起来非常理性、能力又强，下一次的年度审核应该可以讨论是否还有必要让她继续接受监护。报告内容措辞优雅，可以说是取消她失能宣告的第一要素。

文件夹内还有一些手写的记录，显示监护局有一位乌莉卡·冯·李班斯塔曾联络过毕尔曼，讨论莎兰德的大致情况。“有必要进行精神评鉴”这几个字底下画了线。

莎兰德不悦地噘起嘴来，将文件夹放回原处，又四下查看。

找不到任何重要的东西，毕尔曼似乎一切遵照吩咐行事。她咬咬下唇，还是觉得有什么不对劲。

她从椅子上起身，正要关掉桌灯时忽然住手，转而取出文件夹再看一遍。她感到困惑，文件夹里的内容应该更多才对。一年前，还有监护局提供的关于她从小到大成长历程的摘要。那个不见了。还在进行的案子，毕尔曼为何抽除其中的文件？她皱了皱眉头，想不出合理的原因。除非他又在其他地方建档。她的视线扫过卷门柜的架子和最底层抽屉。

撬锁工具没有带在身上，因此她悄悄走回毕尔曼的卧室，从他挂在木质西装架上的西装外套里取出钥匙圈。抽屉里的物品和一年前大致一样，只是多了一个扁平盒子，外面印着一把科特点四五麦格农手枪。

她回想两年前针对毕尔曼所作的调查。他喜欢射击，也是某射击俱乐部会员。根据官方枪支登记记录，他确实有一把科特点四五麦格农手枪的执照。

她只得勉强作出结论：也难怪他要锁上抽屉。

这种情形她不喜欢，却又无法立刻想出任何借口叫醒毕尔曼，把他吓得屁滚尿流。

米亚在早上六点半醒来，听见客厅有小小的电视声，闻到刚煮好的咖啡香，还听见达格敲打笔记本电脑键盘的声音，不禁露出微笑。

她从未见过他如此认真地写一则报道，《千禧年》是很好的动力。他常常为写作瓶颈所苦，而和布隆维斯特、爱莉卡与其他人混在一起，却似乎有所帮助。每当布隆维斯特指出他的缺点或推翻他的部分推论后，他总会情绪低落地回家来，然后更加努力。

她心想此时扰乱他的注意力不知是否恰当。她的月事已经晚了三个星期，还没有验孕，也许时候到了吧。

她很快就要满三十岁了，再有不到一个月就要进行论文答辩。米亚博士。她又微微一笑，决定在一切确定前先不告诉达格。也许可以等到他的书写完，而她也通过口试举行派对庆祝的时候。

她又眯了十分钟才起床，裹着床单走进客厅。他抬起头来。

“现在还不到七点呢。”她说。

“布隆维斯特又在摆架子了。”

“他对你不好？你活该。你很喜欢他不是吗？”

达格往后躺靠在沙发上，与她对望，片刻后才点点头。

“在《千禧年》工作很棒。昨晚你来接我以前，我和麦可在磨坊酒吧谈了一会儿，他想知道这个企划结束后我要做什么。”

“啊哈！那你怎么说？”

“我说不知道。我已经干了这么多年自由撰稿人，如果能有比较稳定的工作也不错。”

“《千禧年》。”

他点点头。

“麦可是在试探我的意思，看我对兼职工作有没有兴趣。合约内容和柯特兹、罗塔一样。我可以从《千禧年》得到一张桌子和一份基本工资，至于其他就看我的本事了。”

“你想做吗？”

“如果他们提出具体的条件，我会答应。”

“好吧，可是现在还不到七点，又是星期六。”

“我知道，我只是看看有没有什么地方可以再润色一下。”

“我觉得你应该回床上来润色其他东西。”

她微笑看着他，掀开床单一角。于是他留下电脑待命。

接下来几天，莎兰德花了许多时间在电脑上做调查，调查方向很广泛，却始终不确定自己要找什么。

部分事实的搜集很简单，从媒体资料库便整合出硫磺湖摩托车俱乐部的历史。这个俱乐部在报纸报道中的名称是“塔耶哈雷骑士”，早期位于南泰利耶外围一间废弃的校舍里，曾因附近居民听到枪声报警而遭扫荡。警方以惊人的阵势冲入，终结了一个因为喝啤酒喝得烂醉，而变质为以一把AK4步枪进行射击比赛的派对，后来更查出这把枪是二十世纪八十年代初从如今已解散的西博腾I二〇步兵团偷来的。

据一家晚报报道，硫磺湖俱乐部有六七名会员与十来名喽啰。所有的正式会员都坐过牢，其中两个特别引人注目。俱乐部会长是卡尔马纽斯·蓝汀（外号“马哥”），警方于二〇〇一年扫荡会所时，他的照片上了《瑞典晚报》。在八十年代末、九十年代初，他曾因盗窃、收受赃物与毒品罪被判刑五次，其中一次因为涉及重伤害罪入狱十八个月。一九九五年出狱后不久，他便成为塔耶哈雷骑士，也就是现在的硫磺湖摩托车俱乐部会长。

根据警方扫黑小组的报告，俱乐部第二号人物是现年三十七岁的桑尼·尼米南，曾被判刑不下二十三次。他是在十六岁那年，因伤害与盗窃罪被判缓刑、送入感化院时，加入了帮派。接下来的十年间，他被判刑的记录包括五次盗窃、一次加重盗窃、两次恐吓、两次与毒品有关的罪名、勒索、袭警、两次持有非法武器、一次与武器相关的刑事罪名、酒醉驾驶和六次普通伤害。他被判刑的尺度却让莎兰德不解：缓刑、罚款、重复短期入狱三十至六十天，直到一九八九年才因重伤害与强盗罪被判十个月。几个月后出狱，一直到一九九〇年十月都安安分分。后来又在南泰利耶一间酒吧与人斗殴，结果以过失杀人被判处六年徒刑。他在一九九五年出狱。

一九九六年，他因为为三名抢劫犯提供武器成为从犯而落网，被判处四年徒刑，一九九九年被释放。有一则二〇〇一年的新闻报道虽然未指名尼米南，但对嫌疑犯的描述之详细，其实与指名道姓无异。根据报道内容，他很可能涉及敌对帮派一名成员的命案。

莎兰德下载了尼米南与蓝汀的警方建档照片。尼米南很上相，有一头暗色鬈发和一对危险的眼睛。蓝汀看起来就像个大白痴，而且毫无疑问就是在布隆柏咖啡馆与巨人见面的人。尼米南则是在麦当劳等候的那个。

通过机动车监理所，她发现那辆白色沃尔沃是从埃斯基尔斯蒂纳的“汽车专家”租车中心租来的。她拨了电话，对接电话的雷菲克·奥巴说：

“我叫格尼拉·汉森。昨天有个人开车撞死我的狗，然后逃跑了。那个混蛋开的是你们公司的车，我看到车牌了。是一辆白色沃尔沃。”她说出了车牌号码。

“我很遗憾。”

“光是遗憾恐怕不够吧。你告诉我那个驾驶员的名字，我要要求赔偿。”

“请问你向警方报案了吗？”

“没有，我想私下解决。”

“很抱歉，除非已经向警方报案，否则我不能透露顾客姓名。”

莎兰德声音一沉，说他们不肯用简单的方法解决，反而逼她向警方检举公司顾客，这样做好吗？奥巴再次道歉，并重申这是公司规定，他也无能为力。

札拉这个名字是另一个死胡同。除了停下来吃比利牌比萨时休息过两次之外，莎兰德几乎一整天都抱着电脑，只有一瓶一点五公升的可口可乐作伴。

她找到的札拉有好几百个，从意大利运动选手到阿根廷作曲家都有，却偏偏没有她想找的那个。

她也试了札拉千科，还是碰壁。

沮丧之余，她砰地摔到床上，一睡就是十二个小时，醒来已是上午十一点。她煮了点咖啡，在按摩浴缸中放水，倒入泡泡沐浴精，一面泡澡一面喝咖啡、吃三明治当早餐。这时候真希望米莉安在旁边陪伴，不过她连自己住在哪里都还没告诉她。

她泡完澡、擦干身子后，穿上浴袍，又打开电脑。

达格·史文森和米亚·约翰森这两个名字的搜寻结果较令人满意。从谷歌的搜索引擎，很快便能大概得知他们这几年做了些什么事。她下载了几篇达格的文章，还发现一张作者相片，果然就是她在磨坊酒吧看见和布隆维斯特在一起的人，这倒不意外。如今名字和长相终于连在一起了。

她也找到几篇和米亚有关或是她写的文章。她最初受到媒体关注，是因为写了一篇报告，探讨男女在法律上所受到的不平等待遇。有一些是妇女团体通讯刊物中的评论与文章，而米亚自己也写过其他文章。莎兰德仔细地阅读。有些女权主义者认为米亚的论点十分重要，但也有人批评她“在散布中产阶级的幻想”。

下午两点，她进入 Asphyxia 1.3，但点选的不是“麦可布隆 / 笔记本电脑”而是“麦可布隆 / 办公室”，即布隆维斯特在杂志社的台式电脑。从过去的经验可知，他办公室的电脑里面难得有什么有趣的东西。除了偶尔用这台电脑上网查资料外，他几乎一律使用他的笔记本电脑，但他确实拥有整个杂志社办公室的系统管理员权限。她很快便找到她要找的：《千禧年》内部网络的密码。

要进入《千禧年》的其他电脑，光靠荷兰服务器的硬盘镜像不够，原来的“麦可布隆 / 办公室”也必须打开并连上内部网络。算她幸运。布隆维斯特显然正在工作，台式电脑开着。她等了十分钟，但看不见任何活动迹象，猜想他应该是进公司后打开电脑，也许用来上网，然后也没关机便去做其他事情或改用笔记本电脑。

这得很小心。接下来的一小时内，莎兰德谨慎地侵入一台又一台电脑，下载了爱莉卡、克里斯特与一名她不认识的名叫玛琳·艾瑞森的员工的电子邮件。最后她找到达格的台式电脑。根据系统资料显示，这是一台旧式的麦金塔台式机，硬盘容量只有七百五十 MB，因此肯定是剩下来的，很可能专供偶尔到办公室来的自由撰稿人作文字处理之用。这台也连上了网络，表示达格此刻正在《千禧年》的编辑室内。她下载了他的电子邮件并搜寻他的硬盘，发现有一个文件夹的名称虽短却很美妙，叫“札拉”。

金发巨人刚刚拿到二十万三千克朗现金，就一月底交给蓝汀那三公斤甲安而言，这是笔意外的巨款。实际作业才几小时，便有了这可观的收益：他只是从送货人那儿取得甲安、安放一段时间，再送去给蓝汀，便可收取百分之五十的利润。硫磺湖摩托车俱乐部每个月都有这么大的交易量，而蓝汀他们只是从事类似买卖的三个组织之一，其他两个分别在哥德堡和马尔默附近。这三个组织加起来，每个月大约为他带来五十万克朗的进账。

然而他心情还是很糟，便将车停到路边熄掉引擎。已经三十个小时没有睡觉，头有点晕，下车伸伸腿，顺便撒个尿。夜里很凉，星光闪亮。此处离耶尔纳不远。

他内心的矛盾在本质上几乎可以说是观念问题。在斯德哥尔摩方圆四百公里内，甲安的潜在供应量是无限的，需求量之大也不容置疑。其余便是后勤问题——如何将货从甲地运到乙地，或说得更精确些，就是从塔林的地下工厂运到斯德哥尔摩的自由港。

如何确保货品能定期从爱沙尼亚运到瑞典？这是个一再出现的问题，事实上也是最大的问题和最弱的一环，即使已行之多年，还是每次都得随机应变。最近搞砸的几率实在太高。他对自己的组织能力相当自豪，以威胁利诱的手法建立了一个运作良好的网络。四处奔走、巩固合作关系、协商交易、确认货品送到正确地点，这一切都得靠他一人。

利诱方面，便是提供给像蓝汀这样的承包者一笔相当可靠、没有风险的利润。系统的运作很好。蓝汀无须动一根手指便能拿到货，也就是说没有压力极大的买货行程，也不必和任何可能是缉毒小组或俄罗斯黑手党的人打交道。蓝汀知道巨人会送货过来，然后收取他百分之五十的酬劳。

威胁则是用在发生纠纷之时。曾有一个多嘴的街头卖家发现太多有关供应链的秘密，差点扯出硫磺湖摩托车俱乐部，迫使他不得不出手教训他。

他很善于教训人。

但监督的工作渐渐变得太过沉重。

他点燃一根烟，把腿靠在田园边一道门上拉拉筋。

甲安是个隐秘且容易掌控的收入来源，利润高、风险低。武器买卖很冒险，光是想到其中的风险就不值得。

另外，企业的间谍工作或走私电子零件到东欧，虽然近年来市场已经萧条，偶尔做做却也是必要的。

但是从波罗的海引进妓女的投资，则非常令人不满意。这交易不仅只是零头买卖，还随时可能引发媒体歇斯底里的长篇大论，以及那个名为瑞典国会的奇怪政治团体的争论。妓女只有一个好处，就是人人都爱召妓，无论是检察官、法官或警察，甚至偶尔还会有国会议员。谁也不会挖得太深，把这一行给搞垮。

就算是死了的妓女也不一定会引起政治骚动。如果警方能在几小时内逮捕到衣服上还沾有血迹的嫌疑犯，那么杀人犯便会被判刑，然后在牢里或其他某个偏僻的机关待上几年。但四十八小时内若未发现嫌疑人，根据他的经验，警方很快便会有更重要的案子要查办。

不过他还是不喜欢妓女的买卖。其实他根本就不喜欢妓女，不喜欢她们浓妆艳抹的脸和喝醉酒以后的尖锐笑声。她们不干净。而且可能会有人想到向警方或记者寻求庇护或泄漏秘密，到时他就得出面给予惩罚。假如泄漏的秘密够严重，检察官和警察便不得不有所行动，否则国会真的会苏醒过来，表达关切。妓女这生意烂透了。

阿托和哈利·朗塔兄弟正是典型例子：两个没用的寄生虫发现了太多关于买卖的内幕。他真想用链子把他们捆起来，丢进港口，但结果还是载着他们上了爱沙尼亚渡轮，耐心地等船起航。他们能有这小小的度假机会，全是因为某个该死的记者在刺探他们的生意，所以才决定让他们从此消失。

他叹了口气。

他最不喜欢的其实是像那个莎兰德女孩的额外工作。他对她毫无兴趣可言，因为她对他一点好处也没有。

他并不喜欢毕尔曼，实在想不通他们怎么会决定接受他的要求。但无论如何球赛都已经开始。命令已下达，也已经与硫磺湖摩托车俱乐部里的接手人谈定条件，这种情况他一点也不喜欢。

他望向外围的漆黑田野，将烟蒂扔进门边的碎石当中，忽然眼角似乎瞥见有东西在动，身子不由得僵住。他凝神注视。除了黯淡的新月和群星之外，四周没有一点光，但仍看得出三十米外有个黑影偷偷朝他这边而来。那黑影不断前进，偶尔会短暂停顿。

巨人感觉到眉间冒出冷汗，他最痛恨田野里的东西。在物体持续接近之际，有一刻他仿佛被魔咒所控制，动弹不得地站立凝视着。当它靠得够近时，可以看到它的眼睛在黑暗中闪闪发光，他立刻转身跑向车子，用力拉开车门。恐惧不断增长，直到他发动引擎、打开车头灯。那物体跑到路中间，他终于得以借由车灯看个清楚，它就好像一只大魟鱼般摇摇摆摆地向前滑行，还有一根和蝎子一样的螯针。

这东西不属于这个世界，而是来自冥间的怪物。

他将车子上挡，急速开走，发出吱吱的刺耳声。车子经过那怪物时，他看见它发动攻击，但没碰到车。一直到开出数里后，他才终于不再发抖。

莎兰德花了一个晚上看完达格和《千禧年》所搜集的有关非法交易的资料，尽管必须从各个文件中将这些有如密码般的片段拼凑起来，她仍逐渐有了较具体的概念。

爱莉卡发了一封电子邮件询问布隆维斯特，质问查证的工作进行得如何，他只简短回复说无法找到“契卡”[1]里的那个人的行踪。莎兰德由此揣测他们打算揭发的人当中有一个是国安局人员。玛琳送了一份补充调查的任务摘要给达格，同时抄送给了布隆维斯特和爱莉卡。达格和布隆维斯特都回信提供了意见与建议。这两人每天都会通上几次电子邮件。达格描述他向一位记者质问的经过，该记者名叫培欧

1 苏联时期的秘密警察组织。

契·桑斯壮。

她还从达格的电子邮件发现，他和一个名叫古布朗森、使用雅虎信箱的人有联系，过了好一会儿才明白这个古布朗森是个警察，他们私下交换信息，因此古布朗森用的是私人电子信箱而不是警局的信箱。也就是说古布朗森是一个消息来源。

至于以“札拉”为名的文件夹的内容少得令人失望，只有三个Word文档，其中最大的只有一百二十八KB，取名为“伊莉娜·P”，里面除了概略介绍一名妓女的生活外，还有达格记录的验尸报告摘要，简洁地描述她骇人的伤势。

她看出文中有个句子和米亚论文当中的一句一模一样。在论文里，那个女人叫塔玛拉，但伊莉娜和塔玛拉肯定是同一人，因此她兴致勃勃地重读那段论文内容。

第二个文档“桑斯壮”，就是达格传给布隆维斯特的摘要，内容显示这名记者也是嫖客之一，不仅向一名波罗的海女孩施虐，还替性交易帮派跑腿当差，并以毒品与性作为酬劳。桑斯壮除了撰写公司广告稿之外，还向一家日报投过稿，义正词严地指责性交易。他所披露的事情之一，便是有一个未具名的瑞典商人曾去过塔林的某家妓院。

这两个文档中都没有提到札拉，但莎兰德推断既然都放在“札拉”的文件夹中，其间想必有关联。最后一个文档倒是取名为“札拉”。内容很短，而且只是摘记形式。

据达格所述，札拉这个名字自九十年代中期开始，曾出现在九起与毒品、武器或卖淫相关的案件中。没有人知道札拉是谁，但有多个消息来源指称他是塞尔维亚人、波兰人，也可能是捷克人。这一切都是二手消息。

达格曾与消息来源G（*是古布朗森吗？*）详尽地讨论过札拉，并暗示伊莉娜的命案可能与札拉脱不了关系。文中并未提到G对此论点有何想法，但有一个注记，大意是：在一年前某次的“组织犯罪特别调查小组”会议上，札拉曾出现在议程中。由于这个名字冒出来太多次，警方也开始怀疑，并试图确认札拉是否真有其人，又是否仍活在人世。

根据达格所能找到的资料显示，札拉这个名字第一次出现，与一九九六年在厄克尔永阿发生的运钞车劫案有关。劫匪在得手三百三十万克朗后顺利逃逸，但后续逃亡却意外地搞砸了，结果不到二十四小时，警方便确认了歹徒并加以逮捕。翌日又逮捕另一人，是尼米南，硫磺湖摩托车俱乐部成员，劫匪的武器便是由他提供。

一九九六年劫案发生一星期后，又有三人落网。因此这伙歹徒共有八人，其中有七人不肯招供。第八人是个十九岁的男孩，名叫毕耶·诺曼，侦讯期间被突破心理防线，供出了他所知的一切。这场审判最后由检方获得压倒性胜利，但也引发一个后果（达格的警方消息来源如此怀疑）：两年后诺曼在某次请假出狱期间逃跑，后来却被发现埋身在韦姆兰的一处沙坑中。

据G的说法，警方相信尼米南是这伙人背后的主使者，也相信诺曼是被尼米南买通人杀害的，却苦无证据。尼米南被视为危险冷酷的人物，入狱期间显然与亚利安兄弟会有接触，这是监狱里的纳粹组织，另外和狼群兄弟会，分布在世界各地、前科累累的地狱天使俱乐部，还有其他诸如瑞典反抗组织等白痴暴力纳粹组织都有关联。

然而莎兰德感兴趣的却完全是另一件事。诺曼曾向警方坦承劫案的武器来自尼米南，而后者则是向一名诺曼不认识的名叫萨拉的塞尔维亚人买得这些武器。

达格将他视为犯罪舞台上的一个藏镜人，并认为札拉是化名。但他警告说他们面对的可能是个以假名行事、狡猾异常的罪犯。

最后一段是桑斯壮所提供的关于札拉的资讯，但内容也没什么大不了。桑斯壮曾和某个自称札拉的人通过一次电话。注记中并未提到他们谈了些什么。

清晨四点左右，莎兰德关上电脑，坐在窗边看着盐湖。她静静坐了两个小时，烟一根接着一根地抽，一面沉思着。她要作出一些重大决定，而且必须进行风险评估。

她得找出札拉，将他们之间的恩怨一次作个了结。

复活节前一周的星期六傍晚，布隆维斯特到霍恩斯杜尔区的斯利普街拜访一位前女友。这回他是受邀参加一个派对。女方已经结婚，如今对布隆维斯特的感觉也仅止于朋友，不过她从事媒体工作，刚刚完成一本已经酝酿了十年的书，内容极不寻常，是关于女性在大众传媒中的形象。布隆维斯特曾为此书贡献过部分资料，因此才会受邀。

他的角色是针对某个问题进行调查。他选择了检视TT通讯社、《每日新闻》、电视节目“Rapport”与其他一些媒体大肆宣传的两性平权政策。接着再检核每家公司编辑助理以上的管理阶层中，男女各有几名。结果着实令人难堪：总裁——男性；董事长——男性；总编辑——男性；外文编辑——男性；编辑主任——男性……直到最后终于有一位女性出现。

派对在作者家举行，出席的大多是对这本书有所贡献的人。

晚上的气氛很热烈，大伙一边享受美食一边轻松地交谈。布隆维斯特本打算早早回家，但许多宾客都是平时不常见面的旧识，而且也没有人对温纳斯壮事件东拉西扯个没完。派对一直持续到星期日凌晨两点。

布隆维斯特还没走到巴士站，便看到夜间巴士从身旁驶过，反正夜风温和，干脆走路回家，不等下一班。他沿着赫加里街走到教堂，转上伦达路后，随即唤醒了旧日回忆。

自从十二月下定决心后，布隆维斯特便不再怀抱着莎兰德可能会出现的空想，造访伦达路。今晚，他来到她住处大楼的对街停下脚步，很想去按门铃，却也很清楚她愿意见他的几率微乎其微，更何况是毫无预兆地深夜来访。

他耸耸肩，继续往辛肯斯达姆的方向走，才走不到六十码就听到开门声，他转身一看，心跳突然漏了一拍。那瘦巴巴的身躯他不可能弄错。莎兰德刚刚走上街来，与他反方向走到一辆停着的车旁。

布隆维斯特正要开口叫她，声音却卡在喉间。他看见一个男人从另一辆停在路边的车上下来，很快地移向莎兰德身后。布隆维斯特可以看到那人十分高大，还扎了一根马尾。

莎兰德将钥匙插入本田车门时，听到一个声响，眼角也瞥见有身影移动。那人从斜后方贴近，就在碰触到她的两秒钟前她转过身，一眼便认出是硫磺湖摩托车俱乐部的蓝汀，几天前在布隆柏咖啡馆与金发巨人碰面的人。

她判断此人具有攻击性，且体重不下一百二十公斤，于是将钥匙当成手指虎，毫不犹豫地以快如蜥蜴的动作在他脸颊上划出一道很深的伤口，从鼻子下方直到耳朵。他双手在空中胡乱挥打之际，莎兰德忽然仿佛没入地下。

布隆维斯特看见莎兰德挥出拳头，打中攻击者之后，随即趴到地面滚入车子底下。

几秒钟后，莎兰德出现在车子另一边，准备搏斗或逃跑。她越过引擎盖与敌人四目交接，决定选择逃跑。血从他脸颊上涌出，他都还来不及看清楚，她已经穿越伦达路奔向赫加里教堂。

布隆维斯特呆站在原地，张大了嘴巴，看着攻击者突然狂奔追向莎兰德，就好像一辆坦克在追逐一辆玩具车。

莎兰德两步并作一步爬上阶梯，前往上伦达路。到达阶梯顶端，她回头一瞥，看见追她的人已爬上第一级台阶，而且动作很快。她注意到地方机关挖路后堆积在旁的木板与沙。

蓝汀眼看就要爬到顶端时，莎兰德又出现了。这回他虽然提前看见她丢出了什么，却仍来不及在尖锐的石头击中太阳穴之前作出反应。石头丢得很用力，他脸上又裂出一道伤口。他可以感觉到自己失去平衡，往后跌落台阶之际天旋地转，好不容易抓住栏杆才不再往下跌，却已经浪费了几秒钟。

当那名男子消失在阶梯上头，布隆维斯特无法动弹的情况才解除，并开口大喊要他滚开。

莎兰德正要越过教堂中庭，跑到一半听见了布隆维斯特的声音。搞什么鬼？她转了方向，从露台栏杆边往下望，看见布隆维斯特就在下方三米处。她迟疑了十分之一秒后又继续跑。

布隆维斯特正起步奔向阶梯时，察觉到莎兰德刚才走出住处大门，本来要去开的那辆车后面，原本停了一辆道奇货车，这时忽然启动，从路边冲出来经过布隆维斯特身旁，驶向辛肯斯达姆方向。车子驶过时，他瞥见了一张脸，但光线太暗看不清车牌。

布隆维斯特在阶梯顶端赶上了追莎兰德的人。男子已经停下来站定，四下张望。

就在布隆维斯特到达那一刻，男子转身狠狠地反手赏了他一巴掌。布隆维斯特毫无防备，一个倒栽葱便摔落阶梯。

莎兰德听见布隆维斯特的闷声一喊，几乎要停下来。到底是怎么回事？但一转头却发现蓝汀只距离她三十米。他动作更快了。该死，会被他捉到。

她往左转，朝上爬了几级，跑到两栋大楼中间的平台。这个中庭一点掩护都没有，她只能尽快跑向下一个角落。接着右转后，才发现自己进了一条死巷。当她来到下一栋建筑尽头时，看见蓝汀也已爬上了中庭的阶梯。她避开他的视线又跑了几码，然后一头钻进大楼侧面花坛的一大片杜鹃花丛中。

她听见蓝汀的沉重脚步声，却看不见他，只能屏住气息，将身子压低贴在灌木丛下方的土地上。

蓝汀经过她藏身之处时停了下来，迟疑十秒钟后，开始绕着中庭慢跑，一分钟后又回来，就停在刚才那个地方。这回他定定地站了三十秒。莎兰德全身肌肉紧绷，准备好一被发现就立刻飞奔。接着他又动了，从距离她不到两米处走过，她听着他的脚步声穿过中庭，愈走愈远。

布隆维斯特费力地站起身来，脖子和下巴疼痛不已，头也感到晕眩。嘴唇裂开了，有血的味道。

他脚步蹒跚地爬上阶梯后，环视四周，看见绑马尾的男子沿街往下跑了百来码，每到大楼中间便停下来细看，最后跑过伦达路，上了那辆道奇货车。车子加速往辛肯斯达姆驶去。

布隆维斯特沿着上伦达路慢慢走，一面寻找莎兰德，却遍寻不着，一个人影也没有。他真没想到三月星期日凌晨三点的斯德哥尔摩街道，竟是如此冷清。少顷，他回到莎兰德位于下伦达路的公寓大楼门前，行经方才她遭受攻击的地点时，踩到一串钥匙。他弯身捡起，看到车子底下有个肩背包。

布隆维斯特站着等了好久，不确定该怎么做。最后他试着用钥匙开她的门，都打不开。

莎兰德在花丛下待了十五分钟，只动了一下看表。三点刚过，她听见开门、关门和走向中庭单车棚的脚步声。

声音渐渐远去，她慢慢地跪起上身，窥探花丛外的动静。她不断查看中庭的每个角落，但不见蓝汀的踪影，便起身往街道上走，并随时准备转身逃跑。她来到围墙顶端停下来俯视伦达路，看见布隆维斯特就在她公寓大楼门外，手里拿着她的背包。

她动也不动地站着，布隆维斯特往阶梯和围墙方向扫视时，她藏身在一根灯柱后面，所以他没看见。

布隆维斯特在她家大门外面站了将近半小时。她耐心地看着他，一直没动，最后他终于放弃，下坡朝辛肯斯达姆走去。他走了之后，她才开始回想方才发生的事。

小侦探布隆维斯特。

她想破头也想不出他怎么会突然冒出来。除此之外，攻击事件的原因倒是不难理解。

他妈的蓝汀。

她看见和毕尔曼交谈的巨人，曾和蓝汀碰过面。

王八蛋毕尔曼。

那个烂人雇了一个凶神恶煞来伤害我。我已经很清楚地告诉过他这么做会有什么后果了。

莎兰德怒火中烧，咬牙切齿，嘴里甚至还流了血。现在她不得不处罚他了。

第三部

荒谬方程式

三月二十三日至四月二日

那些无解的、没有意义的方程式便称为荒谬方程式。

$$(a+b)(a-b)=a^2-b^2+1$$

第十一章

三月二十三日星期三至三月二十四日濯足节星期四

布隆维斯特拿起红笔，在达格手稿的空白处画一个问号，问号底下的点还特地画成圆圈，并写上“注记”二字。他希望这里能注明来源。

这天是星期三，濯足节[1]前夕，复活节这一星期，杂志社几乎可以说处于停工状态。莫妮卡出国去了，罗塔和丈夫到山上度假，柯特兹进办公室接了几小时电话，但布隆维斯特叫他回家，反正没有人会打电话来，就算有也还有他在。柯特兹开心地笑着离开，准备去和新女友约会。

达格没有来。布隆维斯特一个人坐在办公室，认真地阅读他的稿子。此书约有十二个章节，共两百八十八页，达格已经交出其中九章的完稿，而布隆维斯特也已一字不漏地看过，交还时还在打印稿上加注请他说明或建议他重写的部分。

达格是个能写的作家，布隆维斯特的修改多半只局限于旁注。文稿在他桌上不断叠高的这几个星期以来，他们意见相左之处只有一个段落，布隆维斯特想要删除，达格则拼了命想保留。最后是达格成功了。

总之，《千禧年》有一本很出色的书即将付梓，而且无疑会登上头版造成轰动。达格毫不留情地揭发买春客，从他叙事的方式看，谁都能立刻明白体制本身出了问题。在这一部分，他同时展现了作家与社会哲学家的才能。他的调查研究构成此书的主体，这样的新闻作品理应列入濒临绝种的名单。

布隆维斯特发现达格是个严格的记者，几乎毫无处理不周之处。

1　即复活节前的星期四，又称圣星期四。

有太多社会新闻报道总是措辞严厉，让整篇报道变成自以为是的垃圾文章，但他没有这么做。他的书不只是揭发丑闻，更是宣战。布隆维斯特暗自一笑。达格小他十五岁，但他却在达格身上看见自己当初挑战那些二流财经记者、汇集出一本引发争议的书时的热忱。至今仍有几家报社的新闻编辑群尚未原谅他。

达格这本书的问题在于必须做到滴水不漏。一个记者冒着如此大的风险，若非对自己的故事有百分之百的把握，是不会出版的。目前，达格有百分之九十八的把握，除了有几个弱点需要再进一步补充，还有一两个主张没有提出适当的证明。

下午五点半，布隆维斯特打开办公桌抽屉拿出一根烟。爱莉卡已宣布办公室内全面禁烟，但此时只有他一人，这个周末也不会有人进办公室。他又工作了四十分钟后，才将他刚刚编辑过的章节整理好，放在爱莉卡的收文盘中让她校读。达格答应过第二天上午会用电子邮件，将剩余三章的完稿寄出，那么布隆维斯特便能利用周末看稿。他们预定在复活节过后的星期四举行主管会议，批准该书与杂志文章的最后版式。接下来便只剩美术设计，这只需克里斯特一人去伤脑筋，然后就能送印刷厂了。布隆维斯特并未请不同的印刷厂出价竞标，这项工作将委托摩根戈瓦的霍尔维格斯瑞克拉姆。他那本关于温纳斯壮事件的书便是交由他们印刷，价格好得不得了，服务也是一流。

布隆维斯特看看时钟，决定再犒赏自己一根烟。他坐在窗边，俯视约特路，一面用舌头舔着嘴唇内侧的伤口，已经开始愈合了。

他已经自问不下一千次：星期日凌晨在莎兰德住处外面，究竟发生了什么事？

唯一能确定的就是莎兰德还活着，而且回到斯德哥尔摩了。

自那时起，他天天试着与她联系，或是发电子邮件到她一年多前使用的邮箱，或是到伦达路来来回回地走。但他开始感到绝望。

现在门牌上的名字是“莎兰德—吴”。选举人名册中姓吴的共有两百三十人，其中约有一百四十人住在斯德哥尔摩市区或近郊，却没有人住在伦达路。布隆维斯特不知道她是否有了男友，或是将公寓出租。敲门也无人应门。

最后他回到办公桌前，写了一封老派但恳切的信给她：

莉丝，你好：

我不知道一年前出了什么事，但事到如今，就算像我这样的呆瓜也明白，你已不想跟我有任何联系。你想和谁在一起该由你自己决定，我无意多嘴，只是想告诉你我仍当你是朋友，也很想念你，希望能和你喝杯咖啡——如果你愿意的话。

我不知道你惹上什么麻烦，但伦达路上的骚动确实令人惊慌。若需要帮助，随时都可以打电话给我。你也知道，我欠你太多了。

还有，你的袋子在我这里，什么时候想要回去就告诉我，如果不想见我，只要给我邮寄地址即可。既然你已经明白表示不想和我再有任何瓜葛，我答应绝不再打扰你。

麦可

正如预期，她没有回他只言片语。

伦达路攻击事件当天早上，他回到家后打开背包，将里面的东西倒在餐桌上。有一个皮夹装了一张身份证、约六百克朗、两百美金和一张月票。此外还有一包万宝路淡烟、三个 Bic 打火机、一盒喉糖、一包面巾纸、一根牙刷、牙膏、三个卫生棉条、一包未拆封的保险套——价格标签显示是在伦敦盖特维克机场买的——一本有 A4 大小黑色隔页硬片的活页笔记本、五支圆珠笔、一罐梅西防身喷雾器、一个装着唇膏与化妆品的小袋、一只附有耳机但没有电池的调频收音机，以及星期六的《瑞典晚报》。

最有趣的物品是放在外袋的一把铁锤，拿取很方便。然而，对方出手太突然，她根本来不及拿铁锤或喷雾器。她显然是用钥匙当手指虎——上头还留有血迹和皮屑。

钥匙圈上有六把钥匙，三把是一般公寓钥匙——大楼前门、公寓的门和安全锁的钥匙。可是三把都与伦达路大楼前门的钥匙孔不符。

布隆维斯特翻开笔记本，一页一页地看。他认得出莎兰德工整的笔迹，也马上发现这不是一本女孩的私密日记，其中有四分之三全都写满了看似与数学相关的记号。第一页最上方有一条方程式，布隆维斯特也认得。

$$(x^3 + y^3 = z^3)$$

布隆维斯特的计算能力向来很强，中学毕业时数学还拿过最高分，当然这并不表示他是数学奇才，只不过是能吸收学校的课堂内容。不过莎兰德写在笔记里的公式，布隆维斯特不仅无法了解，就算试图去了解也办不到。有一个方程式写了满满两页，最后的地方还划掉做了修改。他甚至无法分辨这是否真是数学公式与计算，但由于知道莎兰德的特质，因此他猜想这些确实是方程式没错，而且一定有某些深奥意涵。

他来回翻阅了好一会儿，简直就像在看天书，但也多少了解到她想做什么。令她着迷的是费马定理，这个赫赫有名的谜题连他都听说过。他不由得深深叹了口气。

笔记的最后一页有一些非常简要的密码暗号，肯定和数学毫无关系，但看起来还是像个方程式：

（金发巨人＋马哥）＝尼艾毕

这一行底下画了线又画了圈，他却毫无头绪。同一页最下方有一个电话号码和埃斯基尔斯蒂纳一家租车公司的名称“汽车专家”。

布隆维斯特捻熄香烟、穿上夹克、设定好办公室的警报系统，然后走到斯鲁森的巴士总站，搭车前往一个雅痞区——位于兰纳斯塔湾附近的史托切。妹妹安妮卡·布隆维斯特·贾尼尼邀请他去参加派对，这天是她四十二岁生日。

复活节的长周末一开始，爱莉卡便以充满焦虑的心，发了狠地慢跑三公里，最后跑到盐湖滩的汽艇码头。之前一直懒得上健身房，因此觉得全身僵硬、身材走样。跑完后走路回家。丈夫在现代博物馆演讲，回到家至少都八点了。爱莉卡心想待会要开一瓶好酒、在按摩浴缸放水，然后引诱他。这样至少能让她不再想着令她苦恼的问题。

一星期前，她和瑞典最大媒体公司的总裁一块儿吃中饭。吃沙拉时，他非常认真地表示有意延揽她担任该公司规模最大的日报《瑞典摩根邮报》的总编辑。*董事会讨论过几个可能的人选，但我们一致认为你将会是报社的一大资产。你正是我们想要找的人。*附带的薪资条件让她在《千禧年》的收入显得微薄到荒谬。

这项工作机会就像晴天中的霹雳，使她无言以对。*为什么是我呢？*

对方始终含糊其辞，但慢慢地也透露出一些端倪：因为她有名气、受敬重，而且肯定是个有才华的编辑。两年前，她将《千禧年》拉出险境，令他们印象深刻。《瑞典摩根邮报》也需要以同样方式重生。这家报社有一种死气沉沉的氛围，因此订报率每况愈下。爱莉卡是个有力量的记者，拥有影响力。让一个具有女权思想的女性带领瑞典最保守、以男性为主的机构之一，可说是挑衅而大胆的主意。所有人都同意了。不，应该说是几乎所有人。有分量的人全都站在同一边。

“可是我并不认同这份报纸的基本政治理念。”

“那有什么关系？你也不是会公开唱反调的人。你是来当上司，不是党部特工，社论版的问题自有其解决之道。”

他没有说太多，但其实这也攸关阶级。爱莉卡拥有好的出身背景。

她告诉他说这个提议的确很令她心动，但她必须再好好想想，无法立刻答复。他们答应给她一点时间，但希望能尽快。总裁并解释说如果酬劳是令她犹豫的原因，很可能还可以协商更高的数字。此外还包括一项异常丰厚的黄金降落伞条款。你也该开始想想退休计划了。

她的四十五岁生日即将到来。她曾经当过见习的菜鸟与临时雇员，后来凭着自己的实力组成《千禧年》团队，成为总编辑。拿起电话回答要或不要的时刻愈来愈接近，她仍不知道该说什么。上个星期，她不止一次想要和布隆维斯特商量这件事，却始终提不起勇气，反而瞒着他这个工作机会，因而深感内疚。

有一些缺点显而易见。如果答应了，就表示得和布隆维斯特分道扬镳，因为不管他们能提供多优厚的条件，他也绝不可能跟着她到《瑞典摩根邮报》。眼下他并不需要这笔钱，而且他也愈来愈习惯依照自己的步调，优哉地写文章。

爱莉卡很喜欢《千禧年》总编辑的职务，这让她在新闻界获得了她几乎自认为配不上的崇高地位。她一直不是写新闻的人，这不是她的专长——她觉得自己的文笔很差。但话说回来，她却是一流的广播人或电视人，而最重要的一点：她是个杰出的编辑。何况对于实际的编辑工作，她也乐在其中，这可是担任《千禧年》总编辑必备的条件。

然而，她心动了。倒不是因为酬劳，而是接下这份工作后，她必然能晋身瑞典的红牌媒体人之列。这是一生难得一遇的机会，总裁如此说。

就在走到盐湖滩大饭店附近某处时，她才惊觉自己实在无法拒绝。想到有必要告诉布隆维斯特，也只能无奈地耸耸肩。

在安妮卡家的晚餐，一如往常有点混乱。安妮卡有两个小孩：十三岁的莫妮卡和十岁的詹妮。丈夫安利科是某家国际生物技术公司北欧分部的主管，要负责监护与前妻所生的十六岁儿子安东尼奥。另外前来用餐的还包括安利科的母亲安东妮亚、他的弟弟皮耶特洛、弟媳爱娃罗塔以及他们的孩子彼得和尼古拉，再加上安利科住在附近的姐妹玛琪拉和她的四个孩子。安利科的姑妈安吉莉娜一向被家人视为彻头彻尾的疯子，即使精神状态正常时也是极端怪异，但她和新男友也都受到邀请。

因此在摆满食物的餐桌周围，情形十分混乱。叽里呱啦的对话中夹杂着瑞典话和意大利话，有时则是同时进行，更烦人的是一整晚安吉莉娜都在大声询问——好让想听的人都能听见——为什么安妮卡的哥哥还未婚，甚至还说她朋友的女儿当中有一些适合的对象，可以介绍给他。最后布隆维斯特气恼地解释说自己也很想结婚，只可惜心爱的人已是有夫之妇。就连安吉莉娜听了都噤声了好一会儿。

七点半，布隆维斯特的手机响起，他原以为自己已经关机，好不容易找到不知是谁帮他挂在门厅外套架上的夹克，再从内袋掏出手机时，差点就漏接了。是达格。

“有没有打扰你？”

“还好，我正在和我妹妹以及她丈夫那边一大家子的人吃饭。怎么了？”

“两件事。我试着联络克里斯特，但他没接电话。”

“他和女友去戏院看表演了。”

“该死。我本来和克里斯特约好明天上午带着书的图片和图表去办公室，他要利用周末看一下。可是米亚临时决定去达拉纳，在她父母家过复活节，顺便让他们看她的论文。我们明天一早就要出发，但有些照片无法用电子邮件传送，能不能今晚请人送去给你？”

“可以呀……其实我现在人在兰纳斯塔，还会再待一会儿，不过晚一点就会回去。如果绕到安斯基德也不算太远，干脆我顺便去你那里拿好了。十一点左右可以吗？”

“可以。第二件事……我想这应该不是好消息。”

“说吧。”

“有个地方出了点问题，我想送印前最好查证一下。”

“好的，什么问题？”

“札拉。”

“喔，那个黑帮分子，好像大家都很怕他，谁也不想提的那个人。”

“就是他。几天前我碰巧发现他的消息。我相信他现在人在瑞典，应该也是第七章嫖客名单的一员。”

“达格，只剩三星期就要出版了，你不能现在才开始挖新的东西。”

“我知道，但情况有点特别。我和一名警员谈过，他发现了关于札拉的一些事。总之，我认为下星期找个几天时间在他身上下工夫，应该会有收获。”

“为什么偏偏是他？书里还有很多混蛋。”

“他似乎是个超级大混蛋。没有人确实知道他的身份，我有个直觉，再花点时间打听打听是值得的。”

“绝对不能忽视你的直觉。”布隆维斯特说道，“但老实说……期限不能往后延。印刷厂已经预约好了，而且书和杂志必须同时上市。”

“我知道。”达格的口气略带失望。

“晚点再打给你。”布隆维斯特说。

米亚刚煮好一壶咖啡，倒入餐桌上的保温瓶时，听到门铃响。再过几分钟就九点了。达格离门较近，心想可能是布隆维斯特提早来了，也没有先从鹰眼往外看便开了门。不是布隆维斯特。而是一个像玩具娃娃似的矮小少女站在他面前。

“我要找达格·史文森和米亚·约翰森。”女孩说。

“我就是达格·史文森。”

“我想和你们两人谈谈。”

达格下意识地看了看时钟。米亚好奇地来到门厅，站在男友身后。

“现在有点晚了。”达格说。

“我想谈谈你打算通过《千禧年》出版的书。”

达格与米亚互看一眼。

“请问你是？”

“我对书的内容很有兴趣。我可以进去吗？还是我们要站在门口讨论？”

达格略感犹豫。这女孩他们根本不认识，造访的时间也很奇怪，但她看起来没有危险性，因此他将门打开，请她坐到客厅桌旁。

“要喝点咖啡吗？”米亚问道。

“能不能先告诉我们你是谁？”达格说。

“好的，谢谢，我是说咖啡。我叫莉丝·莎兰德。”

米亚耸耸肩，打开保温瓶。因为知道布隆维斯特要来，杯子本来就准备好了。“你怎么会以为《千禧年》要替我出书？”达格问道。

他深感怀疑，但女孩不理会他，反而转向米亚，做出一个像是撇嘴一笑的表情。

“很有趣的论文。”她说。

米亚显得十分震惊。

“你怎么可能知道我论文的事？”

“我碰巧拿到一份拷贝。”女孩神秘地说。

达格愈发焦躁。“现在你真的要好好解释一下，你到底是谁？又想做什么？”

女孩与他四目交接，他忽然注意到她的瞳孔颜色好深，在灯光下眼睛显得乌黑。也许他低估了她的年龄。

“我想知道你们为什么到处打听札拉，亚历山大·札拉。”莎兰德说道，“最重要的是我想知道你们究竟对他了解多少。”

亚历山大·札拉，达格暗自心惊。他从来不知道他的名字。

女孩端起咖啡杯啜饮了一口，视线却始终停留在他身上。那双眼睛毫无温度。他忽然隐约感到不安。

尽管身为寿星，安妮卡却和布隆维斯特或派对上的其他成年人不同，用餐时她只喝淡啤酒，尽量不碰任何葡萄酒或烈酒，因此到了十点半，还清醒得不得了。在某些方面，她总是把哥哥当做大白痴，因此大方地提议开车送他回家，顺路绕到安斯基德。其实她本来就打算载他到瓦姆德威根的巴士站，进城去也不会多花太多时间。

“你怎么不买辆车？”布隆维斯特系安全带时，她问道。

“因为我和你不同，我可以走路上班，买了车一年大概只会开一次。何况自从你老公开始请人喝斯科讷的烈酒之后，我也不可能开车。”

“他愈来愈像瑞典人了。要是十年前，他会喝格拉巴白兰地。”

一路上他们就像一般的兄妹一样聊天。除了一个顽固的姑妈、两个较不顽固的姨妈、两个远房表兄妹和一个远房堂兄妹之外，麦可和安妮卡的家人只有彼此。三岁的差异使得他们在青少年时期并无太多共通处，但长大后关系反而变得亲密。

安妮卡念的是法律，布隆维斯特认为妹妹比自己能干得多。她轻松地读完大学，在地方法院待了几年，接着担任瑞典一位相当知名的律师的助理，后来便开始自己执业。安妮卡专攻家庭法，慢慢地则开始致力于两性的平权。她成为受虐妇女的代言人，写了一本相关书籍，因而博得美名。最后，她开始涉入社会民主党的政治活动，布隆维斯特忍不住戏称她为党部特工。布隆维斯特老早便已认定，党员身份与记者的可信度不可兼得。他从未心甘情愿地去投票，即使偶尔觉得非投不可，也绝不肯谈论自己的支持对象，就连爱莉卡也不例外。

“你还好吗？”穿越斯库卢桥时，安妮卡问道。

“很好呀。”

“那么是什么问题？”

“什么问题？”

“我了解你，麦可。你整个晚上都有心事。”

布隆维斯特静默了片刻。

“事情很复杂，眼下有两个问题。其一是关于一个女孩，她两年前曾经在温纳斯壮事件中帮过我，后来无缘无故消失了。我已经一年多没有见到她的踪影，直到上个星期为止。”

布隆维斯特说出发生在伦达路的攻击事件。

“你报警了吗？”

“没有。”

“为什么？”

“这个女孩隐秘到了极点，被攻击的人是她，得由她出面报案。”

但布隆维斯特认为报警绝非莎兰德的优先选项之一。

“还是那么顽固。”安妮卡拍拍哥哥的脸颊说道，“那么第二个问题呢？”

“杂志社在进行一个故事，将来会造成轰动。我整个晚上都在考虑该不该询问你的意见。我是说法律方面的意见。”

安妮卡诧异地觑了哥哥一眼。“询问我的意见？”她惊呼道，“这还真是新鲜事。”

“是关于性交易与对妇女施暴的故事。你处理的都是相关案件，而且你又是律师，也许你不接有关新闻自由的案子，但出版前你如果能看看稿子，我会十分感激。因为除了杂志要刊登的文章之外还有一本书，所以内容不少。”

安妮卡闷不吭声地拐入哈马比工业区，经过希克拉水闸，在与尼奈斯路平行的巷道间迂回前进，直到驶上安斯基德路。

“你知道吗，麦可？我这辈子只有一次真的很生你的气。”

“是吗？”他颇为吃惊。

“就是你因为温纳斯壮被带上法庭，还因为诽谤被判刑的那次。我简直就要气炸了。”

“为什么？我只不过出了糗。”

“你已经出过很多次糗了。但那次你需要律师，而你唯一没找的人就是我。结果你就呆呆坐在那里，受媒体和法院的鸟气，甚至不为自己辩护。我真的快难过死了。”

“有一些特殊状况，你帮不上什么忙。”

“对，但我却是一直到《千禧年》重新站稳脚步、彻底打垮温纳斯壮之后才明白，在那之前，我实在对你失望透顶。”

“我们根本打不赢那场官司。”

“你没听懂我的重点，老哥。我知道那个官司无望，我看过判决书了。重点是你没有来找我帮忙。例如说一声，喂小妹，我需要找个律师。就因为这样我始终没出现在法院。”

布隆维斯特想了一想。

“对不起，我承认当时应该找你。”

“是啊，本来就该找我。”

“那一年我一直不太对劲，无法与任何人面对面谈话，一心只想马上死了算了。”

“偏偏你没有这么做。”

“原谅我吧。”

安妮卡露出大大的微笑。

“好极了，迟到两年的道歉。好吧，我很乐意看看那些内容，你很急吗？”

“对，很快就要出版了。这里左转。”

安妮卡将车停在达格与米亚位于熊堡路的住处对街。“只要一分钟就好。”布隆维斯特说着跑过马路，按了大门密码，一进到里面立刻发现不对劲，因为从楼梯间就听到激动的说话声。他连忙跑上三层楼，到了他们的楼层后，才发现嘈杂的声音就来自他们的住处旁。有五个邻居站在楼梯转角处，公寓门微开着。

“发生什么事了？”布隆维斯特问道，此时的他好奇多于担心。

众人全都安静下来看着他。三名妇人、两名男子，似乎都已七十多岁，其中一名妇人还穿着睡衣。

“好像有枪声。”一个穿着棕色便袍的男人这么说，似乎相当确定。

“枪声？”

“就是刚才。大概一分钟前公寓里头传出枪声，门开着。”

布隆维斯特挤身而过，按了门铃后走进公寓。

“达格？米亚？”他出声喊道。

没有回应。

他蓦地感觉到一阵寒意蹿上脊背。他认得这个味道：是线状无烟火药。接着他走向客厅的门，第一眼看见的——我的圣母玛利亚——竟是达格倒在餐椅旁边约一码宽的血泊中。

布隆维斯特急忙冲过去，同时掏出手机，拨了一一二紧急求助电话。电话马上就接通了。

“我叫麦可·布隆维斯特。我需要一辆救护车和警察。”

他念了地址。

“发生什么事？”

“一个男人，他好像头部中弹，现在昏迷不醒。”

布隆维斯特弯身想探探达格颈部的脉搏，这才看见他的后脑勺凹了一个大洞，也才发现自己脚下踩的想必是达格的脑浆。他慢慢地缩手。

如今再也没有任何救护人员能救得了达格。

随后他注意到一些咖啡杯碎片，那属于米亚的祖母留下来，她始终小心翼翼地保护着以免被摔破的杯子之一。他很快地站直身子，环视四周。

“米亚。”他大喊。

穿着棕色便袍的邻居此时也跟在他后面进入门厅。布隆维斯特站在客厅门边，转身举起一只手来。

“别动。”他说，“退到楼梯间去。”

那位邻居起初看似想反驳，但还是听话退了出去。布隆维斯特静静站了十五秒，然后绕过那摊血，谨慎地走过达格的尸体来到卧室门边。

米亚仰躺在床脚的地板上。不，不，不会连米亚也遭遇不幸吧！她是脸部中枪，子弹从左耳旁的下颌下方穿入，从太阳穴穿出的伤口和柳橙一样大，右眼窝则空空地睁着。她仿佛比伴侣还流了更多血。由于子弹的威力太强大，就连距离她身体几码外的床头上方的墙面，也布满斑斑血迹。

过了一会儿，布隆维斯特才发现自己紧抓着手机，紧急求助中心的线路也还没断，自己还一直屏息着不敢呼吸。他深吸一口气后，拿起电话。

“这里需要警察。有两个人被枪杀，应该已经死了。请快一点。”

他听见对方说了些什么，但听不明白，觉得自己的听力好像出了问题，四周一片死寂。他试着说话，却听不到自己的声音。他丢下手机，退出公寓，到了楼梯口才发现自己全身发抖，心怦怦跳着，感觉好痛苦。他不发一语地挤过惊呆了的邻居群众，坐在楼梯上。隐约可以听到邻居在问他问题，声音很遥远。怎么回事？有人受伤吗？发生什么事了吗？人声在他耳边回响，仿佛来自地道。

布隆维斯特觉得全身麻木，他知道自己受到惊吓，于是把头垂到双膝之间，然后开始思考。天哪！他们遭到杀害，就在几分钟前被枪杀，凶手可能还在公寓里面……不，若是如此我应该会看见。他忍不住一直颤抖。达格趴倒在地，没看见他的脸，但米亚面目全非的模样始终停留在他的视网膜上，无法磨灭。

忽然间，他的听力恢复了，就像有人打开了声量控制钮。他很快地起身，看着穿便袍的邻居。

“你。”他说，“你留在这里，别让任何人进入公寓内。警察和救护车已经上路了，我下去帮他们开门。”

布隆维斯特三步并作一步跑下楼，到了一楼他瞥向通往地下室的楼梯，顿时停住。接着往地下室方向跨出一步，一眼就看到往下的楼梯半途躺着一把手枪，看起来像是科特点四五麦格农手枪——就是用来谋杀首相帕尔梅[1]的同一型武器。

他按捺住拾起手枪的冲动，转身走到大门口开门，站在夜风中。直到听见有人按喇叭，他才想起妹妹还在等他，便往对街走去。

安妮卡张嘴正想挖苦迟来的哥哥，却看见他脸上的表情。

“你等我的时候有没有看到什么人？”布隆维斯特问话的声音沙

1 帕尔梅（Olof Palme）曾于一九六九年与一九八二年两度当选瑞典首相，于一九八六年二月二十八日晚上，在与妻子看完电影返家途中遭枪击身亡。两年后虽有一名精神异常的吸毒犯遭逮捕并起诉，但最后仍因罪证不足而无法定罪。此案至今未破，各种阴谋理论也始终争议不断。

哑而不自然。

“没有，会看到什么人呢？发生什么事了？”

布隆维斯特沉默了几秒钟，一面左右张望。街上安安静静。他伸手进夹克口袋，摸到皱巴巴的烟盒，里面还剩一根烟。点烟时，可以听到远方的鸣笛声逐渐靠近。他看看手表，十一点十七分。

“安妮卡，这将会是漫长的一夜。”他说话的时候没有看她，而警车也在此时出现了。

首先抵达的是马格努森与欧尔森两名警员。他们先前接到报案赶到尼奈斯路，结果发现是虚惊一场，因此人刚好在附近。继他们之后到达的是现场警司奥斯华·莫丹松的警官专车，中央派遣台呼叫这一带所有警车时，他人刚好在斯坎斯库尔。他们几乎在同一时间从不同方向到达现场，并看见一个穿着牛仔裤和深色夹克的男人，站在马路中央举手拦车。这时，也有个女人从停在距离男人几码外的一辆车上下来。

三名警员都等了几秒钟。派遣台说有两个人被枪杀，而这名男子左手似乎拿着什么。他们花了几秒钟看清那是手机后，立刻下车并调整腰带。莫丹松负责指挥。

“是你报案说发生枪击事件吗？”

男子点点头，似乎惊吓过度。他在抽烟，将烟放到嘴里时，手抖个不停。

“你叫什么名字？”

“麦可·布隆维斯特。就在不久前，这栋公寓里面有两个人被射杀，他们的名字是达格·史文森和米亚·约翰森。地点在三楼。邻居都站在门外。”

“老天爷！”女人惊呼。

“你又是谁？”莫丹松问安妮卡。

“安妮卡·贾尼尼。我是他妹妹。”她指着布隆维斯特说。

“你住在这里吗？”

“不是。”布隆维斯特回答，“我是来找遇害的那对男女。我刚刚参加完派对，妹妹载了我一程。”

“你说有两个人被枪杀。你看到事发经过吗？”

“没有，我只是发现他们。”

“我们上楼去看看吧。”莫丹松说。

“等一下。”布隆维斯特说，“据邻居的说法，听到枪声后才不过一分钟我就到了，而且我立刻拨了一一二，从那时到现在还不到五分钟，也就是说杀死他们的人可能还在附近。”

“你能描述凶手的模样吗？”

“我们没看到任何人。也许有哪个邻居看到了什么。”

莫丹松向马格努森打了个手势，后者随即拿起无线电低声说话。莫丹松又转向布隆维斯特。

“请你带路好吗？”他说。

走进大门后，布隆维斯特停下来指指地下室阶梯。莫丹松弯下身检视武器，然后一直走到楼梯底部推了推门。门锁着。

“欧尔森，你留在这里看着。”莫丹松说。

公寓门外的邻居人数减少了，有两人已回到自己家中，但穿便袍的男人还在站岗，看见穿着制服的警员到来似乎松了口气。

“我没有让任何人进去。”他说。

“很好。”布隆维斯特和莫丹松异口同声地说。

“楼梯上好像有血迹。”马格努森警员说。

所有人都看着脚印。布隆维斯特则看着自己的意大利休闲鞋。

“那很可能是我的鞋印。”他说，“我刚才进去过，地上有不少血。”

莫丹松用锐利的眼神看了布隆维斯特一眼，然后用笔推开公寓的门，发现门厅有更多血脚印。

“右边，达格在客厅，米亚在卧室。”

莫丹松迅速地巡视公寓，短短几秒后便出来。他用无线电请求刑事组执勤警前来支援。通话完毕后，救护人员来了，他们正要进入时被莫丹松拦下。

"有两名受害者。依我看，已经没救了。你们能不能派一个人进去看看，不要破坏犯罪现场？"

他的推论很快便获得证实。一名医护人员确认两人已经没救了，无须送医。布隆维斯特顿时感到反胃，转身对莫丹松说：

"我要出去一下，我需要一点空气。"

"很抱歉，暂时还不能让你走。"

"我只想坐在外面的门廊上。"

"可以让我看看你的身份证吗？"

布隆维斯特拿出皮夹，放在莫丹松手里，随后一言不发便走到大楼外面的门廊坐下，安妮卡还和欧尔森警员在这里等着。她跟着坐到他身边。

"麦可，这是怎么回事？"

"我很喜欢的两个人被杀害了，达格和米亚。我要你看的就是达格写的稿子。"

安妮卡知道现在不宜拿一堆问题来烦他，便用手搂住哥哥的肩膀，抱了抱他。这时又来了更多警车。对面的人行道上有几个好奇的夜间路人驻足旁观，布隆维斯特正盯着他们看，警察已开始拉起封锁线。一桩谋杀案的调查工作刚刚展开了。

布隆维斯特和妹妹获准离开警局时，已过凌晨三点。他们先在安妮卡停在安斯基德公寓大楼外的车子上待了一小时，等候值班检察官前来展开调查工作的前置作业。接下来，由于布隆维斯特是两名死者的好友，又是他发现尸体后打电话报警，因此警方要求他们一起到国王岛总局以便——依照他们的说法——协助调查。

他们在那里等了很久，才有一名警局里的女巡官纽伯格前来讯问，她有一头淡金色头发，看起来像个少女。

我老了，布隆维斯特暗想。

到了两点半，他已经喝了好多杯警局贩卖机的咖啡，因此非常清醒也觉得很不舒服，甚至必须中断讯问到厕所去，还大吐特吐。米亚面容的影像一直在他脑中游移。他喝了三杯水并一再地用水泼脸，之后才又回到侦讯室，努力地理清思绪以回答纽柏格巡官的问题。

“达格或米亚树过敌吗？”

“据我所知，没有。”

“他们受到任何恐吓吗？”

“如果有，我并不知道。”

“你觉得他们两人的关系如何？”

“他们随时都显得很恩爱。达格告诉我等米亚拿到博士后，他们打算生个小孩。”

“他们吸毒吗？”

“我不确定，但应该没有，就算有应该也只是在某个庆祝派对上抽抽大麻。”

“你为什么这么晚了还来找他们？”

布隆维斯特解释说是为了一本书的收尾工作，但并未指出书的主题。

“你认为这么晚来找人正常吗？”

“这是我第一次这么做。”

“你怎么会认识他们？”

“因为工作的缘故。”

巡官毫不留情地提问，试图拼凑出时间框架。

整栋大楼的人都听见枪声，两记枪响的间隔不到五秒钟。穿着便袍的七十岁老翁住得最近，原来他是海岸炮兵队的退休少校。当时他正在看电视，听到第二枪后才来到楼梯间，由于髋骨部位有点问题，所以从沙发起身时动作很慢。他估计自己到达楼梯口大约花了三十秒，但无论是他或其他邻居都没有在楼梯上见到任何人。

根据邻居们的说法，第二声枪响后不到两分钟，布隆维斯特就到了。

布隆维斯特觉得，安妮卡在找到大楼正确位置停车时，他们约有一分半钟的时间可以看见街道，而他从说完自己很快就会回来到过街上楼，这当中约有三四十秒的空当。凶手就在这段时间离开公寓、跑下三层阶梯、离开大楼，中途还遗落凶器，然后在安妮卡转进这条街道之前消失不见。

某一刻，布隆维斯特在头晕目眩之余，忽然发现纽柏格巡官似乎不经意地将他视为凶嫌，认为他可能只跑下一层楼，等到邻居聚集时才假装刚刚抵达现场。不过他有妹妹可作为不在场证人。他整个晚上，包括与达格通电话，都有十多名贾尼尼家族成员可以为证。

最后安妮卡采取了强硬态度。布隆维斯特已经提供所有合理且可能的协助，而且明显看得出他很累，人又不舒服。她表示说自己不只是布隆维斯特的妹妹，也是他的律师，所有讯问过程也该告一段落，让他回家了。

他们走到大街上后，在安妮卡的车旁站了一会儿。

“回家去睡一会儿吧。”她说。

布隆维斯特摇摇头。

“我得去找爱莉卡。”他说，“她也认识他们，我不能光是打电话通知她，也不希望她早上醒来从新闻报道中得知。”

安妮卡略感犹豫，却也知道哥哥说得没错。

“那么，出发到盐湖滩区吧。”她说。

“你能载我去吗？”

“不然妹妹是做什么用的？”

“如果你送我到纳卡，我可以从那里搭出租车或等公车。”

“无聊！上车吧，我载你去。”

第十二章

三月二十四日濯足节星期四

安妮卡也同样精疲力竭，布隆维斯特好不容易才说服她不必多花一小时绕过兰纳斯塔湾，直接让他在纳卡下车即可。他亲亲她的脸颊，谢谢她的帮忙后，等她将车掉头开走了才叫出租车。

布隆维斯特已经两年没到盐湖滩区，之前也只去过爱莉卡家几次。他觉得这是不成熟的表现。

她和贝克曼的婚姻生活究竟如何，他全然不知。他和爱莉卡是在八十年代初相识，原打算继续和她维持关系直到他老得只能坐在轮椅上为止。他们俩在八十年代末各自认识了新对象后结婚，因而分手，但关系的中断却为时不到一年。

布隆维斯特不忠的结果以离婚收场。爱莉卡这方面，却是让贝克曼接受了这个说法：他们之间长期的性爱激情太过强烈，若以为单靠承诺便能将他们分开，未免太不合理。而且他也没有像布隆维斯特一样，向爱莉卡提议离婚。

爱莉卡坦承自己的不忠之后，贝克曼找上了布隆维斯特，这也是布隆维斯特一直害怕的事，但贝克曼没有揍他的脸，反而邀他出去喝一杯。他们光顾了三家索德马尔姆的酒吧之后，才终于在黎明时分有了足够的醉意，能在玛利亚广场的长板凳上严肃交谈。

起初，布隆维斯特心存疑虑，但贝克曼终于说服他：如果他企图破坏他和爱莉卡的婚姻，他会在酒醒后带着球棒回来找他，但如果纯粹只是无法自制的肉欲与灵魂渴望，那么他便无所谓。

于是布隆维斯特和爱莉卡便在贝克曼的祝福之下重续前缘，而且凡事都不瞒他。每当爱莉卡心血来潮想和布隆维斯特过夜——发生的频率还不低——只需拿起电话告诉他一声即可。

贝克曼从未说过一句批评布隆维斯特的话，反而似乎认为他与自己妻子的关系是有利的。他对妻子的爱也更深了，因为他知道绝不能忽视她。

反观布隆维斯特，只要有贝克曼在场，他始终无法自在，因为那仿佛在提醒他，即使自由的关系也得付出代价，令他心闷。因此他只去过几次盐湖滩，全是爱莉卡在家里举办的派对场合，他若不出席恐怕会造成话题。

此时，他站在他们的华丽别墅门口，强压住自己带来坏消息的不安心情，毅然按下门铃，手指还在门铃上停留了四十秒左右，直到听见脚步声。贝克曼开门时，腰际围着一条浴巾，一看见妻子的情人，原本充满睡意与愤怒的脸立刻转为惊讶。

“嗨，贝克曼。”布隆维斯特招呼道。

“早呀，布隆维斯特。现在到底几点？”

贝克曼是个精瘦的金发男子，胸前毛发浓密，顶上却几乎童山濯濯。脸上的胡子约有一星期没刮，还有一道明显的疤痕划过右边眉毛，是数年前一次航海意外造成的。

“五点刚过。”布隆维斯特说，“能不能请你叫醒爱莉卡？我有话跟她说。”

贝克曼认为布隆维斯特忽然克服心理障碍来到盐湖滩区，还在这个时间站在这里，肯定发生了极不寻常的事。何况，眼前这个人似乎亟须喝点酒，或至少有张床能睡一觉，好将发生的一切抛诸脑后。贝克曼将门打开，请他进屋。

“出了什么事？”

布隆维斯特还没回答，爱莉卡已经出现在楼梯顶端，一面绑着白色浴袍的腰带。她下楼走到一半，看见布隆维斯特在门厅，随即停下来。

“怎么了？”

“达格和米亚。”布隆维斯特说。

他前来报告的消息立刻显现在他的脸上。

“不。”她一手掩住嘴巴。

“他们昨晚被杀了，我刚从警察局过来。”

“被杀？”爱莉卡和贝克曼异口同声地说。

“有人进入他们在安斯基德的公寓，射杀了他们。是我发现的。”

爱莉卡直接坐到阶梯上。

“我不希望你从晨间新闻听到消息。”布隆维斯特说。

布隆维斯特和爱莉卡进《千禧年》办公室时，是濯足节星期四上午六点五十九分。爱莉卡事前已叫醒克里斯特和玛琳，告知达格和米亚在前一夜遇害的消息。他们住的地方近得多，因此已经到达准备开会，也已开启了小厨房里的咖啡机。

“到底发生了什么事？”克里斯特急着想知道。

玛琳嘘了他一声，同时将七点晨间新闻的声音开大。

> 昨晚深夜，有两名人士——一男一女——在安斯基德某公寓中遭射杀身亡。警方声称这是一起双尸命案。两名死者生前都未在警局留下记录。杀人的动机至今不明。以下是本台记者汉娜·欧洛夫森在现场的报道。
>
> “就在午夜前不久，警方获报在安斯基德熊堡路这里的一间公寓大楼传出枪声。据一名邻居表示，公寓内传出几声枪响。杀人动机不明，也尚未有任何嫌疑犯落网。警方已在公寓周围拉起封锁线，犯罪现场的调查工作也已展开。”

“报道得还真是精简。”玛琳说着将声量转小，随后便哭了起来。爱莉卡伸手搂住她的肩膀。

“我的老天！”克里斯特说，没有对着特定对象。

“大家都坐下。”爱莉卡以坚定的口气说，“麦可……”

布隆维斯特将自己知道的经过告诉他们，说话的口气平板单调，当他描述自己发现达格与米亚的情形时，就好像电台记者在报道似的。

“我的老天！”克里斯特又喊了一声，“太疯狂了！”

玛琳的情绪再次激动起来，忍不住又开始哭泣，也不试图掩藏泪水。

“真叫人难过。”她说道。

“我也有同感。”克里斯特说。

布隆维斯特不明白自己为何哭不出来，只觉得内心空洞洞的，几乎像是被麻醉了一般。

“今天早上得知的消息并不多。”爱莉卡说道，“我们有两件事要讨论。第一，还有三星期，达格写的东西就要送印刷厂了，我们还应该出版吗？我们能出版吗？这是其一。另一件事是麦可和我来这里的途中讨论的问题。”

“我们不知道凶手的动机。”布隆维斯特说，“可能和达格和米亚的私生活有关，也可能是单纯的滥杀，但也不能排除可能和他们正在写的东西有关。”

桌旁顿时静默良久。

最后，布隆维斯特清了清喉咙。“诚如我所说，我们即将出版的书中会揭露一些人，他们非常担心自己的身份曝光。达格在两星期前开始找人质问查证，我在想如果他们其中一人……”

“等等，”玛琳说道，“我们要揭发的三名警员当中，至少有一个是国安局的，还有一个是刑警。另外还有几个律师、一个检察官、一个法官和一些龌龊的男性老记者。这些人有可能为了阻止书的出版杀死两个人吗？”

“这个嘛，我也不知道答案。”布隆维斯特说，“他们可能会因此失去很多东西，但若以为杀死一名记者便能压制这种消息，未免愚蠢到极点。不过我们也披露了一些皮条客，尽管用了假名，凡是对内幕稍有了解的人都不难猜出他们是谁。其中有些人已经有过暴力犯罪的前科。”

“好，”克里斯特说道，“但你将命案想成处决。假如我对达格的故事了解正确的话，这里头的人并不十分聪明。他们有能力犯下双尸命案后安全脱逃吗？”

“只是开两枪，需要多聪明？”玛琳说。

“我们纯粹是在臆测一件我们几乎一无所知的事。”爱莉卡插嘴说道，“不过这个问题非问不可。如果凶手的动机是为了不让达格的文章——或甚至米亚的论文——曝光，那么办公室这里的安保就得加强了。”

“还有第三个问题。”玛琳说，“我们是否应该将这份名单交给警方？麦可，你昨晚跟警察说了什么？”

“我说了达格在写书，但他们没有询问细节，我也没有说出任何人名。”

“也许我们应该这么做。”爱莉卡说。

“事情没那么简单。”布隆维斯特说，“我们可以交出名单，但万一警察问起名单从何而来，该怎么办？我们不能透露任何想要匿名的消息来源，和米亚交谈过的几个女孩更是如此。”

“真是一团糟。”爱莉卡说道，“现在又回到第一个问题：该不该出书和发表文章？”

布隆维斯特举起手来，“等等。关于这个问题可以投票表决，但我刚好是负责的发行人，我想这次也是第一次，我要自己作决定。答案是不行。下一期的杂志不能公开这些资料。如果不顾一切按计划行事，太不合理。”

坐在桌边的其他人都尚未准备好提出异议。

“当然了，我确实很想出版，但内容必须稍作修改。证据资料都在达格和米亚手中，而故事的根据也是基于米亚打算向警方检举我们即将揭发的人。她有专业的知识，但我们有任何相关资讯吗？”

这时大门砰的一声开了，柯特兹站在门口。

“是达格和米亚吗？”他喘着气问。

所有人都点头。

“天哪，真是疯了！”

“你从哪里听说的？”布隆维斯特问道。

“我正要和女友搭出租车回家，听到车上广播。警方在询问有没有出租车司机搭载乘客去过那条街，我没听清楚地址，所以非来一趟不可。”

柯特兹看似惊吓过度，爱莉卡于是起身抱了抱他，让他坐到桌旁一起开会。

“我想达格会希望我们发表。”她说。

“我也同意应该发表，尤其是书。但以目前的情况看来，出书日期得往后延。”

“那么该怎么办呢？”玛琳说，“不只是一篇文章要拉掉，而是一整个主题特刊。整本杂志都得重做。”

爱莉卡安静了片刻，然后露出当天第一个疲倦的笑容。

“玛琳，你本来打算休复活节的假吗？”她问道，“现在别想了。我们就这么做……玛琳，你和我还有克里斯特要坐下来筹划一期新的内容，不用达格的资料。我们得看看能不能抽出几篇原本打算放在六月号的文章。麦可，你从达格那里拿到多少资料？”

“十二个章节中，我已经拿到九章完稿，以及第十章与十一章的草稿。达格本来说会将完稿寄给我，我再去查查信箱，至于十二章则只有大纲，也就是摘要和结论。”

“但你和达格已经讨论过每一章的内容了，对不对？”

“对，我知道他最后一章要写什么，如果你是想问这个的话。”

“那好，你得拿着稿子——包括书和杂志文章的稿子——开始工作。我要知道内容还差多少，也要知道达格未完成的部分，我们能不能写得出来。你能不能在今天作出客观评估？”

“可以。”布隆维斯特回答。

“另外还要请你想一想对警方的说辞。想一想哪些是在可透露的范围内？说到什么程度可能会违反我们与消息来源签订的保密协议？除非有你的许可，否则《千禧年》任何员工都不得对外发表任何意见。”

“听起来还不错。”布隆维斯特说。

“你觉得达格的书引发谋杀动机的可能性有多大？”

“也可能是米亚的论文……我不知道，但不能排除这个可能。”

“当然不能。你得把一切拼凑起来。”

“把什么拼凑起来？”

“调查结果。”

“什么调查结果？”

“我们的调查啊，拜托！”爱莉卡忽然扯开嗓子，“达格是为《千禧年》工作的记者，如果他因为工作被杀，我要知道其中的细节，所以身为编辑团队的我们，必须深入挖掘真相。这部分就由你负责，从达格给我们的资料当中寻找杀人动机。”她接着转向玛琳。“玛琳，如果你今天能帮我拟定新一期的概略计划，我就能和克里斯特草拟版面设计。不过你花了很多时间和达格合作，对主题特刊的其他文章也很熟悉，所以我要你和麦可一起留意命案调查的发展。”

玛琳点点头。

“柯特兹……你今天能工作吗？”

“当然可以。”

“你先一一打电话给我们的其他员工，告诉他们发生什么事，然后到警局去了解案情，问他们会不会召开记者会之类的。我们得获得第一手消息。”

“我先打电话给大家，然后回家洗个澡。除非我直接去了国王岛，否则四十五分钟后就会回来。”

“今天一整天都要保持联络。”

“好的。”布隆维斯特说，“结束了吗？我得打通电话。”

手机响起时，海莉正坐在亨利·范耶尔位于海泽比的家中用玻璃围起的阳台上用早餐。她没有看来电显示便接起来。

“早安，海莉。”布隆维斯特说。

“天哪！我还以为你从不在八点以前起床。”

“的确，如果我有机会睡觉的话。偏偏我昨晚没睡。”

“发生什么事了吗？”

“你没有听到新闻吗？”布隆维斯特接着说出昨晚发生的事。

“太可怕了！你还好吗？”

“谢谢你的关心，我觉得好些了。但我之所以打电话，是因为你是杂志社的董事，理应被告知。我猜很快便会有记者查出是我发现达格和米亚，这将会引发一些猜疑，如果达格正在为《千禧年》写一本揭发丑闻的重要作品的消息外漏，一定会有人提出质问。”

“所以你认为我应该有所准备。那么我该说些什么？”

“实话实说。你听到了消息，对于命案感到震惊，但你并未参与编辑工作，因此无法对任何臆测发表看法。调查命案是警方的工作，不是《千禧年》的。”

“谢谢你的提醒。还有什么我能帮上忙的吗？”

“目前没有。但如果想到什么，我会告诉你。”

“谢谢。还有拜托你……有新消息一定要让我知道。”

第十三章

三月二十四日濯足节星期四

负责指挥安斯基德双尸案初步调查的正式命令，于濯足节星期四上午七点送到检察官李察·埃克斯壮的办公桌上。前一晚的值班检察官是个年纪很轻又缺乏经验的律师，他发现安斯基德命案可能演变成轰动的新闻，因此打电话叫醒郡助理检察官，郡助理检察官又叫醒郡警局副局长，然后一起决定将球丢给认真负责、经验丰富的检察官：李察·埃克斯壮。

埃克斯壮身材瘦小、精力充沛，身高一米六五，现年四十二岁，头上的金发已渐稀疏，还留了一撇山羊胡。他的穿着打扮向来一丝不苟，鞋子也都略有点跟。他最初在乌普萨拉担任助理检察官，后来被征召进入法务部调查局，负责让瑞典的法律与欧盟一致，由于表现极为出色，还一度被指派为部门主任。他引起注意是因为一篇关于执法界组织缺点的报告，在报告中他主张提升效率，而不应依照某些警察单位的要求增加警力。在法务部待了四年以后，他转到斯德哥尔摩的检察官办公室，并在这里处理过几起非常引人关注的劫案与暴力犯罪案件。

在政府部门里面，他被视为社会民主党员，但事实上埃克斯壮对政党政治毫无兴趣。就在他受到媒体关注之际，高层人士也开始留意到他。他绝对是更高职位的候选人，也多亏他留给外界这个政党倾向的印象，因而得以在政治圈与警界获得丰沛人脉。警界人士对于埃克斯壮的能力看法分歧，那些主张募集更多警力是改善治安最佳方法的人，便不支持他的调查工作。但另一方面，他也非常善于不择手段地将案子送进法院。

埃克斯壮听取了值班刑警对于安斯基德命案所作的简报后，立刻认定此案必会引发媒体骚动。两名死者一个是犯罪学家、一个是记者——对于后者的职业，埃克斯壮若非痛恨便是珍视，视情况而定。

他和郡警局局长很快地在电话中进行商议。七点十五分，他拿起电话叫醒刑事巡官杨·包柏蓝斯基，同事们都称他泡泡警官。由于去年工作超时太多，包柏蓝斯基在复活节整个星期都休假，但最终仍被要求中断休假，立刻到总局着手调查安斯基德命案。

包柏蓝斯基五十二岁，自二十三岁便进入警界服务。他在巡逻车上待了六年，也待过枪械组和盗窃组，后来经过特别训练才晋升到郡刑事局的暴力犯罪组。据说，过去十年间，他曾参与过三十三起谋杀或过失杀人命案的调查工作。其中由他负责的有十七件，破了十四件，还有两件可视为结案，也就是说警方知道凶手是谁，却无足够证据予以起诉。至于剩下的一件，至今已有六年，包柏蓝斯基和同事们仍无法侦破。这桩命案是一个出了名爱惹事的酒鬼，被人刺死在他位于伯格沙姆拉的家中。现场的指纹与DNA迹证乱七八糟，全是多年来在那间公寓里喝醉或遭殴打的数十人留下的。包柏蓝斯基和同事们都深信，凶手必定是死者所结识的大量酒友与吸毒者当中的一人，但尽管密集查证，却始终无法让凶手落网。据了解，他们的调查一直都只绕着刺杀这一点打转。

就破案的数字而言，包柏蓝斯基的记录不错，同事们都对他敬重有加，但他们也觉得他有点怪，部分是因为他是犹太人。某些宗教节日里，总会有人在警察总局的走廊上看见他戴着小圆帽。某位如今已退休的局长便曾批评此事，认为在警察总局内戴犹太小圆帽，就像警察执勤时缠头巾一样地不适当。但其实警方从未真正针对此议题进行讨论。有个记者听说了，立刻找上局长询问，局长见状连忙躲进自己的办公室。

包柏蓝斯基属于索德会堂，若吃不到符合犹太教规的洁净食物便吃素，但还不至于保守到不肯在安息日工作。他也马上就判断出安斯基德杀人案不会是例行的调查工作。八点刚过，他一出现就被埃克斯壮拉到一旁。

“情况似乎很麻烦。”埃克斯壮说，“被杀的两人有一个是记者，而他的伴侣则是犯罪学家。不仅如此，发现他们的人也是记者。”

包柏蓝斯基微一点头。照此看来，媒体肯定会密切注意这桩案子。

“还有一点更令人头大，发现这对男女的记者就是《千禧年》杂志社的麦可·布隆维斯特。”

“哇！”包柏蓝斯基叹道。

“他因为温纳斯壮事件这出闹剧而声名大噪。”

“对于犯罪动机了解多少？”

“目前一无所知。两名死者也都没有不良记录，似乎是很正直的一对伴侣。女的再过几星期就要拿到博士学位。本案得优先处理。”

对包柏蓝斯基而言，谋杀案总是得优先处理。

“我们组了一个团队。你动作得快一点，需要什么资源我都会支持你。你已经有法斯特和安德森，稍后霍姆柏也会加入，他现在正在查林可比凶杀案，不过凶手似乎已潜逃国外。必要的话，也可以向国家刑事局调人。”

“我要桑妮雅·茉迪。”

“她会不会太年轻了点？”

包柏蓝斯基诧异地扬起双眉。

“她已经三十九岁，和你差不多年纪，何况她非常敏锐。”

“好吧，你的组员由你决定，但要快。上级都已经开始发牢骚了。”

包柏蓝斯基认为他夸大其词。这个时间，上级应该还在吃早餐。

九点不到，包柏蓝斯基巡官召集组员到郡警局一间会议室开会，调查工作正式展开。他研究了小组名单，对于成员并不完全满意。

茉迪是他最有信心的一个。她有十二年的经验，其中四年在暴力犯罪组，曾参与过几次由包柏蓝斯基指挥的调查任务。她行事严谨、有条不紊，但包柏蓝斯基很快便发现她具有调查棘手案件最宝贵的特质，那就是想象力与联想力。茉迪至少曾在两起复杂的案件中，发现到其他人都忽略的一些独特而不可思议的关联，使得案情有所突破。另外她还拥有清新的知性气质，也让包柏蓝斯基十分欣赏。

他很高兴叶尔凯·霍姆柏也是小组成员。霍姆柏今年五十五岁，原籍安格曼兰。他是个身材矮壮、相当平凡的人，毫无茉迪的想象力，但在包柏蓝斯基眼中，却可能是全瑞典警界最优秀的犯罪现场调查员。这几年来，他们曾合作调查过无数案子，包柏蓝斯基相信只要现场有值得发现的线索，霍姆柏一定能发现。他的当务之急便是到安斯基德公寓指挥调查。

至于库特·安德森，包柏蓝斯基几乎毫无所知。他是个说话精简、身材壮硕的警员，金发的小平头剪得极短，远看仿佛秃头。安德森三十八岁，先前在胡丁厄处理帮派犯罪案件多年，最近才调到这里。他是出了名的脾气火暴、作风剽悍，这也许是一种婉转的说法，暗示他可能采用不太符合规定的手法。十年前，他曾被控行使暴力，但经过调查后已还他清白。

一九九九年十月，他和一名同事前往奥比拘提一名流氓。此人前科累累，恐吓同一栋大楼的住户长达数年。当时警方接获密报，要带他来讯问一起发生在诺斯堡的录影带店劫案。见到安德森与他的同仁时，这流氓拔出刀来，不肯乖乖就范。另一名警员双手被划伤多处，左手拇指还被切断，接着歹徒将注意力转向安德森，这也是安德森入行以来首次被迫使用警枪。他开了三枪，第一枪只是示警，第二枪慎重地瞄准但打偏了——由于两人相距不到三米，要打中不容易——第三枪则正中他的胸腔，切断了主动脉。短短几分钟，那人便因失血过多死亡。调查是免不了的，最后虽然证明安德森用枪并无不当，却还是为他博得了极度暴力的名声。

包柏蓝斯基起初对安德森有些疑虑，但六个月下来，并未发生任何令他觉得有必要批评或生气的事。他反而开始对安德森沉默寡言的作风有些佩服。

组上的最后一人汉斯·法斯特，现年四十七岁，是暴力犯罪组的老将，年资已有十五年，但也是包柏蓝斯基对这个小组不十分满意的主因。法斯特有优点也有缺点。优点是他经验丰富，也参与过复杂的调查工作。缺点呢，此人太过自我，还有个让人焦躁不安的大嗓门，这点让包柏蓝斯基异常心烦。法斯特有一两个特质，包柏蓝斯基就是无法忍受，但若是盯紧一点，他还是个有能力的警探。何况，他可以说成了安德森的心灵导师，他那令人不快的风格，后者似乎并不在意。他们经常一起办案。

刑事组纽柏格巡官也受邀参与开会，以便让他们了解她前一晚询问记者布隆维斯特的情形。警司莫丹松也到场报告犯罪现场的情况。他们两人都已经精疲力竭，一心只想回家睡觉，但纽柏格还是带来了公寓的照片，传给组员们看。

半小时后，他们已了解事件发生的顺序。包柏蓝斯基说道："你们要记住，犯罪现场的鉴定工作还在进行中，这只是我们认为的情况……一个不明人士在没有任何邻居或目击者注意到的情况下，进入安斯基德的公寓，杀死了达格和米亚。"

"我们还不知道现场发现的枪是否便是凶器，"纽柏格说道，"但枪已送到国家鉴定实验室，而且会优先处理。我们还找到一片子弹碎片，打中达格的那颗，相当完好地卡在卧室隔板上。不过击中米亚的子弹碎得太厉害，恐怕帮助不大。"

"谢谢你告诉我们。科特麦格农是牛仔手枪，压根就应该马上禁用的。有没有序号？"

"还没有。"莫丹松说道，"我已派人将枪和子弹碎片直接从犯罪现场送到鉴定实验室。由他们处理总比我自己分析好。"

"很好。我还没有时间到现场去，但你们两个去过了。你们有什么想法？"

纽柏格礼让较年长的同事代为发言。

"第一，我们认为是一人所为。其次，这完全是处决式的杀人。我觉得某人有充分的理由要杀死达格和米亚，而且执行得十分精准。"

"你这么说有什么根据？"法斯特问。

"公寓里面整齐干净，完全没有抢劫或打斗之类的迹象，而且只开两枪，全都打中预定对象的头。所以这个人很懂得用枪。”

“听起来有理。”

“且看看公寓的简图……这是我们所能重建的模样，我们猜想男性死者达格是近距离中枪，而且可能是直射。子弹进入的伤口周围有烧焦痕迹。我们猜想是他先中枪。达格受力后撞到餐桌，枪手可能是站在门厅，或就在客厅门口内侧。”

“据住在同一楼的证人说，两枪之间的间隔只有几秒钟。凶手射杀米亚的距离较远，她很可能站在卧室门口，正试图转身逃跑。子弹打中她的左耳下方，从右眼上缘穿出，力道将她推入卧室，也就是发现她尸体之处。她撞到床脚，滑落到地板上。”

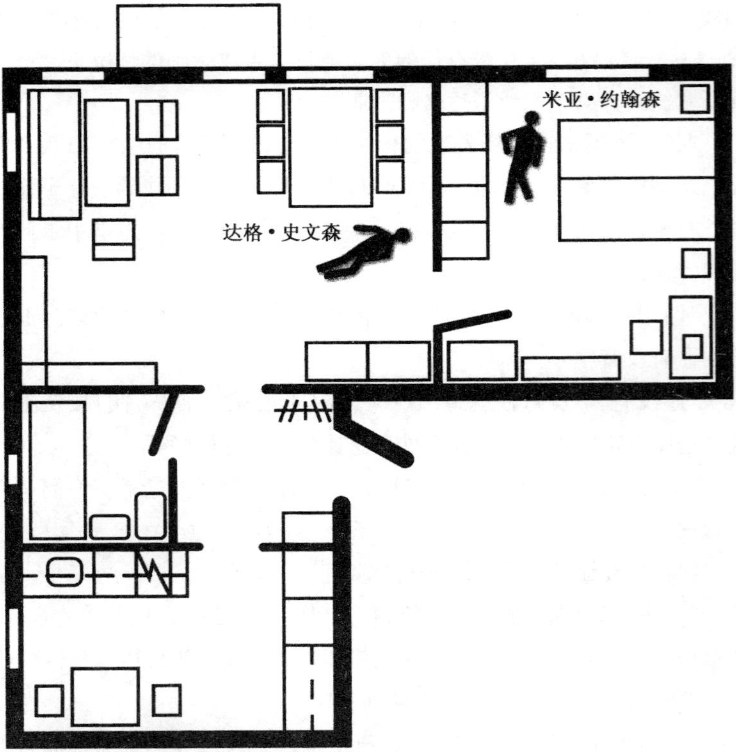

“只开一枪，这个人很善于用枪。”法斯特说。

“不仅如此，也没有脚印显示凶手曾走进卧室查看她是否断气。他知道自己正中目标，便离开公寓。也就是说两枪，两具尸体，就走了。我们得等鉴定报告出来，但我猜凶手用的是狩猎用子弹，可以立即致死。两名死者的伤口都很大。”

组员们静静地思索这番摘要。无须提醒，他们都知道子弹可分为两种：一种是全金属壳的硬式子弹，会直接贯穿身体，造成的伤害较轻微；另一种是软式子弹，击中后弹头会在体内扩张，造成巨大伤害。被直径九毫米的子弹击中和被直径会扩张到至少数厘米的子弹击中，可说有天壤之别。后者称为狩猎子弹，目的是为了导致大量出血。一般认为用这种子弹打麋鹿比较人道，因为可以让猎物尽快死去，尽量减少它的痛苦。但国际法规定战争中禁用狩猎子弹，因为士兵一旦被扩张型子弹击中，无论中弹部位在哪里，都几乎必死无疑。

两年前，睿智的瑞典警方引进了中空的狩猎子弹，究竟为何原因并不清楚。然而有一点却是清清楚楚，举例来说，如果二〇〇一年在哥德堡发生的世贸组织暴动中，示威者韩奈斯・魏斯伯[1]是被狩猎子弹击中，便不可能活命。

“所以说最终目的无疑是杀人。”安德森说。

他说的是安斯基德的谋杀案，但也同时在众人保持缄默的会议上发表自己的意见。

纽柏格和莫丹松也都这么想。

“接下来还有这个不可思议的时间结构。”包柏蓝斯基说。

“没错。开了致命的两枪后，凶手立刻离开公寓、下楼、丢弃凶器，然后消失在黑夜中。过后不久——可能只有几秒钟时间——布隆维斯特兄妹便开车到来，停在大楼外。有一个可能是凶手从地下室离开。有个侧门可供他使用，进入后院再穿越一片草地，便可到达平行

1　那次暴动发生在二〇〇一年欧盟高峰会进行期间，魏斯伯在那场暴动中遭瑞典警方开枪射中腹部，引起轩然大波。瑞典警方为掩饰执法不当而对媒体说谎，并伪造证据。

的街道。但他得有地下室门的钥匙才行。”

“有任何迹象显示凶手从那里逃走吗？”

“没有。”

“那么就不用再继续描述了。”茉迪说，“不过他为什么要丢弃武器？如果带着走，或是跑远一点再丢，我们可能得找上好一会儿。”

这个问题无人能回答。

“对于布隆维斯特应该怎么想？”法斯特问。

“他确实受到惊吓。”莫丹松说，“但举止仍相当理智，头脑似乎很清醒，我想他是可以信任的。他的律师妹妹证明了那通电话与开车前来的事实。我认为他没有涉案。”

“他是个名记者。”茉迪说。

“这么说媒体又有得炒了。”包柏蓝斯基说道，“所以我们更应该尽快了结。好啦……霍姆柏，现场由你负责，当然也包括邻居在内。法斯特，你和安德森去调查死者，看看他们是谁？目前在做什么？和哪些人来往？谁有杀人动机？茉迪，你和我一起看看当晚的证人供词，然后列出达格和米亚昨天被杀前，一整天的活动。今天下午两点半回到这里集合。”

布隆维斯特在达格的办公桌前展开一天的工作。他呆坐好长一段时间，仿佛自觉无法胜任这项任务。

达格有自己的笔记本电脑，而且一开始大多在家里工作，通常一星期只有两天会来办公室，后来这几个星期才较常来。他在杂志社用的是一部老旧的PowerMac G3，电脑摆在他桌上，任何员工都能使用。布隆维斯特打开老旧的G3后，发现许多达格一直都在使用的资料。他主要是用G3上网，但也有一些从他的笔记本电脑复制过来的文件夹，另外他还用两张光盘将资料完整备份，锁在桌子抽屉里。通常，他每天都会将最新、最即时的资料做备份，但由于前几天没来办公室，因此最近更新的日期是星期日晚上，中间少了三天。

布隆维斯特复制了压缩的光盘后，把它锁在自己办公室的保险柜里，接着花了四十五分钟看过原始光盘的内容。其中约有三十个文件夹和无数个子文件夹，那是达格四年来对非法交易所作的调查研究。他浏览文件名，看看哪些文件可能包含十分敏感的内容，例如达格想保护的消息来源的姓名。他对消息来源一直小心翼翼，类似的资料全都放在一个名为“机密来源”的文件夹中。这个文件夹共有一百三十四个文档，而且多半都很小。布隆维斯特选取了所有文件之后加以删除，但并非丢到回收站，而是拉到一个 Burn 程序的图标，这程序不只有删除功能，还会一比特接着一比特地连根拔除。

接下来打开达格的电子信箱。他在《千禧年》也建立了自己的信箱，无论在办公室或自己的笔记本电脑上都会使用。他有自己的密码，但对布隆维斯特来说不是问题，因为他拥有系统管理员权限，可以进入整个邮件服务器。他下载了达格的邮件，刻录到一张光盘里。

最后他才着手处理堆积如山的纸张，里面包含参考资料、注解、剪报、法院判决书与达格保存的所有书信。为了保险起见，他把所有看似重要的东西都加以复印，总共有两千页左右，花了他三个小时。

凡是可能与机密来源相关的资料，都先放到一边，约有四十页，主要是来自两本 A4 笔记本的注记，达格原本锁在抽屉里。布隆维斯特将这些资料放进信封，拿到自己的办公室。接着再把其他所有与达格的计划相关的资料搬到自己桌上。

工作结束后，他深深吸了一口气，然后到楼下的 7-eleven 买一杯咖啡和一片比萨。他误以为警方随时可能前来搜索达格的办公桌。

上午十点才刚过，包柏蓝斯基的调查工作便有了意想不到的突破。他接到位于林雪平的鉴定实验室的雷纳·葛兰伦来电。

“是关于安斯基德的命案。”

“这么快？”

“我们一早就收到凶器，分析尚未完全结束，但有一些资讯你或许会感兴趣。”

“好，说说看你们发现了什么。”包柏蓝斯基说道。

“凶器是一把一九八一年美国制的科特点四五麦格农手枪。上面有指纹，也可能有DNA，但这项分析需要多一点时间。我们也看过击中那对男女的弹头。应该是这把手枪发射的，这倒不令人意外，如果在现场的楼梯间发现手枪，结果多半如此。弹头碎得很厉害，不过有一块碎片可以用来比对。这非常可能就是凶器。”

“应该不是合法武器吧。有序号吗？”

“这把枪完全合法，所有人是一名律师，叫尼斯·艾瑞克·毕尔曼，于一九八三年购买。他是警察射击俱乐部会员，住在欧登广场附近的乌普兰路上。”

“你到底在说什么？”

“诚如我刚才所说，我们也在手枪上发现几枚指纹，至少来自两个不同的人。其中一人应该是毕尔曼，如果这把枪并未报失也未出售的话——但我没有这方面的资讯。”

“啊哈，换句话说，有线索了。”

“第二组指纹是右手拇指与食指的指纹，比对有了结果。”

“是谁的？”

“一名出生于一九七八年四月三十日的女子。一九九五年在旧城区，曾因伤害罪被捕，指纹记录便是当时留下的。”

“有名字吗？”

“有，她叫莉丝·莎兰德。”

包柏蓝斯基记下了葛兰伦告诉他的姓名与社会保险号码。

布隆维斯特很迟才吃午餐，吃完后直接回到办公室重新投入工作，他将门关上，明示自己不想被打扰。先前来不及处理达格的电子邮件与笔记中所有的周边资讯，如今他必须安顿下来，以全新的观点把书和文章从头看一遍，还要提醒自己作者已死，若再有任何需要提问的困难问题，他已无法提供答案。

他必须决定是否还要出书，也必须判定这些资料中有无可能引发杀机的部分。他打开电脑，开始工作。

包柏蓝斯基和埃克斯壮简单通过电话，告诉他关于鉴定实验室的发现，之后决定由包柏蓝斯基和茉迪去造访毕尔曼律师。这可能只是交谈，也可能是讯问，或甚至逮捕。法斯特和安德森则负责追踪这个莎兰德，请她解释为何凶器上会出现她的指纹。

寻找毕尔曼一开始并不困难，报税记录、枪支登记和监理处资料库里都有他的地址，就连电话簿上也能找到。包柏蓝斯基和茉迪开车到欧登广场，刚走到乌普兰路的大楼外，刚好有一名年轻女子出来，因此很轻易便进去了。

他们按了毕尔曼的门铃，但无人应门。随后又到他位于圣艾瑞克广场的办公室，还是同样结果。

“也许他去开庭了。”茉迪说。

“也许他在射杀了安斯基德那两个人之后，搭上飞机飞往巴西了。”包柏蓝斯基说。

茉迪斜瞄了同事一眼。她喜欢和他在一起，更不排斥与他调情，只不过她已经是两个孩子的母亲，而她和包柏蓝斯基的婚姻也都很美满。他们从毕尔曼办公室那层楼的铜制名牌发现，与他距离最近的邻居包括一名叫诺门的牙医、一间名为“N 咨询”的公司和一名叫鲁纳·霍坎森的律师。

先从霍坎森开始。

“你好，我叫茉迪，这位是包柏蓝斯基巡官。我们是警察，有事情想找你隔壁的同行毕尔曼。你知道上哪儿可以找到他吗？”

霍坎森摇摇头。“最近很少见到他。两年前他生了场重病，之后便有点半停业状态。现在大概每两个月才会见到他一次。”

“生重病？”包柏蓝斯基问道。

“我也不确定是什么病。他老是工作到精疲力竭，后来有人说他病了。好像是癌症吧。我跟他不熟。”

“你确定他得癌症了，或只是猜测？”茉迪问。

“这个嘛……不，我不确定。他本来有个秘书，叫布莉特·卡尔森，或尼尔森的，是个上了年纪的女人，后来被解雇了，就是她跟我说他病了。那是二〇〇三年春天的事。直到那年的十二月，我才又见到他。他好像一下子老了十岁，神情憔悴还冒出白发……这是我自己的推断。”

他们又回到毕尔曼的住处，还是没有回应。包柏蓝斯基拿出手机，拨了毕尔曼的手机号码，却听到“目前该用户无法接听，请稍后再拨”的信息。

接着他试打家里的电话。从楼梯口可以听到门的另一边响起微弱的电话铃声，接着答录机接了起来，请来电者留话。

这时是下午一点。

“要喝咖啡吗？”

“我想吃个汉堡。”

在欧登广场的汉堡王，茉迪和包柏蓝斯基各吃了一个华堡和一个素汉堡之后，回到了总局。

下午两点，检察官埃克斯壮在他办公室的会议桌旁召开小组会议。包柏蓝斯基和茉迪比邻坐在靠窗的墙边，两分钟后安德森来了，在他们对面坐下。接着霍姆柏用托盘端了几杯纸杯装的咖啡进来。他刚才去了一趟安斯基德，打算等下午技术人员工作结束后再回去。

“法斯特呢？”埃克斯壮问道。

“和社会福利部的人在一起，五分钟前他打过电话说会晚一点到。”安德森说。

“我们还是开始吧。有什么进展？”埃克斯壮开门见山地问，首先便指向包柏蓝斯基。

“我们一直在找毕尔曼，很可能是凶器的登记所有人。他不在家也不在办公室。据同一栋大楼的另一位律师说，他两年前生病了，几乎处于半停业状态。”

茉迪接着说：“毕尔曼五十六岁，没有前科，是专攻商业法的律师。我还没有时间调查他的背景，目前只知道这么多。”

“但在安斯基德被用来杀人的枪确实是他的。”

“没错。他有持枪的执照，也是警察射击俱乐部会员。”包柏蓝斯基说道，“我找枪械组的古纳松谈过，他是俱乐部的会长，和毕尔曼很熟。他在一九七八年加入，一九八四年至一九九二年间还担任出纳。古纳松说毕尔曼沉着冷静，枪法非常高明，不是开玩笑的。”

“是枪械狂？”

“古纳松认为毕尔曼对俱乐部的活动比对射击本身更有兴趣。他喜欢竞技，却不显眼，至少不是个出风头的枪械迷。一九八三年他参加瑞典锦标赛，得了第十三名。过去十年来，已经较少作射击练习，只会在年度聚会之类的场合露脸。”

“他还有其他武器吗？”

“自加入射击俱乐部以来，他有过四支手枪的执照。除了这把科特之外，还有一把贝瑞塔、一把史密斯威森和一把快牌的竞赛手枪。其余三把已经在十年前卖给俱乐部的其他会员，执照也已转移。”

“现在却不知道他人在哪里。”

“是的。不过我们从今天上午十点才开始找人，说不定他到王室狩猎场去散步，或是回医院去了。”

就在此时法斯特冲了进来，上气不接下气。

“抱歉，迟到了。我可以直接插进来吗？”

埃克斯壮以手势示意他“说吧”。

“莉丝·莎兰德是个非常有趣的人物。我整个上午都在社会福利部和监护局。”他脱下皮夹克披在椅背上，然后坐下打开笔记本。

“监护局？”埃克斯壮蹙眉说道。

“这位小姐有严重的精神异常。”法斯特说，“她被宣告失能并接受监护。你们猜猜她的监护人是谁？”他故作神秘地顿了一下，“就是尼斯·毕尔曼，安斯基德命案凶器的所有人。”

此话一出，果然产生了法斯特预期的效果。接着他花了十五分钟，向组员简单报告他所打听到关于莎兰德的一切。

“总而言之，”法斯特话毕，埃克斯壮接着说道，“在很可能是凶器的枪支上有这个女人的指纹。她在青少年时期曾数度进出精神病院，据了解她以卖淫为生，还被法院裁定为失能，并且有暴力倾向的记录。我们应该问的是，这样的人怎么还会在大街上闲晃？”

“她小学的时候就有暴力倾向。”法斯特说，“好像真的是个神经病。”

“但是到目前为止，她和安斯基德那对男女毫无关系。”埃克斯壮用指尖敲着桌面，“这桩双尸命案也许根本不难破解。有没有莎兰德的地址？”

“在索德马尔姆的伦达路。报税记录显示她断断续续申报了来自米尔顿安保公司的收入。”

“她能替他们做什么事啊？”

“不知道。持续了几年，但每年的收入都很微薄。也许只是打杂之类的。”

“嗯。”埃克斯壮说道，“将来再查明，现在得先找到她。”

“我们得慢慢地了解这些细节。”包柏蓝斯基说，“但现在已经有了嫌疑犯。法斯特，你和安德森到伦达路去把莎兰德带来。要小心，不知道她有没有其他武器，也不能确定她到底有多危险。”

“好的。”

“泡泡，”埃克斯壮说道，“米尔顿安保的负责人是德拉根·阿曼斯基。我在几年前办一件案子时认识他，是个可靠的人。你去他的办公室，和他私下谈谈莎兰德。最好趁他还没下班之前赶到。”

包柏蓝斯基显得气恼，部分因为埃克斯壮叫他的绰号，部分则因为他用命令口吻跟他说话。

“茉迪，”他说，“继续找毕尔曼，去敲所有邻居的门。我想这点和找到他同样重要。”

“好的。”

“我们要找出莎兰德和安斯基德这两人的关系，还要证明命案发生时莎兰德人在安斯基德。霍姆柏，拿几张她的照片，去向大楼里的每个住户确认。今晚就去挨家挨户敲门，找一些穿制服的去帮你。”

包柏蓝斯基略一停顿，搔搔颈背。

“真想不到，幸运一点的话，今晚就能了结这件麻烦事……本来还以为会拖很久呢。”

“还有一件事，”埃克斯壮说，“媒体已经很明显在向我们施压。我答应会在下午三点开记者会，如果有公关室的人来帮忙，我就能应付。我猜想有一些记者会直接打电话找你们，尽可能不要透露任何有关莎兰德和毕尔曼的事。”

阿曼斯基本打算早点回家。今天是濯足节，他和妻子已经计划到布利德的避暑小屋去过复活节周末。他正合上公文包、穿上外套，总机便打电话来说刑事巡官包柏蓝斯基有事找他。阿曼斯基并不认识包柏蓝斯基，但光是资深警员来到办公室，他就不得不将外套重新挂回衣帽架上。他其实谁也不想见，但米尔顿安保却承受不起忽视警察的后果。他还到走廊的电梯口迎接包柏蓝斯基。

“谢谢你拨空见我。”包柏蓝斯基说道，“我的上司——埃克斯壮检察官——向你问好。”

他们握了手。

“埃克斯壮，我和他交涉过几次，已经好几年了。要不要喝杯咖啡？”

阿曼斯基走到咖啡机旁停下，按了两杯咖啡，然后请包柏蓝斯基进办公室，坐到靠窗那张舒服的椅子上。

“阿曼斯基……俄国人吗？”包柏蓝斯基说道，“我的姓也是以‘斯基’结尾。”

“我们家原籍亚美尼亚，你呢？”

“波兰。”

“有什么需要我效劳的吗？”

包柏蓝斯基拿出笔记本。

“我正在调查安斯基德的命案。我想你应该看到今天的新闻了。”

阿曼斯基点一点头。

"埃克斯壮说你很谨慎。"

"以我的立场，和警察配合有益无害。我可以保密，如果你想说的是这个。"

"很好。我们现在在找一个曾经替贵公司工作过的人，莉丝·莎兰德，你认识她吗？"

阿曼斯基觉得胃里仿佛结了一块硬石，但脸上表情不变。

"请问你们为什么要找莎兰德小姐？"

"这么说吧，我们有理由相信她是重要的调查对象。"

阿曼斯基胃里的硬块变得更大了，几乎让他感到疼痛。自从第一次见到莎兰德，他就有强烈预感，这女孩的人生正慢慢走向毁灭。但他一直视她为受害者，而非犯罪者。他依然不动声色。

"这么说你们怀疑莎兰德犯下安斯基德的命案，是这样吧？"

包柏蓝斯基迟疑片刻后，点了点头。

"你能跟我说说她的事吗？"

"你想知道什么？"

"首先，要如何找到她？"

"她住在伦达路，确切地址我还得找一找。我也有她的手机号码。"

"地址我们有了，手机号码应该会有帮助。"

阿曼斯基走到办公桌旁，念出号码，包柏蓝斯基随即记下。

"她替你工作吗？"

"她有自己的事业。从一九九八年到大约一年半前，我偶尔会给她一些案子做。"

"她做什么样的工作？"

"调查。"

原本低头写字的包柏蓝斯基抬起头来，问道：

"调查？"

"说得精确一点，是私人调查。"

"等一等……我们说的是同一个人吗？我们要找的莉丝·莎兰德

学校没毕业，还被法院宣告失能，无法处理自己的事。”

“现在已经不说‘宣告失能’了。”阿曼斯基平静地说。

“我才不管现在怎么说。根据记录，我们要找的女孩是个严重精神异常而且有暴力倾向的人。社会福利部的档案里说她在九十年代末卖过淫。从她的资料完全看不出她有能力胜任白领的工作。”

“档案是一回事，人又是一回事。”

“你是说她能胜任米尔顿安保的私人调查工作？”

“不仅如此，她还是我至今所见过最优秀的调查员。”

包柏蓝斯基将笔搁下，皱起眉头。

“听起来你好像……很看重她。”

阿曼斯基看着自己的双手。这个问题让他面临岔路的抉择。他始终担心莎兰德迟早会惹上麻烦，却无法想象她会涉入安斯基德的双尸命案——无论是身为凶手或有其他牵连。然而他对她的私生活又了解多少呢？阿曼斯基想起她最近来办公室时，神秘地表示自己有足够的钱过日子，不需要工作。

此时此刻最明智的做法就是切断他自己、尤其是切断米尔顿安保与莎兰德的所有关系。但如此一来，莎兰德很可能就是他所认识最孤单的人了。

“我很看重她的能力。这个是在她的学校成绩或个人资料中看不到的。”

“那么你了解她的背景啰？”

“她接受监护，成长过程也非常复杂，这个我知道。”

“可是你还是信任她。”

“正因为如此我才信任她。”

“请你解释一下。”

“她的前任监护人潘格兰曾是老约翰·弗雷德里克·米尔顿的律师。她十几岁时，潘格兰便接下她的案子，并说服我给她一份工作。起初我雇用她来做分发邮件和维护复印机之类的工作，后来才发现她具有不可思议的能力。至于报告中说她可能当过妓女，你听听就算了，根本是无稽之谈。莎兰德的青少年时期过得很辛苦，也确实有点野，但这和违法又不一样。卖淫恐怕是这世上她最不可能做的事了。”

“她目前的监护人是一个名叫尼斯·毕尔曼的律师。”

“我没见过他。几年前，潘格兰脑中风，事发之后不久，莎兰德也减少了替我工作的时间。最后一次接案子是在一年半前的十月。”

“为什么你不再雇用她？”

“这不是我的决定，而是她断了联系出国去了，没有作任何解释。”

“出国去了？”

“她约莫离开了一年。”

“不可能。去年一整年，毕尔曼每个月都写了关于她的报告，我们在国王岛的总局还有副本呢。”

阿曼斯基耸肩笑了笑。

“那么你最后一次看到她是什么时候？”

“二月初。她就那么凭空出现，来跟我打声招呼。她去年都在国外，在亚洲和加勒比海旅行。”

“很抱歉，但我有点搞糊涂了。我本来以为莎兰德是个有精神疾病的女孩，学校没毕业还要接受监护。现在你却告诉我，说你相信她是个杰出的调查人员，说她有自己的事业，还赚了足够的钱可以放假一年、环游世界，而她的监护人竟完全默不作声。这有点说不通。”

“关于莎兰德小姐，有很多说不通的地方。”

“我能不能请问……总的来说，你对她有何看法？”

阿曼斯基忖度了好一会儿，才说：“我这辈子从没见过像她这么令人生气又顽固的人。”

“顽固？”

“她绝对不做她不想做的事，也不在乎别人怎么看她。她有非常卓越的技能。我从来没见过像她这种人。”

“她会不会不稳定？”

“何谓不稳定？”

"她有可能冷酷地杀死两个人吗？"

阿曼斯基安静了许久。"很抱歉，我无法回答这个问题。我是个愤世嫉俗的人，我相信每个人都有可能杀死另一人，出于绝望或仇恨，或至少为了自我保护。"

"总之你不排除这个可能性。"

"莎兰德做任何事都有充分的理由。如果她杀死某人，一定是自认为有非常合理的原因。我能不能请问……你们怀疑她涉入谋杀案有何根据？"

包柏蓝斯基直视着阿曼斯基。

"你能保密吗？"

"当然。"

"凶器是她的监护人所有，上面有她的指纹。"

阿曼斯基咬紧了牙根，这是重要的间接证据。

"我是在收音机上听到命案的消息。是怎么回事？毒品吗？"

"她吸毒吗？"

"据我所知没有。但我也说过，她的青少年时期过得很颓废，曾经几次因为喝醉酒被捕。她有没有吸毒，看她的记录就会知道。"

"我们不知道杀人动机。这对男女很正直，女的专攻犯罪学，马上就要拿到博士学位；男的是记者。达格·史文森和米亚·约翰森。对这两个名字有印象吗？"

阿曼斯基摇摇头。

"我们正试着找出他们和莎兰德的关系。"

"我从未听说过他们。"

包柏蓝斯基起身说道："谢谢你抽空见我，这段谈话非常吸引人。我不知道对我的了解会有多少帮助，但希望这些内容就我们两人知道。"

"当然。"

"必要的时候我会再来找你，当然了，假如莎兰德和你联络……"

"没问题。"阿曼斯基说道。

两人握手后，包柏蓝斯基正要走出门，忽然又停了下来。

“你该不会刚好知道和莎兰德有关的人吧？例如朋友、旧识……”

阿曼斯基摇摇头。

“我对她的私生活一无所知，只知道她的旧监护人潘格兰对她而言是个重要的人。他现在住在厄斯塔的一家康复中心。莎兰德回来以后，可能和他联络过。”

“她在这里工作时，从来没有访客吗？有没有相关的记录？”

“没有。她主要都在家里工作，只有交报告才会来这里。除了极少数几次例外情形，她从未与客户碰面。说不定……”阿曼斯基忽然闪过一个念头。

“什么？”

“说不定她还跟另一个人有过联系，是几年前认识的一个记者。她出国期间，这个记者一直在找她。”

“记者？”

“他叫麦可·布隆维斯特。你记得温纳斯壮事件吗？”

包柏蓝斯基又慢慢走回阿曼斯基的办公室。

“安斯基德那对男女的尸体正是布隆维斯特发现的。你刚刚建立了莎兰德和被害人之间的关联。”

阿曼斯基再次感觉胃里的硬块隐隐作痛。

第十四章

三月二十四日濯足节星期四

茱迪在半小时内打了三次毕尔曼的手机，每次都听到该用户无法接听的信息。

下午三点半，她开车到欧登广场按他家门铃，还是无人应门。接下来二十分钟，她在大楼里挨户敲门，想问问有没有邻居知道毕尔曼人在哪里。

十九户当中有十一户无人在家。这个时间显然不是登门造访的好时机，接下来是复活节周末，情况应该也不会更好。八户在家的邻居都提供了协助，其中有五人认识毕尔曼，说他住在六楼，是个彬彬有礼的绅士。至于他的行踪，谁也无法提供任何信息。她好不容易打听到有个名叫休曼的生意人，是与毕尔曼来往最密切的邻居之一，他也许上他家去过。但这一户也没有人应门。

茱迪沮丧之余，拿出手机又拨了毕尔曼家中电话，在答录机留下自己的姓名与电话，请他尽快回电。

她回到毕尔曼住处门口，写了纸条请他与她联络，然后拿出名片，也一起丢进信箱。正要关上信箱盖时，她听见公寓里的电话响了，便俯身倾听，响了四声后答录机接起来，但听不到有人留言。

她关上信箱盖，直瞪着门看。究竟为何心血来潮伸手碰了门把，她也说不上来，但令她大吃一惊的是门没有锁。她将门推开，看着门厅。

“有人在吗？”她小心地喊道，并仔细倾听。没有声音。

她往门厅踏入一步后，犹豫起来。她没有搜索令，即便门未上锁，也无权进入公寓。她往左侧的客厅瞄了一眼，正决定退出时，视线恰巧落在门厅的桌上。她看见一个装科特麦格农手枪的盒子。

茱迪顿时感到强烈不安，随即解开夹克、拔出警枪，她以前很少做这样的动作。

她拉开保险，枪口指向地板，走进去往客厅里面看。虽未发现任何异状，她却愈加忧虑。退出客厅后，往厨房里头瞧。没有人。接着走过走道，推开卧室房门。

毕尔曼赤裸着身子趴在床边，双膝着地，仿佛正跪着祷告。

光从门口看，便知道他死了，后脑勺中了一枪，额头被轰掉一大半。

茉迪随手关上公寓的门，打开手机打给包柏蓝斯基时，警枪仍握在手中。由于联络不上他，便又打给检察官埃克斯壮。她记下时间，下午四点十八分。

法斯特盯着伦达路大楼的正门。然后看看安德森，又看看手表，四点十分。

向管理员问到密码后，他们已经进过大楼，还在挂着“莎兰德—吴”门牌的门外倾听了一会儿，屋内没有声响，按门铃也无人应门。于是他们回到车上，将车停在可以监视大门的地方。

他们在车上已打电话确认，最近姓名才刚刚加到伦达路公寓合约上的人叫米莉安·吴，生于一九七四年，原先住在圣艾瑞克广场。

车内收音机上方贴了一张莎兰德的护照相片。法斯特出声抱怨说她就像个婊子。

“真要命，这些妓女的长相愈来愈丑！会挑上她肯定是饥不择食。”

安德森没有搭腔。

四点二十分，正要从阿曼斯基办公室前往《千禧年》杂志社的包柏蓝斯基来电，要求他们继续在伦达路监视，一定得把莎兰德带回警局问话，但也叮嘱他们别忘了检察官并不认为她和安斯基德命案有何关联。

“好了。”法斯特说道，“根据泡泡的意思，在没有人认罪之前，检察官谁也不想逮捕。”

安德森还是没出声。他们懒懒地看着路人在附近穿梭。

到了四点四十分，埃克斯壮打了法斯特的手机。

“出事了。我们发现毕尔曼在自家公寓遭到枪杀，死了至少二十四小时。”

法斯特一听立刻坐直起来。“知道了。现在该怎么办？”

“我要针对莎兰德发出紧急通告，她现在是三起谋杀案的嫌疑犯。命令会送达全郡各地，我们得将她视为危险分子，而且很可能持有武器。”

“知道了。”

“我现在就派一辆警车到伦达路，警员会进入公寓加以封锁。”

“明白。”

“你有包柏蓝斯基的消息吗？”

“他在《千禧年》。”

“他好像关机了，你可以试着联络并通知他吗？”

法斯特和安德森互望一眼。

“问题是万一莎兰德出现，我们要怎么做？”安德森问。

“如果她只有一个人，情况又允许的话，就把她带走。这女孩非常疯狂，而且显然杀红了眼。她公寓里说不定还有武器。”

布隆维斯特将一大叠稿子放到爱莉卡桌上，颓然坐在俯临约特路窗边的椅子上，简直累死了。他一整个下午都三心二意的，不知该如何处理达格未完成的书。

达格才死去几个小时，出版商已经开始争论如何处置他留下的工作，看在外人眼里或许觉得讽刺、无情。但布隆维斯特却不这么想。他有如处于一个几近失重的状态，这种感觉总会在最迫切的危急时刻出现，凡是记者或报纸编辑对此都很熟悉。

当其他人伤心之际，新闻人就会变得有效率。在这个濯足节星期四上午现身在《千禧年》办公室的团队成员，尽管个个震惊不已，最后专业仍凌驾于情绪之上，使他们发愤埋首于工作。

对布隆维斯特而言，这是理所当然的事。他和达格属于同一类人，即使他们角色互换，达格也会这么做，他也会自问能为布隆维斯特做些什么。一篇具有爆炸性内容的文稿，这是达格留下的遗产，他为此工作四年，投入了自己的灵魂，如今却再也无法完成。

而他生前选择了为《千禧年》工作。

达格与米亚的命案不会像前首相帕尔梅遇害一样造成全国人的伤痛，其调查进展也不会有伤心的国人密切注意。但是对《千禧年》的员工而言，因为涉及个人情感，打击或许更大。而且达格在媒体界人脉广阔，这些人也会追根究底。

但如今布隆维斯特和爱莉卡有责任完成达格的书，并回答几个问题：是谁杀了他们？为什么？

“我可以重新架构未完成的内容。”布隆维斯特说，“我和玛琳得一行一行地将尚未编辑的章节读完，看看哪里需要补充。其中大部分只需依照达格的注记校订即可，不过第四和第五章大多以米亚的访谈为主，这确实是个难题。达格没有注明消息来源，但有一两个例外的情形，我想应该可以使用米亚论文的参考资料作为主要的来源。”

“那么最后一章呢？”

“我有达格的大纲，而且我们谈论过许多次，我多少知道他到底想说什么。我建议撷取摘要作为后记，我也可以顺便解释他的推论逻辑。”

“很好，但我想先过目。我们不能无中生有。”

“不会有这种事。我会以个人的想法写这一章，并署名负责。我会描述他进行调查、最后写出这本书的心路历程，也会介绍他是个什么样的人。最后我会再次强调过去这几个月来，他在至少十几次谈话中说过的话。他的草稿中有不少可以引述的东西。我想我可以让这些话听起来很有价值。”

“我从来没有像现在这么想出版这本书。”爱莉卡说。

布隆维斯特完全明白她的意思。

爱莉卡取下老花眼镜放在桌上，摇了摇头，起身从热水瓶里倒了两杯咖啡，又走到布隆维斯特对面坐下。

“我和克里斯特已经做好替代期刊的版面设计。我们先用了预定下一期要刊登的文章，再以自由稿件填补空缺。不过会显得有点零散，没有真正的焦点。”

他们默默坐了片刻。

“你听新闻了吗？”爱莉卡问道。

“没有，我知道他们要说什么。”

“这是每家电台的头条新闻。第二头条则是关于中央党的一项政治措施。”

“也就是说国内根本没发生什么事。”

“警方尚未公布他们的名字，只说是一对正直的男女。也没有人提到是你发现尸体。”

“我敢打赌警方会尽全力压制消息。这样至少对我们有利。”

“为什么警方要这么做？”

“一般警察最恨媒体炒新闻。我猜大概今晚或明天一早，消息就会走漏。”

“如此年轻又如此愤世嫉俗啊！”

“我们已经不年轻了，爱莉卡。我是昨晚被讯问的时候领悟到的，那个女警员看起来还像个学生。”

爱莉卡无力地笑笑。昨晚她睡了几个小时，但也已经开始感受到身心的煎熬。而且，她马上就要成为瑞典最大报纸之一的总编辑。不行，现在不是向布隆维斯特宣布这个消息的好时机。

“稍早，柯特兹打电话来了。负责初步调查的检察官名叫埃克斯壮，他在今天下午举行了记者会。”

“李察·埃克斯壮？”

“对，你认识他？”

“政治小人。肯定会炒热新闻。这件事一定会闹大。”

“他说警方已经掌握部分线索，希望能很快破案。除此之外，倒也没多说什么。不过现场显然挤满了记者。”

布隆维斯特揉了揉眼睛。“我脑海中一直浮现着米亚尸体的样子。唉，我才刚要认识他们呢！”

“是哪个疯子……”

“不知道，我已经想了一整天。”

“想什么？”

“米亚是侧面中枪，我看见她颈侧有子弹穿入的伤口，额头有穿出的伤口。达格是正面中枪，子弹从他的额头穿入，从后脑穿出。看起来只开了这两枪，感觉不像是单独行动的疯子所为。”

爱莉卡若有所思地看着工作伙伴。“那么是什么？”

“若不是随机杀人，就一定有动机。我愈想愈觉得这份稿子是最好的动机。”布隆维斯特指了一下爱莉卡桌上那叠纸。她顺着他的眼光看过去，接着两人彼此互望。“也许不是书本身，也许他们打听了太多，结果……我也不知道……也许有人感觉受到威胁。”

“所以雇了杀手。麦可，那是美国电影的情节。这本书写的是剥削者、利用者，它点了警察、政治人物、记者的名……难道你认为是这些人中的某个谋杀了达格和米亚？”

“我不知道，爱莉卡。但我们再过三星期就要付印的书稿，可是瑞典出版界有史以来对非法交易所作的最严厉的告发。”

就在此时，玛琳敲门探头进来，说有一位包柏蓝斯基巡官来找布隆维斯特。

包柏蓝斯基分别和爱莉卡与布隆维斯特握过手后，坐到窗边桌旁的第三张椅子上。他端详布隆维斯特，发现他双眼凹陷，还有一天没刮而长出的胡茬。

“有什么进展吗？”布隆维斯特问。

“也许有。据我了解，昨晚是你发现安斯基德那对男女的尸体，打电话报警的。”

布隆维斯特懒懒地点点头。

“我知道昨晚执勤警员已向你问过话，但希望你能再澄清几个细节。”

“你想问什么？”

“你为什么那么晚了还去找达格和米亚？”

“这可不是细节，而是一大段故事。”布隆维斯特疲惫地笑了笑，“我本来在妹妹家参加派对，她住在史托切一个新兴区。达格打我的手机，说他星期四——也就是今天——没有时间来办公室，这是我们原先约好的，他得拿一些照片给我们的美术编辑。他告诉我的原因是他们俩决定去米亚父母亲家过周末，而且想一早就出发。他问我能不能早上拿到我家给我。我说反正我住得近，从我妹妹家回家时可以顺路去拿照片。”

“所以你就开车到安斯基德去拿照片？”

“是的。”

“你能不能想出达格和米亚被杀的任何原因？”

布隆维斯特和爱莉卡互瞄了一眼，都没有出声。

“怎么了？”包柏蓝斯基追问道。

“今天我们讨论过这件事，但意见有点不同。其实也不是意见不同，只是不能确定。最好还是不要胡乱臆测。”

“说说看。”

布隆维斯特向他说明达格的书的主题，并提到他和爱莉卡在讨论命案会不会和书有关。包柏蓝斯基沉默了一会儿，思索着这项信息。

“这么说达格打算揭发警察。”

他一点也不喜欢话题起了如此的转变，心里一面想象着有一条“警察的尾巴”在媒体上扫来扫去，引发各种阴谋论的景象。

“不，”布隆维斯特说道，“他打算揭发罪犯，其中有一些刚好是警察。另外也有一两个人和我是同行，也就是记者。”

“你想现在公布这项信息？”

布隆维斯特转头看着爱莉卡。

“没有。”她回答道，“我们一整天都在忙下一期的内容。我们应该会出版达格的书，不过首先要确实知道究竟发生了什么事。由于出了此事，书必须大规模改写。我们绝不会破坏警方对我们两位友人命案的调查工作，如果你担心的是这个的话。”

“我得瞧瞧达格的办公桌，不过这里是杂志社的编辑室，若进行全面搜索恐怕有点敏感。”

“达格的资料都在他的笔记本电脑里面。”爱莉卡说。

“我已经整理过他的桌子。”布隆维斯特说道，“有些文件直接指明了想要隐匿身份的消息来源，所以我先拿走了。其他部分你尽管查看，而且我也贴了纸条在桌上，不许员工碰触或移动任何东西。问题是书出版之前，务必保密。我们必须避免内容在警方内部传阅，尤其是我们还要揭发一两名警察。”

*该死！*包柏蓝斯基暗咒。*今天早上怎么不直接过来？*但对他们也只是点点头，转换话题。

“好吧。我们想讯问一个和命案有关的人，这个人你应该认识。我想听听你对一个名叫莉丝·莎兰德的女人有何看法。”

布隆维斯特有一度仿佛整个人化身为问号。包柏蓝斯基还注意到爱莉卡以锐利的目光瞥了同事一眼。

“这我就不明白了。”

“你认识莉丝·莎兰德吗？”

“是的，我确实认识她。”

“怎么认识的？”

“你问这个做什么？”

包柏蓝斯基显然被惹恼了，但也只回答说：“我想问问她有关命案的事。你怎么认识她的？”

“可是……这没道理，莎兰德和达格或米亚都毫无关系。”

“这一点我们会在适当时机作出判断。”包柏蓝斯基耐心地说，“但还是请你回答我的问题。你是怎么认识莎兰德的？”

布隆维斯特摸摸下巴的短须，又揉揉眼睛，脑中一片混乱。最后他直视着包柏蓝斯基。

“两年前，我雇用她为我另一个完全不相干的计划作一些调查。”

“什么样的计划？”

“很抱歉，这点只能请你相信我：这和达格或米亚一点关系也没有，而且早已经结束。任务圆满完成。”

包柏蓝斯基不喜欢听到有人说某某事不方便讨论，即便事关命案也一样，但他决定暂时不去计较。

“你最后一次见到莎兰德是什么时候？”

布隆维斯特稍微停顿之后才开口。

“事情是这样的。两年前的秋天，我在和她交往，这段关系大约在同一年的圣诞节前后结束。后来她就从斯德哥尔摩消失，隔了一年多，我直到上星期才又见到她。”

爱莉卡听了扬起双眉。包柏蓝斯基猜想她也是第一次听说。

“你在哪里见到她？”

布隆维斯特深吸一口气后，快速而简要地说出伦达路发生的事。包柏蓝斯基愈听愈诧异，不确定布隆维斯特的说辞有几分真实性。

“这么说你并没有跟她说话？”

“没有，她后来消失在上伦达路。我等了很久，但她一直没回来。我写了字条给她，请她跟我联络。”

“你很确定她和安斯基德那对男女毫无关系吗？”

“我可以肯定。”

“你可以形容一下攻击她的那个人吗？”

“无法详细形容。他发动攻击，莎兰德出手自卫然后逃走。我大概是在四十、四十五码外看见的，当时是深夜，灯光又很暗。”

“你喝酒了吗？”

“我是有点酒意，但并未烂醉。那个人发色有点淡，绑了根马尾，穿着一件暗色的短夹克，肚子很大。我走上伦达路的阶梯时，只看到他的背影，但他打我的时候转过身来了。我依稀记得他的脸颊瘦瘦的，一对蓝色眼睛间的距离很近。”

“你之前怎么没告诉我？”爱莉卡说道。

布隆维斯特耸了耸肩。“那当中隔了一个周末，你到哥德堡参加那个无聊的辩论节目去了。接着星期一你又不在，星期二我们只匆匆见了一面，这事情好像也没那么重要。”

“但安斯基德出事后……你竟未向警方提起，这很奇怪。”包柏蓝斯基说。

“为什么要向警方提起？这就好像说我应该提起一个月前在中央地铁站差点被扒的事情一样。我完全想象不出伦达路的事和安斯基德的案子有何关联。”

“但那起攻击事件，你没有向警方报案吗？”

“没有。”布隆维斯特顿了顿，“莎兰德是个非常低调的人。我原本想报警，但最后还是认为应该由她决定。而且我也想先和她谈谈。”

“但你没有这么做？”

“自从一年前的圣诞节过后，我一直没有和她说过话。”

“你们的……如果可以说是关系的话……是怎么结束的？”

布隆维斯特神色黯然。

“不知道。是她切断和我的联系——而且几乎是在一夕之间。”

“你们之间发生了什么事吗？”

“如果你指的是争吵之类的话，没有。本来都还好好的，忽然间她不再接电话，然后就从人间蒸发，离开了我的生活。”

包柏蓝斯基思索着布隆维斯特的解释，听起来是实话，和阿曼斯基说她从米尔顿安保失踪的情形也相符。一年前的冬天，莎兰德显然遭遇了某些事。他转向爱莉卡。

“你也认识莎兰德吗？”

“我见过她一次。你能不能告诉我们，为什么调查安斯基德命案要问起她？”她说。

包柏蓝斯基摇了摇头。“犯罪现场有关于她的线索，我只能说这么多。但我承认听到愈多有关莎兰德的事，我愈感惊讶。她是个什么样的人？”

“就哪方面而言？”布隆维斯特问。

“你会怎么形容她？”

“就专业来说，她是我见过的最好的调查员之一。”

爱莉卡瞟了布隆维斯特一眼，咬了咬下唇。包柏蓝斯基确信这其中还少了一块拼图，而且他们有事瞒着他。

“那私底下呢？”

布隆维斯特这回停顿了许久。

“她是个非常孤单而奇特的人。”布隆维斯特说，“不爱交际，不喜欢谈论自己的事，但也具有强烈的意志力。她有道德感。”

“道德感？”

“是的。她有她自己独特的道德标准。你无法说服她做任何违背她意愿的事。在她的世界里，事情不是黑就是白，可以这么说。”

布隆维斯特的描述再次与阿曼斯基不谋而合。两个男人都认识她，对她的评价也相同。

“你认识德拉根·阿曼斯基吗？”

“我们见过几次面。去年我为了打听莎兰德的下落，请他喝过一次啤酒。”

“你说她是个有能力的调查员？”

“最杰出的。”布隆维斯特回答。

包柏蓝斯基用手指轻敲桌面，一面俯视约特路上川流不息的行人。他感到异常的心烦意乱。法斯特从监护局取得的精神鉴定报告指出，莎兰德是个严重精神异常且可能有暴力倾向的人，无论从哪方面看来都有精神障碍。而阿曼斯基和布隆维斯特的描述，却与这几年来医学专家们的研究结果呈现迥异的面貌。这两人都承认莎兰德是个怪人，但也都高度肯定她的专业。

布隆维斯特还说自己曾经和她“交往”过一阵子——也就是说两人有性爱关系。包柏蓝斯基不禁好奇：被宣告失能的人适用哪些规定呢？布隆维斯特会不会因为不当利用处于弱势的人，而涉及虐待行为？

“你怎么看待她在人际关系上的障碍？”他问道。

“什么障碍？”

“受监护的事以及精神上的问题。”

“受监护？”

“精神上什么问题？”爱莉卡也问。

包柏蓝斯基诧异地轮番看着布隆维斯特和爱莉卡。他们不知道。他们真的不知道。包柏蓝斯基顿时对阿曼斯基和布隆维斯特感到愤怒，更生这个穿着优雅、还拥有一间俯临约特路的时髦办公室的爱莉卡的气。她就坐在这里告诉别人该怎么想。不过他将气恼的情绪发泄在布隆维斯特身上。

“我真搞不懂你和阿曼斯基是怎么回事！”他说。

“你这话是什么意思？”

“莎兰德从十几岁起就进进出出精神医疗机构。根据一份精神鉴定报告和地方法院判决书，她至今仍无法料理自己的事务，因此被宣告失能。她有暴力倾向的记录，一辈子都和相关机构牵扯不清，如今又成了命案的首要嫌疑犯。你和阿曼斯基却把她捧得像公主似的。”

布隆维斯特动也不动地坐着，只是盯着包柏蓝斯基看。

“我换个方式说吧。”包柏蓝斯基又说道，“我们原本试着要找出莎兰德和安斯基德那两人的关系。结果发现你不但发现了被害人，也是他们之间的联系。对此你有何话说？”

布隆维斯特往后一靠，闭上眼睛，试图了解当下的情况。莎兰德涉嫌谋杀达格和米亚？不可能，这没道理。她可能杀人吗？布隆维斯特脑中忽然浮现两年前，她拿着高尔夫球杆追打马丁·范耶尔的神情。当时的她绝对有可能杀人，这点毫无疑问。但她没有，因为她得救我。想到这里，他下意识地伸手去摸马丁用绳圈套住他脖子的地方。但达格和米亚……怎么想都不合逻辑。

布隆维斯特留意到包柏蓝斯基正紧紧盯着他。和阿曼斯基一样，他也得作出选择。如果莎兰德被控谋杀，他迟早都得选边站。有罪或无罪？

他还没来得及开口，爱莉卡桌上的电话便响了。她拿起话筒听了一下，随后递给包柏蓝斯基。

“有个叫法斯特的人找你。”

包柏蓝斯基接过电话，专注地听着。布隆维斯特和爱莉卡看得出他变了脸色。

“他们什么时候进去的？”

接着一阵静默。

“再把地址说一遍。伦达路，几号？好，我就在附近，马上过去。”

包柏蓝斯基站了起来。

“抱歉，但我们的谈话得先告一段落。莎兰德的监护人刚刚被发现中弹身亡。她目前在缺席的情况下，已经正式被控涉及三起谋杀而遭通缉。”

爱莉卡惊讶得张大了嘴，布隆维斯特则有如遭到雷击。

就战术而言，进驻伦达路公寓的过程并不复杂。武装反应小组带着支援武器进入楼梯间，控制了整栋大楼和后院，而法斯特和安德森则斜靠在警车引擎盖上继续监视。

武装小队迅速地证实了法斯特和安德森已知的事实。按了门铃无人应门。

法斯特顺着伦达路看过去，从辛肯斯达姆到赫加里教堂路段已经封锁，六十六号公车上的乘客对此非常气愤不满。

有一辆公车被困在山坡上的封锁线内，进退不得。最后法斯特走过去，命令一名巡警先让开，让公车驶过。有一大群人站在上伦达路上看热闹。

“应该有比较简单的方法。”法斯特说。

“什么比较简单的方法？”安德森问。

“就是不必每次为了抓一个误入歧途的小流氓，就出动突击队。”

安德森忍住了没有评论。

“她毕竟身高只有一百五十四厘米，体重只有四十二公斤。”

他们一致决定没有必要拿大榔头破门而入。等候锁匠钻孔取下门锁时，包柏蓝斯基来了，但他先退到一旁，让武装警员进入公寓。清查四十九平方米的公寓，确认莎兰德没有躲在床底下、浴室或衣柜里，大约花了八秒钟。接着包柏蓝斯基才获得危险解除的信号，然后进入屋内。

三名警探好奇地环顾这间打扫得干干净净、装潢得颇有品位的公寓。家具很简单，餐椅漆成不同的粉彩颜色，墙上挂了几个相框，里头有迷人的黑白相片。门厅的架子上摆了一个 CD 播放机和许许多多的 CD，从硬式摇滚到歌剧，各类音乐一应俱全。一切都有艺术的影子，高雅、有品位。

安德森查看了厨房，未发现异样。他仔细检视一叠报纸，又看了流理台、碗橱和冰箱的冷冻室。

法斯特打开卧室的衣橱和衣柜抽屉，见到手铐和一些情趣用品，不禁吹起口哨。在衣橱里，还发现几件他母亲可能连看都不好意思看的乳胶服装。

"这里办过派对！"他大声喊道，同时举起一件漆皮洋装，标签标示是由"化装舞衣时尚"所设计，天晓得这是什么玩意儿。

包柏蓝斯基检查门厅桌子的抽屉，找到一小叠寄给莎兰德、尚未拆封的信。他大概翻了一下，发现全是账单和银行明细，只有一封私人信件，是布隆维斯特写的。到目前为止，布隆维斯特的说辞还属实。接着他弯身拾起布满武装小队警员脚印的脚踏垫上的邮件，包括一本《专业泰拳》杂志、一份免费的《索德马尔姆新闻报》和三封寄给米莉安的信。

包柏蓝斯基忽然起了疑心，感觉很不舒服。他走进浴室，打开药品柜，看见一盒扑热息痛止痛药和半条 Citodon——具有可待因成分的扑热息痛。Citodon 是处方药，是医师开给米莉安的。药品柜里只有一根牙刷。

"法斯特，门牌上为什么写'莎兰德—吴'？"他问道。

"不知道。"

"好吧，我这么说好了——门外脚踏垫上为什么有米莉安的邮件，而药品柜里又为什么有米莉安的处方用药？为什么只有一根牙刷？还有，你根据情报认为莎兰德只有巴掌般高，那么为什么你拿起的那些皮裤像是身高至少一百七十厘米的人穿的？”

这时公寓陷入一片尴尬的沉默。最后打破沉默的是安德森。

“妈的！”他说。

第十五章

三月二十四日濯足节星期四

克里斯特临时被叫到公司忙了一整天，觉得自己又累又可怜，好不容易回到家，闻到厨房传来辛辣的香气，便走进去拥抱男友。

“觉得怎么样？”阿诺·马格努森问道。

“觉得像一堆大便。”

“一整天都听到新闻在报道。还没有公布姓名，不过听起来好像很恐怖。”

“是真的很恐怖。达格在替我们工作，是我们的朋友，我很喜欢他。他女朋友我不认识，但麦可和爱莉卡都认识她。”

克里斯特看了看厨房。他们三个月前才搬进万圣街这间公寓，顿时感觉像到了另一个世界。

电话铃响了。他们对望一眼，决定不予理会。接着答录机启动，传出一个熟悉的声音。

“克里斯特，你在吗？接电话。”

是爱莉卡打来告诉他，现在警方正在找布隆维斯特雇用过的一名调查员，说她是达格与米亚命案的主要嫌疑犯。

克里斯特听到消息有种不真实的感觉。

柯特兹没赶到伦达路凑热闹，纯粹因为他自始至终一直站在国王岛的警察总局公关室外面，而警方自从下午稍早时候开过记者会后，便未再释出任何消息。

他又累又饿，加上试图联系的人又不理他，更令他气愤。直到六点，莎兰德公寓的突袭行动结束，他才听到传言说警方已经调查到一名嫌疑犯。这是某晚报一名同行透露的消息，但柯特兹自己也很快便打听到埃克斯壮检察官的手机号码。他自我介绍后，立刻提出关于凶手身份、手法与杀人原因等问题。

“你说你是哪家报社的记者来着？”埃克斯壮问道。

“《千禧年》杂志社。我认识死者当中的一人。据我所知，警方正在追查某个特定人士。你能证实这点吗？”

“目前无可奉告。”

“能不能告诉我何时能提供具体信息呢？”

“今天下午稍晚时候也许会再召开记者会。”

埃克斯壮言词有些闪烁。柯特兹拉了拉自己耳垂上的金环。

“记者会是针对有截稿时限的记者开的。但我是月刊的记者，而且我们有非常特殊的个人因素，想知道目前的进展。”

“我帮不上忙，你只能和其他人一样耐心等候。”

“根据我的消息来源，警方想讯问的是个女人。她是谁？”

“现在还不能说。”

“你能证实你们在找一个女人吗？”

“我不会证实也不会否认任何事。再见。”

霍姆柏站在卧室门口，凝视着死者米亚陈尸的地板上那一大摊血。转过身，可以看见达格陈尸处也有类似的一摊血。他思索着如此大量失血的情形。这比他平常在枪击现场所看到的血还要多得多，警司莫丹松的评断没有错，凶手用的是狩猎子弹。血液已经凝结成黑色与红褐色的一大片，覆盖了绝大部分的地板，救护人员与技术团队不得不踩过去，在公寓四处留下脚印。霍姆柏穿着运动鞋，外面还套着蓝色塑胶鞋套。

依他看来，真正的犯罪现场调查工作现在才开始展开。死者尸体被移走了，当最后两名技术人员道过晚安离去后，便只剩霍姆柏一人。他们已经为死者拍照、测量过墙上飞溅的血迹，也商讨过关于“飞溅分布面积”与“血滴速度”。霍姆柏对于技术鉴定并未多加留意。现场技术人员的发现将汇编成一本厚厚的报告，详细披露凶手与被害人的相对站立位置、距离多远、开枪的顺序，以及哪些指纹可能事关重大。但霍姆柏对这些毫无兴趣。从技术鉴定结果根本看不出凶手可能是谁，也看不出他或她——目前的首要嫌疑犯是女性——有何杀人动机。这些才是他此刻必须回答的问题。

霍姆柏走进卧室，将一只破旧的公文包放在椅子上，拿出一个口述录音机、一台数码相机和一本笔记本。

他先从房门后面的衣柜开始。最上面两层抽屉放了女性内衣、毛衣和一个珠宝盒。他将每样物品放到床上，并仔细检视珠宝盒，里头似乎并无重要物件。接着他在最底层抽屉找到两本相簿和两个记录家庭收支的文件夹，于是启动了录音机。

“熊堡路8B扣押记录。卧室，衣柜，最下层抽屉。两本装订相簿，A4大小。一本文件夹，黑色卷脊注明‘家用’，另一本文件夹，蓝色卷脊注明‘财务文件’，内有关于房贷与抵押的资料。一个小盒子装有手写书信、明信片与个人物品。”

他将所有物品拿到门厅，放进一只行李箱，然后继续搜查双人床两侧床头柜的抽屉，但无重大发现。他打开衣橱，翻遍所有衣物，伸手到每个口袋摸了摸，也检查了每双鞋子，看看有无被遗忘或藏匿的东西，随后才将注意力转向衣橱上方的架子。他将大大小小的储物箱都打开，偶尔发现一些文件或物品，他会以各种不同的理由加以扣押。

卧室的一角有张书桌，是个非常小型的家庭办公室，包含一台康柏牌台式电脑和一个旧显示器。桌子底下有一个两层的档案柜，而桌旁的地上则立着一个矮架组。霍姆柏知道从这个家庭办公室很可能找到最重要的线索——如果其中真有线索的话——因此便将书桌留到最后。接着转身走到客厅，继续勘查现场。他打开玻璃门橱柜，检视过每只碗、每个抽屉、每层架子之后，焦点转移到外墙与浴室墙边的大书架。他搬来一张椅子，先看书架最上层有没有藏些什么，然后一层一层往下，很快地挑出了一堆书逐本翻阅，并同时查看书背后是否隐匿了什么。四十五分钟后，他将最后一本书放回架上。另有一堆书整整齐齐地叠放在客厅桌上。他打开录音机。

“客厅书架。有一本麦可·布隆维斯特写的《黑手党银行家》。有一本德文书，《国家与自治》，一本瑞典文书，《革命性的恐怖主义》和一本英文书《回教圣战》。”

他挑了布隆维斯特的书是因为作者出现在初步调查中，后面三本作品的关联也许不那么明显。霍姆柏不知道命案是否牵涉到任何形式的政治活动，或者达格或米亚是否曾参与任何政治活动，又或者这些书只是显示他们因为从事学术与记者工作，而对政治普遍感兴趣。但话说回来，假如发现两具尸体的公寓内有关于恐怖主义的书，就要将事实记录下来。他把书和其他物品一起放进行李箱。

接下来查看的是一张古董桌的抽屉。桌子上有一台 CD 播放器，因此抽屉里放了许多 CD。霍姆柏花了半小时打开每张 CD 片，确认内容与包装相符。其中约有十张 CD 没有标签，很可能是在家烧录也可能是盗版。他将这些没有标签的 CD 放入播放器，检查看看有没有储存音乐以外的内容。他还检视了最靠近卧室门的电视架，上头摆了许多录影带，试播了其中几卷，发现似乎不是动作片，就是拉拉杂杂从“真相告白”、“透视内幕”和“深入调查”等节目录下来的新闻或报道。他在扣押清单中又加了三十六卷录影带，然后走进厨房，打开咖啡保温瓶，在继续搜查前稍作休息。

他从碗橱的一个架上搜到一些瓶子和药罐，也同样放入塑胶袋中，加入扣押物品清单。他挑出食物柜与冰箱里的食物，将所有瓶罐、咖啡包和用软木塞塞住瓶口的瓶子打开检查，又在窗台上一只碗钵内发现一千两百二十克朗和几张收据。在浴室里，他什么都没拿，但发现满满一篮待洗的衣物，便全部检查了一遍，接着还把门厅衣橱的外套拿出来，搜查每个口袋。

他在一件运动夹克的内侧口袋找到达格的皮夹，也加以扣押，皮夹内有一张 Friskis & Svettis 连锁健身中心的会员卡、一张瑞典商业银行提款卡和不到四百克朗的现金。接着又找到米亚的手提袋，花了几分钟翻寻。她也有一张 Friskis & Svettis 的会员卡、一张提款卡、一张昆萨超市联名卡和一个“地平线俱乐部”的会员卡，这家俱乐部的标志是一个地球仪。另外约有两千五百克朗的现金，由于他们打算到外地度周末，因此金额虽大却并非不合理。两人皮夹里的钱都还在，确实降低了抢劫杀人的可能性。

"米亚的手提袋，在门厅外套衣橱的架子上发现。内有一本ProPlan口袋日志、一本独立的电话簿和一本皮革装订的黑色笔记本。"

霍姆柏又喝了点咖啡、休息了片刻，突然转念一想，发现目前为止都尚未在达格、米亚这对爱侣家中，看见任何令人尴尬或私密的物品——没有暗藏的情趣用品、性感的内衣、放满A片的抽屉，也没有大麻烟或藏有其他任何违法物品的迹象。他们看似一对正常伴侣，从警察的角度看，可能比一般伴侣还要无趣一点。

最后他回到卧室，坐到桌旁，打开最上层抽屉。不久便发现桌子与桌旁的架组里面，放了米亚博士论文"来自俄罗斯的爱"的大量来源与参考资料，排放归类得井然有序，恰如一份警察报告，其中部分内容还让他看得入迷了好一会儿。米亚·约翰森厉害得可以当警察了，他暗忖。有一部分书架只摆了半满，似乎全是达格的东西，主要包括他自己写的以及他感兴趣的文章剪报。

霍姆柏花了一会儿工夫检查电脑，发现从软件到信件，再加上下载的文章与PDF档案，几乎占了五GB，一个晚上肯定看不完。于是他将电脑、分类过的CD、一个压缩驱动器，外加三十张光盘纳入扣押清单。

接下来他静坐沉思许久。目前就他所见，电脑中储存的是米亚的工作资料。达格是记者，电脑理应是最重要的工具，但桌上的电脑中却连他的电子邮件都没有，因此一定还有另一台电脑。霍姆柏起身，一面思考一面搜寻公寓。门厅处有个黑色软背包，里面有几本达格的笔记本和一个空空的电脑内袋。公寓里到处都找不到笔记本电脑。于是他拿了钥匙，到楼下的院子搜索米亚的车，接着又搜他们的地下储藏区，也都没有电脑的影子。

怪就怪在狗没有吠叫呀，亲爱的华生。[1]

---

1 出自福尔摩斯故事集的《盗马记》。

他记下似乎至少有一台电脑不见了。

包柏蓝斯基与法斯特从伦达路回来后不久，在下午六点半到办公室见埃克斯壮。安德森打电话进来后，被派往斯德哥尔摩大学找米亚的指导教授，询问关于她的博士论文。霍姆柏还在安斯基德，而茉迪则在欧登广场的犯罪现场进行调查。包柏蓝斯基被任命为调查小组组长至今已十个小时，对莎兰德展开追捕也已经七个小时。

“米莉安·吴是谁？”埃克斯壮问。

“现在对她的了解还不太多。她没有犯罪记录。法斯特明早第一件任务就是去找她。不过从迹象看来，莎兰德并不住在伦达路。首先就拿衣橱里的衣服来说，全都与她的身材尺寸不符。”

“而且也不是一般的衣服。”法斯特说。

“什么意思？”埃克斯壮问道。

“这么说好了，你不会买那种衣服来当母亲节礼物。”

“目前我们对这个姓吴的女人一无所知。”包柏蓝斯基说。

“拜托，你需要知道多少？她一整个橱子都是妓女的配备。”

“妓女的配备？”埃克斯壮又问。

“黑皮、漆皮、紧身衣和恋物癖用的皮鞭，还有一个抽屉的情趣用品。而且看起来也都不便宜。”

“你是说米莉安是妓女？”

“现阶段我们对米莉安毫无所知。”包柏蓝斯基的口气略转尖锐。

“莎兰德的一份社会福利报告中指出，她几年前曾从事卖淫。”埃克斯壮说。

“社会福利部说的话通常是有凭有据的。”法斯特帮腔道。

“社会福利部那份报告并没有任何警方报告能加以证明。”包柏蓝斯基说，“那是她十六七岁时，发生在丹托伦登公园的一起意外，当时她和另一名年纪大她许多的男人在一起。同一年稍后，她因为在公开场合酒醉闹事被捕。这次也是和一个年纪长她许多的男人在一起。”

“你的意思是不该骤下结论。”埃克斯壮说，“好的。但我忽然想到米亚的论文主题正是关于非法交易与卖淫，也许她为了工作而联络上莎兰德和这个姓吴的，并在言语中刺激了她们，这或许多少能构成杀人动机。”

“米亚或许是和她的监护人取得联系，而启动这整个连锁事件。”法斯特说。

“有可能。”包柏蓝斯基说。

“但调查作业必须找到证据加以证明。现在当务之急是找到莎兰德。她显然已不住在伦达路，也就是说我们也得找到米莉安，查明她怎么会住在那间公寓，以及她和莎兰德之间有何关系。”

“要怎么找莎兰德呢？”

“她就在外头某个角落。问题是她唯一登记的地址资料就在伦达路，并未变更过。”

“你忘了她还进过圣史蒂芬精神病院，也住过好几个寄养家庭。”

“我没忘。”包柏蓝斯基翻阅着文件说道，“她十五岁时，待过三个不同的寄养家庭，情况并不好。从快满十六岁到十八岁这段期间，她和一对夫妻住在哈革士坦。弗列德瑞克和莫妮卡·古尔博。今天晚上，安德森问完大学教授后会过去找他们。”

“我们在记者会上要怎么说？”法斯特问。

当晚七点，爱莉卡办公室的气氛十分沉闷。自从包柏蓝斯基巡官离去后，布隆维斯特便一直安静坐着，几乎动也不动。玛琳骑着单车到伦达路去探视情况后，回报说似乎无人被捕，交通也再次恢复正常。柯特兹来电告诉他们，警方现在正在找第二个不知名女子。爱莉卡把名字跟他说了。

爱莉卡和玛琳已经商讨过该采取哪些行动，但目前的情况有点复杂，因为布隆维斯特和爱莉卡知道莎兰德在解决温纳斯壮事件中所扮演的角色——具有顶尖黑客能力的她是布隆维斯特的秘密消息来源。玛琳对此事毫不知情，也从未听说过莎兰德这个名字。因此谈话偶尔会陷入一种诡秘的沉默。

"我要回家了。"布隆维斯特忽然起身说道，"我实在太累了，根本无法好好思考。我得去睡个觉。明天是耶稣受难日，我打算好好睡一觉，然后检视文稿。玛琳，复活节你能不能工作？"

"我有得选择吗？"

"我想要修正我们今天上午决定的方向。现在已不只是要试图找出达格所揭发的内幕与命案有无关联，而是要从资料中，推敲出是谁谋害了达格和米亚。"

玛琳不明白这种事该从何着手，但嘴里却没出声。布隆维斯特向两人挥手道别后，一声不吭地走了。

七点十五分，包柏蓝斯基巡官勉强跟着埃克斯壮检察官步上警局公关室的讲台，他一点也不想成为十几台电视摄影机的镁光灯焦点，受到这样的瞩目几乎令他感到恐慌。看见自己出现在荧光幕上，他永远都不可能习惯也绝不可能享受。

反观埃克斯壮却是一举一动都很自在，他调整了一下眼镜，换上一副恰到好处的严肃神情。等到摄影师拍完照片后，他才举起双手要求肃静。

"欢迎各位出席这场安排得有些仓促的记者会，关于昨天深夜在安斯基德发生的命案，我们有更多信息要与各位分享。我是检察官李察·埃克斯壮，这位是郡刑事局暴力犯罪组的刑事巡官杨·包柏蓝斯基，也是负责指挥调查的人。我要先发表一段声明，然后再让各位自由发问。"

埃克斯壮看着聚集的记者们。安斯基德命案是大新闻，而且愈闹愈大。他很高兴看到"时事"、"Rapport"等新闻节目与TV4电视台的人都来了，他还认出了TT通讯社以及一些晚报与早报的记者，另外还有许多他不认识的记者。

"各位都知道，昨晚在安斯基德有两个人遭到杀害。现场找到一件武器，是一把科特点四五麦格农手枪。今天国家鉴定实验室证实了这把枪就是凶器。我们在确认枪支所有人后，今天去找了他。"

埃克斯壮故意顿了一下以制造效果。

“今天下午四点十五分，枪支所有人被发现陈尸于他位于欧登广场附近的公寓住所内，是遭到枪杀。在安斯基德命案发生时他已经确定身亡。警方——”埃克斯壮顺手指向包柏蓝斯基，“有理由相信这三起命案乃由一人所为。”

记者们顿时开始窃窃私语，有几个人则开始低声用手机通话。“有嫌疑犯吗？”瑞典广播电台一名记者大声问道。

埃克斯壮也提高声量。“我还没说完请尽量不要打岔，这点稍后会提到。今晚警方已经查出一个人，并打算针对这三起命案对此人进行讯问。”

“你能不能告诉我们这名男子的姓名？”

“不是男子，而是女子。警方正在找一名二十六岁的女子，她和枪支所有人有关联，而且我们知道她去过安斯基德命案现场。”

包柏蓝斯基皱皱眉头，不高兴地沉下脸来。关于这点他和埃克斯壮讨论过，但未达成共识，也就是该不该说出嫌疑犯姓名。

埃克斯壮认为根据所有已知的证据资料，莎兰德是个精神异常、可能会展现暴力的女人，她显然是受到刺激而发狂杀人，谁也不能保证她的暴力行为已经结束。因此为了一般民众着想，应该要披露她的身份并尽早将她逮捕归案。

包柏蓝斯基则主张至少应该等到毕尔曼公寓的鉴定报告出炉，调查小组不能只朝单一方向侦办。然而埃克斯壮占了上风。

埃克斯壮举起一只手中断在场记者嘁嘁喳喳的私语声。揭露三起命案的嫌疑犯是女性就像丢出一枚炸弹。他将麦克风交给包柏蓝斯基，后者轻咳两声，调整了一下眼镜，然后紧盯着声明稿，上面写着他们已达成共识的说辞。

“警方正在寻找一名二十六岁女性，名叫莉丝·莎兰德。我们会发出由护照局提供的照片。目前她下落不明，但我们认为她人在大斯德哥尔摩地区。警方希望在民众协助下，尽快找到这名女子。莎兰德身高一百五十四厘米，身形瘦小。”

他紧张地深吸一口气，都可以感觉到腋下在冒汗了。

“莎兰德曾经在精神病院接受治疗，可能会对自己与他人造成危害。在此要强调的是，我们并非明确指称她为凶手，但有鉴于各种情况，我们不得不立刻讯问她，以厘清她与安斯基德与欧登广场的命案的关系。”

“这两者不能并存。”某家晚报的记者大喊道，“要么她是命案嫌疑犯，要么就不是。”

包柏蓝斯基无助地瞄向埃克斯壮。

“警方的调查面向很广，当然要检视各种不同的可能性。但我们有理由怀疑我们指名道姓的这名女子，而且认为逮捕她是刻不容缓的事。她之所以涉嫌是因为在犯罪现场搜查到一些迹证。”

“什么样的迹证？”拥挤的室内立刻有人发问。

“我们不深入刑事科学证据的问题。”

几名记者随即同时开口。埃克斯壮抬起手指向《回声日报》的记者。他曾和这位记者交涉过，认为他还算客观。

“包柏蓝斯基巡官说莎兰德小姐曾在精神病院待过。为什么呢？”

“这名女子的……成长过程很复杂，多年来遇到不少问题。她目前还在接受监护，而枪支所有人正是她的监护人。”

“是谁？”

“就是在欧登广场公寓住宅内被射杀的人。在通知到死者的最近亲属之前，我们暂时不公布他的姓名。”

“她有何杀人动机？”

包柏蓝斯基取过麦克风，说道：“对于可能的动机，我们不作臆测。”

“她有前科吗？”

“有。”

接下来发问的记者声音低沉而独特，在嘈杂的声音当中特别突出。

“她对一般大众有危险性吗？”

埃克斯壮迟疑片刻才说道："根据一些报告显示，她面临压力时可能会有暴力倾向。我们发布这项声明就是希望尽快与她取得联系。"

包柏蓝斯基咬了咬下唇。

当晚九点，刑事巡官茉迪还在毕尔曼律师的公寓。她事先打过电话回家，向丈夫解释自己的情况。结婚十一年，他早已接受妻子从事的绝非朝九晚五的工作这个事实。她坐在毕尔曼的桌子前面，仔细阅读着在抽屉找到的文件，忽然听见有人在敲门柱，转头一看原来是泡泡警官。只见他一手用笔记本端了两杯咖啡，另一只手则拎着一个蓝色纸袋，里头装了从附近摊贩买的肉桂卷。她懒懒地招手请他进来。

"有什么不能碰的？"包柏蓝斯基问道。

"这里的鉴定工作已经结束，技术人员还在厨房和卧室里忙。尸体还在里面。"

包柏蓝斯基拉过一张椅子坐下。茉迪打开纸袋，拿出一个肉桂卷。

"谢啦。我的咖啡因严重不足，都快死了。"

他们安静地咀嚼着。

最后茉迪舔舔手指，说道："听说伦达路那边不太顺利。"

"那里没有人。有一些未拆封的信是寄给莎兰德的，但却是一个叫米莉安·吴的人住在那里。也还没找到她。"

"她是谁？"

"不太清楚。法斯特正在查她的背景。大约一个月前姓名才加入公寓合约，但住在里头的似乎就是她。我想莎兰德搬家了，但没有变更地址。"

"也许一切都在她的计划之中。"

"什么？三起命案吗？"包柏蓝斯基沮丧地摇摇头，"情况真是变得一团糟。埃克斯壮坚持要开记者会，现在免不了要吃媒体的苦头。你这边有没有什么发现？"

"你是说除了卧房里面毕尔曼的尸体吗？我们还找到麦格农的空

盒子，正在检查指纹。毕尔曼每个月会把关于莎兰德的报告寄给监护局，这些他都有复印件存档。如果内容可信，莎兰德是个地道的小天使，一流的。”

“该不会连他也是？”包柏蓝斯基说。

“连他也是什么？”

“也是莎兰德小姐的爱慕者。”

包柏蓝斯基简述了他从阿曼斯基与布隆维斯特那儿得知的信息，茉迪倾听着没有打岔。他说完后，她用手指梳过头发，又揉了揉眼睛。

“简直太荒谬了。”她说。

包柏蓝斯基一面思索一面拉扯自己的下唇。茉迪瞄了他一眼，强忍住笑意。他的五官并不细致，看起来几乎显得粗野。但当他感到困惑或不确定时，表情便会变得阴沉。也就是在这种时候，她会把他当成泡泡警官。她从未当面喊他这个绰号，也不知道是谁开的头，但和他本人的确是绝配。

“我们有多肯定？”

“检察官好像十拿九稳。今天晚上已经对莎兰德发出全境通告。”包柏蓝斯基说，“她去年一整年都在国外，也许会再度试图离境。”

“可是我们到底有多肯定？”

他耸了耸肩。“我们也曾经在证据更少得多的情况下抓过人。”

“安斯基德的凶器上有她的指纹。她的监护人被杀。我不是想超越进度，但我猜那应该就是用在这里的凶器。明天就会知道了——鉴定人员在床架里找到一块相当完好的子弹碎片。”

“很好。”

“书桌底层抽屉里有几发手枪子弹，铀心金头子弹。”

“非常有用。”

“有很多文件说莎兰德情绪并不稳定。毕尔曼是她的监护人，又是手枪所有人。”

“嗯……”

“莎兰德和安斯基德那对男女之间也有一线关联，就是布隆维斯特。”

他又嗯了一声。

“你好像并不信服。”

“我无法获得有关莎兰德的正确情报。文件说的是一回事，而阿曼斯基和布隆维斯特说的又是另一回事。据文件显示，她是个失能情况愈来愈严重，且类似精神病患的人。但据那两个和她共事过的男人所说，她却是个很有能力的调查员。其间差距实在太大。关于毕尔曼，我们找不到动机，也没有迹象显示她认识安斯基德那对男女。”

“精神异常的疯子还需要什么动机？”

“我还没进卧室去。情况如何？”

“我发现尸体趴在床边，而且跪在地上，像在祷告。死者全身赤裸，颈背中枪。”

“也和在安斯基德一样，一枪毙命吗？”

“据我看来是的。莎兰德——如果真是她干的——似乎先迫使他跪到床边之后才开枪，子弹从后脑往上贯穿，从脸部穿出。”

“也就是说像处决一样。”

“完全正确。”

“我在想……一定有人听到枪声。”

“卧室面向后院，上下楼的邻居都出门度假去了，而且窗户紧闭。另外，她还用枕头灭音。”

“聪明。”

这时候，鉴定组的古纳·萨缪森从门口探头进来。

“嗨，泡泡。”他打完招呼便转头对他的同事说，“茉迪，我们刚才打算将尸体移走，所以将他翻了身。有个东西你得来瞧瞧。”

他们全都一块儿走进卧室。毕尔曼的尸体已经平躺在轮式担架上，这是送往法医那儿的第一站。死因毫无疑问。前额有一道十厘米宽的伤口，一大片头盖骨黏在一块皮肤上垂挂下来。飞溅在床上与墙面的血迹吐露了实情。

包柏蓝斯基闷闷地紧绷着脸。

“要我们看什么？”茉迪问。

萨缪森掀开盖住毕尔曼下半身的塑胶布。包柏蓝斯基戴上眼镜，和茉迪凑上前去看毕尔曼腹部的刺青文字。字母大小不一、歪七扭八——无论出自谁的手，都显然是刺青新手，但要传达的信息却是再清楚不过：“我是一只有性虐待狂的猪，我是变态，我是强暴犯。”

茉迪和包柏蓝斯基不禁面面相觑。

“我们看到的会不会就是动机？”茉迪终于说道。

布隆维斯特回家途中顺路到 7-eleven 买了一份现成面食，回到家趁着更衣淋浴的三分钟时间，将纸餐盒放进微波炉加热，然后拿了叉子，站着直接就吃了起来。他觉得饿，却又没有食欲，只是想尽快将食物囫囵吞下腹。吃完后，他开了一瓶比尔森啤酒，就着瓶口直接喝。

他没有开灯，站在窗口俯视旧城区二十多分钟，一面试着让自己不要再想。

二十四小时前，他还在妹妹家，接到达格打来的电话。当时他和米亚都还活着。

他已经三十六小时未合眼，能够一夜不睡仍若无其事的日子早已过去了，但他知道一上床便一定会想起自己看到的景象。安斯基德的影像仿佛始终深深烙印在他脑海中。

最后他终于关上手机，钻入被窝。到了十一点，还是醒着。于是他下床煮了点咖啡，然后播放 CD，听黛比·哈瑞唱着《玛利亚》。他用毯子裹住身体，坐在客厅沙发上喝咖啡，同时为莎兰德感到忧心。

他对她究竟了解多少？几乎一无所知。

她有过目不忘的本领，也是个超级黑客。他知道她是个性格奇特、封闭的女子，不喜欢谈论自己的事，而且丝毫不信任任何公家机关。

她可能展现凶狠的暴力。因此他才会欠她一条命。

但他完全不知道她被宣告失能并接受监护，也不知道她青少年时期曾进过精神病院。

他必须选边站。

约莫午夜过后，他决定不接受警方对于她谋杀达格与米亚的假设。至少，在下断论之前应该给她一个解释的机会，这是他欠她的。

他不知道自己几点睡着，但清晨四点半却在沙发上醒来，跌跌撞撞走进卧室后，立刻倒头又睡着了。

第十六章

三月二十五日耶稣受难日至三月二十六日复活节星期六

玛琳靠坐在布隆维斯特的沙发上，想也不想就把脚跷到茶几上——就像在自己家里一样——但很快又放了下来。布隆维斯特对她微微一笑。

“没关系。”他说，“就当是自己家吧。”

她咧嘴笑笑，又把脚跷起来。

布隆维斯特将达格的稿子从杂志社办公室带回住处。所有资料都摊在客厅地板上，他和玛琳已经花了八个小时看过电子邮件、注记、笔记本内的备忘录，以及最重要的书的打字稿。

星期六上午，安妮卡来探望哥哥，还买了几份前一天的晚报。头版除了头条标题外，还有巨幅复制的莎兰德护照相片。其中一个标题写着：

三尸命案缉凶

另一份报纸则采用较耸动的标题：

警方正在追捕精神异常的杀人狂

他们聊了一个钟头，布隆维斯特向她解释他与莎兰德的关系，以及他为何不能相信她有罪。最后他问她能不能考虑担任莎兰德的律师，假如她被捕的话。

“我在很多暴力与伤害的案件中为妇女辩护过，但我其实不算是刑事辩护律师。”她回答。

“你是我认识的最机敏的律师，而莎兰德也会需要一个她信得过的人。我想她终究会接受你。”

安妮卡想了一想，才勉强答应至少可以先和莎兰德谈谈，再决定下一步。

星期六下午一点，茉迪巡官来电询问能否来取莎兰德的肩背包。警方显然已打开并阅读过他寄到伦达路给莎兰德的信。

二十分钟后，茉迪就到了，布隆维斯特请她和玛琳一起坐在客厅桌旁，自己则走进厨房，从微波炉旁边架上拿下袋子。他略一迟疑后，打开袋子，取出铁锤和梅西防身喷雾器。*窃取证物。*梅西喷雾器是非法武器，持有它是可能被判刑的。而铁锤只会被那些认为莎兰德有暴力倾向的人拿来作为佐证。没有这个必要，布隆维斯特心想。

他请茉迪喝了点咖啡。

“能问你几个问题吗？”巡官问道。

“请说。”

“我的同事在伦达路找到你写给莎兰德的信，你在信中说你欠她人情。这指的到底是什么？”

“莎兰德帮过我一个天大的忙。”

“什么样的忙？”

“这完全是我跟她之间的事，我不想说。”

茉迪定定地注视着他。“我们现在正在调查杀人命案。”

“我也希望你们能尽快抓到杀死达格和米亚的那个混蛋。”

“你认为莎兰德不是凶手？”

“是的，我认为不是她。”

“那么你觉得是谁射杀了你的朋友？”

“我不知道。但达格正打算揭发一大群人，事发后他们将会失去很多。也许是其中一人所为。”

“若是这样，为什么连毕尔曼律师都要杀呢？”

“不知道。至少到目前还不知道。”

他的目光和信念一样坚定。茉迪忽然面露微笑。她知道他的绰号叫小侦探布隆维斯特，就和阿斯特丽特·林格伦书中的侦探主角同名。如今她明白为什么了。

“但你打算去查出来？”

“如果我办得到的话。你可以转告包柏蓝斯基巡官。”

“我会的。如果莎兰德和你联络的话，希望你能告诉我们。”

“我想她不会找我，向我坦承她犯罪，但假如她这么做，我会尽一切力量说服她投案。到时候我也会尽可能地支援她——她会需要朋友。”

“如果她说自己无罪呢？”

“那么我只希望她能对发生的事情提供些许线索。”

“布隆维斯特先生，就当我们私下聊聊，希望你能了解我们非逮捕莎兰德不可，所以如果她与你联络，你千万别做傻事。万一你猜测错误，这几起命案确实是她所为，你可能会遭遇莫大危险。”

布隆维斯特点点头。

“希望我们无须监视你。当然了，你也应该知道协助逃犯是违法的。与任何因杀人而遭通缉者同谋是一项重罪。”

“至于我呢，则希望你们能投入一点时间，检视莎兰德与这些命案无关的可能性。”

“我们会的。下一个问题。不晓得你知不知道达格工作时用的是哪种电脑？”

“他有一台二手的白色麦金塔笔记本500，十四吋屏。和我的同一型，只是屏幕较大。”布隆维斯特指向自己放在一旁桌上的电脑。

“那你知不知道他把电脑放在哪里？”

“他平常都装在一个黑色软背包里。我猜应该在他的住处。”

“没有。会不会放在办公室？”

“没有，我已经检查过他的办公桌，绝对不在那里。”

他们沉默不语坐了片刻。

“这是否表示达格的电脑不见了？”最后布隆维斯特开口问道。

布隆维斯特和玛琳列出一份名单，上头的人理论上都可能有动机杀害达格。他们将每个名字写在大大的纸上，然后布隆维斯特再把纸贴到客厅墙上。这些人全都是男性，若非嫖客便是皮条客，而且书上都提及了。到了当晚八点，已经写了三十七个人名，也已确认其中三十人的身份。另外七人，在达格的文章中以化名出现。至于身份已确认的人当中，有二十一人是曾在各种情况下蹂躏过某个女孩的嫖客。就该不该出书的考量而言，现实的问题在于许多论点所根据的资讯，只有达格和米亚知情。对于该主题了解较少——这是无可避免的——的作者，就得自行确认资讯的真实性。

他们估计已完成的文章内容，约有八成可以出版，没有太大问题，但《千禧年》若想冒险发表剩下的两成，便得多方奔走求证。他们并非怀疑内容造假，只不过是对于书中最爆炸性的发现背后的详细查证情形，了解得并不充分。假如达格还在世，他们便可毫无疑问地出版，因为他和米亚可以轻易地处理与反驳任何异议。

布隆维斯特望向窗外，外头天色已黑，还下着雨。他问玛琳还想不想喝咖啡，她说不要了。

“稿子已经掌握得差不多了。”她说，“但在指认杀害达格和米亚的凶手方面，仍无丝毫进展。”

“可能是墙上那些人之一。”布隆维斯特说。

“也可能是和这本书毫无关联的人。或者也可能是你的女朋友。”

“莎兰德。”布隆维斯特说。

玛琳偷偷瞄他一眼。她已经在《千禧年》工作十八个月，进入杂志社时，正值温纳斯壮事件的混乱时期。多年来她一直从事兼职工作，《千禧年》是第一份全职，做得相当出色。能在《千禧年》工作本身就是一种成就。她和爱莉卡与其他同事都相处融洽，却唯独和布隆维斯特在一起时略感不自在。她自己也不知道原因何在，但《千禧年》的所有人当中，她觉得布隆维斯特是最孤僻、最难亲近的一个。

去年，他常常晚到，而且多半一个人坐在自己或爱莉卡的办公室。由于他经常不在，因此她刚进杂志社的前几个月，看见他坐在电视摄影棚沙发上的机会似乎还多于真正碰面。他不喜欢员工说长道短，而且听其他职员说起来，他似乎变了，变得更安静、更难以交谈。

“如果要我找出达格和米亚被射杀的原因，我就得对莎兰德有多一点认识。我实在不知道从何开始，如果……”

她没有把话说完。布隆维斯特看着她，最后坐到与她成直角的扶手椅上，跷起双脚放到她的脚边。

“你喜欢在《千禧年》工作吗？”他这么问道，令人措手不及，“我是说到现在为止，你已经替我们工作了一年半，但我一直东奔西跑的，始终没有机会和你深谈。”

“我很喜欢这份工作。”她回答道，“你对我满意吗？”

“爱莉卡和我都一再地说，我们从来没有用过像你这么难得的编辑助理。我们认为你真的是一块宝。很抱歉之前没有这样告诉过你。”

玛琳露出满意的笑容。从伟大的布隆维斯特口中听到赞美之词，着实令人愉快之至。

“但这好像不是我想问的。”她说。

“你对莎兰德和《千禧年》的关系感到好奇。”

“你从来没提过，而爱莉卡对她也是守口如瓶。”

布隆维斯特双眼迎向她的目光。或许他和爱莉卡非常信任她，但有些事情他就是无法开诚布公。

“我同意。”他说，“若想深入挖掘命案，你确实需要更多资讯。我是第一手消息来源，也是莎兰德与达格和米亚中间的联系。好吧，你就问吧，我会尽可能地回答。若是无法回答，我也会老实说。”

“为什么对这一切如此保密？莉丝·莎兰德是谁？而她和《千禧年》又有什么关系？”

“事情是这样的。两年前，我雇用她调查一件非常复杂的案子，问题就在这里，我不能告诉你她替我做什么。这件事爱莉卡知道，她也信誓旦旦地保证守密。”

“两年前……那是在你踢爆温纳斯壮之前，我能否假设她的调查与那件案子有关？”

“不，你不应该作此假设。我既不会证实也不会否认，但我可以告诉你，我是为了另一个全然无关的计划而雇用莎兰德，她也表现得十分杰出。”

“好吧，据我所听说，当时你就像隐居在赫德史塔一般。那年夏天，赫德史塔却并非完全不受媒体瞩目，有海莉死而复生等等的消息。奇怪的是，我们《千禧年》对于她的重生竟只字未提。”

“我们之所以没有写关于海莉的报道，是因为她是我们的董事之一。仔细审视她的工作就交给其他媒体吧。至于莎兰德，请你相信我，她在先前那个计划中为我做的事，与安斯基德发生的事绝对无关。”

“我当然相信你。”

“我给你一个建议。不要猜测，不要妄断，只要知道她为我工作，而我不能也不愿讨论工作的内容，这样就好了。她另外替我做了一点事，那段期间她还救了我一命，我没有夸张。”

玛琳诧异地抬起头来。在公司里，她根本没听说过这件事。

“也就是说你对她认识颇深？”

“我想应该和其他人对她的了解一样多。”布隆维斯特说，“她是我所见过最封闭的人。”

他跳起来，望向漆黑的户外。

“不晓得你想不想喝，但我想调一杯伏特加莱姆。”过了好一会儿他才说。

“听起来比再来一杯咖啡好多了。”

复活节的周末，阿曼斯基在布利德岛上的小屋想着莎兰德。他的孩子都大了，也都选择不和父母一起度假。他结婚二十五年的妻子蕾娃也注意到，他有时似乎失了神，和他说话的时候，他会陷于沉思并心不在焉地回答。他每天都开车到最近的商店买报纸，然后坐在阳台的窗边读着有关追捕莎兰德的新闻。

令阿曼斯基失望的是自己对莎兰德竟误判得如此离谱。早在几年前他便知道她有精神上的问题，想到她可能粗暴对待甚至严重伤害某个威胁到她的人，他并不感到意外；想到她攻击自己的监护人——她肯定将他视为干涉她事务的人——就某个理智层面而言，也可以理解。只要是企图控制她的生活，她都会认为是挑衅并可能带有敌意。

但话说回来，他怎么也想不通是什么原因促使她射杀那两个人，因为根据各种已知信息，她根本不认识他们。

阿曼斯基一直在等待莎兰德与安斯基德那对男女之间的联系出现，也许其中一人或者两人其实与她有某种关联，又或者是有一人刺激她展现暴力。但报上始终没有出现这样的联系，反而有人臆测这名精神异常的女子想必是精神崩溃之类的。

他打了两次电话给包柏蓝斯基巡官，询问调查进展，但就连调查的负责人也无法告诉他莎兰德与安斯基德那对男女的关系。布隆维斯特认识莎兰德，也认识那对男女，但毫无迹象显示莎兰德认识或甚至听说过达格与米亚。若非凶器上有她的指纹，而她与第一名被害人毕尔曼的关系又毫无争议，警方恐怕也只能在黑暗中摸索了。

“我们作个总结吧。”她说，“现在的任务就是查明是否真如警方所说，是莎兰德杀害了达格与米亚。该从何开始呢？”

“就把它当做挖掘工作吧。我们无须自己进行调查，但却得掌握警方发现的一切，并巧妙地打听出他们知道些什么。其实和平常的工作没两样，只不过不一定要把我们的发现全都公布出来。”

“但倘若莎兰德是凶手，她和达格、米亚之间必然有重大关联。而他们之间的唯一联系却是你。”

“事实上我根本不是什么联系。我已经一年多没和莎兰德说话，她又怎么会知道他们的存在，我并没有……”

布隆维斯特忽然打住。莉丝·莎兰德：世界级的黑客。他想到自己的笔记本里面全是他和达格的书信往来，还有书的各种内容版本和一个存有米亚论文的文件。他无法得知莎兰德是否侵入了他的电脑，但假设她发现了他认识达格，又有什么理由要杀死他和米亚呢？相反地，他们正在写一份关于妇女受暴力对待的报告，莎兰德应该无论如何都会鼓励他们才对。假如布隆维斯特真的了解她的话。

“你好像想到什么了？”玛琳说。

他不打算将莎兰德在电脑方面的天赋告诉她。

“没有，我只是累了，有点恍惚。”他回答。

“现在呢，你的莎兰德涉嫌杀死的不止达格和米亚，还有她的监护人，这方面的关联就非常明显了。你对这位监护人有何了解？”

“一无所知。我从未听说过他，甚至不知道她有监护人。”

“不过若说杀死他们三人的另有其人，可能性实在微乎其微。即便有人为了文章内容杀死达格和米亚，不管凶手是谁，也毫无理由将莎兰德的监护人一并杀死。”

“我知道，我自己也为此烦恼得要命。但我至少能想出一个可能性，是另一人同时杀害达格、米亚还有莎兰德的监护人。”

“说来听听。”

“假设达格和米亚是因为到处打探性交易而遇害，而莎兰德也因为某个原因牵涉其中。如果毕尔曼是莎兰德的监护人，那么她便有可能向他透露，因而使他成为证人或得知某事，结果导致杀身之祸。”

“我明白你的意思。”玛琳说道，“可是你毫无证据能够证明这个论点。”

“没有，丝毫没有。”

“所以你是怎么想的，她有罪或无罪？”

布隆维斯特思考良久。

“如果你是问我她有没有能力杀人，答案是肯定的。莎兰德的性格有些凶暴，我亲眼见过她暴力的一面……”

“她救你的时候吗？”

布隆维斯特看着她。

“我不能告诉你详细情形。总之当时有个人正要杀我，眼看就要成功了。多亏莎兰德介入，用高尔夫球杆把他打得不省人事。”

“这些事你完全没有向警方透露？”

“完全没有。而且这事也只能够你知我知。”他眼神锐利地望着她，“玛琳，这点你得让我信得过。”

“我们谈论的一切，我都不会告诉任何人。你不只是我的老板，我也很喜欢你，我不想做任何可能伤害你的事。”

“我很抱歉。”

“不要再道歉了。”

他笑了笑，随即又转趋严肃。“我相信那是逼不得已，她必须杀死那个人来保护我，但我同时也相信她相当理性。性格古怪，那是当然的，但根据她自己的原则，她是百分之百理性。她会做出可怕的暴力行为是出于必要，而不是她想这么做。她会杀人，一定是受到过度的威胁或挑衅。”

他思考了好一会儿，玛琳则耐心地注视着他。

“我对那个律师毫无了解，无法替他发言。但我实在无法想象达格和米亚会对她造成任何威胁或刺激，我觉得不可能。”

他们静静地坐了很长时间。后来玛琳看看手表，发现已经九点半。

“很晚了，我得回家了。”

“今天真是漫长的一天，我们明天再继续筛检吧。没关系，碗盘就放着，我来收拾。”

复活节前夕的星期六夜晚，阿曼斯基清醒地躺在床上，听着蕾娃的鼾声。他就是想不通这出惨剧。最后他起身穿上拖鞋和睡袍，走进客厅。空气沁凉，他往皂石炉里添加了几块柴火，开了一瓶啤酒，然后坐下来凝望外头佛鲁松海峡的暗沉海水。

我又知道些什么呢?

莎兰德的性情反复，难以预料，这一点毫无疑问。

二〇〇三年冬天不知发生什么事，她不再为他工作，还出国休息，失踪了一整年。她的骤然离去似乎和布隆维斯特有些关联，但连他也不知道她是怎么回事。

她回国后来看他，说自己“经济独立”，意思应该是说她有足够的钱过一阵子。

她一直定期地去看潘格兰，却没有和布隆维斯特联络。

她射杀了三个人，其中两人似乎与她并不相识。

一点道理也没有。

阿曼斯基喝了一口啤酒，点燃了一根小雪茄烟。他感到内疚，也因此情绪低落。

包柏蓝斯基找上门时，阿曼斯基毫不犹豫地将自己所知全盘托出，好让莎兰德早日落网。他认定她必须落网，而且愈早愈好。但心里又过意不去，因为自己似乎太贬低她，竟然毫不怀疑便轻信了她有罪的假设。阿曼斯基是个现实主义者，倘若警方告诉他某人涉嫌谋杀，多半就是真的，所以莎兰德有罪。

但警方好像没有考虑到她也许自认为有正当理由，也没有考虑到她之所以发狂或许有其情可悯的情况或合理的解释。警方打算要做的是逮捕她并证明她开枪，而非探究她的内心层面。若能找到犯罪动机，他们会很满意，但即使找不到，他们也已准备将她的疯狂杀人解释为精神异常的结果。一思及此，他摇了摇头，无法接受她是个疯狂杀人魔的念头。莎兰德做任何事从未违背自己的意愿，也总会将后果想得一清二楚。

古怪，的确是。疯狂，不对。

所以其中必有原因，不管这个原因在不认识她的人看来是多么难以理解。

凌晨两点左右，他作出了一个决定。

第十七章

三月二十七日复活节星期日至三月二十九日星期二

连续担忧了数小时后，阿曼斯基星期日一早就起床了。他没有吵醒蕾娃，轻手轻脚地下楼准备咖啡和三明治，然后开启笔记本电脑。

他打开米尔顿安保进行私调用的报告表格，将他所能想到关于莎兰德的性格特质打了进去。

九点，蕾娃下楼来，给自己倒了杯咖啡。她问他在做什么，他含糊其词地回答后仍继续写。以她对丈夫的了解，他又要自闭一整天了。

结果布隆维斯特猜错了，很可能因为碰上复活节周末，警察总局里几乎空荡荡的，因此直到复活节星期日上午，媒体才得知是他发现了达格与米亚的尸体。第一个打电话来的是《瑞典晚报》的一名记者，也是老朋友。

“你好，布隆维斯特，我是尼克拉森。”

“你好，尼克拉森。”

“原来安斯基德那对男女的尸体是你发现的。”

布隆维斯特证实了尼克拉森的话。

“我的消息来源说他们在替《千禧年》工作？”

“你的消息来源说对了一半，错了一半。达格是自由撰稿人，正在替《千禧年》写一份报道。米亚却不是我们的人。”

“天哪！这可真是大新闻，你不能不承认吧？”

“是啊。”布隆维斯特有气无力地回答。

“你为什么还不发表声明？”

“达格是我的同事也是朋友。我们觉得在公布任何消息之前，至少应该先告知他和米亚的亲属。”

布隆维斯特知道这些话不会被引述。

“说得有理。那么达格在写些什么呢？”

“是我们委托的内容。”

“关于哪方面？”

“你打算在《瑞典晚报》刊登什么样的独家？”

“这么说这是独家啰？”

“去你的，尼克拉森。”

“好啦，小布布。你认为命案和达格正在写的东西有关联吗？”

“你再叫我一次小布布，我就马上挂电话，接下来这一年都不跟你说话。”

“好吧，我道歉。你认为达格是因为身为调查记者而丧命吗？”

“我不知道达格为何被杀。”

“他在写的东西和莉丝·莎兰德有关吗？”

“没有，毫无关联。”

“达格认识那个疯子吗？”

“不知道。”

“达格最近写了一些关于电脑犯罪的文章，他替《千禧年》写的也是同一类吗？”

*你就是不肯放过我，是吗？*布隆维斯特暗想。他正想叫尼克拉森滚蛋，忽然有两个很棒的念头闪过脑际，让他从床上坐直起来。尼克拉森又开始说其他的事。

“等等，尼克拉森，等我一下，我马上回来。”

布隆维斯特起身，用手捂住话筒。刹那间他仿佛飞到了九霄云外。

自打命案发生后，布隆维斯特便绞尽脑汁想和莎兰德联系上。不管她在哪里，都有可能——而且非常有可能——会看到他在报上说的话。假如他否认自己认识她，她可能会解读为他舍弃或背叛了她。假如他为她辩护，那么其他人则会解读为他对命案的了解比他所说的还多。但假如他能发表恰当的声明，或许能刺激莎兰德来找他。

“抱歉，我回来了。你刚才说什么？”

“达格是不是在写关于电脑犯罪的东西？”

“你要是想叫我发表一段关键谈话，可以。”

“那就说吧。”

“只不过你得一字不改地引述。”

“不然还能怎么引述？”

“这个问题我还是不要回答的好。”

“所以你想说什么？”

“我十五分钟后发电子邮件给你。”

“什么？”

“去收信。”布隆维斯特说完便挂了电话。

他走到桌旁，启动笔记本电脑，打开Word，坐下来沉思两分钟后开始写了起来。

《千禧年》的自由撰稿记者兼同事达格·史文森遭杀害，令总编辑爱莉卡·贝叶深受打击。她希望能尽快破案。

上星期三夜里，达格与女友遇害后，是《千禧年》的发行人麦可·布隆维斯特发现尸体。

“达格是个才华洋溢的记者，也是我很欣赏的人。他曾针对文章主题提出一些想法。他正在进行的项目当中，也包括对于一连串电脑黑客的深入调查。”布隆维斯特对本报记者表示。

至于凶手是谁，或命案背后有何动机，布隆维斯特与贝叶都不愿妄加揣测。

布隆维斯特拿起电话打给爱莉卡。

“爱莉卡，你刚刚接受了《瑞典晚报》访问。”

“是吗？”

他将引述的话念给她听。

“为什么？”

“因为每句话都是真的。达格已经自由撰稿十年，电脑安全问题也是他的专业之一。我和他讨论过很多次，还打算在结束非法交易的主题后，让他写一篇相关的文章。你知道还有谁对黑客有兴趣吗？”

爱莉卡明白他的用意了。

“聪明，麦可，太聪明了！那好，登吧。”

尼克拉森收到布隆维斯特的电子邮件后，不到一分钟便回电。

“这算不上关键谈话吧？”

“我只能给你这个，而且是其他报纸拿不到的。要么你一字不漏地刊登，不然就什么也别登。”

布隆维斯特发电子邮件给尼克拉森后，又回到电脑前面，略加思索后写道：

亲爱的莉丝：

我现在写的这封信会存在硬盘里，我知道你迟早都会看到。我记得两年前你是怎么侵入温纳斯壮的硬盘，因此怀疑你也一定侵入了我的电脑。现在，你显然不愿意和我有任何牵扯，我不想问原因，你也无须解释。

不管你愿不愿意，前几天发生的事又再度将我们联系在一起。警方说你杀害了两个我很喜欢的人。达格和米亚遭射杀后几分钟，正是我发现了尸体。我并不认为是你开的枪，当然也希望不是你。警方声称你是个精神异常的杀人犯，但若是如此，就意味着我完全错看了你，又或者是你在过去一年内完全变了个人。假如你不是凶手，那么便是警方追错了人。

在此情况下，我应该劝你向警方投案，但这恐怕只是白费唇舌。你迟早都会被找到，到时候你会需要朋友。或许你不想和我有任何牵连，但我有个妹妹叫安妮卡·贾尼尼，是个律师，最好的律师。如果你和她联络，她愿意为你辩护，你可以信任她。

至于《千禧年》方面，我们已经开始自行调查达格和米亚被杀的原因。我现在正在拼凑有理由想让达格闭嘴的人的名单，虽然不知道方向正不正确，但我会根据名单一一查证。

这当中只有一个问题，就是我不明白这件事怎么会牵涉到尼斯·毕尔曼？达格的资料中从未提及他，我猜不透他与达格和米亚之间有何牵连。

帮帮我吧，拜托了。有什么牵连呢？麦可

又及：你的护照该换张照片了。这张实在不像你。

他将文档命名为“给莉丝”。然后建立了一个新文件夹，命名为“莉丝·莎兰德”，并且在电脑的桌面上建立了快捷方式。

星期二上午，阿曼斯基召集了三个人，到米尔顿安保的办公室开会。

前索尔纳警局刑事巡官约翰·弗雷克伦是米尔顿行动小组的组长，计划与分析由他全权负责。阿曼斯基在十年前网罗他进公司，并将如今六十出头的他视为公司最宝贵的资产。

另外阿曼斯基还找来松尼·波曼和尼可拉斯·贺斯壮。波曼也是退役警员，八十年代曾在马尔姆的武装反应小组接受训练，后来转到暴力犯罪组，指挥过十几起相当戏剧化的调查工作。九十年代初，“激光枪人”[1]横行之际，波曼也是主要侦办人之一，一九九七年才在多次游说加上异常丰厚的薪资条件下考虑跳槽到米尔顿。

贺斯壮被视为菜鸟。他曾在警察学校受训，但就在毕业考试前夕发现自己有先天性心脏病，不仅需要进行大手术，警察生涯也到此结束。

和贺斯壮的父亲同期的弗雷克伦向阿曼斯基提议，希望他们给他一个机会。由于分析小组刚好有个缺，阿曼斯基便答应聘用他，至今仍未感到后悔。贺斯壮已经进米尔顿五年，或许缺乏现场的实际经

1 瑞典一名连续杀人犯，起初以装有激光瞄准器的来复枪犯案，因而得此外号。

验，却是机敏且难得的智囊人物。

“大家早，坐下开始读吧。”阿曼斯基说着，发下三个文件夹，其中包含大约五十张关于追捕莎兰德的复印新闻剪报，外加三页阿曼斯基对莎兰德背景的简介。贺斯壮最先看完并放下文件夹。阿曼斯基则等着波曼和弗雷克伦。

“我想你们应该都看到周末报纸的头条了。”

“莉丝·莎兰德。”弗雷克伦用闷闷的声音说。

波曼摇了摇头。

贺斯壮对空凝视，脸上带着不可解的表情和一抹苦笑。

阿曼斯基对三人投以锐利目光。

“我们的员工之一。”他说，“她还在公司的时候，你们对她了解多少？”

“我有一次试着跟她开了个小玩笑，”贺斯壮又淡淡一笑，说道，“不怎么成功，她好像要把我的头啃掉似的。她是个一级泼妇，我跟她几乎说不到十句话。”

“我觉得她是个大怪人。”弗雷克伦说。

波曼耸耸肩。“我说她根本是个疯子，最让人头痛的家伙。我以为她只是很奇怪，没想到疯到这种地步。”

“她有她自己做事的方式。”阿曼斯基说，“她这个人不容易应付，但我信任她，因为我从未见过如此优秀的调查员。她每次送来的结果都超乎我的预期。”

“这点我始终不明白。”弗雷克伦说道，“我想不通她怎么可能工作如此优秀，处理人际关系却如此失败。”

“答案当然就在于她的精神状态。”阿曼斯基用手指戳了戳其中一份文件夹，“她被宣告失能。”

“我完全不知情。”贺斯壮说，“我是说她背上又没挂牌子说她是公认的笨蛋，而你也从来只字未提。”

“没错。”阿曼斯基解释道，“我没有说，是因为我认为不需要再为她冠上更大的污名，每个人都应该有一次机会。”

“而安斯基德发生的事正是你那慈悲的实验结果。”波曼说。

“也许。”阿曼斯基回答。

这三名专业人员正以观望的心态看着他，他不想在他们面前表现出对莎兰德的偏爱。他们言谈之间的口气十分平淡，但阿曼斯基知道他们三人都很厌恶莎兰德，就和米尔顿安保的其他员工一样。他不想表现出柔弱或困惑的模样，而是得带着某种程度的热忱与专业来提出这件事，这点很重要。

“我决定要首度利用米尔顿的资源来解决一件纯属公司内部的事务。”他说，“不一定要编列庞大预算，但我打算解除波曼和贺斯壮你们两人目前的任务。至于你们的新任务，我可能要说得比较模糊一点，那就是‘查明关于莎兰德的真相’。”

他们两人不由得狐疑地看着阿曼斯基。

“弗雷克伦，我要你负责指挥调查并掌握进度。我要知道究竟发生什么事，是什么原因促使莎兰德杀死她的监护人和安斯基德那对男女。这其中一定有合理的解释。”

“请原谅我这么说，不过这听起来像是警察的工作。”弗雷克伦说。

“当然是了。”阿曼斯基说，“但我们比警察多了一点优势。我们认识莎兰德，而且能深入了解她的行为模式。”

“好吧，既然你这么说。”波曼的口气不是很肯定，“但我不认为公司里有任何人认识莎兰德，或是知道她那个小脑袋瓜在想什么。”

“无所谓。”阿曼斯基说，“莎兰德曾为米尔顿安保做过事。依我之见，我们有责任找出真相。”

“莎兰德没替我们工作已经……多久了？将近两年了吧？”弗雷克伦说道，“我认为我们无须为她的所作所为负责。何况我们介入调查，警方恐怕会不高兴。”

“恰恰相反。”阿曼斯基说。这是他的王牌，得打得漂亮才行。

“怎么说？”波曼好奇地问。

“昨天我和指挥初步调查的检察官埃克斯壮以及负责调查工作的

刑事巡官包柏蓝斯基，作了几次长谈。埃克斯壮受到不小压力。这不是和帮派分子一决高下，而是可能受到媒体高度注目的事件，因为一名律师、一名犯罪学家和一名记者——看起来似乎——都遭到处决式枪杀。我解释过了，既然首要嫌疑犯是米尔顿安保的前员工，我们也决定自行展开调查。”阿曼斯基顿了一下，让信息略微沉淀之后才接着又说，“我和埃克斯壮都认为，目前当务之急是尽快将莎兰德逮捕归案，以免她对自己或他人造成更多伤害。由于我们比警方更了解她，因此可以对调查工作有所帮助。埃克斯壮和我达成了协议，你们两个——”他指指波曼和贺斯壮，“就到国王岛去，加入包柏蓝斯基的团队。”

三名员工无不满脸诧异。

“请容我问个简单的问题……我们只是平民百姓呀！”波曼说道，“警察真的就这样让我们参与调查谋杀案？”

“你们要听从包柏蓝斯基的指挥，但也要向我报告。你们将可以全面参与调查。我们目前所有的以及你们将来挖掘到的资料都要交给包柏蓝斯基。对警方而言，等于是免费获得一支生力军，何况你们并非‘只是平民’而已。弗雷克伦和波曼，你们两人在警界服务的时间比在这家公司还长，就连贺斯壮也上过警察学校。”

“但这不合原则……”

“没有的事。警察在查案过程中经常请教非警界的顾问，例如性犯罪案件中的心理学家，以及有外国人涉案时的口译人员。你们只是因为对主要嫌疑犯有多一层认识，才担任平民顾问的角色。”

弗雷克伦缓缓地点了点头。“好吧。米尔顿要加入警方的调查工作，试着协助逮捕莎兰德。还有什么吗？”

“有啊，就米尔顿而言，你们的任务只需查明真相，如此而已。但我要知道这三个人是不是莎兰德射杀的，如果是的话，又是为什么。”

“关于她的涉案有任何疑问吗？”贺斯壮问道。

“警方掌握的间接证据对她非常不利，但我想知道这整件事有没有另外一面，例如有没有我们不知道的共犯，也许此人才是真正开枪的人，又或者有没有其他至今未知的情形。”

“在三尸命案中要找出可斟酌减刑的情形并不容易。”弗雷克伦说道，“如果我们要找的是这个，就得假设她有可能是清白的。可是我不相信。”

“我也不信。”阿曼斯基说，“但你们的任务就是尽可能地支持警方，协助他们在最短的时间内逮捕她。”

“预算呢？”弗雷克伦问道。

“未定。你们花了多少钱要随时让我知道，如果失控，就得结束案子。不过姑且假设至少会持续一星期，从今天开始算起。既然我是这里最了解莎兰德的人，你们应该把我列为访谈对象。”

茉迪飞奔过走廊，冲进会议室时，同事们都刚刚入座。她走到包柏蓝斯基旁边坐下，就是他召集了调查小组所有成员开会，其中也包括初步调查的负责人。法斯特恼火地横了她一眼，然后开始作开场白。是他要求开会的。

他一直在深入调查这些年来社会福利部与莎兰德之间的冲突——他称之为“精神病患线索”，也确实搜集到不少资料。法斯特清清喉咙之后，转向坐在他右手边的男人。

“这位是彼得·泰勒波利安医师，乌普萨拉圣史蒂芬精神病院的主任医师。很感谢他来到斯德哥尔摩协助调查，并告诉我们他对于莎兰德的了解。”

茉迪打量着泰勒波利安医师。此人身材短小，一头鬈曲的棕发，戴一副金丝眼镜，还留着小山羊胡。穿着轻便，米色灯芯绒夹克、牛仔裤和纽扣一路扣到脖子的淡蓝色条纹衬衫。他的五官分明，外表有些稚气。茉迪曾遇见过泰勒波利安医师几次，但从未与他交谈。她就读警校最后一学期时，医师曾经去发表过关于精神疾患的演说，还有一次在课堂上，他提到了精神病患者与年轻人的精神病态行为。另外她出席过一名连环强奸犯的审判，当时泰勒波利安医师以专家证人的身份被传唤出庭。这几年来，泰勒波利安医师参与过许多公开辩论，已是瑞典最知名的精神病学家之一。他严词抨击精神病护理预算削减导致精神病院关门大吉的情形，因而成名。那些明显需要照顾的人被丢到街头，注定要成为游民福利案例。自从外交部长安娜·林德[1]遇刺后，泰勒波利安医师一直是某政府委员会的一员，该委员会也提出了精神病护理预算日益减少的报告。

泰勒波利安一面向组员们点头致意，一面往自己的塑胶杯里倒矿泉水。

"我们得看看有没有我能帮得上忙的地方。"他谨慎地开口说道，"像这种情况，我实在很不愿意看到自己的预言成真。"

"你的预言？"包柏蓝斯基不解地问。

"是的。很有讽刺意味。安斯基德命案发生当晚，我正好在上一个电视谈话节目，讨论我们社会上几乎无所不在的定时炸弹。真可怕。当时，我并没有特别想到莎兰德，但是我举了几个例子，都是应该接受治疗却还在大街上自由活动的病患——当然我用的是化名。我推测光是这一年内，警方将必须侦破六起由这一小群病患所犯下的杀人案或过失杀人案。"

"你认为莎兰德也是这些疯子之一？"法斯特问道。

"我们不会用'疯子'这个字眼。不过她毫无疑问正是那种神经紧张的人，我若有权决定，就不会让这样的人进到社会中来。"

"你是说她在犯罪之前就应该被关起来？"茉迪问道，"这并不完全符合一个法治社会的原则。"

法斯特皱起眉头，对她露出不快的神情。茉迪不明白为什么法斯特对她似乎总是如此不友善。

"你说得一点也没错。"泰勒波利安回答道，无意中也为她解了围，"这和以法治为基础的社会确实不同调，至少就目前的社会形态

1 安娜·林德（Anna Lindh，1957—2003），于一九九八年至被刺身亡的二〇〇三年间担任瑞典外交部部长，刺杀她的是一名精神病患。

而言是如此。这是一种平衡之举，既要尊重个人，也要尊重那些可能因精神病患者而受害的人。每个个案都不同，因此每个病患必须个别治疗。但我们精神医学界难免也会出错，将不应该出现在大街上的人给释放出来。”

“好了，我想我们不需要太深入探讨社会政治学。”包柏蓝斯基小心地说。

“当然，”泰勒波利安说道，“我们面对的是一个特殊案例。但我想说的是，各位都得了解莎兰德是个需要医护的病人，就像任何因为牙痛或心脏病而需要医护的病人一样。她还是可能痊愈，如果趁她还能够医治的时候接受治疗，她就会好起来。”

“这么说你并不是她的医师？”法斯特说。

“莎兰德的案例牵涉到许多人，而我是其中之一。她十来岁时是我的病患，而当她满十八岁，被法院判定接受监护时，我则是负责评估的医生之一。”

“能不能请你对她的背景稍作介绍？”包柏蓝斯基说道，“她会因为什么原因杀死两个陌生人，还杀死她的监护人？”

泰勒波利安医师笑了起来。

“这点我无法告诉你。这几年我并没有追踪她的病情，因此不知道她目前精神异常的状况到达哪个阶段。但我可以百分之百肯定，她一定认识安斯基德那对男女。”

“你为什么如此肯定？”法斯特问。

“莎兰德治疗失败的原因之一，就是从未作过完整的诊断，因为她不肯接受治疗，每次总是拒绝回答问题或配合任何形式的疗法。”

“所以你其实并不知道她到底有没有病啰？”茉迪说，“我是说既然没有作过诊断。”

“我们这么说吧。”泰勒波利安医师回答道，“莎兰德送到我这边的时候快要满十三岁。她有精神病，出现了强迫行为，而且明显有妄想的症状，因此被强制送到圣史蒂芬，接受我的照护达两年之久。之所以送她进精神病院，是因为她整个童年时期，对同学、老师和熟人都展现极端暴力的行为，一再地因为伤害行为被告发。在我们知道的每个案例中，暴力都是针对她自己生活圈里的人，也就是说她认识的人说了或做了什么让她感到受辱，而引发暴力反应。她从未有过攻击陌生人的例子。所以我相信她和安斯基德那对男女之间一定有关联。”

“除了她十七岁时的地铁攻击事件之外。”法斯特说。

“那一次嘛，其实是她受攻击，她只是自卫罢了。”泰勒波利安说道，“应该说她针对的是一个已知的性侵害者。不过这也是她行为模式的一个好例子。当时她本可走开或向车厢其他乘客求助，但她却以加重伤害反击。每当她感觉受到威胁，就会出现极度暴力的反应。”

“她到底是怎么回事？”包柏蓝斯基问。

“我刚才说过了，我们没有作过真正的诊断。依我看她患有精神分裂症，不断地在精神病边缘游移着。她缺乏同情心，在许多方面都可以视为具有反社会性格。老实说，她满十八岁之后能够表现得这么好，实在令人惊讶。这八年当中虽然受到监护，却融入了社会，没有做出任何可能被列为前科或遭逮捕的事。只不过她的预后……”

“她的预后？”

“这么长时间以来她始终没有接受任何治疗。我猜想十年前或许能够治疗痊愈的病，如今已固定成为她性格的一部分。我预料她被捕后，不会被判刑。她需要治疗。”

“那么地方法院干吗给她进入社会的通行证？”法斯特说。

“这恐怕得综合几件事来看。她有个律师，很有辩才，但此外也因为目前采行自由化政策，以及照护减少了。在接受法医咨询时，我是反对这项决定的。但对此我没有置喙的余地。”

“不过那种预后八成只是猜测，不是吗？”茉迪说，“你并不真的知道她满十八岁以后，发生了什么事。”

“这不只是猜测，而是根据我的专业经验。”

“她会自残吗？”茉迪问。

“你是说她可不可能自杀？不，我觉得不太可能。她是比较倾向于极端自我的精神病患。一切都以她为主。围绕在她周遭的其他人都不重要。”

“你说她可能有极端暴力的反应。”法斯特说，“换句话说，我们是不是应该视她为危险人物？”

泰勒波利安医师注视着他许久，然后弯身向前，揉了揉额头。

“你不知道要确切预测一个人的反应有多难。我不希望你们逮捕莎兰德的时候伤害她……不过没错，面对她，我会尽量以最周详的计划进行逮捕。如果她有武器，那么她使用武器的可能性非常之大。”

第十八章

三月二十九日星期二至三月三十日星期三

安斯基德命案的调查工作三线并行，如火如荼地展开。泡泡警官得权限之便，调查进行得很顺利。表面上，破案关键似乎唾手可得；有了一名嫌疑犯，还有一把与嫌疑犯有关联的凶器。嫌疑犯与第一名死者的关系证据确凿，与另外两名死者也可能通过布隆维斯特有所牵连，但不那么无懈可击。对包柏蓝斯基来说，现在基本上就是要找到莎兰德，把她关进克鲁努贝里监狱的牢笼。

阿曼斯基的调查在形式上是配合警方，但其实他有自己的计划。他的目的多少是要替莎兰德留意她的权益，也就是发掘真相，而且这个真相最好能说服法官酌情减刑。

《千禧年》的调查则是困难重重。杂志社当然没有警方的资源，也没有阿曼斯基的组织，但布隆维斯特和警方不同，他最想做的并非找出莎兰德之所以前往安斯基德杀害他两位友人的合理情节。在复活节周末期间，他已经想清楚了，他压根就不相信这个说法。即使莎兰德果真涉案，理由也绝对和警方的猜测截然不同——也许持枪者另有其人，也可能发生了莎兰德无法掌控的情况。

贺斯壮搭出租车从斯鲁森前往国王岛，一路上一言不发，对于最后突然要参与真正的警方调查工作，还有点恍惚。他觑了波曼一眼，只见他正在重读阿曼斯基发下来的资料。

接着他忽然自顾自地笑了。这项任务让他意外地逮到一个实现自己企图的机会，阿曼斯基和波曼对此一无所知。他将有机会报复莎兰德。他诚挚地希望能够协助抓到她，更希望她能被判无期徒刑。

莎兰德在米尔顿安保不受欢迎，这是众所周知的事。凡是和她打过交道的职员，大多都觉得她惹人厌，但谁也不知道贺斯壮有多么厌恶她。

命运对贺斯壮并不公平。他长得好看，正值盛年，人又聪明，却永远不可能有机会实现他最大的梦想，那就是当警察。他唯一的缺点是心包膜破了一个很小的洞，导致心脏出现杂音，也就是说一个心室壁有缺陷。虽然动手术后解决了问题，但心脏状况不佳却从此剥夺了他进入警界的可能性，他也就这么被降到次级地位。

米尔顿安保提供工作机会时，他接受了，但丝毫不感到兴奋。米尔顿专门收容过气的人——那些太老、再也力不从心的警员。没错，他也遭警界拒绝了，但这并不是他自己的错。

刚进米尔顿时，他最初的任务之一便是与行动小组合作，为一名年纪较大的知名女歌星进行人身保护分析，这其实也是训练的一部分。女歌星因为受到热情过度的歌迷骚扰饱受惊吓，而这个歌迷刚好也是个脱逃的精神病患者。由于歌星独居在索德托恩的别墅，米尔顿便装设了监视器与警报器，还派驻了一名保镖。某天晚上，那位疯狂歌迷企图闯入，保镖很轻易便将他擒住，而他也很快被判非法威胁与入侵，并被遣送回精神病院。

在那两星期里，贺斯壮经常与米尔顿其他雇员前往索德托恩的别墅。他觉得那位歌星是个势利又高傲的老贱人，每当他施展魅力时，她竟只是露出惊讶迷惑的表情。到现在还有歌迷记得她，她就该心存感激了。

他很讨厌米尔顿员工对她言听计从的模样，不过对于自己的感觉，他当然什么也没说。

就在入侵者被捕前不久的某天下午，歌星和两名米尔顿员工待在泳池边，他则在屋里拍摄需要加固的门窗照片。他一个房间一个房间去拍照，来到卧室时，忍不住打开她的桌子抽屉。里面有十几本相簿，都是她七十、八十年代当红之际世界巡回演唱的照片。另外他还发现一个盒子，装着几张非常私密的相片，画面其实也没什么，但运用一点想象力或许可以视为“色情作品”。*天哪，真是个笨女人！*他偷偷拿出最淫荡的五张，这显然是某个情夫拍的，她珍藏至今。

他当时在现场就拍下这些影像，然后将相片又放回原处。过了几个月后，才转卖给英国某家小报，赚得九千英镑，而照片也成了轰动一时的头条。

他还是不知道莎兰德是怎么办到的，但照片刊出后，她来找他。她知道是他出售的，如果以后再做这种事，她就要去向阿曼斯基揭发他。假如她有证据，马上就能告发了，但她显然没有。从那天起，他总觉得她老是盯着自己看，每次一转头，就会看见她那双小小的猪眼。

他感到紧张而沮丧。唯一能报复她的方式就是在餐厅里多说一点她的闲话，让她慢慢失去信用。但即便这么做也不是很成功。他不敢太引起注意，因为不知为何，她受到阿曼斯基的保护。他怀疑她手中握有米尔顿总裁的某个把柄，或者会不会是这个老不羞私底下和她有一腿。但尽管在米尔顿没有人对莎兰德特别怜爱，大伙却都十分敬重阿曼斯基，也因此接受她的古怪态度。当她渐渐不再扮演重要角色，最后终于完全离开米尔顿后，贺斯壮可真是松了好大一口气。

如今他终于有机会扳回一局，而且毫无风险。她爱怎么说他都行，谁也不会相信的。就连阿曼斯基也不会相信一个病态杀人犯说的话。

法斯特被派到楼下去带领米尔顿安保来的波曼和贺斯壮通过警卫室，包柏蓝斯基看见他们一块儿走出电梯。关于让外人参与命案调查一事，他并不怎么乐意，但上司根本没和他商量就作了决定，而且……算了，波曼可是比他资深许多的正牌警察。而贺斯壮是警察学校毕业的，不可能是个大笨蛋。包柏蓝斯基指了指会议室。

追捕莎兰德已进入第六天，也该作一次全面评估了。埃克斯壮检察官没有参与开会，出席的包括刑事巡官茉迪、法斯特、安德森和霍姆柏，还有国家刑事局搜寻小组派来支持的四名警员。包柏蓝斯基一开始先介绍来自米尔顿安保的新同事，并问他们想不想说几句话。波曼清了清喉咙。

“我最后进这栋建筑已经是很久以前的事了，但你们当中有些人认识我，也知道我转任私家侦探前曾当过多年警察。我们之所以来此，是因为莎兰德为米尔顿工作过几年，我们觉得应该负起某种程度的责任。上级交代我们的任务是尽力协助逮捕她归案。我们可以针对个人对她的认识提供一些资讯，但绝不是来这里捣乱或试图妨碍办案。”

“请说说与她共事的情形。”法斯特说。

“她其实不是一个会令人感兴趣的人。”贺斯壮说道，见包柏蓝斯基举起手来便随即闭口。

“开会过程中我们还有机会详谈，但现在还是按顺序一个一个来，先了解一下我们目前的情况。会后，你们两人得去找埃克斯壮检察官，签一份保密声明。先从茉迪开始吧。”

“很令人沮丧。命案发生后短短几小时，就有了突破，还确认了莎兰德的身份，找到她的住处——或者至少是我们认为她住的地方。接下来，毫无所获。我们接到大约三十位民众来电声称看到过她，但是到目前为止显然全都是虚报。她好像从人间蒸发了。”

“这有点令人难以置信。”安德森说，“她外表相当奇特，身上有刺青，实在应该不难找。”

“昨天乌普萨拉警局接获密报，警员们持枪出动，包围了一个长得和莎兰德非常相似的十四岁男孩，把他吓了个半死。他的父母气坏了。”

“我们要找的人看起来像十四岁，这点很麻烦，她可能隐没在任何青少年群中。”

“可是她已经在媒体引起注意，应该会有人看见些什么。”安德森说，“这星期瑞典重大通缉犯榜上已经登出她的照片，应该会有新的结果。”

“不太可能，因为她已经登上全国所有报纸的头版。”法斯特说。

“这么看来也许我们应该改变策略。”包柏蓝斯基说，“若有同谋，她可能已经潜逃出国，不过隐遁起来的可能性比较大。”

波曼举起手来。包柏蓝斯基对着他点点头。

“据我们所知她有自残倾向，但另一方面，她也很善于谋略，一切行动都会小心计划。她做任何事一定会先分析后果，至少阿曼斯基这么认为。”

“她昔日的精神科医师也是如此评估。不过我们稍后再继续分析她的性格。”包柏蓝斯基说道，“她迟早都得有所行动。霍姆柏，她有什么样的资源？”

“这里有条线索可以好好追查。”霍姆柏说道，“她几年前在瑞典商业银行开了一个账户，里面的钱是她申报的收入，或者说是她的监护人毕尔曼申报的收入。一年前，账户里约有十万克朗，到了二〇〇三年秋天，她把钱全领出来了。”

“二〇〇三年秋天，她需要钱。她就是那时候开始不再为米尔顿工作了。”波曼说。

“有可能。账户余额挂零持续了两个星期左右，后来她又存入了同一笔金额。”

“她以为自己可能需要钱，结果没有花掉，所以存回去了吗？”

“有可能。二〇〇三年十二月，她用账户里的钱付了几笔账单，包括预付一年的房租，于是余额减为七千克朗。接下来一年当中，除了有一次存入大约九千克朗之外，都没有再动过这个账户。我查过了，那是她母亲遗留给她的。今年三月，她领出这笔钱——确切金额是九千三百一十二克朗——这也是她唯一一次动用这个账户。”

“那么她到底靠什么维生？”茉迪问。

“听听这个。今年一月她在北欧斯安银行开了一个新账户，存入了两百万克朗。”

“钱是从哪里来的？”茉迪问道。

“钱是从海峡群岛的一间银行汇入她的户头的。”

会议室里顿时一片沉默。

“我完全不懂。”过了好一会儿，茉迪才出声。

“这么说这是她没有申报的钱？”包柏蓝斯基问道。

“对，不过根据法规她要到明年才需要申报。有趣的是毕尔曼每个月都会替她写资产报告，里头却没有记录这笔钱。”

“所以说……要么他不知情，要么他们共谋欺诈。霍姆柏，鉴定方面进展如何？”

“昨天晚上，我接到初步调查报告。以下是我们目前知道的。第一，我们可以认定莎兰德去过两个犯罪现场，在凶器和安斯基德的咖啡杯碎片上都发现她的指纹。现场所采集的DNA样本的检验结果还没有全部出来，但她去过公寓已是毫无疑问。第二，在毕尔曼公寓内找到的原本放枪的盒子上，也有她的指纹。第三，终于有目击者能指证她去过安斯基德的命案现场。街角商店的店主来电表示，命案当晚莎兰德去过他的店里，买了一包万宝路淡烟。”

“我们请民众提供线索已经这么多天，他现在才站出来？”

“他跟其他人一样，出门度假去了。总之，”霍姆柏指着地图说，“街角商店在这里，距离命案现场约两百码。她十点进入店内，当时他正好要打烊。店主描述的特征与她完全吻合。”

“脖子上有刺青吗？”安德森问。

“这点他不太确定，只说好像看到刺青，不过可以肯定她穿了眉环。”

“还有什么？”

“能作为呈堂证供的具体证据不多，但应该错不了。”

“法斯特，伦达路的公寓那边呢？”

“发现了她的指纹，但她应该不住在那里。我们把整个地方都翻遍了，看起来住在那里的好像是一个叫米莉安·吴的人。她的名字直到今年二月才加入公寓合约。”

“对她有什么了解？”

“没有前科，已出柜的同性恋，会在同志光荣游行日庆祝活动之类的节目中表演。似乎是社会学系的学生，还和人合伙在泰涅尔街上开了一家情趣用品店叫‘化装舞衣时尚’。”

“情趣用品店？”茉迪的眉毛高高扬起。

有一次，她为了取悦丈夫，曾在“化装舞衣时尚”买过一些性感内衣，但她当然不打算在满屋子男性面前披露此事。

“是啊，那里有手铐和妓女装备等东西。需要皮鞭吗？”

“那不是情趣用品店，只是供应性感内衣的时尚精品店。”

“还不都一样！”

“继续说吧。”包柏蓝斯基生气地说，“有没有米莉安的下落？”

“完全没有。”

“可能是复活节出门去了。”茱迪说。

“又或者莎兰德也把她干掉了。”法斯特说，“说不定她想把认识的人通通解决干净。”

“米莉安是同性恋。我们是否应该断定她和莎兰德是一对？”

“我想我们可以断言她们有性关系。”安德森说，“首先，我们在公寓的床上和床缘采到莎兰德的指纹，也在一副手铐上发现她的指纹。”

“那么她应该会很感激我替她准备了手铐。”法斯特说。

茱迪不满地抱怨了一声。

“继续。”包柏蓝斯基对安德森说。

“我们接获线报，有人在磨坊酒吧看见米莉安亲吻一个特征与莎兰德吻合的女孩，时间大约在两星期前。线民声称自己知道莎兰德是谁，以前就曾经在那里遇过她，但过去一年都没见到人。我还没来得及去和店员确认，不过今天下午就会去。”

“在社会福利部个案记录簿上，完全没有提到她是同性恋。十几岁时，她曾经多次逃离寄养家庭，在酒吧里勾搭男人。警方也曾几次发现她和年纪较大的男人在一起。”

“如果她在卖淫，她在乎个屁。”法斯特说。

“对于她认识的人，我们了解多少，安德森？”

“几乎毫无所知。她从十八岁后，就不曾再和警方发生争执。只知道她认识阿曼斯基和布隆维斯特，当然还有米莉安。向我们提供她和米莉安在磨坊酒吧的消息的线民还说，很久以前，她经常和一群女孩到那儿厮混。好像是一个名叫‘邪恶手指’的女子乐团。”

“邪恶手指？那是什么？”包柏蓝斯基问道。

“好像和什么邪教有关。她们会聚在一起，闹得天翻地覆。”

“别跟我说莎兰德也是什么该死的撒旦信徒。”包柏蓝斯基说，“媒体会疯掉。”

“崇拜撒旦的蕾丝边。”法斯特火上加油地说。

“法斯特，你还用中古世纪的眼光看女人哪。”茉迪说，“连我都听说过‘邪恶手指’！”

“真的？”包柏蓝斯基讶异道。

“那是九十年代末期一个女子摇滚乐团，不是超级明星，不过也红了一阵子。”

“那么就是崇拜撒旦的摇滚蕾丝边。”法斯特说。

“好了，别瞎扯了。”包柏蓝斯基说道，“法斯特，你和安德森去查查看‘邪恶手指’有哪些团员，找她们谈谈。莎兰德还有其他朋友吗？”

“不多，除了她的前监护人潘格兰之外。他因为中风，现在正在接受长期照护，情况显然很不乐观。老实说，我不能说打听到任何所谓的交友圈，我们甚至都还不知道莎兰德住在哪里，也没看见她的电话簿。”

“谁都不可能像鬼一样，来去不留痕迹。大家对布隆维斯特有何想法？”

“还没有直接派人监视他，不过假日期间陆续去过他那里几次。”法斯特说，“也许莎兰德会突然冒出来。星期四下班后他就回家了，似乎整个周末都没出门。”

“我看不出他和命案有何关联。”茉迪说，“他的说辞前后一致，而且当晚每一分钟的行踪都交代得很清楚。”

“但他确实认识莎兰德，也是她和安斯基德那对男女间的联系。另外，他还声称命案发生前一星期，有个男人攻击莎兰德。关于这点该如何解释？”包柏蓝斯基问道。

“你是说除了布隆维斯特之外还有其他目击者吗？”法斯特反问。

“你认为布隆维斯特妄想，或是在说谎？”

“不知道。只是听起来像是无稽之谈。一个大男人怎么会解决不了一个体重才多少——四十二公斤的小女孩？”

“布隆维斯特为什么要说谎？”

“为了混淆我们对莎兰德的想法？”

“可是这些不太说得通。根据布隆维斯特的假设，他的两位友人是因为达格正在写的书而被杀。”

“胡扯。”法斯特说，“是莎兰德。有谁会杀死她的监护人来让达格闭嘴？其他还有可能是谁……警察吗？”

“如果布隆维斯特公开他的假设，到时候将会出现一大堆警察阴谋论。”安德森说。

桌旁的每个人都喃喃称是。

“好吧。”茉迪说，“那她为什么射杀毕尔曼？”

“而这些刺青又代表什么？”包柏蓝斯基指着一张毕尔曼下腹的照片问。

我是一只有性虐待狂的猪，我是变态，我是强暴犯。

“病理报告怎么说？”波曼问道。

“刺青的时间介于一年前到三年前，这是以渗入肌肤的程度判定的。”茉迪说。

“我想可以排除毕尔曼本人委托的可能性。”

“疯子虽然很多，但我认为即使是刺青爱好者，应该也很少刺这种内容。”

茉迪摇摇食指。“法医说这些刺青看起来很可怕，这连我都看得出来，所以必定是个新手。刺针穿透的深浅不同，而且又是大面积覆盖在身体的敏感部位。总之，过程肯定非常痛苦，跟加重伤害不相上下。”

“不过毕尔曼从未报警。”法斯特说。

“若有人在我身上刺这些字，我也不会报警。”安德森说。

“还有一件事。”茉迪说，“这或许更增加了那段看似自白的刺青内容的可信度。”她打开一个装有打印相片的文件夹，让同仁们传阅。“我从毕尔曼硬盘里的一个文件夹打印了一些样本，都是从网上下载的。他的电脑里面大约有两千张类似的照片。”

法斯特吹着口哨拿起一张照片，上头有个女人被绑成极端不舒服的姿势。“这可能很适合‘化装舞衣时尚’或‘邪恶手指’。”他说。

包柏蓝斯基气恼地打了个手势，要法斯特闭嘴。

“这个该如何解释？”波曼问道。

“假设刺青的时间约莫在两年前，”包柏蓝斯基说，“就差不多是毕尔曼生病那段时间。他的病历中除了高血压，没有任何生病记录，所以可以推断其中有所关联。”

“那一年莎兰德也有转变。”波曼说，“她不再为米尔顿工作，而且据我了解，她毫无预兆地出国去了。”

“是否应该推断其中也有关联呢？从刺青可以明显看出毕尔曼强暴了某人，而莎兰德可能就是被害者，那么就有杀人动机了。”

“当然还有其他的解释方式。”法斯特说，“我可以想象一种可能，就是莎兰德和那个中国女孩在提供某种带有性虐色彩的应召服务，毕尔曼可能是那种很享受被小女孩鞭打的怪人。说不定他和莎兰德有某种依存关系，后来却出了问题。”

“但这无法解释她在安斯基德的行为。”

“如果达格和米亚打算揭发性交易，也许在偶然间碰上了莎兰德和米莉安。这可能就是莎兰德杀人的动机。”

“到目前为止，说她杀人都还只是推测。”茉迪说。

会议又进行了一小时，并讨论了达格笔记本电脑失踪的事实。午餐休息时，全部的人都感到灰心，因为调查工作中的问号更多了。

星期二上午，爱莉卡一到办公室立刻打电话给《瑞典摩根邮报》董事长马纽斯·博舍。

“我有兴趣。”她说。

“我想也是。”

“本来复活节假期一过，我就打算答复你，但相信你能了解，我们这里出了事情一团乱。”

“达格遭杀害，我很遗憾。太可怕了！”

“那么你应该能理解，现在不是我宣布离职的时机。”

对方静默片刻。

“我们这边有个问题。”博舍说道，“上次谈的时候，本来说好八月一日开始上班。但问题是，我们的总编辑霍肯·莫兰德，也就是你要接替的人，健康状况非常差。他的心脏有问题，必须减少工作时间。几天前他和医生讨论过，这个周末我才得知他打算在七月一日退休。我本来以为他还会在这里待到秋天，而你也可以在八九月间两边跑。但目前看来，情势很紧急。爱莉卡，我们需要你从五月一日开始上班，最迟也不能晚于五月十五。”

“天哪！那只剩几个星期而已。”

“你还有兴趣吗？”

“当然有了……但这表示我只剩一个月的时间来处理《千禧年》这边的事。”

“我知道，很抱歉，爱莉卡，但我不得不催你。在一间只有六七名员工的杂志社，一个月的交接时间应该够了。”

“但这意味着我得在公司面临危机之际离开。”

“反正迟早都要离开，我们只是把时间提前了几个星期。”

“我有几个条件。”

“说来听听。”

“我得继续待在《千禧年》的董事会。”

“这样恐怕不妥。没错，《千禧年》的规模小得多，又是月刊，但严格说来我们毕竟是竞争对手。”

“这也是不得已的。我不会参与《千禧年》的任何编辑作业，但我不会卖掉我的股份，所以我得留在董事会。”

“好吧，这点应该可以接受。”

他们约好在四月第一个星期和其他董事会面，解决一些细节问题，同时签约。

布隆维斯特检视着他和玛琳利用周末一同列出的嫌疑犯名单时，有种似曾相识的感觉。三十七个名字，全是深受达格著作威胁的人。其中有二十一人是身份已经确认的嫖客。

布隆维斯特想起自己两年前在赫德史塔着手追踪一名杀人犯时，找到了一大群嫌疑犯，人数将近五十。

星期二上午十点，他将玛琳叫进办公室后，随手关上门。他们喝着咖啡，对坐了一会儿。然后他将名单递给她。

“现在该怎么办？”玛琳问。

“首先得把名单拿给爱莉卡——十分钟后吧。然后一个一个删除，其中说不定——甚至是大有可能——某人和命案有关。”

“那要怎么删除呢？”

“我想先把焦点放在二十一名嫖客身上，他们的损失会比其他人多。我想跟随达格的脚步，一个个去见他们。”

“那么我要做什么？”

“两项任务。第一，有七个人的身份尚未确认：其中两名是嫖客，另外五人是干这行的。接下来几天，你就试着查出这些人是谁。有些名字也出现在米亚的论文当中，也许可以利用相互对照的方式找出他们的真实姓名。第二，我们对莎兰德的监护人毕尔曼几乎一无所知。文件中有一份简历，但我猜多半是捏造的。”

“所以你要我搜寻他的背景？”

“完全正确。尽可能找出一切资料。”

下午五点，海莉拨了电话给布隆维斯特。

“方便说话吗？”

“说一下没关系。”

“警方在找的这个女孩……就是当初帮你找到我的那个，对吗？”

海莉和莎兰德从未碰面。

“没错。”布隆维斯特回答，“很抱歉没有时间打电话告诉你最新消息。不过没错，就是她。”

“这代表了什么？”

“在你这方面吗？希望是没什么。”

“但她对我、对发生的一切都了如指掌。”

“是的，一切她都知情。”

海莉在电话另一头沉默不语。

“海莉，我认为不是她做的。我正在试图证明所有命案都不是她干的，我相信她。”

“如果我相信报纸上所写的，那么……”

“但你不应该相信报纸上写的。至于和你有关的部分，很简单：她已经答应会守口如瓶，我相信她一辈子都会遵守承诺。以我对她的了解，她是非常有原则的人。”

“假如不是她做的呢？”

“不知道，海莉，我正在尽一切努力挖掘真相，你不必担心。”

“我不担心，我只是想作最坏的准备。你还撑得住吗，麦可？”

“还好，我们一直马不停蹄。”

“麦可……我现在人在斯德哥尔摩，明天就要飞澳大利亚，这次会离开一个月。”

“我懂了。”

“我在饭店。”

“恐怕不好吧，海莉。我觉得自己几乎已经无法负荷。今晚我还得工作，大概不会是很好的伴。”

“你不必是个很好的伴。总之过来放松一下吧。”

麦可在凌晨一点回到家，疲累万分，真想说一声管他呢，然后上床睡觉，但还是打开了笔记本电脑收信。没有什么重要的新信件。

他打开“莉丝·莎兰德”文件夹，发现多了一个新文档，名为

“给麦可布隆”，就在他命名为“给莉丝”的文档旁边。

看见电脑里出现这个文档，他差点休克。她来了！莎兰德进过我的电脑。甚至可能现在就在线上！他点了两下。

他其实也不知道自己期待什么。一封信。一个答案。一个清白的声明。一句解释。莎兰德的回信简短得令人气结。信中只有一个名词，两个字。札拉。

麦可瞪着这个名字。

达格在遇害前两个小时的最后一通电话中，提到过札拉。

她想说什么？札拉是毕尔曼、达格和米亚之间的联系吗？什么样的联系？为什么？他是谁？莎兰德怎么会知道？她与此事何干？

他打开文档的内容，发现文档建立的时间还不到十五分钟。接着他微微一笑。上头所显示的文档作者是“麦可·布隆维斯特”。她用他自己的授权 Word 程序在他的电脑里面建立了文档。这比电子邮件好，不会留下可能被追踪到的 IP 地址，不过布隆维斯特确信，无论如何都不可能通过网络追踪到莎兰德。这也在在证明了，莎兰德已经——依她的用语——恶意侵入了他的电脑。

他站在窗边，看着外面的市政府，怎么也甩不掉此时此刻莎兰德正在监视他的感觉，简直有如她正在屋内，透过电脑屏幕盯着他看。当然，她可能在世界的任何一个角落，但他怀疑她就近在咫尺。在索德马尔姆的某处，离他方圆几里之内。

他坐下来又建立了一个新的 Word 文档，取名为“给莉丝 2”，放在桌面上，然后写了一个简单扼要的信息。

莉丝：

你这个惹祸精。札拉又是谁呀？他是关键吗？你知道是谁杀了达格和米亚吗？如果知道就告诉我，让我们解决这堆麻烦，好好睡一觉。麦可

她现在就在布隆维斯特的电脑里面，不到一分钟就答复了。桌面

上的文件夹里出现一个新文档，这回的名称是“小侦探布隆维斯特”。

你是记者。自己找答案。

布隆维斯特蹙起眉头。她在揶揄他，明知他讨厌这个绰号，还故意用来命名。而且丝毫没有提供帮助。于是他写了文档“给莉丝 3”放上桌面。

莉丝：

记者找答案的方法就是向知情的人提问。我现在问你，你知道达格和米亚为何遇害，又是谁下手的吗？如果知道，请告诉我。给我一点追查的线索。麦可

他沮丧地等待另一个回复等了数小时。直到凌晨四点才终于放弃，上床去了。

第十九章

三月三十日星期三至四月一日星期五

布隆维斯特利用星期三仔仔细细地梳理达格资料中所有提及札拉的部分。就和莎兰德先前一样，他在达格的电脑里发现“札拉”文件夹，读了“伊莉娜·P”、“桑斯壮”和“札拉”三份文件，接着和莎兰德一样发现达格有一个警界的消息来源名叫古布朗森。他追查到此人任职于南泰利耶刑事局，但打电话去却被告知古布朗森出差去了，下星期一才会回来。

他看得出来达格在伊莉娜身上花了很多时间，也从验尸报告得知这名女子被人以残酷的方式慢慢凌虐致死。命案发生在二月底。警方对于凶手可能是谁毫无头绪，但由于她是妓女，便推断是某嫖客所为。

布隆维斯特好奇的是，达格为何将伊莉娜的文件放在“札拉”文件夹内？他显然认为札拉和伊莉娜之间有关联，但文中却未曾提及。或许是后来才建立起两者间的关系。

“札拉”的文件看起来像是粗略的工作笔记。札拉（倘若真有此人存在）几乎有如犯罪世界的幽灵，似乎并不完全可信，文中也没有提到任何消息来源。

他关闭文件，搔搔头。要侦破这些命案恐怕比他原先想象的困难得多，而且一定会时时刻刻为疑虑所困。到现在没有一件事明明白白地告诉他，莎兰德没有犯下命案。接下来他唯一能凭靠的，便只是“她没道理杀人”的直觉了。

他知道她不缺钱。她利用黑客的能力窃取了数十亿克朗，不过莎兰德不知道他知晓此事。除了当时受情势所迫，不得不向爱莉卡解释她在电脑方面的天赋之外，他从未向外人泄漏过她的秘密。

他实在不愿相信莎兰德会杀人，若真有此事，他将永远无法偿还欠她的债。她不仅救了他一命，还因为奉上温纳斯壮的人头，而拯救了他的事业，或许可以说《千禧年》本身也连带受惠。

他对她也有着极大的忠诚度。无论她是否有罪，当她最终被捕时，他也会尽一切可能予以帮助。

然而他对她的了解实在太少。精神科的评鉴报告，以及曾被送进全国数一数二的精神病院，又被法院宣告失能的事实，似乎一再证实她有问题。

报纸上大量引述了乌普萨拉圣史蒂芬精神病院主任泰勒波利安医师的说法。他懂得拿捏分寸，并未针对莎兰德个人发言，而是评论国内的精神医疗体系崩盘的问题。泰勒波利安是个受人敬重的名医，而且不止是在瑞典，还扬名国际。他所说的话极具说服力，言谈之间不仅表达了对受害者与其家属的同情之意，也让人感受到他最担心的还是莎兰德的情况。

布隆维斯特不知道自己该不该与泰勒波利安医师联络，也不知道他能否帮上什么忙。但他克制住了自己。一旦莎兰德被捕，医师将会有许多时间可以帮她。

最后他走到小厨房，用一个画有温和党标志的杯子倒了点咖啡，然后去见爱莉卡。

“我列出了一长串嫖客和皮条客的名单得去面谈。”他说。

她以忧虑的眼神看着他。

“很可能需要一两个星期才能跑完整份名单。这些人散居在斯特兰奈斯到北雪平之间，所以我需要一辆车。”

她打开手提袋，取出自己那部宝马车的钥匙。

“真的没关系吗？”

“当然没关系。我很少开车上班，也很少开车出盐湖滩。若有需要，我可以开贝克曼的车。”

“谢啦。”

“不过有个条件。”

“什么条件？”

“这些家伙里头有些还真是凶神恶煞。如果是要去指控哪些嫖客谋杀达格和米亚，我要你随身把这个放在夹克的口袋里。”

她将一罐梅西喷雾器放到桌上。

“你从哪儿弄到这个？”

“去年在美国买的。晚上一个人跑来跑去，当然得带点防身武器。”

“万一被逮到持有非法武器，可是要罚一大笔钱的。”

“总好过让我替你写讣告，麦可……你知不知道，有时候我真的很替你担心。”

“我懂。”

“你喜欢冒险，又顽固得要命，做了愚蠢的决定也绝不退缩。”

布隆维斯特淡淡一笑，将梅西喷雾器放在爱莉卡的桌上。

“谢谢你的关心，但我用不着。”

“麦可，我坚持。”

“随便你，但我已经做了提防。”

他伸手从自己口袋里拿出一罐喷雾器。他从莎兰德的袋子里取出这罐梅西喷雾器后，便一直随身携带。

包柏蓝斯基敲敲茉迪办公室开着的门，然后坐到她办公桌旁的访客椅上。

“达格的电脑。”他说。

“我也一直在想这件事。”她说，“我列出了达格和米亚最后一天的时程表，当中还有几处空缺，不过那天达格根本没有去杂志社。话说回来，他倒是进了市区，下午四点左右还遇见一位老同学，是在陀特宁街一间咖啡馆巧遇的。那位朋友说达格确实将电脑放在一个软背包里，他看见了，甚至还评论了一番。”

“到了当晚十一点，也就是警察抵达他的住处时，电脑就不见了。”

“没错。”

“从这点可以得出什么结论？”

“他有可能中途去了其他地方，为了某种原因把电脑留下或遗忘了。”

“这样的可能性有多大？”

“不太大。但他也可能将电脑送修，或者他有另一个工作地点是我们不知道的。例如，他曾经在圣艾瑞克广场附近一家自由工作者办公室租用过一张办公桌。当然，还有一个可能就是电脑被凶手拿走了。”

“据阿曼斯基说，莎兰德很擅长电脑。”

“正是。”茉迪点头说。

“嗯。布隆维斯特推测，达格和米亚是因为达格正在进行的调查工作而遇害，这些内容应该都在他的电脑里面。”

“我们脚步有点落后了。三名被害人留下这么多待解的谜团让我们疲于奔命，但我们却还没有彻底搜查达格在《千禧年》的工作地点。”

“今天早上我和爱莉卡谈过，她说他们很惊讶我们竟然还没过去看看达格留下的东西。”

“我们太专注于追捕莎兰德了，而到目前为止，对于动机却仍毫无头绪。你能不能……”

“我已经和爱莉卡约好明天在《千禧年》会面。”

“谢谢。”

星期四，布隆维斯特正坐在桌前与玛琳交谈，听到办公室某处电话响起。他从门口瞥见柯特兹正要去接电话，随即脑海深处想起那是达格桌上的电话，不禁跳了起来。

“等一下，别碰那电话。”他大喊。

柯特兹的手已经摸到话筒。布隆维斯特连忙冲过去。该死，他捏造的那间冒牌公司叫什么来着？

“印地戈市场调查公司，我是麦可，很高兴为您服务。”

“呃……你好，我叫古纳·毕约克，我接到一封信说我赢得一部手机。”

“恭喜您了。”布隆维斯特说，“是最新款的索尼爱立信。”

“免费的吗？”

“对，是免费的。您只需接受访问便能得到奖品。我们在为各种公司做市场调查研究与深度分析，回答问题大约需要一个小时，然后您将可以再参加另一项抽奖活动，有机会赢得十万克朗。”

“我明白了。可以通过电话进行吗？”

“可惜没办法，因为问卷会要求您辨认公司标志，还会让您看几种不同的广告影像，问您喜欢哪一种。我们得派一名员工前去。”

“懂了……不过怎么会刚好选中我？”

“我们每年都会做几次类似的研究，这次我们针对的是您这个年龄层的一些成功男性。我们在符合条件的人当中，随机选取社会保险号码。”

毕约克终于同意会面。他告诉布隆维斯特自己请了病假，正在斯莫达拉勒的一间避暑小屋养病，并详细地报了地址。他们说好星期五上午见面。

“太好了！”布隆维斯特一挂上电话立刻大嚷，同时往空中挥出一拳。玛琳和柯特兹疑惑地对望，摸不着头绪。

保罗·罗贝多于星期四上午十一点半于阿兰达机场落地。从纽约飞来的航程中，他多半都在睡觉，第一次完全没有时差。

他在美国待了一个月，谈论拳击、观看表演赛，同时寻找一些节目制作的点子，好卖给史翠克斯电视台。遗憾的是—— 他暗自坦承—— 他搁置了自己的职业生涯，一部分是因为家人的柔性劝说，但也因为确实觉得年纪大了。保持身材倒不是太大的问题，每星期至少努力健身一次便能做到。他在拳击界仍小有名气，也希望下半辈子都能以某种身份留在业界工作。

他从输送带上拿了行李，走到海关时被拦下，眼看就要被拉到一旁搜身，幸好有个海关官员认出他来。

“嗨，保罗。你的箱子里只有手套，对吧？你本身就是致命武器呀，老兄。”

他穿过入境大厅，走向通往阿兰达快线的手扶梯时，蓦地停下脚步，目瞪口呆地看着莎兰德的面孔出现在晚报看板上。也许还是有时差吧。他把头条标题又读了一遍。

追捕莉丝·莎兰德

他看向另一个看板。

号外！追缉三尸命案的精神病凶手

这两份晚报连同早报，他都买了，然后走进一间自助餐馆。他看着报道内容，愈看愈感到惊讶。

星期四晚上十一点，布隆维斯特回到贝尔曼路住处时既疲惫又沮丧，原本打算今晚早点上床补觉，却还是忍不住打开笔记本电脑收信。没有什么重要的东西，但当他打开“莉丝·莎兰德”的文件夹时，发现有一个名为“麦布 2”的新文档，顿时心跳加快，连忙按了两下鼠标。

检察官“埃”向媒体泄漏消息。问他为什么没有泄漏昔日的警方报告。

布隆维斯特思索着这个信息，充满迷惑。为什么她每次总把信息写得像个谜？于是他建了一个名为“隐秘”的新文档。

莉丝，自从命案发生以来，我一直没有休息，真的累死了，不想玩猜谜游戏。也许你不在乎，但我却想知道是谁杀了我的朋友。麦可

他在桌前等着。一分钟后，“隐秘 2”的答复便来了。

如果是我，你会怎么样?

他又以“隐秘 3”回复。

莉丝，若真如他们所说，你的确发疯了，那么或许你可以请彼得·泰勒波利安帮忙。但我不相信是你杀害了达格和米亚。我希望也祈求自己是对的。

达格和米亚正打算揭发性交易的丑闻，我想这可能是他们遇害的原因，但却没有任何追查的依据。

我不知道我们之间出了什么问题，但你曾和我讨论过友谊。我说友谊建立在两件事情上：尊重与信任。即使你不喜欢我，还是可以倚赖我、信任我。我从未向任何人吐露过你的秘密，就连温纳斯壮那数十亿的下落也不例外。相信我，我不是你的敌人。麦可

布隆维斯特等了将近五十分钟，几乎就要放弃希望了，才看见“隐秘 4”的文档出现。

我会考虑。

布隆维斯特松了一口气，感觉燃起一丝希望。这个答复是认真的，她会考虑。自从不作任何解释便消失在他生命中，这是她第一次给予他一点点沟通的可能性。他又写了“隐秘 5”。

好，我会等。但请不要考虑太久。

星期五上午，法斯特巡官上班途中来到西桥附近的长岛街时接到电话。由于警方没有足够人力二十四小时监视伦达路的公寓，便安排

邻居中一名退休警察负责留意。

“那个中国女孩刚回来。”邻居说道。

法斯特所在地点简直再方便不过。他违规转向，穿过公车候车亭，驶上就在西桥前方的海伦堡街，然后沿着赫加里街来到伦达路，从接到电话到抵达现场还不到两分钟。他跑过街道，直接走到后面一栋大楼。

米莉安还站在公寓门口，瞪着被钻破的门锁与警方贴在门上的封条，忽然听到背后传来上楼的脚步声。她转过身，发现一个身材魁梧的男人正目光炯炯地盯着她。她感受到对方的敌意，便将袋子丢到地板上，准备必要时以泰拳迎击。

“你是米莉安·吴吗？”那人问道。

出乎她意料的是，他出示了警察证件。

“是的。”她回答道，“这里是怎么回事？”

“上星期你人都在哪里？”

“我出远门了。出了什么事？有窃贼闯入吗？”

“我得请你跟我到国王岛的总局走一趟。”他说着伸出一只手按住她的肩膀。

包柏蓝斯基与茉迪看着米莉安在法斯特陪同下，满脸怒容地走进侦讯室。

“请坐。我是刑事巡官杨·包柏蓝斯基，这位是我的同事桑妮雅·茉迪巡官。很抱歉以这种方式请你来，但我们有几个问题需要你来解答。”

“好，不过为什么呢？那家伙话少得很。”她竖起大拇指朝法斯特指了一下。

“我们已经找你找了一段时间。你能告诉我们你上哪儿去了吗？”

“可以是可以，但我不想说，而且依我看来，这不关你们的事。”

包柏蓝斯基诧异地扬起眉毛。

“我回到家就发现门被撬开，还被警方贴上封条，然后突然冒出一个大块头的家伙把我拖到这里来。有人可以跟我解释一下吗？”

“你不喜欢男人吗？”法斯特说。

米莉安转头瞪着他，十分惊讶。包柏蓝斯基则狠狠瞪了他一眼。

“过去这个星期你都没看报纸吗？你出国了？”

“对，我没看报纸，我去巴黎找我父母。去了两个星期。刚从中央车站回来。”

“你搭火车？”

“我不喜欢搭飞机。”

“你今天都还没看到任何新闻看板或瑞典报纸？”

“我搭夜车，然后转搭地铁回家。”

包柏蓝斯基略一沉吟。今早的看板上没有任何关于莎兰德的消息。他起身离开，回来的时候手里多了一份复活节版的《瑞典晚报》，第一页便是莎兰德的照片。

米莉安差点跳起来。

布隆维斯特根据毕约克报的地址，找到斯莫达拉勒的小屋。停车时，他发现所谓的小屋，其实是一间单户住宅，看起来一年到头都能居住，还能欣赏少女湾的海景。他走上碎石子路，按了门铃。他一眼就认出毕约克，和达格档案中的护照相片差别不大。

“早。”布隆维斯特招呼道。

“很好，你找到了。”

“谢谢你的指点。”

“进来吧，我们可以坐在厨房。”

毕约克看起来很健康，只是脚有点跛。

“我请了病假。”他说。

“希望不是太严重。”

“我因为腰椎间盘突出，正等着动手术。想喝点咖啡吗？”

“不用了，谢谢。”布隆维斯特说着随即坐到餐桌旁，打开公文包，拿出一个文件夹。毕约克也面对着他坐下。

“你看起来很面熟，我们以前见过吗？”

“应该没有。”布隆维斯特回答。

“我敢说一定在哪里见过你。”

“可能是报上吧。”

“你说你叫什么名字来着？”

“麦可·布隆维斯特，《千禧年》杂志的记者。”

毕约克起先有些茫然，接着终于想到了。小侦探布隆维斯特。温纳斯壮事件。但还是不明白其中的关联。

“《千禧年》？我怎么不知道你们也做市场调查？”

“偶尔会做。我想先请你看三张照片，再告诉我你最喜欢哪一张。”

布隆维斯特将三名女孩的相片放到桌上。一张是从网上的色情网站下载的，另外两张则是由护照相片放大的。

毕约克瞬间脸色惨白。

“我不明白。”

“是吗？这位是莉蒂亚·柯玛洛娃，十六岁，来自明斯克。她旁边的是明苏金，大家都叫她乔乔，来自泰国，二十五岁。最后一个是叶莲娜·巴拉索娃，十九岁，来自塔林。你和她们三人都有过性交易，我的问题是：你最喜欢哪一个？就把它当做市场调查吧。”

“我总结一下，你说你认识莎兰德大约三年。今年春天她将公寓让给你，不求报偿，自己则搬到他处。偶尔当她和你联络，你们就会发生关系，但你不知道她住在哪里、从事什么工作或者以何维生。你要我相信这番话吗？”

米莉安怒目而视，说道：“我管你相信不相信。我又没犯法，我要怎么过日子或者想和谁做爱，谁也管不着。”

包柏蓝斯基叹了口气。当天上午，接到米莉安再度出现的消息时，他大大松了口气。终于有所突破了。没想到从她口中得知的信息对于了解案情却毫无帮助。老实说，这番话怪异透顶，但问题是他相信她。她的回答清晰明了，毫不迟疑，不仅提到她与莎兰德相识的地点与日期，还明确地叙述自己是如何搬到伦达路来，包柏蓝斯基和茉迪听了，都深深觉得如此古怪的事情想必是真的。

法斯特聆听着讯问过程，愈听愈愤怒，但仍忍住了开口的冲动。他认为包柏蓝斯基对这个中国女孩实在太宽容，她根本是个自以为是的贱人，废话一堆只为了回避真正重要的问题，即：那个该死的婊子莎兰德到底他妈的躲在哪里？

不过米莉安并不知道莎兰德在哪里，也不知道她在做什么工作。她从未听说过米尔顿安保，从未听说过达格或米亚，因此丝毫无法提供重要资讯。对于莎兰德受到监护，十几岁时曾被送进精神病院，以及个人履历上有大量的精神评鉴等等，她毫不知情。

话说回来，她倒是很配合地证实了自己和莎兰德去过磨坊酒吧，在那儿接吻，然后回到伦达路的家，第二天一早才分手。数天后，米莉安便搭火车前往巴黎，错过了瑞典报上的所有头条。除了还车钥匙的时候匆忙见过一面，从磨坊酒吧当晚过后她便未再见过莎兰德。

“车钥匙？”包柏蓝斯基奇怪道，“莎兰德没有车呀！”

米莉安告知她有一辆酒红色的本田停在公寓大楼外面。包柏蓝斯基立刻站起来，看着茉迪。

“由你接手讯问好吗？”他说完随即走出侦讯室。

他得找霍姆柏，让他对停在伦达路上一辆酒红色的本田进行刑事科学鉴定。而他则需要一个人安静地想想。

此时请了病假的国安局移民组副组长毕约克面无人色地坐在厨房椅子上，窗外便是少女湾的美景。布隆维斯特面无表情，耐心地注视着他，如今可以肯定的是，毕约克与命案无关。由于达格始终找不到人当面对质，毕约克当然无从知道自己将被揭发，名字和照片都会刊登于《千禧年》杂志与一本书中。

不过毕约克确实提供了一则宝贵的信息：他认识毕尔曼。他们是在警察射击俱乐部认识的，二十八年来，毕约克一直都是活跃的会员，还一度和毕尔曼同为委员。他们来往并不密切，但毕竟曾经相处过，偶尔也会一块儿用餐。

没有，他已经几个月没见到毕尔曼了，最后一次遇见他是在去年夏天，他们刚好在同一间酒吧喝酒。听到毕尔曼遇害——还是那个神经病下的手——他表示很遗憾，不过他不会去参加葬礼。

布隆维斯特对这个巧合有点担忧，但渐渐已无话可问。毕尔曼在职场与社交生活上认识的人想必数以百计，因此达格资料中恰巧有某人与他相识，既非不可能，就统计而言也非不寻常。布隆维斯特自己也意外发现，书中有名记者正是他的旧识。

事情也该告一段落了。毕约克已经历过所有预期的阶段：首先是否认，看见一部分出示的文件后是愤怒、威胁、试图贿赂，接着不久便是哀求。布隆维斯特对他爆发的一切情绪都视而不见。

“你若刊出这篇东西，我这一生就毁了。”毕约克说。

“对。”

“那你还要这么做。”

“当然。”

“为什么？你就不能放我一马？我生病了。”

“真有趣，你竟然以人类的仁慈之心作为诉求。”

“有同情心又不会有损失。”

“这点你说对了。你哀叹着说我毁了你的人生，而你自己却违背道德毁灭了年轻女孩的人生，并乐在其中。其中有三人有证据，天晓得另外还有多少人。你的同情心又在哪里？”

他收拾起纸张，塞入公文包。

“我会自己找路离开。”

走到门边时，他又转向毕约克，问道：

“你听说过一个名叫札拉的人吗？”

毕约克直视着他，由于心情过于激动，几乎没有听到布隆维斯特的问题。顷刻间，他忽然睁大眼睛。

札拉！

不可能。

毕尔曼！

可能吗？

布隆维斯特留意到他的转变，于是又回到桌旁。

“你为什么问起札拉？”毕约克问道，表情几近于震惊。

“我对他有兴趣。”布隆维斯特说。

布隆维斯特仿佛能看见齿轮在毕约克的脑中转动。过了一会儿，毕约克从窗台抓起一包烟，这是布隆维斯特进屋后，他抽的第一根烟。

“如果我真的知道一点关于札拉的事……你愿意出多少价？”

“得看看你知道什么。”

毕约克思忖着，一时感到百味杂陈、思绪紊乱。

布隆维斯特怎么可能知道任何关于札拉千科的事？

“我已经很久没听到这个名字了。”毕约克终于开口。

“这么说你知道他是谁啰？”

“我没这么说。你想知道什么？”

“他是达格在调查的人之一。”

“你出多少价？”

“出什么价？”

“如果我能让你找到札拉……你可以把我从报告中删除吗？”

布隆维斯特缓缓坐下。在赫德史塔事件过后，他已经决定再也不针对报道内容讨价还价，何况他也不打算和毕约克议价，无论发生什么事，都要把他揭发出来。但他发现自己脸皮竟然厚到可以先和毕约克谈交易，然后再出卖他。他并不因此感到内疚。毕约克是个犯了罪的警察，他若知道命案嫌疑犯的姓名，本来就有义务介入，而不该利用这项信息自救。毕约克或许是希望借由供出另一名罪犯，让自己得以脱困。布隆维斯特把手伸进夹克口袋，将刚才从餐桌旁起身时关掉的录音机重新打开，并掏出一条手帕。

“说来听听吧。”他说。

茉迪被法斯特给惹恼了，但脸上完全不露痕迹。包柏蓝斯基离开后，对米莉安的侦讯并未中断，但完全只是按惯例进行着。

茉迪也很诧异。虽然从未喜欢过法斯特和他那大男人的作风，但至少认为他是个有本事的警员，不料今天的他非常明显地未展现那份本事。法斯特显然觉得受到一名美丽、聪明又敢言的女同志的威胁，而米莉安显然也注意到法斯特的烦躁，就更变本加厉地逗惹他。

“你在我的抽屉里找到了皮带和假阳具，是吗？你当时在想些什么？”

米莉安露出好奇的假笑。法斯特好像整个人都快气炸了。

“闭嘴，好好回答问题。”

“你问我有没有用它和莎兰德做过，我的回答是干你屁事！”

茉迪举起手说道：“上午十一点十二分，米莉安·吴的讯问中断，休息。”

她关上录音机。

“米莉安，请你留在这里好吗？法斯特，我有话跟你说。”

米莉安见法斯特走出去以前还用恶毒的眼光瞄她，便报以甜甜的一笑。他垂头丧气跟着茉迪走到走廊后，茉迪转过身直视着他的双眼，两人的鼻端几乎就要相碰。

“包柏蓝斯基指定由我接手讯问，你连个屁忙都帮不上。”

“拜托，那个恶劣的婊子扭来扭去像条蛇似的。”

“你作这样的比喻，是不是有某种弗洛伊德学说的象征意义？”

“什么？”

“算了，去找安德森跟他玩一盘井字游戏、到俱乐部的射击室去开开枪，或是随便去找事做吧，只要不进这间侦讯室就行了。”

“茉迪，你干吗这个样子？”

“因为你在妨碍我的讯问。”

“你就这么迷她，还想自己一个人侦讯？”

茉迪来不及制止自己，手便挥出去打了法斯特一巴掌。她一出手便已后悔，但太迟了。她前后看看，幸好走廊上没有人目击这一幕，谢天谢地。

起初法斯特面露诧异，随后对她冷冷一笑，将夹克往后一甩披挂在肩上便走开了。茉迪有股冲动想叫住他，向他道歉，但终究忍了下来。她等了整整一分钟，让自己冷静下来，然后从贩卖机买了两杯咖啡，又回到侦讯室。

两人默默对坐，喝着咖啡。最后茉迪抬起头看着米莉安。

“很抱歉，这很可能是警察总局有史以来最糟的一次侦讯了。”

“他看起来像是很棒的同事。我猜猜看：他是异性恋、离过婚，喝咖啡休息时间专门负责说好笑的同志笑话。”

“他……曾经有一段过去。我只能说这么多。”

“你没有吗？”

“至少我没有恐同症。”

“这说法我相信。”

“米莉安，我……我们全部的人都没日没夜地工作了十天，大家都很累，火气也很大。我们想彻底查明安斯基德一桩可怕的双尸命案和欧登广场附近另一桩同样可怕的命案。你的朋友莎兰德在两个命案现场都留下痕迹，我们有刑事科学证据。她也已经遭到全国通缉。请你了解，不管付出什么代价，我们都要趁她对某人或甚至对她自己造成伤害之前，将她逮捕归案。”

“我了解莎兰德。她没有杀人。”

“你是无法相信或是不肯相信？米莉安，若没有十足的理由，我们不会发出全国通缉令。不过我可以告诉你，我的老板，刑事巡官包柏蓝斯基不认为她有罪。我们正在讨论她有共犯或者是非自愿被牵扯进来的可能性。无论如何，我们必须找到她。米莉安，你相信她是清白的，但万一你错了呢？你自己也说对她的认识并不深。”

“我不知道该怎么想。”

“那么就帮助我们查明真相吧。”

“我现在是被捕还是什么的？”

“没有。”

“我随时都可以离开这里吗？”

“严格说来，是的。”

“那如果不严格地说呢？”

“你在我们眼中仍会是个问号。”

米莉安斟酌着茱迪的话。“问吧。如果你的问题惹恼了我，我就不回答。”

茱迪再次打开录音机。

第二十章

四月一日星期五至四月三日星期日

米莉安和茱迪又待了一小时。讯问即将结束时，包柏蓝斯基走了进来，坐下后一言不发静静听着。米莉安礼貌性地对他点头示意，但仍继续只对着茱迪说话。

最后茱迪看了看包柏蓝斯基，问他还有没有问题。包柏蓝斯基摇摇头。

“米莉安·吴的讯问结束。时间是下午一点零九分。”她说完关上了录音机。

“据我了解，你们和法斯特探员出了一点问题。”包柏蓝斯基说道。

“他有点无法集中精神。”茱迪说。

“他是个白痴。”米莉安帮腔道。

“刑事巡官法斯特确实有很多不错的优点，只不过也许不太适合讯问年轻女子。”包柏蓝斯基直视着米莉安的双眼说道，“我不应该把任务交给他，我道歉。”

米莉安显得十分惊讶。“我接受。一开始我对你也很不友善。”

包柏蓝斯基挥挥手表示不在意。

“我可以再问你几件事吗？不录音。”

“问吧。”

“关于莎兰德，我听到愈多就愈迷惘。认识她的人对她的描述，和我从社会福利部与精神病院的档案资料所得到的印象并不相符。”

“所以呢？”

“请给我一些直截了当的答案。”

“好。”

“莎兰德十八岁时做的精神评鉴结果，显示她智能发育不全。”

“鬼扯。莉丝很可能比我认识的所有人都聪明。”

“她一直没有毕业，也没有任何证书能证明她会读写。”

“莉丝的读写能力比我强多了，有时候还会坐下来鬼画一些数学公式。纯几何。那种数学，我完全不懂。”

“数学？”

“是她后来养成的嗜好。”

“嗜好？”包柏蓝斯基停了一下才问。

“就是一些方程式，我连符号都看不懂。”

包柏蓝斯基叹了口气。

“她十七岁那年，有一次在丹托伦登被捕，后来社会福利部写了一份报告，指称她卖淫为生。”

“莉丝是妓女？狗屁。我不知道她做什么工作，不过听到她曾待过那家安保公司，我一点也不惊讶。”

“她靠什么赚钱？”

“不知道。”

“她是同性恋吗？”

“不是，莉丝会和我做爱，但这和是不是同志无关。她恐怕也不清楚自己的性取向，我猜她是双性恋。”

“那么你们两人会使用手铐之类的东西，又怎么说？莎兰德有性虐待的倾向吗？或者你会怎么形容她？”

“你误会那些情趣用品了。我们或许有时候会用手铐玩角色扮演，但那和性虐待或暴力毫无关系，只是游戏罢了。”

“她曾经对你施暴过吗？”

“没有，在我们的游戏中，我通常才是支配者。”

“好，可以了。哦对了，我派人去帮你换新锁了，他应该还在那里，你可以顺便拿钥匙。”

米莉安露出甜甜一笑。

下午三点钟的会议上，爆发了调查以来第一次严重的意见分歧。

包柏蓝斯基报告了最新进展，然后解释他觉得应该扩大调查范围。

“打从第一天起，我们就集中所有精力在找莎兰德。她当然是头号嫌疑犯没错，这是由证据判断的，但我们对她的了解却和每个认识她的人的描述有出入。将她描述为精神病杀人犯，阿曼斯基、布隆维斯特和米莉安都不认同。所以我希望我们能稍微拓展思路，考虑凶手是否另有其人，以及莎兰德本身也许有共犯或者只是发生枪击时她刚好在场的可能性。”

包柏蓝斯基的建议引发激烈讨论，并遭遇法斯特与米尔顿安保的波曼强力反对。波曼提醒调查小组说，最简单的解释通常都是正确的。

“当然，莎兰德可能并非单独做案，但我们毫无刑事科学迹象能证明有共犯。”

“我们可以追查布隆维斯特提供的警察那条线索啊！”法斯特嘲讽地说。

讨论过程中，只有茉迪支持包柏蓝斯基。安德森和霍姆柏只是保持中立，置身事外地观战。米尔顿的贺斯壮也是全程安静不语。最后检察官埃克斯壮举起手来。

“包柏蓝斯基，如果我了解得没有错，你并不是想排除莎兰德。”

“没错，当然不是。我们有她的指纹，但一直查不出动机，因此我希望我们能开始想想不同的可能性。会不会有数人涉案？会不会还是和达格正在写的有关性交易的书有关？布隆维斯特说得没错，书中被点名的几个人确实有杀人动机。”

“你打算怎么进行？”埃克斯壮问道。

“我要两个人开始寻找其他可能杀人的凶手。茉迪和贺斯壮可以合作。”

“我？”贺斯壮吃惊道。

包柏蓝斯基选择他是因为他是会议室里最年轻的一个，也最有可能跳脱框架思考。

“你和茉迪一起，把我们已知的一切重新再检验一遍，看看有没有遗漏什么。法斯特，你和安德森与波曼继续找莎兰德，那是我们第一要紧的任务。”

“我要做什么？”霍姆柏问道。

“重点放在毕尔曼。重新勘查他的公寓，以防先前漏了什么。有问题吗？”

大伙都没出声。

“那好，米莉安出现的事暂时先保密，也许还能从她那儿打听到更多，我不希望媒体一窝蜂去烦她。”

埃克斯壮也赞同众人依包柏蓝斯基的计划行事。

“好了，”贺斯壮看着茉迪说，“你是刑警，你说我们该怎么做。”

他们此时站在会议室外的走廊上。

“我想我们应该再找布隆维斯特谈谈。”她说道，“不过我得先和包柏蓝斯基讨论一两件事。明天和星期天都放假，也就是说要等到星期一早上才会开工。你就利用周末把案情资料再看一遍吧。”

他们互道再见后，茉迪走进包柏蓝斯基的办公室，埃克斯壮正要离开。

“可以给我一分钟吗？”她问道。

“坐吧。”

“法斯特实在太让人生气，我好像情绪失控了。”

“他说你真的打了他。”

“他说我想单独和米莉安在一起，显然是因为我迷上她了。”

“我宁愿你没跟我说。不过这肯定可以视为性骚扰，你想申诉吗？”

“我扇了他一巴掌，那就够了。”

“你是被激怒了，忍无可忍。”

“是的。”

“法斯特和女强人处不来。”

“我注意到了。”

“你是个女强人，也是非常优秀的警员。”

“谢谢。”

“不过希望你不会再掴打其他同僚。”

“不会再发生这种事了。今天我没机会搜索达格在《千禧年》的办公桌。”

“之前没有去搜查已经是一大疏忽。回家好好度个周末吧，星期一再展开新的调查。”

贺斯壮中途在中央车站下车，到乔治咖啡馆喝咖啡。他感到沮丧不已，这一整个星期他都在等着莎兰德落网的消息，如果她拒捕，运气好一点说不定会有个公正的警员对她开枪。

这真是迷人的幻想。

然而莎兰德仍然在逃，不仅如此，包柏蓝斯基还提出她可能不是凶手的想法。这可不是正面的发展。

当波曼的下属已经够惨的——他是米尔顿安保里最无趣也最缺乏想象力的人之一——不料现在还要听茉迪巡官指挥，她对莎兰德这条线尤其抱持怀疑态度，包柏蓝斯基之所以起疑，很可能也是拜她所赐。他心想，不知这个出名的泡泡警官和那个贱女人有无暧昧？有的话也不令人意外，他似乎彻底受她驾驭。在这个调查小组中，只有法斯特有种说出自己的想法。

贺斯壮想了又想。当天上午，他和波曼在米尔顿和阿曼斯基、弗雷克伦简单地开过会。一星期的调查毫无结果，阿曼斯基备感受挫，竟然没有人找出足以解释这几起凶杀案的背景。弗雷克伦建议米尔顿安保重新考虑是否还有必要参与调查——波曼和贺斯壮还有其他更紧急的任务，不该去为警方白干活。

阿曼斯基决定让波曼和贺斯壮再待一个星期，到时候若还是毫无结果，就取消任务。

换句话说，贺斯壮只剩一星期的时间，之后参与调查的大门便会砰然关闭。他不太确定究竟该怎么办。

过了一会儿，他拿出手机打给东尼·史卡拉，一个专替男性杂志写些无聊文章的自由撰稿记者。贺斯壮见过他几次。他告诉史卡拉说他有关于安斯基德命案调查的一两个内线消息，并解释自己如何碰巧介入这起数年来最热门的调查工作。史卡拉立刻上钩：这可能会成为某大杂志的独家。于是他们约好一小时后，在国王街上的阿弗尼咖啡馆碰面。

史卡拉很胖。非常胖。

"你想要我的消息，有两个条件。"贺斯壮说。

"说。"

"第一，文章中不能提到米尔顿安保。我们只是扮演顾问的角色。"

"可是这的确有新闻价值，因为莎兰德在米尔顿工作过。"

"只是负责清洁打扫之类的。"贺斯壮冷冷地反驳，"那不是什么新闻。"

"好吧，既然你这么说。"

"第二，你得在文章中动点手脚，让人觉得泄密的是个女的。"

"为什么？"

"以免我被怀疑。"

"好，你有什么内幕？"

"莎兰德那个同性恋女友刚刚出现了。"

"哇，太棒了！就是莎兰德把伦达路公寓让渡给她的那个女的？失踪的那个？"

"米莉安·吴，这对你来说有价值吗？"

"放心好了，绝对有。她去了哪里？"

"国外，她声称根本没听说命案的事。"

"她算是嫌疑犯吗？"

"不是，至少目前还不是。她今天接受了讯问，三小时前被放回。"

"原来如此，你相信她的说辞吗？"

"我认为她根本是睁眼说瞎话。她一定知道些什么。"

"很棒的东西，贺斯壮。"

“不过，还是去查查她，我们现在说的可是和莎兰德大玩施虐受虐狂游戏的女孩。”

“你确定这是真的？”

“她在讯问时亲口坦承的。我们搜索现场的时候，也找到手铐、皮衣、皮鞭这一大堆玩意儿。”

关于皮鞭，是有点夸大其词。好吧，其实根本是他撒谎，但他敢肯定那个中国贱货也玩皮鞭。

“你在开玩笑吧？”史卡拉说。

罗贝多是最后离开的人之一。他整个下午都在图书馆，详读每一行与追捕莎兰德有关的消息。

他走到外头的斯维亚路上，感到沮丧、茫然，还有饥饿，于是便到麦当劳点了一个汉堡，找到角落的一张桌子坐下。

*莉丝·莎兰德，三尸命案凶手。*他简直不敢相信会有这种事。那个古怪的小女孩，不可能。但他该做点什么吗？如果是的话，又该做什么呢？

米莉安搭出租车回到伦达路，慢慢地查看新装潢好的公寓此刻的惨状。橱柜、衣橱、置物箱和书桌抽屉都被清空，所有表面都留下大片的指纹粉，她最私密的情趣用品全堆在床上。但是目前看来，没有遗失任何东西。

她按下咖啡壶的开关，不由得摇摇头。*莎兰德呀，莎兰德，你他妈的到底给自己惹了什么麻烦？*

她拿出手机拨了莎兰德的号码，却得到该用户无法接听的信息。她在厨房桌旁坐了好一会儿，试图理出哪些是真，哪些是假。她认识的莎兰德绝非精神异常的杀人犯，但话说回来，她也不是那么了解她。莎兰德在床上确实热情如火，但如果心情起了变化，却也可能冷若冰霜。

她答应自己在见到莎兰德、听到她解释之前，不会妄下断语。她觉得自己想哭。接下来她花了两个小时整理家里。

到了晚上七点，公寓多少又恢复了可以住人的样子。她冲了个澡，换上一身黑与金色相间的丝绸睡袍进到厨房，忽然有人按门铃。一开门，看见一个没刮胡子、胖得离谱的男人。

“你好，米莉安，我叫东尼·史卡拉，是个记者。能不能问你几个问题？”

他身边的摄影师将闪光灯对准她的脸猛拍照。

米莉安真想一脚飞踢出去，再用手肘撞他鼻梁，但终究没有失去冷静，她知道这么做只会让他们拍到更多他们想拍的画面。

“前阵子你和莉丝·莎兰德出国了吗？你知道她人在哪里吗？”

米莉安砰地关上门，锁上刚安装好的安全锁。史卡拉却推开信箱。

“米莉安，你迟早都得面对媒体。我可以帮你。”

她握起拳头，猛力往史卡拉的手指砸下去，马上就听见一阵哀嚎。随后她关上内门，躺到床上闭上双眼。*莎兰德，等我找到你非扭断你的脖子不可。*

去过斯莫达拉勒之后，布隆维斯特利用下午时间又去拜访另一个达格打算揭发的人。上一个星期至今，三十七个姓名已经划掉六个。最后一个是住在通巴的退休法官，曾经审判过几起涉及卖淫的案子。

新鲜的是，这名无耻之徒并不试图否认、威胁或求饶，反而欣然坦承自己搞过几个东方来的妓女。不，他一点也不感到懊悔，卖淫是值得敬佩的职业，他还认为自己当这些女孩的恩客是在帮助她们。

将近晚上十点，布隆维斯特正驶过利里叶岛时，接到玛琳来电。

“嗨。”她说道，“你看到《摩根邮报》的电子报了吗？”

“没有，有什么新闻？”

“莎兰德的女友今天回家了。”

“什么？谁？”

“住在她伦达路公寓的那个女同志米莉安·吴。”

吴，布隆维斯特想到了。门牌上写着“莎兰德—吴”。

“谢了，我现在就过去。”

米莉安拔掉公寓里的电话，关上手机。当晚七点半，她返家的消息已经出现在某家日报的网站上。不久，《瑞典晚报》来电，三分钟后是《快递报》。《时事报》刊登了报道但未指名道姓，但到了九点，已经有不下十六名来自各媒体的记者试图从她这儿套出话来。

门铃响了两次，她没开门，还把屋内的灯全熄了。若再有记者来骚扰，她很想打断对方的鼻梁。最后她打开手机，打给一位女性友人，问她能不能借住一晚。女友住在霍恩斯杜尔附近，走路就能到。

不到五分钟后，她溜出伦达路大门。布隆维斯特停好车，前来按门铃时，她已经不在。

星期六上午十点刚过，包柏蓝斯基打了电话给茉迪。她睡到九点才起床，陪孩子们玩了一会儿之后，丈夫带他们出门，说要给他们买个星期六的礼物。

“你看到今天的报纸了吗？”

“还没，我才起床一小时，一直在忙小孩。发生什么事了吗？”

“我们组上有人向媒体泄漏消息。”

“这个我们一直都知道呀。几天前，有人泄露了莎兰德的精神鉴定报告。”

“那是埃克斯壮。”

“真的？”茉迪惊讶道。

“当然了，虽然他绝对不会承认。他试图引起注意，这样对他有利。但不是这个。有个名叫东尼·史卡拉的自由撰稿人，从某人那里得知关于米莉安的各种信息，其中也包括昨天讯问的内容。我们说好要保密的，埃克斯壮都气炸了。”

“该死！”

“那名记者没有指名，只说消息来源是‘调查小组的核心人物’。”

“可恶！”茱迪又咒道。

“文章中用女性的‘她’来指称消息来源。”

茱迪沉默了十秒钟。她是调查小组中唯一的女性。

“包柏蓝斯基……我没有向任何记者吐露过只字片语。出了我们的走廊之后，我从未和任何人讨论过案情，连我丈夫也不例外。”

“我从来没想过是你泄的密，只可惜检察官埃克斯壮却相信。还有周末值班的法斯特，更是满口暗讽。”

茱迪深感疲惫。“那现在怎么办？”

“埃克斯壮坚持在查明指控前，先停止你的调查职务。”

“什么指控？太荒谬了。我要怎么证明……”

“你什么都不必证明，反而是指控者要提出证据。”

“我知道，但是……真该死。这得等多久？”

“已经结束了。”

“什么？”

“我刚刚问过你，你说你没有泄漏任何消息，所以调查结束，我去写报告。星期一九点，我们埃克斯壮的办公室见，问题由我来处理。”

“谢谢你，包柏蓝斯基。”

“不用客气。”

“但是有一个问题。”

“我知道。”

“既然泄密的不是我，那肯定是组上某个人。”

“有什么想法吗？”

“我头一个想到的是法斯特，但又觉得不太可能是他。”

“我的想法恐怕和你一样。他或许是个十足的讨厌鬼，但对于泄密一事，他的确暴跳如雷。”

包柏蓝斯基喜欢散步，状况根据天气和能有多少时间而定。这种运动让他乐在其中。他住在索德马尔姆的卡塔莉娜班街，离《千禧年》办公室不远，更进一步说，离莎兰德曾工作过的米尔顿安保和她住过的伦达路也都不远。此外，位于圣保罗街上的犹太会堂也在步行距离内。星期六下午，他走过了以上每个地方。

一开始，妻子安涅丝和他一起走。他们已经结婚二十三年，这么些年来，他从未出轨。

他们中途在会堂停留了一会儿，顺便和拉比说说话。包柏蓝斯基是波兰裔犹太人，而安涅丝一家原籍匈牙利，也是奥斯威辛集中营极少数的生还者。

造访过会堂后他们便分手了，安涅丝去购物，包柏蓝斯基继续散步。他需要一个人静一静，想一想调查工作。他回想着自从濯足节星期四上午、这项任务命令放到他桌上开始，他所采取的一切做法，发现其中只有几个失误。

一是没有立刻派人去《千禧年》搜查达格的办公桌。后来想起来了，还亲自执行的时候，天晓得布隆维斯特已经清掉哪些东西。

另一个失误则是忽略了莎兰德有车的事实。不过霍姆柏已经报告，车内毫无重要物证。

除了这两个差错之外，整个调查工作已经尽可能地彻底执行。

他来到辛肯斯达姆附近一个报摊前停下，盯着一块报纸看板。莎兰德的护照相片已经缩小，但仍可轻易辨识，重要焦点则已转移到另一个更有卖点的新闻：

警方正在追捕崇拜撒旦的女同性恋

他买了一份报纸，找到报道版面，最上头有一张照片是五名十七八岁的少女，穿着有铆钉的黑色皮夹克、有破洞的黑色牛仔裤和紧身T恤。其中一人高举一面画有五角星的旗子，另一人则做出食指与小指跷起的手势。图片说明写道："莉丝·莎兰德与一支死亡金属[1]

1 死亡金属是二十世纪八十年代中叶，从重金属音乐发展出来的音乐分支。歌词经常充满恶魔崇拜和向往死亡的暗示，呈现出一个邪恶、颓废、血腥与暴力交缠的病态世界。

乐团往来密切，该乐团在一些小俱乐部演出，于一九九六年向撒旦教致意，并以‘恶魔仪式’红极一时。”

文中并未提及“邪恶手指”的名称，女孩们的眼睛也以马赛克处理，但乐团团员的友人肯定认得出来。

报道内容主要是关于米莉安，还附上了一张她在“伯恩”表演的照片，上半身赤裸，戴了一顶俄国军官的帽子。她的眼睛也打了马赛克。

莎兰德女友写下关于女同志施虐受虐的性爱

这名三十一岁的女子在斯德哥尔摩高级夜店颇具知名度。她不讳言自己会勾搭女性，也喜欢支配伴侣。

该记者甚至找到一名他称为莎拉的女子，据她亲口所述，这个女人也曾经试图勾搭她，令她的男友十分“困扰”。文章继续写道，该乐团主张一种暧昧且变相的女性精英主义，非常接近同志运动，而且因为曾在“同志光荣游行日”主持过一个“奴役工作坊”而声名大噪。文中其余部分则着重于六年前，米莉安为某女性主义杂志所写的一篇刻意挑衅的文章。包柏蓝斯基大致浏览了一下内文后，便将报纸丢进垃圾桶。

他不断想着法斯特和茉迪，两人都是杰出的警员，但法斯特是个问题人物，老是会激怒人。他得找他好好谈谈，但却不认为他是泄密者。

当包柏蓝斯基确认自己走的方向时，发现自己已经站在伦达路上瞪着莎兰德那栋大楼的前门。他是下意识走到这里来的。

他爬上通往上伦达路的阶梯，站立许久，思索着布隆维斯特叙述的关于莎兰德被袭的事件。这番说辞也同样是个死胡同。没有报案记录，没有涉案人的姓名，甚至对攻击者也没有确切的描述。布隆维斯特声称当时有辆货车从现场驶离，但他没能看到车牌号码。

假设真有此事。

又是一条死胡同。

包柏蓝斯基俯视着还停在伦达路上那辆酒红色的本田，这时候竟看见布隆维斯特走向大门。

米莉安直睡到日上三竿才醒来，全身缠着被单。她坐起来，环顾这个陌生的房间。

她以受不了媒体不断骚扰为由，请求友人提供避难处，但她明白自己之所以离开，也因为担心莎兰德可能找上门来。警局的讯问以及报上的报道对她产生莫大的影响，尽管下定决心，在莎兰德未能对这一切作出解释之前不会妄下判断，但她也不禁开始害怕好友可能真的有罪。

她低头瞄向维多莉亚·维多森，一个百分之百的女同志，大家都叫她“双维”。只见她趴睡着，嘴里喃喃说着梦话。米莉安悄悄下床冲澡，然后出门去买面包卷当早餐。她走到维克史塔街的肉桂咖啡馆旁的商店，一直到站到收银台前才看见新闻看板，连忙飞奔回“双维”的住处。

布隆维斯特按了大门密码进入大楼，消失两分钟后又再次出现。没人在家。布隆维斯特往街道前后看了看，似乎有点犹豫不决。包柏蓝斯基紧紧地盯着他看。

让包柏蓝斯基拿不定主意的是，如果伦达路攻击事件是布隆维斯特撒谎，那么他就是在玩某种把戏，最糟的情况则可能是他也涉及命案。但万一他说的是实话，那么整出悲剧中便有个隐藏的元素。涉案者不只是台面上这些人，而命案的背景也可能复杂得多，不只是一个精神状况不稳定的女孩发狂杀人而已。

当布隆维斯特起步朝辛肯斯达姆走去，包柏蓝斯基在背后叫住他，他停下后看见巡官，便走上前去，两人在阶梯底端碰头。

“你好，布隆维斯特。在找莎兰德吗？”

“老实说，不是。我想找米莉安。”

“她不在家。有人向媒体泄漏她再次露面的消息。”

“她有什么可说的？”

包柏蓝斯基目光锐利地扫了他一眼。小侦探布隆维斯特。

“陪我走一段吧。”包柏蓝斯基说道，“我需要喝杯咖啡。”

他们默默地经过赫加里教堂后，包柏蓝斯基带他到小姐妹咖啡馆，地点就在跨越北河与南侧郊区利里叶岛相连的利里叶岛桥附近。包柏蓝斯基点了一杯加一茶匙冰牛奶的双份浓缩咖啡，布隆维斯特则点了拿铁。两人坐在吸烟区。

“我已经很久没碰到这么令人受挫的案子了。”包柏蓝斯基说道，“我可以跟你讨论多少案情，而不至于明天早上就上《快递报》版面呢？”

“我不替《快递报》做事。”

“你知道我的意思。”

“包柏蓝斯基，我不相信莉丝有罪。”

“现在你自己在做调查吗？所以大家才叫你小侦探布隆维斯特？”

布隆维斯特笑了笑。“听说他们叫你泡泡警官。”

包柏蓝斯基不自然地露出浅笑。“为什么你认为莎兰德是清白的？”

“我对她的监护人一无所知，但她绝对没有理由杀害达格和米亚，尤其是米亚。莉丝非常痛恨厌恶女人的男人，而米亚正在对一大群妓女的恩客施压。米亚的所作所为，完全是莉丝自己可能做的事。她是个非常有道德感的人。”

“对于她，我似乎拼凑不出前后一致的形象。是智障的精神病患，或是优秀的调查员？”

“莉丝就是与众不同。她有不正常的反社会性格，但智力绝对没有问题，而且很可能还比你我更聪明。”

包柏蓝斯基叹了口气。现在布隆维斯特这番絮絮叨叨的话，就和米莉安说的一样。

“无论如何，我们都得逮到她。我不能详述，但她人在命案现场，而且也和凶器有关联。”

布隆维斯特点了点头。“这应该意味着你在上面发现了她的指纹。但不能因此证明她开了枪。”

包柏蓝斯基点头同意。“阿曼斯基也不相信。他为人谨慎，不可能实话实说，不过他也在找证据证明莎兰德的清白。”

“那你呢？你怎么想？”

“我是个警察，负责抓人、讯问。现在看来，情势对莎兰德小姐很不利。我们还曾经以更薄弱许多的间接证据将杀人犯送进监牢。”

“你没有回答我的问题。”

“我不知道。假如她果真是清白的……你认为还有谁有动机杀死她的监护人和你的两位友人？”

布隆维斯特掏出一包烟递给包柏蓝斯基，后者摇摇头拒绝。他并不想对警察说谎，应该说说那个名叫札拉的男人，也应该告诉包柏蓝斯基关于国安局警司毕约克的事。

但包柏蓝斯基和他的同僚可以取得达格的资料，里头便有同一个“札拉”的文件夹，他们只需要去看内容就行了。谁知道他们竟像蒸气压路机似的一路往前冲，还向媒体提供有关莎兰德一些猥亵的细节。

他有个想法，但不知会导致什么样的结果。在还无法确定之前，他不想说出毕约克的名字。*札拉千科*。那是毕尔曼与达格和米亚之间的联系，问题是截至目前毕约克什么都还没说。

“让我再多挖一点，然后就能给你另一套论点。”

“希望不是警界的线索。”

“还不是。米莉安说了些什么？”

“跟你差不多。她们俩有亲密关系。”

“那不关我的事。”布隆维斯特应道。

“她们相识三年，她说对于莎兰德的背景一无所知，甚至不知道她在哪儿工作。难以置信，但我想她没有说谎。”

“莎兰德极度注重隐私。”布隆维斯特说道，“你有米莉安的电话吗？”

“有。”

“可以给我吗？”

“不行。”

“为什么？”

“麦可，这是警察的事。我们不需要私家侦探的荒谬见解。”

“我到现在还没有任何见解。不过我认为答案就在达格的资料里面。”

“你多费点工夫，就能联络到米莉安了。”

“很可能，但最简单的方法还是询问某个已经知道号码的人。”

包柏蓝斯基又叹了口气。

布隆维斯特忽然对他感到非常厌烦。“难道警察就比一般人、比你所谓的私家侦探更厉害吗？”

“没有，我不这么想。可是警察受过训练，而且破案是他们的工作。”

“普通人也受过训练。”布隆维斯特缓缓地说着，“有时候私家侦探还比真正的警探更能查明真相。”

“那是你的想法。”

“我很确定。就拿拉曼[1]的案子为例。拉曼并未谋杀老妇人，却被关进牢里八年，而一群警察就这样一屁股坐下视而不见。如果不是有个女教师锲而不舍地调查数年，他今天可能还在牢里。女教师完全没有你们所拥有的资源，但她不仅证明了拉曼的清白，还指出了可能的嫌疑犯。”

“拉曼的案子的确让我们颜面尽失。因为检察官不肯倾听事实。”

“包柏蓝斯基……我要告诉你一件事。就在此时的莎兰德一案中，

---

1 此处指的是 Joy Rahman，提供私人照护服务的他，于一九九四年被控谋杀一名七十二岁的老妇人，历经八年冤狱，于二〇〇二年无罪释放，并获得一千零二十万克朗的赔偿，是当时瑞典史上最高的损害赔偿金额。

你们也同样丢了‘面子’。我敢百分之百肯定她没有杀害达格和米亚，而且还要加以证明。我要替你们找出另一个凶手，到时候还要写一篇文章让你和你的同僚们读了都会很痛苦。”

返回卡塔莉娜班街的住处途中，包柏蓝斯基忽然有一股冲动想和上帝谈谈这桩案子，但他没有上会堂，而是去了福尔孔路的天主教堂。他坐到后面一张长椅上，一个多小时都没动。身为犹太人的他，本不该进入天主教堂，但此地十分宁静，每当他需要整理思绪时总会上这儿来。他发现天主教堂也是沉思的好地方，他知道上帝不会介意的。而且天主教和犹太教有个差别。他到犹太会堂是因为需要同伴与友情，而天主教徒上教堂则是想在上帝面前寻求平静。教堂里要求保持安静，因此总是会让访客独处。

他默默想着莎兰德和米莉安，也好奇爱莉卡和布隆维斯特对他隐瞒了些什么——他们一定知道莎兰德某些事却没有告诉他。当初莎兰德为布隆维斯特做了什么样的调查？也许是协助他揭发温纳斯壮，但他随即否决了这个可能性。莎兰德对那件事不可能有任何贡献，不管她私调的能力有多强。

包柏蓝斯基担心的是，他不喜欢布隆维斯特如此自信地说莎兰德是清白的。身为巡官的他被重重疑虑包围是一回事，因为怀疑就是他的工作，但布隆维斯特以私家侦探的身份发出最后通牒又是另一回事。

他并不喜欢私家侦探，因为他们经常种下阴谋论的种子，这样或许能登上报纸头条，却也给警方制造了许多无用的额外工作。

这几件案子已经发展成他职业生涯中最令人恼怒的命案调查工作，不知为何已经失了焦。这其中一定有合理的因果环环相扣。

若有个年轻人在玛利亚广场被刺死，就去追查有哪个小太保帮派或其他暴民，曾在一小时前到索德车站闹事。先会有朋友、熟人和目击者，然后很快就会有嫌疑犯。

若有个男人在凯尔岛某家酒吧遭三颗子弹击毙，结果发现他还是南斯拉夫黑手党的重量级人物，那么就得查出有哪些恶棍正汲汲营营于掌控香烟走私。

若有个二十多岁、身家清白、生活正常的女子，在自家被人勒死，就得追查她的男友是谁，或者前一晚她去过哪家酒吧，最后和她交谈的人又是谁。

包柏蓝斯基经手过太多类似的调查工作，在睡梦中都能得心应手。

目前的调查工作，一开始是那么顺利，仅短短数小时，便已找到头号嫌疑犯。莎兰德简直就是不二人选——很明显是精神病患犯的案，据了解她一辈子都有暴力与失控伤人的问题。这案子很简单，只要抓到她让她认罪就行了，或者也可以根据情况将她送进精神病院。不料充满希望的开始竟然全变了调。莎兰德没有住在她登记的地址；她有像阿曼斯基和布隆维斯特之类的朋友；她和一名喜欢用手铐做爱的女同志有亲密关系，这也使得媒体在一个原本已经很讨厌的情况中又再度陷入狂热；她在银行有两百五十万克朗的存款，却不知雇主是谁；接着又有布隆维斯特这号人物带着非法交易和阴谋论等说法出现，而身为知名记者的他绝对有政治影响力，光是一篇文章就足以让他们的调查工作大乱。

最重要的是，尽管主要嫌疑犯只有巴掌般大，而且全身刺青十分抢眼，却怎么也找不到人。命案发生至今已经将近两个星期，关于她可能藏身何处，连一点蛛丝马迹也没有。

自从布隆维斯特跨出门槛后，毕约克一整天都过得很凄惨。虽然背部仍持续隐隐作痛，他仍在借住的屋内来回踱步，既不能放松也无法采取行动。这件事实在令他想不通，拼图怎么拼也不到位。

最初听到毕尔曼遇害的消息时，他都吓呆了。但得知莎兰德几乎立刻被锁定为头号嫌疑犯，他倒是不吃惊，舆论也随之开始强烈指责她。他仔细看了每一段电视新闻，也买了所有买得到的日报，详读相关报道。

他没有一刻怀疑过莎兰德的精神状态与她杀人的可能性，因此没有理由怀疑她的罪行或警方的推测——相反地，据他对莎兰德的了解，她确实有严重的精神异常。他原本打算打电话给调查小组提供自己的意见，或至少看看案子是否处理得当，但转念一想，发现这其实与他无关。这再也不关他的事，反正还有称职的人可以应付。何况，如果打了电话，可能会招来他不想招惹的注意。因此他只是继续心不在焉地留意后续的重大消息。

布隆维斯特的来访完全搅乱了他的宁静。毕约克压根也没料到莎兰德的疯狂杀人竟会牵扯到他身上——因为被害人之一是个卑鄙的媒体人，死前正打算向全瑞典人揭发他。

他更没想到札拉这个名字会像个拉掉了保险栓的手榴弹，忽然间蹦出来，而最让他意想不到的则是，像布隆维斯特这样的记者竟然知道这个名字。一切都太不可思议了。

布隆维斯特来访后的第二天，他拨了电话给现在住在拉荷姆、年事已高的昔日上司。他得尽量拐弯抹角地打探，以免对方察觉他打这通电话不是纯粹基于好奇与专业考量。这段对话相当简短。

“我是毕约克。你应该看到报纸了吧？”

“看到了。那女的又出现了。”

“而且好像改变不大。”

“那已经不关我们的事。”

“你该不会认为……”

“没有，我没那么想。那一切都已经结束，没有关联。”

“可是偏偏是毕尔曼。我猜他当上她的监护人，应该不是巧合。”

电话另一端静默了几秒钟。

“对，那不是巧合。三年前看来是个好主意，谁能料到会发生这种事？”

“毕尔曼知道多少？”

前上司咯咯地笑着说：“你很清楚毕尔曼是什么样的人，他不是很有天分的演员。”

“我是说……他知道其中的关联吗？他会不会有什么文件或私人物品，可能让任何人……”

“不，当然不会。我明白你的意思，但别担心。莎兰德在这整件事当中一直是颗不定时炸弹，我们安排毕尔曼接下任务，其实只是希望有自己人以监护人的身份确认她的情况，这样总比一切都是未知数来得好。如果她胡说八道些什么，毕尔曼早就来告诉我们了。现在，一切都会圆满解决的。”

“此话怎讲？”

“事情结束后，莎兰德将会被关进精神病院很久、很久。”

“这说得通。”

“放心吧。好好地安心休养。”

但毕约克偏偏做不到，全都拜布隆维斯特之赐。他坐在餐桌旁，眺望少女湾，一面试着估量自己的处境。此时的他正腹背受敌。

布隆维斯特将揭发他嫖妓的事实。一旦被判违反性交易法，他的警察生涯很可能就到此结束了。

不过更严重的是布隆维斯特企图追踪札拉千科。札拉千科或多或少也牵涉其中，到时候又会再次扯上毕约克。

前上司似乎胸有成竹，认为毕尔曼的办公室或公寓没有留下进一步的线索。其实有。一九九一年的报告。毕尔曼从毕约克这儿取得的。

他试着回想九个多月前与毕尔曼碰面的情形。他们是在旧城区碰面的。某天下午，毕尔曼打电话到办公室找他，邀他一块儿喝啤酒。他们谈到射击俱乐部，天南地北地闲聊，不过毕尔曼找他出来是有原因的。他希望他帮个忙。他问到了札拉千科……

毕约克起身站到厨房窗边。当时他有点微醺，不，根本是酩酊大醉。毕尔曼问了他什么呢？

“说到这个……我正在处理一个案子，竟然再次看到一个旧识的名字……”

“是吗？谁呀？”

“亚历山大·札拉千科。你记得他吗？”

“开玩笑，要忘了他可不简单。”

“他到底出了什么事？”

照理说，这完全不关毕尔曼的事。其实光凭毕尔曼提问一事，就有理由仔细调查……但他毕竟是莎兰德的监护人。他说他需要那份旧报告。而我就给了他。

毕约克犯了天大的错。他以为毕尔曼已经知情——似乎绝不可能有其他可能性。而且毕尔曼表现得就好像纯粹只是想抄捷径，省去所有盖着“绝密”印章、这不能说那不能讲的冗长官僚程序，以免拖上好几个月。尤其又是和札拉千科有关的事。

我把报告给了他。上面仍盖着“绝密”印章，但那是有原因、可以理解的，而且毕尔曼不是嘴碎的人。他不聪明，但也从来不多嘴。有什么关系呢？都已经那么多年了。

毕尔曼要了他。那家伙假装只是例行公事。如今愈想愈觉得毕尔曼遣词用字非常谨慎，事先早有预谋。

不过毕尔曼到底他妈的图些什么？莎兰德又为什么杀了他？

星期六，布隆维斯特又去了伦达路的公寓四次，希望能找到米莉安，但她始终不在家。

他几乎一整天都带着笔记本电脑待在霍恩斯路的咖啡吧，重读达格在《千禧年》的信箱收到的电子邮件与“札拉”文件夹的内容。在遇害的前几星期内，达格花在调查札拉的时间愈来愈多。

布隆维斯特真希望能打电话问达格，为什么将伊莉娜的文件放在“札拉”的文件夹内。唯一合理的结论就是达格怀疑她是札拉所害。

下午五点，包柏蓝斯基来电告诉他米莉安的电话号码。不知道这名警察为何改变心意，但自从拿到号码后，他便每半小时打一次，直到当晚十一点，她才打开手机接了起来。交谈的时间不长。

“你好，米莉安。我叫麦可·布隆维斯特。”

“你是谁呀？”

“我是记者，在一家名叫《千禧年》的杂志社工作。”

米莉安很简洁地表达她的情绪。“哦，对了，那个布隆维斯特。去死吧，烂记者！”

布隆维斯特都还没来得及说明自己来电的原因，她就挂断了电话。他暗暗诅咒史卡拉之后，试着再打一次。她没接。最后他发了条短信。

请打电话给我。很重要。

她一直没打。

到了深夜，布隆维斯特才关上电脑、更衣，爬上床去。这时若有爱莉卡在身边就好了。

第四部

终结者模式

三月二十四日至四月八日

某方程式的根指的就是，一个数字代入方程式的未知数后能使方程式变成恒等式。那么便可说此根满足此方程式。所谓解方程式就是找出所有的根。倘若无论未知数的值为何，方程式永远成立，该方程式即称为恒等式。

$$(a+b)^2=a^2+2ab+b^2$$

第二十一章

三月二十四日濯足节星期四至四月四日星期一

警方追捕的第一周内，莎兰德避得远远的，安安分分待在菲斯卡街的公寓里。手机关闭，晶片卡取出，不打算再用这只电话。她密切注意着电子报与电视新闻节目的报道，愈看愈惊讶地瞪大眼睛。

令她恼火的是自己的护照相片起初被放到网上，随后又出现在所有电视新闻节目的画面上方。看起来很蠢。

尽管多年来努力地隐姓埋名，结果还是一夜间变成全瑞典最恶名昭彰、最引人议论的人。她渐渐了解到，一个涉嫌谋害三条人命的瘦小女孩被列为全国通缉犯，是年度头条新闻之一。她仔细倾听媒体的评论与臆测，不禁感到诧异而迷惑，只要任何编辑室想要阅读并公布关于她的病历的机密资料，似乎很容易便能取得。特别有一个标题唤醒了她埋藏的记忆：

在旧城区因伤人被捕

有一名 TT 通讯社的记者抢先其他竞争对手，挖出一份医疗报告，那是莎兰德在旧城区地铁站内踢伤一名乘客被捕后所写的。

那天她去了欧登广场，正要回哈革士坦与寄养父母同住的（临时的）家。到了罗德曼斯街站时，有个显然并未喝酒的陌生人上了车，并立刻注意到她。后来她才发现他是卡尔·艾弗特·诺格兰，曾经是耶夫勒某乐团成员，如今失业了。虽然车厢还很空，他却坐到她身旁开始骚扰她。他把手放在她的膝盖上，开始说一些“我给你两百元，你跟我回家”之类的话。见她没有反应，他更加纠缠不休，还骂她是讨厌的臭婊子。即使她不肯跟他说话，到了中央车站还换了位子，仍然没有用。

接近旧城区站时，他张开双手从背后抱住她，手伸进她毛衣内往上揉捏，一面附在她耳边悄声说她是妓女。她以手肘撞他的眼睛回击，然后抓住立杆、身体腾空，用双脚后跟飞踢他的鼻梁，他立刻血流如注。

她穿了一身朋克装，又染了蓝色头发，列车靠站后几乎不可能混入人群中。一个有正义感的民众与她扭打片刻后，将她压倒在地，直到警方赶到。

她暗自诅咒自己的性别与身材。如果她是男的，谁也不敢攻击她。

她始终未曾试着去解释自己为什么踢诺格兰的鼻子，因为觉得试图向穿制服的公务人员解释什么，根本是白费工夫。当精神科医师想了解她的精神状态时，她基本上也是拒绝回应。幸好，有其他几名乘客目睹一切经过，其中包括一名来自海讷桑德的非常固执的妇人，她刚好是中央党的国会议员。妇人作证指出爆发暴力冲突前，诺格兰先非礼莎兰德。后来发现诺格兰曾有两次性侵害的前科，检察官于是决定不予起诉。但这并不表示社会福利部的报告就被搁置一旁。不久之后，地方法院便宣告莎兰德失能，她也开始先后接受潘格兰与毕尔曼的监护。

如今这一切机密的隐私细节全被放到网上供大众消费。除了她的个人资料还附加了多姿多彩的描述，说她如何在入学之初便与周遭的人发生冲突，以及她如何在十来岁便进入儿童精神病院。

媒体对莎兰德的诊断根据版面与报社而异。有时形容她是精神病患者，有时则是精神分裂症患者或偏执狂。不过所有报纸都认同她有精神上的障碍——毕竟她没能完成学业，也没有考试就休学了。她情绪不稳定且有暴力倾向，是不容怀疑的事实。

莎兰德与女同志米莉安的情谊被挖掘出来后，几家报纸更掀起一阵狂热。米莉安曾经在同志光荣日的活动中，参与贝妮塔·柯斯塔秀的演出，在这场煽情的表演中，她被拍下穿着吊带皮套裤与高跟漆皮靴的裸胸照片。此外，她为一份同性恋报纸写过的一些文章，以及她为各场表演所接受的访问内容，也都被广泛引述。涉嫌连环杀人的女同志与香艳刺激的施虐受虐性爱的组合，显然创造了销售奇迹。

由于在戏剧性的第一周，警方并未追踪到米莉安，便有人猜测她可能也遭到莎兰德的毒手，或者可能是共犯。然而这些臆测多半仅出现在单纯的网络聊天室“流亡”中。反观几家报纸则提出这样的看法：既然已知米亚的论文与性交易有关，这可能正是莎兰德的杀人动机，因为——据社会福利部的说法——她是个妓女。

那一星期结束时，媒体又发现莎兰德还跟一伙卖弄撒旦主义的年轻女子有关，她们自称“邪恶手指”。有一名年纪较大的文化专栏男作家因而撰文评论无所寄托的年轻人，以及从平头族文化到嘻哈当中所潜藏的一切危险。

若将各家媒体的论点拼凑起来，警方正在追捕的似乎是有精神病的女同志，而且曾加入某个有性虐待倾向的撒旦教派，专门宣扬施虐受虐性爱，却痛恨社会，尤其痛恨男人；加上莎兰德去年出国一整年，恐怕在国际间也建立了某些联系。

在媒体的种种喧嚣当中，只有一件事让莎兰德产生颇大的情绪反应：

“我们很怕她！”

她威胁说要杀我们，老师与同学们说。

说这句话的是昔日一名教师，名叫比莉妲·米欧斯，如今是织品艺术家。

该事件发生时，莎兰德十一岁。她记得米欧斯是个不讨人喜欢的数学代课老师，一次又一次地要她回答某个问题，其实她已经给了正确答案，只不过和课本里的解答不同。其实是课本写错了，在莎兰德看来，这应该是显而易见的事。但米欧斯愈来愈坚持，莎兰德则愈来愈没有讨论的意愿。最后她干脆赌气地撅嘴坐着，直到米欧斯完全没辙地抓住她的肩膀用力摇晃，以便引起她注意。莎兰德随即拿起课本砸向米欧斯的头，立刻引起一阵骚动。当同学试图压制她时，她不断地吐口水，双脚乱踢。

这篇文章是某家晚报的特别报道，还腾出空间补充了一些引述和一张昔日同学在母校门口拍的照片。此人名叫大卫·古斯塔夫森，如今自称是财务助理。他声称学生们都很怕莎兰德，因为“她有一次威胁要杀死某人”。莎兰德记得古斯塔夫森是学校里最大的恶霸之一，是个只有蛮力、智商却跟狗鱼差不多的家伙，在学校里几乎从不放过任何对他人辱骂与拳打脚踢的机会。有一回午餐时间，他在体育馆后面攻击她，她也一如往常地反击。若纯粹就体形而言，她根本是输定了，但她却抱着宁死不屈的态度。后来情况更加恶化，因为围了一大群同学，在一旁看着古斯塔夫森一遍又一遍地将她打倒在地。事情到某个程度还算有趣，谁知道这个笨女孩似乎不明白怎么做才是为自己好，说什么也不肯退让，甚至没有哭也没有求饶。

片刻过后，就连同学们也看不下去了。古斯塔夫森的强势与莎兰德的无力招架实在太过明显，他开始觉得丢脸，自己起头的事竟一发不可收拾。最后他狠狠地挥出两拳，把莎兰德的嘴唇打得皮破肉绽，让她几乎无法呼吸。同学们将痛苦得缩成一团的她丢在体育馆后面，笑着跑开了。

莎兰德回到家后疗伤止痛。两天后，她拎着一支棒球棍回来，直接走到游戏场正中央，朝着古斯塔夫森的耳朵便挥击。当他受惊吓倒在地上后，莎兰德弯身用球棒抵住他的喉咙，在他耳边低声说，他要是再敢碰她就死定了。老师们发现后，将古斯塔夫森带到学校医护室，而莎兰德则被送往校长室接受处罚，在记录上多加了一笔，社会福利部的报告也更厚了。

莎兰德至少有十五年没有想起米欧斯或古斯塔夫森了。她暗忖，等哪天有空再去看看他们现在在做什么。

受到媒体如此关注的结果，就是让莎兰德在所有瑞典人民心目中，成为既大名鼎鼎又恶名昭彰的人。他们将她的背景制成图表、仔细检视并公之于世，从她小学时的情绪失控到她被送进乌普萨拉郊区的圣史蒂芬儿童精神病院待了两年，巨细靡遗。

当泰勒波利安主任医师上电视接受访问时，莎兰德竖耳倾听。她最后一次见到他已是八年前的事，是为了她的失能宣告上地方法院公听会。他双眉紧蹙，搔搔稀疏的胡子，面有难色地转向摄影棚里的记者，解释自己有保密的义务，因此不能谈论特定病患。他只能说莎兰德是个非常复杂的个案，需要专业的照顾，而地方法院却不顾他的建议，决定让她进入社会接受监护，而非给予她所需要的入院照顾。真是匪夷所思，泰勒波利安宣称。他很遗憾如今这项错误判断的结果，竟夺走了三条人命，接着当然免不了又对政府这几十年来强行删减精神病照护预算一事大加挞伐。

莎兰德发现没有报纸披露，在泰勒波利安医师主管的儿童精神病院的安全病房，最常见的照护形式就是将“难以约束与管制的病患”送进一间“没有刺激”的房间，房里只有一张配备有约束带的床。教科书的解释是，难以管束的孩子不能接受任何“刺激”，以免情绪失控。

长大之后，她发现这还有另一个说法，叫感觉剥夺。根据《日内瓦公约》，剥夺囚犯的感觉可视为不人道。许多独裁政体常常使用这种方法进行洗脑实验，并且有证据显示在一九三〇年代的莫斯科审判秀[1]中，坦承自己犯过各种罪行的政治犯便遭受过如此对待。

看着电视上泰勒波利安的脸，莎兰德的心忽然结成一小块冰。不知道他现在是不是还用那种恶心的须后水。他说，他曾经负责过所谓“对她的照护”，她显然应该接受治疗，才能意识到自己的行为。莎兰德很快便明了，“难以约束与管制的病患”指的其实就是质疑泰勒波

1 一九三六年至一九三八年间，斯大林政权对涉嫌与西方势力合作，密谋暗杀斯大林以瓦解苏联的多位资深共产党领袖，进行了三次大规模的公开审判，审判过程通过广播发送至全世界。

利安的理论与专业的人。

不久之后，她发现在即将迈入二十一世纪的今日，圣史蒂芬医院还在施行一五〇〇年代最常见的精神治疗法。

她在那里期间，约有一半时间都被绑在“无刺激”室的床上。

泰勒波利安从未带有性暗示地抚摸她，其实他从未碰过她，除了在最单纯的情况下。有一次，莎兰德被绑着躺在隔离室，他一手按着她的肩以示警告。

她心想，不知当时咬他小指关节所留下的齿痕还在不在？

后来整件事演变成一场危险的游戏，所有牌都在泰勒波利安手上。她的自卫方式则是当他在房里的时候对他视而不见，不加理睬。

她是在十二岁时，被两名警察送到圣史蒂芬的，就在“天大恶行”发生几星期后。所有细节她都记得。起初，她觉得一切问题多少都能解决，因此努力地向警方、社工、医院人员、护士、医师、心理医师，甚至还有一个希望她一起祷告的牧师，说明自己的情形。坐上警车后座，往北行经温纳格伦中心前往乌普萨拉时，她仍不知道要上哪儿去。没有人告诉她。这时她才开始感觉到什么事都不会解决。

她曾试图向泰勒波利安解释。

而努力的结果却是在十三岁生日当天晚上，被绑到床上去。

泰勒波利安是莎兰德有生以来所见过最令人厌恶且恶心的性虐待者，无人能比，相较之下毕尔曼差多了。毕尔曼的粗暴虽是言语难以形容，但她能掌控他。反观泰勒波利安却有文献、评鉴、学术荣誉与不知所云的精神病学理论等等烟雾弹保护，他绝不可能有任何一项行为被报道或批评。

他拥有国家签署的命令可以用皮绳将不听话的小女孩绑起来。

每当莎兰德仰躺着被绑住，而他动手将皮绳拉紧时，两人四目交接那一刹那，她看得出他很兴奋。她知道。而他也知道她知道。

满十三岁那天晚上，她下定决心不再与泰勒波利安或其他任何精神科医师或心理医师交换只言片语。那是她送给自己的生日礼物，后来也确实做到了。她知道泰勒波利安被激怒了，至于她自己一夜接着一夜被牢牢绑住，这可能是最大原因。不过她愿意付出这样的代价。

她让自己学会一切自制的方法，不再有情绪失控的情形，被释放出隔离室的日子里也不再乱扔东西。

但她拒绝与医师交谈。

另一方面，她会有礼貌地和护士、厨房人员和清洁妇说话，这点被注意到了。有位名叫卡萝琳娜的护士十分友善，莎兰德对她也有一定程度的信任。护士问她为什么这么做，莎兰德露出疑问的神情。

你为什么不跟医生谈？

因为他们不听我说。

她的回答并非一时冲动，而是一种与医师沟通的方式。她留意到这类说辞全都会写入资料记录中，证明她的沉默完全是理性的选择。

在圣史蒂芬的最后一年间，莎兰德不常被关进隔离室，而每次被关总是因为什么地方惹恼了泰勒波利安医师，好像医师一把目光移到她身上，她就会故意捣乱。他一次又一次地尝试，想要突破她固执的沉默，迫使她注意他的存在。

一度医师给莎兰德开了一种治精神病的药，会让她呼吸困难、无法思考，进而导致焦虑。她便拒绝吃药，结果医师决定由医护人员每天强喂她三颗。

由于她激烈地抗拒，医护人员不得不强将她按住、撬开嘴巴，再逼她吞咽。第一次，莎兰德立刻将手指插入喉咙，吃过的午餐全吐在最靠近的一名人员身上。后来他们喂药时会先将她绑住，于是她学会不用插入手指也能呕吐。由于她顽固抵抗，加上这一切也为工作人员造成额外负担，这才停止药物治疗。

刚满十五岁，她在毫无预兆的情况下，再次被送回斯德哥尔摩和寄养家庭同住。这番改变令她震惊不已。当时泰勒波利安还不是圣史蒂芬的负责人，莎兰德敢肯定这是自己得以出院的唯一理由。假如由泰勒波利安作决定，她恐怕到现在都还被绑在隔离室的床上。

如今她看着电视上的他，不知他是否幻想着自己终究能再度照护她，又或者她年纪已经太大，引不起他的遐思。当他提到地方法院裁定不让莎兰德住院治疗时，主持人显得很愤慨，但似乎又不知道该问些什么。没有人能出面反驳泰勒波利安。圣史蒂芬的前主任已经去世，当时主审莎兰德案子、现在又有点被半强迫地接下剧中坏蛋角色的地方法院法官也已退休，不肯向媒体发表意见。

莎兰德在瑞典中部一家报社的电子报上，看见一篇令人瞠目结舌的文章。她读了三遍后关上电脑，点了根烟，坐在窗边坐椅的宜家家居软垫上，气馁地望着外头的灯光。

“她是双性恋”
儿时玩伴说道

因涉及三尸命案而遭追缉的二十六岁女子，据说性情古怪而内向，极难适应学校生活。尽管多次尝试让她加入，她始终是圈外人。

“她显然有性认同的问题。”她少数亲密的同学之一约翰娜回忆道。

“很早就能明显看出她与众不同，而且是双性恋。我们都很担心她。”

文章继续描述一些这个约翰娜记得的片段。莎兰德不禁皱起眉。她既不记得这些片段，也不记得有个亲密友人叫约翰娜。事实上，她压根想不起有任何人能称为她的密友，或有任何人曾在她就学期间试图拉她加入某个团体。

文中并未注明这些事情发生的时间，但她十二岁就休学了，也就是说这位担心她的童年友人想必早在莎兰德十岁，也可能十一岁时，便发现她的双性恋倾向。

在上星期如潮水般涌出的荒谬文章当中，引述约翰娜的这篇对她的打击最大。这虚构得太明显了。撰稿记者若非碰上了渲染狂，就是自行捏造。她默记下记者的名字，加入将来要调查的名单当中。

即便是以“社会的失败”或“她始终未得到该有的帮助”等等标题批判社会、内容也较正面的报道，也无法撼动她目前身为“全民公敌”的地位——一个因一时失去理智，连续谋害三名令人敬重的公民的杀人犯。

莎兰德颇为入迷地读着这些诠释她人生的文章，并发觉大众的了解有个明显的漏洞。虽然媒体似乎能毫无限制地取得她一生中最机密的细节，却完全忽略了发生在她十三岁生日前夕的“天大恶行”。被公开的资料从她上幼稚园到十一岁，中间跳过去，接着又从十五岁离开精神病院后接下去。

警方调查小组里面一定有人向媒体提供信息，却不知为何缘故，决定隐瞒包括了“天大恶行”的那一部分。她十分诧异。因为假如警方想强调她有作恶的倾向，那么她档案中的这份报告应该是截至目前最具杀伤力的。她正是因此被送入圣史蒂芬。

复活节星期日，莎兰德开始更密切注意警方的调查动作。将媒体资料经过筛选后，她已大致了解参与的成员。检察官埃克斯壮是初步调查的负责人，通常也是记者会上的发言人。真正的调查组长则是刑事巡官包柏蓝斯基，这个男人有点太胖，对媒体发言时，老穿着一套不合身的西装站在埃克斯壮旁边。

几天后她确认茉迪是组上唯一的女性探员，毕尔曼的死便是她发现的。她还注意到法斯特和安德森的名字，却完全忽略了霍姆柏，因为所有文章都没提到他的名字。她在电脑上为每个组员建立了一个文件夹，并开始填入资料。

有关警方调查进展的资料当然是存在调查探员使用的电脑内，而他们的资料库也必定是存放在警察总局的服务器。莎兰德知道要入侵警局内部网络异常困难，但也绝非不可能。她就曾经成功过。

有一回，在替阿曼斯基执行任务时，她摸索出警方内部网络的架构，并评估入侵刑事记录加以篡改的可能性。当她试图从外部入侵时，彻底失败了——警方的防火墙太过精密，还设了各式各样的陷阱，一不小心便可能招惹注意对自己不利。

警方的内部网络是相当先进的设计，它有专属的线路，阻绝了与外界及网际网络本身的连结。换句话说，她需要的最好是一个正在查她的案子、有权进入网络的警员，否则便退而求其次——让警方内部网络以为她拥有权限。就后者而言，幸好警方的资讯防护专家留下了一个漏洞。全国各地的警局都会上连到这个网络系统，其中有几个是地方的小单位，不仅夜里没有人员留守，也经常没有警铃或安保人员巡逻。韦斯特罗斯郊区的隆维警所便是一例。该警所与公共图书馆及地区社会福利部位于同一栋大楼，面积约一百三十平方米，白天所里有三名警员。

那一次，莎兰德没能入侵系统，进行当时的调查工作，但她认为若能投入一点时间与精力取得通行权限，或许能对未来的调查有所帮助。她想尽各种方法，最后到隆维图书馆申请暑期打工。她利用打扫的休息空当，只花了十分钟便从地图部门拿到整栋大楼的详细蓝图。她有大楼的钥匙，但当然不包括警所的钥匙。不过她发现夏天夜里为了散热，四楼洗手间的窗户都不关，从那里很轻易就能爬进警所。警所的巡逻任务外包给一家安保公司，每晚大概巡查一次，顶多两次。可笑。

她约莫花了五分钟，便在所长的桌垫底下找到使用者名称与密码，接着则是一夜的尝试探索，以便了解系统的架构并确认他有哪些通行权限，又有哪些超出地方单位的权限之外。同时她还额外取得两名当地警员的使用者名称与密码，其中一人是三十二岁的玛莉亚·奥托森，莎兰德从她的电脑得知这位女警最近请调到斯德哥尔摩担任反诈骗组探员，而且获准了。这个奥托森可让莎兰德中了大奖：她竟然将自己的戴尔个人笔记本电脑放在没有上锁的抽屉里。原来奥托森是用专属的个人电脑办公，太好了！莎兰德启动电脑，插入存有Asphyxia 1.0 程式——她的间谍软件的最初版本——的光盘，将软件下载到两个地方，一个融入微软浏览器正常运作，另一个则放进奥托森的通讯录做备份。莎兰德认为即使奥托森买了新电脑，也会将通讯录复制过去，说不定几星期后当她就任新职，还会将通讯录复制到斯德哥尔摩反诈骗组的电脑上。

莎兰德也将软件灌入警员们的台式电脑，以便从外面搜集资料，而且只要窃取他们的认证码，她就能篡改刑事记录了。然而这么做必须非常谨慎。警方的资讯防护组作了设定，假如有任何地方警员在下班时间登入系统，或是修改次数急剧增加，电脑会自动发出警报。如果她企图搜寻地方警员通常不会参与的调查行动的资料，便可能启动警报系统。

过去一年来，她和黑客伙伴“瘟疫”合作试图掌控警方的 IT 网络，不料困难重重，最后不得不放弃，但在这个过程中却也累积了近百个现有的警员认证码，可以随意借用。

这是“瘟疫”所作的突破，因为他成功地入侵警方资料防护组组长的家用电脑。此人是在公家单位服务的经济学家，没有深厚的 IT 知识，笔记本电脑上却有丰富资讯。从此以后瘟疫和莎兰德便有了机会，即便无法入侵，至少也能散布各种病毒，严重瘫痪警方内部网络，只不过他们对此毫无兴趣。他们是黑客，不是破坏分子。他们想要的是进入运作正常的网络系统，而非加以破坏。

莎兰德查看名单后，发现认证码遭窃取的警员都未参与这次三尸命案的调查工作——当然这只是她的奢望。不过她倒是能轻易地进入浏览全国通缉令的详细内容，包括关于她自己的最新全境通告。她发现自己曾在乌普萨拉、北雪平、哥德堡、马尔默、海斯勒霍尔姆与卡尔马等地现身并遭到追捕，还有一张机密的电脑影像被送到各单位，好让警员更清楚她的长相。

虽然受到媒体如此关注，莎兰德仍拥有极少数几个优势，其中之一是她的照片太少。除了四年前拍的护照相片（驾照上用的也是同一张）和十八岁时拍的警方建档照片（和今日的她已判若两人）之外，只有几张放在旧日学校年刊上的照片，还有一次到纳卡自然保护区校外教学时，某个老师替她拍的一些相片，不过她在里头只是坐得离其他人远远的一个模糊人影。

护照相片上的她双眼圆瞪、嘴唇紧闭成一直线，头还有点前倾，很符合反社会的智障杀人犯形象，在报上重复出现了数百万次。从正面看，她现在几乎完全变了个人，恐怕没几个人能认得出她本人。

她兴致盎然地读着三名死者的个人资料。星期二，媒体已经开始原地踏步，由于追捕莎兰德方面没有任何新的或戏剧性的进展，焦点于是转移到死者身上。某家晚报更是大篇幅地介绍达格、米亚和毕尔曼。

毕尔曼被描述成一个会参与社会公益活动且德高望重的律师，他是绿色和平组织会员，并“致力于帮助年轻人”。有一个专栏特别介绍毕尔曼的好友兼同僚霍坎森，他们的事务所同在一栋大楼。霍坎森证实毕尔曼的确为弱势族群争取人权，监护局一名公务员也说他对受监护人是全心全意地付出。

莎兰德今天第一次露出撇嘴的笑容。

最受注目的是米亚，这出悲剧中的女性被害人。文中形容她是个亲切和善又非常聪明的年轻女子，已经有许多傲人的成就，前途亦是一片光明。备受震惊的友人、大学同事与一名助教接受了访问，而他们一致的疑问是“为什么”。另外有一些照片显示有人在安斯基德公寓大楼门外摆放鲜花、点燃蜡烛。

相较之下，关于达格的篇幅小得多了。他被形容为笔锋尖锐、无所畏惧的记者。但主要焦点仍在他的伴侣身上。

令莎兰德略感讶异的是，竟然直到复活节星期日当天，才似乎有人发现达格正在为《千禧年》杂志写一篇重要报道。即便如此，文章中也从未提及他的工作主题。

她一直没看到布隆维斯特发给《瑞典晚报》的声明，直到星期二深夜看到电视新闻报道，才知道布隆维斯特故意放出误导的消息，宣称达格正在撰写关于资讯保护与非法入侵的报道。

莎兰德皱起眉头。她知道这不是真的，不禁纳闷《千禧年》在玩什么把戏，但随即想通了他的信息，于是露出今天第二次的撇嘴笑容。她连上荷兰的服务器，在“麦可布隆／笔记本电脑”的图标上点了两下，发现除了“莉丝·莎兰德”的文件夹之外，还有一个名为“给莉丝”的文档明显摆在桌面正中央。她点了两下进入文档。

接着她坐在电脑前瞪着布隆维斯特的信许久，内心充满矛盾。在此刻之前，她始终是孤军对抗全瑞典，这个等式简单明了、绝不复杂。如今却突然出现一个盟友，或至少是个潜在的盟友，自称相信她的清白。当然了，这也是全瑞典唯一一个她无论如何都不想再见到的男人。她叹了口气。布隆维斯特仍一如往常是个天真而不切实际的慈善家。打从十岁起，莎兰德便不再是清白的人。

没有人是清白的。只不过有不同程度的责任罢了。

毕尔曼会死是因为他选择了不遵守她制订的游戏规则。他本来有很大的机会，没想到却还是雇用一个该死的凶神恶煞来伤害她。因此责任不在她。

不过不该低估小侦探布隆维斯特的介入，他或许会有用。

他善于猜谜，顽固的性格也无人能比，这是她在赫德史塔发现的。他一旦咬住什么，就不会轻易松口。确实是个天真的人。但现在他可以到她不能去的地方，直到她安全出国前，他或许能派上用场。她认为再过不久，出国恐怕是势在必行。

只可惜布隆维斯特不受控制。要他行动必须给他一个理由，同时也要有道德上的借口。

换句话说，他很难预料。莎兰德思忖片刻后，建了一个新文档名为“给麦可布隆”，里头只写了两个字。

札拉

这样可以让他动动脑筋。

她还坐在那儿想着，忽然发现布隆维斯特打开电脑了。读了她的信息后立刻答复：

莉丝：

你这个惹祸精。札拉又是谁呀？他是关键吗？你知道是谁杀了达格和米亚吗？如果知道就告诉我，让我们解决这堆麻烦，好好睡一觉。麦可

好吧。该让他上钩了。

她又建了一个名为“小侦探布隆维斯特”的文档，心知他会感到气恼。然后写了一个简短信息：

你是记者，自己找答案。

不出她所料，布隆维斯特立刻回信，请求她理智行事，并试图以感情打动她。她笑了笑，切断了与他硬盘的连线。

既然已经开始到处窥探，莎兰德便继续打开阿曼斯基的硬盘，并看到他在复活节第二天所写的关于她的报告。看不出来报告要交给谁，但唯一合理的解释应该是阿曼斯基正与警方合作，协助逮捕她归案。

她花了一点时间浏览阿曼斯基的电子邮件，但没发现什么有趣的东西，正打算离线时，无意中发现他发给米尔顿安保技术部门主管的一封信，指示到他办公室里安装隐藏式监视录影机。

中了。

她看看日期，是在一月底她前去问候之后约一小时发出的。

也就是说下次再度造访阿曼斯基办公室前，得先调整自动监视系统里的某些程序。

第二十二章

三月二十九日星期二至四月三日星期日

星期二上午，莎兰德进入警方的刑事记录搜寻亚历山大·札拉千科，没有这个人名。她倒是不惊讶，因为据她所知，他从未在瑞典犯过罪，就连公开的记录上都没有这个名字。

她使用马尔默警局局长道格拉斯·席欧尔的密码进入刑事记录时，微微一惊，因为电脑忽然被敲，选项工具列里的一个图标开始闪烁，显示 ICQ 聊天程序里有人在找她。

她第一个反应就是拔线关机，接着冷静一想，席欧尔的电脑里面没有 ICQ 程序，年纪较大的人几乎都没有。

也就是说真的有人在找她。可能的人选并不多。于是她点进 ICQ，打了一行字：

〈瘟疫，你想干吗？〉

〈黄蜂，你还真难找。你从来不看邮箱吗？〉

〈你怎么找到我的？〉

〈席欧尔。我也有同一份名单。我想你应该会使用某个拥有最高权限者的认证码。〉

〈你想干吗？〉

〈你在查的那个札拉千科是谁？〉

〈GNPS〉

〈？〉

〈关你屁事！〉

〈发生什么事了？〉

〈瘟疫，滚蛋。〉

〈我以为我真的像你说的是个社会低能儿。但如果那些文件

可信的话，跟你比起来，我好像正常得很。〉

〈🖕〉

〈也回敬你一个。需要帮忙吗？〉

莎兰德迟疑了。先是布隆维斯特，现在又是瘟疫。前来救援的人会络绎不绝吗？瘟疫的问题在于他是个一百五十公斤的隐士，几乎只靠网络与人沟通，相较之下莎兰德的社交技巧便显得出奇高超。见她不响应，瘟疫又打了一行：

〈还在吗？需不需要人帮助你出国？〉

〈不用。〉

〈你为什么射杀他们？〉

〈你很烦耶。〉

〈你还打算杀更多人吗？如果是的话，我该担心吗？我很可能是唯一能追踪到你的人。〉

〈少管闲事，也不必担心。〉

〈我不担心。有需要的话就上热邮找我。武器？新护照？〉

〈你还真是反社会。〉

〈你是说跟你比吗？〉

莎兰德从ICQ离线后，坐到沙发上细想，十分钟后发了一封电子邮件到瘟疫的热邮邮箱。

负责初步调查的李察·埃克斯壮检察官住在泰比，已婚，有两个小孩，家有宽频连线。我需要进入他的笔记本电脑或家用电脑，需要能即时浏览他的电脑。用硬盘镜像备份恶意接收。

她知道瘟疫本身很少离开松比柏的公寓，因此但愿他已培训出某个乳臭未干的小伙子可以进行现场作业。这封信无须签名。十五分钟后有了答案。

〈你会付多少？〉

〈给你一万外加支出费用，给你的助手五千。〉

〈再联络。〉

星期四上午，莎兰德收到瘟疫的信，里面附了一个 FTP 位址。她很惊讶，本以为至少得等两个星期才会有回音。即使有瘟疫的杰出程序和特别设计的硬盘，进行恶意接收仍相当费时，必须一点一滴将信息输入电脑，每次只能输入一 KB，直到建立起一个简单的软件程序为止。能够多快完成得视埃克斯壮使用电脑的频率而定，接下来通常还需要几天的时间将资料传到硬盘镜像。因此四十八小时不只是出类拔萃，而是理论上根本不可能。莎兰德深感不可思议，马上敲他的 ICQ：

〈你是怎么办到的？〉

〈他家里有四台电脑，你能想象吗？——全都没有防火墙。零防护。我只需插上电脑线上传即可。我的费用支出是六千克朗，你付得起吗？〉

〈可以，外加一笔绩效奖金。〉

她想了一会儿，然后通过网络将三万克朗转到瘟疫的户头。她不想汇太多，以免吓坏他。接下来她便舒舒服服地坐在宜家家居的革力克山办公椅上，打开埃克斯壮的笔记本电脑。

不到一小时，莎兰德便将包柏蓝斯基巡官送给埃克斯壮的报告全看完了。她感到怀疑，照理说这种报告是不能离开警察总局的，而这也再次证明任何防护系统都敌不过一个愚蠢的员工。通过埃克斯壮的电脑，她搜集到几项重要信息。

第一，她发现阿曼斯基派了两名手下，无偿地加入包柏蓝斯基的调查团队，其实就表示米尔顿安保在赞助警方追捕她。他们的任务是尽一切可能协助逮捕莎兰德。多谢了，阿曼斯基，我不会忘记的。看见他派出哪些员工时，她皱起了眉头。波曼，她认为这是个循规蹈矩的人，而且先前对待她的态度也非常庄重。贺斯壮，根本是个不足取的败类，曾经利用在米尔顿安保的职务之便，敲诈某个公司客户。

莎兰德的道德观是有选择性的。她本身完全不反对敲诈公司客户，只要他们是罪有应得，但假如是签订了保密协定接下的工作，她绝不会违约。

莎兰德很快便发现向媒体泄密的正是埃克斯壮本人，某封电子邮件便是明证，他在信中回答了关于莎兰德的精神鉴定报告以及她和米莉安之间的关系的后续提问。

第三个重点是洞悉了包柏蓝斯基的团队对于该上哪儿找莎兰德毫无头绪。她颇感兴味地读一份报告，看他们采取哪些措施，又不定时地在哪几个地点监视。地点不多。伦达路是一定有的，但还有布隆维斯特的住处、米莉安在圣艾瑞克广场的旧住处，以及曾有人看过她们一同进出的磨坊酒吧。我干吗非得把米莉安扯进来？真是大错特错！

星期五，埃克斯壮的调查员们也发现了她和“邪恶手指”的关系，这样看来警方应该又造访过更多地点了。她不由得皱起眉。以后乐团的女孩也会从她的朋友圈中消失——尽管回到瑞典后，她都还没有和她们联络。

她愈想愈糊涂。埃克斯壮暗中向媒体胡扯一通，目的其实很清楚，就是为了出风头也顺便打好基础，迎接正式起诉她的那一天到来。

但为什么不泄漏一九九一年致使她被关进圣史蒂芬的那份警察报告呢？为什么要隐瞒那件事？

她重新进入埃克斯壮的电脑，仔细研究里面的文件。看完之后，点了根烟。他的电脑里，完全没有提及一九九一年的事件。很奇怪，但唯一的解释是他并不知道有这样一份报告。

她一度感到茫然，接着瞥向她的强力笔记本电脑。这正是王八蛋小侦探布隆维斯特会咬住不放的那种事。她再次启动电脑，进入他的硬盘，建立了名为“麦布 2”的文档。

检察官“埃”向媒体泄漏消息，问他为什么没有泄漏昔日的警方报告。

这应该就足以让他行动了。她耐心地等了两小时直到布隆维斯特上线。他先看完电子邮件，花了十五分钟才发现她的文档，接着又花了五分钟才以“隐秘”文档答复。他没有上钩，反而坚持要知道是谁杀了他的朋友。

这样的理由莎兰德能够理解，于是态度软化了些，以“隐秘 2”回应。

如果是我，你会怎么样?

这原本只是个私人的问题，但见到他“隐秘 3”的答复，她吓了一大跳。

莉丝，若真如他们所说，你的确发疯了，那么或许你可以请彼得·泰勒波利安帮忙。但我不相信你杀害了达格和米亚。我希望也祈求自己是对的。

达格和米亚正打算揭发性交易的丑闻，我想这可能才是他们遇害的原因，但却没有任何追查的依据。

我不知道我们之间出了什么问题，但你曾和我讨论过友谊。我说友谊建立在两件事情上：尊重与信任。即使你不喜欢我，还是可以倚赖我、信任我。我从未向任何人吐露过你的秘密，就连温纳斯壮那数十亿的下落也不例外。相信我，我不是你的敌人。麦可布隆维斯特提到泰勒波利安，她起先很愤怒，后来明白了他并非有意挑起战火。他不知道泰勒波利安是谁，很可能只是在电视上看到他，以为他是个负责任、享誉国际的专家。

但真正令她震撼的是他提到温纳斯壮那数十亿，不知他是如何打探到这个消息。她可以百分之百肯定自己没有出错，这世上绝不可能有人知道她做了什么。

这封信她反复看了好几遍。

提到友情那段让她不太舒服，不知该如何作出回应。

过了好一会儿，她才建立“隐秘 4”。

我会考虑。

她离线后，走到窗边座位上坐下。

莎兰德库存的比利牌厚皮比萨以及最后一点面包屑和奶酪皮，都早已在几天前吃光，这三天来，她只靠着一盒即食燕麦片充饥，当初是隐约觉得自己应该吃得健康一点，才会心血来潮买这盒燕麦片。她发现半杯燕麦片加少许葡萄干再加一杯水，放进微波炉加热一分钟后，就能变成一份可以下咽的热粥。

但她之所以采取行动，不只是因为缺乏食粮，还因为得去见一个人，可惜这不是躲在家里就能做到。她从衣橱里取出一顶金色假发和奈瑟的挪威护照。

真实生活中确实有奈瑟小姐这个人。她的外貌与莎兰德相似，并于三年前遗失了护照。后来多亏瘟疫，护照落入莎兰德手中，每当必要时她便使用奈瑟的身份，至今已将近一年半。

莎兰德取下眉环，到浴室里面上妆，然后穿上暗色牛仔裤、滚了条黄边的暖棕色毛衣，脚上则穿着有跟的登山靴。盒子里还剩下几罐梅西喷雾器，她拿出了一罐。另外还找到一年没用的电击棒，便顺便拿出来充电，最后在背包里放了一套换洗的衣服。命案后第九天，星期五晚上十一点，莎兰德离开摩塞巴克的公寓，走到霍恩斯路上的麦当劳，比起斯鲁森附近或梅波加广场上的麦当劳，来这里比较不会遇见以前的同事。她吃了一个大麦克，喝了一杯大可乐。

然后她搭上四号公车穿越西桥前往圣艾瑞克广场，下车后，朝欧登广场走去。来到毕尔曼位于乌普兰路的公寓大楼外时刚过午夜十二点。她预料此时应该没有警员在此监视，但因为看到同一层楼某间公寓还亮着灯，便继续走向瓦纳迪广场。一小时后再回来，灯已经熄了。

她没有开楼梯间的灯，蹑手蹑脚地摸黑上楼，用一把锋利的美工刀割断警方贴在公寓门上的封条后，无声无息地打开门。

她打开门厅的灯，知道从外面看不见，然后旋开笔式手电筒照路前往卧室。百叶窗帘紧闭着。她让光束对着染了血的床，想起自己曾在这张床上濒临死亡，忽然对毕尔曼从此消失在她的生命中感到深深的满足。

她到犯罪现场来是为了解答两个疑问。第一，她不明白毕尔曼与札拉之间的关系。她深信两人之间一定有关联，却无法从毕尔曼的电脑中找出蛛丝马迹。

第二个问题始终令她困扰不已。几个星期前夜访时，她便注意到毕尔曼已将她的资料从他保存所有监护文件的档案盒中取出。失踪的那几页是监护局给他的简报的一部分，其中非常扼要地简述了莎兰德的精神状态。毕尔曼已经不再需要这些，有可能是清理出来丢掉了。但话说回来，案子尚未了结，律师绝不可能丢弃相关文件。何况这几页原本是放在关于她的档案盒中，但找遍他的办公桌和附近各个角落就是找不到。

她知道警方拿走了关于她案子的和其他一些资料，但仍花了两个多小时地毯式地搜索公寓，也许警方遗漏了些什么，但最后结论是没有。

厨房有个抽屉里装满各式各样的钥匙：一些车钥匙，还有一把大楼住户共用的钥匙和一把挂锁钥匙。她静静地爬上阁楼，试开所有的挂锁，最后找到毕尔曼的储物间，里头有一些旧家具、一个堆满旧衣的衣橱、滑雪板、一个汽车电池、几个装书的纸箱和其他一些废物。由于没什么重要发现，她便下楼去，利用共用钥匙进入车库。她找出他那辆宾士车，只花了几分钟，同样无功而返。

她没有特意再跑一趟他的办公室。因为几星期前，大约就在她上一次造访他的公寓前后，也才刚刚去过，她知道过去两年间，他很少去办公室。

莎兰德回到毕尔曼的公寓，坐在客厅沙发上沉思，几分钟后起身走回厨房，打开放钥匙的抽屉，然后一一检视。有一组是前门的门锁和安全锁钥匙，但另一把却是生锈的旧式钥匙。她略一皱眉，随后抬头望向流理台上方一个橱柜，毕尔曼在那里放了二十包左右的种子，香草园用的种子。

他有避暑小屋，或者在什么地方有块田地。这就是我遗漏的。

她花了三分钟，在毕尔曼的账本里找到一张六年前的收据，显示他请人整修过车道。接着一分钟后又发现一份地产保单，地点在玛丽弗雷德外围的史塔勒荷曼附近。

凌晨五点，她顺路到手工艺街最顶端、和平之家广场旁的7-eleven，买了一大堆比利牌厚皮比萨，一些牛奶、面包、奶酪和其他食品。另外也买了一份早报，头条的标题很吸引她。

通缉女子潜逃出国?

这份报纸不知为何没有指名道姓，只称呼她为“二十六岁女子”。文中声称根据警方内部的消息来源指出，她可能已逃出国外，目前人可能在柏林。警方显然是接获密报，有人在克罗伊茨贝格区某间“无政府—女权主义俱乐部”看见她，据描述在这家俱乐部出没的全是与恐怖主义、反全球化主义与撒旦教派等等有关的年轻人。

她搭乘四号公车回到索德马尔姆，在罗森伦德街下车，走回摩塞巴克的住处，喝了点咖啡并吃了一份三明治后才上床。

她一直睡到傍晚，醒来后评估了一下，决定该换床单了。于是利用星期六晚上打扫公寓，将垃圾清运出去，报纸装进两个塑胶袋后放到楼梯间的纸箱内。她先洗了一堆内衣裤和T恤，接着是一堆牛仔裤，脏碗盘全放进洗碗机后，启动机器，最后吸了地板再用拖把拖过。

到了晚上九点，她已是满身大汗，便放一缸热水，倒入大量泡泡沐浴精，然后放松地躺着，闭上双眼沉思。午夜醒来时，水都冷了，她才爬起来擦干身体，回床上去睡，而且几乎头一沾枕就睡着了。

星期日早上，莎兰德打开电脑后，看到所有关于米莉安的白痴报道都快气疯了，心里又难过又愧疚。她犯的罪就只是：她是莎兰德的……旧识？朋友？情人？

她不太确定用哪个字眼形容她和米莉安的关系最恰当，但无论是哪一种关系，现在恐怕都结束了。认识的人的名单正快速缩减，如今又得删掉一个。被媒体报道了这么多，她不敢想象她的朋友怎会想和莎兰德这个神经病女人再有任何牵连。

想到这里她便愤怒不已。

她背下记者的名字：东尼·史卡拉，这个始作俑者。另外她也下定决心，有一天要去找某个可恶的专栏作家算账，照片中的他穿着格纹夹克，文章里则不断以戏谑的口吻称呼米莉安是“施虐受虐狂女同志”。

莎兰德将来要处置的人数不断增加，但首先得找出札拉。

找到他之后要如何，她也不知道。

布隆维斯特在星期日早上七点半被电话铃声吵醒，伸手接起来，带着睡意喂了一声。

“早啊。”是爱莉卡。

“嗯。”麦可回答。

“你一个人吗？”

“很不幸，是的。”

“那么我建议你去冲个澡，煮点咖啡。十五分钟后会有个访客。”

“是吗？”

“保罗·罗贝多。”

“那个拳击手？王中之王？”

“他打电话给我，我们谈了半小时。”

“为什么？”

“为什么他打电话给我？其实我们很熟，偶尔会互相问候。他参与希德布兰的电影的演出时[1]，我访问过他，这几年来我们也碰巧遇见过几次。”

“这事我不知道。但我的问题是：为什么他要来找我？”

“因为……我想还是让他自己解释比较好。”

布隆维斯特刚刚冲完澡、穿上长裤，门铃就响了。他开门请拳王到桌边稍坐，他先去找了件干净的衬衫，然后煮了两杯双份浓缩咖啡，并加入一茶匙牛奶。罗贝多端详着咖啡，颇为感动。

“你想和我谈？”布隆维斯特问道。

“是爱莉卡建议的。”

“原来如此，请说吧。”

“我认识莉丝·莎兰德。”

布隆维斯特一听，扬起双眉，不敢置信。“真的？”

“听爱莉卡说你也认识她，我十分惊讶。”

“我想你还是从头说起好了。”

“好，事情是这样的。我在纽约待了一个月，前天才回来，却发现城里每份他妈的报纸上都有莉丝的脸。报纸写了一堆他妈的鬼话，

---

1 保罗·罗贝多（Paolo Roberto），曾于一九八七年与瑞典知名导演希德布兰（Hildebrand）合作，拍摄一部关于这位拳王年少时期的电影。

那些他妈的烂人好像找不到什么好话可说。”

“你气愤得一连出现了三个他妈的。”

罗贝多笑着说：“抱歉，但我真的气坏了。其实我打电话给爱莉卡是因为想找个人谈谈，又不知道还能找谁。既然安斯基德那个记者替《千禧年》工作，而我又刚好认识爱莉卡，就打给她了。”

“所以呢？”

“就算莎兰德真的疯了，犯下警察所说她犯的每件罪行，也得给她一个公平的机会。我们可是个法治国家，对任何人都不该未审先判。”

“我也这么想。”

“爱莉卡就是这么跟我说的。我打给她的时候，原以为你们《千禧年》的人也一心想抓她，因为那个达格是你们的作家。不过爱莉卡说你认为她是无辜的。”

“我认识莉丝，实在无法想象她会是个精神错乱的杀人犯。”

罗贝多放声大笑。“她这个小妮子真是他妈的怪胎……不过却是好的怪胎之一。我喜欢她。”

“你是怎么认识她的？”

“她十七岁的时候和我一起打过拳。”

布隆维斯特闭上眼睛，十秒后才又张开看着眼前的拳王。莎兰德一如往常，充满惊奇。

“是啊，莉丝·莎兰德和保罗·罗贝多打拳，你们还属于同一量级呢！”

“我可不是开玩笑。”

“我相信你，她告诉过我，她以前常在某间拳击俱乐部和男生斗拳。”

“我来说说事情的经过吧。十年前我接下一份工作，在辛肯俱乐部负责训练想学拳击的小伙子。当时我已有稳定工作，但俱乐部那个年轻的负责人认为我会很有号召力，就让我下午时间去和他们打拳。结果一待就待了整个夏天，一直到入秋。他们举办拳赛，还张贴海报等等，希望吸引当地的孩子尝试拳击，也的确来了许多十五六岁的青少年，还有一些年纪较大的人。移民的小孩不少。练习拳击总比在市区里晃荡、惹是生非要好得多。这个问我就知道了。”

“我相信你。”

“后来在仲夏的某一天，也不知从哪儿冒出这个瘦巴巴的女孩。你也知道她长什么样，对吧？她走进俱乐部，说她想学拳击。”

“我能想象那个画面。”

“当时现场有六七个男生轰然大笑，他们不止体重是她的两倍，体形也明显高大许多。我也跟着笑了。我们没什么恶意，但揶揄了她一两句。我们也有女子班，于是我说了一些蠢话，大概是小女生只能在星期四打拳之类的话。”

“我敢说她没笑。”

“没有，她没笑，只是用那双黑眼睛看着我，然后随手捡起某人扔在地上的两只拳击手套。手套根本没有系紧，她戴起来也太大，但我们已经不再笑了。你明白我的意思吧？”

“听起来不太妙。”

罗贝多又笑起来。“我既然是教练，便走上前去假装对她挥出刺拳，只是做做样子。”

“糟了……”

“没错，她出其不意地挥出一拳，啪一声正中我嘴巴上方。我是在逗她，根本没有防备。在我开始回挡之前，她又挥了两三拳。只不过她没有肌力，感觉像是被羽毛扫过。但当我开始格挡，她又改变战术。她全凭直觉，后来又打中我几拳。接下来我开始认真地挡，发现她的反应比他妈的蜥蜴还快。如果她更高大强壮一点，我恐怕就遇到劲敌了。”

“我不惊讶。”

“接着她又再次变换战术，往我胯下重重打了一拳，这次我有感觉了。”

布隆维斯特做了个很痛的抽搐表情。

“于是我回了一记刺拳打中她的脸，其实不是什么重拳，只是轻轻一下。没想到她反踢我的小腿骨，总之是诡异到极点。我的体形和体重都是她的三倍，她根本没有机会，可是她不断攻击我，好像赌上自己的生命似的。”

“你惹恼她了。”

“这个我后来才明白，也觉得很羞愧。我是说，我们张贴了海报，试图吸引年轻人加入，结果她来了，很认真地说想学拳击，却碰上一群男生站在那里取笑她。如果有人那样对待我，我也会抓狂。”

“不过要挑战保罗·罗贝多，一般人可能会三思！”

“莎兰德的问题在于她的拳毫无力道，所以我开始训练她。我们让她在女子班上了几星期，她输了几场比赛，因为迟早总会有人击中她，然后我们就不得不先中断比赛，把她抬进更衣室，因为她就像发疯似的开始对人又踢、又咬、又打。”

“听起来倒是很像莉丝。”

“她从不放弃，但最后实在惹火了太多女学员，所以被教练给踢出来了。”

“后来呢？”

“跟她打拳根本是不可能的任务。她只有一种方法，我们称为‘终结者模式’。尽管只是暖身或友谊赛，她都会试图痛殴对手。女学员常常伤痕累累地回家，因为她会踢人。这时候我想到一个主意。有个名叫沙米尔的学员让我颇伤脑筋，他十七岁，来自叙利亚，是个好拳手，身材魁梧、刺拳有力……但就是不会动，老是定定地站着。于是某天下午要训练他的时候，我把莎兰德叫到俱乐部来。我让她换上装备，护头套、护齿套，全副武装，和他一起上场。起先沙米尔不肯和她对打，因为她‘只是个娘们’，反正说的全是大男人那套废话。我大声地告诉他，还故意让现场所有人都听到，这不是友谊赛，而且拿出五百克朗打赌莎兰德会击败他。我对莎兰德则是说这并非训练课程，沙米尔会使尽全力痛打她。她怀疑地看着我。比赛铃响时，沙米尔还站在原地嘟嘟哝哝，莉丝却已视死如归地扑向他，往他脸上重击了一拳，他跌坐在地。那时候我已经训练她一整个夏天，她开始有点肌肉，拳头也比较有力了些。”

“我敢说那个叙利亚男孩很有感觉。”

“后来那场训练赛被谈论了好几个月，沙米尔惨败，莎兰德靠得分取胜，如果她更有体力，真的可能让他受伤。过了一会儿，沙米尔非常沮丧，终于开始不断地全力出击。我担心得要命，万一他真的击中一拳，就得叫救护车了。有几次莎兰德用肩膀去挡，造成一些淤青，而且因为抵受不住对方拳击的力道，终于被逼到场边。不过沙米尔根本没有真正打中她。”

“真希望能亲眼看到。”

“从那天起，俱乐部里的小伙子都开始对莎兰德产生敬意，尤其是沙米尔，而我也开始让她上场和明显比她更大、更重的男生较量。她是我的秘密武器，很棒的训练经验。我们安排了一些课程并为她设定目标——必须分别在身体各部位，如下巴、额头、腹部等等，击中五拳；和她对打的男生则必须保护自己这些部位。后来和莎兰德练拳好像变成一种荣耀，感觉像是跟大黄蜂打斗。我们也的确叫她‘黄蜂’，她仿佛成了俱乐部里的吉祥物。我想她应该很喜欢这个绰号，有一天来俱乐部的时候，脖子上就刺了一只黄蜂。”

布隆维斯特淡淡一笑。那只黄蜂他记得很清楚。这也是警察对她的特征描述之一。

“这一切持续了多久？”

“每星期一晚，持续了大约三年。我只有那年夏天担任全职，后来只是偶尔才去。接手训练莎兰德的是我们的年轻教练普提·卡尔森。再后来莎兰德开始工作，没有时间常来，但直到去年，仍然每个月至少会去一次。我一年会和她见上几次面，一起对打练习。这是很好的训练，打完总是满身大汗。她几乎不和任何人交谈，没有人对打时，就狠狠地打两个小时沙包，仿佛面对的是一个不共戴天的仇人。”

第二十三章

四月三日星期日至四月四日星期一

布隆维斯特又煮了两杯浓缩咖啡，接着道了声歉，点起一根烟。罗贝多无所谓地耸了耸肩。

坊间传说他是个有话直说的高傲家伙。布隆维斯特很快便看出他私下或许显得高傲，却也是个聪明而谨慎的人。他还提醒自己，罗贝多也曾争取代表社会民主党参选国会议员，试图转战政治，因此肯定不是脑袋空空的人。布隆维斯特发现自己已经开始喜欢他了。

“你为什么要来跟我说这件事？”

“那女孩真的遇上麻烦了，对吗？我不知道该怎么办，但她很可能用得上挺她的朋友。”

“我同意。”

“为什么你认为她是清白的？”

“很难解释。莉丝是个相当顽固的人，但我实在无法相信她会射杀达格和米亚，尤其是米亚。首先，她没有动机……”

“至少据我们所知没有。”

“你说得没错。对于罪有应得的人，莉丝绝对会使用暴力，但我不知道，我决定挑战这次负责调查的巡官包柏蓝斯基。我认为达格和米亚遇害是有原因的，而且原因就在达格正在进行的报道内容当中。”

“假如真是如此，莎兰德被捕的时候，将需要更多援手——而且完全是另一种形式的支持。”

“我知道。”

罗贝多眼中闪着一道危险的光芒。“如果她是清白的，这就是史上最他妈恶劣的司法丑闻。她被媒体和警方描述成杀人犯，还被写了那么多乱七八糟的东西……”

“我知道。”

“所以我们能做些什么？我能帮上什么忙吗？”

“我们能够提供最大的帮助就是找出另一个嫌疑犯，我现在正在努力。其次则是要在某个凶狠的警察射死她之前，先找到她。莉丝不是那种会自动投案的人。”

“那怎么样才能找到她？”

“不知道，不过你可以做一件事。很实际的一件事，如果你有时间和精力的话。”

“这整个星期我老婆都不在，所以我的确有时间和精力。”

“我是在想，既然你是拳击手……”

“所以呢？”

“莉丝有个女友叫米莉安，你应该也看到关于她的新闻了。”

“施虐受虐狂女同志这个称号更有名……对，我看到了。”

“我有她的手机号码，一直试着联络她。但每次听说是记者，她就会挂电话。”

“这怪不得她。”

“我其实不太有时间去追米莉安，但好像有某篇报道提到她在学自由搏击，我想如果有个名拳击手有意找她……”

“我懂了。你希望她能提供线索，让我们找到莉丝。”

“警方侦讯时，她说不知道莉丝住在哪里，但还是值得一试。”

“把她的号码给我，我去跟她谈。”

布隆维斯特于是将电话号码与伦达路的地址给了他。

毕约克利用周末分析自己的处境。他认定自己的前途悬于危绳之上，因此必须善加利用手上这张牌。

布隆维斯特是个卑鄙家伙，现在唯一重要的是自己能否说服他保密……不说出毕约克曾向妓女买春的事实。这是可能被起诉的罪行，一旦公开他就会被解职，媒体也会把他攻击得体无完肤。国安局的秘密警察竟与十来岁的妓女性交易……如果那些贱人不是那么年轻就好了。

光是坐在这里不采取行动，等于是束手就擒。毕约克还够聪明，没有向布隆维斯特吐露只言片语。他看出了他的表情。这个人内心非常挣扎，既想要情报，却又不得不付出保持沉默的代价。

札拉让命案的调查进入全新局面。

达格在找札拉。

毕尔曼在找札拉。

而毕约克警司是唯一知道札拉和毕尔曼有关系的人，也就是说札拉是安斯基德与欧登广场两起命案的一条线索。

这也为毕约克的未来制造了另一个严重的问题。札拉千科的资讯是他提供给毕尔曼的——尽管整个档案仍被列为最高机密，他却以此向律师示好。这是小事，但也表示他犯了另一桩可能被起诉的罪。

此外，自从布隆维斯特星期五来访之后，他又多了一条罪名。他是警员，因此只要得知有关命案调查的信息，就有义务立刻告知同僚。但假如他将情报给了包柏蓝斯基或埃克斯壮，免不了会将自己卷入其中，最后一切都会爆发出来，不只是妓女，还有整个札拉千科事件。

星期六，他去了国王岛的国安局办公室，挑出所有关于札拉千科的旧文件，从头看了一遍。这些报告是他写的，但已经许多年了，最早的文件几乎已有三十年之久，最新的也已经十年。

札拉千科。

一个狡猾的混蛋。

札拉。

毕约克在报告中如此称呼他，却不记得他自己是否用过这个名字。

不过关联一清二楚。和安斯基德的关联。和毕尔曼的关联。和莎兰德的关联。

毕约克仍不明白这些拼图该如何拼凑，但他自认知道莎兰德去安斯基德的原因，也能轻易想象莎兰德怒气冲天地杀死达格和米亚的画面，他们若非不肯合作，便是激怒了她。她有动机，全国或许只有毕约克和另外两三人知情。

她是个地道的疯子。上帝保佑她被捕时，某警员能将她射死。她知情。万一她开口，整件事将会公之于世。

不管毕约克如何看待自己的处境，布隆维斯特都是一条可能的生路，这也是他唯一在乎的。他愈来愈感到绝望，一定得说服布隆维斯特将他视为秘密消息来源，为他……和那些该死的妓女发生的愚蠢越轨行为保密。*真要命，要是莎兰德也把布隆维斯特的头给轰了就好了。*

他看着札拉千科的电话号码，斟酌着联络他的利弊得失，就是难以下定决心。

布隆维斯特一定会在每个阶段，总结自己对调查的想法。罗贝多离去后，他便花费了一小时在这项工作上。这几乎已经变成有如日记形态的日志，他一面让自己的思绪自由奔驰，一面仔细地写下每段对话、每场会议以及他所作的一切研究调查，并以 PGP 系统加密后，将文件副本寄送给爱莉卡和玛琳，好让同事们掌握最新进度。

达格去世前几个星期的注意力都集中在札拉身上，被杀身亡前两个小时与布隆维斯特通最后一次电话时，也忽然提起这个名字。毕约克自称对札拉有所认识。

布隆维斯特将先前挖掘到的有关毕约克的资讯看了一遍，内容并不太多。

古纳·毕约克，六十二岁，未婚，出生于法伦。二十二岁便进入警界服务，最初担任巡警，但因研读法律，在二十六或二十七岁时晋升入国安局。那是一九六九或一九七〇年的事，也正巧是培·古纳·维涅担任局长的末期。

维涅在与北博滕郡郡长拉尼亚·拉希南逊的一次会谈中，宣称首相帕尔梅正在暗中监视俄国人，事后随即遭到解职。接下来又发生资讯局事件[1]，然后是霍梅[2]，然后是“送信人”，然后是帕尔梅遇刺，丑闻一桩接着一桩。布隆维斯特不知道这三十年来，毕约克在国安局内扮演什么样的角色。

他在一九七〇年到一九八五年间的事业大多一片空白，这倒也不奇怪，因为与国安局有关的一切活动都是机密。他有可能在文具部门削铅笔，也可能作为密探派往中国。

一九八五年十月，毕约克被调往华盛顿的瑞典大使馆两年，一九八八年又回到斯德哥尔摩的国安局。一九九六年成了公众人物：被任命为移民处副处长（具体工作内容不明）。一九九六年过后，他对媒体发表诸多声明，例如驱逐可疑的阿拉伯人等等。尤其在一九九八年，有几名伊拉克外交官遭到驱逐出境。

这一切和莎兰德、和达格与米亚的命案有何相关呢？也许毫无关系。

但毕约克知道札拉。

因此其中必有关联。

爱莉卡没有将自己要跳槽到《瑞典摩根邮报》的事告诉任何人，包括她几乎凡事毫不隐瞒的丈夫在内。她在《千禧年》只剩下一个月，内心逐渐焦虑起来。时光飞逝，一转眼最后一天就会到来。

此外，布隆维斯特也令她愈来愈不安，看了他最后一封电子邮件后，心情更是沉重。她看出了迹象。两年前在赫德史塔让他坚持到底的那份固执，他追查温纳斯壮的那种坚毅不挠的决心，又出现了。自从濯足节星期四开始，他一心便只想着查出是谁杀死他的朋友，并多少证明莎兰德的清白。

他的目标她完全赞同——毕竟达格和米亚也是她的朋友——但布

1　即所谓的“IB Affair”。一九七三年，瑞典两名记者揭发了瑞典秘密情报组织“资讯局”存在的事实。该局隶属于瑞典陆军，主要目的是搜集共产党与其他可能威胁国家安全的个人的资料。该组织只向少数内阁官员负责，连瑞典国会也不知道其存在。

2　瑞典国安局局长。后来因调查首相帕尔梅遇刺事件饱受抨击而下台。

隆维斯特性格的某一面让她感到忐忑。那就是当他闻到血腥味，就可能变得十分冷酷。

前一天他打电话给她，说他已经向包柏蓝斯基挑战并开始评估他的实力，活像个孤零零却胆量过人的牛仔，她一听便知在可见的未来，布隆维斯特都会忙着寻找莎兰德。经验告诉她，除非问题解决，否则要应付他恐怕难上加难。他会在专注与沮丧间摇摆不定，也很可能会在天平上平衡的某一点，冒一些毫不必要的风险。

还有莎兰德。爱莉卡只见过她一面，对这个奇怪女孩的认识还不足以让她和布隆维斯特一样有信心，相信她无罪。如果包柏蓝斯基是对的呢？如果她真的有罪呢？如果布隆维斯特果真找到她，而她竟变成持枪的疯子呢？

即使当天上午听了罗贝多那番惊人的谈话，她仍不太放心。不止布隆维斯特一人站在莎兰德那边，这样当然很好，但罗贝多也是个牛仔。

还有她该上哪儿找人来代理她在《千禧年》的职位？现在愈来愈紧急了。她想打电话给克里斯特，跟他商量一下，但总不能告诉克里斯特，还瞒着布隆维斯特。

布隆维斯特是个杰出的记者，但若担任总编辑会惨不忍睹。在这方面，克里斯特和她很像，但又完全没有把握克里斯特会答应。玛琳太年轻，还不够自信。莫妮卡太自我。柯特兹是个好记者，但太缺乏经验。罗塔个性太怪异。而爱莉卡也不确定若是从外面找人，克里斯特或布隆维斯特会不会不高兴。

事情真是乱糟糟的，她完全不想在这种情况下告别《千禧年》。

星期日晚上，莎兰德打开 Asphyxia 1.3，进入“麦可布隆／笔记本电脑”的硬盘镜像，他没有连线，她便浏览起过去两天新增的资料。

她读着布隆维斯特的调查日志，怀疑他可能是为了她才写得如此巨细靡遗，若真是如此，又意味着什么呢？他知道她会进入他的电脑，因此结论当然是他希望她阅读他写的东西。然而问题是：有哪些是他没写的？既然知道她能进入他的电脑，他便能操控资讯流。她发现这两天除了针对她的清白与否，向包柏蓝斯基下了某种单挑的战帖之外，他显然并无太大的进展，这让她有点生气。布隆维斯特是根据情感而不是事实在下断论。真是个天真的傻瓜。

不过他也将焦点锁定了札拉。想得好，小侦探。

接着令她略感诧异的是罗贝多忽然出现了，是好消息，她微微一笑。她喜欢那个趾高气扬的王八蛋，彻头彻尾的大男人，以前曾在拳击场上痛打过她，当然这是极少数几次他碰巧出拳命中的结果。

接着她解密阅读布隆维斯特最近写给爱莉卡的邮件，随即在椅子上坐直起来。

古纳·毕约克。国安局。知道札拉的事。

毕约克认识毕尔曼。

莎兰德在脑中画出一个三角形，视线开始变得模糊。札拉。毕尔曼。毕约克。对，这样说得通。之前她从未从这个角度看待问题。或许布隆维斯特其实没那么笨。可是他当然还没有查出其中的关系，就连了解更多内幕的她也都还办不到。她想了毕尔曼一会儿，了解到一个事实：认识毕约克让他变成出乎她意料之外的更大障碍。

她也意识到自己很可能得跑一趟斯莫达拉勒。

随后她进入布隆维斯特的硬盘，在“莉丝·莎兰德”的文件夹内建了一个新文档，取名为“拳击场角落”。等他下回打开电脑便能看见。

1. 别接近泰勒波利安。他是坏人。

2. 米莉安和此事绝对无关。

3. 你把焦点转向札拉是对的，他是关键，但在任何公开记录中是找不到他的资料的。

4. 毕尔曼和札拉之间有关联。我不知道是什么，但正在查。是毕约克吗？

5. 很重要。一九九一年二月有一份对我不利的警察报告，不知道档案号码，也找不到报告。埃克斯壮为何没有拿给媒体？答案是：不在他的电脑里面。结论：他不知道有这份报告。这怎么可能？

她略一沉吟，又加了个附注：

又及：麦可，我并不是无辜的，但我没有杀达格和米亚，他们的死与我无关。当天晚上我见了他们——在命案发生前——但事发前就离开了。谢谢你相信我。代我向罗贝多问好，跟他说他的左勾拳软趴趴的。

又及：温纳斯壮那件事你是怎么知道的？

约莫三小时后，布隆维斯特看见了莎兰德的文档，而且一行一行仔细地读了至少五遍。这是她头一次明白说出自己没有杀害达格和米亚，他相信了也大大松了口气。尽管信中仍充满谜团，但她终于肯和他交谈了。

他还注意到她只否认杀害达格和米亚，却没有提到毕尔曼。布隆维斯特心想这是因为自己在信中只提到这两人，他思索片刻后，建立了“拳击场角落 2”。

嗨，莉丝：

谢谢你终于告诉我你是清白的，我相信你，但却也曾经受媒体杂音的影响而略生怀疑。请原谅我。直接从你的信中得知这个消息，感觉真好。如今剩下的就是揭发真正的凶手，这种事我们一起做过，如果你不这么小心翼翼，应该会有帮助。我想你会读我的调查日志，那么你知道的和我一样多，也了解我的想法了。我认为毕约克可能知道些什么，过几天我会再找他谈。我一一检视那些嫖客，这个方向对吗？

警察报告这件事令我惊讶。我会请我的同事玛琳深入调查。当时你几岁，十二或十三吗？报告里写了些什么？

你对泰勒波利安的想法我明白了。麦可

又及：温纳斯壮那一节你犯了一个错误。圣诞期间在沙港的时候，我知道你做了什么，但既然你没提我便也没问。我不想告诉你是什么错误，除非你和我见一面、喝杯咖啡。

收到的答复，内容如下：

别再管那些嫖客了。札拉才是重要的人。还有一个金发的高个儿。不过那份警察报告很有趣，因为似乎有人想隐藏。这不可能是巧合。

包柏蓝斯基的团队在星期一开早会时，检察官埃克斯壮的心情很差。嫌疑犯有名有姓、外形特殊，不料搜查了一个多星期竟毫无结果。当周末执勤的安德森报告最新进展时，埃克斯壮的心情并未改善。

“有人闯入？”埃克斯壮难掩惊讶。

“星期日晚上，邻居来电说警方贴在毕尔曼公寓门上的封条遭到破坏。我去看过了。”

“结果呢？”

“封条有三处被割断，很可能是用刮胡刀片或美工刀。技巧高明，几乎看不出来。”

“是窃贼吗？有些地痞流氓专偷死人的住处——”

“不是窃贼，我查过整间公寓，所有有价值的东西，像DVD播放机等等，都还在。不过毕尔曼的车钥匙摆在厨房桌上。”

“车钥匙？”

“星期三霍姆柏去过公寓查看有没有遗漏什么，他也检查了车子。他发誓自己离开公寓时，餐桌上没有车钥匙，也重新封好了封条。”

“会不会是他忘了放回去？没有人是十全十美的。”

“霍姆柏从未用过那把钥匙，他用的是毕尔曼钥匙圈上那把，我们已经扣押了。”

包柏蓝斯基搓了搓下巴。“这么说不是普通的闯入啰？”

“有人进入毕尔曼的公寓四处查探，想必是发生在星期三到星期日晚上邻居来电之前。”

“有人在找什么东西。会是什么呢，霍姆柏？”

“那里没有留下任何重要的东西，有的话也都被我们扣押了。”

“至少是我们不知道的东西。杀人动机至今未明。我们认定莎兰德是个精神病患者，但即便是精神病患也需要动机。”

“你怎么想？”

“不知道。有人搜索毕尔曼的公寓。第一个问题：是谁？第二个问题：为什么？我们遗漏了什么？”

“霍姆柏？”

霍姆柏无奈地叹了口气。“好吧，我再去把公寓搜一遍，这次我会带镊子。”

星期一上午，莎兰德十一点醒来，又赖了半小时左右才起床，按下咖啡壶开关后，去冲了个澡。然后她给自己准备了点早餐，坐到强力笔记本电脑前面看看埃克斯壮检察官的电脑里面有何最新资料，顺便阅读电子报。媒体对安斯基德命案的兴趣明显减低了。她也打开达格的调查文件夹，将他与记者桑斯壮——即为性交易黑帮跑腿并对札拉略有所知的那名嫖客——会面谈话的记录读了一遍，之后又倒了点咖啡，然后坐在窗边开始思索起来。

到了四点，想得够多了。

她需要现金。现在手边有三张信用卡。一张是她自己的名字，因此派不上任何实际用场。一张是以奈瑟的名义申请，但她尽量不想使用，因为出示奈瑟的护照证明身份有点冒险。另一张则是黄蜂企业的，连结的户头里有三百万克朗左右的存款，金额不足时还能通过网际网络转账。这张卡谁都可以用，但必须出示证件。

她走进厨房，打开一个饼干罐，拿出一叠钞票，现金共有九百五十克朗，不太多。幸好另外还有一千八百美元，是旅行回来后随手乱放的，拿到福汇的外币兑换所兑换不需要证件。感觉好些了。

她戴上奈瑟的假发，打扮入时，又把一套换洗的衣服和一个舞台化妆箱放进软背包，紧接着便出发离开摩塞巴克作第二次冒险之旅。她步行到福尔孔路后转上厄斯塔街，赶在瓦茨基商店打烊前进入店内，买了绝缘胶带和一个有八码长棉绳的滑轮组。

回程时她搭乘六十六路公车，来到梅波加广场时，看见一名女子在等公车，起先没有认出她来，但内心深处起了警觉，再一看才发现那是伊莲·弗兰斯壮，米尔顿安保的薪资出纳。她换了一个较时髦的新发型。见弗兰斯壮上车，莎兰德连忙溜下车去。她四下张望，一如往常地搜寻熟悉面孔，随后经过半圆形的波费尔公寓大楼来到梭德拉车站，搭上往北的区间列车。

爱莉卡与茉迪巡官握过手后，立刻请她喝咖啡。茉迪发现小厨房里的马克杯上，全都有政党和专业组织的标志与广告。

“这些大都来自选举夜餐会与访问。”爱莉卡递给她一个自由青年党的杯子，一面解释道。

茉迪在达格的旧办公桌上工作，玛琳主动提供协助，除了解释达格的书与文章的主题外，也引领她看所有的调查资料，其范围之广令茉迪大感惊讶。达格的电脑失踪，看似无法得知他的作业内容，原本让调查小组十分烦躁，原来他几乎都做了备份，在《千禧年》的办公室即可取得。

布隆维斯特不在办公室，但爱莉卡将他从达格办公桌取走的资料列表交给茉迪，全部都和消息来源的身份有关。茉迪打电话给包柏蓝斯基，解释情况后，两人决定扣押达格桌上包括《千禧年》电脑内的所有资料，之后如果认为有必要另外征用布隆维斯特已移除的资料，包柏蓝斯基会再带着搜查令前来。于是茉迪列出了扣押清单，柯特兹帮她将纸箱搬上车。

星期一晚上，布隆维斯特感到特别沮丧。达格打算揭发的人当中，目前已经删除了十人。每次会谈见到的都是忧心忡忡、容易激动且深感震惊的男人，他们的平均年收入估计约为四十万克朗。这是一群吓坏了的可怜虫。

然而，他并不觉得有人在命案方面有所隐瞒。

布隆维斯特打开电脑看看莎兰德有无新的消息。没有。在前一封信中，她说那帮嫖客不重要，继续追他们只是浪费时间。他觉得饿，却不想做晚饭，何况除了在街角商店买牛奶之外，也两星期没买菜了。于是他套上夹克，走到霍恩斯路上的希腊小馆，叫了烤羊肉吃。

莎兰德首先查看楼梯井，并在昏暗中谨慎地巡视了毗邻的大楼两趟。这些都是低矮建筑，而且恐怕没有隔音设备，对她的行动很不利。记者桑斯壮住在顶楼五楼的角落，而楼梯则继续通往一扇阁楼门。应该行得通。

问题是公寓所有窗子都没有透出灯光。

她走到几条街外的一间比萨店，点了一份夏威夷比萨，坐在角落里边吃边看晚报。快九点时，她到连锁便利商店 Pressbyra 买了一杯拿铁之后又回到大楼，公寓里仍一片漆黑。她进入楼梯井，坐在通往阁楼的阶梯上，可以看到半段楼梯下方桑斯壮的家门，然后一面喝拿铁一面等候。

法斯特终于在“近代破烂”唱片公司的录音室，追踪到撒旦派乐团“邪恶手指”的主唱席拉·诺伦。录音室在欧弗休的一栋工业大楼内，这种文化冲击的强度对他而言，堪与西班牙人首度遭遇加勒比海的印第安人相比。

法斯特前往诺伦双亲的住处探问几次后，成功地追踪到录音室来，据她妹妹说，她是在这里“帮忙”，为来自柏连格的“冷蜡”乐团制作 CD。法斯特从没听说过这个团体，团员似乎全是二十多岁的小伙子。他一进入录音室外的走廊，就碰上一道几乎令人窒息的声墙。他透过窗子看着“冷蜡”，一直等到这刺耳的声音暂歇。

诺伦有一头乌黑的头发，绑着红红绿绿的辫子，还上了黑色眼妆。身材略显丰腴，穿着短裙搭配短上衣，露出一个肚脐环。臀部包着一条钉满铆钉的腰带，看起来像是刚从法国恐怖片里走出来的人物。

法斯特举起警徽，说要和她谈谈。她继续嚼着口香糖，用狐疑的眼神瞄了他一眼，然后指向一扇门，带着他进到一个类似员工餐厅的地方，他一脚踢到扔在门边的一包垃圾差点跌倒。诺伦用一只空塑胶瓶装水，喝了一半，接着才坐下来点了根烟。她用清澈湛蓝的眼睛注视着法斯特。

“‘近代破烂’唱片是什么？”

她似乎感到这问题无聊透顶。

“专门替新乐团制作唱片的唱片公司。”

“你在这里做什么？”

“我负责录音。”

法斯特露出严厉的目光。“你受过相关训练吗？”

“没有。我是自学的。”

“靠这个足以糊口吗？”

“你问这个做什么？”

“只是好奇。我想你应该看到最近报纸上有关莎兰德的报道了。”

她点点头。

“我们相信你认识她，没错吧？”

“可能。”

“到底是或不是？”

“那得看你想知道些什么。”

“我想找一个犯下三尸命案的疯女人。我要知道关于莎兰德的资讯。”

“我从去年开始就没有莎兰德的消息。”

“你最后一次见到她是什么时候？”

“大约两年前的秋天。在磨坊酒吧。她以前常去那里，后来就不再出现了。”

“你有没有试着联络她？”

“我打了几次手机，号码已经不通了。”

“你没有其他方法可以找到她吗？”

“没有。”

“什么是‘邪恶手指’？”

诺伦似乎觉得有趣。“你不看报纸吗？”

“那是什么意思？”

“他们说我们是一个撒旦派的乐团。”

“你们是吗？”

“我看起来像撒旦信徒吗？”

“撒旦信徒长什么样？”

“天哪，警察和报纸，到底谁比较笨？”

“小姐，你仔细听好了，这件事非同小可。”

“我们是不是撒旦信徒这件事吗？”

“别再胡扯了，好好回答问题。”

“问题是什么？”

法斯特闭了一会儿眼睛，回想起几年前自已趁着度假去参访希腊警局的情形。希腊警察尽管问题不少，比起瑞典警察却有个好处。假如这名女子在希腊采取相同态度，他大可以把她压弯下去，狠狠打三棍。回想完后他睁开眼看着她。

“莎兰德也是‘邪恶手指’的一员吗？”

“我不这么认为。”

“这又是什么意思？”

“莎兰德恐怕是我所见过的最大音痴。”

“音痴？”

“她能辨识喇叭和鼓，但她的音乐才华大概也仅止于此。”

“我是问她有没有加入‘邪恶手指’？”

“我刚刚已经回答了。你到底知不知道‘邪恶手指’是什么？”

“你告诉我呀！”

“你根本是凭着报纸的白痴报道在办案。”

“回答我的问题。”

“‘邪恶手指’是一个摇滚乐团，是一群在九十年代中期，因为喜爱硬式摇滚而一起玩音乐的女孩。我们用一个五角星作为标志，唱唱《同情魔鬼》[1]，以作宣传。后来乐团解散，现在只有我还在音乐界。”

“你是说莎兰德并不是团员？”

“是的。”

“那为什么我们的消息来源说莎兰德属于这个团体？”

“因为你们的消息来源和报纸一样愚蠢。”

“那么你跟我说一点不愚蠢的事。”

“我们乐团总共有五个女孩，大家偶尔会聚一聚。以前我们总是每星期在磨坊聚会，现在大概是一个月一次。不过我们都保持着联络。”

“聚会的时候都做些什么？”

“你想一般人到磨坊去会做什么？”

法斯特叹了口气。“所以你们是聚在一起喝酒。”

“我们通常喝啤酒，聊些八卦。你和你的朋友们在一起的时候都做些什么？”

“莎兰德是怎么出现的？”

“几年前我在成人教育学校认识她。以前她偶尔会来磨坊，跟我们喝啤酒。”

“这么说‘邪恶手指’不能称为‘一个组织’啰？”

诺伦瞪着他，就像瞪着一个外星人。

“你们是同性恋吗？”

---

1 滚石乐团经典专辑《乞丐宴会》(Beggars Banquet)中最受争议也是该团最伟大的一首创作。

“你想要我揍你一拳吗？”

“回答问题。”

“我们是不是同志，不关你的事。”

“别激动，你不能挑衅我。”

“拜托！警方说莎兰德杀死了三个人，而你却跑到这里来问我的性取向。你去死吧！”

“你要知道，我可以逮捕你的。”

“用什么理由？对了，我忘了告诉你我读过三年法律，而且我父亲是乌尔夫·诺伦，诺伦—纳帕律师事务所的合伙人。我们法庭见了。”

“你不是说你在音乐界工作吗？”

“做这行是因为兴趣。你以为我靠这个为生？”

“我完全不知道你靠什么为生。”

“如果你以为信奉撒旦教的女同性恋是我的谋生方式，我可以告诉你，不是。而如果警方是靠着这点在找莎兰德，也难怪你们找不到她了。”

“你知道她在哪里？”

诺伦的上半身开始前前后后地摇摆，双手则慢慢划到身前。

“我可以感觉到她离得不远……等等，我用我的感应力找找看。”

“够了。”

“我早告诉你，将近两年没有她的消息了。我不知道她在哪里。好啦，如果没有别的事的话……”

茉迪接通了达格电脑的电源，利用晚上时间将他的硬盘和光盘整理分类，并坐在那里读他的书读到十一点。

她了解了两件事。第一，达格是个杰出的作家，描写性交易机制的客观态度令人激赏。他生前若能到警校讲课该有多好，凭他的知识必能为学校课程添加宝贵的一分。例如法斯特就能从达格的见解中获益。

第二件事，布隆维斯特认为达格的调查可能引发杀机，这个假设的可能性很大。达格打算揭发买春客一事，不只是伤害少数人，这是残酷的事实揭露，某些要角可能因此身败名裂，而其中还有几人曾经将性犯罪者判刑或参与公开辩论。

问题是，即使某个可能被揭发的嫖客决定谋杀达格，至今却仍看不出与毕尔曼有何关联。达格的资料中没有提到他，这项事实不仅削减了布隆维斯特的主张的说服力，也同时提高了莎兰德是唯一嫌疑犯的几率。

即使杀害达格与米亚的动机依然不明，但莎兰德确实到过犯罪现场，还在凶器上留下指纹。

而且凶器也直接联结上了毕尔曼命案。除了私人关联外，还有一个可能的动机——毕尔曼小腹上的文身显示，两人之间很可能有某种性侵害或性虐待的关系。若说毕尔曼主动用这种怪异而痛苦的方法在身上刺青，实在令人难以置信。若非他以此羞辱为乐，便是莎兰德——倘若刺青的人是她——先令他无力招架。事情究竟是怎么发生的，茉迪并无意揣测。

另一方面，泰勒波利安证实了莎兰德的暴力，通常是针对她视为威胁——无论原因为何——或曾经攻击过她的人。

他似乎有意袒护，仿佛不希望昔日的患者受到任何伤害。但无论如何，调查工作仍多半基于他对她的分析，因而将她视为濒临精神异常的精神病患。

不过布隆维斯特的论点倒是很吸引人。

她咬着下唇，试图想象除了莎兰德独自杀人之外的其他情节，最后在笔记本里写下一行字。

两个完全无关的动机？两起谋杀案？一件凶器？

她脑海里闪过一个念头，却不太能抓得住，总之是她打算在早会上问包柏蓝斯基的一件事。她实在无法解释自己为何突然对莎兰德独自杀人的假设感到如此不安。

她决定今晚到此为止，便毅然关上电脑并将光盘锁进办公桌抽屉。然后穿上夹克，熄了桌灯，正准备锁上办公室的门时，却听见走廊另一头发出声响。她不禁皱了皱眉。她本以为局里只有她一人，于是沿着走廊向法斯特的办公室走去。门半掩着，她听到他在讲电话。

“这很明显把事情都兜在一块儿了。”她听见他说。

她犹豫了片刻，才深吸一口气敲敲门柱。法斯特惊讶地抬起头来。她向他招招手。

“茉迪还在局里。”法斯特对着话筒说，然后一面聆听一面点头，目光却始终停留在茉迪身上。“好，我会告诉她。”他说着挂上电话。“是泡泡。”他作了解释，“有什么事吗？”

“什么东西把事情都兜在一块儿了？”她问道。

他眼里射出一道寒光。“你在偷听？”

“没有，但你的门开着，我刚要敲门的时候听见了。”

法斯特耸了耸肩。“我打给泡泡说鉴定实验室终于找到有用的东西了。”

“是什么？”

“达格有一只使用 Comviq 预付卡的手机。他们列出了通话记录，证实他在晚上七点半和布隆维斯特通过电话。当时布隆维斯特正在他妹妹家用餐。”

“很好，不过我不认为布隆维斯特和命案有关。”

“我也是，不过那天晚上达格还打了另一通电话，在九点三十四分的时候，通话时间为三分钟。”

“结果呢？”

“他打的是毕尔曼家里的电话。换句话说，这两起命案之间有关联。”

茉迪重重跌坐在法斯特的访客椅上。

“哦对了，请坐，别客气。”

她不予理会。

“那好，时间架构会是如何？七点半，达格打给布隆维斯特，约好稍晚碰面。九点半，达格打给毕尔曼。将近十点，莎兰德趁着安斯基德的街角商店打烊前买了香烟。十一点过后不久，布隆维斯特和妹妹抵达安斯基德，并于十一点十一分打了紧急求助电话。”

“听起来没有错，神探小姐。”

“但这样根本不对。根据验尸报告，毕尔曼是在那天晚上十点到十一点之间被杀，那个时间莎兰德人在安斯基德。我们的假设一直是莎兰德先射杀毕尔曼后，再杀死安斯基德那对男女。”

“这根本不代表什么。我又找法医谈过了。毕尔曼的尸体直到第二天晚上才发现，几乎相隔了二十四小时。法医说死亡时间可能有一个小时的差异。”

“可是毕尔曼一定是先被杀死，因为凶器是在安斯基德发现的，也就是说她在九点三十四分过后射杀了毕尔曼，然后开车到安斯基德，在那里买了香烟。她有足够时间从欧登广场赶到安斯基德吗？”

“有，我们先前推测她搭乘大众交通工具，其实不然。她有车。我和波曼试开过这条路线，时间很充裕。”

“但她又等了一个小时才杀害达格和米亚？这段时间她都在做什么？”

“喝咖啡。杯子上有她的指纹。”

他露出得意洋洋的神色。茉迪叹了口气后，静坐了一会儿。

“法斯特，你把这个看成是一种荣耀。你有时候真是个猪头，会把人逼疯，但我来敲门是为了请你原谅我打你巴掌。是我太过分了。”

他看了她好一会儿。“茉迪，或许你觉得我是个猪头，我却认为你不够专业，根本不配当警察。至少不是这个级别的警察。”

茉迪斟酌了几个回应，但最后仍只是耸耸肩站起来。

“那么现在我们都知道各自的立场了。”

“一点也没错。相信我，你在这里是待不久的。”

茉迪无心地将门关得大声了点。*别让那个混蛋得逞。*她下楼到了车库。

法斯特对着关上的门满意地笑了。

布隆维斯特刚回到家，手机就响了。

“嗨，我是玛琳，你方便说话吗？”

“当然。”

“我昨天忽然想到一件事。”

“说说看。”

“我在翻阅我们搜集到的关于追捕莎兰德的新闻剪报时，发现有一篇是报道她住进精神病院的那段时期。我觉得奇怪的是：她的经历中怎么会有那么一大段空白？”

“什么空白？”

“有很多内容是关于她在学校里惹的麻烦，和老师与同学之间的麻烦。”

“这我记得。甚至还有个老师说她很怕十一岁的莎兰德。”

“比莉妲·米欧斯。”

“就是她。”

“也有关于莎兰德在精神病院的细节描述。还有许多内容是关于她十几岁时和寄养家庭的关系，以及旧城区的攻击事件。”

“所以你有什么想法？”

“她是在十三岁前夕被送进精神病院。”

“所以呢？”

“却完全没有提到她为什么被送进去。如果一个十二岁的孩子被送进精神病院，一定是出了什么事。就莎兰德而言，很可能是严重的情绪失控，那应该会记录在个人资料当中。但却什么也没有。”

布隆维斯特皱起眉头。“玛琳，我从一个可靠的消息来源得知，有一份关于莎兰德的警察报告，日期是一九九一年二月，也就是她十二岁那年。这份报告不在档案中，我正想请你去查一查呢。”

“如果有报告，就必须放在她的档案中，否则便是违法。你真的确认过了？”

“没有，但我的消息来源说不在里面。”

玛琳顿了一下，“你的消息来源有多可靠？”

“非常可靠。”

玛琳和布隆维斯特同时作出相同的结论。

“国安局。”玛琳说。

“毕约克。”布隆维斯特说。

第二十四章

四月四日星期一至四月五日星期二

年近五十的自由撰稿记者桑斯壮回家时，午夜刚过。他有点醉，但能感觉到一股惊慌在胃里结成硬块。一整天下来，他绝望得什么事也没做，根本是吓得六神无主。

达格被杀已将近两星期。那天晚上桑斯壮看到电视新闻，震惊不已。他感觉到心中涌起一波轻松与希望——达格死了，那么要揭发桑斯壮的那本有关非法交易的书可能也会成为历史。

他痛恨达格。他曾经恳请、哀求过，还给那只猪下跪过。

直到命案后第三天，他才开始评估自己的处境。警方会找到达格的文章，并开始挖掘他那些小小越轨事件。天哪……他甚至可能成为嫌疑犯。

当莎兰德的脸被啪地贴上全国每个新闻看板时，他的惊慌略为平息，不过这个莎兰德是哪号人物啊？以前听都没听说过。但警方显然将她视为重要嫌疑犯，而且根据检察官的声明，应该不日即可破案。说不定根本不会有人注意到他。但依他的经验，记者总会留下证据资料与笔记。《千禧年》。一家欺世盗名的烂杂志社。和其他杂志社一样，专门探人隐私、高声痛批还毁人名誉。

他无法打听到调查工作已经进行多久，因为无人可问，不禁觉得自己仿佛处于真空状态。

他在惊恐与醉意之间来回摆荡。警方显然并没有在找他，也许——如果够幸运的话——可以全身而退。但万一没有那么幸运，他的职业生涯也就完了。

他将钥匙插入前门，转动后才一开门，忽然听到身后响起窸窣声，还来不及转身，腰部便一阵酥麻刺痛。

电话铃响时，毕约克还没上床。虽然已穿上睡衣睡袍，却仍坐在没开灯的厨房里，为自己的两难局面苦恼不已。在这么长久的职业生涯中，他从未面临如此困境，甚至连危机都没有。

他无意接电话，都已经过了午夜。但电话继续响着，到了第十声，他再也受不了。

“我是麦可·布隆维斯特。”电话另一头的声音说。

要命。

“我睡了。”

“我要说的话，你应该会有兴趣听听。”

“你想干吗？”

“明天上午十点，我要召开记者会，说明达格和米亚的命案背景。”

毕约克干咽了一口口水。

“达格那本关于性交易的书已大致完成，我要详述书中的所有细节，而唯一会被点名的嫖客就是你。”

“你答应要给我一点时间的……”他听见自己声音里透着惧怕，顿时打住了。

“都已经好几天了，你说周末过后会找我。明天是星期二，所以要么你现在告诉我，否则我明天就开记者会。”

“要是你开了记者会，就永远别想查出札拉的任何一件鸟事。”

“有可能，不过到时就不再是我的问题了。你反而得去和警方的调查小组谈，当然还有其他的媒体。”

没有讨价还价的空间。

于是毕约克答应和布隆维斯特见面，但同时也成功地将见面时间往后拖延了一天。星期三。短暂的缓刑。但他准备好了。

不成功便成仁。

他在自家客厅的地板上醒来，不知已昏迷多久，只觉得全身疼痛、无法动弹，不一会儿才发现双手被绝缘胶带反绑，双脚被缚，嘴巴上也贴了一块胶布。室内的灯亮着，百叶窗紧闭。他不明白发生了什么事。

似乎有声响从书房传出。他静静躺着倾听，听到抽屉的开关声。是盗贼？他听见纸张的沙沙声，有人在翻搜抽屉。

好像过了好久好久才听到身后有脚步声。他试图转头，却看不到任何人。他暗暗告诉自己要保持冷静。

蓦地，一个粗粗的棉绳圈套进他的头，活结在脖子上收紧，几乎吓得他屁滚尿流。他抬起头，看见绳子往上连接着一个滑车，而滑车则固定在原本用来挂天花板吊灯的钩子上。紧接着攻击者进入了视线。他首先看到的是一双黑靴。

当他眼睛往上瞄时，更是受到莫大惊吓。一开始他并未认出此人正是自复活节过后，每家 Pressbyra 店门外都贴着她的护照相片的那个神经病。她留着黑色短发，模样和报上的照片不太像，而且穿得一身黑——牛仔裤、敞开的中长款棉夹克、T 恤、黑手套。

然而最令他心惊肉跳的还是那张脸。上了浓妆的脸。她涂了黑色口红、眼线，还有非常抢眼的墨绿色眼影。剩下的脸上涂满白粉，还有一条红线从左额头画过鼻子直到右下巴。

那是张怪诞的面具。看起来她像得了失心疯。

他的大脑一直在抗拒。这不像是真的。

莎兰德抓住绳索末端开始扯动。他感觉到绳索勒进脖子里，有几秒钟无法呼吸，于是挣扎着想让双脚撑立起来。有了滑车装置，莎兰德几乎无须费力便能让他起身。当他站直后，她不再继续拉，反将绳子往电暖管上绕了几圈后，打了一个双套结。

随后她又消失在视线外，离开了不止十五分钟。她一回来，便拉过一张椅子正对着他坐。他试图避开那张大花脸，却怎么也避不开。她在客厅桌上摆了一把手枪。是他的手枪。她在衣橱的鞋盒里找到的。科特一九一一政府型。他已持有数年的非法武器，当初是向朋友买的，但根本没有开过枪。她就当着他的面取出弹匣，装上子弹，重新推入后扳上扳机。桑斯壮简直就快昏厥过去，但仍强逼自己正视着她。

“我真不明白，男人为什么总得记录自己的变态行为？”她开口道。

她的声音很轻，但冷冰冰。音量不大，但听得一清二楚。她拿起一张照片。老天爷，那一定是从他的硬盘里打印出来的。

“我猜这个女孩叫伊娜丝·哈穆耶维，爱沙尼亚人，十七岁，老家在纳尔瓦附近的里帕路。跟她玩得高兴吗？”

这是个高明的问句，不是真要他回答。桑斯壮也无法回答，因为嘴巴上贴着胶布，脑子里更是一片混乱。照片上是……*我的天哪，我怎会留下这些照片？*

“你知道我是谁吗？点头。”

桑斯壮听话地点头。

“你是一只有性虐待狂的猪，是变态，是强暴犯。”

他没有反应。

“点头。”

他点点头。霎时间，眼中满是泪水。

“我们先把约定的规则明明白白说清楚。”莎兰德说，“要是依我的意思，你应该马上处死。你活不活得过今晚，我一点也不在乎。懂吗？”

他点点头。

“你很可能已经发现，我是一个喜欢杀人，尤其喜欢杀男人的女疯子。”

她指指他堆在客厅桌上的这几天的报纸。

“现在我要撕下你嘴上的胶布，如果你大喊或出声，我会用这个电死你。”她说着举起一支电击棒，“这个恐怖玩意儿会释出五万伏特的电。下一次大概只剩四万伏特，因为我已经用过一次又没充电。懂吗？”

他听了面露疑虑。

“也就是说你的肌肉会停止运作，就像你跌跌撞撞回到家门口时体验到的那种感觉。”她对他微微一笑，“也就是说你的双腿将无法支撑你，最后你将会被吊死。而我电完你以后，只需起身离开就行了。”

他又点头。妈呀，她真是个杀人不眨眼的疯子。他实在忍不住了，泪水不由自主地流下脸颊，接着开始抽鼻子。

她站起来，一手撕去胶布。那张怪异的脸只离他五厘米。

“什么都别说，”她吩咐道，“如果你不经允许就开口，我会电死你。”

她一直等到他不再抽鼻子，并抬起头直视着她。

“今晚你有一个活命的机会。”她说，“而且只有一个。我要问你几个问题，只要你乖乖回答，我就让你活命。懂的话就点头。”

他点了头。

“要是你拒绝回答任何问题，我也只好电你了。懂吗？”

他点点头。

“假如你说谎或是答非所问，我也会电你。”

又点头。

“我不会和你讨价还价，没有第二次机会，要是不立刻回答问题，你就得死。如果回答得令我满意，便可活命。就这么简单。”

再点头。他相信她。他别无选择。

“求求你，”他说，“我不想死……”

“是死是活全看你自己的表现。不过你刚刚违背了我的第一条规则：没有我的允许不能说话。”

他连忙紧闭起双唇。这个女的完完全全、彻彻底底疯到家了。

布隆维斯特太沮丧也太急躁，因而不知如何是好。最后他穿戴上夹克、围巾，漫无目的地朝梭德拉车站走去，经过波费尔大楼之后，来到位于约特路的《千禧年》杂志社。办公室里静悄悄的。他没有开灯，只按下咖啡壶开关，然后站在窗边一面等着咖啡，一面俯看约特路，并试着整理自己的思绪。命案的调查工作有如支离破碎的马赛克，其中他找出了几块碎片，其他的却怎么也找不着，缺漏的地方太多了。在某处有个图案，他感觉得到，但无法看清。

此时他心中生疑。*她不是精神错乱的杀人犯*，他提醒自己。她已经写信告诉他，她没有射杀他的朋友。他也相信。但她仍与命案密不可分，只是不知究竟有何关联。

慢慢地，他开始重新评估自己打从踏进安斯基德的公寓后，便深信不疑的想法。他或多或少一开始便假设达格对于性交易的调查报道，是命案唯一可能的动机。如今他渐渐接受了包柏蓝斯基的说法：这无法解释毕尔曼的命案。

莎兰德在信中叫他别再管那些嫖客，应该全心放在札拉身上。*为什么呢？*这个小坏蛋。为什么就不能说一点让人听得懂的话呢？

布隆维斯特用一个青年左翼党的马克杯盛完咖啡，坐到办公室中央的沙发上，双脚跷上茶几，不顾禁烟规定点起了烟。

毕约克是嫖客之一。毕尔曼是莎兰德的监护人。毕尔曼和毕约克都曾经在国安局服务，这不可能是巧合。一份关于莎兰德的警察报告失踪了。

难道动机不止一个？

难道莎兰德就是动机？

布隆维斯特坐在那里想着一个说不出来的念头。有些东西仍属未知，但“莎兰德本身可能就是命案动机”这个念头究竟何意，他也说不出所以然，只是有个感觉一闪而逝，仿佛有了新发现。

这时他才发现自己太累了，便倒掉咖啡、清洗机器，回家睡觉。躺在黑暗中，他又重拾线索，花了两个小时试图厘清自己到底想表达什么。

莎兰德抽着烟，舒服地斜靠在他面前的椅子上，跷起右脚，目不转睛地盯着他看。桑斯壮从未见过如此凌厉的眼神。她说话时，声音依然很轻。

“二〇〇三年一月，你第一次到伊娜丝位于诺斯堡的住处找她，当时她刚满十六岁。你找她做什么？”

桑斯壮不知如何回答。他其实自己也不太明白事情是怎么开始的，他又为什么……她举起了电击棒。

“我……我不知道。我想要她。她是那么美丽。”

“美丽？”

“是的，她很美。”

“所以你认为你有权利把她绑在床上和她性交？”

“是她愿意的，我发誓，她自己愿意的。”

“你付了钱？”

桑斯壮好不容易挤出一句。“没有。”

“为什么？她是妓女，妓女是要收钱的。”

“她是……她是礼物。”

“礼物？”她的语调忽然透着危险的讯号。

“因为某人要答谢我的帮忙。”

“桑斯壮，”莎兰德口气恢复了正常，“你该不是想回避我的问题吧？”

“我发誓。你问什么我都会照实回答，不会撒谎。”

“很好。你帮了谁什么忙？”

“我走私了一些合成类固醇进来。我去爱沙尼亚出差，有几个认识的人同行，然后用我的车载回药丸。和我一起去的人叫哈利·朗塔，不过他不是搭我的车去。”

“你怎么会认识他？”

“我们认识好几年了，确切地说，从八十年代就认识了。他只是个朋友，以前常常一起上酒吧。”

“是哈利把伊娜丝送给你当……礼物？”

“对……呃，对不起，不是，那是后来在斯德哥尔摩这里，是他哥哥阿托·朗塔。”

“你是说阿托跑来敲你的门，问你想不想去诺斯堡搞伊娜丝？”

“不是的……我当时在……我们有个派对……该死，我想不起来我们在哪里……”

他忽然不由自主地颤抖，双膝好像开始发软，必须把腿靠在某个东西上才能站得直。

“冷静地回答。”莎兰德说，“我不会因为你需要时间回想而吊死你，但只要让我觉得你有意闪躲，那么就……砰！”

她挑起眉头，令他诧异的是看来竟带有一种天使般的灵气。在这张恐怖面具衬托下，任何一张脸应该都会有这种灵气吧。

桑斯壮咽了一下口水。他嘴里很干，脖子上也能感觉到绳子慢慢紧缩。

“你们上哪儿喝酒不重要。阿托为什么把伊娜丝送给你？”

“我们在谈……我们……我告诉他我想要……”他发现自己哭了。

“你说你想要他手下的一个妓女。”

他点点头。“我喝醉了。他说那女孩需要……需要……”

“女孩需要什么？”

“阿托说她需要惩罚，她太难搞了，很不听话。”

“他要她做什么？”

“为他卖淫。他提议让我……我喝醉了，不知道自己在做什么。我不是故意的……请原谅我。”

他猛抽鼻子。

“你该求原谅的对象不是我。所以你提议帮阿托惩罚伊娜丝，你们两个就开车到她那儿去了。”

“不是这样的。”

“那你说是怎么样的。你为什么会和阿托到伊娜丝的住处？”

她将电击棒平放在大腿上。他又开始发抖。

“我去是因为我想要她。她在家，又刚好有空。伊娜丝和哈利的一个女友同住，我好像一直都不知道她的名字。阿托把伊娜丝绑在床上，而我……我就和她做爱。阿托在旁边看着。”

“不对……你不是和她做爱，你是强奸她。”

他默不作声。

“怎么样？”

他点点头。

“伊娜丝说了什么？”

“她什么都没说。”

“她有没有反抗？”

他摇摇头。

“这么说，让一个下流的中年男人把自己绑起来性交，她觉得很酷啰？”

“她喝醉了。她不在乎。”

莎兰德叹了口气，不再追究。

“好吧，后来你还是继续去找伊娜丝。”

“她实在太……她想要我。”

“狗屁。”

他绝望地看着莎兰德，然后才点点头。

“我……我强暴了她。哈利和阿托都同意了。他们希望她……接受一点训练。”

“你有没有付他们钱？”

他点头。

“付多少？”

“他给我不错的价钱，因为我帮忙走私。”

“多少？”

“总共几千块。”

“你的一张照片里面，伊娜丝是在这间公寓。”

“哈利带她来的。”

他又开始抽鼻子。

“所以说，你花个几千块，就能对一个女孩为所欲为。你强暴了她几次？”

“不知道……有几次吧。”

“好，这个帮派的头儿是谁？”

“我要是背叛他们，他们会杀了我的。”

“我才不管。现在你应该担心的人是我，不是朗塔兄弟。”她举起电击棒威胁道。

“是阿托。他是哥哥，哈利负责疏通。”

“帮派里还有多少人？”

“我只认识阿托和哈利。阿托的女友也在里头。还有一个家伙叫……不知道，好像是培勒什么的，是个瑞典人，我不知道他是谁，反正是替他们干活的毒虫。”

“阿托的女友？”

“西薇亚，是个妓女。”

莎兰德静坐沉思了一会儿，然后抬起双眼。

“札拉是谁？”

桑斯壮脸色倏地转白。达格也曾拿这个问题不停地烦他。由于停顿得太久，他发现莎兰德就要发火了。

“我不知道。”他说，“我不知道他是谁。”

莎兰德沉下脸来。

“到目前为止你做得都很好，可别把唯一的机会给搞丢了。”她说。

“我对天发誓，真的。我不知道他是谁。你杀死的那个记者……”

他即时打住。此时提起她在安斯基德的屠杀事件，恐怕不是好主意。

“怎么了？”

“他也问了我同样问题。我不知道。我如果知道就会告诉你。我发誓。他是阿托认识的人。”

“你和他说过话吗？”

“只讲过一次一分钟的电话。那次我和一个自称札拉的人说话，不，应该是他和我说话。”

“为什么？”

桑斯壮眨了眨眼，有几滴汗水流入眼睛里，还能感觉到鼻水流到了下巴。

“我……他们要我再帮一个忙。”

“这么拖拖拉拉的，很烦哦！”莎兰德说。

“他们要我再去一趟塔林，将一辆已经备好的车开回来。安非他命。我不想做。”

“为什么？”

“太过火了。他们的帮派色彩太浓，我想退出，我还有工作要继续。”

“所以你觉得你只是有空的时候才当黑道。”

“我其实不是那种人。”

“是呀。”她的语气中充满无比的轻蔑，桑斯壮忍不住闭上眼睛。

“继续说下去。怎么会扯上札拉？”

“真是噩梦一场。”

他的泪水又流了下来，嘴唇也因为咬得太用力而流血。

“无聊。”莎兰德说。

“阿托不停地缠我，哈利则警告我说阿托生气了，不知道会有什么后果。最后我终于答应见阿托，那是去年八月的事。我和哈利开车到诺斯堡……”

他的嘴仍一开一合，却没了声音。见莎兰德眯起眼睛，他才又恢复声音。

“阿托活像个疯子，非常粗暴，你绝对想象不到他有多粗暴。他说我想抽手已经太迟了，如果不听他的话，就不让我活命。他要示范给我看。”

“是吗？”

“他们逼我一块儿开车往南泰利耶的方向去。阿托要我戴上头罩，其实就是个袋子，然后蒙住眼睛。我吓死了。”

“所以你头上套了袋子坐在车里。后来怎么样了？”

“车停了，我不知道那是什么地方。”

“他们什么时候给你套袋子的？”

“快到南泰利耶的时候。”

“多久以后才到？”

“大概……半小时吧。他们把我拖下车，好像是一个仓库。”

“结果呢？”

“哈利和阿托带我进去，里面亮着灯。我第一眼就看到一个可怜的家伙躺在水泥地上，手脚被绑住，已经被打了个半死。”

“那是谁？”

“他名叫肯尼·古斯泰夫森，不过我是后来才知道的。”

“接下来呢？”

“那里有个男人，我从没见过他这样的大块头，像个巨人，全身都是肌肉。”

“长什么样子？”

“看起来就像魔鬼化身。金发。”

“名字呢？”

“他始终没说他的名字。”

“好，一个金发的大块头。还有谁？”

“还有另一个男人，看起来很紧张，头发绑成一根马尾。”

“马哥”蓝汀。

“还有吗？”

“再加上我、哈利和阿托。”

“继续说。”

“那个巨人……替我摆了张椅子，他一句话也没说，负责说话的是阿托。他说地板上那个家伙去告了密，他要我知道制造麻烦的人会有什么下场。”桑斯壮无法克制地哭嚎起来。

“巨人把那个人从地上举起来，放到我对面的椅子上。我们中间只隔一码。我看着他的眼睛。接着巨人站到他身后，用手掐住他的脖子……他……他……”

“勒死他了？”

“对……不，不对……他把他捏死了。我想他徒手捏断了那人的脖子，我听见他的脖子啪的一声，人就死在我面前。”

桑斯壮挂在绳子上荡来荡去，泪流满面。这件事他从未告诉任何人。莎兰德给他一分钟恢复平静。

“后来呢？”

“另一个人——就是绑马尾那个——启动一把电锯，锯下那人的头和手。然后巨人向我走来，两手放在我的脖子上，我试图拉开他的手，使劲地拉，却根本动不了分毫。不过他没有用力捏，只是把手放在那里很久。这时候阿托拿出手机，用俄语打了通电话，过了一会儿他说札拉想跟我谈，便将电话放在我耳边。”

“札拉说了什么？”

“他只问我是不是还想退出。我答应去塔林，把那辆装着安非他命的车弄出来。不然还能怎样？”

莎兰德沉默了许久，双眼紧盯着挂在绳子上抽鼻子的记者，似乎在想些什么。

“形容一下他的声音。”

“他的声音……听起来很正常。”

“低沉还是尖细？”

“低沉，普通，沙哑。”

“他说什么语言？”

“瑞典话。”

“有口音吗？”

“有……大概有一点，但瑞典话说得很流利。他和阿托说俄语。”

“你懂俄语吗？”

“懂一点，不太溜，只懂一点。”

“阿托跟他说什么？”

“他只说示范结束了。”

“这件事你告诉过别人吗？”

“没有。”

“达格呢？”

“没……没有。”

“达格找过你？”

桑斯壮点点头。

“我听不到。”

“对。”

“为什么？”

“他知道我……嫖妓。”

“他问了什么？”

“他想知道……札拉的事。他问的都和札拉有关。第二次来的时候。”

“第二次？”

“他死前两个星期找到我，那是第一次。后来又来过一次，两天后你就……他就……”

“我就杀死他了？”

“对。”

“那一次他问了有关札拉的事？”

“是的。”

“你怎么跟他说？”

“什么也没说，我没法说什么。我承认和他通过电话，如此而已。至于金发巨人以及他们对古斯泰夫森所做的事，我都没提。”

“好。你把达格问的问题原原本本告诉我。”

“我……他只是想知道我对札拉了解多少。就是这样。”

“而你什么也没告诉他？”

“没有什么重要的信息。我什么都不知道。”

她若有所思地咬着下唇。他有所隐瞒。

“达格找你的事，你告诉过谁？”

桑斯壮似乎浑身发抖。

莎兰德举起电击棒。

“我打了电话给哈利。”

“什么时候？”

他干咽了一口口水。“达格第一次来找我那个晚上。”

她又继续问了半小时，但他只是重复同样的话，偶尔增加一点细节。于是她站起来，一手放在绳子上。

“你真是我所见过最可悲的变态之一。”莎兰德说，“凭你对伊娜丝所做的事就该处死，但我说过只要你回答我的问题，就能活命。我会守信用。”

她松开绳结，桑斯壮重重摔倒在地，涕泗纵横地缩成一团。他看见她把一张板凳放到茶几上，爬上去解开滑车装置，缠起绳索塞进背包。然后走进浴室，传出水声。再回来的时候，她已经洗去浓妆。

她的脸像是用力刷洗过，赤裸裸的。

“你可以自己割断胶带。”

她往他身旁丢了一把菜刀。

他听见她走出客厅，在门厅停留了很久，好像是在换衣服，接着传来前门打开又关上的声音。他花了半小时才割断胶带，先是跌坐在沙发上，然后才摇摇晃晃站起来，到屋里四处看看。科特一九一一被她拿走了。

莎兰德于凌晨四点五十五分回到家，取下奈瑟的假发后直接就上床了，没有打开电脑看布隆维斯特是否解开了警察报告失踪的谜团。

她九点醒来，星期二整天都在挖掘有关朗塔兄弟的信息。

阿托·朗塔在警局的刑事档案中记录辉煌。他是芬兰公民，原籍爱沙尼亚，一九七一年来到瑞典。一九七二年至一九七八年间，在斯堪斯卡建筑集团做木工，后来因为在工地偷窃被逮而遭到解雇，还被判刑七个月。一九八〇年至一九八二年间，他改替一家较小的建筑公司工作，也因为有几次上工时喝醉酒而被炒鱿鱼。接下来的八十年代期间，他先后当过保镖、某燃油锅炉维修公司的技工、洗碗工、学校管理员，也全都因为醉酒或打架闹事而丢了工作。管理员的工作更只维持了几个月——有个老师检举他有性骚扰与威胁行为。

一九八七年，他因为偷车、无照驾驶与收受赃物，遭到罚款与判刑一个月。次年，因为持有非法武器被罚款。一九九〇年，因为性侵害被判刑，但刑事记录中并未详载。一九九一年因恐吓他人被起诉，后来获判无罪。同一年，因为走私酒类被罚款并处以缓刑。一九九二年，因为殴打女友并威胁恐吓其姐妹被关了三个月。接下来多年平安度过，直到一九九七年，才又因为处理赃物与伤害罪被判刑。这回坐了十个月的牢。

他的弟弟哈利于一九八二年跟他来到瑞典，在一间仓库工作很长一段时间。他有三项前科：一九九〇年诈领保险金，一九九二年被判刑两年，罪名是重伤害、收受赃物、盗窃与强奸。他被驱逐回芬兰，但一九九六年又回到瑞典，也再次因为重伤害与强奸罪被判刑十个月。他不服判决，提起上诉，结果上诉法庭支持了哈利，强奸罪改判无罪。但伤害罪的判决仍然成立，于是他入狱服刑六个月。二〇〇〇年，他再度因恐吓与强奸遭到起诉，但后来起诉撤销，案子不予受理。

莎兰德追踪到他们最后已知的地址：阿托在诺斯堡，哈利在奥比。

这是罗贝多第十五次被转接到米莉安的答录机。这一天，他已经去过伦达路的地址好几次，按了门铃也无人应门。

星期二晚上，已过了八点。她总得回家一趟吧，该死的。他明白她想避一阵风头，但最疯狂的媒体热都已经退烧了。他最好还是坐在大楼门外，也许她会出现，尽管只是回来换下衣服。他装了一壶咖啡，做了几个三明治，离开住处前还在耶稣受难像与圣母像前画了十字。

他把车停在伦达路上，距离大门入口约三十码处，并将座椅往后推，好让双脚有伸展空间。接着打开收音机，调低音量，又将自己从报上剪下的米莉安的照片贴起来，心中暗忖：她看起来很不错。他耐心地看着少之又少的路人走过，其中没有米莉安。

他每十分钟就拨一次电话，到了九点左右，手机电池快没电了才放弃。

星期二，桑斯壮都处于近乎麻木的状态。前一天晚上他睡在客厅的沙发上，无法上床睡觉，也无法克制每隔一段时间便要啜泣的冲动。星期二一早，他就到索尔纳的酒类专卖店买了半公升的斯科讷烈酒，然后回到沙发上喝掉一大半。

一直到晚上，他才清楚意识到自己的处境，并开始盘算该怎么办。他真希望自己从未听说过朗塔兄弟和他们的那些妓女。他实在不敢相信自己竟如此愚蠢，被他们诱惑到诺斯堡的公寓去，当时阿托已经将被下了重药的伊娜丝绑在床上、双脚大开，后来还激他一起比较谁的老二粗。他们轮番上阵，他交媾次数较多而赢得辉煌胜利。

中途那女孩醒过一次，试图反抗。阿托又是打耳光，又是灌酒，半小时后才终于让她安静下来，并请桑斯壮继续努力。

嫖妓。

他怎么会这么笨？

他简直不敢奢望《千禧年》会放过他。他们就是靠这种丑闻维持生计的。

那个疯女人莎兰德让他吓破了胆。

更别提那个金发巨人。

显然也不能找警察。

他无法自己解决，而问题也不会自己消失。

他眼前只开启了一丝细微的希望，只有在那里可能得到丝毫同情，说不定还能得到一个二流的解决之道。他抓住的是稻草，但也是他唯一的选择。

当天下午他鼓起勇气打了哈利的手机，无人接听，后来又一直试到晚上十点。经过深思熟虑（并喝光剩下的烈酒壮胆）之后，他打给了阿托。是阿托的女友西薇亚接的电话，说朗塔兄弟正在塔林度假。不，她不知道怎么联络他们。不，她不知道他们何时回来。他们会在爱沙尼亚待上一阵子，她说这话时听起来很高兴。

桑斯壮不确定自己是沮丧或放松。这表示他无须向阿托解释，但两兄弟决定在塔林暂时休息一段时间，这其中隐含的信息却无法安抚桑斯壮的焦虑情绪。

第二十五章

四月五日星期二至四月六日星期三

罗贝多并未入睡，却完全沉浸在自己的思绪中，过了好一会儿才注意到十一点过后，有名女子从赫加里教堂走下来。他是从后视镜中看见的。直到她经过车后方七十码处的街灯下，他才猛地转头，立刻认出那正是米莉安。

他从座位上坐直起来。第一个念头是下车，但又怕吓走她，最好还是等她走到门口。

当他看着她慢慢接近时，发现有一辆深色货车在她身旁停下，更令他震惊的是一个男人——有如魔鬼般的巨兽——拉开门跳下车，一把抓住米莉安。女子大吃一惊，虽然往后退试图扭动挣脱，但那男人轻而易举便牢牢抓住她的手腕。

罗贝多看见米莉安迅速抬起一条腿划出一道弧形，惊讶地张大了嘴。*她学过自由搏击！*她一脚踢中男子的头，但似乎毫无作用。男子反而伸手掌掴米莉安的太阳穴。罗贝多坐在车里都听到了啪的一声。米莉安像是被雷击中，撞向车顶。男子随后弯身，一手将她拎起直接丢进车内。这时罗贝多才合上嘴巴，回过神来，轰地打开自己的车门朝货车冲去。

才跑几步便发现根本没有用，在他全速抵达前，米莉安像一袋马铃薯被丢进去的货车已经回转，朝街道另一头的赫加里教堂驶去。罗贝多马上掉头奔回车上，也跟着回转，到达转角时货车已消失不见。他踩了刹车，往赫加里街看去，然后决定碰碰运气，左转朝霍恩斯路开去。

来到霍恩斯路刚好碰到红灯，但因路上没车，他便缓缓开到路中央四下观望，只看到一辆车的尾灯从长岛街向左转往利里叶岛桥方向。他无法辨识那是否是货车，但那是视线所及的唯一车辆。他加速追上去，但又在长岛街被红灯拦下，等候来自国王岛的车辆通过之际，时间也一秒一秒地流逝。好不容易没车了，他立刻踩足油门，根本不管另一个红灯。

他尽可能以最快速度穿越利里叶岛桥，并以更快的速度通过利里叶岛，却仍不知道自己看到的尾灯是否是那辆货车的，也不知道那辆车是否已转向朝格隆达尔或阿斯塔而去。他决定往前直走，再次踩下油门。他的时速已超过一百四十公里，不断从牛步般的守法车辆旁呼啸而过，心想总会有某个驾驶员记下自己的车号。

到了布雷东的时候又发现那辆车，他赶上去直到距离只剩五十码，才确定正是那辆货车没错。于是他将车速减至每小时八十公里，并落后到两百码外，此时的他才终于开始正常呼吸。

米莉安倒在货车地板上时，感觉到血流到脖子，鼻子也在流血。那个男人把她的下唇打得绽裂，鼻梁很可能断了。这次的攻击简直有如晴天霹雳，来得莫名其妙。她的反抗不到一秒钟就被制服。她觉得攻击者将车门拉上那一刹那，车子就立刻开动了。当驾驶员掉转车头，那个攻击者还有一度失去重心。

她扭过身子，让臀部靠着地板。当男人转头看她时，她大脚一踢，踢中他的太阳穴，甚至还能看见鞋跟留下一个印记。这一下应该够痛的。

他诧异地望着她，随即露出微笑。

天哪，这是什么怪兽啊？

她又踢了一脚，但他抓住她的腿并用力扭她的脚踝，痛得她尖叫起来，还不得不转身趴着。

接着他俯身又打了她一巴掌，打在太阳穴上了，她眼冒金星，好像被大榔头给敲中。他坐在她背上，她试图把他弄下来，却丝毫移动不了。他将她的双手扭到背后，铐上手铐。她深感无助，顿时一股惊恐袭上心头，她再也动弹不得。

布隆维斯特正从拖雷索行经巨蛋体育馆要回家。今天下午和晚上，他去造访了达格名单上的三个人，一点结果也没有。这几人显得十分惊慌，因为达格已经找过他们，现在只等着天塌下来。他们向他苦苦哀求，而他也将他们全都从命案嫌疑犯名单中删除。

驶过斯坎斯库尔桥时，他拿出手机打给爱莉卡，她没有接。接着试玛琳，也没有接。该死。时间很晚了。他想找人谈谈。

不知道罗贝多去找米莉安有没有进展，于是拨了他的号码，响了五声才接起来。

"我是罗贝多。"

"你好，我是布隆维斯特，我想问问你那边……"

"布隆维斯特，我正在……货车，米莉安在里面。"

"我听不清楚。"

"……"

"声音断断续续的，我听不见。"

接着通话就断了。

罗贝多咒骂了一声。刚刚通过菲特扎，手机就没电了。他按下开关，重新启动手机，拨了紧急求助电话，但才一接通电池又没电了。

妈的！

他有个充电器可以利用点烟器充电，只不过现在放在家里的门厅里。他把手机丢到副驾驶座上，集中精神紧跟着货车的尾灯。他开的是刚加满油的宝马车，货车再怎么样也不可能摆脱他。但他不想引起注意，因此将距离拉开到数百码。

一个孔武有力的巨人竟然在我面前殴打女生，被我逮到，可就有得瞧了。

要是爱莉卡在的话，应该会说他是大男人牛仔。罗贝多却认为这叫做生气。

布隆维斯特开到伦达路上，看见米莉安的公寓没有灯光。他又打了一次电话给罗贝多，却得到用户无法接听的信息。他暗骂一声后，只好回家煮咖啡、做三明治。

路程比他预期的还远。货车一直开到南泰利耶后，上了 E20 公路，朝斯特兰奈斯方向往西行驶。刚过尼克瓦恩后左转，沿着较小的道路穿越索姆兰的乡间。

路愈小，他被货车里的人发现的几率就愈高。他松开油门，落后更多一些。

他不太确定自己所在的位置，但据他判断，他们正沿着英根湖西岸而行。货车脱离了视线，他连忙加速，最后来到一条又长又直的路上。

货车不见了。路的两边都有小岔路。他跟丢了。

米莉安的脖子和脸都很痛，但已经克服了无助的恐慌。男人没有再打她，她便挣扎着坐起来，背靠在驾驶座背面。她双手反铐在身后，嘴上贴着一块胶布，一边的鼻孔外凝了血块，几乎感到呼吸困难。

她注视着攻击她的人。自从给她贴上胶布后，他便未再置一词。她看着自己踢他太阳穴时留下的印记，理应受伤不轻才对，他却似乎毫不在意。

他身材高大健壮，从发达的肌肉可以看出他在健身房花了不少时间。不过他不是健美先生，因为肌肉看起来非常自然，那双手更有如平底锅一般大。

货车在一条坑坑洼洼的路上颠簸着前进。她认为他们上了 E4 公路以后往南走了一大段路，才转入乡间小道。

她心里明白，即使没有上手铐，面对这个巨人她也毫无机会。

玛琳在十一点过后不久打电话给布隆维斯特，他刚回到家。

“抱歉，这么晚还打电话。我已经找你找了几个小时，但你一直没接手机。”

“我去找几个嫖客，整天都关机。”

“我发现一件事，可能挺有趣的。”玛琳说。

“说说看。”

“毕尔曼。你要我去查他的背景。”

“找到什么了？”

“他生于一九五〇年，一九七〇年开始读法律，一九七六年拿到学位，一九七八年开始到柯朗—连恩事务所上班，然后于一九八九年自己开业。他有一些兼职工作，一个是一九七六年在地方法院做了几星期的书记。一九七六年拿到学位后，在国家警察总局当了两年律师，也就是一九七六年到一九七八年。”

“有趣。”

“我查过他在那里担任什么工作，不容易挖掘，但可以确定的一点是，他负责国安局的法律事务，以移民业务为主。”

“也就是说？”

“他和你的毕约克曾经共事过。”

“那个王八蛋！他和毕尔曼曾经是同事，他竟然只字未提。”

货车肯定在附近什么地方。就在跟丢前一分钟，罗贝多瞥见了一眼。他将车倒回长满草的路边，然后掉过头来慢慢地开，一面搜寻旁边的小路。

仅仅开了一百五十码，他便发现浓密树丛的一个小细缝里有光线闪烁。他看见路的对面有一条林间小径，往上开了二十米左右，转过车头面向外停下。下车后也不费事锁车门，直接往回跑过道路、跳过一道水沟，循着蜿蜒小路通过许多矮树丛与低枝，心想要是带了手电筒就好了。

这只是路边一片狭长的树林，因此很快就来到沙砾区，并可看到几栋低矮、灰暗的建筑。他朝着建筑走去，一处货物装卸区上方的灯忽然亮起。

他连忙蹲下，保持姿势不动。不一会儿，建筑内的灯亮了。这似乎是一处仓库，约三十米长，一面墙的高处开了一排窄窗。院子里堆满货柜，在他右手边停了一台黄色挖土机，旁边有一辆白色沃尔沃。在户外光线照明下，他忽然看见那辆货车，停放在距离他所在处二十五码外。

这时候，正前方货物装卸区里的一扇门开了，有个留着老鼠般髭须、顶着啤酒肚的男人从仓库里走出来，点起一根烟。罗贝多借由门上方的灯光发现，他绑了根马尾。

他依然静止不动，男人与他相距不到二十码，原本可以看得很清楚，不过打火机的火光影响了他夜间的视线。接着他和绑马尾的男人都听到货车里传出被抑制的嚎叫声，马尾男走向车子时，罗贝多缓缓地压低身子平趴在地上。

他听见货车门咔嗒一声打开，那个金发巨人先跳下车，然后又弯腰进车内把米莉安拖出来。他将她夹在腋下，并轻易地一把抓定让她不再挣扎。两个男人交谈了几句，罗贝多听不见谈话内容。紧接着马尾男打开驾驶座车门，跳上座位，发动货车后，勉强在院子里转圈掉头。车头的灯光从罗贝多身旁几码处扫过，车子随后从入口道路消失，引擎声也逐渐愈离愈远。

他小心地站起身来，衣服上好像黏黏的，此刻既觉得松了口气又感到不安。松了口气是因为到底没有把车跟丢，米莉安近在咫尺。但那个巨人又令他生畏，看他把米莉安拎出车外就像拎纸袋一样。

现在最理智的做法就是离开此地，报警。但他的手机没电了，对于所在方位也只有模糊概念，肯定无法指引任何人来到这里。至于女孩在屋内发生什么事，他也毫无头绪。

他慢慢地绕行建筑物一圈，发现只有一个入口。两分钟后又回到门边，不得不作出决定。巨人是个坏蛋，这毋庸置疑，因为他绑架了米莉安。罗贝多倒是不特别害怕，他非常有自信，也知道一旦开打，他绝不会让对方好过。问题是不知道仓库里面的人有没有武器，还有没有其他人和他一起。他犹豫着。除了女孩和金发巨人之外，应该没有其他人了。

装卸区十分宽敞，足以将挖土机开进去，正面嵌了一扇普通大小的门。罗贝多走过去，按下门把将门打开，走进一间灯火通明的大仓库，里头堆满了各种建材、压扁的箱子和杂物。

米莉安感觉到泪水顺着脸颊流下。她哭倒不是因为疼痛，而是因为无助。这一路上，巨人处置她就好像她毫无重量似的。货车一停，他就撕掉她嘴上的胶布，然后毫不费力地抓起她进屋，往水泥地上一丢，完全无视她的抗议。当他望着她时，目光如冰。

米莉安知道自己将会死在这间仓库。

他背转向她，走到一张桌旁，打开一瓶矿泉水大口大口地喝。他没有用胶带绑起她的双腿，因此她试图起身。

他转过头来，微微一笑。他比她更靠近门边，她不可能有机会从他身旁夺门而出。米莉安认命地跪倒在地，对自己恼怒不已。*要是不战而降，我就死定了。*于是她又站起来，咬紧牙根。*来吧，你这头死肥猪！*

双手反铐让她失去灵活与平衡，但当他靠上前来，她随即后退、绕圈闪躲，留意对方的破绽。她闪电般飞踢他的肋骨，一个转身，再踢向胯下。她踢中臀部后，倒退几步，换脚再踢。由于手被铐住，她无法保持平衡去踢他的脸，但仍迅速地踢向他的胸骨。

只见他伸出一只手抓住她的肩膀，将她扭过身来，往下腰部打了一拳，下手没有太重，却让米莉安像个疯子一样发出尖叫。一阵剧痛蹿上腹部，几乎令她失去知觉，她也再次跪了下去。他对准太阳穴又打了一巴掌，她随即倒在地上。接着他又踢她的胸腔，她听到肋骨断裂的声音，感到呼吸困难而张口喘气。

罗贝多完全没有看到殴打场面，却听见米莉安发出疼痛的哀嚎，一声凄厉的尖叫很快便被截断。他朝声音来处看去，恨得咬牙切齿。隔间墙背后有一个房间。他悄悄地穿过仓库，从门口偷觑，刚好看到巨人将女孩翻转过来让她平躺在地。巨人从他的视线消失了几秒钟，回来时拿了一把电锯摆在女孩面前的地上。罗贝多见状轻轻地脱下夹克。

“我要你回答一个简单的问题。”

他的声音很尖，好像一直没有变声似的，还带有口音。

“莉丝·莎兰德在哪里？”

“我不知道。”米莉安回答时，表情显得很痛苦。

“答错了。我启动这玩意儿之前，再给你一次机会。”

他说着蹲下来拍拍电锯。

“莉丝·莎兰德躲在哪里？”

米莉安仍摇头。

巨人正要伸手拿起电锯，罗贝多毅然决然往房间里跨出三大步，然后一记重重的右钩拳挥向他的下腰部。

罗贝多能够成为世界知名的拳击手并非侥幸。在职业生涯中，他打过三十三场比赛，赢了二十八场。他使尽全力打击某人时，就是希望能看到对手露出痛苦神情倒下去。但这回他的手仿佛砸到一面混凝土墙上，打拳击这么多年来，他从未有过类似经验，不禁惊异地看着眼前这个庞然大物。

巨人转身，也同样诧异地看着拳击手。

“替你找个同一量级的对手，你看如何？”罗贝多说。

他对着对方的身体右、左、右地连连挥拳，而且每一拳都隐含不少力道。这些的确是重拳。但唯一可见的效果，却是巨人倒退了半步，而且惊讶的成分多于拳击的真正效力。接着他面露微笑。

“你是保罗·罗贝多。”他说。

罗贝多吃了一惊，停止攻击。照理说，他刚刚打出的四拳应该已经让巨人倒地不起，而他也可以准备回到自己的角落，等候裁判数到十。不料这几拳打在他身上，竟似乎不痛不痒。

天哪，这很不正常。

接着他看到巨人的右钩拳仿佛以慢动作般朝他挥来，动作很慢，等于事先预告了这一拳。罗贝多虽及时闪移，拳头仍轻轻擦过肩膀，感觉竟像是被铁棍打中。

罗贝多后退了两步，对这个对手开始刮目相看。

这个人不太对劲。没有人有这么强的力道。

他下意识地举起手来挡开一记左钩拳，立刻又是一阵剧痛。紧接着突然冒出的右钩拳，他来不及抵挡，正中他的额头。

罗贝多踉踉跄跄地退出门口，撞倒了一堆搬货木架。他甩了甩头，随即感觉到脸上流下鲜血。他把我眉毛割伤了。看来得缝几针。又来了。

下一刻当巨人出现时，罗贝多直觉地扭身转向侧边，险些又被那有如棍棒般的巨拳给击中。他迅速地后退三步、四步，举起双手作出防御姿势，内心已深受震撼。

巨人带着好奇甚至觉得有趣的眼神看他，然后也摆出相同的防御姿势。这家伙是拳击手。他们两人开始慢慢地互相绕行。

接下来的一百八十秒钟，成了罗贝多这辈子经历过的最怪异的比赛。没有教练，没有裁判。没有回合结束的铃声，可以让拳击手回到各自的角落。没有休息时间可以让你喝水、闻嗅盐、拿毛巾擦去眼睛的血。

罗贝多现在知道了自己是在为生命而战。当肾上腺素以前所未见的强度急涌而出之际，他一切的训练、这许多年来的沙包捶打、一切的对战练习，以及他从奋战过的每场比赛中所获得的一切经验，全都在瞬间聚积成一股力量任他使唤。

他们交互攻击对方时，罗贝多将所有的力道与愤怒都加入了攻势之中。左、右、左、左，然后右刺拳攻脸，躲闪左钩拳，后退一步，右拳进攻。每次出拳总是扎扎实实地打中对手。

这是他一生中最重要的拳赛，不仅使拳也要用脑。好不容易避开了对手挥过来的每一拳。

他的一记右钩拳正中巨人的下颌后，觉得自己的手好像骨折了，这理应能让对手痛得缩成一团倒在地上。他瞄了一眼自己的指关节，发现流血了，而巨人的脸上也能看见淤青与肿胀，但他似乎毫无感觉。

罗贝多往后退，尽可能保持平稳呼吸，一面估量形势。*他不是拳击手。他动作很像，但压根就一窍不通，只是在假装。他不会格挡，出拳之前会露出破绽，而且慢得像只乌龟。*

下一刻，巨人以左钩拳攻破罗贝多的防守，打中他的胸腔。这是他第二次正中目标。一根肋骨断裂的同时，刺痛感蹿遍罗贝多全身。他再度后退，却绊到一堆鹰架材料，身子不由地向后仰倒。他看见巨人俯视着他，立刻猛地缩起身子翻滚到一旁，摇摇晃晃站起身来。

他摆出架势，试图蓄积力量，但对手已再度出击。他躲闪、再躲闪，接着后退，每次以肩膀挡拳总能感到一阵剧痛。

接下来每个拳击手最害怕体验到的时刻出现了。这种感觉可能会在比赛中途的任何时刻冒出来，觉得自己就是不够好，*知道自己就要输了*。

这几乎是每场比赛的关键，在这一刻你的体力耗尽，肾上腺素分泌得如此费力以至于成为负担，而投降就像幽灵似的现身于场边。这一刻是专业与业余的分野，是胜者与败者的界线。凡是置身于此深渊中的拳击手，几乎无人能逆转既定的形势，反败为胜。

这番省思震撼了罗贝多。脑中仿佛有什么在怒吼，让他感到晕眩，此刻的他有如灵魂出窍似的旁观着这一幕，也像是透过相机镜头看着这个巨人。这一刻攸关胜败，若无法胜出就得永远消失。

他维持半圆形移动范围，但向后拉开距离以便恢复体力、争取时间。对手紧紧地跟着他，但十分缓慢，就好像早知结果如何，只是想拉长比赛时间。*他会打拳，却不知道真正的技巧。他知道我是谁。他是个毫无经验的业余拳手，出拳却有毁灭性的力道，而且似乎对任何重击都无动于衷。*

当罗贝多试图评估局势以决定该怎么办时，脑中不断萦绕着这些思绪。

忽然间，他回想起两年前在玛丽港的那个夜晚。当天他遭遇了阿根廷选手塞巴斯提安·鲁汉，或者应该说当鲁汉遭遇到他时，他的职业拳击手生涯便在最残酷的情况下结束了。那是他一生中第一次不小心被击倒，还昏迷了十五秒钟。

他经常反省到底哪里出错。当时的他正处于巅峰状态，受万众瞩目。鲁汉并没有比他强。但这个阿根廷人扎实地打中他一拳，那一回合也演变成怒海波涛。

事后重看录影带，他看到自己在场中是如何脚步轻浮、摇摇晃晃，就像唐老鸭般不堪一击。果然二十秒之后就被击倒。

鲁汉没有比他强，受的训练也没有比他好。误差是那样微小，比赛胜负难定。

他后来所能观察到的唯一差异，就是鲁汉比他更有雄心。当罗贝多走进玛丽港的拳击场时，大家都看好他，但他并不极度渴望打拳。那已不再是生死之争。比赛输了不代表世界末日。

一年半后他仍然是拳击手，但已非职业选手，而且只参加友谊赛。不过他仍继续训练，没有变胖，腹部肌肉也依然结实。昔日参加冠军赛前总会严格操练数月，现在的体能状况虽不比当时，但毕竟是保罗·罗贝多，不是泛泛之辈。而且和在玛丽港不同的是，在尼克瓦恩南边仓库里的这场拳赛，非生即死。

罗贝多作出了决定。他忽然停下脚步，让巨人靠近后，用左拳做了个假动作，然后将一切力量都放在接下来的右钩拳。他猛然出手，先后击中对方的嘴巴与鼻子。由于他已经休战一会儿，这次的攻击完全出其不意，他听到有什么东西断裂了，于是紧接着左、右、左三连击，全都打在巨人脸上。

巨人以慢动作挥出右拳回击，罗贝多老早便瞧出他出拳的方向，身子一潜，躲开了巨拳。他看见对手转移身体重心，知道接下来是左拳，但罗贝多没有格挡，反而往后一靠，让这记左钩拳从自己鼻尖掠过。接着他朝对手的身体部位，胸腔正下方，回敬一记重拳。当对手转身迎战，罗贝多的左钩拳已经挥上来，再次重重打中鼻子。

他顿时觉得自己一切都做得很完美，比赛已在掌控中。这时巨人往后退去，鼻子流着血，也敛起了笑容。

随后巨人竟出脚踢他。

他一脚飞踢而出，罗贝多吓了一跳，完全没有防备。膝盖正上方的大腿仿佛被大榔头击中，整条腿都痛麻了。不会吧！他后退一步，却因右脚无法支撑，整个人仰躺在地。

巨人高高在上地看着他，两人目光一度交会。那信息再清楚不过。打斗结束了。

不料巨人忽然瞪大双眼，原来米莉安从背后踢了他的胯下。

米莉安全身每块肌肉都疼痛，但仍想尽办法将受缚的双手放到身子下方，然后痛苦不堪地绕过双脚，让手臂回到身前。

她的肋骨、脖子、背部和下腰部都痛，而且只能勉强站起身来。

最后她终于摇摇摆摆走到门边，睁大眼睛看着罗贝多——他是从哪儿冒出来的？——以右钩拳击中巨人，随后左右夹攻他的脸，最后却被踢倒在地。

米莉安发现自己一点也不在意罗贝多是怎么出现，又为什么出现。他是个好人。但此时此刻是她这辈子第一次如此渴望伤害另一个人类。她向前快走几步，聚集起体内点点滴滴的力量，紧绷起所有依旧完好的肌肉，欺近巨人身后，大脚踢向他的命根子。这或许不是优雅的泰拳，但这一踢获得了预期的效果。

米莉安暗自点头叫好。男人就算巨大如房屋、结实如花岗岩，命根子却都在同一处。巨人头一次显出惊慌神色。他发出一声呻吟，抓住自己的胯下，一只脚跪了下去。

米莉安一时下不定决心地呆站着，后来才发觉要结束这个场面还得再下功夫。她打算踢他的脸，没想到他竟举起一只手臂。他应该不可能恢复得这么快吧，而且刚刚感觉好像踢中树干一样。他抓住她一只脚将她拉倒后，开始往前拖。她看到他握起拳头，急忙拼命扭动挣扎，另一只未被抓住的脚也不断乱踢，就在踢中他耳朵上方时，他的拳头也正好落在她的太阳穴。她眼前电光与漆黑不断交错。

巨人眼看又要站直起来。

这时候罗贝多拿起一块木板砸向他的后脑勺。巨人往前倒下，发出轰然巨响。

罗贝多看看四周，像做梦一样。巨人在地上打滚。女孩神情呆滞，似乎已精疲力竭。他们俩合力争取到了一点喘息的空间。

罗贝多一只脚受伤，几乎无法站立，膝盖正上方的肌肉恐怕拉伤了。他一跛一跛地走向米莉安，拉她起身。她又开始动了起来，但目光似乎不能聚焦。他一语不发便将她甩到肩上，脚步蹒跚地向门口走去。右膝盖简直刺痛难忍。

来到漆黑的外头，呼吸到清冷的空气，感觉真好，只可惜没有时间逗留。他穿过院子、走进树丛，循原路返回。不料才一进树林间，便绊到树根跌倒。米莉安呻吟了一声，他也同时听到仓库门砰地打开。

巨人站在明亮的四方门框当中，映照出偌大的黑影。罗贝多一手捂住女孩的嘴，并俯身贴在她耳边悄声要她保持绝对的安静。

然后他在一棵倾倒的树根之间摸索了一会儿，找到一颗比拳头还大的石头。他在胸前画了个十字。在充满罪孽的一生中，他第一次准备杀人——如果迫不得已的话。由于精力已经耗尽，他自知无法再战一场。不过没有人能抵抗得了砸烂的脑壳，就算天生的怪胎也不例外。他手里紧捏着石头，感觉到椭圆形状之外还有个锋利的棱边。

巨人摇晃着身子走到建筑的角落，往院子里扫视许久。他站定的地方，距离屏息的罗贝多不到十步。他竖耳倾听，凝神环目四顾，却只能猜测他们是从哪个方向消失的。几分钟后，他似乎明白再找也是徒然，便在迅速决断后走进仓库，消失了约莫一分钟。他熄了灯，拿着一只袋子出来，走向沃尔沃，并随即驶离入口道路。罗贝多一直等到再也听不见引擎声，低头一看，发现一双眼睛在黑暗中闪闪发光。

“嗨，米莉安，”他说，“我叫罗贝多，你不必怕我。”

“我知道。”

她声音很虚弱。他累得身子一软，跌靠在倒下的树干上，肾上腺素好像已经降为零。

“我不知道怎样才能站起来。”他说，“不过我把车停在大路的另一边了。”

金发巨人震惊、茫然，脑袋里有种奇怪的感觉。他踩了刹车，转进尼克瓦恩以东一个路旁暂时停车处。

这是他头一次被打败，而给予他重击的则是罗贝多，那个拳击手。回想起来像个荒谬的梦，在焦躁不安的夜里会做的那种梦。他想不通那个拳击手是从哪儿来的，忽然就这样莫名其妙地出现在仓库里面。

实在没道理。

那几拳其实他根本没感觉，也不令他惊讶。但命根子被踢可就有感觉了。还有头上重重挨了那一下，让他一度昏厥。他小心翼翼地摸摸颈背，摸到肿起的一大块，用手指压一压，不会痛。但他仍感觉虚弱无力。上颚左侧掉了一颗牙，嘴里全是血腥味。他用拇指和食指捏住鼻子，试着往上弯，听见里面啪的一声，可见鼻梁断了。

趁警方抵达前，拿着袋子离开仓库是对的，但却也犯下大错。他在探索频道上看过，犯罪现场调查员能找出任何犯罪迹象。血液。毛发。DNA。

他一点也不想回到仓库，却别无选择，非得善后不可。于是他将车子调转往回开。就在快到尼克瓦恩时，逆向车道有辆车子与他交错而过，可是他没有多想。

回斯德哥尔摩的路程简直有如噩梦一场。罗贝多的眼睛在流血，全身被痛殴得疼痛不已，因此开起车来像喝醉酒，一路蛇行。他一手擦眼睛，并试探性地摸摸鼻子，真的很痛，只能靠嘴巴呼吸。他不断地留意白色沃尔沃，在尼克瓦恩附近好像看到一辆逆向驶过。

上到 E20 公路后，开始变得稍微轻松了些，本想在南泰利耶暂停一下，又不知该上哪儿去。他瞥了一眼后座的女孩，手上还戴着手铐，没系安全带直接躺在坐椅上。方才他扛着她走到停车处。一躺上坐椅，她马上失去知觉，不知道是因为受伤昏倒，或纯粹因为精疲力竭而整个人熄火。

他略一犹豫之后，转上 E4 公路，朝斯德哥尔摩前进。

布隆维斯特刚睡了一个小时，就听到电话铃响，眯眼看看时钟，凌晨四点刚过。他无力地拿起话筒，是爱莉卡。一开始他听不懂她在说什么。

“你说罗贝多在哪里？”

“和姓吴的女孩在索德的医院，他一直打电话给你，但你没有接。”

“我关机了。他到医院去做什么？”

爱莉卡的口气听起来很有耐心但也很坚决。

“麦可，你马上搭出租车过去，把事情问清楚。他完全语无伦次，说什么电锯，什么树林里的建筑物，什么不会拳击的怪物。”

布隆维斯特眨了眨眼睛，让自己清醒一点，然后甩甩头，准备去淋浴。

罗贝多穿着拳击短裤躺在病床上，样子惨不忍睹。布隆维斯特等了一小时才获准见病人。他的鼻子用绷带包住，左眼也蒙起来了，一边的眉毛上缝了五针后贴上透气胶带。胸部也缠了绷带，全身布满伤口与淤痕，右膝盖则用夹板固定住。

布隆维斯特在走廊上的贩卖机买了咖啡请他喝，一面仔细检视他的脸。

“看起来好像出了车祸。”他说，“告诉我，出了什么事？”

罗贝多摇摇头，直视着布隆维斯特。“出现了一个该死的怪物。”

他又摇了摇头，端详自己的拳头。指节全都肿得厉害，几乎端不住杯子。右手到手腕处也用夹板固定。他老婆对拳击本来就没什么好感，这下子可更要大发雷霆了。

“我是拳击手。”他说，“我是说当我还在打拳赛时，从来不怕和任何人上场对战。我挨过一两拳，但也知道怎么出拳。被我打中的人，应该是会受伤倒地。”

“可是这个没有。”

罗贝多又再次摇头，接着才告诉布隆维斯特当晚发生的事。

“我至少打了他三十次，十四或十五次打中头，四次打中下颔。起初还有点保留，我并不想杀死那个混蛋，只想自保。不过到最后就全豁出去了。有一拳打到他的下颔，应该是骨折了，但那个怪物竟然只是微微甩了甩头，然后继续进攻。我敢发誓，他不是正常人。”

“他长什么样子？”

“身材像坦克一样，我没夸张。身高两米，体重介于一百三十至一百四十公斤之间，全身肌肉硬得像穿了盔甲。总之是个不知道痛是什么感觉的该死巨人。”

“你从没见过他？”

“没有，他不是拳击手。不过奇怪的是，从某个角度看又很像。他对拳击技巧没有概念。我可能虚晃一招然后攻其不备，他完全不知道该如何移动或闪避。根本是门外汉。可是偏偏他又想摆出拳击手的架势。抬手的姿势正确，也会一再地恢复到一开始的姿势。也许他接受过拳击训练，只是教练的话一句也没听进去。我和那女孩能活命是因为他动作太慢。他会挥出超大幅度的摆拳，老早作出预告，所以我能及时躲闪或格挡。他有两拳打得还算漂亮，一拳打中我的脸，你可以看到结果如何，另一拳打在身体上，断了一根肋骨。不过都没有使出全力。要是正中目标的话，我早就人头落地了。”

罗贝多笑了起来，很开怀地笑。

“什么事这么好笑？”

“我赢了。那个白痴想杀死我，但我赢了。我的确击倒了他，只不过还得他妈的用木板把他敲倒在地，才能倒数。”

他说到这里，神情转趋严肃。“如果米莉安没有在分秒不差的刹那踢中他的老二，我真不敢想象后果会怎样。”

“罗贝多，我真的、真的很高兴你赢了。米莉安醒来之后，也会这样说的。你听说了她的情形吗？”

“她看起来和我差不多。脑震荡，断了几根肋骨，鼻梁断裂，肾脏也受损。”

布隆维斯特弯下身子，一手搭在罗贝多完好的膝盖上。“以后如果有任何需要我的地方……”他说。

罗贝多微微一笑。“布隆维斯特，你呀，以后要是再需要帮忙的话……”

“怎么样？”

“……就去找塞巴斯提安·鲁汉吧。”

第二十六章

四月六日星期三

快七点时，巡官包柏蓝斯基在医院外的停车场见到茱迪，心情十分郁闷。布隆维斯特打电话叫醒他，他随即也打电话叫醒茱迪。他们在入口处遇见布隆维斯特，跟着他来到罗贝多的病房。

所有令人迷惑的细节几乎让包柏蓝斯基听得摸不着头绪，但毕竟有两件事很清楚：一是米莉安遭人绑架；二是这位拳击手殴打了绑架者。只不过从他的面容看来，实在难以判定是谁殴打了谁。对包柏蓝斯基而言，前一夜的事件已经将莎兰德的调查工作提升到一个全新而复杂的层面。这个梦魇般的案件的种种，似乎都很不寻常。

保罗·罗贝多怎么会牵扯进来？

“我是莎兰德的好友。”他告诉他们。

包柏蓝斯基和茱迪互看了一眼，既惊讶又狐疑。

“她在健身中心和我做过对打练习。”

包柏蓝斯基连忙转移目光，盯着罗贝多背后的墙，茱迪则忍不住笑出声来。过了一会儿，他们已经写下他所能提供的所有细节。

“我想说几句话。”布隆维斯特冷冷地说。

他们俩一齐转向他。

“首先，从罗贝多的描述听来，开着货车离开仓库的那人，正是我看到在伦达路同一地点攻击莎兰德的人。一个高大的男人，绑着淡褐色马尾，还有个啤酒肚，对吧？”

包柏蓝斯基点点头。

“第二，绑架米莉安的用意是为了打听莎兰德的藏身处。所以说至少在命案发生前一个星期，这两名恶棍就开始在找莎兰德了。同意吗？”

茱迪喃喃地说了声“同意”。

“第三，现在看起来莎兰德更不像是报上描述的那种单独犯案的疯子。而且从表面研判，这两个疯子都不像信奉撒旦教的女同志帮派分子。”

包柏蓝斯基和茉迪均未置一词。

“最后，第四点，我想这整件事可能和一个名叫札拉的人有关。达格在生前最后两个星期，对他做了很多调查。一切相关资讯都在他的电脑里面。达格认为此人和一位名叫伊莉娜·佩特洛瓦的妓女在南泰利耶遇害一事有关。验尸报告说她受到严重殴打，严重到三处最重伤的任何一处都足以致命。她的伤势听起来和米莉安以及罗贝多遭遇的情形非常类似。在这两起事件中，这惊人暴力的工具可能就是巨人恶霸的双手。”

“那毕尔曼呢？”包柏蓝斯基说道，“假设有人为了某种原因要让达格闭嘴，那么谁有动机谋杀莎兰德的监护人？”

“这整幅拼图还没有全部到位，不过毕尔曼和札拉有关系，这是唯一可信的解答。你能同意开始思考新方向吗？我觉得这些罪行和性交易有某种关联，而莎兰德是宁死也不会介入这种事的。我说过她非常有道德感。”

“那么她扮演什么角色？她到达格和米亚的公寓做什么？”

“不知道。去作证？去反对？也或许是去警告达格和米亚，说他们将有生命危险。”

包柏蓝斯基将一切安排妥当。首先打电话给南泰利耶警局，请他们依照罗贝多的供述，前往英根湖西南方一间废弃仓库。接着又打给霍姆柏——他住在弗莱明斯堡，是离南泰利耶最近的组员——要他尽快与南泰利耶警方会合，以协助犯罪现场调查。

霍姆柏于一小时后回电。他已到达现场。南泰利耶警方毫不费力便找到仓库，但仓库和另外两处较小的储藏库都已付之一炬，消防队现在也在那里清理善后。院子里有两个被丢弃的汽油桶。

包柏蓝斯基顿时感到一股近乎愤怒的沮丧。

到底是怎么回事？这些恶棍是什么人？这个莎兰德又到底是谁？为什么就是找不到她？

九点开会时，埃克斯壮加入混战，情况完全没有改善。包柏蓝斯基向他报告早上的戏剧化发展，并建议根据已发生的神秘事件重新排定调查的优先顺序，因为这些事件让小组一直在调查的案情充满疑点。

罗贝多的遭遇使得布隆维斯特对于莎兰德在伦达路遭受攻击的说辞变得更重要。原先的假设是三起命案均由一名精神异常女子所犯下，如今似乎也不再成立。莎兰德的嫌疑不能完全排除，她得解释凶器上何以有她的指纹，但调查方向确实得转向有不同凶手的可能性。目前只有一个看法：布隆维斯特相信命案与达格即将爆料的性交易丑闻有关。包柏蓝斯基指出了三个重点。

首要任务是找出绑架并伤害米莉安的那个异常魁梧的男人与其绑马尾的同伙，进而确认他们的身份。要找出那名巨人应该很容易。

安德森却提醒他们，莎兰德的外表也很不寻常，但警方找了三星期还是没有她的下落。

第二项任务就是在调查小组中分出一组人，积极研究达格电脑中的买春名单。关于这点，会有后勤方面的问题。目前小组掌握有从《千禧年》取得的达格的电脑，以及他失踪的笔记本电脑的备份压缩光盘，但其中包含的几年来所搜集的资料共有数千页，若想加以分类研究相当耗时。小组需要人力支援，包柏蓝斯基则派茉迪负责指挥该分组。

第三项任务是针对一个名叫札拉的人。小组会寻求国家刑事调查局协助，因为他们显然见过这个名字。他将任务指派给法斯特。

最后，安德森必须继续协调搜寻莎兰德。

包柏蓝斯基报告了六分钟，却引爆了一个小时的争论。法斯特吼着反对包柏蓝斯基的提议，丝毫无意隐藏自己的感觉。他提出自己的看法，认为不管有何新的——他称为次要的——信息，小组都得继续把焦点放在莎兰德身上。一连串的证据如此明显，若是将力量分散到其他方向未免太过轻率。

“这些根本全都狗屁不通。现在明摆着有一个有暴力倾向，而且病情逐年加重的疯子。你们难道真以为那些精神鉴定报告和刑事鉴定结果都在开玩笑吗？有证据显示她到过命案现场。我们知道她是妓女，她的户头里面还有一大笔来源不明的钱。”

“这些我都知道。”

“另外她也是某女同性恋性爱教派的分子。我敢打赌那个女同志席拉·诺伦的供词一定有所保留。”

包柏蓝斯基提高声量喊道：“法斯特，够了。你太执著于那个同性恋的角度了，完全不像个专业警察。”

话一出口他立刻后悔在众人面前直言。私下找他谈，应该会更有效。最后埃克斯壮打断大家纷扰的声音，支持了包柏蓝斯基的行动计划。

包柏蓝斯基瞄了波曼和贺斯壮一眼。

“据我了解，你们只会再待三天，那么我们就好好利用吧。波曼，请你协助安德森追踪莎兰德，好吗？贺斯壮，你继续和茉迪同一组。”

大伙正要散会，却见埃克斯壮举起手来。

“最后一件事。关于罗贝多的部分要保守秘密。这次的调查要是再冒出一个名人，媒体肯定会万箭齐发。所以出了这个房间，一个字也不能说。”

会后，茉迪将包柏蓝斯基拉到一旁。

“我对法斯特发脾气，实在很不专业。”包柏蓝斯基说。

“我了解那种感觉。”茉迪微笑着说，“我星期一已经开始查达格的电脑了。”

“我知道。有多少进展了？”

“他有十二份不同版本的稿子和非常大量的调查资料，我还不知道哪些重要而哪些可以忽略。光是分类、浏览所有文件，就得花上好几天。”

“那贺斯壮呢？”

茉迪迟疑了一下，然后转身关上包柏蓝斯基办公室的门。

“老实告诉你……不是我要贬低他，不过他没帮上太多忙。”

包柏蓝斯基皱起眉头。“说吧。”

“不知道怎么说，他显然不像波曼是个正牌警员，常常说很多废话。他对米莉安的态度和法斯特差不多，而且对于指派的任务完全没兴趣。还有，虽然我无法确实证明，但他和莎兰德似乎有点过节。”

“怎么说？”

“我觉得他对她有一种敌意。”

包柏蓝斯基缓缓点了点头。“很遗憾。波曼没问题，但我实在不喜欢有外人介入这次的调查。”

“那我们该怎么办？”

“你得再忍一忍直到这个星期结束。阿曼斯基说若是再没有结果，就要终止任务。继续挖，而且最好别寄希望于有人帮你。”

才短短四十五分钟后，茉迪的工作就被打断。埃克斯壮要她到办公室见他，包柏蓝斯基也在，两个男人都面红耳赤。那个自由撰稿记者史卡拉刚刚又发表了独家新闻，说罗贝多从不知名的绑匪手上救出施虐受虐狂女同志米莉安。报道中有一些细节只有调查小组的成员才知情，而记者的写法好像在暗示警方考虑以伤害罪将罗贝多起诉。

埃克斯壮已经接到几通其他报社打来的电话，询问有关拳击手扮演的角色。他脸色铁青，并指控茉迪泄漏消息。茉迪强烈否认却没有用。埃克斯壮要她退出调查小组。

“茉迪说她没有泄漏任何消息。”包柏蓝斯基说道，“对我来说这就够了。现在把一个经验丰富又熟知案情细节的警员调走，太莫名其妙了。”

埃克斯壮不肯改变主意。

“茉迪，我无法证明你泄漏消息，但我对于你继续调查此案已经没有信心。你被调离调查小组了，命令立刻生效。这星期剩下的时间就休息吧。星期一会派给你新的任务。”

茱迪点点头，往门口走去，却被包柏蓝斯基拦下。

“茱迪，我要正式声明：这些话我一句也不信，我绝对信任你。但我做不了主。回家以前，请到我办公室来一趟，谢谢。”

包柏蓝斯基的脸上蒙上一抹危险的色彩。埃克斯壮则显得气愤不已。

茱迪回到自己的办公室，她和贺斯壮一直都在这里查看达格的电脑。她满怀怒气，泪水已在眼眶打转。贺斯壮看出事情不对劲，但什么也没说。她也没理他，只是坐在自己的桌子前发呆。办公室里的沉默让人有种压迫感。

不一会儿，贺斯壮起身说要去买杯咖啡，问茱迪要不要也来一杯。她摇摇头。

贺斯壮离开后，她站起来穿上夹克，拿起肩背包，到包柏蓝斯基的办公室去。他指着访客椅示意她坐下。

“茱迪，这件事我不打算妥协，除非埃克斯壮也解除我的调查任务。我不会接受，所以我想申诉。在我另外通知你以前，你还是继续留在组上，听我指挥。懂吗？”

她点点头。

“你不能像埃克斯壮说的，这星期的剩余时间都休息。我要你到《千禧年》办公室，再和布隆维斯特谈谈，请他协助指引你浏览达格的硬盘内容。他们那边有备份。如果有个已经熟知资料内容的人能替我们挑出可能重要的资讯，我们就能节省很多时间。”

茱迪觉得呼吸顺畅多了。

“我什么都没有告诉贺斯壮。”

“这我会处理。他可以帮安德森。你有没有看到法斯特？”

“没有。他一开完会就走了。”

包柏蓝斯基不禁叹了口气。

布隆维斯特于上午八点从医院回到家。昨晚睡得太少，下午又得以最佳状态去斯莫达拉勒见毕约克，于是他换下衣服，把闹钟设在十点半，好好地睡了两小时。起床后刮完胡子、冲过澡，换上干净的衬衫。当他开车经过古尔玛广场时，茉迪打了他的手机。布隆维斯特解释自己无法与她碰面。她说出需要的帮忙，他便请她去找爱莉卡。

茉迪到达《千禧年》办公室后，发现自己很喜欢这个自信满满、有点盛气凌人、脸上带着酒窝、剪了一头蓬乱的金色短发的女总编。她隐约怀疑爱莉卡或许也是女同志，因为据法斯特的说法，和本案有关的所有女人似乎都有此倾向。但她随即想起曾看过某篇报道，说爱莉卡嫁给了艺术家葛瑞格·贝克曼。

“现在有个问题。”爱莉卡听完她的要求后，说道。

“什么问题？”

“并不是我们不想破案或协助警方，何况，资料也全都在你们从这里带走的电脑里面。难处在于职业伦理方面。媒体和警方一向合作得不太愉快。”

“相信我，今天早上我也发现了。”茉迪带着浅笑说。

“怎么说？”

“没什么，只是个人的想法。”

“好吧。为了维持可信度，媒体必须与官方保持明确的距离。跑到警局去配合警方调查的记者，最后总会变成警方的跑腿小弟。”

“这种人我见过几个。”茉迪说，“但也可能有相反的例子。警察最后变成某些报社的跑腿小弟。”

爱莉卡笑了起来。“没错。我恐怕得这么说，万一《千禧年》被联想成某种图利的媒体，这种后果我们实在承担不起。我指的并不是你想讯问任何《千禧年》员工——这点我们会毫不犹豫地配合——而是你正式要求我们将新闻资讯交给警方，积极协助侦查工作。”

茉迪理解地点了点头。

“这得从两方面来看。”爱莉卡接着说，“首先，我们有一位记者同仁遇害，所以我们要尽力协助。但另一方面，有些东西我们不能也不会交给警方，也就是和消息来源有关的资料。”

“这个我可以通融，我可以保证消息来源的安全。”

“这无关乎你的意图或我们对你的信任，而是无论遇到什么情况，我们从未披露任何消息来源。”

“了解。”

“还有另一个事实，我们自己也在调查这些命案，这应该可以视为新闻报道任务。因此当我们得到某些结论准备要公布时，我也准备将资讯交给警方，但得等我们作好准备。”爱莉卡忽然打住，皱起眉头思忖，“只不过我也得对得起自己。这么办吧……你可以找玛琳帮忙。她对资料都很熟悉，也有能力分辨轻重。就让她协助你浏览达格的著作，以便整理出所有可能涉案者的名单。”

在梭德拉车站赶搭上前往南泰利耶的区间列车时，奈瑟并不知道前一晚发生的事故。她穿着黑皮中长夹克、暗色长裤和一件高级红色针织衫，还戴了一副眼镜，但架在额头上。

到了南泰利耶，她找到前往斯特兰奈斯的公车，买了一张到史塔勒荷曼的票。上午十一点刚过，她在史塔勒荷曼南边不远处下车，视线所及有两栋建筑。她回想了一下脑中的地图。梅拉伦湖在东北数公里外，那是个避暑的乡间地区，但也零星散布着几间一年到头皆有人居住的房舍。毕尔曼的屋子离巴士站大约三公里。她拿出自己带的水壶喝了一口水，便开始往前走。约莫在四十五分钟后抵达。

她先在附近绕了一圈，研究邻近的住家。右手边最近的小屋，距离约一百五十码，无人在家。左手边是一条山沟。经过两间夏日房舍后，又有一群度假小屋。在这里有人活动的迹象：窗户开着，并传出收音机的声音。距离毕尔曼的小屋有三百码，可以安心做事不会受打扰。

小屋的钥匙是从他的公寓里取得的。一进入屋内，她先取下屋子后面一块窗板，万一前头发生什么扫兴的事，可以从这里逃走。她所预期的扫兴的事，就是某位警员忽然决定前来搜查小屋。

毕尔曼的小屋比较老旧，小小的建筑里面包括一个主厅、一个卧室和一间有自来水的小厨房。后院则有一个户外干式厕所。她花了二十分钟看过所有的橱柜、衣橱和餐具柜，却连一小张可能与莎兰德或札拉有关的纸片都没发现。

接着她去查看厕所和柴房，没有什么有趣的东西，也根本没有纸张。这趟显然是白跑了。

她坐在门廊上喝水、吃苹果。正当她要去关上窗板时，在进门处瞥见一个一米高的铝梯，顿时停下脚步。她又转进客厅，检视天花板的隔板。阁楼的入口刚好在两根屋顶梁木中间，几乎看不出来。她搬来梯子，打开活板门，马上就发现两个 A4 纸大小的资料盒，其中各有几个档案夹和其他各种文件。

事情全都出了差错，灾难一桩接一桩，令金发巨人忧心。

先前桑斯壮曾联络上朗塔兄弟，恐慌地向他们报告说记者达格打算揭发他嫖妓的事和他们兄弟俩。到那时为止，都没什么大不了的。如果媒体揭发桑斯壮，跟他毫无关系，而朗塔兄弟大可以暂时避避风头，多久都无所谓。他们已经搭上“波罗的海之星”号前往爱沙尼亚度假。这整件事应该不会闹上法院，万一发生最糟的情况，他们反正也不是没坐过牢。这本来就是工作的一部分。

更麻烦的是莎兰德竟然成功地从蓝汀手中逃脱。真是不可思议，因为和蓝汀相比，莎兰德就像个布娃娃。他只需把她塞进车里，带到尼克瓦恩南边的仓库。

接下来桑斯壮又有一次来访，这回是来追查札拉的。这使得一切有了全新的发展。夹在毕尔曼的惊慌与达格的不断纠缠之间，一个潜在的危险形势出现了。

若没有准备好承担后果，就不是专业的帮派分子。毕尔曼就是个菜鸟。他劝过札拉不要和毕尔曼有任何牵扯，但对札拉而言，“莉丝·莎兰德”这个名字就如同斗牛眼前的红绒布。他厌恶莎兰德。老实说，很不理智。好像某个开关被启动了似的。

达格——也就是已经给桑斯壮和朗塔兄弟惹了不少麻烦的那个该死的记者——来电那一晚，他就在毕尔曼家，这纯粹是巧合。在试图绑架莎兰德不成之后，他去找毕尔曼，想要视情况安抚他或威胁他。不料达格的电话让毕尔曼惊慌失措——一种不理性而愚蠢的反应，然后忽然说他要退出。

不仅如此，毕尔曼还取出他的牛仔手枪恫吓他。他只是诧异地看着毕尔曼，然后取过他手中的枪。他已经戴上手套，所以指纹不是问题。他别无选择。毕尔曼显然已经发疯。

毕尔曼当然知道札拉的事，因此也是个不利因素。他其实也说不明白，当时为何叫毕尔曼脱掉衣服，应该是因为他讨厌这个律师，而且也想让他知道吧。当他看到毕尔曼腹部的刺青——我是一只有性虐待狂的猪，我是变态，我是强暴犯——时，差点忍俊不禁。

有一度他几乎同情起这个男人。真是个大白痴。不过干他这一行，该做的事还是得做，不能感情用事。于是他带毕尔曼进入卧室，逼他跪下，并拿枕头当消音器。

他花了五分钟搜查毕尔曼的公寓，看看有无关于札拉的任何蛛丝马迹。唯一找到的是他自己的手机号码。为了安全起见，他拿走了毕尔曼的手机。

接下来的问题是达格。毕尔曼的尸体被发现的话，达格一定会报警，说出他曾打电话给这个律师询问札拉的事。那么札拉便会成为警方注意的目标。

他自认还算聪明，但对于札拉那种近乎神奇的谋略天分，他怀着无上的敬意。他们合作了将近十二年，那是很成功的一段岁月，他非常敬重札拉。每当札拉解释人性与其弱点，以及该如何从中获利时，他都可以静静地听上几个小时。

但他们的事业竟意外地出了问题。

他直接从毕尔曼住处开车到安斯基德，将白色沃尔沃停在两条街外。幸运的是，大楼正门没有上锁，于是他上楼按了挂着“达格—米亚”门牌的那户住家的门铃。

他开了两枪——公寓里还有一个女人。他没有搜索公寓或带走任何纸张文件，倒是随手拿起放在客厅桌上的一台电脑，转身下楼准备回到车上。他急于离开那里，唯一犯的错就是一面想把笔记本电脑抱稳，一面掏车钥匙时，把手枪掉落在楼梯上。他停了一下，但枪已经一路顺着楼梯跳到地下室，再跑下去捡太浪费时间。他知道自己是那种让人看过一眼便很难忘记的人，因此当下最重要的是趁着被任何人发现以前离开现场。

一开始，札拉也因为掉落手枪一事责备他，但后来听说警方开始搜捕莎兰德，他们不禁惊讶万分。他的失误竟转变成令人难以置信的意外好运。

可惜这也产生了一个新问题：莎兰德变成仅剩的薄弱关联。她之前认识毕尔曼，又知道札拉，有可能会推断出来。他和札拉商量时，两人对此达成协议：必须找到莎兰德，并找个地方把她埋了。让她永远不再现身，这是最理想的，那么命案的调查终究会被搁置。

他们想碰碰运气，希望通过米莉安找到莎兰德。结果事情又再度出错。保罗·罗贝多。偏偏是他。无端冒出来，而且根据报载，他也是莎兰德的朋友。

巨人惊呆了。

经过尼克瓦恩后，他去了蓝汀在硫磺湖的家，离硫磺湖摩托车俱乐部仅百来码。不是理想的藏身处，但也别无选择，他得找个地方让自己可以避避风头，让自己可以消失一阵子，直到脸上的淤青开始消退。他捏捏断了的鼻子，摸摸脖子上的肿块，已经开始消肿了。

回去把那个鬼地方给烧了，做得很好。

正想到这里，他忽然全身冰冷。

毕尔曼。他曾经去毕尔曼的避暑小屋和他见过一次面。二月初，当札拉答应处置莎兰德的时候。毕尔曼有一份关于莎兰德的资料，他大略翻过。怎么竟把这个忘了？这可能会扯上札拉。

他走到厨房，叫蓝汀尽快亲自赶到史塔勒荷曼去，再放一把火。

包柏蓝斯基知道侦查工作即将瓦解，便利用午餐时间试图重新整合案情。他先找安德森和波曼谈，以了解追捕莎兰德的最新状况。哥德堡和北雪平都有人提供消息，他们立刻排除哥德堡的可能性，但北雪平的目击线索却不无可能。他们通知当地同事，前往某处地址小心埋伏监视，据说有个看似莎兰德的女孩曾在那里现身。

他想找法斯特，但他人不在局里也没接电话。在会议上激烈争辩过后，法斯特就消失了。

包柏蓝斯基随后去见埃克斯壮，试图缓和茱迪的问题。他有条不紊地陈述自己的想法，说明为什么解除她的职务是鲁莽之举。埃克斯壮却听不进去，包柏蓝斯基决定撑到周末结束，到时再提请申诉。真是愚蠢！

三点刚过，他踏出走廊，恰巧看见贺斯壮走出茱迪的办公室，他应该还在那里仔细搜寻达格的硬盘。包柏蓝斯基心想，如今既然没有正职警员把关，为防止有所遗漏，继续做这个也没有意义了。剩下这几天，只好让贺斯壮跟着安德森。

他还没想好该怎么说，贺斯壮已经走进走廊另一头的洗手间。于是包柏蓝斯基便到茱迪的办公室去等他回来。从门口可以看到茱迪的位子是空的。

接着他的目光落在贺斯壮的手机上，他放在办公桌后面的架子上忘了拿走。

包柏蓝斯基往洗手间瞄了一眼，门还关着。纯粹出于一股冲动，他走进办公室，拿起贺斯壮的手机塞进口袋，迅速回到自己的办公室将门关上。他按下已拨电话，往前查看。

九点五十七分，早会完毕后，贺斯壮打了一个区号〇七〇的电话。包柏蓝斯基拿起桌上电话，拨了那个号码。接电话的是史卡拉。

他立刻挂上，直盯着贺斯壮的手机，然后脸上罩着一层寒霜。他站起身来，刚往门口走了两步，他的电话响了。他又走回来接起电话，对着话筒吼出自己的名字。

“我是霍姆柏。我又回到尼克瓦恩郊外的仓库。”

“找到什么了吗？”

“火已经灭了，忙了两个小时。南泰利耶警局带来一只寻尸警犬搜索这一带，说不定火场里有人。”

“有吗？”

“没有，不过我们暂停了一下，让狗的鼻子稍作休息。驯犬警员说火场的气味太强烈，有此必要。”

“说重点，霍姆柏。我现在有点急事。”

“是这样的，他牵着狗随便走走，让狗远离火场。在仓库后面的树林里约七十五码处，狗却有了反应，于是我们开始挖掘。十分钟前我们找到一条穿鞋的人腿，好像是男鞋。埋得很浅。”

“要命。霍姆柏，你得……”

“我已经掌控现场，下令停止挖掘。我想先让鉴定人员来进行妥善处理以后再继续。”

“做得非常好。”

“但还不止如此。五分钟前，警犬又发现另一处，离前一个地点约八十码。”

莎兰德用毕尔曼的炉子煮了咖啡，还吃了第二个苹果。她一页页翻阅着毕尔曼所写的关于她的笔记，确实相当诧异。看得出他花费了许多功夫整理这些资讯，甚至还找到一些连她自己都不知道的文件资料。

她阅读潘格兰的日志时，内心五味杂陈。共有两本黑色笔记本，而且是从她十五岁开始记录的。当时她刚刚逃离第二对寄养父母——住在西格吐纳的一对老夫妇，男的是社会学家，女的是童书作家。莎兰德与他们同住十二天，发现他们对于收容她而对社会有所贡献感到极度自豪，而且他们也期望她能常常表达感激。有一天听到养母向邻人吹嘘并解释，社会上一定要有人来照顾那些明显有问题的年轻人，莎兰德终于受不了了。*我又不是他妈的社服计划！*她真想大吼。到了第十二天，她从他们家的零钱罐里偷了一百克朗，搭上巴士到乌普兰瓦斯比，再转搭区间列车到斯德哥尔摩中央车站。六星期后，警方在哈宁格一个六十七岁的男人家中找到了她。

这个人一直都还不错，供她吃住，她却无须回报太多。他只想看她裸体，从来没碰过她。她知道他会被视为恋童癖，却从未从他身上感受到丝毫威胁。她把他看成一个封闭、有社交障碍的人，最后甚至一想起他，还会觉得同病相怜。他们两人都不属于这个社会。

终于有人看见她，报了警。一位社工费尽唇舌劝她控告那个人性侵害。她坚决不肯说他们之间发生过任何不当行为，何况她已经十五岁，又不违法。去你妈的。潘格兰就在此时介入替她担保，并开始写下关于她的日志，用意似乎是想减轻进而解除他自己的疑虑，但效果不彰。第一篇写于一九九三年十二月：

> 我愈来愈觉得莎兰德是我处理过的年轻人当中最无法驾驭的一个。问题是，我反对她回圣史蒂芬的决定是对是错呢？三个月内，她已经逃离两个寄养家庭，而且在逃离过程中，显然有可能造成某种伤害。很快我就得决定是否应该放弃监护职务，请真正的专家来照顾她。我不知道到底什么是对什么是错。今天我认真地与她长谈了一番。

那回长谈的一字一句，莎兰德都记得很清楚。就在圣诞节前两天，潘格兰带她回自己家，让她睡客房。他煮了肉酱意大利面当晚餐，饭后叫她坐在客厅沙发上，自己则坐到对面的扶手椅上。她记得当时还怀疑潘格兰是否也想看她裸体，不料他却把她当成大人一样交谈。

其实那是一场两小时的独白，她几乎闷不吭声。他仔细地分析现实状况，也就是说她现在得作出决定，看是要回圣史蒂芬或是和寄养家庭同住。他会尽力找一个她能接受的家庭，也坚持要她认同他的选择。他决定留她一起过圣诞节，好让她有时间想想自己的未来。她可以自己考虑，但圣诞节翌日，他就要一个明确的回答，还要她答应以后若有问题会来找他，不会再逃跑。说完便让她上床睡觉，自己则坐下来写了日志里的第一段。

潘格兰根本无法想象她有多害怕被送回圣史蒂芬。她过了一个很不愉快的圣诞节，整天疑神疑鬼地盯着他的一举一动。第二天，他仍未企图对她毛手毛脚，也没有任何想偷看她洗澡的迹象。相反地，当她光着身子从客房走到浴室企图挑逗他时，他还大发雷霆，砰的一声摔浴室的门。稍后，她便答应了他的要求，也一直遵守承诺。呃，或多或少吧。

潘格兰在日志里井然有序地评论他们每次的会谈，有时候三行，有时候则抒发了满满几页的感想。有些地方令她颇感诧异，因为潘格兰的洞察力出乎她的想象。有几次是她有意欺骗，他却看穿了还作了评论。

接下来她打开一九九一年的警察报告。

拼图全部到位，刹那间仿佛天旋地转。

她读着由一位名叫罗德曼的医师写的医疗报告，当中泰勒波利安医师扮演着显著的角色。她十八岁那年，检察官在听证会上设法要让她入院，手中握的王牌便是罗德曼。

接着她在一个信封内发现泰勒波利安与一名叫毕约克的警员来往的书信。写信日期都在一九九一年，“天大恶行”刚发生不久。

信中没有明白说出什么，但莎兰德名字下方仿佛倏地开启了一道活板门。她愣了几分钟才想通其中的关联。毕约克提到某次谈话内容，想必是他们之前谈过的事。他的遣词用字无懈可击，但字里行间透露出：如果莎兰德下半辈子都被关在精神病院，对大家都好。

> 重要的是要让孩子远离那个环境。我无法评估她精神状况如何，或是需要何种照护，但就目前的事件而言，她住院的时间愈久，愈不可能在无意中制造麻烦。

就目前的事件而言。莎兰德暗暗咀嚼了好一会儿这句话。

泰勒波利安在圣史蒂芬医院负责照顾她，这并非巧合。书信中的语气让她了解到，这些信理应永远见不到天日。

泰勒波利安早就认识毕约克。

莎兰德咬着下唇沉思。她从未调查过泰勒波利安，不过他最初担任过法医，即便是国安局的调查工作，偶尔也需要咨询法医或精神病学家。如果现在开始挖掘，一定能找到关联。泰勒波利安的职业生涯当中，曾和毕约克有过交集。毕约克需要一个能埋葬莎兰德的人，他找上了泰勒波利安。

事情就是这样。原本看似巧合的事，如今呈现出全新的视角。

她两眼空空呆坐良久。没有人是清白的，只不过有不同程度的责任罢了。而有人得为莎兰德负责。她非得跑一趟斯莫达拉勒不可。她心想，在国家司法体系这艘破船里，应该没有人想和她讨论这个议题，所以一定要在没有第三者在场的情况下和毕约克谈谈。

她很期待这次谈话。

这些档案夹不必全部带走。她看过的部分已经像被录影一样烙印在她脑海里，因此她只带了潘格兰的笔记本、毕约克在一九九一年写的报告、一九九六年她被宣告失能的医疗报告，以及泰勒波利安与毕约克之间的书信。这些已足以塞满背包。

她刚关上门，还来不及上锁就听到身后的摩托车声。转身一看，要躲已经太迟，根本不可能跑得比那两个哈雷骑士更快。于是她谨慎地走下门廊，在车道上与他们相会。

包柏蓝斯基愤怒地走过走廊，发现贺斯壮还没回茉迪的办公室，但洗手间已经没人了。他又继续往前走，看见贺斯壮正端着咖啡贩卖机的塑胶杯在和安德森与波曼说话。

包柏蓝斯基没有现身，而是掉头上楼到埃克斯壮的办公室，也没敲门便猛然将门推开，打断了正在通电话的埃克斯壮。

“你跟我来。”他说。

“你说什么？”埃克斯壮反问。

“电话放下跟我来。”

包柏蓝斯基的表情让埃克斯壮不再多问而照着做。在这种情况下，很轻易便能了解为什么包柏蓝斯基的绰号叫泡泡警官，那张脸不正像极了鲜红色的防空气球？他们一块儿下楼到安德森的办公室，包柏蓝斯基马上大步向前，狠狠扯住贺斯壮的头发，拉到埃克斯壮面前。

“喂，你搞什么？你疯了吗？”

“包柏蓝斯基！”埃克斯壮大吃一惊，喊道。

埃克斯壮显得很紧张，波曼也张大了嘴。

“这是你的吗？”包柏蓝斯基拿出一只索尼爱立信手机问道。

“放手！”

“这是你的手机吗？”

“是啦，搞什么！放开我。”

“还不行，你被捕了。”

“我什么？”

“我要以泄密且妨碍警方办案的罪名逮捕你，否则你就得提出合理的解释，为什么你的已拨电话显示，你在今天上午九点五十七分，我们刚开完会，就打电话给一个自称史卡拉的记者，而史卡拉也马上就公布了我们决定要保密的一切信息？”

奉命到史塔勒荷曼纵火的蓝汀，先绕到硫磺湖外围那个废弃印刷厂改装的俱乐部，找尼米南和他一同前去。冬天过后这是第一次出去飙车，天气好极了。虽然已经得到详细的路线说明，他还是又摊开地图研究。两人穿上皮衣后，立刻上路从硫磺湖前往史塔勒荷曼。

蓝汀看见莎兰德站在毕尔曼夏日小屋的车道上，简直不敢相信自己的眼睛。他敢肯定是她没错，虽然模样不太一样。是假发吗？她就定定地站在原地，等着他们。这个意外收获保证会让巨人乐昏头。

他们骑上前去，分别停在她的两侧，相距两米远。熄掉引擎后，树林里一片死寂。蓝汀不太知道该说什么，好不容易才迸出：

“哇，这是谁呀？我们找你找得好辛苦，莎兰德。尼米南，这位就是莎兰德小姐。”

他面露微笑。莎兰德则是面无表情地看着蓝汀，并注意到自己用钥匙刮过他脸颊与下巴的地方，仍有一条刚愈合的鲜红疤痕。她抬起双眼，望向他身后的树梢，随后又放低视线。那双眼睛乌黑得令人心慌。

“我这个星期过得很不顺，所以心情很差。”她说，“你知道最惨的是什么吗？就是每次一转身，总有个装着一堆大便的啤酒肚挡在前面耍威风。现在我想走了，让开吧。”

蓝汀张大了嘴，还以为自己听错了，然后不知不觉笑了起来。这情形太荒谬了。一个瘦到可以放进他胸前口袋的小女生，竟然敢对两个彪形大汉口出狂言，何况从皮背心就可以知道他们属于硫磺湖摩托车俱乐部，也就是最危险的飞车党，而且很快就会成为地狱天使的正式成员，他们轻易就能把她撕成两半，塞进马鞍袋中。

就算这个女孩果真疯疯癫癫——根据报纸报道，以及她在小屋前表现的样子，显然是真的没错——也应该对他们的标志表示一点敬意，她却丝毫不放在眼里。不管情况多么荒谬，都不能容忍这样的行为。他朝尼米南瞥了一眼。

“尼米南，我看得让这个女同志尝尝老二的滋味。”他说着从哈雷摩托车上翻身下来，将车架立好之后，缓缓地朝莎兰德靠近两步，俯看着她。她纹丝不动。蓝汀摇摇头，叹了口气，随即反手一抽，就和他在伦达路上攻击布隆维斯特的力道一样。

但他只扇到空气。就在他的手应该打中她的脸的那一刻，她往后退了一步站定，正好避开了。

尼米南靠在摩托车把手上，颇有兴味地看着俱乐部的伙伴。蓝汀涨红了脸，又朝她挥了几拳。她再度后退。蓝汀愈挥愈快。

莎兰德猛然定住，拿出半罐梅西喷雾往他脸上喷，他立刻觉得双眼灼热刺痛。接着她的脚尖全力往上飞踢，转化为一股动能，在他胯下产生每平方厘米约一百二十公斤的压力。蓝汀一时喘不过气来跪倒在地，刚好提供给莎兰德更便利的高度。她瞄准他的脸一脚踢过去，就像足球比赛时罚球一样。只听见可怕的喀喇一声，蓝汀有如一袋马铃薯应声倒下。

尼米南呆了几秒才了解到眼前上演了不可思议的事。他想要立起摩托车支架，没挨到，只得低头去看，接着为了保险起见，便准备往背心内袋里掏手枪，正拉下拉链时，眼角余光瞄到影子晃动。

当他抬起头，便看见莎兰德像颗炮弹朝他射来。她双脚一蹬，使出浑身力气踢中他的臀部，虽然伤不了他，却足以将他和摩托车一并踢翻。他的脚差点就被摩托车压住，幸亏及时倒退了几步，一阵踉跄后才恢复平衡。

当她再次进入他的视线时，只见她晃动手臂，紧接着一颗大如拳头的石头凌空飞来。他头一低，只差几厘米就被击中。

他终于拿出手枪，想要弹开保险，但再次抬头时，莎兰德已经近在眼前。他在她眼里看见恶魔，并头一次感受到惊恐。

“晚安。”莎兰德说。

她将电击棒往他胯下一插，送出五万伏特的电，还让电极在他身上紧贴了至少二十秒。尼米南立刻失去意识。

莎兰德听见身后有声响，立刻旋过身去，发现蓝汀正费力地跪起来。她竖起眉毛瞪着他。他盲目摸索着，想要挥去梅西的灼热雾气。

“我要杀了你！”他低声说。

他四下探摸，想抓到莎兰德，而莎兰德则慎重地看着他。这时候他又开口了：“臭婊子！”

莎兰德听了俯身拾起尼米南的手枪，发现是一把波兰制八三式瓦纳德。

她打开弹匣，确认里面装的是马卡洛夫九毫米子弹没错，便扳上扳机，跨过尼米南走向蓝汀，然后双手握枪瞄准，射他的脚。他吓得放声尖叫，又倒了下去。

她在考虑是否应该问问，上次她在布隆柏咖啡馆看见和他在一起的那个大块头是谁。据桑斯壮说，那个人曾在蓝汀协助下，在某间仓库杀过人。唉，刚才应该先问完问题再开枪的。

蓝汀现在的状况似乎无法与人清醒地对话，而且可能有人听到枪声，因此她应该马上离开。反正要找蓝汀，以后有的是时间，到时再在压力较小的情况下问他话。她把枪扣上保险，塞进夹克口袋后，拾起软背包。

走了十码后，她忽然停住转过身来，又慢慢地往回走，打量起蓝汀的摩托车来。

“哈雷—戴维森。”她说，“真美。”

第二十七章

四月六日星期三

这是个明媚的春日，布隆维斯特驾着爱莉卡的车往尼奈斯路南行。黯淡的田野已带有一丝绿意，空气也十分暖和。这种天气最适合抛下所有问题，开车到沙港的小屋清静几天。

他和毕约克约好一点会到，但他提早了，便中途在达拉若暂歇，喝喝咖啡看看报纸。今天的会面他没有准备。毕约克有事情要告诉他，而布隆维斯特也下定决心，这次一定要带着有关札拉的具体资讯离开斯莫达拉勒。

毕约克到车道来迎接他，看起来比两天前更有自信也对自己更满意。你打算走什么样的棋？布隆维斯特没有和他握手。

“我可以给你关于札拉的资讯。”毕约克说，“但我有几个条件。”

“说来听听。”

“《千禧年》不能揭发我。”

“我答应。”

毕约克十分吃惊。布隆维斯特一口便答应，毫无异议，毕约克原以为得花不少时间协商呢。这是他唯一的一张牌。以命案的情报交换匿名。布隆维斯特答应了，他愿意放弃在杂志上刊登大头条的机会。

“我是说真的。”毕约克说，“而且要白纸黑字。”

“你可以白纸黑字写下来，但这种文件对你根本没用。我知道你犯了什么罪，也正准备报警。但你知道一些事，因此利用这项优势要我保持缄默。我考虑过了，也愿意接受。我不会在《千禧年》提到你的名字。你可以相信我，也可以不相信。”

毕约克还在斟酌，布隆维斯特又说道：“我也有条件。我沉默的代价就是，你得将自己所知道的一五一十说出来。要是被我察觉你有所隐瞒，我们的约定就失效，我也会让你的名字出现在瑞典每一块新闻看板上，就像温纳斯壮那样。”

毕约克回想起来，不禁打了个寒战。

“好吧。”他说，“我也别无选择。我会告诉你札拉是谁，但你要绝对保密。”

他说完伸出手来，布隆维斯特这回握住了。他刚刚作出协助隐匿罪行的承诺，但他丝毫不感到困扰。反正他只答应他自己和《千禧年》杂志不会揭露他。但达格的书中早已写下毕约克的完整故事，而这本书还是会出版。

下午三点十八分，斯特兰奈斯的警方接获报案，而且是直接打到总机，不是通过紧急求助服务。一个名叫鄂伯的男子，史塔勒荷曼东郊一间避暑小屋的屋主，报案说疑似听到枪声，便前去一看究竟，结果发现两名男子身受重伤。呃，其实有一个伤得不算重，可是非常痛苦。是的，小屋的主人是尼斯·毕尔曼，一个律师。就是过世的毕尔曼，报纸上大幅报道的那个人。

今天因为扩大邻近地区的交通临检，斯特兰奈斯警方已经十分忙碌，却又事情不断。早上的交通任务曾一度中断，因为有个中年妇女在芬宁格家中遭同居男友杀害。几乎就在同一时间，史托耶代的一处民宅因附属建筑起火而延烧到屋内，火场内发现一具尸体。更惨的是，有两辆车在恩雪平公路上迎面对撞。因此斯特兰奈斯的警力几乎已经应接不暇。

然而，值班警员一直在留意当天上午尼克瓦恩的后续发展，因而研判这起新事故肯定与众人口中的那个莉丝·莎兰德有关。尤其毕尔曼也是调查的一部分，于是她从三方面采取行动：首先征用了仅剩的一辆警车，直接开往史塔勒荷曼。其次打电话给南泰利耶的同事请求支援，由于先前已派出人力到尼克瓦恩南边一栋烧毁的仓库附近挖掘尸体，南泰利耶的警力也快透支了，但既然尼克瓦恩与史塔勒荷曼之间可能有关联，南泰利耶的值班警员不敢怠慢，连忙派遣两辆巡逻车前往史塔勒荷曼进行协助。最后，斯特兰奈斯值班警员打电话给斯德哥尔摩的包柏蓝斯基巡官，打了手机才找到人。

包柏蓝斯基正在米尔顿安保，与该公司首席执行官阿曼斯基以及他的两名手下弗雷克伦与波曼开会。贺斯壮明显缺席。

包柏蓝斯基接到电话，立刻派安德森去毕尔曼的避暑小屋，并吩咐他若能找到法斯特便一同前去。略一沉吟后，包柏蓝斯基也打给霍姆柏，他人在尼克瓦恩附近，离史塔勒荷曼近得多了。霍姆柏刚好也有消息要告诉他。

“我们已经确认坑中尸体的身份。”

“不可能，怎么会这么快？”

“如果尸体很体贴地和自己的皮夹、身份证埋在一起，事情就很简单。”

“是谁？”

“小有名气。肯尼·古斯泰夫森，外号叫‘流浪汉’。有印象了吗？”

“你开什么玩笑？‘流浪汉’躺在尼克瓦恩一个洞里？那个在市区混的地痞、药头、小窃贼兼毒虫？”

“对，就是他，至少皮夹的身份证显示是他。真正身份还得由鉴定小组确认，恐怕会像拼拼图一样，因为‘流浪汉’被大卸了五六块。”

“有趣。罗贝多说和他对打的超重量级拳手曾拿电锯威胁米莉安。”

“非常可能是电锯，但我还没细看。刚刚才开始挖第二处，他们正忙着搭帐篷。”

“很好，霍姆柏……我知道你已经忙了一整天，但今晚可以继续吗？”

“当然，没问题。我会让他们继续处理这边，再到史塔勒荷曼去。”

包柏蓝斯基挂断电话后，揉了揉眼睛。

在斯特兰奈斯仓促成军的武装反应小队，于下午三点四十四分赶到毕尔曼的避暑小屋，转进入口道路后与一个骑着哈雷摩托车的男子正面对撞，那人一路摇摇晃晃，直到最后撞上迎面而来的警车。撞得并不严重，警察下车查问，发现他是尼米南，三十七岁，九十年代中曾是著名杀手。尼米南似乎状况很糟，为他铐上手铐时，警方发现他的背心被割破，觉得十分诧异。皮衣少了一块，大约二十平方厘米，看起来很古怪，尼米南却不愿多谈。

他们将他锁铐在车上，继续开了两百码到小屋去。在那儿看见名叫鄂伯的码头退休工人，将一块木片绑在蓝汀的脚上，这个蓝汀三十六岁，是硫磺湖摩托车俱乐部的帮派首脑。

这批警员由巡官尼斯亨瑞克·约翰森领队。他下车后整整肩带，看着倒在地上的可怜家伙。

鄂伯停下为蓝汀包扎脚的动作，苦着脸望向约翰森。

“是我打的电话。”

“你报警说有人开枪。”

“我说我听到一声枪响，跑过来看的时候发现这些家伙。这个的脚中枪，还被揍得很惨。看来需要叫救护车。”

鄂伯瞄了警车一眼。

“你们好像抓到另一个了。我到的时候他昏迷不醒，但好像没受伤。没一会儿他醒了，却也不留下来帮他的伙伴。”

救护车驶离时，霍姆柏和南泰利耶的警方同时到达了。反应小队简单地报告他们的发现，但蓝汀和尼米南都不肯解释两人为何来此，而蓝汀也几乎无法开口说话。

“所以说，两名穿皮衣的摩托车骑士，一人骑哈雷，一人受枪伤，没有武器。这样对吗？”霍姆柏说。

约翰森点点头。

“这两个大男人共乘一辆车，这种说法是否不太可信？”

“我想这在他们的圈子会被视为娘娘腔。”约翰森说。

"那么就是少了一辆摩托车，既然武器也不见了，应该可以断定有第三人骑着一辆摩托车、带着一把武器离开了现场。"

"听起来合理。"

"这样就生出一个问题了。如果这两个男人骑摩托车从硫磺湖来，我们还少了第三人使用的交通工具，他不可能把自己的车和摩托车一并带走。而且从斯特兰奈斯公路到这里要走很久。"

"除非第三人住在小屋里。"

"嗯。"霍姆柏说，"但小屋屋主是已故的毕尔曼律师，他肯定已经不住在这里了。"

"那么一定有第四人开车离开。"

"为什么不会是两人一起开车离开？不管哈雷的魅力多大，这应该不是一起摩托车失窃事件。"

他思索片刻后，要求小队指派两名制服警员到附近的林道中寻找弃置车辆，同时向这一带的住户询问，是否有人看见任何不寻常的事或陌生的车辆。

"这个时节，小屋多半都是空的。"小队队长如此说，但仍答应会尽力。

霍姆柏打开未上锁的小屋前门，一进门就看见厨房桌上的资料盒和毕尔曼针对莎兰德写的报告，便坐下来开始翻阅，愈看愈感惊异。

霍姆柏的队员很幸运，在零星散布的小屋之间敲门才敲不到半小时，便找到安娜·维多莉亚·汉森。这个春日上午，她在避暑小屋区的入口道路附近整理一个花园。没错，她虽然已经七十二岁，但视力很好。没错，午餐时间前后，她看到一个穿着暗色夹克的矮小女孩经过。下午三点，两名男子骑着摩托车过去，轰隆隆的声音好吓人。之后不久，女孩骑着其中一辆摩托车往回走，也或许不是同一辆。其实呢，看起来像那个女孩，但因为戴着安全帽，所以不能百分之百确定。然后警车就陆续到达了。

霍姆柏取得这份供词时，安德森也来到小屋。

"发生什么事了？"他问道。

霍姆柏郁郁地看着同事，说道："我不太知道该怎么跟你解释。"

"霍姆柏，你是说莎兰德出现在毕尔曼的小屋，独自一人把硫磺湖摩托车俱乐部的顶级打手打得落花流水？"包柏蓝斯基听起来很紧张。

"是啊，她受过罗贝多的训练嘛！"

"霍姆柏，拜托，饶了我吧！"

"好，你听我说。蓝汀脚上中枪，会造成永久的伤害，子弹从后脚跟穿出，把他的靴子轰到天国去了。"

"至少没有射他的头。"

"显然无此必要。据当地警方说，蓝汀脸上受伤严重：下巴骨折，断了两颗牙。医护人员怀疑他有脑震荡。除了脚上的枪伤外，他的腹部也受尽折磨。"

"尼米南情形如何？"

"似乎没有受伤，但报案的老人说他赶到时，尼米南昏迷不醒，过了一会儿清醒后，正打算离开，斯特兰奈斯的反应小队就到了。"

包柏蓝斯基没有出声。

"其中有个神秘的细节。"霍姆柏说。

"还有什么？"

"尼米南的皮背心……他是骑摩托车来的。"

"所以呢？"

"背心破了。"

"破了是什么意思？"

"有一大块不见了。后面大约被割掉二十平方厘米大小，就是印了俱乐部标志的部位。"

包柏蓝斯基扬起眉头。"莎兰德割下他的背心做什么？当战利品？为了报复？报复什么？"

"不知道。但我又想到一件事。"霍姆柏说，"蓝汀身材魁梧，绑了马尾。当初绑架莎兰德女友的人之一，也有啤酒肚和马尾。"

自从数年前到格罗纳伦德游乐场玩过“自由下落”后，莎兰德再也没有享受过这种刺激。当时她玩了三次，要不是没钱了，她还会再玩三次。

骑乘一百二十五 C.C. 的川崎轻型摩托车是一回事，感觉只是像马力较强的机动脚踏车，但掌控一辆一千四百五十 C.C. 的哈雷—戴维森则完全是另一回事。最初，三百码的林径——毕尔曼未曾善加维护——简直有如云霄飞车轨道，她觉得自己像个活动陀螺，有两次几乎冲进林子里，幸而都在最后一秒重新将车控制住。

安全帽不断地往下滑遮住视线，即使割下尼米南的棉皮背心当作衬垫也没有用。

她不敢停下来调整安全帽，唯恐自己支撑不住摩托车的重量。她太过矮小，无法两脚都着地，到时哈雷可能会倾斜倒地，那么她永远也不可能再将它扶正。

后来骑上通往避暑小屋群那条较宽广的砂石路，情况变得顺畅一些，几分钟后转上斯特兰奈斯公路，她冒险放开一只手调整安全帽。接着去加了点油，很快便骑到南泰利耶，一路上她都笑得很开心。就在即将抵达南泰利耶时，两辆蓝黄相间的沃尔沃警车反方向鸣笛奔驰而过。

若是明智的话，应该将哈雷丢在南泰利耶，让奈瑟搭区间列车进入斯德哥尔摩，但莎兰德抗拒不了诱惑。她转上 E4 公路加速前进，虽然没有超速，呃，没有超得太多，感觉仍像搭“大怒神”。直到来到欧弗休，她才离开大路慢慢找到露天商场，并费了好大力气将这头巨兽停稳。她伤心不舍地留下摩托车，还有安全帽和尼米南背心的那块皮布，走到区间列车站。她整个人都快冻僵了，乘了一站到梭德拉站下车，徒步走回摩塞巴克家中之后，泡了一个热水澡。

“他名叫亚历山大·札拉千科。”毕约克说道，“但表面上这个人并不存在。你在户政记录中找不到他的资料。”

札拉。亚历山大·札拉千科。终于有名字了。

“他是谁，我怎么才能找到他？”

“你不会想找到他的。”

“这你不用操心。”

“我接下来要告诉你的是最高机密。万一被人知道我告诉你这些事，我就得去坐牢。这是瑞典国防系统内藏得最深的秘密之一。你必须要了解此事非常重要，你得保证不让我曝光。”

“我已经保证了。”布隆维斯特不耐烦地说。

“札拉千科于一九四〇年出生于斯大林格勒，一岁时，德军开始展开东线攻势，他的双亲都死于战争中。至少札拉千科是这么认为，战争期间究竟发生什么事他并不是很清楚。他最早的记忆是从乌拉尔山一家孤儿院开始。”

布隆维斯特飞快做着笔记。

“孤儿院位于一座有驻军的城镇，就好比是由红军资助，札拉千科很小就开始接受军事教育。从苏联政府末期出现的一些文件显示，由国家培育的孤儿当中，有人曾接受实验训练成为特别健壮灵活的精英军官，而札拉千科便是其中之一。我长话短说：他五岁时就被送进军校，结果发现他颇具天分。一九五五年十五岁时，他被送到新西伯利亚一间军校，与另外两千名学员一同接受类似俄军特种部队的训练。”

“好，直接说成年以后的事吧。”

“一九五八年十八岁，他被转往明斯克接受 GRU 的特别训练，GRU 是直属军队最高指挥部的情报单位，别和秘密警察克格勃搞混了，间谍活动与国外行动通常都由 GRU 负责。札拉千科二十岁时被派到古巴，那是受训阶段，他的军阶只相当于少尉。但他在那里待了两年，正巧遇上古巴导弹危机和猪猡湾侵略事件。一九六三年，他又回到明斯克接受更进一步的训练，然后先后被派驻保加利亚和匈牙利。一九六五年他升为中尉，也首度被派到西欧，在罗马执行了一年任务。那是他的第一个秘密任务，显然是持有伪造护照的平民身份，与大使馆毫无联系。”

布隆维斯特边写边点头，并在不知不觉中开始感兴趣。

“一九六七年，他搬到伦敦，在那里筹划处决一名叛变的克格勃干将。接下来的十年中，他成了 GRU 的顶尖情报员，也是真正最优秀而忠诚的政治军人。他会流利地说六种语言，曾经当过记者、广告摄影师、船员……所有你想得到的职业。他是个求生高手，是伪装与诈骗专家，手下有自己的干将，并且筹划执行自己的任务行动。其中有几次行动是暗杀契约，绝大多数都发生在第三世界，但他也曾涉入勒索、恐吓以及上级需要他去执行的各种任务。一九六九年，他晋升上尉，一九七二年升少校，一九七五年升中校。”

“他怎么会到瑞典来？”

“我正要说。这么多年来他都在收受贿赂，东抠西抠攒了点钱，但酒喝得太凶，女人也玩得太凶。这些事上级都知道，但由于他仍受重用，这么一点小事可以视而不见。一九七六年，他被派往西班牙出任务。细节就不用多说了，总之他闹了笑话，也因为任务失败而失宠，被调回俄国。他决定抗命不从，因而导致更糟的局面。GRU 命令马德里大使馆的一位武官去找他，和他说理。不知出了什么差错，札拉千科杀了使馆的人。事到如今他已别无选择，只得破釜沉舟，仓促地决定叛逃。他布下看似从西班牙前往葡萄牙并可能遭遇船难的轨迹，也留下线索显示自己有意逃往美国，但事实上他选择了投奔全欧洲最令人想象不到的国家。他来到瑞典，联络上国安局寻求庇护。他的考虑很正确，因为克格勃或 GRU 的暗杀部队到这里找他的几率几乎是零。”

毕约克说到这里闭口不语。

“然后呢？”

“假如苏联一名顶尖情报员叛逃到瑞典寻求庇护，政府该怎么做？当时保守派政府刚刚上台，其实这也是新任外交部部长最早面对的问题之一。那些胆小政客把他视为烫手山芋，当然想尽早甩掉他，却又不能直接送回苏俄——如果事情败露，将会是天大的丑闻。因此他们打算送他到美国或英国，但札拉千科拒绝了，美国他不喜欢，而他也知道有几个国家的军事情报单位最高层已有苏俄人员渗入，英国便是其中之一。他不想去以色列，因为不喜欢犹太人。所以他决定以瑞典为家。”

整件事听起来实在太不可思议，布隆维斯特不禁怀疑毕约克是否在捉弄他。

“所以他就留在瑞典了？”

“没错。多年来，这是瑞典最隐秘的军事机密之一。重点是，我们从札拉千科那里得到许多重要资讯。七十年代末到八十年代初那段时间，他是所有叛变者当中的佼佼者，以前从未有 GRU 精英部队的资深干将叛逃过。”

“这么说他可以出卖资讯？”

“正是如此。他手段很高明，总是在对他最有利的时机释放出情报。他让我们发现布鲁塞尔北大西洋公约组织内的一名间谍、罗马的一名间谍、柏林一整个间谍网的联络人，以及他在安卡拉和雅典曾利用过的杀手的真实身份。他对瑞典的了解并不多，但我们可以用他掌握的资讯来与他国交换条件。他是个大金矿。”

“于是你就开始和他合作。”

“我们给了他新的身份、护照和一点钱，他自己会照顾自己，他毕竟受过训练。”

布隆维斯特沉默了一阵子，反刍这些信息，然后抬头看着毕约克。

“上次我来的时候，你撒了谎。”

“有吗？”

“你说你是八十年代在警察射击俱乐部里认识毕尔曼的，其实你们早就认识了。”

“那是直觉的反应。那件事是机密，我没有理由详述我和毕尔曼认识的过程。直到你问及札拉，我才联想到。”

“跟我说说事情经过。”

“当年我三十三岁，已经在国安局服务三年。毕尔曼年轻得多，刚刚拿到学位。他在国安局处理一些法律事务，类似实习的工作。毕尔曼来自卡斯克罗纳，父亲是军事情报人员。”

“那又如何？”

“不管是毕尔曼还是我都没有资格处理像札拉千科这种人，但他却在一九七六年选举日当天和我们接触。警察总部几乎一个人也没有——大伙不是休假就是跑出去监视去了，札拉千科就选在那个时间走进马尔姆警局，宣称要寻求政治庇护并想找国安局的人谈。他没有报上姓名。我那天值班，以为是很单纯的难民事件，便带着毕尔曼前去充当法律顾问。我们在马尔姆与他碰面。”

毕约克揉了揉眼睛。

“他坐在那里，口气平静而淡然地说出自己的身份与昔日的工作内容。毕尔曼负责记录。我很快便了解到自己面对的情况，于是中断谈话，把札拉千科和毕尔曼都弄出那个警局。我不知如何是好，便在中央车站正对面的大陆饭店订了个房间，将他安顿下来。我让毕尔曼先陪着他，我则到楼下打电话给上司。”他说到这里笑了起来，“我常常觉得我们的表现一点也不专业，但事实就是如此。”

“你的上司是谁？”

“那不重要，我不会再说出其他任何人的名字。”

布隆维斯特耸了耸肩，不再追究。

“他说得非常清楚，这件事必须尽可能保密，牵扯的人也愈少愈好。这原本和毕尔曼一点关系也没有，他级别太低了，但既然已经知情，最好还是保留他，不要再找其他人。我猜像我这种资浅的军官，应该也是因为同样原因而留下。最后，国安局相关的人员中，共有七人知道札拉千科的存在。”

“另外还有多少人知道此事？”

“从一九七六年直到一九九〇年初……政府部门、军队最高指挥部与国安局内，总共大约二十人。”

“那一九九〇年初之后呢？”

毕约克耸肩道：“苏联解体之后，他就变得不重要了。”

“可是札拉千科到瑞典以后怎么样了？”

毕约克沉默了好久，布隆维斯特开始感到急躁。

“老实说……札拉千科是个大胜利，我们这些相关人士的事业前途都靠他了。你别误会，那也是全职工作。我负责担任札拉千科在瑞典的导师，起初的十年间我们每星期至少要见上几次面。这是那几年间重要的事，当时他握有许多新鲜资讯，但另外还得设法控制他。”

“控制他什么？”

“札拉千科是个狡猾的魔鬼，有时迷人得不得了，有时却又偏执疯狂。他会狂饮作乐，之后就变得暴力。我不止一次得在夜里出去替他做善后。”

“例如说……”

“例如有一次他上酒吧，与人起了争执，还把两个企图安抚他的保镖打到昏死过去。他身材相当矮小，但近身肉搏的技巧非常高明，只可惜很多时候都用错场合。有一回我还得到警局去保他。”

“他这样很可能会引发特别的注意，听起来不太专业。”

“他就是这样。他没有在瑞典犯过罪，也从未被逮捕。我们给了他一个瑞典名字、一本瑞典护照和身份证。国安局为他准备了一栋房子，也付薪水给他，但只是为了让他随时提供服务，却无法阻止他上酒吧或玩女人。我们能做的就是收拾烂摊子。那是我在一九八五年以前的工作，后来调职以后，札拉千科便改由接替我工作的人接手。”

“那毕尔曼的角色呢？”

“老实说毕尔曼是个沉重负担。他并不特别聪明，根本不适合担任这个工作，只是纯属巧合地被扯入札拉千科这件事，而且也只是最初的一小段时间，当时我们偶尔需要他处理一些次要的法律程序。我的上司解决了毕尔曼的问题。”

“怎么解决？”

“尽可能以最简单的方法，就是替他在警界外一家法律事务所找一份工作，你也可以说那家事务所与我们关系密切。”

“柯朗—连恩。”

毕约克以锋利的目光射向布隆维斯特。

“对。多年来他一直为国安局做一些次要的调查工作，所以就某方面而言，他的事业发展也归功于札拉千科。”

“那么札拉千科现在人在哪里？”

“我真的不知道。一九八五年以后，我和他的联系就断了，这十二年当中我从未见过他。我最后听到的消息是，他在一九九二年离开了瑞典。”

“显然又回来了。他的出现和武器、毒品、非法性交易有关。”

“这我倒不惊讶。”毕约克说道，“但我们不确定这是不是你要找的札拉，或者另有其人。”

“两个不同的札拉千科出现在这个故事里的几率应该微乎其微。他的瑞典名字叫什么？”

“这我不能告诉你。”

“你现在是在回避问题。”

“你想知道札拉是谁，我告诉你了，但在我确知你履行了承诺之前，是不会交出最后一块拼图的。”

“札拉很可能杀了三条人命，而警方却追错了人，要是你以为没有问出札拉的名字我会善罢甘休，那你就错了。”

“为什么你认为莎兰德不是凶手？”

“我就是知道。”

毕约克微笑地看着布隆维斯特，顿时觉得安全许多。

“我认为人是札拉杀的。”布隆维斯特说。

“错了，札拉没有杀人。”

“你怎么知道？”

“因为札拉已经六十几岁，而且严重残障。他有只脚被截肢，走路不太方便，所以奔波于欧登广场和安斯基德之间开枪杀人的不是他。他若想杀人，就得打电话叫残障运输服务。”

玛琳对茉迪露出礼貌性的微笑。“这个你得问麦可。”

“好，我会的。”

“我不能和你讨论他的调查内容。”

“假如这个札拉有可能涉嫌的话……”

“这个你得和麦可谈。”玛琳又说，“关于达格写的东西，我可以帮你，但我不能告诉你我们自己的调查。”

茱迪叹了口气。“关于这份名单上的人，你能跟我说些什么呢？”

“只能说达格写的部分，消息来源不能透露。不过我可以说到目前为止，麦可已经从名单上删除了十来人。”

不，这没有帮助。警方仍得自己做正式的讯问。一名法官、两名律师、几名政治人物和记者……还有警察同仁。好个团团转的任务。茱迪知道，早在命案第二天就该开始做这件事。

她的视线落在名单上的一个名字上：古纳·毕约克。

“这个人没有地址。”

“没有。”

“为什么？”

“他是国安局的人，地址未编入册。其实他正在请病假，达格一直没能联络上他。”

“那你们呢？”茱迪微笑着问道。

“去问麦可。”

茱迪瞪着达格办公桌上方的墙面，思索着。“我能问你一个私人问题吗？”

“请问吧。”

“你个人觉得，是谁杀了你们的朋友和那个律师？”

玛琳真希望布隆维斯特能在这里应付这些问题。警察这么问东问西的，真叫人不舒服，而更令人不快的是，她甚至不能解释《千禧年》已经获得哪些结论。正为难之际，身后传来爱莉卡的声音。

“我们认为凶手杀人是为了阻止达格揭发部分内容，但我们不知道凶手是谁。麦可觉得有个叫札拉的人非常可疑。”

茱迪转头看着《千禧年》的总编辑，只见她递出两杯咖啡，杯子上分别印着公务员工会以及基督教民主党的标志。爱莉卡甜甜一笑后，径自回办公室去了。

三分钟后她又出现。

“茉迪巡官，你的长官刚刚来电，因为你手机没开。他请你给他回电。”

警方已发出全境通告，说莎兰德终于现身了。通告中指出她很可能骑着哈雷摩托车，并警告说她持有武器，还在史塔勒荷曼一带的避暑小屋前射伤了人。

警方已经在前往斯特兰奈斯、玛丽弗雷德和南泰利耶的道路上架设了路障。当晚往返于南泰利耶与斯德哥尔摩之间的区间列车，也班班受到搜索。却没有发现与莎兰德特征相符的人。

晚上七点左右，一辆巡逻警车在欧弗休的露天商场外发现了那辆哈雷，搜索的焦点也因此从南泰利耶转向斯德哥尔摩。欧弗休的报告上说，找到一块皮夹克布片，上头印有硫磺湖摩托车俱乐部的标志。包柏蓝斯基听到这个消息后，将眼镜推到额头上，闷闷地凝视国王岛办公室外的漆黑夜色。

一整天下来，除了困惑之外别无所获。莎兰德女友遭绑架、拳击手罗贝多莫名其妙地卷入，接着南泰利耶附近遭人纵火，树林里还发现埋尸。最后则是史塔勒荷曼这起怪异事故。

包柏蓝斯基来到外头的总办公室，查看斯德哥尔摩与邻近地区的地图，发现有四个地方各因不同原因而成为目前的焦点：史塔勒荷曼、尼克瓦恩、硫磺湖以及欧弗休。接着目光一转，移到安斯基德，不禁叹了口气。他有种不快的感觉，警方的调查似乎远远赶不上事件发生的速度。不管安斯基德命案原因为何，总之比他们原先的假设复杂得多。

布隆维斯特并不知道史塔勒荷曼发生的事。他在下午三点左右离开斯莫达拉勒，在某加油站稍作停留并喝了点咖啡，一面试图理解他所发掘到的事实的意义。

他没想到毕约克会在深入这么多惊人的细节之后，仍坚决不肯给他最后一片拼图：札拉千科的瑞典身份。

“我们说好了的。”布隆维斯特说。

“我的部分已经完成，我已经告诉你札拉千科是谁。你若想知道更多，就得重新协议。你必须向我保证，你们所有调查资料中都不会出现我的名字，而你在写札拉千科的时候也绝不会牵扯到我。”

布隆维斯特愿意妥协，将毕约克当成与背景故事有关的匿名消息来源，但却无法保证别人——例如警方——不会发现他是自己的消息来源。

“我不担心警察。”毕约克说。

最后他们同意详细考虑一天之后，再重新谈。

布隆维斯特喝咖啡时，觉得像是鼻尖有样东西让他看不清楚，离得那么近，都可以感受到形体了，就是无法聚焦。这时他忽然想到另一个人或许可以为这件事提供一些线索。这里离厄斯塔康复中心很近，他看看手表，决定去见见潘格兰。

谈过话后毕约克疲惫万分，背痛更甚，吃下三颗止痛药后，还得平躺到客厅的沙发上。他脑中思绪翻腾，约莫一小时后起身烧了点开水，冲了一包立顿茶包，然后坐到厨房餐桌旁陷入沉思。

布隆维斯特能信任吗？现在只能任由此人摆布，幸好他手中仍握有最关键的情报：就是札拉的身份以及在整件事中扮演的角色。

唉，到底是怎么落到这步田地的？不过是找了几个妓女。他可是单身汉。那个十六岁的贱货甚至没有假装喜欢他，他可以感觉到她的嫌恶。

该死的贱货。她要不是那么年轻，她要是已经满二十，情况就不会那么糟。布隆维斯特也厌恶他，而且从不试图隐瞒。

札拉千科。

一个皮条客。真有讽刺意味。他竟嫖了札拉千科的妓女。但札拉千科够聪明，一直隐身在幕后。

毕尔曼和莎兰德。

还有布隆维斯特。

有一条出路。

愤怒地深思一小时后，他走进书房找出写了电话号码的纸片，那是本周稍早从办公室取得的。他隐瞒布隆维斯特的不止这件事，札拉千科人在哪里他也一清二楚，只不过确实已经十二年多未曾与他交谈，而且也丝毫不想再和他有瓜葛。

但札拉千科是个狡猾的魔头。他会察觉问题，然后便消失不见，逃到国外隐居。最大的灾难就是他被捕，到时候一切就都完了。

他犹豫许久才拨了电话。

“嗨，我是史文·杨森。”他说。一个很久很久没有使用的名字。札拉千科马上就记起他了。

第二十八章

四月六日星期三

晚上八点，包柏蓝斯基和茉迪约在华沙街上的韦恩咖啡馆，喝杯咖啡并随便吃点东西。她从未见这个长官如此消沉过。听他说完当天发生的一切之后，她伸手按住他的手，这是她第一次碰包柏蓝斯基，纯粹只想表达同事情谊。他无奈地笑了笑，也以同样友善的态度拍拍她的手。

“也许我该退休了。”他说。

她看着他，露出宽容的微笑。

“这次的调查七零八落。”他继续说着，“都已经支离破碎了。我向埃克斯壮报告今天的事，他只说：‘怎么做最好就怎么做。’好像无力采取行动。”

“我实在不想指责上司，不过我个人认为，埃克斯壮干脆去死好了。”

包柏蓝斯基点了点头。“你已经正式回到组上，但别指望他会向你道歉。而今天早上法斯特一气之下冲出去，手机也关了一整天，明天要是再不出现，就得派人去找他了。”

“法斯特也可以不用插手，我个人认为。贺斯壮怎么样了？”

“没怎么样。我想指控他，但埃克斯壮不敢。把他踢出去以后，我和阿曼斯基认真地谈过。和米尔顿的关系到此为止，只可惜连波曼也没了。真的可惜，他是个很优秀的警探。”

“阿曼斯基听了有何反应？”

“打击很大。奇怪的是……”

“什么？”

“他说莎兰德一直不喜欢贺斯壮。他记得几年前莎兰德曾劝他将贺斯壮解雇，说他是个卑鄙的混蛋，但显然并未解释原因。阿曼斯基当然没有听从她的建议。”

“有趣。”

“安德森还在南泰利耶，他们准备去搜索蓝汀的住处。霍姆柏仍忙着挖掘‘流浪汉’古斯泰夫森的尸块。就在我到这里之前，他才打电话来说又发现另一具埋尸。从衣着看来很可能是女性，好像已经埋了不短的时间。”

“林地墓园。包柏蓝斯基，我猜莎兰德已经不是尼克瓦恩命案的嫌疑犯了。”

包柏蓝斯基露出数小时以来第一个笑容。“对，那件案子得将她排除。不过她确实持枪射了蓝汀。”

“你别忘了，她射的是脚不是头。对蓝汀而言也许差别不大，但我要提醒你，不管是谁犯下安斯基德命案，枪法都很高明。”

“茉迪……这事简直荒谬到极点。蓝汀和尼米南都是前科累累的难缠家伙。蓝汀或许胖了一两公斤，身体状况也有点衰退，但仍是个危险人物，而尼米南的冷酷则是连流氓都不得不畏惧三分。我实在无法想象莎兰德这么弱小的人，怎能把他们痛打成那样？当然，我并不是说他们不该被打，只是无法理解究竟怎么回事。”

“找到她以后得好好问一问，但她毕竟有暴力的记录。”

“即便是安德森，要单挑那两个人恐怕也得三思，而安德森可称不上斯文人。”

“问题是，莎兰德攻击蓝汀和尼米南是否有特殊原因？”

“一个小女孩和两个神经病在一间偏僻的避暑小屋？我倒是能想出一两个原因。”包柏蓝斯基说道。

“会不会有人帮她？会不会有其他人涉案？”

“报告中没有任何迹象显示这种可能。莎兰德进到小屋，桌上有个咖啡杯，此外堪称该区守卫、留意着每个人一举一动的韩森也作了证，发誓只看到莎兰德和那两个硫磺湖的大英雄经过。”

“莎兰德是怎么进入小屋的？”

“她有钥匙，我猜是从毕尔曼的公寓偷走的。你还记得……”

“警方封条被破坏。她倒是挺忙的。”

茉迪用手指敲着桌面，随后转移到新方向。

“有没有证实蓝汀也参与绑架米莉安？”

“罗贝多看过三十几个飞车党人的档案照片，马上就指认出他来，毫无疑问这就是他在尼克瓦恩仓库看到的人。”

“那布隆维斯特那边呢？”

“还没联络到人，他一直没接电话。”

“不过他所描述的在伦达路攻击莎兰德的人和蓝汀的特征吻合，所以可以断定硫磺湖摩托车俱乐部已经追了莎兰德好一阵子。为什么呢？”

包柏蓝斯基两手一摊。

茉迪好奇道：“被警方追缉的这段时间，莎兰德会不会一直住在毕尔曼的小屋？”

“我也想过这一点，但霍姆柏不以为然。他说小屋看起来有好些时候没人住了，何况还有目击者说她是今天稍早走路去的。”

“她为什么要去那里？我不认为她和蓝汀约好见面。”

“不太可能。她一定是去找什么东西。我们只发现几个资料盒，里面似乎是毕尔曼自己针对莎兰德，从社会福利部、监护局和昔日学校记录所搜集到的资料。不过好像少了几个档案夹。档案夹都有编号，我们有的是一号、四号和五号。”

“所以少了二号和三号。”

“也许还有更大的号码。”

“这么说来有个疑问。莎兰德何必要找关于自己的资料？”茉迪说。

“我可以想到两个原因。若非她知道毕尔曼写了些什么而想加以隐藏，就是她想查明某事。但还有一个问题。”

“什么问题？”

“毕尔曼为何搜集了这么多关于她的报告，还藏在避暑小屋中？莎兰德似乎是在阁楼上找到这些资料的。毕尔曼是她的监护人，必须负责处理她的财务与其他事务，但从这些资料看来，他好像着魔似的将莎兰德的一生整理成册。”

“毕尔曼愈来愈像个品行不端的人。今天我看着《千禧年》所列的嫖客名单时，都预想会发现他的名字。”

“想得好。还记得你在他的电脑里发现的暴力色情图片吧。在《千禧年》有何发现吗？”

“我也不知道。布隆维斯特忙着一一检视他们名单上的人，但据玛琳说，他并未发现任何值得注意的事。包柏蓝斯基……有件事我得说出来。”

“什么事？”

“我觉得这些都不是莎兰德做的，我是说安斯基德和欧登广场。一开始我也和其他人一样深信是她，但现在我不信了。我也说不出所以然。”

包柏蓝斯基发现自己其实也认同茉迪的想法。

巨人在蓝汀位于硫磺湖的家中来回踱步，走到厨房窗边时停下来看着道路。他们早该回来了。他的胃仿佛不断往下沉：一定出事了。

他不喜欢一个人待在这屋里，他觉得不自在。楼上的房间有股穿堂风，还不时发出奇怪的声响。他努力地想甩掉不安，明知自己这样很可笑，但他从来就不喜欢独处。他一点也不怕血肉之躯，可是乡下空屋却有说不出的可怕。各种声响让他开始胡思乱想，就是摆脱不掉有个幽暗邪恶的东西躲在门缝偷看自己的感觉，甚至仿佛还能听见那东西的呼吸声。

打从年轻时开始，怕黑就是他的一大困扰，一直困扰到他以暴力教训那些取笑他胆小的朋友——无论是同年或年长许多的朋友。他向来善于教训人。

可是这毕竟很丢脸。他讨厌黑暗，讨厌独处，讨厌所有栖息于黑暗僻静中的东西。他希望蓝汀回家来，即使没有交谈，甚至不在同一个房间，有他在就能恢复平衡。他会听到真正的声音，也会知道身旁有人。

他打开音响播放 CD，试图躲避焦虑感，还焦躁地想从蓝汀的书架上找点什么来读。没想到蓝汀的阅读品位实在有待改进，最后只能将就地看一些摩托车杂志、男性杂志和他从来不感兴趣的平装悬疑小说。独处愈来愈可能产生幽闭恐惧症。他将放在袋子里的手枪拿出来清理上油，这倒是让他平静了一会儿。

到最后终于无法继续待在屋里，他便到院子里走来走去，呼吸点新鲜空气。虽然躲在看不见邻家住宅的角落，偶尔还是会停下来看着有人在家并亮着灯的窗户。如果静静地站着，还能听到远方有音乐声。

后来他觉得该进屋去了，走到台阶上时又站了好一会儿，才甩掉压迫感毅然决然进入屋内。

七点看 TV4 的新闻时，他惊疑不定地听着头条新闻和一则发生在史塔勒荷曼避暑小屋的枪击事件的报道。

他连忙奔上顶楼房间，将自己的物品塞入袋内，两分钟后便开着白色沃尔沃离开了。

他及时逃走了。刚驶出硫磺湖不到两公里，便有两辆闪着蓝灯的警车与他交错而过，进入村庄。

经过不断耐心地沟通协商后，布隆维斯特终于获准与潘格兰见面。由于他非常坚持，护士不得不打电话给席瓦南丹医师。席瓦南丹显然住在附近，十五分钟后便赶到，准备应付顽固的记者。一开始他根本不同意。因为过去两星期来，有几位记者找到潘格兰的所在，并用尽各种手段想采访他。潘格兰本身也断然拒绝类似的访客，因此康复中心员工接获命令不许任何人见他。

席瓦南丹医师一直留意着案情进展，并感到十分沮丧，真没想到莎兰德会引发这样的头条新闻。他的病人潘格兰更是深陷忧郁，医师猜想那是因为他毫无能力帮助莎兰德的缘故。潘格兰已经中断康复治疗，成天看着报纸，注意电视上追捕那女孩的消息，否则便是坐在房内沉思。

布隆维斯特依然站在席瓦南丹的桌前，解释自己的确无意造成潘格兰的不快，也不想向他套话，并说自己是莎兰德的好友，相信她的清白，目前只是急于查出一些资料，希望能多了解她过去的一些经历。

要说服席瓦南丹并不容易，布隆维斯特还得详细解说自己在这件事情中的角色，讨论了半个小时后，医师才终于首肯。他请布隆维斯特稍候，然后去询问潘格兰。

十分钟后，席瓦南丹回来了。

“他答应见你了。但假如你惹他不高兴，他会把你赶出来。你不能采访他，或写任何有关这次会面的报道。”

“我一个字都不会写的。”

潘格兰的房间很小，里头有一张床、一张书桌、一张餐桌和几张椅子。他满头白发，身形枯瘦，显然平衡有问题，但布隆维斯特被带进房间时，他还是起身相迎。他没有与来客握手，只是指指餐桌旁的一张椅子。布隆维斯特坐了下来，席瓦南丹医师也留在房里。潘格兰口齿仍不清晰，一开始布隆维斯特听不太懂。

“你说你是莉丝的朋友，你到底是谁，又想做什么？”

“你什么都不必告诉我，我只请你在赶我走之前好好听我说。”

潘格兰冷冷地点了个头，然后拖着脚步走到布隆维斯特对面坐下。

“我在两年前认识莎兰德，并雇用她替我做了一些调查。当时我住在另一个城市，她来找我，我们一起工作了几个星期。”

他不知道该向潘格兰解释多少，最后决定尽可能地实话实说。

“那段时间发生了两件重要的事。一是莉丝救了我一命；二是我们有一度成为很要好的朋友。我很了解她也很尊重她。”

布隆维斯特省略了细节，只大略告诉潘格兰他们两人的关系忽然在一年前的圣诞节戛然而止，莎兰德也随即出国去了。

接着他谈到自己在《千禧年》的工作，以及达格与米亚如何遭杀害，他自己又是如何开始追查凶手。

“我听说你最近受到不少记者打扰，报上也确实一而再、再而三地刊登一些愚蠢报道。现在我只能向你保证，我来这里不是为了搜集另一篇报道的资料，而是因为我是莉丝的朋友。目前全国恐怕没几个人会毫不犹豫且无不良居心地站在她那边，而我便是其中一个。我相信她的清白，也相信命案的幕后黑手是一个名叫札拉千科的人。”

布隆维斯特忽然打住。因为一提到札拉千科的名字，潘格兰眼中似乎有微光闪动。

“如果你能提供一些有关莉丝的过往，为她做点事，现在就是最好时机。假如你不肯帮她，那么我就是在浪费你我的时间，我也明白你的立场了。”

在这段独白当中，潘格兰未发一语，待布隆维斯特说完后，他眼底又开始发光，但也同时露出微笑。他尽可能地把话说清楚。

“你真的想帮助她。”

布隆维斯特点了点头。

潘格兰倾身向前。“告诉我她客厅沙发的样子。”

“我去找她那几次，看到的是一张破旧又丑陋不堪的沙发，好像有某种稀奇的价值。我猜应该是五十年代初的家具。另外还有两个不成形的抱枕，棕色布面搭配难看的黄色图案。我最后一次看到的时候，已经破了好几个洞，棉花都跑出来了。”

潘格兰忽然大笑，听起来更像是在清喉咙，然后看着席瓦南丹医师。

“至少他去过她的公寓。不知道医师能不能请我的客人喝杯咖啡呢？”

“当然可以。”席瓦南丹起身离去，走到门口时，又停下来朝布隆维斯特点了点头。

“亚历山大·札拉千科。”门一关上，潘格兰立即说道。

“你知道这个名字？”

“莉丝告诉我的。我想我一定得把这件事告诉某个人……以免我暴毙，这是非常可能的事。”

“莉丝？她怎么可能知道这个人的存在？”

“他是莉丝的父亲。”

起初布隆维斯特听不懂潘格兰在说什么，慢慢地才了解这句话的意思。

“你到底在说些什么？”

“札拉千科在七十年代来到这里，好像是申请政治庇护之类的……我始终没搞懂，莉丝也一直守口如瓶。这件事她根本提都不想提。”

她的出生证明。父不详。

“札拉千科是莉丝的父亲。”布隆维斯特大声地重复一遍。

“我认识她这么多年来，她只跟我提过一次，大约是在我中风的一个月前。据我了解是这样的：札拉千科在七十年代中期来到这里，一九七七年认识了莉丝的母亲，两人发生关系后生下两个孩子。”

“两个？”

“她和她的孪生妹妹卡米拉。”

“天哪，有两个她？”

“她们俩天差地别，但那是另一回事。莉丝母亲的原名叫阿妮塔·苏菲亚·休兰德，十七岁时认识札拉千科。关于他们相识的其他细节，我一概不知，但我猜想她母亲是个十分稚嫩的女孩，遇上一个年纪较大又较有经验的男人，很轻易便掉入陷阱。她对札拉千科印象深刻，很可能从此深陷情网，不料札拉千科根本不是个好人。我觉得他只是想找个容易上钩的女人，此外无他。女孩幻想能与他有安定的未来，他却对婚姻毫无兴趣。他们的确从未结婚，但女孩在一九七九年将姓氏从休兰德改为莎兰德。我想这应该是她表示两人结合的方法。”

“什么意思？”

“札拉，莎兰德。”

“老天哪！”布隆维斯特叹道。

“我直到生病前夕才开始调查这些事。她有权改这个姓氏，因为她母亲，也就是莎兰德的外婆，确实姓莎兰德。后来札拉千科终于露出严重精神病人的真面目，不仅酗酒，还对阿妮塔残酷施暴。据我所知，莎兰德姐妹俩的童年都在父亲的暴虐中度过。莉丝还记得，札拉千科偶尔会回家。有时离家很长一段时间后，他会突然又出现在伦达路的公寓，而且每次都会上演同样戏码。他来是为了做爱、喝酒，酒醉后再以各种方式凌虐莉丝的母亲。从莉丝的叙述听来，似乎不只是肢体暴力。他带了枪，会出言威胁，还有一些性虐待和心理恐吓的行为。我想情况应该是逐年恶化。八十年代，莉丝的母亲多半都生活在恐惧中。”

“他也打小孩吗？”

“没有。他对两个女儿显然毫无兴趣，甚至几乎不曾打过招呼。每当札拉千科出现时，母亲会把她们带进小房间里，没有允许不能出来。只有一次他可能打了莉丝或她妹妹耳光，但多半是因为她们惹他生气或挡了他的路。暴力主要都针对她们的母亲。”

“我的老天，可怜的莉丝。”

潘格兰点了点头。“莉丝是在我生病前不久才全盘告诉我，那也是她第一次如此坦白。我当时正决定结束那荒谬的失能宣告，莉丝和我认识的其他人一样聪明，所以我打算请地方法院重审她的案子，结果就中风了……醒来时人已经在这里。”

他手朝着自己所处的有限空间画了一圈。这时有个护士敲门，端着咖啡进来。潘格兰静坐不语直到她离去。

“关于莉丝的经历，有几点我不明白。”他说，“阿妮塔被迫入院几十次，我看过她的医疗报告，她非常明显就是重伤害的受害者，社会福利部理应介入。可是完全没有。每当她必须接受治疗时，莎兰德姐妹就得待在社会紧急救助中心，但她一旦出院就要回家，等待下一次出事。对此我只能解读为社会安全网的瓦解，而阿妮塔则因为太过害怕，除了等候施虐者别无他法。后来出了一件事。莎兰德称之为‘天大恶行’。”

“什么事？”

“札拉千科离开了几个月。莉丝满十二岁。她大概开始觉得父亲不会再回来，不过当然不是。有一天他回来了。阿妮塔先把莉丝和妹妹锁在小房间里，然后和札拉千科上床，接着他开始殴打她。他很喜欢打人。但这回被关起来的并不是两个小女孩……两姐妹的反应非常不同。卡米拉非常惊恐，生怕有人发现自家发生的事，因此她压抑住一切，声称母亲从未挨打。暴行结束后，卡米拉会上前拥抱父亲，假装什么事也没有发生。”

“这无疑是她保护自己的方式。”

“对。可是莉丝却截然不同。这回她打断了殴打，她走进厨房拿了把刀，刺进札拉千科的肩膀。札拉千科被刺了五刀之后才夺过刀子，并往她脸上揍了一拳。刀伤应该不深，但他却血流如注，随即跑走。”

“听起来很像莉丝的作为。”

潘格兰笑道：“是啊，千万别和莉丝·莎兰德作对。她对待全世界人的态度是只要有人用枪威胁她，她就会拿出更大的枪，所以我才非常担心现在发生的事。”

“那就是‘天大恶行’吗？”

“不是。后来发生了两件事，我很不明白。札拉千科伤重到必须上医院，那么应该会有警察报告。”

“可是呢？”

“可是据我的发现，事后一点影响也没有。莎兰德记得有个男人来找阿妮塔谈过，她不知道他们谈了什么，他又是什么人。总之后来母亲跟她说札拉千科完全原谅她了。”

“原谅？”

“她是这么说的。”

布隆维斯特瞬间明白了。

毕约克。也可能是毕约克的同事之一。得替札拉千科收拾善后。那些该死的猪猡！他恨恨地闭上眼睛。

“怎么了？”潘格兰问道。

“我想我知道发生了什么事。有人得为此付出代价。不过还是请你继续说吧。”

“札拉千科消失了几个月，莎兰德一直在等他，也作了准备。她每天都逃学以便看顾母亲，因为极度担心札拉千科会真的伤害她。当年她十二岁，自觉有责任保护不敢报警也无法与札拉千科分手，又或者其实并不了解情况的严重性的母亲。但札拉千科终于出现的那天，莉丝人在学校。她回到家时，他正要离开公寓，什么话也没说只是冲着她笑了笑。莉丝进屋后发现母亲倒在厨房地上，不省人事。”

“但札拉千科没有碰莉丝？”

“没有。他刚坐上车，莉丝便追赶上来。他摇下车窗，可能是想说些什么。莉丝已经准备好，顺手就把装满汽油的牛奶纸罐丢进车内，接着再丢进一根点燃的火柴。”

“天哪！”

“她试图杀死父亲两次。这次要承担后果了。伦达路上有个男人在车上烧得像烽火一般，实在不可能不引人注目。”

“但他没死。”

“他吃足了苦头。有只脚必须截肢，脸和身体一些部位也严重灼伤。结果莎兰德就进了圣史蒂芬儿童精神病院。”

虽然已经记得滚瓜烂熟，莎兰德仍再次重读她在毕尔曼文件盒内所找到的关于自己的资料。然后坐到窗旁座位上，打开米莉安送的烟盒，点燃一根烟，望向窗外的王室狩猎场。她发现了一些和自己有关、以前却从不知情的事。

事实上，太多事情都有了合理的解释，反倒让她兴致索然。这其中最令她感兴趣的就是毕约克在一九九一年二月写的报告。她并不确定许多和她谈过话的大人当中，哪一个是毕约克，不过应该猜得出来，当时他自我介绍时用的是另一个名字：史文·杨森。她遇见过他三次，还记得他脸上的每个特征、他说过的每句话，以及他的一举一动。

这整件事就是一出惨剧。

札拉千科在车内熊熊燃烧，最后好不容易推开车门、滚到人行道上，一只脚却被安全带绊住。有人跑过来试图灭火，直到来了一辆消防车才将火扑灭。救护车到达以后，她想让医疗人员先不管札拉千科，跟她进去看她母亲，却被他们推到一旁。接着警察来了，几位目击者指证了她。她试图解释事情经过，但好像没有人在听，转眼间她已经坐上警车后座。时间一分一秒地过去，几乎过了一小时，警察才进入公寓发现她母亲。

阿妮塔已经昏迷，脑部受了伤，因为被殴而导致微量脑出血，此后出血的情形不断出现，一直没有康复。

如今莎兰德明白了为何无人看过那份警察报告，为何潘格兰未能成功调阅这份报告，为何直至今日，指挥追捕她的检察官埃克斯壮仍无法取得该报告。那不是一般警察写的，而是国安局里某个烂人拼凑而成的，上面还盖了橡皮印章，根据国安法将它列为“绝密”。

札拉千科曾经替国安局工作过。

那不是报告，是掩护。札拉千科比阿妮塔更重要，不能被认出或曝光。札拉千科并不存在。

问题不在于札拉千科，而在于莉丝·莎兰德，那个有可能将国家最重大的秘密之一摊在阳光底下的小疯子。

一个她毫无所知的秘密。她沉吟着。札拉千科来到瑞典没多久便结识她母亲，并以真名自我介绍，或许当时他还没有假名或瑞典身份，也或许他不对她使用。她只知道他的真名，但瑞典政府给了他一个新名字，难怪这么些年来从未在任何官方记录上发现他的名字。

她懂了。假如札拉千科被以重伤害罪起诉，阿妮塔的律师便会开始检视他的过往。*札拉千科先生，你在哪里工作？你真正的名字叫什么？你从哪儿来？*

假如莎兰德最后被送到社会福利部，便可能会有人开始挖掘。她年纪太小，不会被起诉，但万一汽油弹攻击事件受到太详细的调查，同样的事情也会发生。她都能想象报纸的头条标题了。调查工作必须交给信得过的人，然后盖上“绝密”印章，深深埋藏起来让谁都找不着。而莎兰德也得深深埋藏起来，让谁都找不着。

古纳·毕约克。

圣史蒂芬。

彼得·泰勒波利安。

这番解释都快把她逼疯了。

亲爱的政府……我要跟你好好谈谈，如果真能找到人跟我谈的话。

她脑中闪过一个念头：如果将一个汽油弹丢进卫生与社会福利部大门，不知部长作何感想？但由于没有其他人能负责，泰勒波利安倒是不错的替代品。她暗暗记下了，一旦解决了其他这些麻烦，就要好好地和他算账。

不过她仍无法全盘了解。经过这么多年后，札拉千科忽然再度闯进她的生活。他有可能被达格给揭发。开两枪。达格和米亚。枪上面有她的指纹……

不管是札拉千科或是他派去杀人的人，都不可能知道她在毕尔曼书桌抽屉的盒子里发现并把玩过那把枪。那纯粹是巧合，但她打一开始就很清楚，毕尔曼和札拉之间必有关联。

只是有些细节仍拼不到一起。她细细审思，将拼图一块一块地试拼。

只有一个合理的答案。

毕尔曼。

毕尔曼调查了她一生的资料，发现其中的关联，便找上札拉千科。

她录下了毕尔曼强暴她的画面，那是她架在毕尔曼脖子上的剑。

也许他是梦想札拉千科能逼她交出带子。

想到这里，她跳下窗边座位，打开书桌抽屉，拿出一片用马克笔写着“毕尔曼”的DVD，甚至没有放进塑胶封套。自从两年前让毕尔曼亲眼观赏过后，她便未曾再看过，此时拿在手里掂了掂，又放回抽屉内。

毕尔曼真笨。其实只要他保持距离，等她失能的宣告一撤销，她就会马上放了他。他这么做，从此就得变成札拉千科的哈巴狗，倒也不失为公平的处罚。

札拉千科的网络。其中有些触角一路延伸到硫磺湖摩托车俱乐部。

金发巨人。

他是解谜之钥。

得找到他，逼他说出札拉千科在哪里。

她又点了根烟，往外望着船岛旁的城堡，再望向更远处的格罗纳伦德的云霄飞车，然后自言自语起来。这个声音她曾在一部电影中听过：

爸——比——，我要来抓——你——了。

七点半，她打开电视想看看关于追捕她自己的最新进展，却看到令她瞠目结舌的消息。

包柏蓝斯基终于在晚上八点刚过，打通了法斯特的手机。两人没有互开玩笑，他也没问法斯特是怎么搞的，只是冷静地下达命令。

当天早上在总局的闹剧实在让法斯特忍无可忍，因而做出他执勤时从未做过的事。他离开后进到市区，关上手机，坐在中央车站的酒吧里，满怀怒气地喝了两杯啤酒。

然后他回家冲了个澡，上床睡觉。

他需要补眠。

醒来刚好看到晚间新闻节目“Rapport”，一听到头条，眼珠子差点蹦了出来。尼克瓦恩挖到尸体，莎兰德对硫磺湖摩托车俱乐部首脑开枪，警方全面搜索南郊区，正逐渐收网中。

他立刻打开手机。

几乎就在同时接到混蛋包柏蓝斯基的电话。他说调查工作的焦点已转移到确认另一名凶手的身份，并要法斯特到尼克瓦恩犯罪现场接替霍姆柏。对莎兰德的调查即将接近尾声，法斯特却得到树林里捡烟蒂，让其他人去追捕莎兰德。

硫磺湖摩托车俱乐部和本案又有什么关系？

难道那个臭婊子茉迪的推理真有几分道理？

不可能。

肯定是莎兰德没错。

他渴望能亲手抓到她，渴望得如此强烈，以至握着手机的手不禁隐隐作痛。

潘格兰平静地看着布隆维斯特在小房间的窗前踱方步。此时已接近晚上七点半，他们整整谈了将近一小时。最后潘格兰敲敲桌面以引起布隆维斯特注意。

“先坐下吧，免得把鞋磨坏了。”他说。

布隆维斯特照做了。

“这些秘密，”他说道，“我始终不了解其中的关联，直到你解释了札拉千科的背景，我才恍然大悟。之前我所看到的，只有宣称莉丝精神错乱的评鉴。”

“彼得·泰勒波利安。”

“他和毕约克肯定达成了某种协议，他们肯定多少有合作的关系。”

布隆维斯特若有所思地点点头。无论发生了什么事，泰勒波利安都将受到新闻媒体的严密检视。

“莉丝说我应该远离他，说他是坏人。”

潘格兰的目光倏地变得锐利。“她什么时候说的？”

布隆维斯特沉默了好一会儿，然后微笑地看着潘格兰。

“真该死，又是秘密。她躲藏的这段时间我和她联络上，用电脑，她只会发出谜样的简短信息，不过每次总会指点我正确方向。”

潘格兰叹息道：“你想必没有告诉警察。”

“没有，没有全说。”

“你也没有告诉我，她对电脑很拿手。”

你想象不到的拿手。

“我非常相信她有能力渡过难关，也许经济上有点困难，但她总有办法活下去。”

经济上也没那么困难。她偷了将近三十亿克朗，不会饿肚子的。她有一大袋黄金，就和长袜皮皮[1]一样。

“我不太明白的是，”布隆维斯特说道，“那么多年来，你为什么没有处理她的案子？”

潘格兰再次叹气，内心感到无比难过。

“我对不起她。”他说道，“我成为她的受托人时，她只是一大堆性格别扭的问题少年之一，我手上另外还有数十人。福利部长史蒂芬·布洛韩修指派我这项任务时，她已经进了圣史蒂芬医院，第一年我连看都没看过她。我和泰勒波利安谈过几次，他解释说莎兰德有精神疾患，院方正努力让她接受最好的治疗。我相信了他，为什么不呢？但我也和约纳斯·贝林格谈过，他是当时的资深医师，与莉丝的案子应该毫无关系。他应我的要求作了评鉴，我们也说好要试着通过寄养家庭，让她重返社会。那是她十五岁时的事。”

“接下来这些年你一直支持着她。”

“还不够。地铁事件发生时，我站在她那边，当时我已经很了解她也很喜欢她。她很烦躁不安。我阻止他们将她送回精神病院，代价就是她被宣告失能，由我担任监护人。”

“毕约克应该没有到处奔走，企图影响法院的决定，否则容易引人注意。他想把莉丝关起来，就靠着泰勒波利安等人所作的精神病学评鉴将她的情况描述得凄惨黯淡，以为法院会作出合理的裁定。没想到法官听取了你的建议。”

“我从不认为她应该接受监护。但老实说，我也没有很努力地让

---

1 林格伦最受欢迎作品“长袜皮皮”系列中的主角。故事中，皮皮的爸爸曾经送她一箱黄金，所以皮皮不愁吃不愁穿，而且还可以买很多很多糖果请镇上所有小朋友吃。

法院撤销裁定。我应该更早、更认真一点采取行动，却因为太喜欢她，所以……不断地往后延。实在有太多事情要做，后来又生病了。”

“我觉得你不该自责。这些年来，没有人比你更照顾她的权益。”

“我知道的不够多，这一直是老问题。莉丝是我的当事人，但对于札拉千科却始终只字未提。她从圣史蒂芬出院后又过了许多年，才对我表现出一丝丝信任。直到听证会过后，我才感受到她慢慢地不再拘泥于形式上的沟通。”

“她怎么会想到告诉你札拉千科的事？”

“我想是因为无论如何，她都已经开始信任我了。而且我曾经几次提到申请撤销失能宣告的话题。她显然考虑过，后来有一天打电话说要见我。她都想好了，便告诉我所有关于札拉千科的事以及她对于发生过的一切的看法。或许你也能体会到，要了解这许多事并不容易，但我马上开始深入挖掘，却没想到全瑞典的数据库中都找不到札拉千科的名字。有时候我的确怀疑，整件事会不会都是她的幻想。”

“你病了以后，毕尔曼成了她的监护人。那不可能是巧合。”

“对，不知道可不可能加以证明，但我一直在想，如果努力尝试应该可以找出……后来是谁接替毕约克，负责为札拉千科料理善后。”

“也难怪莉丝死都不肯和精神科医师或政府当局对谈，”布隆维斯特说道，“因为每次谈过以后，情况总是更糟。她试图解释事情经过，但无人肯听。她一个年幼的孩子，试图独力拯救母亲，不让一个疯子伤害她。最后她做了她觉得自己唯一能做的事。不料非但没有获得‘做得好’或‘好女孩’的赞赏，反而被关进精神病院。”

“事情没有那么简单。希望你能了解，莎兰德确实有点问题。”

潘格兰口气强硬地说。

“此话怎讲？”

“你也看到了，她在成长过程中惹了许多麻烦，在学校里也惹问题。”

“每天的报纸都登了。如果我有像她那样的童年，我也会在学校里惹麻烦。”

"她的问题远远不只是在家里的问题。我读过所有的精神病学评鉴，其中竟然没有任何诊断。但我想我们都会同意，莎兰德并非普通人。你和她下过棋吗？"

"没有。"

"她有过目不忘的本领。"

"我知道。和她一起工作的时候发现的。"

"她很爱拼图。有一年圣诞夜，她到我家吃晚餐，我怂恿她解了几个门萨智力测验题。形式大概是给你五个类似的图形，让你决定第六个会是什么样子。"

"我知道那种测验。"

"我自己测试过，大概对了一半，而且是很认真地研究了两个晚上。她只看了测验纸一眼，就答对了所有问题。"

"莉丝是个非常特殊的女孩。"

"她在建立人际关系方面有极大障碍，我猜她应该患有阿斯柏格综合征之类的病。你看那些被诊断为患阿斯柏格综合征患者的临床病症，有些地方似乎与莉丝很像，但也有许多症状不吻合。你注意瞧瞧，只要不烦她、尊重她，她一点危险性也没有。不过毫无疑问，她的确很暴力。"潘格兰低声说，"假如受到挑衅或威胁，她就会以可怕的暴力反击。"

布隆维斯特点头表示同意。

"问题是我们现在该怎么办？"潘格兰问道。

"找到札拉千科。"布隆维斯特回答。

这时候席瓦南丹医师敲门进入。

"希望没有打扰你们。不过你们要是对莎兰德感兴趣，不妨打开电视看看新闻。"

第二十九章

四月六日星期三至四月七日星期四

莎兰德愤怒得全身发抖。当天早上她安安静静地去了毕尔曼的避暑小屋，从前一晚就没有打开电脑，白天里也没有机会听新闻报道。其实史塔勒荷曼事故的报道多少已在预料之中，但此刻横扫电视新闻的风暴却是她始料未及的。

米莉安在伦达路住所外遭一名彪形大汉攻击绑架，身受重伤，此刻人正躺在索德医院，伤势似乎相当严重。

救出她的人是前职业拳击手罗贝多，至于他怎么会来到尼克瓦恩的仓库，并未多作解释。他走出医院时，被记者团团围住，但他不想发表任何意见，他的脸看起来仿佛双手被反绑战了十回合似的。

在距离米莉安被殴之处不远的树林里，发现两具埋尸。根据报道，警方即将挖掘第三个地点，而且这可能也不是最后一处。

接下来则是搜寻逃犯莎兰德。

警方正在慢慢收网，他们如是说。这一天，警方已经包围了史塔勒荷曼邻近地区。她持有武器，十分危险，先前曾射伤一名地狱天使的飞车党员，也可能是两名。打斗地点在遇害律师毕尔曼的避暑小屋。到了晚上，警方认为她可能已经逃出了警戒区。

埃克斯壮召开了记者会，回答问题时模棱两可。不，他无法确定莎兰德与地狱天使有无来往。不，他无法证实莎兰德曾出现在尼克瓦恩的仓库的传闻。不，没有迹象显示这是帮派间的火拼。不，目前无法证实莎兰德独自犯下安斯基德命案。现在搜寻她只是为了讯问关于命案的情况。

莎兰德双眉深锁。警方的调查似乎有所变动。

她上网先看了报纸的报道，再一一连上埃克斯壮、阿曼斯基和布隆维斯特的硬盘。

埃克斯壮的电子信箱中有几封有趣的邮件，尤其是包柏蓝斯基于下午五点二十二分送来的备忘录。这封信以激烈而强硬的口气，批评埃克斯壮在初步调查中的统御手法，信末那段更堪称是最后通牒。他要求：一、让巡官茉迪复职，命令即刻生效；二、将安斯基德命案的调查重点重新导向探索其他可能性；三、立即对名为札拉的人物展开调查。

> 对莎兰德的指控仅基于一项直接证据，也就是她留在凶器上的指纹。请容我提醒你，那只证明她拿过枪，却不能证明她开枪，更遑论朝死者开枪了。
>
> 现在我们知道还有其他人涉案。南泰利耶警方（到目前为止）已在某仓库附近找到两具浅埋的尸体，仓库主人是蓝汀的表亲。无论莎兰德何等暴力或处于何种精神状况，都不太可能与这些死者有任何关系。

包柏蓝斯基最后说道，假如检察官不答应这些要求，他将会大张旗鼓地请辞调查小组。埃克斯壮的答复是，包柏蓝斯基认为怎么做最好就怎么做。

莎兰德从阿曼斯基的硬盘中得知了更惊人的消息。他与人事部往返的几封简短的电子邮件，证明了贺斯壮已经离开公司，而且即日生效。他可以领取假日薪资与三个月的遣散费。一封给值班经理的信写道，假如贺斯壮回到公司，可派人陪他到办公桌清理个人物品，然后再陪他离开办公大楼。一封给技术部门的信则建议注销贺斯壮的卡片锁。

但最有趣的莫过于阿曼斯基与米尔顿安保的律师法兰克·阿雷纽斯的通信内容。阿曼斯基询问倘若莎兰德受到羁押，该怎么做对她最有利。阿雷纽斯答复说米尔顿没有理由关心一个犯下杀人罪的前员工，要是公司涉入过深，恐怕有损声誉。阿曼斯基气冲冲地回答说，莎兰德有没有涉嫌杀人都还是个问号，他的关心只是为了向他认为清白的前员工提供支持。

莎兰德发现，布隆维斯特的电脑打从前一天很早开始便一直没有开机。所以没有新消息。

波曼将档案夹放到阿曼斯基的办公桌上，一屁股坐了下来。弗雷克伦打开后开始阅读，阿曼斯基则站在窗户旁远眺旧城区。

“这是我能交出来的最后一份报告，我被踢出调查小组了。”波曼说。

“不是你的错。”弗雷克伦说。

“对，不是你的错。”阿曼斯基说着也坐下来。他已经将波曼过去两星期来提供的资料，全堆在会议桌上。

“我和包柏蓝斯基谈过，你做得很好，波曼。少了你，他觉得很可惜，但因为贺斯壮的缘故，他别无选择。”

“没关系，我发觉在米尔顿这里比在国王岛自在多了。”

“你能略作简述吗？”

“这个嘛，如果目的是找到莎兰德，那么显然是失败了。这次的调查非常混乱，组员间经常争执不下，包柏蓝斯基可能也无法全权掌控调查行动。”

“汉斯·法斯特……”

“法斯特真的是个浑球。但问题并不只在于法斯特和草率的调查，包柏蓝斯基已经尽可能地追踪所有掌握到的线索。事实上，莎兰德隐匿行迹确实有一手。”

“不过你的工作不只是找到莎兰德。”阿曼斯基说。

“没错，当初你另外吩咐我当眼线，以免莎兰德遭到诬告，幸好这件事没有告诉贺斯壮。”

“现在你怎么想？”

“一开始我很肯定她有罪，但现在我也不太确定了，有太多事情兜不拢……”

“所以呢？”

“我不再认为她是主要嫌疑犯，也愈来愈觉得布隆维斯特的推测有几分道理。”

“也就是说我们得确认并找出凶手。该不该从头展开调查呢？”阿曼斯基边倒咖啡边问。

今晚莎兰德的心情糟透了。她想到自己当年将汽油弹丢进札拉千科车内，从那一刻起所有的噩梦都停止，她内心感受到无比平静。虽然也有过其他问题，但向来都是自己的事，她处理得来。如今却牵涉到米莉安。

米莉安被殴打住院。她是无辜的，和这些事毫无关系，错只错在她认识莎兰德。

她不断诅咒自己，满心愧疚。一切都是她的错，她的地址是秘密，她很安全。然后她说服米莉安住进她的公寓，任何人都能找到的地址。

怎么会这么粗心？干脆痛打自己一顿算了。

极度难过的情绪使她热泪盈眶。但莎兰德从不哭泣。她一把抹去泪水。

十点半时，她焦躁到在屋里待不住，便穿上外套、靴子，步入夜色中。她沿着小巷一直走到环城大道，站在索德医院车道的入口，一心只想进到米莉安的房里叫醒她，告诉她一切都会没事。忽然间她看到辛肯附近闪着警车的蓝灯，连忙闪进一条巷弄内以免被发现。

午夜刚过，她又回到家中，全身都冻僵了，便脱掉衣服钻进被窝。可是睡不着。到了凌晨一点，她又爬起来，光着身子在未亮灯的屋里走来走去。后来走进客房，里面有一张床和一张书桌，她从来没进来过。她坐在地板上背靠墙壁，在黑暗中发呆。

莉丝·莎兰德有一间客房。多可笑。

她一直坐到过了两点，已经冷得不停颤抖，这时才又开始哭起来。

天亮前不久，莎兰德冲了个澡穿上衣服，启动咖啡壶、准备早餐，并打开电脑。进入布隆维斯特的硬盘后，惊觉他并未更新调查日志，于是转而开启“莉丝·莎兰德”文件夹。里头有个名为“莉丝—重要”的新文档，查看文档的内容发现是在午夜零点五十二分建立的。她按了两下鼠标。

莉丝，马上和我联系。这件事远比我想象的还糟。我知道札拉千科是谁，也大概知道发生了什么事。我找潘格兰谈过，明白了泰勒波利安的角色，以及你被关进精神病院的原因。我想我已经知道是谁杀死达格和米亚了，应该也知道为什么，但还缺少一些重要信息。我不明白毕尔曼的角色。打电话给我。立刻打给我。我们可以一起解决。麦可

莎兰德慢慢地又读了一遍。这个小侦探这阵子挺忙的。勤劳小猪。该死的勤劳小猪。他还是认为有什么可解决的。

他是出于善意。他想帮忙。

他不明白不管发生什么事，她的一生都完了。

早在她未满十三岁以前就完了。

只有一个解决之道。

她建立了一个新文档，想写一封回信，但思绪在脑中回旋，想说的太多了。

莎兰德陷入情网。笑死人了。

他永远不会察觉。她不会让他得意。

她将文档删除，瞪着空白屏幕。可是不应该音信全无地对待他。

他就像个坚定的小锡兵，忠心耿耿地站在她这边。于是她又建立了一个新文档，写道：

谢谢你愿意当我的朋友。

首先她得作几个后勤方面的决定。她需要交通工具，虽然很想使用仍停在伦达路上那辆酒红色本田，但绝对不行。埃克斯壮检察官的笔记本电脑中，毫无迹象显示警方在调查期间发现她买了一辆车，可能是因为她还没送出登记的资料与保险文件。但米莉安接受侦讯时可能提到车子的事，而且显然伦达路偶尔会受到监视。

警方知道她有一辆摩托车，要是从伦达路大楼的储藏室把车弄出来就更张狂了。何况，气象预报说前些日子像夏日般的气候即将转变，她可不想冒险骑摩托车上天雨路滑的公路。

当然还有一个选择，就是以奈瑟的名义租车，但这么做也有风险。或许会被人认出来，以后将再也不能使用这个假身份，那么问题可就大了，因为她得靠这个逃到国外。

这时她忽然暗自一笑，还有另一个方法。她启动电脑，登入米尔顿安保的网络系统，浏览由米尔顿某位柜台秘书负责管理的车辆资料。米尔顿安保公司共有将近四十辆车供员工使用，有些印有公司标志，专供出差之用，但大多数都是没有标志的跟监车，全部都停放在斯鲁森附近米尔顿总公司的车库里。几乎转个弯就到了。

她研究员工的档案后，选定刚开始休假两星期的马可斯·柯兰特。他留了加纳利群岛一间饭店的电话号码，作为联络之用。莎兰德改掉饭店名称，并将他联络电话的号码顺序弄乱，然后加注柯兰特最后一项勤务行动是将某辆车送厂维修。她挑中以前曾经开过的一辆自排的丰田花冠，并记录车子会在一星期后送回。

最后她进入监视系统，重新设定她会经过的监视器。在凌晨四点半到五点之间，这些监视器会重复播放前半个小时的画面，但显示的时间码却是改造过的。

四点十五分，她用软背包装了两套换洗衣物、两罐梅西喷雾器和充饱了电的电击棒，然后看着自己得来的两把手枪。她舍弃桑斯壮的科特一九一一政府型，选择了尼米南那把波兰制、弹匣里少了一发子弹的八三式瓦纳德。这把比较细瘦，拿起来较顺手。她把枪放进夹克口袋。

莎兰德合上强力笔记本电脑，但仍将电脑留在桌上，硬盘里的资料都已移至某个加密的网络备份空间，整个硬盘也以自己写的程序全部删除，就连她也无法重建。她不想依赖这台强力笔记本电脑，拖着到处跑只是累赘，因此只带了奔迈掌上电脑。

她环顾工作室一周，感觉似乎不会再回到摩塞巴克这间公寓，也知道自己留下了应该要销毁的秘密。但瞥了一眼手表，发现没时间了，于是将桌灯熄灭。

她走到米尔顿安保的地下室，搭电梯来到行政楼层，空荡荡的走廊上一个人也没碰见，从服务台未上锁的橱柜取出车钥匙也易如反掌。

三十秒后她已经在地下车库，打开花冠的车门锁，将软背包丢到副驾驶座，调整好驾驶座与后视镜。最后她用旧的卡片锁开启车库的门。

快五点的时候，她出现在梅拉斯特兰南路与西桥相接处。天色渐亮。

布隆维斯特于六点半醒来，没有设闹钟却也只睡了三个小时。起床后激活笔记本电脑，打开“莉丝·莎兰德”文件夹看看有无回复。

谢谢你愿意当我的朋友。

他顿时感觉到脊背上一股寒意蹿了上来。这绝非他所期待的答案，看起来像诀别信。莎兰德独力对抗全世界。他先到厨房煮咖啡，然后冲澡，换上一件破旧的牛仔裤时才发现已经好几星期没时间洗衣服了，没有干净的衬衫可穿，便在灰色夹克底下套上一件酒红色运动衫。

在厨房准备早餐时，忽然瞅见微波炉后面的流理台上似乎有金属在闪闪发光，他拿叉子勾出一个钥匙圈。

是莎兰德的钥匙。伦达路攻击事件发生当天找到以后，便连同她的肩背包放在微波炉上面。当初忘了把钥匙和袋子一起交给茉迪巡官，肯定是无意间掉落在后面。

他瞪着这串钥匙，大小各有三把，三把大的应该分别是入口大门与公寓门钥匙。她的公寓。显然不是伦达路那间。那么她到底住在哪里?

他更加仔细地检视三把小钥匙，一把很可能是她川崎摩托车的，一把看似保险箱或储藏柜的钥匙，接着拿起第三把，上头盖了一个号码：二四九一四。他忽然想通了。

邮政信箱。莎兰德有邮政信箱。

他拿出电话簿查看索德马尔姆地区的邮局所在。她曾住过伦达路，环城大道太远。也许在霍恩斯路，或是罗森伦德街。

他关掉咖啡壶，丢下早餐，立刻开着爱莉卡的宝马到罗森伦德街去。钥匙不符。接着开到霍恩斯路，钥匙对着二四九一四号信箱一插就进。打开以后，里头有二十二封邮件，他随手塞进手提电脑袋的外侧口袋。

他继续沿着霍恩斯路开，将车停在街区戏院旁，然后到贝松斯特兰路上的科帕小馆吃早餐。等店家准备拿铁的时候，他一一检视那些信。全部都是寄给黄蜂企业的，其中九封来自瑞士、八封来自开曼群岛、一封来自海峡群岛、四封来自直布罗陀。随后他毫不愧疚地撕开信封。前二十一封是关于各个账户与基金的银行明细与报告，莎兰德简直富甲一方。

第二十二封稍厚一些。收件人地址是手写的，信封上印着“布坎南房屋”的标志以及直布罗陀皇后道码头的回邮地址，里面的信则是用麦米伦律师的信纸写的。律师的字迹工整。

莎兰德女士惠鉴：

谨此确认阁下购屋尾款已于一月二十日缴清，随信附上所有文件副本，原件则由敝人保留。相信应能满足阁下所望。

另祝愿阁下一切安好。去夏意外来访，敝人甚感惊喜，亦深觉阁下性情清新宜人。亟盼日后再有机会为阁下效劳。敬颂

时绥

杰瑞米·麦米伦谨上

寄信日期是一月二十四日，莎兰德显然不常开信箱。布隆维斯特看着信中所附，有关购买摩塞巴克区菲斯卡街九号一间公寓的文件。

他边看边喝咖啡，差点呛着了。成交价是两千五百万克朗，分两期缴款，其间相隔一年。

莎兰德在埃斯基尔斯蒂纳看着一个身材结实、发色深暗的男子打开了“汽车专家”租车中心的侧门，那里除了出租汽车，还提供维修服务，是间典型的车厂。此时是早上六点五十分，挂在店门口的手写招牌上注明七点半才开门。她过街跟着那名男子从侧门进入店内，那人听见声响转过身来。

“是雷菲克·奥巴吗？”她问道。

“我是，请问你是哪位？我们还没开门。”

她举起尼米南那把波兰制八三式瓦纳德，双手握住，瞄准他的脸。

“我不想和你多说废话，只想看看你们的租车客户名单，现在就要看，我给你十秒钟的时间准备。”

奥巴现年四十二岁，是出生在土耳其迪亚巴克尔的库德人，对枪支早已生腻。他僵立不动，紧接着便寻思道，这个女疯子持枪闯进车厂来，应该没有什么商量的余地。

“在电脑里面。”他说。

“打开。”

他乖乖地照做。

“那扇门后面是什么？”电脑启动后，见屏幕开始闪动，她问道。

“只是一个柜子。”

“打开。”

里面放了几件工作服。

“好，你到柜子里面去，别出声，我就不会伤害你。”

他毫无异议地遵从。

“手机拿出来放在地上，踢到我这边来。”

他又照做不误。

“很好，现在关上你后面的门。”

店里用的是一台老旧的个人电脑，用的是 Windows 95 操作系统，硬盘容量二百八十 MB，光是打开租车名单的 Excel 文档就花了好长时间。那辆白色沃尔沃曾出租过两次，第一次在一月为时两星期，第二次在三月一日，至今尚未归还。客户是长期租用，每星期付费。

登记的姓名为罗纳德·尼德曼。

她扫视过电脑上方架子上的文件夹，其中一个卷脊上简洁地印着“身份”两字。她取下文件夹，翻到尼德曼那页。一月租车时，他出示了护照证明身份，奥巴也留下了影本。她一眼就认出是那个金发巨人。根据护照资料，他是德国人，三十五岁，生于汉堡。既然奥巴复印了护照，可见尼德曼只是客户而非朋友。

奥巴在那页底部写了一个手机号码和一个歌德堡的邮政信箱。

莎兰德将文件夹放回原位，关上电脑。四下张望之后，在前门旁边发现一个橡胶门挡，便捡起来走回柜子前面，用枪柄敲敲门。

“你在里面听得到我说话吗？”

“可以。”

“你知道我是谁吗？”

没有做声。

除非是瞎子才会认不得我。

“好，你知道我是谁，那你怕我吗？”

“怕。”

“别害怕，奥巴先生，我不会伤害你。这里的事我办得差不多了，很抱歉造成你的困扰。”

“呃……没关系。”

“在里面呼吸没问题吧？”

“没有……你到底想干什么？”

“我想看看两年前有没有一个女人向你们租过车。”她回答道，“没找到，但不是你的错。再过几分钟我就要走了，我会在柜门这里放个门挡，这门不厚实，你可以撞得出来，只不过需要点时间。你以后再也不会看到我，所以不必报警，今天也可以照常开门营业，就当什么也没发生。”

他不报警的几率微乎其微，但提出另一个选择供他参考无妨。她离开车厂走向停在转角的花冠后，迅速变成奈瑟。

没能找到尼德曼在斯德哥尔摩地区的确切地址，只有一个位于瑞典另一端的邮政信箱，实在令人气恼。但这是唯一查到的线索。所以呢，上歌德堡去。

她开上 E20 公路，转往西边的阿尔博加方向。打开收音机时，刚好播完新闻，只听到一些广告。她听着大卫·鲍伊唱到“以汽油灭火”(putting out fire with gasoline)，虽然不知道歌名，却觉得这句歌词未卜先知。

第三十章

四月七日星期四

布隆维斯特凝神看着菲斯卡街九号的大门口，这是斯德哥尔摩最高级的地盘之一。他将钥匙插入门锁一转，全无障碍。门厅里的住户名单并无帮助。布隆维斯特以为这里多半是供公司租用的饭店式高级公寓，但似乎也有一两间私人住宅。名单上没有莎兰德的名字，他一点也不惊讶，只不过这种地方再怎么看都不像她的藏身之处。

他一楼一楼往上爬，边看门牌上的姓名，没有一个能激起联想。最后来到顶楼，看见门牌上写着“V. 库拉”。

布隆维斯特拍了一下额头，忍不住微笑。选择这个名字应该不是为了取笑他个人，反倒比较像是反映出莎兰德内心某种具有讽刺意味的想法——不过以林格伦小说中的主角为绰号的“小侦探布隆维斯特”，要寻找另一名主角长袜皮皮，还有什么比“维库拉屋”[1]更适当的地方呢？

他按了门铃等候片刻，才掏出钥匙打开安全锁和下方的锁。

门一打开，立刻启动了警报器。

手机开始哔哔响时，莎兰德正来到厄勒布鲁外围的格兰斯哈玛附近，她踩下刹车停到路肩，从夹克口袋拿出掌上电脑，连上手机。

十五秒钟前，她公寓的门被人打开了。警报器并未连接到任何安保公司，唯一的目的只是警告她有人闯入或以某种方法打开了门。三十秒后警铃会开始鸣响，不速之客也会意外受到漆弹袭击，而漆弹就藏在门边一个伪装的保险丝盒内。她面带微笑一边期待一边倒数。

1　长袜皮皮居住之处。

布隆维斯特受挫地瞪着门边的警报显示器，不知为何他想都没想过公寓里会装警报器，此时只能眼看着数字钟面开始倒数。进《千禧年》办公室，若未能在三十秒内键入正确的四位数字，警报器便会启动，接着很快就会有几名人高马大的安保人员冲进来。

他第一个反应是关上门，赶紧离开大楼，但实际上却定定地站在原地不动。

四位数字。不可能随便猜。

二五—二四—二三—二二……

该死的长袜皮……

一九—一八……

你会用什么密码呢？

一五—一四—一三……

他愈来愈惊慌。

一〇—九—八……

于是他抬起手，绝望地按下唯一想得到的数字：九二七七。这四个数字刚好与触控键上 W—A—S—P（黄蜂）四个字母相对应。

出乎意料的是倒数停止了，还剩下六秒。警报器哔了最后一声，面板上显示的数字归零，同时亮起绿灯。

莎兰德不敢置信地睁大双眼，以为自己出现幻觉，明知这么做不理性，却还是摇晃了一下她的掌上电脑。就在漆弹爆炸前六秒，倒数停止了，一秒过后，显示数字归零。

不可能。

这世上没有其他人知道密码。

这怎么可能？是警察？不对。札拉？难以相信。

她在手机上拨了一个号码，等候监视摄影机联线，传来低解析度的影像。摄影机藏在门厅天花板上一个类似侦烟器的物体内，每秒钟会拍下一张低解析度照片。她从头播放这一连串连续照片，也就是从开门启动警报器那一刻起。当看到摄影机下方的布隆维斯特痉挛似的上演了半分钟的可笑哑剧，最后终于按下密码，瘫靠在门柱上，活像差点心脏病发的模样，她脸上立刻绽放出撇嘴笑容。

王八蛋小侦探布隆维斯特找到她了。

他捡到了她掉落在伦达路的钥匙，也够聪明能想起“黄蜂”是她在网络上的名称。而且既然都找到了公寓，很可能也发现这是黄蜂企业所有。她还在看着，布隆维斯特已经开始走走停停地穿过门厅，消失在摄影机镜头前。

*该死！我怎会如此容易被猜透？当初怎么会遗落那些钥匙？……*如今她的所有秘密都摊在布隆维斯特窥探的眼前。

思考几分钟后，她认为反正也没有差别了，硬盘已经全部删除，这才是重点。而且由他发现这个藏身处，甚至可能对她有利。她的秘密，他早已知道得比任何人都多。这只勤劳猪会做对的事，不会出卖她。希望如此。她将车放到D挡，朝歌德堡继续推进之际也深陷思绪中。

玛琳于早上八点半抵达公司时，在楼梯间碰到罗贝多。她一眼就认出他来，并自我介绍，请他入内。他脚跛得很厉害，一闻到办公室内的咖啡香，就知道爱莉卡来了。

“嗨，爱莉卡。很抱歉临时找你，也谢谢你愿意见我。”拳王说道。

爱莉卡先端详他脸上那一个个惊人的淤伤与肿块之后，才俯身亲了他脸颊一下。

“你看起来真不像活人。”她说。

“我以前也断过鼻梁。你把布隆维斯特藏在哪里了？”

“他不知道上哪儿去扮侦探、找线索了。和平时一样，无法联络到他。除了昨晚一封奇怪的电子邮件外，从昨天早上就没有他的消息。谢谢你……总之，谢谢你。”

她指指他的脸。

罗贝多笑了起来。

“要不要喝杯咖啡？你说你有事情要告诉我。玛琳，一块来听吧。”

他们就舒服地坐在爱莉卡办公室里的椅子上。

“是关于和我交手的那个高大的金发混蛋。我跟麦可说他的拳击毫无可取之处，但有趣的是他两只拳头一直保持在防御姿势，脚步的移动也像个拳击手，好像真的受过一些训练。”

“麦可昨天在电话里提到了。”玛琳说。

“我一直想着这件事，所以昨天回家后，发了电子邮件到全欧洲的拳击俱乐部，叙述了事情的经过，并尽可能详细地描述那个家伙。”

“运气如何？”

“应该算是不错吧。”

他将一张传真照片放在爱莉卡与玛琳面前的桌上，像是在某拳击俱乐部的训练课程上拍摄的，两名拳手站着聆听一个身形矮胖、年纪较大、戴着一顶窄边皮帽、穿着长袖运动服的男子指点，另外有六七人也环绕在拳击台边倾听着。背景里站着一个看似平头族小混混的魁梧男子，被用马克笔圈起来了。

“这是十七年前拍的照片，背景那个人叫罗纳德·尼德曼，拍照时十八岁，所以现在应该三十五岁左右，和绑架米莉安那个巨人岁数相符。我不敢说百分之百是他，因为照片太久远，画质又不好。但看起来确实十分相像。”

“这张照片哪儿来的？”

“汉堡‘动力’俱乐部一位资深教练汉斯·敏斯特给我回了信，说尼德曼在八十年代末期曾为他们打了一年的拳，或者应该说曾试图为他们打拳。我今天一早就收到信，来这里之前还和敏斯特通过电话。他的大意是：尼德曼是德国汉堡人，八十年代时和一个平头族帮派厮混。他有个年长几岁的哥哥，是个极有天分的拳击手，尼德曼就是通过他加入俱乐部的。尼德曼具有很可怕的力量，外形简直是无与伦比。敏斯特说他从未见过如此大的力道，即使最顶尖的拳击手也不例外。有一次他们测量他出拳的力道，结果竟然破表。”

“听起来他在拳击界应该前途无量。”爱莉卡说。

罗贝多却连连摇头。“据敏斯特的说法，他不可能，有几个原因。第一，他学不会拳击。他只会站在定点用力挥拳，移动起来非常笨拙，这和我在尼克瓦恩面对的那家伙一样。但更糟的是，他不知道自己的力量有多大，偶尔对打练习时会将对手打成重伤，例如鼻梁和下颌骨折等等不必要的伤害。所以他们实在无法留他。”

“所以他可以说是会拳击却又不太会，是吗？”玛琳说。

“正是如此，但他之所以中断却是因为医疗原因。”

“怎么说？”

“他看起来好像金刚护体，无论挨多少拳，总是抖抖身子便又继续打。其实他罹患一种非常罕见的病叫先天性痛觉缺失，我查过了，那是一种遗传的基因缺陷，也就是说他神经突触内的传导物质运作失常，说白一点，就是他没有痛觉。”

“听起来很像拳击手的最大本钱。”

罗贝多再次摇头。“正好相反，这种病可能会对生命造成危害。大多数罹患先天性痛觉缺失的人都死得很早，大约介于二十岁到二十五岁之间。痛觉是身体出了问题的警讯，如果把手放到炙热的炉子上，一觉得痛你就会缩手；但这种病的患者却不会有任何反应，直到闻到肉烧焦的味道为止。”

玛琳和爱莉卡不由得面面相觑。

“你是说真的吗？”爱莉卡问道。

“千真万确。尼德曼什么感觉也没有，随时都像注射了大量的局部麻醉剂。而他之所以没出事，是因为他有另一项遗传特征足以互补。他的体格异于常人，骨骼非常强壮，因此几乎刀枪不入，而且他天生的力道简直绝无仅有。最重要的是他的愈合速度一定很快。”

“我渐渐了解到你们那场拳赛是多么有趣了。”

“那还用说，我绝不想再打一次。唯一对他起作用的一次，就是米莉安踢他下体的时候，他确实跪下了一秒……那类的打法想必会启动某种生理反应，否则他不会觉得痛。相信我，我要是被她那样一踢，也会倒地不起。”

“最后是怎么结束的？”

“有这种病的人其实和一般人一样也会受伤。别以为尼德曼好像一身钢筋水泥，当我拿木板往他后脑勺一轰，他还是像岩石一样坠落。恐怕是脑震荡了。”

爱莉卡看了看玛琳。

“我去打电话给麦可。”玛琳说。

布隆维斯特听见手机响，但因惊愕过度，直到第五声才接起。

“我是玛琳。罗贝多认为他查出巨人的身份了。”

“很好。”布隆维斯特心不在焉地回答。

“你在哪里？”

“不好说。”

“你的口气听起来怪怪的。”

“抱歉，你刚刚说什么？”

玛琳简述了罗贝多的说法。

“继续追，”布隆维斯特说，“看能不能在哪个资料库里找到他。我想这事很紧急，随时打我手机。”

出乎玛琳意料的是，他连再见也没说就挂电话了。

此刻布隆维斯特正站在窗边，看着外面从旧城区一路绵延到盐湖的美景，一时感到茫然。前门右手边有一个厨房与门厅相连，此外有一个客厅、一间工作室、一间卧室，还有一间似乎还没动用过的小客房，床垫的塑胶套尚未拆封，也没有铺床单。屋里全是刚从宜家家居买回来的崭新家具。

令布隆维斯特震惊的是，莎兰德竟买下企业巨子派西·巴纳维克[1]昔日的临时住所，公寓面积约三百五十平方米，价值两千五百万

1 派西·巴纳维克（Percy Barnevik，1941— ），曾任知名跨国企业艾波比集团（ABB Group）总裁，有欧洲的“杰克·威尔许”之称。

克朗。

布隆维斯特信步走过闲置的廊道与房间，走廊空荡荡的几乎令人毛骨悚然，房间里有各种木材与图纹的拼花地板，还有爱莉卡曾一度觊觎的名家特里西娅·基尔德设计的壁纸。公寓正中央是一间采光极佳的客厅，并配备有开放式壁炉，但莎兰德似乎从未生过火。外头有一个景观迷人的巨大阳台。另外还有洗衣房、桑拿室、健身房、多间储藏室和拥有超大型浴缸的浴室，甚至还有一个藏酒间，里头除了一瓶未开的一九七六年份的杜诺瓦波特酒——而且还是传奇的单一葡萄园年份！——之外，空无一物。布隆维斯特努力地想象莎兰德手拿一杯波特酒的模样。有一张高雅的卡片显示，那是房地产业者送给她的乔迁礼物。

厨房里的设备一应俱全，有一组以瓦斯炉为中心，光洁闪亮的法式高级炉具。布隆维斯特从未亲眼见过这组科拉迪城堡一二〇炉具，而莎兰德很可能只用来烧水泡茶。

另一方面，独立放在另一张桌上的浓缩咖啡机则是令他又敬又羡。那是一台搭配鲜奶冰箱的优瑞 X7，似乎鲜少使用，很可能是她买屋时便留在厨房的。布隆维斯特知道优瑞咖啡机就相当于汽车中的劳斯莱斯，是家用的专业级咖啡机，售价大约七万克朗。他在约翰·沃买了一台浓缩咖啡机，要价三千五百克朗左右，这已是他容许自己为住家添置的极少数奢侈品之一，但与莎兰德的机器一比较，却是小巫见大巫。

冰箱里有一罐开过的牛奶、一些干酪、奶油、鱼子酱和剩下半罐的腌小黄瓜。厨房橱柜内放了四瓶半空的维他命、茶包、普通咖啡机用的咖啡、两条面包和一包薄脆饼干。厨房餐桌上摆了一钵苹果。冷冻库里有三块火腿派和一份焗烤鱼肉。整栋屋子只有这些食物。炉边流理台底下的垃圾桶内，则发现几个比利牌厚皮比萨的包装盒。

这样的安排实在太不成比例。莎兰德偷了几十亿克朗，买下一间足以容纳整个宫廷的公寓，到头来却只需要她装潢好的那三个房间，其他十八个房间都空着。

布隆维斯特巡视的最后一站是她的工作室，到处都没有摆花，墙上也没有挂画或海报，没有地毯或挂毡，放眼望去看不到任何装饰用的容器、蜡烛，或甚至为了某些感性因素留下的小玩意儿。

布隆维斯特忽然觉得揪心，觉得非得找到莎兰德紧紧拥抱她不可。

他要胆敢这么做，她很可能会咬人。

该死的札拉千科。

接着他坐到书桌前，打开放着毕约克一九九一年所写报告的资料夹。没有全部看，只是大略浏览试图抓到重点。

随后他启动她那台十七寸屏、硬盘容量两百 GB、内存一千 MB 的强力笔记本电脑，里面是空的，全洗掉了。不祥的预兆。

他拉开书桌抽屉，发现一把九毫米的科特一九一一政府型单动式手枪，弹匣内装满了七发子弹。这是莎兰德从记者桑斯壮处取走的枪，但布隆维斯特对此一无所知，因为追查嫖客的进度还没到达以 S 开头的姓氏。

接下来看到一张写着“毕尔曼”的 DVD。

他将 DVD 插入自己的笔记本电脑，里面的内容令人不寒而栗。他整个人呆呆地坐在桌前，看着莎兰德被殴打、强暴，还差点被谋杀。影片似乎是以隐藏式摄影机拍下的，他没有全部看完，而是一段一段跳着看，情节也一段比一段可怕。

毕尔曼。

莎兰德遭到监护人强暴，自己还将过程从头到尾记录下来。画面上的数字日期显示，录影时间在两年前，当时他还不认识她。拼图一片一片到位了。

七十年代，毕约克和毕尔曼再加上札拉千科。

九十年代初，札拉千科和莎兰德，还有一个用牛奶罐制成的汽油弹。

接着又是毕尔曼，而且已经取代潘格兰成为她的监护人。循环回归原点。毕尔曼攻击自己的受监护人，把她当成精神不正常、无力自卫的女孩，然而莎兰德绝非无力自卫。她早在十二岁便和从 GRU 叛逃的职业杀手对抗，还让对方终生残废。

莎兰德最痛恨那些厌恶女人的男人。

他回想起在赫德史塔逐渐了解她的那段时间，那应该是她被强暴后几个月左右，但他丝毫想不起来她曾说过任何一句话，暗示自己发生过这种事。事实上，她根本很少谈论自己的事。布隆维斯特猜不出她对毕尔曼做了什么，总之并未杀了他。这倒奇怪得很。否则毕尔曼两年前就死了。她肯定用某种方法控制着毕尔曼，至于原因他实在想不明白。但一转念忽然想到，她控制他的方法就摆在桌上。只要她手中握有这片 DVD，毕尔曼就只能成为她的奴隶。结果毕尔曼求助于他以为是盟友的男人。札拉千科。她的父亲，她的头号敌人。

紧接着一连串的事故发生。毕尔曼首先被射杀，然后是达格与米亚。

但为什么呢？达格怎么会造成威胁？

忽然他灵光一闪，明白了安斯基德究竟发生了什么事。

布隆维斯特在窗子下方的地板上发现一张纸，是莎兰德打印出来后，揉成一团丢弃的。他将纸抚平，原来是《瑞典晚报》电子版上关于米莉安遭绑架的消息。

不知道米莉安在这整起事件中扮演什么角色——如果她涉入的话——但她却是莎兰德少之又少的朋友之一，说不定还是唯一一个。莎兰德将旧公寓送给她，而如今她却被打成重伤，躺在医院里。

尼德曼和札拉千科。

首先是她母亲。现在又是米莉安。莎兰德肯定是恨得发狂。

再次的挑衅，令人忍无可忍。

现在她要出击了。

中午用餐时，阿曼斯基接到厄斯塔康复中心打来的电话，本以为潘格兰的电话会来得更早，而他也没有主动联络，因为害怕自己得报告莎兰德罪证确凿的消息。如今至少可以告诉他，她的涉案其实并非毫无疑点。

“进度到哪儿了？”潘格兰开门见山地问。

“什么进度？”

“调查莎兰德的进度。”

“你为什么觉得我在做这类的调查？”

“别浪费我的时间了，阿曼斯基。”

阿曼斯基叹了口气说：“你说得没错。”

“我要你来见我。”潘格兰说。

“这个周末我可以过去。”

“不能等那么久，我要你今晚就来，要讨论的事多着呢！”

布隆维斯特在莎兰德的厨房给自己煮了咖啡、做了三明治。虽然期望能听见她开门的声音，但并不抱太大希望。从她强力笔记本电脑里空空的硬盘可以知道，她永远不会再回到这个藏身处了。他找到公寓已晚了一步。

下午两点半，他仍坐在莎兰德的桌前，将毕约克那份“非报告”读了三遍。报告是以备忘录的格式写成，要交给未具名的上司，其中的建议很简单：找一个肯配合的精神科医师，将莎兰德送进儿童精神病院。那女孩绝对有病，她的行为显现得一清二楚。

布隆维斯特打算将来要好好地盯毕约克和泰勒波利安，而且有点迫不及待了。这时手机响起，打断了他的思路。

“又是我，玛琳。好像有点收获。”

“什么收获？”

“瑞典的社会保险记录中没有罗德纳·尼德曼这个名字，电话簿、报税记录、摩托车执照资料库里面也都没有。不过你听这个。一九九八年，有一家公司向专利局申请注册，名称是KAB进口公司，邮政信箱地点在哥德堡。这家公司专门进口电子产品，董事长名叫卡尔·阿克索·波汀，缩写就是KAB，一九四一年生。”

“我没有联想到什么。”

“我也是。董事会上还有一个会计师，也同时登记在其他数十家公司内，看起来像是小公司都需要有的挂名财务主管。这家公司成立后，业务大致处于停滞状态。不过第三个董事成员的名字叫 R. 尼德曼，在瑞典没有社会保险号码，出生于一九七〇年一月十八日，并列名为该公司的德国市场代表。”

“做得好，玛琳，太好了。除了邮政信箱之外有地址吗？”

“没有，但我追查了波汀。他户口登记在西瑞典，住址是哥塞柏加邮政信箱六一二号。我查过了，好像是位于哥德堡东北方，离诺瑟布鲁不远的乡间地区。”

“对他知道多少？”

“他两年前申报的收入是二十六万克朗。据我们警界的朋友说，他没有犯罪记录，合法拥有一把麋鹿猎枪和一把霰弹枪，有两辆车，一辆福特一辆萨博，都是较旧的车款。没有交通违规的点数。未婚，自称是农夫。”

“这个男人我们一无所知，也没有前科。”布隆维斯特思索片刻，必须做出决定。

“还有一件事。阿曼斯基打了几次电话找你。”

“谢了，玛琳，我晚点再打给你。”

“麦可……你没事吧？”

“不，我有事，不过我会保持联系。”

作为好公民，他理应通知包柏蓝斯基，但若是这么做，要么就得将莎兰德的真相全盘托出，要么就是搅和在半公开、半隐瞒的情况中。但这都不是真正的问题所在。

莎兰德已经出发去找尼德曼和札拉千科，不知道她查到多少，但既然他和玛琳能找到哥塞柏加邮政信箱六一二号，莎兰德一定也找得到，而且非常可能已经前往哥塞柏加。那是自然的步骤。

假如打电话告诉警方尼德曼的藏身之处，也得告诉他们莎兰德很可能正往那儿去。她目前因三起命案与史塔勒荷曼枪击事件被通缉，也就是说国家武装反应小组或其他类似的小组将会奉命逮捕她。

而莎兰德无疑会拼命反抗。

布隆维斯特拿起纸笔，列出他不能或不会告诉警方的事。

首先是摩塞巴克的地址。

莎兰德为了确保这间公寓的隐秘性，大费周章。这里有她的生活与秘密，他不会泄露。

其次他写下毕尔曼，并在名字后面加上问号。

他瞅了一眼桌上的 DVD。毕尔曼强暴了莎兰德，甚至差点杀了她。这可恶的家伙滥用自己监护人的身份，这种下流行径本该公之于世，却又面临道德的两难。莎兰德并未报警，她永远不会原谅他，但若是警方展开调查，她自己将会在媒体上曝光，而最惨不忍睹的细节也会在数小时间外泄，难道这会比较好？这片 DVD 是证物，其中某些画面最后恐怕会登上晚报版面。

还是让莎兰德自己决定怎么做吧。但他都能追踪到她的公寓，警方迟早也会找上门来。于是他将 DVD 放进自己的袋子里。

接下来他写下毕约克的报告。一九九一年，它被盖上"绝密"的印章；它为发生过的一切作出解释；它说出札拉千科的名字，说明了毕约克的角色，再加上达格电脑中的嫖客名单，毕约克恐怕得焦虑不安地面对包柏蓝斯基好几个小时。而根据来往的书信，泰勒波利安也会深陷麻烦之中。

这些文件将会指引警方前往哥塞柏加，但至少他早了一步。

他打开 Word，以大纲的形式写下过去二十四小时内，从他与毕约克、潘格兰的谈话，以及从莎兰德住处找到的资料，所发现的重要事实，约莫花了一小时。然后将档案连同他自己调查的结果都刻录到一张光盘上。

他考虑着该不该打个电话给阿曼斯基，最后还是决定算了。已经有太多事情忙不过来。

布隆维斯特走进《千禧年》杂志社，直接来到爱莉卡的办公室。

“他叫札拉千科。”他连声招呼也没打，劈头就说，“曾经是苏联某情报单位的职业杀手，在一九七六年叛逃，受到瑞典政府庇护，还拿国安局的薪水。苏联解体后，他也和其他许多人一样，变成全职黑道分子。现在他涉及性交易与武器毒品的走私。”

爱莉卡放下手中的笔。“忽然冒出个克格勃，我怎么不觉得惊讶呢？”

“不是克格勃，是GRU，军队的单位。”

“所以很严重。”

布隆维斯特点了点头。

“你是说他杀死了达格和米亚？”

“不，不是他，是他派的人。罗纳德·尼德曼，玛琳一直在找相关资料的那个怪物。”

“你能证明吗？”

“多少吧，有些只是猜测。不过毕尔曼被杀是因为他向札拉千科求助，请他对付莎兰德。”

布隆维斯特说出了莎兰德留在抽屉里的那张DVD的事。

“札拉千科是她父亲……”

“我的天哪！”

“毕尔曼在七十年代中期是国安局的正式员工，也是札拉千科叛逃时代表政府欢迎他的人之一。后来毕尔曼自己开业当律师，还专门替国安局里面一群高层做违法勾当。我认为他们内部有一小群人偶尔会到桑拿中心碰面，全面控制局势并为札拉千科保密。我猜国安局里其他人连听都没听过这个王八蛋。莎兰德有可能会踢爆这个秘密，所以他们就把她关进儿童精神病院。”

“这不可能是真的。”

“这是真的。”布隆维斯特说，“发生了很多事，当时的莎兰德并不容易掌控，现在也一样……但是她打从十二岁起，就威胁到国家安全。”

他将事情经过概略说给她听。

“这些还真需要时间好好消化。”爱莉卡说道，“而达格和米亚……”

“达格是因为发现了毕尔曼与札拉千科之间的关系而遇害。”

“那现在怎么办？应该要告诉警方，对吧？”

“一部分，不能全说。我把重要信息都拷贝在这张光盘里，以备不时之需。莎兰德去找札拉千科了，我也要试着找到她。这件事绝不能告诉任何人。”

“麦可……我不喜欢这样。我们不能隐瞒有关命案调查的资讯。”

“我们没有要隐瞒啊！我打算打电话给包柏蓝斯基。但我猜莎兰德正在往哥塞柏加的途中。她还因为三起命案遭到通缉，如果我们报警，他们将会派出武装小队带着装有狩猎用子弹的备用武器，而她很可能会拒捕。到时候什么事都可能发生。”他顿了一下露出苦笑，“所以最好的做法应该就是不让警方知道，那么武装小队便不会落得麻烦的下场。我得先找到她。”

爱莉卡显得犹豫不决。

“我不打算揭露莎兰德的秘密，包柏蓝斯基得自己去发掘。我要你帮个忙。这个文件夹里有毕约克在一九九一年写的报告，以及毕约克和泰勒波利安往来的几封信，我要你复印之后交给包柏蓝斯基或茉迪。二十分钟后，我就要前往哥德堡。”

“麦可……”

“我知道。但我从头到尾都站在莎兰德这边。”

爱莉卡紧闭双唇，未发一语，过了一会儿才点点头。

“小心点。”她说，但他已经离开了。

我应该跟他去的，她心想。这是她唯一能做的恰当之事。但她仍未告诉他说自己即将离开《千禧年》，说不管发生什么事，一切都结束了。她拿起文件夹，走向复印机。

信箱位于某购物中心内的邮局。莎兰德没去过哥德堡，对这座城市的环境也不熟，但仍找到了邮局，还坐进一家咖啡馆，透过窗户的空隙监视信箱旁的动静，这扇窗外就贴着较进步的瑞典邮政系统的宣传海报。

奈瑟化的妆比莎兰德低调，脖子上戴着几条可笑的项链，正在阅读《罪与罚》——在隔一条街的书店里买的。她很悠闲，偶尔才翻过一页。午餐时间就开始监视，却根本不知道有没有人会定时来拿信，是每天来还是每两个星期来一次，当天是否已经有人来收过信，又或者是否真有人会来。但这是她唯一的线索，只好边喝拿铁边等待。

正当她开始打瞌睡时，忽然看见信箱的门开了。她瞄了一眼时钟，一点四十五分。幸运到家了。

她连忙起身走到窗户边，看到一个穿黑色皮夹克的男人正要离开信箱区，便走上街追了上去。那是个二十多岁、瘦瘦的年轻人，他走向停在街角的一辆雷诺汽车，打开车门。莎兰德记下车牌号码后，跑回自己的花冠，车就停在同一条街百来码外。她在对方转入林内街时追上了，随后跟着他循着林荫大道往诺斯坦购物中心方向驶去。

布隆维斯特到达中央车站时，刚好赶上下午五点十分的X二〇〇〇列车，跳上车后才以信用卡买票，并到餐车找位子坐下，吃一顿延误了的午餐。

他老觉得心窝里有什么在啃噬着，也担心自己出发得太晚，尽管暗暗祷告莎兰德会来电，但在内心最深处却也明白她不会。

她曾在一九九一年尽全力想杀死札拉千科。如今，经过这许多年后，他反击了。

潘格兰已经未卜先知地作了分析。莎兰德认为与官方对话没有用，这是她的经验。

布隆维斯特觑了一眼电脑包。在她书桌里找到的那把科特也带来了，他也不知道为什么带枪来，只是直觉不能把它留在公寓里，虽然这称不上合理的解释。

列车驶过阿斯塔桥，他打开手机拨了电话给包柏蓝斯基。

“有什么事？”包柏蓝斯基的口气明显气恼。

“处理一些剩下的琐事。”布隆维斯特回答。

“什么剩下的琐事？”

“就是眼前这一团乱。你想知道是谁杀死达格、米亚和毕尔曼吗？”

“如果你有消息，我倒想听听。”

“凶手名叫罗纳德·尼德曼，也就是和罗贝多打斗的那个巨人。他是德国人，三十五岁，替一个名叫亚历山大·札拉千科，又名札拉的人渣做事。”

包柏蓝斯基沉默许久之后，布隆维斯特才听他叹了口气，翻开一张纸并按下圆珠笔。

“这是事实吗？”

“是事实。”

“好，那么尼德曼和那个札拉千科在哪里？”

“我还不知道，但一查出来，我会告诉你。过一会儿，爱莉卡会将一份一九九一年的警察报告交给你，应该说等她拷贝完以后。你可以从报告中得知有关札拉千科和莎兰德的一切资讯。”

“比方说？”

“例如札拉千科是莎兰德的父亲。例如他是冷战时期从苏联叛逃的职业杀手。”

“俄国的职业杀手？”包柏蓝斯基重复他的话。

“国安局里有一帮人在挺他，还包庇他一连串的罪行。”

布隆维斯特听到包柏蓝斯基拉过一张椅子，让自己换个舒服的姿势。

“我想你最好来一趟，做个正式的笔录。”

“抱歉，我现在没时间。”

“你说什么？”

“我现在人不在斯德哥尔摩，但一找到札拉千科我就会通知你。”

“布隆维斯特……你不必证明什么。关于莎兰德涉嫌一事，我也感到怀疑。”

“不过我只是个单纯的私家侦探，对警察的工作一窍不通。”

这样很幼稚，他知道，但还是没有等包柏蓝斯基回应就挂断了。然后他又打给妹妹安妮卡。

“嗨，小妹。”

“嗨，有什么新消息吗？”

“明天我可能会需要一个好律师。”

“你做了什么？”

“还没做什么太严重的事，但可能会因为妨碍警方办案被捕。不过我打给你不是为了这个。反正你也不能替我辩护。”

“为什么？”

“因为我要你当莎兰德的辩护律师，你顾不上两个人的。”

布隆维斯特很快地将来龙去脉说了一遍。安妮卡始终沉默不语，透着些许不祥。最后她终于说道：“你手上有所有的证明文件……”

“有。”

“我得想一想。莎兰德真正需要的是刑事辩护律师。”

“你最适合了。”

“麦……”

“小妹，听着，当初可是你因为我没向你求助而生我的气喔！”

结束对话后，布隆维斯特思索了片刻，又拿起手机打给潘格兰。这么做并无特殊理由，只是觉得应该向老人家说一声，他正在追查一两条线索，希望再过几个小时整件事便可落幕。

问题是莎兰德也有线索。

莎兰德伸手从袋子里掏出一个苹果，眼睛则一直紧盯着农场。她从花冠车里拿了一块脚踏垫铺在林边的地上，四肢摊平躺在上面，假发已经拿掉，并换上有口袋的绿色运动裤、厚厚的毛线衫和加了保暖衬里的中长防风夹克。

哥塞柏加农场距离公路约四百码，农场上有两栋建筑，主屋与她相距约一百二十码，是一间两层楼的普通白色木屋，后方七十码处有一个棚屋和一间谷仓。从谷仓门口看进去，可以看到一辆白车的引擎盖，应该是那辆沃尔沃，但太远了不能确定。

她和主屋之间有一大片泥泞的田野，向右延伸两百码连接着一个水塘。车道从田野间直穿而过，往公路方向没入一片小树林中。在公路入口处有另一间农舍，似乎已经荒废，窗户上还覆盖着塑胶薄膜。将近六百码外有一群建筑，是离此最近的住家，主屋后方的树丛便是用来遮蔽这些邻居的视线。因此眼前这座农场相当偏僻。

此地离安登湖很近，附近一带是由冰河冲积成的圆形冰碛地形，田野间有小村庄与浓密林地错落交替。公路地图上并未详细标示这一区，但她从哥德堡跟着那辆黑色雷诺走E20公路，接着转向西朝阿林索斯地区的梭勒布朗前进。约莫四十分钟后，那辆车急转入一条林道，路标写着哥塞柏加。她又继续往前开，把车停在车道以北约一百码的树丛里的一间谷仓后面。

虽然从未听说过哥塞柏加，但据她研究，这名称指的应该就是面前的农舍与谷仓。刚才经过路边的信箱，上面用油漆写了“邮政信箱六一二号——K. A. 波汀”。这名字毫无意义。

她绕着这些建筑物转了一大圈，最后选定这个观望点，背对着下午的太阳。自从三点半左右定位后，只发生了一件事，就是四点时，雷诺的驾驶员走出屋子，在门口与某个她看不见的人说了几句话，便驾车离去再也没有回来。除此之外，农场上再无动静。她耐心地等候着，并用美能达八倍率双筒望远镜观察主屋的情形。

布隆维斯特焦躁地用手指敲着餐车桌面。X二〇〇〇列车进了卡特琳娜霍尔姆站后，已经停了将近一小时，因为有一节车厢发生故障必须进行维修，列车长刚刚也为延误而广播道歉了。

他无力地叹了口气，又点了杯咖啡。十五分钟后，列车终于抖了一下开始启动。他看了看手表。晚上八点。

早知道就该搭飞机或雇车。

如今太晚出发的感觉愈发令他不安了。

晚上六点左右，一楼有个房间的灯亮了，过后不久又亮了一盏油灯。莎兰德瞥见前门右侧有人影晃动，那里应该是厨房，只不过看不清面孔。

随后前门开了，那个名叫尼德曼的巨人走了出来。他身穿暗色长裤，紧身T恤更突显了发达的肌肉。她想得没错，也再次发现尼德曼的确是虎背熊腰，然而不管罗贝多与米莉安有何遭遇，他毕竟还是血肉之躯。尼德曼绕过主屋，走进停放车子的谷仓，拿了一只小袋子出来以后又回到屋内。

不到几分钟，他又出现了，身旁多了个年纪较大、拄着拐杖的瘦小男子。由于天色太暗，莎兰德看不清他的五官，却感到颈背有一股莫名的寒意。

爸——比——，我——来——了——。

她看着札拉千科和尼德曼一路走到棚屋，尼德曼捡起一些柴火之后，两人一块儿回到屋里关上门。

莎兰德静静躺了几分钟，然后放下望远镜，后退到完全隐入树林间，打开软背包拿出热水瓶，倒了一点咖啡。她往嘴里塞了一块糖，开始吸吮起来，接着拿出稍早在前往哥德堡途中买的奶酪三明治，一面吃一面分析情况。

吃完后，她拿出尼米南的波兰制八三式瓦纳德手枪，退出弹匣，检查枪机与枪膛有无阻塞，然后假装瞄准。还有六发九毫米的马卡洛夫子弹，应该够了。她将弹匣推回原位，让子弹上膛后，锁上保险，再把枪放进右边的夹克口袋。

莎兰德以绕圈的方式穿过树林，朝农舍前进。走了大约一百五十码，忽然停下正要跨出的脚步。

费马在他那本《算术》书页中的空白处，草草写了一句“对此命题我有非常精辟的证明法，但空白处太小写不下”。

二次方变成了三次方：($x^3+y^3=z^3$)，数百年来，数学家们都在寻找费马谜题的答案。怀尔斯于一九九〇年代解开谜底时，已经以全世界最先进的电脑程序研究了十年。

这一瞬间她忽然明白了。答案简单得令人拜服。这是个数字游戏，一串数字排列重整后恰巧凑成一个像极了画谜的简单公式。

费马当然没有电脑，他想出这个定理时，怀尔斯用来解题的运算方式尚未发明出来，因此费马绝不可能写出和怀尔斯一样的证明。他的解答截然不同。

莎兰德一时惊讶过度，不得不在一棵倒下的树桩上稍坐片刻，呆呆注视前方的同时，暗自思索着方程式。

原来他是这个意思。难怪要让数学家们想破头了。

她不禁咯咯笑起来。

哲学家比较可能解开这个谜。

真希望能认识这个费马。

他是个狡猾的魔鬼。

过了一会儿，她站起来继续穿越树林，并始终让谷仓挡在她与主屋之间。

第三十一章

四月七日星期四

莎兰德从外面一扇通往旧粪水沟的栅门进入谷仓。农场上没有牲畜，谷仓里倒是停了三辆车——向“汽车专家”租的那辆白色沃尔沃、一辆旧福特和一辆较新的萨博。更里面有一柄生锈的耙子和农场昔日运作时留下的其他工具。

她徘徊在漆黑的谷仓中，目光凝视着主屋。天色已暗，一楼所有房间的灯都亮了。看不到任何移动的身影，但似乎有电视闪烁的光影。她看了看手表，七点半，晚间新闻“Rapport”的时间。

她很惊讶札拉千科竟选择住在如此荒凉的地方，如此偏僻的屋子，这不像她印象中的那个人。她做梦也想不到会在乡下一间白色小农舍找到他，若是隐秘的乡间别墅，或是国外的度假区还有可能。他树立的敌人想必比莎兰德的还要多。这个地方看起来如此不堪一击，实在令人费解，不过屋里肯定有武器。

逗留了好一会儿之后，她溜出谷仓进入微明的暮色中，匆匆穿过院子，同时尽量放轻脚步，背对主屋的正面。这时传来微弱的音乐声，她悄悄地绕着屋子走，却不敢往窗内偷瞄。

莎兰德下意识里感到不安。她的前半段人生都活在对屋内那个男人的恐惧中，而后半段，自从企图杀死他失手后，便一直等待着他再次出现的那一刻。这回她绝对不会再犯错。

札拉千科也许是个跛脚老人，却也是受过训练、身经百战的杀手，何况还得把尼德曼列入考量。若能在户外，趁札拉千科没有防范之际突袭，会理想得多。她一点也不想和他交谈，更希望自己手上有一把配备了望远瞄准器的来复枪。只可惜她没有来复枪，他也不太可能夜里出来散步。若想等候更好的机会，就得撤退到林子里过夜，但她没有睡袋，尽管晚间气候温和，入夜后却可能会很冷。既然已经唾手可得，她不想冒险让他再次溜走。她想到米莉安，想到母亲。

她得进到屋里去，但这是最糟的情节。没错，她大可以上前敲门，等门一开立刻开枪，然后进去找另一个混蛋。可是不管活口是谁都会有所警惕，也很可能持有武器。现在得作风险评估。*有哪些选择呢?*

她瞥见尼德曼走过一扇窗前的侧影，只离她几码远。他正转头和人说话。

他们两人都在前门左侧的房间。

莎兰德下定了决心，掏出夹克口袋里的手枪，弹开保险栓，蹑手蹑脚地走上门廊。她左手握枪，极度小心翼翼地按下前门把手。门没锁。她皱起眉头迟疑着。这门有两道安全锁。

札拉千科不应该没有锁门。她颈背开始起鸡皮疙瘩。

感觉不对劲。

门厅乌漆抹黑，她瞥见右手边是通往楼上的阶梯，正前方有两扇门，还有另一扇在左边，门上方的缝隙有灯光泄出。她静静地站着倾听，接着听见左边房间里有人说话和拉椅子的刮擦声。

她快走两步过去将门推开，举枪瞄准……*房里没人*。

她听见背后一阵衣物的窸窣声，快如蜥蜴般转过身，正要举枪射击，尼德曼已经伸出一只巨掌像铁钳似的钳住她的脖子，另一手也已紧捏住她握枪的手。她被他掐着脖子举向空中，活像个布娃娃。

她双脚悬空踢了几下，接着扭身踢向尼德曼的胯下，但却踢中臀部，感觉好像踢到树干。由于被捏住脖子，她眼前开始变黑，并不自觉地松开手中的枪。

王八蛋!

尼德曼将她往房间另一头摔去，她砰一声撞到沙发上，随即滑落地面。虽然觉得血一股脑涌上脑门，仍踉跄着站起来，一眼瞅见桌上有个沉重的玻璃烟灰缸，立刻抢过来反手就要丢出去。不料手才甩到一半就被尼德曼抓个正着，于是她用另一只手伸入裤子口袋拉出电击棒，扭过身便插向尼德曼的胯下。

通过尼德曼抓住她的手臂，她可以感觉到一股强大的电击力道，原以为他会痛得倒地不起，却没想到他只是满脸讶异地低头看着她。莎兰德惊恐地瞪大双眼。他似乎有点不舒服，但即使感觉到疼痛他也不在乎。这个人不正常。

尼德曼弯身取过她手中的电击棒，疑惑地东瞧西瞧，然后才一巴掌挥向她的头。好像被棍子击中一般，她摔倒在沙发旁的地板上，抬头发现尼德曼正好奇地看着她，好像在想她下一步会怎么做。就像一只准备和猎物玩耍的猫。

这时她察觉门口有动静，便转过头去。

来人慢慢地走到灯光下。

他拄着一支前臂支撑拐杖，还能看到从裤管底下露出的假肢。左手少了两根手指。

她抬头看他的脸，左半边布满密密麻麻的疤痕组织，耳朵只剩一小块，眉毛没了，而且光头。在她记忆中，他健壮、灵活，留着波浪黑发。如今身高一米六五的他，变得消瘦憔悴。

“你好，爸爸。”她的声音没有起伏。

札拉千科则面无表情地看着女儿。

尼德曼扭开天花板的灯。先搜她的身确定没有其他武器后，锁上波兰制八三式瓦纳德的保险栓，退出弹匣。札拉千科拖着脚步走过他们面前，坐到扶手椅上，拾起遥控器。

莎兰德的目光落在他身后的电视机上。札拉千科按下遥控器，她看见绿光闪烁的画面上正是谷仓后面与通往主屋的车道的部分路段。红外线摄影机。他们已经知道她来了。

“我在想也许你不敢靠近。”札拉千科说道，“我们从四点就开始观察你。你几乎触动了农场周围的每个警报器。”

“移动侦测器。”莎兰德说。

“两个在路边，四个在田野另一边的空地。你设的观察点刚好就是我们安装警报器的位置，从那里可以最清楚地看到农场。通常出现的是麋鹿或是鹿，有时候也会有采莓人太过靠近。不过倒是很少看到有人拿枪溜到前门来。”他停顿了一下，“你真以为札拉千科会毫无防范地待在乡间小屋里吗？”

莎兰德揉揉颈背，准备起身。

“待在地板上别动。”札拉千科说。

尼德曼不再把玩她的枪，而是静静地看着她，挑起一边眉毛对着她笑。莎兰德想起罗贝多在电视上那张伤痕累累的脸，心想还是乖乖坐在地上的好。她吐了一口气，背靠在沙发上。

札拉千科伸出完好的右手。尼德曼从自己的腰带拔出一把枪，扳上扳机，交给他。莎兰德发现那是一把轻便手枪，警察的标准配枪。札拉千科点了点头，尼德曼便转身穿上夹克，走出房间，莎兰德听见前门开了又关上。

“我先警告你别动蠢念头，只要你敢稍微起身，我马上射穿你的心脏。”

莎兰德立刻放松下来。恐怕还没能近得了他的身，她就已经身中两三枪了，而且他用的子弹，很可能几分钟内便能让她失血身亡。

“你这是什么鬼样子。”札拉千科说，“就跟他妈的妓女没两样。不过眼睛倒是像我。”

“会痛吗？”她朝着他的假肢抬了抬下巴。

札拉千科注视着她好一会儿，才说：“不会，已经不痛了。”

莎兰德回瞪着他。

“你真的想杀我，是吗？”他问道。

她没搭腔。他却笑了。

“这些年来我常想到你，其实几乎每次照镜子都会想到你。”

“你当初就该放过我母亲。”

“你妈是妓女。”

莎兰德的双眼变得深沉乌黑。“她不是妓女，她在超市当收银员，赚钱赚得很辛苦。”

札拉千科又笑了。“你爱怎么想都行，但我就知道她是妓女。她想尽办法一下就怀孕，想逼我娶她。我怎么可能娶一个妓女？”

莎兰德顺着枪管看过去，只希望他能松懈一秒钟。

“用汽油弹很聪明，也让我很恨你。但经过这么多年了，无所谓了。不需要为你白费力气。但你偏偏不肯顺其自然。”

“少废话。毕尔曼要你来收拾我。”

“那完全是另一回事。他想要你手上的一盒带子，所以我做了一笔小交易。”

“你以为我会把带子给你？”

“是的，亲爱的女儿，我相信你会给我。你不知道只要尼德曼一开口，大家会有多配合，尤其当他启动电锯锯下你一只脚的时候。对我来说，这样的补偿倒是很恰当——以脚还脚。”

莎兰德想到米莉安在仓库里落到尼德曼手中的情形，札拉千科却误会了她的表情。

“你不必担心，我们并不打算把你分尸。不过你告诉我，毕尔曼强暴你了吗？”

她没说话。

“哎呀，他肯定尝到很可怕的滋味。我看报上说你好像是个女同志，这也不令人意外。因为不可能有男人会想要你。”

莎兰德仍然没吭声。

“也许应该叫尼德曼搞搞你，你看起来好像很想要。”他想了一下，“只不过尼德曼不跟女孩做爱，不，他不是玻璃，只是不做爱。”

“那么你何不自己动手？”莎兰德以挑衅的语气说。

靠近一点。出个差错。

“不必了，多谢你。这样太变态。”

接着两人都沉默了片刻。

“我们在等什么？”莎兰德问道。

“我的伙伴马上就会回来，他只是开车出去办点事。你妹妹呢？”

莎兰德耸了耸肩。

“回答我。”

"我不知道，老实说我也不在乎。"

他又笑起来。"好个姐妹爱，喔？卡米拉一直都比较有脑子，你只是个一文不值的垃圾。不过我得承认，能再次这么近看你，我感到很满意。"

"札拉千科，"她说，"你这个令人厌恶的王八蛋！毕尔曼是尼德曼杀的吗？"

"当然了。尼德曼是个完美的军人，不仅服从命令，必要时也会主动采取行动。"

"你是在哪儿挖掘到他的？"

札拉千科用一种奇特的眼神觑着女儿，张嘴似乎想说什么，却又临时打住。他瞄了瞄前门，然后微笑地看着莎兰德。

"意思是你还没查出来？"他说，"据毕尔曼说，你应该是个不错的调查员。"说到这里札拉千科放声大笑。"九十年代初，我被你的小炸弹炸伤在西班牙疗养期间，我们常常混在一起。当时二十二岁的他成了我的手和脚。他不是手下……我们是伙伴关系。事业经营得很成功。"

"性交易。"

"我们可以说是多样化经营，提供许多不同的商品与服务。我们的经营形态一直都是隐身幕后，从不露面。不过你肯定查出尼德曼的身份了吧。"

莎兰德不明白他的意思。

"他是你哥哥。"札拉千科说。

"不。"莎兰德一时透不过气来。

札拉千科再度笑了，但枪管仍不偏不倚正对着她。

"其实应该说是你同父异母的哥哥。"札拉千科说道，"一九七〇年我到德国出任务，一时消遣的结果。"

"你让自己的儿子变成杀人犯。"

"不，我只是帮助他了解自己的潜力。在我开始训练以前，他早就有杀人的能力。而等我走了以后，他还会长长久久地经营家庭事业。”

“他知道我们是同父异母的兄妹吗？”

“当然知道，不过你要是想以手足之情打动他，劝你趁早死心。我才是他的家人，你只是天边的一阵杂音。而且你的兄弟不止他一个，在其他国家还至少有四个兄弟和三个姐妹。其中有个男的是笨蛋，但有一个确实很有潜力，现在负责管理塔林那边的业务。不过只有尼德曼真正遗传到札拉千科的基因。”

“这个家庭事业，我想我那些姐妹应该都没份吧。”

札拉千科听了面露诧异之色。

“札拉千科……你只是个痛恨女人的平凡家伙。为什么要杀死毕尔曼？”

“毕尔曼是个白痴，听说你是我女儿，他不敢置信。他是这个国家里头极少数知道我背景的人之一。老实说，他忽然找上门的时候我有点紧张，不过后来一切都进展得很顺利。他死了，你也背了黑锅。”

“可是为什么杀他？”

“其实不是事先计划好的。本来留一扇通往国安局的后门总是会有用处，尽管我已经多年用不上，又尽管他是个白痴。没想到安斯基德那个记者不知从哪儿打听到他和我之间的关系，打了电话去，当时尼德曼刚好在他家。毕尔曼紧张得像发疯一样，尼德曼只好当机立断。他的决定相当正确。”

先前的疑虑经父亲这么一证实，莎兰德的心像颗石头似的往下沉。达格发现了关联。她和达格与米亚谈了一个多小时。她很快就对那个女人有好感，但对男记者则较为冷淡，他太像布隆维斯特了——一个不切实际、讨人厌的慈善家，自以为以一本书就能改变一切。但她知道他的立意良善。

她去找他们结果也是徒然，他们无法指引她找到札拉千科。达格发现这个名字之后开始挖掘，却无法证实他的身份。

反倒是她犯了无可弥补的大错。她知道毕尔曼与札拉千科之间必然有关联，于是问了一些关于毕尔曼的问题，想确定达格有没有看过他的名字。他没有，但这些问题立刻激起他的怀疑，并开始将焦点锁定毕尔曼，向她提出一连串的问题。

她说得很少，但他已察觉到莎兰德也是事件中的一角，并了解到自己手中握有她想要的资讯。因此他们约好复活节过后再见面详谈，然后莎兰德便回家睡觉去了。一觉醒来就看到晨间新闻报道安斯基德某公寓中有两人遭杀害。

她只给了达格一则有用的资讯，她说出了毕尔曼的名字。他肯定是在她一离开后就打电话给毕尔曼。

她是关系人。如果她没有去找达格，他和米亚现在都还活得好好的。

札拉千科说："你绝对想不到，当警察开始为了命案追捕你的时候，我们有多惊讶。"

莎兰德咬着嘴唇。

札拉千科打量着她，问道："你是怎么找到我的？"

她耸了耸肩没说话。

"莎兰德……尼德曼很快就会回来。我可以叫他把你的骨头一根根打断，直到你回答为止。你就省了我们的麻烦吧。"

"邮政信箱。我从租车中心追查到尼德曼的车，然后等到那个乳臭未干的小子出现拿信。"

"啊哈。这么简单。多谢啦，我会记得。"

枪口依然对准她的胸口。

"你真以为事情会就这样平息？"莎兰德说道，"你犯了太多错，警察会抓到你的。"

"我知道。毕约克昨天打电话来，说有个《千禧年》的记者在到处打探，迟早会查出什么。我们可能得对那个家伙下手。"

"人可多着了。"莎兰德说，"光是《千禧年》就有布隆维斯特、总编辑爱莉卡、一个编辑秘书和其他六七个人。另外还有阿曼斯基和米尔顿安保的几个员工。还有巡官包柏蓝斯基和每个参与办案的人。

你得杀多少人才能不让事情曝光？不可能的，他们会抓到你。”

札拉千科对她露出微笑，一个可怕扭曲的笑容。

“那又如何？我没有杀人，没有丝毫对我不利的证据。他们想指认谁就去指认好了。相信我……就算他们彻底搜查这间屋子，也绝对找不出蛛丝马迹能证明我涉及任何不法活动。把你关进精神病院的是国安局，不是我，而他们若想搁置所有文件应该很简单。”

“尼德曼。”莎兰德提醒道。

“明天一早，尼德曼就要出国散心一阵子，无论进展如何，他都会等到事情结束。”

札拉千科得意地看着莎兰德。

“你还是主要嫌疑犯，所以最好就此消失吧。”

将近一个小时后尼德曼才回来，脚上还穿着靴子。

莎兰德斜睛着这个据父亲说是她同父异母哥哥的男人，却看不出丝毫相似之处，两人甚至有着天壤之别。但她非常强烈地感觉到尼德曼有点不对劲。他的身材、那柔和的脸孔和尚未完全变声的声音，都像是某种基因缺陷。他很明显对电击棒毫无感觉，双手又那么巨大，尼德曼全身上下看起来都不太正常。

札拉千科的家人什么基因缺陷都有，她痛苦地暗想。

“准备好了？”

尼德曼点了点头，伸手欲取过轻便手枪。

“我和你一起去。”札拉千科说。

尼德曼略感迟疑。“要走很远。”

“我还是要去。拿我的夹克来。”

尼德曼耸了耸肩，只好顺他的意。当札拉千科穿上夹克，走进另一个房间时，尼德曼开始在手枪上动手脚，莎兰德看他旋上一个转接器，似乎是个自制的灭音器。

“好了，走吧。”札拉千科在门口说。

尼德曼弯下腰拉莎兰德起身。她直视他的双眼。

“我也要杀了你。”她说。

“无论如何，你真的很有自信。”她父亲说。

尼德曼相当亲切地对她微微一笑，然后推着她从前门走出院子。他从背后紧掐住她的脖子，手指几乎都能碰到一起了。她就这样被带往谷仓后面的树林。

他们走得很慢，偶尔尼德曼会停下来等札拉千科。两人都拿着明亮的手电筒。到了树林边，尼德曼松开莎兰德的脖子，改以手枪指着她的背。

他们沿着崎岖小径走了大约四百码，莎兰德跌跤两次，但都被扶了起来。

“这里右转。”尼德曼说。

又走了十五米后，来到一处空地。莎兰德看到地面有个洞，借着尼德曼的手电筒光线还看到一支铁锹插在土堆中，这才明白尼德曼的任务是什么。他将她推向洞口，她脚下一个踉跄整个人趴倒在地，双手深深埋入松散的沙土中。她站起来，眼神空洞地望着他。札拉千科还在慢慢走，尼德曼耐心等着，枪口正对她的胸口。

札拉千科上气不接下气，过了一分多钟才得以开口说话。

“我应该要说点什么，但对你好像无话可说。”他说道。

“我无所谓。”莎兰德说，“我跟你也没什么好说。”她对他撇嘴一笑。

“那就做个了结吧。”札拉千科说。

“不过我很庆幸我这辈子做的最后一件事，就是让你从此蹲大牢。”莎兰德说道，“警察今晚就会到了。”

“少吹牛了，我早预料到你会虚张声势。你就是来这里杀我，如此而已，根本没有对谁说过什么。”

莎兰德笑得更开了，但忽然间露出恶毒的表情。

“我让你看样东西好吗，爸爸？”

她缓缓将手放入左边裤袋，拿出一个长方形物体。尼德曼仔细留神她的一举一动。

“过去那一小时你所说的话，全都通过网络电台广播出去了。”

她举起那台奔迈 T_3 掌上电脑。

札拉千科深深皱起眉头。

“让我瞧瞧。”他说着伸出自己健全的手。

莎兰德将掌上电脑挑高丢向他，在半空中便被他一把抓住。

“胡扯。”札拉千科说，“这只是普通的掌上电脑。”

当尼德曼俯身看她的电脑时，莎兰德抓起一把沙撒向他的眼睛。他一时看不清，却直觉地开了一枪。莎兰德已经往旁边移了两步，子弹只是从她原先的位置破空而过。她立刻抄起铁锹，往他持枪的手挥去，铁锹尖锐的边缘重重打在他的指节上，只见轻便手枪顺着一条大大的抛物线往外飞出，掉入灌木丛中。他的食指被划出一道深长的伤口，鲜血喷溅。

他应该痛得大叫才对。

尼德曼受伤的手不灵活，另一只手又拼命想揉眼睛。她唯一打赢这场仗的机会就是让他严重受伤，而且愈快愈好，否则若是硬碰硬，她就输定了。跑进树林需要五秒钟时间。于是她再次将铁锹抡过肩头，一面扭动手把试图以边缘出击，可惜方位没抓准，砸到尼德曼的脸的是铁锹的扁平面。

才短短几天鼻梁就断了两次，尼德曼气得直嘟囔。虽然眼睛仍被沙刺激得睁不开，他却不断挥舞右臂，让莎兰德无法近身。她一不小心绊到树根，跌倒在地，但随即弹跳起身。尼德曼暂时还无法行动。

我可以办得到。

她刚往矮树丛跨出两步，眼角余光便瞥见——嗒嗒——札拉千科举起手来了。

那个老混蛋也有武器。

察觉到这一点，她心上仿佛啪地挨了一鞭。

就在枪击发那一瞬间她改变了方向，子弹擦过她臀部外侧，她也因急速转身而失去平衡。

并不觉得痛。

第二颗子弹击中她的背部，被左肩胛骨给挡下，一阵椎心刺痛蹿遍全身。

她双脚一软跪了下去，有几秒钟动弹不得，但能意识到札拉千科就在她身后六七米处。她奋力鼓起最后一丝力气，顽强地挺身而起，摇摇摆摆奔向树丛隐蔽处。

札拉千科有足够的时间瞄准。

第三颗子弹打中她左耳顶端下方约两厘米处，穿透头盖骨，导致颅内形成放射环状的爆裂，铅块最后卡在大脑皮质下方约五厘米处的灰质内。

对莎兰德而言，这些都是纯理论的医学细节。因为子弹立刻造成严重创伤，她最后只感觉一片血红的冲击随即转为白光。

然后变成黑暗。

嗒嗒。

札拉千科还想再开一枪，但双手抖得太厉害无法瞄准。*差点就让她逃走了*。接着发现她死了，才放下武器，此时的他因全身充满肾上腺素而抖个不停。他低头看着枪，刚才本想把枪留在屋里，但结果还是拿了放在夹克口袋，仿佛需要一个护身符。*怪物*。他们两个大男人，一个还是持有轻便手枪的尼德曼。*竟还差点让这个贱人逃走*。

他瞄了一眼女儿的尸体，在手电筒照射下有如沾了血的布偶。他将手枪锁上保险栓、塞入外套口袋后，朝尼德曼走过去，只见他无助地站着，被沙土蒙住的双眼泪流不止，手和鼻子上则流着血。“我的鼻子好像断了。”他说。

“笨蛋，”札拉千科骂道，“她差点就逃走了。”

尼德曼不停揉着眼睛，虽然不痛却猛流泪，让他几乎目不能视。

“站直了，该死的东西。”札拉千科不屑地摇着头，“要是没有我，你该怎么办？”

尼德曼绝望地直眨眼。札拉千科一跛一跛走到女儿尸体旁边，拉住她的夹克衣领，把她拖进墓穴，这其实只是地上一个洞，小得就连莎兰德也无法直直躺入。他将她的身体举高，让她双脚垂入洞口，一松手她便整个人掉落下去，面朝下缩成胎儿般的姿势，双腿屈起。

“把洞填好就可以回家了。”札拉千科下令道。

半盲的尼德曼花了好一会儿工夫才铲土将洞填满，剩下的沙土则一次次用力往四周空地推开摊平。

札拉千科一边看着尼德曼工作一边抽烟，身子还在颤抖，不过肾上腺素已经开始消退。她走了，他顿时觉得松了口气，到今天他仍会想起许多年前她丢掷汽油弹时的眼神。

到了九点半，札拉千科拿手电筒四下照了照，才表示满意。他们又花了一点时间，在树丛中找到轻便手枪，才返回农舍。札拉千科感到无比欣慰。他为尼德曼料理伤口，由于铁铲割得很深，还得找来针线缝合——这是他十五岁在新西伯利亚军校中学会的技能。至少不必注射麻药。但伤势若是太严重，尼德曼有可能得上医院。他先用木板将他的手指固定住，包扎起来，明天早上看情形再说。

处理完后，他拿了罐啤酒喝，尼德曼则在浴室里一再地冲洗眼睛。

第三十二章

四月七日星期四

晚上九点刚过，布隆维斯特抵达了哥德堡中央车站，X二〇〇〇列车弥补了一些延误的时间，但还是迟了。最后一小时的车程中，他不断地打电话联络租车公司。起先想在阿林索斯找辆车，在那儿下车，但办公室已经下班。最后他好不容易通过城里的饭店订房中心，租到一辆大众汽车，可以在耶恩广场取车。他决定不去尝试哥德堡复杂的市区交通与难以理解的售票系统，因此搭出租车前往。

取车后，他发现置物箱内没有地图，便到一家加油站买了一份地图、一支手电筒、一瓶矿泉水，并且外带了一杯咖啡，将纸杯放在仪表板的杯架上。当他驶离市区前往阿林索斯时，已经过了十点半。

有只狐狸停下来，浮躁地东张西望。它知道这底下埋了什么，但不远处似乎有只粗心的夜行动物正窸窸窣窣朝这儿而来，狐狸立刻提高警觉，步步为营。但继续猎捕之前，它抬起后腿撒了泡尿，为自己的地盘做记号。

包柏蓝斯基通常不会在深夜打电话给同僚，但这次不得不破例。他拿起电话拨了茉迪的号码。

“对不起这么晚打电话来，你睡了吗？”

“这不重要。”

“我刚刚看完毕约克的报告。”

“你一定也和我一样，一看就放不下来吧。”

“茉迪……你怎么看？你怎么解释现在发生的事？”

“我认为莎兰德试图保护自己和母亲，不受某个为国安局工作的沙文疯子伤害，但却被毕约克——你应该记得这是嫖客名单中一个很醒目的名字——关进精神病院。他获得了一些人的协助，其中包括泰勒波利安医师，我们对莎兰德精神状态的评估有一部分便是根据这位医师的证词。”

“这完全改变了我们对她的了解。”

“也说明了很多事。”

“茱迪，明天早上八点你来接我好吗？”

“当然。”

“我们要到斯莫达拉勒去找毕约克谈谈。我询问过，他现在还在病假中。”

“我已经迫不及待了。”

贝克曼看着妻子站在客厅窗边，凝视外面的水景，手里拿着手机，知道她在等布隆维斯特的电话。她显得如此不快乐，他忍不住走过去搂住她。

“布隆维斯特已经成年了。”他说，“不过你要是这么担心，就该打电话报警。”

爱莉卡叹气道：“几小时前就该报警了。不过我不是因为这个不快乐。”

“是我应该知道的事吗？”

“有件事我一直瞒着你，瞒着麦可，也瞒着杂志社的所有人。”

“隐瞒？隐瞒什么？”

她转身面向丈夫，告诉他《瑞典摩根邮报》要挖她过去当总编辑。贝克曼诧异地扬起眉头。

“我不明白你为什么不告诉我。”他说，“那是天大的好消息啊，恭喜了！”

“只是我觉得自己像个叛徒。大概吧。”

“麦可会理解的。机会到了，每个人都得往前走，而现在就是你的机会。”

“我知道。”

“你下定决心了吗？”

“对，下定决心了，只是还没有勇气告诉任何人。而且我好像是趁着大乱之际离开。”

贝克曼心疼地将妻子拥入怀中。

阿曼斯基揉了揉眼睛，望着户外的夜色。

“我们应该告诉包柏蓝斯基。”他说。

“不行。”潘格兰说，“无论是包柏蓝斯基或任何公家人员都从未对她伸出援手，她的事就让她自己解决吧。”

阿曼斯基看着莎兰德的前任监护人，仍感到不可思议，相较于圣诞节期间最后一次见面，他的进步实在神速。虽然口齿仍不清晰，但眼中已出现新的活力。这个男人还流露出一种前所未见的愤怒。潘格兰对他说出布隆维斯特所拼凑出来的来龙去脉。阿曼斯基震惊不已。

“她打算杀死自己的父亲。”

“有可能。”潘格兰冷静地说。

“又或者是札拉千科打算杀死她。”

“这也有可能。”

“难道我们就这样干等？”

“阿曼斯基……你是个好人。可是不管莎兰德做了什么或没做什么，不管她是生是死，你都无须负责。”

潘格兰猛然敞开双臂，丧失已久的协调性瞬间恢复了，就好像过去这几星期的戏剧性变化，使他迟钝的感觉重新复苏。

“我从未同情过任何私自行刑的人，但我也从不知道有谁有这么好的理由。也许这话听起来有点愤世嫉俗，但不管你我怎么想，今晚会发生的事终究会发生，打从她出生那天起就已注定。而剩下的就是我们得设想好，假如莎兰德成功生还，我们该如何面对她。”

阿曼斯基叹了口气，脸色阴沉地看着老律师。

“如果接下来她得坐十年牢，至少是她自己选择的路。我依然还是她的朋友。”潘格兰说。

“我一直都不知道你对人性的看法这么开放。”

“我自己也不知道。”他说。

米莉安眼睁睁盯着天花板。夜灯开着，医院收音机低声播放着《开往中国的慢船》。

前一天，她醒来便发现自己躺在罗贝多送她来的医院里。她一直睡得不安稳，睡了醒，醒了又睡，不知道过了多少时间。医生说她脑震荡，总之需要好好休养，因为鼻梁骨折、断了三根肋骨，还全身淤青。左边眉棱肿得太厉害，眼睛几乎只剩一条缝。一改换姿势就痛。一吸气也痛。脖子也痛，他们替她戴上护颈，以防万一。医师向她保证一定能完全康复。

傍晚时分醒来时，罗贝多就坐在床边。他咧着嘴对她笑了笑，问她感觉如何。她很好奇自己的样子是不是也和他一样糟。

她问了一些问题，他都回答了。不知为什么，说他和莎兰德是好朋友似乎一点也不奇怪。他是个骄傲的魔鬼，而莎兰德喜欢骄傲的魔鬼正如她痛恨自大的笨蛋一样。两者之间差异非常细微，但罗贝多属于前者。

如今她知道为什么他会忽然莫名其妙冲进仓库。听到他如此顽固地追踪那辆货车，她很惊讶，而得知警方正在仓库周围的树林里挖寻尸体，则令她惶恐。

“谢谢你救了我一命。”她说。

他摇了摇头，默默坐了一会儿。

“我曾经试着解释给布隆维斯特听，他不太能明白。但我想你应该可以了解，因为你也打拳。”

她知道他的意思。不在场的人绝对无法想象和一个没有痛觉的怪物打斗是什么情形。她想到自己当时的无助。

之后她只是拉住他缠着绷带的手，两人好一会儿都没说话。已经没有什么好说的。她再次醒来时，他已经走了。她希望莎兰德能有消息。

她才是尼德曼要找的人。

米莉安很担心她会被抓到。

莎兰德无法呼吸，没有时间概念，只知道自己被枪射中，还被埋在地下——了解到这一点主要是靠直觉而非理性思考。左手臂派不上用场，因为只要动一块肌肉，便感到肩膀阵阵疼痛，而且她也游离在模糊的意识之间。*我得呼吸一点空气*。头痛得像要爆炸，这种感觉她从未有过。

右手刚好压在脸下面，因此她下意识地开始拨开鼻子和嘴巴处的泥土。土质松散，也很干。最后好不容易在脸前方腾出拳头大小的空间。

她不知道自己已经埋在这里多久，但最后理出一个清晰的思绪后，不禁惊恐万分。她无法呼吸，无法动弹，泥土有如千斤顶般压着她。*他竟然活埋我*。

她试图移动一只脚，肌肉却几乎使不出力。接着她犯了个错，不该试图站立。她用头一顶，想直起身子，太阳穴立刻像触电般刺痛。*我不能吐*。她这么一想随即陷入模糊的意识。

再度能思考时，她小心地感受身体还有哪些部位能运作，结果发现四肢当中唯一能移动一两厘米的只有脸部前方的右手。*我得呼吸点空气*。空气就在她上方，就在墓穴上方。

莎兰德开始搔抓。她用一边手肘撑住，好不容易挪出小小的空间，然后以手背将土拨开，扩大面前的范围。*我得用力挖*。

她发现自己形成的胎儿姿势当中有一个窟窿，就在手肘与膝盖之间，她能存活多半就是仰赖圈在这里头的空气。于是她拼命前后扭动上半身，感觉到有土壤掉落身子下方的空隙里，胸口的压力减轻了些。手臂能动了。

她在半清醒状态下，一分钟一分钟地慢慢努力，先抓开面前的沙土，再一把一把拨进下方的窟窿里。慢慢地手臂终于得到解放，进而得以移开头顶上的土，一厘米一厘米地扩大头部四周的空间。她摸到硬硬的东西，像是抓到小树根或树枝，接着继续往上抓，土中仍然充满空气，并不十分硬实。

狐狸回窝途中来到莎兰德的墓穴旁停下。刚才抓到两只田鼠正得意着，忽然感觉到有什么东西出现，狐狸立刻全身冻结，竖耳倾听，髭须和鼻子微微颤动。

莎兰德的手指仿佛某种没有生命的东西从土里伸出来。现场若有任何人看到，反应很可能会像狐狸一样立即飞奔而逃。

莎兰德感觉到凉凉的空气顺着手臂而下。她又能呼吸了。

接下来又花了半小时才爬出墓穴。左手不能动，让她觉得奇怪，但仍使劲地用右手继续抓土与沙。

挖土需要一点辅助工具。于是她将手臂缩入洞中，从胸前口袋费力地弄出烟盒，打开之后当勺子用。她一勺勺将土刮松后甩开，到最后终于能够移动右肩，往上撑破土层。随后她又刮下更多沙与土，直到头终于能伸直。现在右手臂和头都已伸出地面，再松解开部分上半身后，便能开始一厘米一厘米慢慢往上扭动，接着就在那一瞬间，土地松开了她的双脚。

她闭着眼睛爬出墓穴，并一直爬到肩膀撞到树干，才缓缓转身靠在树干上，用手背擦去眼睛部位的泥土，然后睁开双眼。四周一片漆黑，空气冰冷，她却流着汗。她觉得脑子里、左肩上和臀部都隐隐作痛，但并未花费精神去理清原因，只是静静地坐了十分钟，喘息着，后来忽然想到不能待在这里。

她费力地站起身后，开始天旋地转。

随即一阵恶心，便弯身吐了起来。

吐完后她开始走，却不知道自己走的是哪个方向。左腿疼痛难忍，还不断绊跤跪倒，引发头部一次比一次更剧烈的刺痛。

不知走了多久以后，眼角忽然瞥见光线，她便跟着转向。直到站在院子里的棚屋边，才发现自己直接回到札拉千科的农舍来了。她像个醉汉般摇晃着。

感应侦测器装在车道和空地。她是从另一边来的，他们应该没有发现。

她感到迷惑。她知道以自己目前的状况绝不可能应付尼德曼和札拉千科，便愣愣地望着白色农舍。

嗒嗒。木头。嗒嗒。火。

她幻想着一罐汽油和一根火柴。

她费尽力气转向棚屋，脚步蹒跚地往一扇用横木闩起的门走去，好不容易才以右肩顶起木闩。门闩落地时撞到门边，发出砰一声巨响，她连忙闪进暗处四下观望。

这里是柴房，不会有汽油罐。

坐在厨房餐桌前的札拉千科听到木闩跌落的声音，马上抬起头来，然后拉开窗帘望向漆黑的户外。几秒钟后，眼睛才调适过来。现在风吹得更猛了。气象预报说这个周末会有暴风雨。接着他看见柴房的门半开着。

下午他和尼德曼去拿了点柴火，其实并不需要，当时只是为了向莎兰德证明她来对地方了，以便引她现身。

显然是尼德曼没把门闩好，有时候他真是笨得无可救药。札拉千科瞄了一眼客厅的门，尼德曼正在沙发上打盹。本想叫醒他，但再一想还是算了。

要找到汽油，莎兰德得到停放车子的谷仓去。她靠着一块劈柴桩，发出粗重的喘息声。她得休息一下。但坐不到一分钟，就听到札拉千科拖着假肢一顿一顿的脚步声。

由于光线太暗，布隆维斯特在梭勒布朗北方的梅尔比走错了路。他没有转向诺瑟布鲁，而是持续往北走，就在快到特洛丘那时才发现错了，连忙停车查看地图。

他咒骂了一声，立即掉头往南驶回诺瑟布鲁。

就在札拉千科进入柴房的前一秒，莎兰德右手抓起劈柴桩上的斧头，虽然无力举过肩头，仍以一手往上甩，将全身力量放在没有受伤的臀部上，身子转了半圈。

札拉千科一打开电灯开关，斧刃便扫过他右半边的脸，砸碎了颧骨还嵌入额头几厘米深。他不知道怎么回事，但大脑随即意识到疼痛，他立刻如着魔般大声嚎叫。

尼德曼惊跳起来，一时惶惶然。他听见一声尖叫，起初不相信那是人的声音。从外面传来的。后来才听出是札拉千科，便飞快地起身。

莎兰德两脚站定，再次挥动斧头，不料身子却不听使唤。原本打算将斧头插进父亲的脑袋，却因为精疲力竭，只击中他的膝盖正下方，与预定的目标相差十万八千里。然而由于斧头沉重，一砍中便紧紧卡住，当札拉千科往柴房内倒下时，还顺势将斧头从她手中扯落。他不断地喘息尖叫。

她弯下身抓住斧柄时，脑子里仿佛电光闪烁，地面开始摇晃。她不得不坐下来，然后伸出手摸他的夹克口袋。枪还在，她努力地在地面摇晃之际集中视线。

是一把点二二口径的布朗宁。

简直是童子军玩的手枪。

所以她才会还活着。如果打中她的是尼德曼那把轻便手枪或子弹威力更强的左轮手枪，她的头骨早已破了一个大洞。

这时候，她听见尼德曼踉踉跄跄地接近，随后巨大的身影便填满了柴房的门框。他忽然停住，睁大不解的双眼瞪着眼前的景象。札拉千科像中邪似的哀嚎，满脸鲜血，膝盖上还插着一把斧头。在他身旁的地板上坐着一个满身血渍、脏兮兮的莎兰德，看上去好像从恐怖电影跑出来的人物，这种情节已经在尼德曼心中上演过太多次了。

没有痛觉、壮得像坦克一样的他，向来怕黑。

他亲眼看过黑暗中的怪物，还有一股模糊的恐惧也一直潜伏窥伺着他，如今终于现形了。

地上那个女孩已经死了，那是毋庸置疑的。

他亲手埋了她。

因此地上那东西不是女孩，而是从坟墓另一头回来的幽灵，单凭人力或人类所知的武器绝对无法制服。

人体已经开始转变成僵尸。她的皮肤变成像蜥蜴般的护甲，外露的牙齿变成尖尖的獠牙，以便大块大块撕咬猎物的肉。有如爬虫的舌头向外射出，舔着嘴巴边缘，血淋淋的双手长出十厘米长的锋锐利爪。他可以看见她眼中闪着光，可以听见她低声咆哮，还看见她绷紧肌肉准备扑向他的喉头。

他清楚地看到她身后有一条尾巴蜷曲起来，开始拍打地板，显然是不祥预兆。

接着她举起手枪开火，子弹紧贴着尼德曼的耳旁擦过，他能感觉到空气的爆裂，并看见她嘴里喷出火来。

受不了了。

他停止思考。转身拔腿就逃。她又开了一枪没打中，却似乎让他跑得更快。他跳过一道篱笆，被田野的黑暗所吞没后，仍死命地奔向大马路。

莎兰德愕然看着他消失不见。

她拖着脚步走到门口，往黑暗中凝神细看，但看不到他。过了一会儿，札拉千科不再尖叫，却因过度震惊躺在地上呻吟。她打开手枪查看，里头只剩一发子弹，很想直接射进札拉千科的脑子。但随即想到尼德曼还在外头暗处，最好还是留着。其实光有一颗点二二的子弹还不够，不过有总比没有好。

她花了五分钟才将门闩放到定位，然后跌跌撞撞穿过院子进入屋内，在厨房的餐具柜上看见电话，于是拨了一个已经两年没拨的号码。转入了答录机。

你好，我是麦可·布隆维斯特，现在无法接听电话，请留下你的姓名电话，我会尽快回电。

哔。

“莫—尔—可儿，”她叫了一声，听到自己的声音黏糊糊的，便咽了一下口水，“麦可，我是莎兰德。”

接着她便不知该说些什么。

只好挂上电话。

尼德曼的轻便手枪已经拆解开来，摆在她面前的桌上等候清理，一旁则是尼米南那把波兰制八三式瓦纳德。她将札拉千科的布朗宁扔在地上，歪斜着身子走过去拿起瓦纳德，检查弹匣。此外她也发现自己的掌上电脑，便随手收进口袋。然后她一跳一跳地来到水槽边，用一个不干净的杯子装冷水，一连喝了四杯，喝完后抬起头，从墙上一面刮胡用的旧镜子里看见自己的脸，吓得差点开枪。她看到的与其说是人，还不如说是野兽。分明就是一个张着嘴、面孔扭曲变形的疯女人，浑身是土，脸和脖子上布满一颗颗血和土凝结成的硬块。她总算知道尼德曼在柴房里看见什么了。

她朝镜子走去，忽然留意到自己拖行着左脚。被札拉千科第一颗子弹打中的臀部有剧痛感。第二颗子弹打中肩膀，瘫痪了她的左手臂。很痛。

不过头部的痛更是剧烈到让她走路摇摇晃晃。她慢慢举起右手，摸索着后脑勺，用手指可以感觉到子弹穿入的凹口。

她碰触到头骨的洞，赫然惊觉她正摸着自己的大脑，这样的伤势太严重，她恐怕就快死了，或者应该已经死了。她想不通为什么自己还能站着。

她感到既麻木又疲惫，不确定自己是要晕倒或是睡着，但还是努力走到厨房长凳直躺下来，让没有受伤的右侧头部靠在软垫上。

她得躺下休息，恢复力气，却也知道此时睡着太冒险，因为尼德曼还逍遥在外，迟早会回来，札拉千科也迟早会设法从柴房脱困，拖着身躯回到主屋。但她再也没有力气直立。她觉得好冷，最后咔嗒一声弹开了手枪的保险栓。

尼德曼站在梭勒布朗到诺瑟布鲁之间的公路上，犹豫不决。他一个人。四下漆黑。他开始重新理性思考，对于自己逃走感到很羞愧。虽然不明白怎么可能发生这种事，但合理的结论是她肯定没死。*她肯定不知用什么方法把自己给挖出来了。*

札拉千科需要他。他应该回到屋里扭断她的脖子。

与此同时，尼德曼也强烈感觉到一切都完了，他早就有这种感觉。事情早就开始出错，打从毕尔曼找上他们的那一刻，事情便一错再错。札拉千科一听到莎兰德的名字，就完全变了样，还把自己这么多年来谆谆告诫他的关于小心谨慎等等原则，全都抛诸脑后。

尼德曼迟疑着。

札拉千科需要人照顾。

如果她还没杀死他的话。

这会有一些问题。

他咬了咬下唇。

他和父亲的伙伴关系已经持续多年，一直都很顺利。他存了点钱，也知道札拉千科的钱财藏在哪儿。让事业继续运作的资源与才能，他都具备，因此就此离开不再回头，才是理智的做法。若真要说札拉千科强塞给他什么观念，那就是一碰到自觉无法处理的情况，要随时能够一走了之，不要感情用事。这是生存的基本原则。*倘若败局已定，就不要再白费力气。*

她不是灵异现象，却是个坏消息。她是他同父异母的妹妹。

他低估了她。

尼德曼心烦意乱，一面想去拧断她的脖子，一面又想继续在黑夜中奔逃。

护照和皮夹就放在裤袋里，他不想回头，农场上没有他需要的东西。

也许除了一辆车吧。

正踌躇之际，忽然看见山坡另一边有车灯接近，他转过头去，如今他只需要一辆车载他到哥德堡。

莎兰德有生以来——至少从小时候开始——第一次无法掌控自己的情况。这些年来，她一直被卷入打斗、遭到虐待，并在公私两面都受到不平等待遇。她身心遭受的打击远远多过任何人所能承受的。

但每次她总能反抗。她曾拒绝回答泰勒波利安的问题，而每当遭受任何肢体暴力时她也总能偷偷逃离。

鼻梁断了死不了。

但头上有个洞还怎么活？

这回她无法再拖着身子回家躺到床上，蒙头大睡两天，然后若无其事地下床，回归正常生活。

伤势太严重，她无法独自处理。如今已精疲力竭，身体再也不听差遣了。

我得睡一会儿，她心想。但又忽然想到如果不顾一切闭上眼睛，很可能永远不会再醒来。她分析这个结果，却逐渐了解到自己已不在乎，反而似乎暗暗被这个念头所吸引。*休息吧，不要再醒来。*

她最后想到的是米莉安。

原谅我，米莉安。

当她闭上眼时，手里仍握着尼米南的枪，保险栓已经弹开。

布隆维斯特老远就借着车灯看到尼德曼，而且一眼就认出来，像他这样身高两米多、发色浅淡的庞然巨物，要想认不得都难。尼德曼挥舞着双臂朝他奔来。布隆维斯特慢慢减速，一面伸手到电脑包外侧口袋，掏出在莎兰德书桌上发现的那把科特一九一一手枪。他在距离尼德曼五码处停下，关掉引擎后才开门下车。

“谢谢你愿意停车。”尼德曼气喘吁吁地说，“我出……出车祸了。

你能不能顺路载我进市区？”

他的声音尖得出奇。

“当然了，我可以负责把你送进城里。”布隆维斯特说着举枪对准尼德曼，“趴到地上去。”

今晚的尼德曼真是灾难不断。他困惑地瞪着布隆维斯特。

尼德曼丝毫不怕那把手枪和握枪的人，反而是很尊重武器。他这一生都和武器与暴力为伍，因此认为若有人拿枪指着他，应该就是准备要开枪了。他眯起眼睛，试图打量手枪背后的人，但因车灯之故只看见一团黑影。是警察？听口气不像。警察通常会表明身份。至少电影都是这么演的。

他衡量着自己的机会。如果出手攻击，可以把枪夺下没问题。但那人听起来很冷静，又站在车门后面，他可能至少会挨上一颗子弹，也或许两颗。如果闪得够快，也许对方会射偏，或至少没射中重要器官，但就算保住性命，中弹也会妨碍或甚至阻止他成功逃脱。最好还是等候较适当的时机。

“马上趴下！”布隆维斯特吼道。

他将枪口移开几厘米，朝水沟里射了一枪。

“下一发会打中你的膝盖。”布隆维斯特以洪亮而清晰的命令口吻说道。

尼德曼只得跪下来，眼睛被车灯刺得睁不开。

“你是谁？”他问道。

布隆维斯特另一只手伸进车门内的置物袋，取出加油站买来的手电筒，对着尼德曼的脸照射。

“双手反背。”布隆维斯特喝令道，“双脚打开。”

他耐心等到尼德曼心不甘情不愿地照做。

“我知道你是谁。只要你敢做出任何愚蠢举动，我就会无预警开枪。我现在瞄准了你肩胛骨下方的肺。你也许能制服我……但你也会付出代价。”

他说完将手电筒放在地上，取下腰带打了个活结，这正是二十多年前，他在基律纳服役接受步兵训练时学得的手法。他站在巨人的两脚之间，将活结套入他的双臂，在手肘上方拉紧。这个巨无霸尼德曼事实上已经无计可施。

接下来呢？布隆维斯特环视四周。在这条公路上，确确实实只有他们两人。罗贝多对尼德曼的描述毫不夸张，的确巨大无比，只是问题在于：这么大块头的人怎会在半夜里像被鬼追一样地狂奔呢？

“我在找莎兰德，你应该见过她了。”

尼德曼没有回答。

“莎兰德在哪里？”

尼德曼用古怪的眼神瞧了他一眼。他不明白在这个一切都出错的夜里，自己发生了什么事。

布隆维斯特只好耸耸肩，走回车旁打开后车厢，找到一捆缠得很整齐的绳索。不能将双手绑起的尼德曼留在路中央，于是他张望了一下，发现车灯照亮了前方三十码路边的一块交通标识：“小心麋鹿”。

“起来。”

他用枪口抵住尼德曼的脖子带到标志牌底下，逼他爬下水沟，并要他背靠着标识杆坐下。尼德曼犹豫不从。

“一切都很简单。”布隆维斯特说，“你杀了达格和米亚，他们是我的朋友，所以我不会放过你，要么你坐下来让我捆绑，要么就让我射你的膝盖，你自己选。”

尼德曼坐了下来。布隆维斯特拿起拖曳绳绕过他的脖子，将头固定在杆子上，然后用十五米长的绳子紧紧捆住他的胸膛和腰部，另外还留了一段绳子将他的前臂绑在杆子上，最后再打上几个平结完成这场手工作业。

忙完后，他又问了一遍莎兰德在哪里，仍未得到答复，只好耸耸肩留下尼德曼。直到回到车上后，他才感觉到肾上腺素的流动，也才意识到自己刚才所做的事。米亚的那张脸在他眼前闪现。

布隆维斯特点了根烟，就着瓶口喝了点水，双眼直视麋鹿标识牌下那个置身于黑暗中的人形。翻看地图后，发现再往前不到一公里便可到达波汀农场的岔路口。他发动引擎，从尼德曼身旁驶过。

他缓缓驶过插着哥塞柏加路标的路口，将车停在北边一百码处一间谷仓旁的林道上，然后拿着手枪，打开手电筒。他发现泥巴里有新鲜的轮胎印，判定稍早有另一辆车停在同一地点，但并未多想。他往回走到哥塞柏加的路口，拿手电筒照了照信箱。邮政信箱六一二号——K. A. 波汀。于是沿路往前走。

看到波汀农舍的灯光时，已接近午夜。他定定站了几分钟，但除了一般夜晚常听到的声音外，什么也没听见。他没有走直接通往农场的道路，而是沿着田边，从谷仓的方向走向主屋。走了约三十米左右，他便停下来站在院子里。他绷紧了全身的神经。尼德曼在大马路上奔跑的事实，已足以证明这里发生了可怕的事。

走过院子一半时，忽然听到一个声响。他立刻转身单脚跪下，举起手枪，花了几秒钟才分辨出声音来自一栋附属建筑。有人在呻吟。他快速穿过草地，停在棚屋旁，从屋角可以窥见里头亮着一盏灯。

他仔细聆听，棚屋中有人走动。他将枪举在胸前，用左手取下门闩、拉开门，迎面而来是一对惊恐的眼睛和一张鲜血淋漓的脸。地板上有一把斧头。

"老天爷！"他低呼。

接着他看见了假肢。

札拉千科。

莎兰德肯定来找过他，但无法想象发生了什么事。于是他关上门，重新架上门闩。

札拉千科人在柴房，尼德曼被绑起手脚丢在前往梭勒布朗的公路旁，于是布隆维斯特急忙跑过院子前往农舍。也许还存在着可能造成危险的第三者，但屋子似乎没人，几乎有如空屋。他枪口朝下，慢慢地推开前门，走进幽暗的门厅后，看见厨房透出一方亮光。此时只听到墙上时钟的滴答声。到了厨房门口，他看见莎兰德躺在厨房长凳上。

霎时间他仿佛吓呆了，站在原地愣愣地看着她血肉模糊的躯体，随后注意到她手里握着一把枪，垂在长凳边。他走到她身旁，双膝跪下来，想到自己如何发现达格与米亚的尸体，以为她也死了。这时忽然发现她胸口微微起伏着，并听见微弱的呼吸声。

他伸出手小心地想松开她手中的枪，不料才一眨眼她的手已紧握住枪把，两只眼睛各裂出一条细缝，瞪视着他好一会儿，视线无法聚焦。接着她以细若游丝的声音说了几个字，他好不容易才勉强听懂。

王八蛋小侦探布隆维斯特。

她眼睛一闭，松开手中的枪。他把枪放到地上，拿出手机，拨了紧急求助电话。